suhrkamp taschenbuch 3240

»Ich lebe im – Vielleicht / Bin eine stumme Frage ...« Die so schreibt, ist eine poetische Maskenspielerin, eine, die in ihrem ungewöhnlichen Leben viel gefragt und noch mehr gewagt hat: Emmy Ball-Hennings (1885-1948). Aus der kleinbürgerlichen Enge Flensburgs treibt ihre »Weglaufsucht« sie mit Wandertheatern durch Deutschland, auf die Bühnen europäischer Varietés und Cabarets, in die Abgründe von Drogen, Prostitution und Gefängnis, in die schrille Berliner und Münchner Vorkriegsboheme. 1915 emigriert sie mit Hugo Ball nach Zürich und begründet mit ihm das »Cabaret Voltaire« – die Keimzelle des Dadaismus. Irrlichtert durch die politisch-journalistische Emigrantenszene um Ball und Ernst Bloch in Bern, begegnet 1920 Hermann Hesse, dem Freund fürs Leben. Die Namen ihrer Freundinnen und Gefährten lesen sich wie eine Enzyklopädie europäischer Avantgarde. Seit 1920 lebt sie im Tessin und in Italien. Reist ruhelos. Schreibt rastlos. Immer auf der Suche. Ihren »Vielfachheiten« auf der Spur. Bis der Faschismus dem unruhigen Nomadenleben ein Ende setzt.

Es ist ein verschlungener Weg in politisch brisanten Zeiten, den Bärbel Reetz, gestützt auf unveröffentlichte Dokumente, nachzeichnet. Mit ihrer Biographie wirft sie ein neues Licht auf das Leben einer ungewöhnlichen Frau.

Bärbel Reetz, geboren 1942, Studium der Germanistik und Anglistik, arbeitet als freie Journalistin und Autorin in Kiel; 1994 erhielt sie für die Erzählung *Virginia oder die Gleichzeitigkeit* den Bettina-von-Arnim-Preis.

Bärbel Reetz
Emmy Ball-Hennings

Leben im Vielleicht

Eine Biographie

Suhrkamp

Umschlagfoto:
Carl Seelig-Stiftung, Nachlass Hugo Ball/Emmy Ball-Hennings

suhrkamp taschenbuch 3240
Erste Auflage 2001
Originalausgabe

Druck: Nomos Verlagsgesellschaft, Baden-Baden
Printed in Germany
Umschlag nach Entwürfen von
Manfred Walch

1 2 3 4 5 6 – 06 05 04 03 02 01

Emmy Ball-Hennings
Leben im Vielleicht

Vorwort

»Wer Biograph wird, verpflichtet sich zur Lüge, zur Verheimlichung, Heuchelei, Schönfärberei und selbst zur Verhehlung seines Unverständnisses, denn die biographische Wahrheit ist nicht zu haben, und wenn man sie hätte, wäre sie nicht zu gebrauchen.«
Sigmund Freud an Arnold Zweig, 31. Mai 1936

»Ich lebe im – Vielleicht / Bin eine stumme Frage ...«.[1] Nur eine poetische Maskenspielerin kann so schreiben. Eine, die in ihrem außergewöhnlichen Leben viel gefragt und noch mehr gewagt hat. Ihren »flüchtigen Spielen« – den realen und den fiktiven – auf die Spur zu kommen, ist eine ebenso spannende wie frustrierende Angelegenheit. Das weiß Hermann Hesse, der Emmy Ball-Hennings kannte wie nur wenige: »Es ist ganz unmöglich, dies Leben auf eine rationale Formel zu bringen. Versuchen Sie das lieber gar nicht«.[2]

Aber seit meiner ersten Begegnung mit ihren Gedichten, nach der Lektüre von *Gefängnis* irrlichtert sie durch meine Gedanken, läßt mich nicht los. Ich mag nicht glauben, was über diese Autorin, die umschwärmte Bohemienne und Dada-Frau in Enzyklopädien und Lexika steht: »Seit ihrem Übertritt zum katholischen Glauben Entscheidung für eine asketische Lebensweise, besonders nach dem Tod Hugo Balls. Widmete sich von da an der Herausgabe seines Werks.«[3]

Ich beginne zu recherchieren: Im ›Robert Walser-Archiv‹ der ›Carl Seelig-Stiftung‹ in Zürich, wo ihr Nachlaß und der ihres zweiten Mannes, Hugo Ball, verwahrt wird. Im ›Deutschen Literaturarchiv‹ in Marbach, dessen Hesse-Depositum Briefe, Karten, Telegramme und Fotos des Paares Ball-Hennings an den Freund enthält. Im Dadaismus-Archiv des ›Kunsthauses Zürich‹. Der ›Hugo Ball-Sammlung‹ im pfälzischen Pirmasens. Und in Flensburg, Emmys Geburtsstadt. Ich lese hunderte von Briefen und Karten. Eilige Mitteilungen an ihren großen Freundes- und Bekanntenkreis. Oft mit schnell hingeworfenen Zeichnungen versehen oder mit zarten Aquarellen. Und Briefe an Emmy von Menschen, die ihr nahestanden: Hugo Ball, Ferdinand Hardekopf, Else Lasker-Schüler und Hermann Hesse. Briefe Emmys an ihre Tochter Annemarie. Briefe der Tochter an die Mutter. Lese Emmys Tagebücher, aus denen Seiten herausgerissen sind. Ganze Jahrgänge fehlen. Betrachte zahllose Fotos: Jugendbilder, Familienfotos, Bilder von Freunden, mit Freunden. Verwackelte Schnappschüsse. Gestellte Atelierportraits. Emmy in Pose. Emmy in ihren Vielfachheiten. Bis ins Alter. Da hockt sie auf einem Mäuerchen in wollener Strickjacke, mit derben Schuhen an den Füßen, das volle Haar zum Kranz um den Kopf geflochten, wie eine Bäuerin. Ich frage ihre Enkelin Francesca Hauswirth nach der Großmutter. Spreche mit ihrem letzten Verleger, Peter Keckeis. Wandere durch die Dörfer um den Luganer See, den Lago Maggiore. Durch Rom, Palermo und Vietri sul Mare. Steige auf den Berg nach Albori. Stehe vor den Häusern, in denen Emmy gelebt hat oder suche vergeblich nach Spuren, an die sich niemand mehr erinnert. Lese die unveröffentlichten Romantyposkripte. Gedichtmanuskripte. Fragmente. Stöbere in Antiquariaten.

Aber je mehr ich über Emmy Ball-Hennings erfahre, desto mehr Fragen stellen sich. Manche müssen unbeantwortet bleiben. Zumindest im Augenblick. Noch sind Teile aus Hermann und Ninon Hesses Nachlaß gesperrt. Die Briefe Ninon Hesses an Emmy waren mir ebenso wenig zugänglich wie das sogenannte *Zweite Tagebuch* Hugo Balls. Nur auf *Die Flucht aus der Zeit,* Balls Bearbeitung seiner Tagebücher von 1913 bis 1921, konnte ich zurückgreifen. In die unbearbeiteten Aufzeichnungen und die Notizen der folgenden Jahre, die wertvolle Aufschlüsse über seine Arbeit bei der *Freien Zeitung* in Bern 1917 bis 20, seine Freundschaft mit Ernst Bloch und deren abruptes Ende, sein Verhältnis zu Hermann Hesse, seine Rückkehr zur katholischen Kirche, die Zeit in Italien 1924 bis 26 und nicht zuletzt über seine Ehe mit Emmy Hennings geben könnten, erhielt ich keine Einsicht. Auch wenn Ball 1927 vor seiner Krebsoperation verfügt hat, »daß aus meinem schriftlichen Nachlaß (das heißt aus gelegentl. Notizen, sei es in Tagebüchern oder sonst. Aufzeichnungen) *nichts* publiziert werden soll«,[4] wäre es 73 Jahre nach seinem Tod an der Zeit, den Zugang zum *Zweiten Tagebuch* zuzulassen, um Forschungsergebnisse, die auf anderem Wege ermittelt wurden, zu bestätigen oder zu korrigieren. Zumal sowohl Emmy als auch deren Tochter und Nachlaßverwalterin Hugo Balls letzten Willen, daß alle »nichtstilisierten und darum nicht existierenden Hefte, Blätter und Manuskriptteile« vernichtet werden müssen, nicht strikt befolgt haben, sondern »verschiedentlich Informationen und Anreize daraus weitergaben.«[5] Daß diese eine unvermittelte Einsichtnahme nicht ersetzen, räumt Emmys Urenkel, Julian Schütt, in seinem Aufsatz »Hugo Balls ›Zweites Tagebuch‹« ein.[6] Und so bleibt ungeklärt, was sich durch Autopsie vielleicht hätte erhellen lassen.

Doch Emmys Geschichte ist nur zu einem Teil, wenn auch einem wesentlichen, die Geschichte Hugo Balls, und die Antworten, die ich auf meine Fragen fand, sind nur eine Facette von Emmys abenteuerlichen Wegen.

Wenn Emmy schreibt: »Ich bin da. Pardon«[7], sage ich: Hier ist sie. Wohl wissend, daß die Summe meiner Recherchen nur Teile von Emmys Wahrheit sind. Ihren »Vielfachheiten« auf der Spur, habe ich »das flüchtige Spiel« mitgespielt, habe versucht, sie zu fassen, um sie wieder freizulassen: »Nimm Dir aus dem dicken Kuchen die Stücke, die Dir passen, trinke dazu, was Dir beliebt, iss und liebe und wenn Du willst arbeite sogar auf Deine eigene Bedeutung hin. Vielleicht gelingt es Dir, dass Deine Vaterstadt auf dem Marktplatz ein Denkmal setzt ... und die Schulkinder ziehen ihre Mützen und die kleinen Mädchen machen einen Knicks. Das ist Dada, es lebe Dada und nichts als Dada.«[8]

Unter der Glasglocke

Flensburg. 17. Januar 1885. 14 Uhr. Ein Kind wird geboren. Im Taufregister der protestantischen St. Marienkirche ist es am 19. April unter dem Namen Emma Maria Cordsen verzeichnet, Tochter des Werftarbeiters Ernst Friedrich Matthias Cordsen und der Anna Dorothea, geb. Zielfeld. Es ist ein spätes, ganz unerwartetes Kind, das die Eltern Emmy rufen werden. Der Vater ist 48, die Mutter 43 Jahre alt. Für beide ist es die zweite Ehe. Cordsen, der um 1877 seine erste Frau in Altona geheiratet hatte, war 1881 nach deren Tod mit der eineinhalbjährigen Tochter Paula in seine Vaterstadt Flensburg zurückgekehrt. Er brauchte eine Mutter für sein Kind, eine Frau, die ihm den Haushalt führte. Und als die kinderlose Witwe Anna Dorothea Lund, deren Mann nach einem Schiffbruch verschollen war, 1882 Hamburg verließ und wieder nach Flensburg zog, lag eine Verbindung nah. Beide hatten, wie man dort sagt, »gut davon«.

Sie heiraten am 30. Mai 1882 in St. Marien, und Cordsen kauft im November desselben Jahres ein Haus in der Steinstraße 5. Unweit der Werft, bei der der ehemalige Seemann als Takler eine Anstellung gefunden hat. »Er hatte die Hißtaue an den Schiffsmasten anzubringen und alles zu ordnen, was mit dem Segelwerk und dem Stapellauf eines Schiffes zu tun hatte.«[1] Die Seefahrt wird zur Erinnerung. Später, wenn er der Tochter Emmy davon erzählt, zum aufregenden Abenteuer. Und abenteuerlustig muß der junge Cordsen gewesen sein, dessen Vorfahren die Flensburger Archive als Hufner und Bäcker ausweisen. 1864, im Jahr der für seine Heimat so entscheidenden Schlacht auf den nahen Düppeler Schanzen, hatte er das Steuermannspatent erworben, 1867 einen Reisepaß für das Ausland erhalten, war zur See gefahren. Auf einem Dreimaster um die Welt gesegelt. Mehrmals. Aber das wissen wir von Emmy, die um den Vater, das Meer und sich selbst einen magischen Bann ziehen und mit ihrer unerschöpflichen Phantasie immer neue Geschichten dazu ersinnen wird.

Anders die aus einer Flensburger Handwerker- und Tagelöhnerfamilie stammende Mutter, die ihren ersten Mann, den

Schiffskapitän Ludwig Lund, unmittelbar vor ihrer Eheschließung mit Cordsen für tot erklären ließ: »Von Mutter weiß ich, daß sie das Meer fürchtete, doch hatte sie hierfür einen triftigen Grund, da sie ihren Lieblingsbruder und vor allem ihren ersten Gatten schon früh an das Meer verloren hatte.«[2]

Aber das Meer ist nah. Die Förde zumindest. Dahin können die Kinder von der Steinstraße laufen. Da liegen die Schiffe am Kai, Segler und Dampfschiffe, werden be- und entladen und fahren davon mit mächtig dampfenden Schornsteinen, mit geblähten Segeln und verschwinden hinter dem Horizont, jener Grenze zur aufregenden, geheimnisvollen und gefährlichen Welt. Manchmal ist das Wasser der Förde tiefblau. Meistens jedoch ist es so grau wie die Felduniform der preußischen Soldaten in der Duburg-Kaserne. Denn Flensburg ist nach langem politischen Tauziehen, nach dem Krieg Österreichs und Preußens gegen Dänemark, preußisch. Und damit nach 1871 Teil des Deutschen Reichs. Aber die Grenze ist nah. Jenseits liegt Dänemark, zu dessen Krone die Herzogtümer Schleswig und Holstein bis 1864 gehört hatten. Bei klarer Sicht sind die dänischen Fördeufer nicht von den reichsdeutschen zu unterscheiden: weißer Strand und grüne Buchenwälder. Danach wird sich Emmy sehnen, wenn sie aufbricht, das Geheimnis der Welt hinter dem Horizont zu ergründen.

Zuvor jedoch sind die Grenzen eng gezogen: »... eine kleine ungepflasterte Straße, weit draußen im Vorort der kleinen Hafenstadt. Eigentümlich verschollen wirkt diese Gegend, einsam, als wär hier die Welt zu Ende, oder als wäre sie am Anfang, denn irgendwo muß sie doch beginnen ... Kinder spielen im Kreis und sagen einander, daß der Himmel heut so niedrig hängt, und daß man vielleicht bald auf Gewölk gehen könnte. Auf Gewölk? Es gibt Wolken, die weiße Schwäne sind und sich dann in ein Boot verwandeln, das eine Weile im Blauen schwimmt, und dann ist plötzlich alles fort. Sieht man nach oben, ist alles weich und weiß, fließend und blau.«[3]

Das Wetter wechselt mit dem Wind. Kommt er von Westen, wird der Himmel grau, hängt tief auf den roten Ziegeldächern der Stadt, auf den reetgedeckten Katen im Land. Wird er zum Sturm, drückt er das graue Wasser aus der Förde, und der Grund des Hafens ist zu sehen. Mit allerlei Unrat, Tauenden, Steinen und Muscheln. Kommt er von Osten, ist der Himmel blau, und das Wasser tanzt in kleinen Wellen. Schaumgekrönt. Und bei scharfem Nord-Ost klatscht es gegen die Ufer und drückt in den Hafen, daß die Schiffe hoch aufragen und mit schwankenden Rümpfen gegen die Kaimauern schaben und krachen.

Im Januar, zur Geburt des Kindes, hängt der Himmel tief. Um 14 Uhr ist es schon dämmrig in den Stuben und Kammern. Reicht das Tageslicht nicht, brennt die Petroleumlampe vom Morgen bis zum Abend. Die kalte Nässe dringt durch Fenster- und Türritzen. Im Herd wird Holz nachgelegt. Selten scheint die Sonne. Dann ist es kalt geworden über Nacht, die Nässe an den Zweigen erstarrt. Rauhreif. Die kleine, ungepflasterte Straße, die kleine Hafenstadt ein Märchenland.

Das Kind hat Phantasie. Auch ohne Rauhreif verzaubert es seine kleine Welt. Noch ist die enge Umgrenzung ein Vorteil: »Zwei Häuser rechts, und zwei Häuser links, das ist leicht zu überblicken. In jedem Hause wohnen vier Familien, deren Geschichte man kennt, und was man nicht kennt, errät man. Jedes zweistöckige Haus hat an der Vorderfront acht Fenster, während es auf der Rückseite, nach dem Hof und Garten zu, vier Fenster hat, und überall hängen Tüllgardinen mit mehr oder weniger interessanten Mustern. Es waren Wege, die in Wälder führten, in eine Gegend, in der noch kein Mensch gewesen war, nur ich ... Die Gardinen, hinter denen ich geboren bin und die ich als Kind tausende von Malen bewundert habe, muß ich erwähnen. Es waren Wintergardinen und daher aus dunkelbraunem Kattun. Das Muster war entzükkend. Grüne Zweige, kleine Bäume, in denen viele bunte Vögel singend saßen. Daß sie sangen, war leicht zu sehen, denn sie hatten die Köpfchen ein wenig nach oben gesteckt und die Schnäbel geöffnet. Es war der reine Frühling im Winter. Ein Blütenwald mitten im Januar, und oft habe ich die Gardinenvögel angesungen, wenn die Fenster noch halb mit Eisblumen bedeckt waren.«[4]

Alles ist überschaubar: das Haus, der Garten, die Nachbarschaft. Das Haus steht unverändert. Man hat 1997 eine Tafel neben der niedrigen Haustür befestigt: »Emmy Ball-Hennings – Schriftstellerin, Schauspielerin, Kabarettistin –

1885 Flensburg – 1948 Tessin«. Noch immer hängen Gardinen an den Fenstern. Stores mit Mustern. Und noch immer ist die Neustadt ein Arbeiter- und Industrieviertel. Damals bestimmten Glashütte, Gaswerk und die Werft das Bild, denn im letzten Jahrzehnt des ausgehenden 19. Jahrhunderts wurde auch Schleswig-Holstein von der allgemeinen Aufbruchstimmung im Reich erfaßt und nahm, nachdem Wilhelm II. 1888 Kaiser geworden war, einen ungeahnten Aufschwung. Hauptsächlich durch die kaiserliche Marine, die entlang der Küsten ihre Stützpunkte errichtete. Im knapp hundert Kilometer entfernten Kiel wurde am Kaiser-Wilhelm-Kanal, der Verbindung zwischen Nord- und Ostsee, gearbeitet. Der Kaiserbruder, Prinz Heinrich, zog in den Norden, und unter dem Staatssekretär des Reichsmarineamtes Alfred von Tirpitz begann der deutsche Flottenbau. 1890 besucht der marinebegeisterte Kaiser erstmals auch Flensburg, Kaiserin Auguste Viktoria kommt im Juli 1899 und am 25. April 1901. Daß die Besuche der Majestäten Eindruck auf die junge Emmy Cordsen machten, lesen wir in ihren Erinnerungen *Blume und Flamme*: »In den nächsten Tagen hieß es, der Kaiser wolle unsere Stadt besuchen, sich vielleicht die Kaserne ansehen, in der sich das Regiment der Kaiserin befand. Die Straßen sollten beflaggt, die Häuser geschmückt werden, die Wachparade würde aufmarschieren, es würde große Musik geben.«[5]

Es ist in diesen Apriltagen 1901 die aufgeregte Spannung, die sich dem begeisterungsfähigen jungen Mädchen mitteilt, der Einbruch von Größe und Welt in die engen Grenzen ihres Lebens: »... ich wollte zu gern ein einziges Mal den Kaiser sehen, ihn begrüßen, ihm zujubeln. Er war ja der Vater des Landes ... und ich stellte es mir wunderschön vor, ihn einmal von Angesicht zu Angesicht betrachten zu können.«[6] Helga Lund, Emmys literarisches Pseudonym in *Blume und Flamme*, für das sie den Namen des verschollenen Stiefvaters Ludwig Lund wählte, das Dienstmädchen Helga Lund kostet das Bejubeln von Kaiser und Kaiserin an einem Vormittag die Stellung. Und der Bittbrief an den Kaiser, den sie nicht die Gelegenheit hatte zu überreichen, wandert ins Feuer. Damit gehen auch die daran geknüpften Hoffnungen Helga / Emmys in Flammen auf, »nämlich, ob es nicht möglich wäre, falls es keine zu großen Umstände mache, mich gelegentlich auf meine Begabung als Schauspielerin prüfen zu lassen, und falls es sich herausstellte, daß ich Talent habe, meinen Lieblingswunsch doch gütigst bei meinen Eltern schriftlich befürworten zu wollen.«[7]

Undenkbar in der Steinstraße, diesen Wunsch Emmys zu erfüllen. Bäcker und Werftarbeiter von Vaters-, Tagelöhner und Näherin von Mutters Seite verwiesen ihn ins Reich der unerfüllbaren Träume, die das kleine Mädchen in seiner engen Welt träumt. Ins Reich der Phantasie, in dem man tiefhängendes Gewölk besteigen und auf ihm davonsegeln, in dem man ein »Liebling des Volkes«[8] werden kann.

Realität ist die kleinbürgerliche Neustadt, sind die Nachbarsfamilien mit ihren zahlreichen Kindern, ist Onkel Erich Jürgensen, der Zimmerpolier in der Steinstraße 8, der die jüngere Schwester von Emmys Mutter geheiratet hatte. Mit Cousine Doris, dem jüngsten der zehn Jürgensen-Kinder, drückt Emmy die Schulbank. Gemeinsam werden sie am 19. April 1899 konfirmiert. In St. Marien.

Realität sind die zwei Zimmer in der Steinstraße 5, die die Cordsens in ihrem Haus bewohnen. Neben den Eltern und Emmy auch die Stiefschwester Paula, »ein schönes Mädchen, hoch und schlank gewachsen, mit schwerem, glattem, streng gescheiteltem Haar und einem sehr fein geschnittenen Gesicht, jedoch mit einem etwas gleichgültigen, manchmal sogar abwehrenden Gesichtsausdruck. Im Typus war sie der vollendete Gegensatz zu mir.«[9] Sieben Jahre älter ist sie, scheu bewundert von Emmy, vielleicht ihr auch als Vorbild vorgehalten: Dienstmädchen in der Hamburger Kaufmannsfamilie Hirsch, dann Ehefrau des Kapitäns Theodor Wiraldus Friedrichsen, der es sogar zu einem eigenen Schiff bringen wird. »Ich kann mich nicht entsinnen, daß meine Schwester auch nur ein einziges Mal mit mir gespielt hätte ... Oh, ich hätte sehr viel darum gegeben, wenn sie nur um einige Jahre jünger gewesen wäre, damit ich als Spielkameradin wenigstens ein klein wenig für sie hätte in Betracht kommen können.«[10]

Vier Personen, eng beieinander. Der Rest des Hauses ist an drei weitere Familien vermietet. Unvorstellbar, wenn wir heute davor stehen. Doch das Kind Emmy hielt die Eltern für reich, »weil wir neben unsern zwei Zimmern noch ein Dachstübchen hatten ... In unserer besten Stube hatten wir einen runden Tisch mit grüner Sammetdecke, während die Möbel mit blaßrotem Rips bezogen waren. Wir hatten eine Etagere, auf der eine kleine bunte Nippesfigur stand, eine Schäferin, die ein tiefgrünes Röckchen trug ... Und in der Schlafstube hatten wir an unseren Betten am Kopfende eine große, kunstvoll geschnitzte Weintraube. Das hatten die Nachbarn alle nicht.«[11]

Und einen Garten gab es beim Haus, »der nicht viel größer war als eine mäßig große Wohnstube.«[12] Auf einem Rundbeet blühte ein Rosenbäumchen. Und es gab Primeln, Aurikeln und Stiefmütterchen neben den sauber gezogenen Beeten für Karotten und Petersilie, Rhabarber und dem Stachelbeerbusch. Abgeschlossen wurde er durch den im Norden typischen Wall mit Holunderbüschen. Für Emmy war er das Paradies, für Anna Cordsen die bis in den letzten Winkel genutzte Möglichkeit, die Mahlzeiten zu ergänzen. Und diese bestanden im wesentlichen aus Grütze, als Morgenspeise wie als Hauptgericht. Grütze war das wichtigste Nahrungsmittel, und wenn die kleine Emmy in ihrem Teller rührte, »bildete die Hafergrütze in der Milch seltsame Weltteile.«[13]

Quellen berichten, daß in Schleswig-Holstein früher bis zu 27 mal in der Woche Grütze gegessen wurde, meist aus Buchweizen, Gerste oder Hafer. Aber auch Pfannkuchen mag es gegeben haben, Bookweeten-Pannkoken vielleicht mit geschmorten Äpfeln, die die Kinder entlang der Landstraßen gesucht hatten. Und für den Vater Pannkoken met Speck. Dann die Graupen- und Gerstensuppen, und im Sommer, wenn das Gartengemüse geerntet wird, den *Schnüsch*, was soviel wie *Quer-durch-den-Garten* heißt: Möhren, grüne Erbsen, junge Schnittbohnen und Kartoffeln werden gekocht, mit Milch angegossen, mit Petersilie bestreut. Und zum Nachtisch Stickelbeermus von den noch halbreifen Stachelbeeren aus dem Gärtchen. Im Herbst gibt es Birnen, Bohnen und Speck und im Winter Kohl: Weiß-, Rot- und vor allem Grünkohl, wenn der erste Frost übers Land gegangen ist: Greunen Kohl met Kookwuss un Swiensback un Sööte Kantüffeln, winzigen Pellkartöffelchen, die in der Pfanne in Fett gebräunt und mit viel Zucker karamelisiert werden. Ein Festessen. Vielleicht zu Weihnachten, am Heiligen Abend, der im Volksmund *Vullbuuksabend* heißt, weil endlich einmal der Bauch nach Lust und Laune gefüllt werden durfte. Dann kommen die beiden Großmütter, Onkel und Tante Jürgensen, Vettern und Cousinen. »Und in der Küche auf unserem Herd mit den drei Kochlöchern und einem Wasserschiff war es eine Kleinigkeit für zwei Familien zu kochen.«[14] Heißewecken werden gebacken und Futtjens oder Förtchen aus Mehl, Milch und Butter in eigenen Förtchenpfannen, die man noch warm mit Puderzucker bestreut genießt. Und Rummelpottplätzchen, kleine Kuchen aus Sirup, Mandeln und Mehl, wenn die verkleideten Rummelpottkinder zum Jahreswechsel von Tür zu Tür ziehen und begleitet vom Krächzen des selbstgebastelten Rummelpotts ihre Bettellieder singen: »Giv mi wat in'n Rummelpott / een, twee, dree un veer / wenn't lütten Dreeling weer!« Auch Emmy hat Platt gesprochen und wird mit dem Rummelpott herumgezogen sein: Steinstraße, Apenrader Straße, Schulgasse. Den Weg, den sie täglich geht: Ab 1888 zum Kindergarten in der Schulgasse 6, von 1893 bis 99 in die daneben liegende St. Marien Mädchenschule III. Dazwischen in die zweite Mädchenschule in der Duburger Straße von 1891 bis 93. »Dat ohle Jahr, dat nie Jahr / Sind denn nie bald de Futtjens gaar? / Krie ick een, so blief ick stahn, / Krie ick twee, so will ick gahn ...« Der Lohn für die Sängerinnen und Sänger, Äpfel, Nüsse und Plätzchen, wurde in große Taschentücher geknotet und stolz heimgetragen. Und hatten sie sich erkältet, gab es den heißen Saft der Holunderbeeren, der Flederbern, aus dem man auch Suppe kocht mit Appeln un Klümp, Klößen aus Mehl, Milch, Butter und Eiern. Emmys kleine Welt. Flensburg zählt damals rund 40 000 Einwohner. Deutsche, aber auch viele Dänen. In der Neustadt ist der dänische Bevölkerungsanteil besonders hoch. Auch der Werftdirektor Bredsdorff, an dessen Villa in der Apenrader Straße Emmy täglich vorbeigeht, war Däne. Und so schnappte sie, die zuhause wohl mehr Platt- als Hochdeutsch sprach, auch das Dänische auf. Selbstverständlich gehörte der weiche Singsang dieses Idioms dazu. »Emmy findet, die deutsche Sprache sei arm an Vokabeln der Zärtlichkeit und Verliebtheit. Die dänische sei darin so unendlich viel reicher.«[15] Hugo Ball notiert das. Jahrzehnte später. Da wird sie in dänischer Tracht auftreten und dänische Lieder singen. »Det war en lørdag aften ...« Ein kleines Liebeslied, das sie selbst übersetzt: »Es war am Samstag abend, stand draußen vor der Tür.« Ein Stück Heimat während des unruhigen Herumziehens von Tingeltangel zu Tingeltangel, von Kabarett zu Kabarett. »Meine Eltern haben für Deutschland optiert«,[16] schreibt sie dem Lebensgefährten Hugo Ball 1916. Aber die Mutter nimmt sie schon früh mit zu ihrer dänischen Verwandtschaft nach »Vejle, wo ich als Kind mal was vergraben hab. Ein Stück grünes Flaschenglas, meine Lieblingsbrille. Wenn man da durchguckte wars, als wiege sich die ganze Welt in Träumen.«[17] Hinter der Grenze verwandelt sich die Welt. Wird weit. So wie das Meer. Sie wußte, »daß die Förde nur der Beginn des großen Meeres ist, und auch das Meer selbst hatte ich schon kennengelernt. In meinem vierten Lebensjahr machte ich mit meiner Mutter eine Reise nach Jütland, wo ich von der ungeheuerlichen Größe des Meeres den ersten Eindruck empfing.«[18] Prägungen der ersten Jahre. Sehnsucht nach dem Meer ein Leben lang, »weil ich ein Kind vom Meer bin und weil das Meer das eigentliche Element meines Vaters war.«[19] Sehnsucht nach der »blonden Heimat«, wenn sie unbehaust sein wird: »Am liebsten wäre ich ein Apfelbaum, der irgendwo am Wege steht, vielleicht auf einer Landstraße im Jütländischen, in Dänemark, dort, wo der Weg nach Vejle führt, das ist die Gegend, aus der meine Mutter stammt.«[20]

Land und Meer. Mutter und Vater. Das Kind ist zufrieden. Trotz der dürftigen Verhältnisse. Es spürt, in welch hohem Maße die Eltern die Gabe besitzen, »mit wenigem glücklich zu sein.«[21] Die Mutter, »als sie mich zu ihrem höchsten Erstaunen in die Welt brachte ... war sehr zage auf meine Ankunft vorbereitet. Ich war ihr erstes Kind und bin auch ihr einziges geblieben.«[22] Später wird sie Emmys Kinder zu sich nehmen: den kleinen Joseph Hennings, der bereits im 1. Lebensjahr stirbt, und die 1906 geborene Annemarie, die ein Jahrzehnt in der Obhut der Großmutter aufwachsen wird.

Anna Cordsen, die, wie Emmy, ihr blondes, reiches Haar bis in ihr hohes Alter behielt, war energisch und hielt den Vater, »der eine stille und nachgiebige Natur«[23] war, immer wieder dazu an, bei der Eintreibung der Mieten weniger nachsichtig mit den säumigen Mitbewohnern umzugehen. Weniger großzügig zu sein. »Indessen war mein Vater keineswegs ein schwächlicher Mann, nur anderen gegenüber zeigte er sich von einer Gutmütigkeit, die meiner Mutter manchmal zu weit ging.«[24] Und war damit ein Vorbild, dem die Tochter in ihrem Leben mehr nacheifern würde als dem mütterlichen. Aber Emmy erlebt auch eine andere Seite der Mutter. Einerseits hält sie mit Realitätssinn und Energie den Hausstand zusammen, näht für andere Familien, um Geld hinzuzuverdienen. Andererseits hatte »meine Mutter ... ein schwarzes, fein gebundenes Buch, in das sie mit ihrer zarten sorglichen Handschrift eine Anzahl Gedichte eingetragen hatte ... Es waren einige geistliche Lieder und Gedichte von volkstümlicher Frömmigkeit.«[25] Das mögen neben den deutschen und dänischen Kinder- und Volksliedern und plattdeutschen Versen, die Emmy kannte, die ersten Dichtungen gewesen sein, mit denen sie in Berührung kam.

Damals lebten Deutsche und Dänen in der Neustadt. Aber im Hafen gab es Matrosen, die in fremden Sprachen redeten, die lachten und tranken und zu den Mädchen im Oluf-Samson-Gang gingen. Doch das war jenseits des Nordertores, das die Neu- von der Altstadt trennt. Für die kleine Emmy eine magische Grenze wie die zwischen Himmel und Meer. Oder wie die am Ende ihrer Straße: ein Schuttplatz, auf dem die Kinder spielen, angefüllt mit Asche und Gerümpel, umgeben von einem Wall. Und zur »Linken neben dem Wall, wohl zwanzig Schritte von ihm entfernt, sah man in den geöffneten Raum einer Glashütte, wo Männer an langen Stangen glühende Flaschenkolben hin und her schwangen. Der geöffnete Ofen warf einen rotgelben Flammenschein auf die nackten Oberkörper der Glasbläser. Das sah schön und zugleich schrecklich aus. Die Glashütte wurde von uns Kindern als Hölle bezeichnet ... Der Zutritt war streng verboten ... Unterhalb des Walles befanden sich sechs Schweineställe nebeneinander und diese Partie hieß ›die Verbannung‹ oder ›die Fremde‹. Zwischen den Schweineställen und dem Wall gab es einen Jauchegraben, der beim Spiel vom verlorenen Sohn und der verlorenen Tochter eine wichtige Rolle spielte. Um nämlich aus der Verbannung in den Himmel zu gelangen, war man genötigt, diesen Graben zu überspringen, eine Kunst, in der wir uns unwillkürlich übten.«[26] Als Emmy einmal im Jauchegraben landet und aus dem stinkenden Wasser ans feuchtglitschige Ufer zu kommen sucht, singt sie den schadenfrohen Spielkameraden zum Vergnügen, sich selbst jedoch zum Trost eines ihrer Lieblingslieder: »Hätt' ich Flügel, hätt' ich Flügel, / Flög ich auf zu meinem Herrn, / Über Meere, Täler, Hügel, / Sonder Schranke, sonder Zügel / Folgt ich immer meinem Stern.« Das ist eine Phantasie dieses Kinderlebens: Davonzufliegen, schrankenlos, zügellos, nur der eigenen Stimme folgend. Eines Tages wird sie das tun. Und sie wird es wieder und wieder tun. Und wird es ihre »Weglaufsucht« nennen.

Daß das Überspringen von Grenzen Gefahren birgt, erfährt Emmy jedoch nicht nur im Jauchegraben, sondern am eindrucksvollsten aus den Erzählungen des Vaters. »Für mich ... blieb er meine ganze Kinderzeit über vor allem der weitgereiste Seemann, den ich liebte und bewunderte, und in einer gewissen Hinsicht hegte ich manchmal ein seltsames Mitleid für ihn.[27] Ich war der Meinung, mein Vater verschweige nur Mutters wegen seine Sehnsucht nach dem Meer, und dieser Verzicht aus Rücksicht für einen anderen Menschen begann mir zu imponieren.[28] Und dieser mein heldenhafter Vater war in Schiffsnot gewesen ... Sturm und Dunkelheit. Und nur ein Stern am Himmel. Und mein armer Vater ... treibend auf einer Planke.«[29] Emmy fürchtet sich. Und zugleich sehnt sie das Abenteuer herbei, spinnt des Vaters spröde Erinnerungen in ihrer Kinderphantasie »zu den wunderlichsten und schauerlichsten Märchen aus, Märchen, die abgründig und dunkel waren und denen meine Spielkameraden wie hinweggenommen mit weit geöffneten Augen und offenen Mündern ... lauschten.«[30]

Als sie 1920 noch einmal mit Hugo Ball und der Tochter Annemarie nach Flensburg kommt, wird sie einige Jugendfreundinnen treffen, die sich der abenteuerlichen Reisen des Ernst Cordsen durch den Mund seiner Tochter genauer erinnern als die Erzählerin selbst. Schon damals galt, was der Schweizer Philosoph Max Picard 1945, drei Jahre vor Emmys Tod, dem gemeinsamen Freund Gunter Böhmer schreibt: »Ich weiß nicht, ob das stimmt. Denn die Erzählungen der Frau B. stimmen meist nicht mit der Wirklichkeit überein, ohne daß Frau Ball etwas Böses beabsichtigt.«[31]

Wirklich ist für Emmy, was sie für wirklich hält. Und ihre Erinnerungen *Blume und Flamme*, *die Geschichte einer Ju-*

gend, auf die wir angewiesen sind, wenn wir die Flensburger Kindheit und Jugend nachvollziehen wollen, sind ein Spiel mit Realität und Fiktion, seltsam entrückt, als habe die fünfzigjährige Autorin noch einmal das grüne Flaschenglas aus Vejle vor ihr Auge gehalten: »Es ist als wiege sich die ganze Welt in Träumen.«[32]

Die Realität jedoch sah anders aus. Es war ein hartes Leben, das die Cordsens und ihre Nachbarn führten. 12 Stunden Arbeit auf der Werft. Montag bis Samstag. Monat für Monat. Jahr für Jahr. Haushalt. Näharbeiten. Das enge Miteinander. 1892, Emmy ist sieben, kommt eine der Großmütter ins Haus. Zum Sterben. Das Kind hofft, daß der liebe Gott seinen Entschluß, die Großmutter sterben zu lassen, rückgängig macht: »Denn das Leben war so schön, und jetzt hatte sie es nicht mehr ... Sie lag in der besten Stube aufgebahrt, unnahbar schön und rein, in ein blühend weißes Mullkleid gehüllt, von Blumen umgeben ... Die Fenster waren weiß verhangen, und auch der Spiegel war mit einem Tuch eingehüllt, mit einem sehr bleichen Tuch. Der Spiegel schien ein Geheimnis zu bergen.«[33] Das Kind versucht, dem Geheimnis auf die Spur zu kommen, sitzt scheu und wartet. Umsonst. Gott revidiert seinen Entschluß nicht. Die Großmutter wird begraben, und Emmy hofft am Grab, daß der Engel kommt und die Großmutter in den Himmel trägt. »Großmutter durfte nicht in der dunklen Erde bleiben. Plötzlich wurde ich von einem Rausch der Trauer erfaßt, daß ich selbst nicht wußte, wie mir geschah, und ich begann bitterlich zu weinen ... Dann wieder wurde ich sehr ruhig, denn ich wußte, es kam kein Engel.«[34] Nicht zur Großmutter. Nicht zu ihr. Später wird sie die beklemmende Situation noch einmal erinnern:

»Meine Großmutter hielt die ganze Nacht
– Im grünen Glase brannte ein Licht –
Vor einem vergitterten Fenster Wacht,
Ich sah in ihr fahles Angesicht.

Die Möbel in dem blauen Zimmer,
An ihnen haftet all unser Leid.
Und wenn jemand stirbt, um diese Zeit
bleibt stehn die Uhr mit krankem Gewimmer.«

»Bei mir zu Hause«[35] hat sie das Gedicht überschrieben, eines von dreien, die ihre Flensburger Kindheit und Jugend thematisieren und die eine andere Sprache sprechen als die verklärenden Erinnerungen in *Blume und Flamme*. Diese Großmutter liegt nicht »schön und rein« in der blumengeschmückten Stube. Ihr Angesicht ist fahl wie der Tod, auf den sie wartet, eingesperrt hinter dem vergitterten Fenster. Das Leben ein Gefängnis. Unfrei die Bewohner im blauen Zimmer der Melancholie. Zwischen Möbeln, die ihre Verzweiflung bewahren. Nirgends ein Ausweg. Allein der Tod. Und auch er nicht die Befreiung. Nur die Uhr bleibt stehen. Alter Volksglaube. Aber nicht mit einem sanften Schlag, sondern mit krankem Gewimmer. Leiden bis zuletzt. Kein Engel erlöst.

»Bei mir zu Hause«, ein Gefängnis. »Mein Jugendhimmel, eine Glocke aus Glas«.[36] Auch das ist »Kindheit«, wie Emmy sie erinnert. Die Luft wird knapp. Noch kann sie die Glasglocke nicht heben. Aber an den Stäben ihres Gefängnisses rüttelt sie immer wieder. Manchmal meint sie, die Luft der Freiheit zu spüren. In der Dachkammer, deren Giebelfenster zur Apenrader Straße zeigt. Dorthin flieht sie, wenn sie lesen will. Oder träumen. Vom Davonfliegen: »Das Fenster, die kleine Dachluke zitterte vor meinem Entschluß, bereit zu sein ...«[37]

Hatten sich Eltern und Spielkameraden an die ausgefallenen Geschichten und Einfälle des Mädchens gewöhnt, so wurde die Schulzeit im neuen preußisch-strengen Schulhaus aus gelbem Fördeklinker in der Schulgasse 4 zur Qual. Lesen und Schreiben lernt Emmy schnell, verfaßt lange Aufsätze, die Lehrer und Mitschüler in Erstaunen versetzen. Sie liebt es zu singen, lernt Gedichte auswendig, lange Prosatexte, die sie deklamiert. Emmy kann nicht rechnen. Ihre Zensuren vom Ende des zweiten Schuljahres sind erhalten: Religion: gut, Deutsch: z(iemlich) gut, Rechnen: gen(nügend). Ihre Zensoren begreifen Emmy nicht. Weder ihre Phantasie, die sie als Unehrlichkeit, noch ihre Eigenständigkeit, die sie als Ungehorsam einstufen.

Wieder einmal unfolgsam, soll Emmy eine Ohrfeige bekommen. »... hierbei suchte ich mich ängstlich mit der Hand, die immer noch den Bleistift hielt, zu schützen. Der Lehrer gab mir einen Stoß, wobei die Spitze des Bleistiftes mir durchs

Ohr fuhr. Ich empfand einen ungemein heftigen Schmerz, vor dem ich sehr erschrak und der mir schwer erträglich schien, obwohl ich mich schon an Schmerzen gewöhnt hatte, da ich beinahe täglich in der Schule hart gezüchtigt wurde, weil ich nicht mehr die kleinste Rechenaufgabe lösen könnte, was der Lehrer für Eigensinn halten mochte, da ich in anderen Fächern gute Fortschritte machte ... Ich mag heute noch nicht sagen, wie ich gezüchtigt wurde, doch geschah es oft mit einer Grausamkeit, vor der ich erbebte ... Mit den Schmerzen verstand ich ein wenig umzugehen. Ich wußte sie manchmal zu beschwichtigen, indem ich entweder meine geschwollenen Fingerspitzen küßte, mir das Haar streichelte, manchmal auch vor mich hin mit meinem Rücken sprach. Die kleinen heimlichen Selbstgespräche halfen viel ... Es stand insofern nicht so schlimm mit mir, da ich auf dem besten Wege war, mir ein wirkungsvolles System auszudenken, eine gute Methode gegen Schmerzen auszuprobieren.«[38]

Tagträume helfen. Reisen ins Land der Phantasie. Auf Gewölk über die Grenzen. Mit dem Schiff übers Meer. Und die Literatur. Wahllos lesend, was sie in die Finger bekommt, erschließt sich Emmy eine neue Welt. Wenn die Eltern zu den Züchtigungen in der Schule schwiegen, so schwieg auch Gott, wenn das Kind ihn um Hilfe anflehte: »Er hatte wohl seine Gründe, wenn er schweigsam blieb. Die Dichtung aber schwieg nicht. Vielmehr lernte ich ihre Tröstungen kennen.«[39] Fluchtphantasien. »Es mußte ja herrlich sein, durch ganz Deutschland zu spazieren ... Man konnte auch für den Anfang etwas Brot in der Umhängedose mitnehmen, und später, im Lauf der Wanderung, würde man auf dem Lande bei den Bauern genug zu essen bekommen, sodaß man also nicht zu verhungern brauchte ... O ja, das Auswandern hatte entschieden viel für sich.«[40]

Vorerst kleine Fluchten. In die Stadt jenseits des Nordertores. Dorthin, wo die Backsteinkirchen stehen, die großen Bürgerhäuser. Wo auf den Plätzen Markt gehalten wird. »Ich hatte zwar einige Einkäufe zu machen, aber ein bißchen fühlte ich mich als Kurgast, als Hergereiste. Mitten in der Woche trug ich das blaue Sonntagskleid und den breitrandigen Florentinerhut, meine schöne Schaluppe mit Mohnblumen beladen. Ich trug den Einholekorb im Arm und den weißen volantbesetzten Sonnenschirm meiner Schwester in der Hand. Das eine paßte nicht recht zum andern, aber ich war auf elegant eingestellt und verstand es nicht besser.«[41] Da malt sie sich ein Sonntagsessen aus, für das sie, mit schlechtem Gewissen, weil es ihr nicht aufgetragen war, ein Päckchen Götterspeise kauft. Für vierzig Pfennige. Die soll es geben und Buchweizengrütze, Petersilienkartoffeln und Spiegelei.

Breitere Straßen als in der Neustadt. Gut angezogene Menschen, die Zeit haben zu flanieren. In einem der prächtigen Häuser an der Norderstraße mit Rokokofassade und hoher, reich verzierter Eingangstür lebt Zigarrenfabrikant Eckener mit der Tochter Ina und den Söhnen Hugo und Alexander. Der eine, 1868 geboren, wird Philosophie studieren und sich zunächst als freier Schriftsteller in Friedrichshafen am Bodensee niederlassen. In die Geschichte wird er jedoch mit dem »Zeppelin« als Luftschiffpionier eingehen. Der andere, Alexander Eckener hat sich als Maler und Graphiker regional einen Namen gemacht. Als Emmy ihm zufällig am Nordertor begegnet, ist sie tief beeindruckt. »Von Herrn Magnussen waren in der Buchhandlung zwei Bilder ausgestellt. In jedem Schaufenster stand eines. Das eine war sogar *verkauft*, wie auf einer kleinen Tafel zu lesen stand ... Er trug eine schwarze Sammetjacke mit Ripsband eingefaßt, und unter einem breiten dunklen Künstlerhut das vermutlich spanische Gesicht mit großen dunklen Augen, die mich aufmerksam musterten ... Seine Braut war zierlich und schmal. Ihr Kleid war von derselben zart-violetten Farbe wie das meiner Puppe Liese.«[42] Emmy ist verwirrt. Zum erstenmal nimmt sie die Eleganz einer jungen Frau wahr: die eng geschnürte Taille, den grünen Spitzenhut auf den roten Locken, »ein Gedicht von einem Hut ... Auch kam ich nicht auf den Gedanken, daß die Augen der Braut blau untermalt, das Gesicht gepudert und der Mund geschminkt war.«[43] Aber eins weiß sie, daß sie einmal auch so aussehen möchte.

Noch ahnt sie nicht, daß Alex Eckeners Freund, Rudolf Reinhold Junghanns, der ab 1909 drei Studienreisen nach Norden macht und mit Eckener malt, sie in München porträtieren und jene skandalträchtigen Radierungen schaffen wird, die ihn und sein Modell berühmt-berüchtigt machen sollen. Noch erwidert sie schüchtern den freundlichen Gruß Magnussen/Eckeners mit einem scheuen Nicken.

Ja, das Nordertor ist eine Grenze, die zu überschreiten immer Neues, Aufregendes bringt. Wie die Zirkusleute, die am Nachmittag eine Gratis-Kostprobe ihrer Kunst geben und zur Abendvorstellung verlocken wollen. Grüne Wohnwagen. Dunkle fremde Gesichter. »Ein kleiner Junge in roter Jacke und weißem Zylinder lächelte mich an. Ich lächelte zurück, und es war eine gute Unterhaltung. Dann begann ein Mädelchen in kurzem blauen Schleierkleid eine Leiter zu besteigen, die zu einem Seil führte. Da das Kind seinen Weg beginnen wollte, blieb es ein Weilchen auf der kleinen Plattform stehen, machte eine grüßende Bewegung nach unten, öffnete einen bunten, flachen Schirm und begann übers Seil zu gleiten. Wie anmutig war dieses gefährliche Gleiten. Es kam mir vor, als sei das Seil sehr lang und als führe es sehr hoch nach oben. So kühn und sicher glitt die Kleine hinan, als hätte sie sich verlieren mögen in den Äther, in das reine, tiefe Blau des Himmels. O wie schön war es, diese kleine Himmelstänzerin anzusehen. Hoch oben in der klaren Luft war sie vogelhaft leicht und zierlich, doch sah ich noch einmal den Gruß, den sie aus der Höhe in die Tiefe hinabfallen ließ.«[44]

Fahrendes Volk. Heute hier. Morgen da. Rote Jacke. Weißer Zylinder. Blaues Schleierkleid. Ein bunter Schirm. Zwischen Himmel und Erde. Und unten Emmy. Ein Gruß von der Höhe in ihre Tiefe. Auf dem Weg zurück wieder die niedrigen Häuser der Neustadt, die rauchenden Schornsteine der Glashütte. Das Gaswerk. Die verhaßte Schule. Der Schrottplatz. Die enge Küche. Emmys Begeisterung. Mutters strenge Stimme. Vaters Kopfschütteln.

Einmal auch so schweben zwischen Himmel und Erde. Im Schleierkleid. Einmal davonfahren im grünen Wagen. Emmy träumt. Emmy spielt. Sie ist Frau Minde und Liese, die Puppe ihre Tochter. »›Liese ist fort‹, sagt Frau Minde zu Frau Marquardsen. ›Sie ist Seiltänzerin in Hamburg auf der Reeperbahn.‹ ›Was?! Seiltänzerin? Was ist denn das?‹ ›Nun, sie geht zwischen Himmel und Erde. Damit verdient sie ihr Geld, aber leider nicht genug. Sehn Sie, dieses Kontobuch hat sie mir geschickt. Betrachten Sie sich das mal in Ruhe, Frau Marquardsen, und sagen Sie mir dann, wie sie denken. Es sind die Schulden meiner Tochter, die ich zu zahlen habe. Dabei habe ich selbst kein Geld. Es ist ein Kreuz mit meiner Toni. Sie kommt nämlich immer weiter herunter.‹ ... ›Tz, tz, tz,‹ machte Frau Marquardsen vor Schreck. Dann aber wurde sie zu einer spitzen Bemerkung veranlaßt, über die Frau Minde sich sehr ärgerte. ›Sagen Sie, Frau Minde, ist Seiltanzen nicht ein ziemlich ruppiges Brot?‹ Frau Minde suchte sich zu beherrschen ... ›Frau Marquardsen, Brot ist Brot. Und meine Tochter verdient es ehrlich genug. Ich lasse nichts auf sie kommen.‹«[45]

Der Dialog beim Puppenspiel: Emmys Rückblick auf die Kindheit. Mit dem Wissen der Fünfzigjährigen um ihr Leben. Das waren die Sorgen der Eltern, wenn sie das Kind in großen Gesten sprechend in Hof und Stuben sahen. Selbstvergessen. Eine Andere. Das war es, was die Mutter wußte, als Emmy davongezogen war: Sie kommt immer weiter herunter. Ihre spröde Liebe, als die 21jährige Tochter 1906 mit Chiffonhut und Rucksack in Flensburg auftaucht, ein Kind im Arm. Und als sie wieder davonläuft und nicht zurückkommt, Anna Cordsens trotziges: »Ich lasse nichts auf sie kommen.«

Aber noch versucht Emmy sich zu fügen. »Kümmere dich als Mädel nur immer hübsch um deine eigene Insel«, mahnt Lehrer Thießen, als sie wieder einmal von den Abenteuern auf See und der Pflicht eines jeden Seefahrers zur Entdeckung einer Insel fabuliert hatte. »Es gibt nicht nur Pflichten für Seefahrer, sondern auch für kleine Mädchen. Versuch mal diese immer wieder zu entdecken und ihnen nachzukommen, dann kommst du schon auf den richtigen Weg.«[46] Thießen weiß, wovon er spricht. Hat doch seine phantasievolle Schülerin sich bei ihm an den Nachmittagen als Laufmädchen verdingt. Für eine Mark in der Woche. Um ins Theater gehen zu können. Emmy wäscht das Geschirr, putzt die Schuhe, schält Kartoffeln und macht Besorgungen für die Lehrersfrau. Sie verkauft Hasenfelle, die Thießen, der Jäger, von den Bälgen zieht. Bekommt beim Kürschner auf dem Holm sechzig Pfennige pro Fell. Rennt um die Ecke in die Rathausstraße. Ins Theater. Das wurde 1894 eröffnet. Die billigste Karte kostet sechzig Pfennige. »Klassikervorstellungen zu halben Kassenpreisen konnte ich nur noch mit Hasenfellen und umgekehrt in Verbindung bringen ... Auch verschmähte ich es nicht, Alteisen und Knochen sowie alle möglichen Abfälle zu verkaufen. Mein Traum war ein Abonnement fürs Stadttheater.«[47]

Emmy auf dem Schrottplatz. Auf der Suche nach Abfällen, die sich versilbern lassen. Emmy in *Die Jungfau von Orleans*, in *Die Räuber* und *Don Carlos*. Emmy in Lehrer Thießens Küche Schillers Verse deklamierend. Emmy will auf »die Bühne, die eben für mich keine Bühne war, sondern das Leben.«[48] Und sie sprudelt zuhause ihre Begeisterung heraus: »Dieser herrliche Raum in Rot und Gold. Und der Kronleuchter, der in der Mitte des Theaters von der hohen Decke herabhing, ganz frei im weiten, großen Raum.«[49]

Die Theaterzettel sind in Flensburg erhalten. Auch von *Hanneles Himmelfahrt*, das die Elfjährige bei der Aufführung 1896 tief ergreift. Als sie ein Jahr später Gerhard Hauptmanns *Die versunkene Glocke* sieht, ist für Emmy kein Halten mehr. Sie kauft das Textbuch und führt das Stück mit Freunden vor Nachbarskindern und deren Eltern auf. In der Waschküche. Sie führt Regie, hat die wichtigsten Rollen übernommen, weist die Plätze an. Sie improvisiert Bühnenbild und Kostüme. »Und als nun endlich alles zur Aufführung vorbereitet war, warf ich mich rasch in Rebekkas Nixenkleid, das sie auf dem letzten Kostümball getragen hatte. Es war ein Hängekleid aus grünem Tarlatan, mit Silberfäden durchwirkt. Das Kleid paßte mir gut. Vielleicht war es etwas zu lang, doch fand ich, daß dies kaum ein Nachteil war, da dieses lange phantastische Gewand, das meine Füße verbarg, mich nur noch unwirklicher machte. Die Kinder mußten vergessen, daß ich Helga war.«[50]

Und Emmy Cordsen wollte vergessen, daß sie das Mädchen aus der Steinstraße war, wollte eines der Hauptmannschen Fabelwesen sein, wollte die Waschküche in einen Märchenwald verzaubern. Wählt nicht *Hanneles Himmelfahrt* für ihre Aufführung, sondern das Versspiel *Die versunkene Glokke*, mit dem sich der sozialkritische Dichter auf die Seite der Neuromantik stellt und das für Jahre Hauptmanns größtes Erfolgsstück wird. Statt sozialer Anklage wandervogelselige Naturstimmungen. Emmy Cordsens Fluchtbedürfnis aus der eigenen sozialen Misere kommt das entgegen. »Die Elfen trugen helle Sommerkleider, Blumenkränze im offenen Haar und flogen auf leisen Sohlen, nämlich barfuß, auf und nieder.«[51] Es wird ihre einzige *Inszenierung* bleiben. Zu knapp die Zeit zwischen Schule, häuslichen Pflichten und der nachmittäglichen Arbeit bei Thießens. »Später verlegten wir uns auf ›Einzelnummern‹ ... Meine Glanzleistung wurde ›der heimgekehrte Krieger‹«.[52] Emmy mit Mutters Broschen als Orden am Kleid, spielt den einbeinigen Stelzfuß, der heimkehrend von der siegreichen Schlacht kündet, um dann sterbend niederzusinken, so überzeugend, daß sie sogar zu »Gastspielen« in die Nachbarschaft eingeladen wird.

Die Bretter, die die Welt bedeuten. Für Emmy verkehren sich die Dinge. Theater wird zum Leben und ihr Leben zu etwas, das durchgestanden sein wollte, um zurückkehren zu können in die Welt des schönen Scheins. Was also liegt näher, als ganz einzutauchen, Schauspielerin zu werden.

1899 endet ihre Schulzeit. Am 19. März, sie ist gerade 14 geworden, wird sie in St. Marien konfirmiert. »Die Kinderzeit wurde begraben, und dieses strenge Konfirmationsgewand war das Begräbniskleid. Mutter wünschte, daß ich in diesem Kleid photographiert werden sollte, ... aber, da ich mir vorkam wie ein schmaler, schwarzer kleiner Sargdeckel, wollte ich kein Bild.«[53] Der Ernst des Lebens beginnt. So hört es Emmy, deren Schulfreundinnen in der Stadt oder auf dem Land in Stellung gehen. Auch von ihr wird das erwartet. Der Weg ist vorgezeichnet: Dienstmädchen, Sparen auf die Aussteuer, die die Eltern nicht zahlen können. Heirat. Kinder. Emmy träumt sich als Stewardeß nach Sumatra, als Stubenmädchen auf eine Farm in Südafrika, als Kindermädchen nach Indien. Wozu hat man einen Vater, der die Welt umsegelt hatte? Fuhren nicht täglich Schiffe aus dem Hafen, Züge aus dem Bahnhof? War die Welt nicht groß und weit? »Herz und Kopf waren das Land der unbegrenzten Möglichkeiten.«[54] Aber in der Steinstraße werden Stellenanzeigen studiert. Emmy weiß, was von ihr erwartet wird, und verschenkt an ihrem letzten Schultag ihren Bleistiftspitzer. »Gab's mit dem Bemerken, ich würde so bald nicht mehr zum Schreiben kommen.«[55] Sie fügt sich. Tritt 1900 eine Stelle im Hotel Norden an. Als Haus- und Küchenhilfe. Sieht mit verwunderten Augen, daß für manche täglich *Vullbuuksabend* ist. »Ich lernte Pasteten kennen, das war ein Blätterteig, der vorgewärmt und mit zarten

Erbsen und feinem Kalbfleisch gefüllt wurde und das war nur eine sogenannte Vorspeise. Dann gab's Zwischen- und Hauptgerichte, Nachspeisen und Dessert.«[56] Emmy staunt, holt die Teller aus dem Speisenaufzug. Wieviele Reste darauf bleiben. Hier wird nicht aufgegessen. Es gibt alles im Überfluß. Für die, die zahlen. Emmy spült. Hilft beim Garnieren der großen Aufschnittplatten mit Butterkugeln, Petersilienbüscheln und Zitronenscheiben. Einmal darf sie Mockturtlesuppe probieren, »eine so sehr feine Suppe, wie ich sie bisher noch nie gekostet hatte.«[57] Sie wohnt nicht mehr zu Hause, sondern mit dem anderen Personal. Bei ihrer Anstellung im Knabenpensionat Linning in der Duburgerstraße, das um die Jahrhundertwende mit 10 Schülern das größte Pensionat der Stadt für die Externen der Flensburger Schulen war, teilt sie zeitweise nicht nur das Zimmer, sondern auch das Bett mit einem anderen Mädchen. Und bei dem Zichorienfabrikanten Carl Thamsen magert sie in kurzer Zeit so erschreckend ab, »daß meine Eltern mich nach Hause nehmen mußten, wo es mir zunächst gar nicht leicht fiel, mich wieder an eine regelmäßige Kost zu gewöhnen.«[58] Emmy resigniert. »Wenn ich an meine ersten Mädchenjahre zurückdenke, besonders an die wichtige Zeit des Reifens vom Kinde zur Jungfrau, habe ich beinahe etwas Mitleid mit mir. Warum? Weil ich mich so sehr schwer an das große Leben gewöhnt habe. Ob es dann doch ging? O ja, es ging schon. Es geht ja immer, wenn auch manchmal etwas schief. Es kam mir nur so vor, als ginge es gleich von Anfang an schief ... Es kommt freilich nicht immer darauf an, wie das Leben wirklich ist, sondern wie es einem vorkommt. Ich hielt es für verfehlt ...[59] Es war mir nun einmal beschieden in Diensten zu sein, obwohl ich mir dies an einer wesentlich anderen Stelle gewünscht hatte. Etwas Geistiges zu erlernen, mich in irgendeiner Wissenschaft auszubilden, zu studieren, dies war etwas, das man mir allenfalls hätte versagen müssen, da meine Eltern hierzu nicht die Mittel hatten. Meinen Kinderwunsch Schauspielerin zu werden und auf diese Weise der Kunst zu dienen, glaubte ich überwunden und sozusagen in mir getötet zu haben. Ich wünschte mich in einem Leben zurechtzufinden, das mir aufgezwungen war.«[60]

Dazu gehört für die Siebzehnjährige, deren Vater im

November 1901 gestorben war, eine Stellung, die mehr Anregungen bietet als die vorherigen. Eine Stellung ohne Kost und Logis. Mit mehr Freiraum an den Abenden, an den Sonntagen. Aber mit ihrer Vorbildung hat sie wenig Auswahl. Und die Mutter hätte ihre Tochter der Kosten wegen gern aus dem Haus und vom Tisch. Doch Emmy setzt sich durch und tritt 1902 eine Stelle im Photoatelier Juul an. Sie muß Bilder kopieren. Für 25 Mark im Monat. Jeden Morgen geht sie von der Dorotheenstraße, in die Cordsens 1901, nach dem Tod des Vaters, gezogen waren, in die Große Straße 21 nahe dem Südermarkt und der Nikolaikirche. Es ist die deutsche Wohngegend mit Handelshäusern und Kontoren, über der der ›Museumsberg‹ thront mit Kunstgewerbemuseum und Schule, mit dem Christiansenpark und dem alten Friedhof. »Das Atelier lag im vierten Stock, und durch die hohen Fenster sowie vom Balkon aus konnte man auf ein weitausgedehntes Häusermeer, über viele Dächer der Stadt hinwegblicken. Lange Tische waren an die Fenster gerückt, wo ich mit meinen vielen Kopierrahmen zu schaffen hatte.[61] Meine Kameradinnen waren die liebsten Arbeitsgenossen, die man sich denken und wünschen kann.«[62] Emmy ist glücklich. Eines der drei Mädchen, Karen, ist Dänin, die nur wenig Deutsch spricht. Auch Andreas Juul ist Däne. So wird mehr Dänisch als Deutsch gesprochen. Volkslieder werden gesungen, »und die Freude an diesen Liedern trug nicht wenig dazu bei, daß ich wenigstens den Geist der dänischen Sprache wie im Spiel auffaßte ...«[63] Emmy läßt sich in dänischer Tracht fotografieren. Ein Kätzchen auf dem Arm. Die Arbeit macht ihr Freude. Und Juul läßt den Mädchen freie Hand. Ist großzügig. Zu Weihnachten gibt es eine Feier und Geschenke. Emmy bekommt einen schwarzen spanischen Spitzenschal. Sie wird ihn tragen, wenn sie 1911 in München das erste Mal zur Kommunion geht. Und es gibt an diesem Adventsabend Musik. Dagny, Juuls Nichte, ist aus Korsør gekommen und spielt Harfe, singt vom »König in Thule« und aus der dänischen Oper *Elverhoi*. Aber Juul steckt in finanziellen Schwierigkeiten. Emmy, zuletzt eingestellt, wird zuerst entlassen. »Vielleicht waren diese Tage zu schön, um dauern zu können ... Nie war mir das Untergeordnete, Mechanische meiner Beschäftigung zu Bewußtsein gekommen ... Und dies alles sollte plötzlich zu Ende sein?«[64]

Vergessen wird sie diese Zeit nicht. Es bleibt die Liebe zum Dänischen. Emmy, die Dänin, wird sie sich nennen, als »dänische Futuristin« im Berliner ›Linden-Cabaret‹ auftreten. Und Dagny wird eines ihrer literarischen Pseudonyme sein, wenn sie zu schreiben beginnt. Ein Anfang ist gemacht. Schaut sie vom Atelier über die Dächer und die Förde hinüber nach Jürgensby, liegt die Welt ihrer Kindheit vor ihr wie unter einem Glassturz: Altstadt und Neustadt. Hafen und Förde. Deutschland und Dänemark. Unsichtbar die Grenze. Und sie spürt, daß sie Grenzen überschreiten kann:

»Mein Jugendhimmel – eine Glocke aus Glas.
Wir trugen Florentinerhüte.
Auf Kinderhände fiel Kirschenblüte.
Schneeflocken fielen weich und naß.

Die Berge Jütlands und blaue Heide,
Und in Vaters Hof fielen manchmal die Sterne.
Da erzählte der Seemann von einer Taverne
Und bunten Mädchen in leuchtender Seide.

›Na, Mädel, willst du mit? Sag Ja!‹
Matrose gab mir einen Kuß.
›Weil heute ich noch scheiden muß.‹
Schön sind die Mädchen von Batavia ...«

»Kindheit«[65] hat sie dieses Gedicht, das 1916 in *Die Ähre* veröffentlicht wurde, überschrieben: Drei Strophen mit je vier Zeilen, in denen ein Mädchen sich der Kinderzeit erinnert. Ganz einfach klingt das, wenn sich »Florentinerhüte« auf »Kirschenblüte« reimen, »Sterne« auf »Taverne« und »Kuß« auf »scheiden muß«. Das kommt so leichtfüßig, fast märchenhaft daher, daß man versucht ist zu glauben, da spräche jemand Junges, Unbefangenes. Aber dieser erste Eindruck täuscht, und das nicht nur im Hinblick auf das Alter der Lyrikerin. Emmy Hennings ist 31, als sie dieses Gedicht schreibt. Die Jahre der Schmiere, des Tingeltangel und der Boheme in Berlin und München liegen hinter ihr. Gerade hat sie dem 1916 in Zürich gegründeten ›Cabaret Voltaire‹ den Rücken gekehrt und ist mit Hugo Ball nach Ascona gezogen, einen neuen Lebensabschnitt zu beginnen. Und sich zu besinnen, zurückzublicken, wie auch Ball das mit der Sichtung seiner Tagebuchnotizen in *Die Flucht aus der Zeit* tun wird. So hat sie mit den Aufzeichnungen zu *Gefängnis* begonnen, den traumatischen Erlebnissen von Verhaftung, Verhör und Verurteilung und sich – folgerichtig – auch ihrem Leben als Schauspielerin und Hausiererin, als Tingeltangel-Mädchen und dem *Brandmal* der Prostitution zugewandt: »Hätte ich als Kind gewußt, daß es, nur um in einem Bette liegen zu können und die Wand anzustarren, so vieler Qualen bedarf, ich hätte meinen Eltern Vorwürfe gemacht, mich ins Leben gelockt zu haben.«[66] Hier also ist die Anknüpfung an das Gedicht. Emmy erinnert sich. Des Gefängnisses und der Ereignisse, die sie dorthin brachten, denkt sich zurück in die Zeit der Unschuld, die Kindheit. Aber im Text zeigen sich bereits irritierende Brüche. Emmy teilt gleich im ersten Vers Befremdliches mit: »Mein Jugendhimmel« – und nun folgt ein Gedankenstrich, so als müsse sich die Schreiberin, die auf einem Photo dieser Zeit einem Schulmädchen gleich am Tisch sitzt, das Heft vor sich, den Stift in der Hand, besinnen auf das Merkmal dieses Jugendhimmels. Und seltsam genug, ist es nicht der weite Himmel über der Förde, auf dem Wind und Wolken ihr freies Spiel treiben, nein, es ist »eine Glocke aus Glas«. Übergestülpt über diese Kindheit, sie abschließend und damit auch das Ich in diesem Gedicht einschließend und gefangensetzend. Ein halbes Jahrhundert später wird eine andere Dichterin, die junge amerikanische Lyrikerin Sylvia Plath, die Gefährdung ihrer Existenz unter der Glasglocke, *The Bell Jar* thematisieren.

Unter Emmy Cordsens Glasglocke ist eine Idylle eingeschlossen: Mädchen mit Florentinerhüten, wie Emmy sie bei ihren Gängen in die Stadt trug, Kinderhände, die nach den fallenden Kirschblüten haschen wie nach Schneeflocken. Und das Bild wird weitergemalt. Die Berge Jütlands und die blaue Heide kommen hinzu, Berge, die es nicht gibt. Nur den Himmelbjerg, auf den in der Sage der Danebrog vom Himmel fiel. Und das ist kein Berg, sondern eher ein Hügel. Außerhalb ist das alles wie das Städtchen Vejle, wohin das Kind mit der Mutter reist. Entrückt wie auch die Sterne, die nur manchmal in den klaren Septembernächten als Sternschnuppen in den engen Hof des Vaters fallen und von der Weite des Firmaments und der unendlichen Freiheit künden. Hier klingt im Gedicht jene poetische Verklärung an, die die erinnernde Prosa in *Blume und Flamme* weitere zwei Jahrzehnte später so liebenswert – und irreführend macht.

Nach der Erwähnung der Sterne fährt Emmy im folgenden Vers mit einem »da« fort. Denn abends, wenn die Sterne fallen, erzählt der Seemann. Auch er ein Künder der Welt außerhalb der »Glocke aus Glas«. Erzählt von jenen Orten, von denen die Siebzehnjährige beim Tellerwaschen singt: »Glori-Glori-Gloria, / Schön sind die Mädchen von Batavia ...«.[67] Die Matrosen im Hafen singen das. Auch die Soldaten singen es, wenn sie unter den Fenstern vorbeimarschieren: »Glori-Glori-Gloria, / Schön sind die Mädchen von siebzehn, achtzehn Jahr ...«.[68] Und zwanzig Jahre später schreibt Ferdinand Hardekopf aus Berlin: »Liebe Emseli, darf ich Dich um eine große Freundlichkeit bitten? Ich bin hier angestellt, dem ›Café Größenwahn‹ das Programm zusammenzusuchen ... Wird es Dir nicht unangenehm sein, mir Dein Lied ›Flori-Flori-Florida, schön sind die Mädchen von Batavia‹ zu senden (Text und Singstimme)?«.[69]

Die Welt, nach der Emmy Cordsen sich sehnt und die sie suchen wird: Mädchen in leuchtender Seide. Aber noch bedarf es zum Aufbruch des Mannes, der die Sehnsüchtige zum Entschluß drängt, das Vaterhaus zu verlassen: »Na, Mädel, willst du mit? Sag Ja!« Mit dem Kuß des Matrosen wird das Mädchen geweckt wie das Dornröschen hinter der Hecke. Die Welt steht offen, nach Batavia, das bei Emmy Kattowitz heißen wird und Budapest, Paris, Berlin, München, Zürich und Rom. Nach Batavia und weiter, denn das Gedicht schließt nicht mit einem Punkt, sondern hebt mit seinem Punktpunktpunkt die Grenzen auf und läßt die Ziele offen.

Flensburg. Januar 2000. Auf dem Bahnhof wehen die deutsche und die dänische Flagge einträchtig nebeneinander. Und als dritte die europäische. Das hätte »Emmy Erdball«, wie sie sich scherzhaft einmal nennt, gefallen. Denn die Tatsache, in einer Grenzstadt am Meer aufgewachsen zu sein, hat sie für sich immer auch als Verpflichtung zur Weltoffenheit verstanden.

Ich komme auf dem Ende der zwanziger Jahre erbauten Bahnhof an. Außerhalb der alten Stadt. Kam Emmy von ihren Ausbrüchen nach Hause, fuhr sie mit dem Zug fast bis dorthin, wo das Hafenbecken beginnt.

An den alten Bahnhof erinnert nur die abblätternde Fassade des ›Hotel Europa‹, des ehemaligen Bahnhofshotels. Statt des Bahnhofes heute der ZOB, von dem die Stadtbusse abfahren und die ins Umland. Die Linie 1 brächte mich in die Neustadt. Haltestelle Glashütte. Von dort sind es nur ein paar Schritte zur Steinstraße. Aber ich gehe zu Fuß. Über den Südermarkt, an der Nikolaikirche vorbei, den Holm, die Große Straße, die Norderstraße. Im Eckener-Haus befindet sich ein gediegenes Restaurant, das lokale Spezialitäten bietet: Im Sommer Schnüsch und frische Matjes. Jetzt ist Grünkohlzeit. Und Muscheln stehen auf der Karte. Emmys Lieblingsessen.

Es regnet. Der Wind kommt aus Nord-West. Sturmböen. Am Haus Steinstraße 5 drei Klingelknöpfe. Auf der Gedenktafel neben der Tür: »Ich gehe mir nicht nach und immer werde ich wiederkommen.« Am Ende der Straße ein Supermarkt. Kein Schrottplatz, kein freier Durchblick mehr zur Werft. Parkende Autos auf beiden Straßenseiten. Über dem Giebelfenster, aus dem sich Emmy in die Weite träumte, eine Fernsehantenne.

Im September 1999 ist sie wiedergekommen. Überall in der Stadt klebt ihr Bild: Emmy in Berlin. In Hardekopfs Zimmer. Wahrscheinlich. Um 1910. Bubikopf. Offener Blusenkragen. Lockerer Schal. Der Blick herausfordend und distanziert zugleich. Emmy als Ausstellungsgegenstand. Auf dem Museumsberg. »Emmymania in Flenstown« titelt ein Kommentator der örtlichen Tageszeitung. In diesen Wochen kennt sie plötzlich fast jeder. Manche Frauen tragen einen Haarschnitt à la Emmy. Und die Regionalhistoriker suchen die Personen hinter den Pseudonymen: Magnussen ist Eckener, der Photograph hieß nicht Leise oder Hollesen, sondern Juul, das Knabenpensionat Linning und nicht Brünning. Es ist ein bißchen wie mit Thomas Manns *Buddenbrooks* in Lübeck. Nur daß hier keine Listen ausliegen, wer wohl wer gewesen ist. Dazu ist alles zu lange her. Niemand lebt mehr, der sagt: Ich habe sie gekannt.

Es gibt Stadtspaziergänge auf Emmys Spuren. Mit *Blume und Flamme* in der Hand, mit dem Folgeband *Das flüchtige Spiel* lassen sich alle Orte festmachen: Das Theater, die Angelburger Straße, der Mühlentorfriedhof, wo sie auf den Engel wartete, der die Großmutter in den Himmel holen sollte. Die Straßen und Häuser, wo Emmy in Diensten war. Die evangelische Marienkirche von 1589 mit dem barock ausgestatteten Innenraum, in der sie getauft und konfirmiert wurde. Und die katholische Marienkirche, in deren nüchterne Kahlheit ihr »Erweckungserlebnis« so wenig zu passen scheint. Aber auch die katholische Diasporagemeinde im protestantischen Flensburg hat Emmy für sich entdeckt: Von Flensburg nach Rom. Nur eine Straße oder gar eine Schule hat man noch nicht nach ihr benannt!

»Ich bin so vielfach«. Das Ausstellungsmotto in aller Munde. Emmy, die Maskenspielerin, hätte das amüsiert. So leicht ist ihr nicht auf die Schliche zu kommen. Das merke ich immer wieder. Wenn ich glaube, sie zu kennen, zeigt sich eine neue Seite: in einem Brief, einer Tagebuchnotiz. Ihre Phantasie scheint grenzenlos. Realität wird zur Fiktion. Die Wahrheit zum Schein. Und umgekehrt werden Fiktion zur Realität und Schein zur Wahrheit. Emmys veröffentlichten Kindheits- und Jugenderinnerungen ist nicht unbedingt zu trauen. Und sie müssen im Spiegel der unveröffentlichten Tagebücher und Briefe neu gewertet werden.

Auch wenn ihr in den wilden Sturm-und-Drangjahren vieles aus dem Sinn gekommen sein mag; spätestens die Arbeit am Manuskript ihrer Kindheitserinnerungen führte sie wieder in die Flensburger Heimat zurück. Im Tagebuch finde ich erstmals unter dem Datum »Herbst 1930« einen Hinweis auf den Plan eines »Kinderbuches«. Emmy hat *Das Geheimnis* gelesen und *Die kleine Lügnerin*, zwei Romane der dänischen Erfolgsautorin Karin Michaelis. Das sind Vorbilder. Sie beginnt, Episoden aus ihrer Kindheit aufzuschreiben, schickt sie noch im Oktober an Zeitungen. Obwohl einige nach und nach publiziert werden, geht die Arbeit nicht voran: »Ich muß mir künstlich und mit einigem Zwang das Interesse für die Arbeit abnötigen, mich zur Arbeit verführen. Kann sein, daß meine Erfolglosigkeit mit Schuld daran ist, dass meine Energie und Arbeitskraft so gelähmt sind. Auffallend ist mein schlechtes Gedächtnis.«[1] Sie läßt das Manuskript liegen. Bemüht sich statt dessen in München um die Veröffentlichung ihres zweiten Erinnerungsbuches an Hugo Ball.

Es sind für Emmy – nach Balls Tod 1927 – Jahre der Trauerarbeit, aber auch der Neubesinnung. So hatte sie mit *Hugo Ball. Sein Leben in Briefen und Gedichten*, das 1929 bei S. Fischer in Berlin erscheint, mit *Rebellen und Bekenner* (unveröffentlicht) und *Hugo Balls Weg zu Gott* (München 1931) versucht, den Verlust ihres Gefährten zu verarbeiten. Hatte sich um die Veröffentlichung seiner Bücher bemüht, den Nachlaß geordnet. Und dann: Neubestimmung ihres eigenen Standortes. Ohne den Mann, mit dem sie seit mehr als einem Jahrzehnt aufs engste verbunden war. Als Frau. Und als Autorin.

1932 heiratet die Tochter Annemarie. Emmy wird Großmutter. Und damit werden Erinnerungen wach an die eigene Geschichte. Sie träumt, schreibt sie an Ninon Hesse am 9. September 1933, sie sei sieben. Träumt von ihren Eltern. Versucht, endlich den geplanten Kinderroman zu schreiben. Wieder verwirft sie die ersten hundert Seiten als unbrauchbar. Schreibt neue Texte, gibt sie Ninon zu lesen. Unbewältigtes, Verdrängtes wird aufgewühlt. Heftige Sehnsucht nach Flensburg plötzlich. Ihre Gesundheit ist labil. Mehrfach wird sie in den kommenden Jahren, in denen sie am Manuskript von *Blume und Flamme* arbeitet, ins Krankenhaus eingewiesen. Schlaflosigkeit quält sie. Sie fühlt sich schwach und anfällig. Herzneurose, diagnostizieren die Ärzte. Manchmal denkt sie, sie muß sterben, will sich fügen, schreibt an Ninon: »... kein Baum murrt oder rebelliert, wenn seine Zeit gekommen ist, und warum sollte mein Leben so gar viel anders sein als das eines Baumes.«[2] Dann wieder geht die Arbeit zügig voran und gleicht einem schönen, unbeschwerten Traum vom Kindsein, vom Behütetsein, nach dem sie sich so sehr sehnt.

Der Herder-Verlag in Freiburg zeigt sich am Manuskript interessiert. 1935 erteilt er ihr den Auftrag für ein autobiographisches Jugendbuch. Daß der katholische Verlag bei der Konvertitin Emmy Ball-Hennings auch ein Bekenntnis zum Katholizismus erwartet, ist verständlich.

Am 29. Februar 1936 schreibt sie Ninon, sie habe ihr Mädchenbuch *Das Reich der Kindheit* abgeschickt. Zugleich diskutiert sie mit der Freundin verschiedene Titel für eine Fortsetzung: *Ich traue meinen Augen nicht. Bekanntschaft mit mir selbst. Die Jugend ist nicht immer schön.* Keine Verklärung. Herder fordert, das Buch muß »katholisch« sein, teilt Emmy Ninon mit. Und daß sie es eventuell unter Pseudonym herausgeben wolle. Emmy braucht Geld. Denn in der Schweiz, in die die deutschen Emigranten nach Hitlers Machtergreifung 1933 strömen, nimmt die Bereitschaft ab, Texte von Deutschen in Zeitungen zu veröffentlichen, deren Bücher zu publizieren. Auch Emmy ist betroffen. Die Zeitungen und Zeitschriften, für die sie seit Jahren schrieb, schicken ihre Texte zurück. Im Frühjahr 1937 teilt ihr Herder mit, daß ein zweiter Gutachter ihr Manuskript lesen müsse. Dann die Antwort: Die politische Lage in Deutschland ließe es geboten erscheinen, den Text nicht zu publizieren. Er entspreche nicht mehr der Mentalität der »heutigen Jugend«. Ein weiteres Jahr zieht sich die Sache hin. Emmy ist verzweifelt, »... darf ers doch nicht so drehen, als läge die Schuld beim Autor.«[3] Sie hatte sich auf Herder eingelassen. Auch auf seine Wünsche. Jetzt, nach drei Jahren, zieht sich der Verleger zurück.

Mit dem katholischen Benziger Verlag in Einsiedeln findet sich endlich eine Möglichkeit, das Buch herauszubringen. Im September 1938 erscheint *Blume und Flamme* mit einem Nachwort des Freundes Hermann Hesse. Die Schweizer Zeitschrift *Sie und Er* bringt den Vorabdruck eines Kapitels mit Photos der Autorin. »Seit Jahren lebt die Schriftstellerin Emmy Ball-Hennings in Agnuzzo bei Lugano, schreibt ihre Werke, webt Stoffe und besorgt auch ihren Garten selbst.«[4] Daneben: Emmy mit Strohhut auf einem efeubewachsenen Mäuerchen sitzend. Weiter auf der Seite Emmy an ihrem Webstuhl. Und auf einem dritten Bild: Emmy am Kamin, ein Buch auf den Knien. Noch immer ihr glatter Bubikopf. Eine Haarsträhne fällt in die Stirn. Sie hat für den Vorabdruck ihren Stadtgang mit Strohhut und die Begegnung mit dem Maler Magnussen ausgesucht. »Erwachende Eitelkeit« ist der Abschnitt überschrieben.

Das Buch verkauft sich. Die Rezensenten loben den erzählerischen Ton, die Fähigkeit der Autorin, »... Zwischenräume der menschlichen Seele, Spannungen und Dunkelheiten verständlich zu machen ... Mit sparsamen Mitteln und einfacher Stilisierung der Wirklichkeit arbeitet die Erzählerin ihrer eigenen Kindheit und Jugend auf den Punkt hin, an dem sich ein Blick in das Innere des menschlichen Herzens und in das Rätselhafte des Daseins eröffnet.«[5]

Benziger ist bereit, die Fortsetzung zu drucken, die 1940 unter dem Titel *Das flüchtige Spiel. Wege und Umwege einer Frau* erscheint. Wieder kommt es während der Fertigstellung des Manuskriptes zu nervöser Erschöpfung: »Meine letzte Arbeit hat mich aufgewühlt ... ich glaube gar nicht, dass mein Buch stilistisch gut ist, aber es hat gleichwohl einige Abgründe in mir aufgerissen ... musste mich vielmehr in eine frühere Unwissenheit zurückversetzen, um etwa was begreiflich zu machen.«[6]

Als sie das schreibt, sind ihr Kirche und Papsttum längst fragwürdig geworden. Das lese ich in ihren Briefen und Tagebüchern. Sich zurückzuversetzen in die »frühere Unwissenheit« scheint ihr notwendig, um ihre autobiographische Prosa in diesen dreißiger und vierziger Jahren schreiben zu können. Und so passen denn ihre kritischen Anmerkungen zu Katholizismus und Klerus, zum Verhalten der Kirche im faschistischen Italien und NS-Deutschland aus dieser Zeit so ganz und gar nicht zu ihren gleichzeitig entstandenen naiv-schwärmerischen Schilderungen in *Blume und Flamme* und in *Das flüchtige Spiel*.

Auch ihre erste Begegnung mit dem Katholizismus in Gestalt der beiden Kinder Veronika und Aloisius in *Blume und Flamme* müssen wir als Fiktion lesen. Vielleicht auch als Zugeständnis an Herders Forderungen. Aber die Geschichte bietet ihr die Möglichkeit, von ihrer Hinwendung zu einer Bilderwelt zu erzählen, die sie im Protestantismus vermißt.

»Wir genieren uns in Flensburg in eine Kirche zu gehen«,[7] schreibt sie in der Entstehungszeit des Buches an Ninon Hesse. Für das Kind Emmy Cordsen waren jedoch Bilder lebensnotwendig. Bilder, die den grauen Alltag farbiger machten und der suchenden Phantasie Nahrung gaben. »Dann war es vielleicht primitiv, da ich mir auf dem Jahrmarkt ein Bild vom heiligen Aloisius kaufte, von dem ich nur wußte, daß er der Schutzheilige der Jugend war, sonst nichts ... Das hing nahe meinem Bett in der kleinen Dachkammer, doch kann ich nicht sagen, daß ich mich mit Gebeten sonderlich um die Protektion des Heiligen bemüht habe. Ich liebte nur sein Leben an ... Es war ein Gesicht mit Augen, die nach innen sahen. Ich hatte es lieb und das war alles ... Ich selbst war so sehr auf Bilder angewiesen. Man wird hier einwenden können, dies sei etwas recht Äußerliches. Dies gebe ich zu, doch meine junge unerfahrene Seele nährte sich von Bildern, weil diese es waren, die mich zum Urbild führen sollten.«[8] Sie schafft sich ihre eigenen Bilder. Baut einen Altar um den Heiligen Aloisius und die Jungfrau Maria. Kerzen rechts und links. Eine Vase mit Blumen. Ein Bild Friedrich Schillers kommt hinzu. Sie rezitiert aus der *Jungfrau von Orleans*. Später wird Johannes R. Becher sie so nennen. In einem Gedicht. Auch da wird sie einen Hausaltar haben. Die Bohemefreunde haben davon berichtet. Wie Richard Huelsenbeck aus Zürich: »Ich besuchte Ball und Hennings in ihrer Wohnung. Sie hatten ein einziges Zimmer, dessen Fenster auf die Dächer und den Hof ärmlicher Häuser sahen. Ich entsinne mich der Einrichtung nicht mehr genau, was mir aber gleich auffiel beim Eintreten war ein Altar, der mit Heiligenfiguren, religiösen Bildchen und Blumen bedeckt war. Während das übrige Zimmer einen dumpfen, dunklen Eindruck machte, herrschte hier Licht, Reinlichkeit und peinliche Ordnung. Als ich einen erstaunten Blick auf den Altar warf, sagte Ball: ›Emmy hat das gebaut. Sie liebt es, hier zu beten‹ ... Ich sah auf Ball und die Hennings und die ganze Ärmlichkeit des Raumes ... Nach einer Sekunde schon fand ich es selbstverständlich, daß hier ein Altar im Zimmer stand. Es hätte auch ein Sarg oder eine Mumie oder ein Palmbaum sein können ... In der Zürcher Atmosphäre, in der wir lebten, war alles möglich und alles erlaubt. Ich fand es ganz natürlich, daß Ball im Kabarett Negergedichte und abstrakte Bilder vorführte und daß er zu Hause mit Emmy vor einem Altar kniete. Er hätte mir auch sagen können, daß er Mohammedaner geworden wäre, und nach kurzer Zeit des Staunens würde ich gesagt haben: ›Warum soll man nicht Mohammedaner sein in dieser Zeit.‹ ... ›Wir werden der Welt ein Beispiel geben‹, sagte Ball und er hieb auf seine Schreibmaschine. Emmy nickte lächelnd zu mir hinüber. Ein fahles Licht fiel auf den Altar und seine weiße Dekke leuchtete auf und die flittergoldenen Röcke der Heiligen blitzten.«[9]

Das war 1916, und diese Arrangements gehörten zu ihr wie ihr blondes Haar, ihre Vorliebe für Grün, für Zigaretten, Kaffee, Cognac. Das klingt profan. Aber Emmys Hang zur literarischen Überhöhung, wenn es um religiöse Einflüsse geht, hat meinen Blick geschärft. Möglich, daß es einen Hausaltar auch in der Flensburger Dachkammer gegeben hat. Sehr viel wahrscheinlicher ist es aber einer jener Plätze gewesen, die sich Kinder für ihre Schätze bauen: Muscheln, Federn, schöne Steine, bunte Murmeln. Bilder von Idolen. Alles fein säuberlich auf einer weißen Serviette und buntem Seidenpapier. Sicher gehörten das Sammeln und Bewahren zu ihren Praktiken, ihre karge Kindheit reicher zu machen. Und vielleicht gehörte sogar die katholische Marienkirche zu Emmys Fluchtpunkten, obwohl das in der protestantischen Kleinstadt für ein Protestantenkind ein vermutlich verbotener Schritt gewesen wäre: Ich »sang hinter dem schweren Vorhang der geöffneten Kirchentür: weil ich nämlich nicht befugt war, direkt dabei zu sein. Ich gehörte ja nicht zur Kirche, und wagte mich nur hinein, wenn alle Bänke leer waren. Da habe ich die Mutter Gottes um Entschuldigung gebeten, daß ich nicht katholisch bin. Sie möge noch warten, ich sei noch zu klein.«[10] Ich vermute, daß Emmy erst während ihres Herumziehens als Schauspielerin katholische Kirchen besucht, die fremde, verführerische Welt mit Weihrauch und lateinischer Liturgie, mit der farbigen Pracht der Priestergewänder kennengelernt hat. Eine religiöse Welt, die für sie soviel reizvoller ist als die strengen schwarzen Talare der protestantischen Pastoren. Ihr ernstes Lutherdeutsch.

»Auffallend ist mein schlechtes Gedächtnis.«[11] Dieses Eingeständnis beim Schreiben von *Blume und Flamme* und die Mitteilung, daß Herder ein »katholisches Buch« wünschte, machen mich vorsichtig im Hinblick auf Emmys Aussagen über den Zeitpunkt ihrer Hinwendung zum Katholizismus. Sicher ist, daß das junge Mädchen einerseits spürt, daß es das durchsetzen muß, »was in mir steckte«,[12] andererseits aber auch die Verpflichtung gegenüber der verwitweten Mutter erfüllen will, »der ich in ihrem Alter Trost und Stütze werden sollte. Meine Mutter hätte wohl am liebsten gesehen, wenn ich mich verheiratet hätte.«[13]

Daß mit einer Ehe nicht zwangsläufig eine Liebe verknüpft sein muß, hat Emmy in ihrer Umgebung erfahren. Daß eine Liebe jedoch eine wunderbare Wirkung auf die Liebenden hat, hatte sie als Zwölfjährige bei Paula erlebt. »Das Gesicht meiner Schwester war sanfter, weicher geworden. In ihren Augen lag ein Glanz heimlicher Freude ... Im Fensterbrett stand im Blumentopf eine kleine Myrthe, und ich wußte ja sehr wohl, was die Myrthe bedeutete.«[14] Mit furchtsamer Scheu hat sie gesehen, was enttäuschte Liebe macht: »Es war ein Schmerz in diesem Gesicht, den ich nicht kannte. Ich sah nur den Reflex einer leidenschaftlichen Verzweiflung. Ich ahnte, daß ich hier nicht helfen konnte.«[15] Aber sie lernt auch, »daß nicht eines von beiden daran starb ... Ich starb ja auch nicht daran, daß meine Schwester nicht viel nach mir fragte.«[16]

Daß eine Liebe auch unerwünschte Folgen haben kann, erfährt Emmy schon früh an Cousine Else, die – so erzählt sie in *Blume und Flamme* – mit einem Soldaten aus der Duburg-Kaserne angebandelt hat und nun schwanger ist: »Es war ein Unglück, wenn ein unverheiratetes Mädchen ein Kind bekam. Obwohl ich mit den Moralgesetzen noch nicht sehr vertraut war, lernte ich jetzt, daß es bei uns nicht eigentlich Mode war, als Ledige ein Kind zu haben. Um die Heiligkeit der Ehe wußte ich schon, aber das Geheimnis der Menschwerdung war mir unbekannt, und daher stellte ich es mir entzückend vor, ein Kindlein ganz für sich allein zu haben ... Und Else hatte ein ganz allerliebstes kleines Mädelchen.[17] Daß ein Unrecht, eine Sünde dabei sein konnte! Unvorstellbar war mir dieses. Einige sahen betreten weg, wenn Else durch die Straße ging, und mochten nicht einmal grüßen ... so, als hätte Else unsere Nachbarn persönlich beleidigt. Ihre eigenen Eltern ... wollten nichts mehr von ihr wissen. Es hieß, sie hätte Schande über die Familie gebracht und sei ein gefallenes Mädchen … Von gefallenen Männern hörte man bei uns nie. Männer konnten wahrscheinlich nicht fallen.«[18]

Als Emmy ihr Elternhaus verlassen hat und im Pensionat arbeitet, wird auch sie Zielscheibe von spöttischen Verdächtigungen. Hatte ihr nicht der Dienstherr Schokolade geschenkt und einen Kamm? War sie nicht länger als anständig am Abend im Zimmer eines der jungen Pensionäre gewesen? Warum war sie plötzlich so matt, verlor ihren Appetit? »Das Unglück wollte, daß mein Schlechtbefinden von meiner Umgebung in einer Weise gedeutet wurde, die auszusprechen ich mich scheue. Ich erfuhr hier zum ersten Mal, was eine einzige böse Zunge für Unheil anrichten kann … Über mich wurden Dinge gesagt, die ich kaum vom Hörensagen kannte, geschweige denn aus Erfahrung. Ich hörte mir alles mit einem stillen, heimlichen Schreck an, konnte auf alle Vorwürfe nur den Kopf schütteln und schweigen. Sehr beneidete ich in diesen Tagen die Blattpflanzen.«[19] Auch die Hausherrin will Emmy vom Fenster aus auf der Straße mit einem Soldaten der nahen Kaserne gesehen haben. Nichtigkeiten, die gegen sie sprechen. Erst eine Untersuchung beim Hausarzt, »der mit wenigen Worten die Sache richtig stellte«,[20] macht den häßlichen Nachreden ein Ende.

Ausnahmen von diesen bürgerlichen Moralregeln scheint es nur beim Theater zu geben. Emmy erzählt in *Blume und Flamme* von der schönen Schauspielerin Wronski, die einen Verehrer hat, einen Leutnant, der täglich mit einem Trupp salutierender Soldaten am Haus seiner Angebeteten vorbeizieht und zugleich einen Freund, einen älteren Herrn, mit dem sie in ihrer Wohnung diniert. Helga/Emmy serviert das Essen, das im Hotel bestellt wurde, kommt später zurück, um abzuräumen. »Das Zimmer war so angenehm warm. Es duftete nach Rosen mitten im Winter.«[21] Es ist ihr siebzehnter Geburtstag, aber niemand hat gratuliert. Es ist ein Arbeitstag wie jeder andere. Sie setzt sich mit dem Geschirrkorb und den Resten auf die Treppe und beschließt den übriggebliebenen Rotkohl aufzuessen. Sie träumt von der Schauspielerei, von der Liebe, »und unter romantischen Betrachtungen verzehrte ich behaglich den Rotkohl.[22] Ach, vielleicht war das ganze Leben nur ein abgekühltes Rotkohlessen, ein Rest, aber ich war bereit, an allem Geschmack zu finden. Man mußte es sich nur zurechtlegen.«[23]

Aber Emmy will den Traum wahr machen, will zur Bühne, koste es, was es wolle. Laiengruppen bieten sich an, Vereine, die Dilettanten-Aufführungen organisieren. Im Stenographenverein Gabelsberger debütiert Emmy in dem Volksstück *Die Venus im Grünen*. Erhält Beifall. »Liebling des Volkes«[24] sein. Das Ziel rückt näher. Nur die Mutter ist nicht zu beeindrucken. »Schauspielerin sein, das bedeutete für meine Mutter beinahe dasselbe als Zigeunerin werden wollen, doch hielt sie meinen Plan für eine verrückte Laune, die nur zeitig bekämpft werden mußte, um zu verschwinden ... ›Sind wir vielleicht Leute, die sich verstellen, wie die Schauspieler es machen müssen? Das schickt sich doch nicht für uns.‹«[25] Aber für Emmy hat das Spiel bereits begonnen, *Das flüchtige Spiel*, wie sie ihre Erinnerungen an diese Zeit nennt. *Helga speelt het Leven* heißt die 1946 erschienene Übersetzung ins Niederländische. Und spielerisch erzählt sie, die schon in *Blume und Flamme* erkannt hatte, daß sie Masken brauche, um sich zu verstecken, vom Maskenspiel des nächsten Jahrzehnts und davon, wie aus dem flüchtigen Spiel immer wieder bitterer Ernst wird. Mehr als einmal wird sich erfüllen, was die Mutter sagt, als sie ihr den Unterricht bei einem der Schauspieler vom Stadttheater verbietet: »Wozu brauchst du dramatischen Unterricht? Den wirst du noch genug im Leben bekommen. Verlaß dich drauf.«[26]

Aber noch meint die kaum Achtzehnjährige allen Wünschen gerecht werden zu können, den mütterlichen nach einer Ehe, den eigenen nach der Schauspielerei.

Der Naturheilverein tritt an sie heran, bietet ihr an, in dem populären Unterhaltungsstück *Die goldene Eva* die Titelrolle zu übernehmen. Die Vorstellung soll im ›Tivoli‹, einem Vergnügungspark in der Friesischen Straße stattfinden. Emmy »ist wie aus dem Häuschen.[27] Mir war zu Mute als würde ich mir selbst ganz neu und zum allerersten Male begegnen.«[28] Bei der ersten Leseprobe in einem Hinterhaus begegnet sie dem Schriftsetzer Joseph Paul Hennings. »Wir waren sofort, wie schlagartig voneinander – ja, ich kann nicht anders sagen – bezaubert ... Niemals vorher und niemals später habe ich Ähnliches erlebt. Es war jene Verliebtheit auf den ersten Blick, die sich nicht erklären läßt und die auch keiner Erklärung bedarf.«[29] Ein Vorher hatte es gegeben, aber das war ein seltsames Gefühlsgemisch gewesen aus Mitleid und sozialer Verantwortung. Da hatte sie versucht, den sechs Kindern eines von seiner Frau verlassenen Arbeiters der Glashütte die Mutter zu ersetzen, hatte ihm den Haushalt geführt und zugleich die Frau beschworen, zu ihrem Mann zurückzukehren. Und dem fast blinden Musiklehrer Albert Kuhlmann, der seit 1903 bei den Eckeners zur Untermiete wohnte, macht sie einen Heiratsantrag, den dieser gerührt zurückweist. Kurz darauf aber läßt sie sich »einfangen, leicht, wie ein Vogel, der weder Netz noch Falle vermutet. Ich fiel in Liebe, wie man bei mir daheim zu sagen pflegt.«[30] »Der Vogelfänger«,[31] Joseph Hennings, den sie in ihren Erinnerungen Gaute Londelius nennt, ist drei Jahre älter als Emmy und arbeitet in einem Zeitungsverlag wenige Minuten von Emmys Arbeitsstätte entfernt. Gemeinsame Proben. »Ich hatte eine Goldschmiedstochter darzustellen, die auf Wunsch ihres Vaters eine Vernunftehe hätte eingehen sollen, schließlich aber eine Liebesheirat durchsetzte. Gaute spielte den verliebten Goldschmiedgesellen Peter, der am Ende die Braut heimführte.«[32]

Wie im Stück, so im Leben. Emmy spielt ihr Leben. Am 13. Februar 1904 findet die Hochzeit in Flensburg statt. Eine standesamtliche Trauung. Emmy ist schwanger. Am 17. August wird der Sohn Joseph Ernst Ferdinand geboren. Joseph nach dem Vater genannt, Ernst nach dem Großvater mütterlicherseits, Ferdinand nach dem väterlicherseits.

Über die folgenden Jahre findet sich in dem Lebenslauf, den Emmy zum Erscheinen von *Blume und Flamme* 1938 für ihren Verleger schreibt, nur ein Nebensatz: »… heiratete mit siebzehn Jahren, wurde mit achtzehn Jahren Witwe.«[33] Emmy, die sonst so auskunftsfreudige, bleibt wortkarg. Versteckt hinter zwei Nebensätzen ein Fiasko. Denn der verführerische Vogelfänger, der Bühnenliebhaber zeigt sich im tristen Alltag als überzeugter Sozialist, Atheist und Abstinenzler. Und obwohl die Mutter wieder in die Steinstraße zurückgezogen ist und dem jungen Paar die Wohnung in der Dorotheenstraße überlassen hat, will sich das erträumte Glück nicht einstellen. Emmy, der eingefangene Vogel, spürt, daß die sexuelle Anziehung nicht ausreicht, die unterschiedlichen Lebenseinstellungen zu tolerieren. »Ich begann mich der Unverschämtheit zu schämen, die darin liegt, einem Manne körperlich anzugehören, mit dem man geistig nicht wahrhaft harmonieren kann.«[34] Noch flüchtet sie sich in scheinbare Gemeinsamkeiten: Sie lesen Heine und Goethe. Spielen abends Klavier und singen. Fühlen sich in den Nächten wieder und wieder »voneinander angezogen, wie zwei Magnete einander anziehen müssen, ob sie wollen oder nicht.«[35] Emmy versucht, sich »zu fügen und das Beste aus diesem Gefängnis zu machen was möglich war.«[36] Vorbilder für einen Ausbruch gibt es nicht. »Die Frauen meiner Umgebung waren erstaunlich leicht zufriedengestellt. Sie bekamen jedes Jahr ein Kind und sprachen vom ›Durchbringen der vielen Kinder‹, beinahe als wären es unvermeidliche Tiere, die nichts einbrachten und für deren Futter man zu sorgen hatte.«[37] Sie, die sich so gern schmückt, sieht, wie sich die Frauen in ihrer Nachbarschaft gehen lassen, sobald sie verheiratet sind, »als wäre die Heirat das Grab für Jugend und Schönheit.«[38] Emmy wird krank. Eine nervöse Lähmung befällt sie. Mit zur Wand gekehrtem Gesicht liegt sie im Bett. Unbeweglich. War es ihr für kurze Zeit im Photoatelier Juul und im Dilettantentheater gelungen, die Glasglocke zu heben und freier zu atmen, so war sie jetzt wieder eingeschlossen. Hoffnungslos, lebenslang, »und dieses Immerwährende war es, das mich schreckte.«[39]

Der Arzt empfiehlt einen Ortswechsel. Sie ziehen nach Elmshorn. 1905. Hennings betreibt ein Konsumgeschäft. Emmy bessert den geringen Verdienst als Wäscherin auf. Das Kind kränkelt. Hennings poussiert mit einem Ladenmädchen. Emmy ist tief gekränkt. Die Situation wird immer auswegloser. Als Anna Cordsen die Tochter besucht, planen die Eheleute, sich einer Theatergruppe anzuschließen. Noch einmal da anzuknüpfen, wo alles begonnen hat. Aber Emmy hat längst erkannt: »Ich wollte nicht das private Eigentum eines Mannes sein, und was manche Frauen ersehnen, sich einzig und allein einem Menschen hinzugeben – ich spürte es mehr und mehr –, das war nicht meine Sache.«[40] Die Mutter nimmt den kleinen Jungen zu sich nach Flensburg. Emmy und Joseph Hennings werden Mitglieder der Schauspielergesellschaft

Schmidt-Agte, die in Elmshorn gastiert. Aber bereits im Oktober 1905 ist Hennings nicht mehr dabei, sondern in Tondern, im November in Hadersleben, während Emmy mit Schmidt-Agte durch Angeln zieht. Gastiert dort in den Sälen der Dorfgasthäuser. In Ekenis, Esgrus, Grünholz, Grundhof, Hasselberg, Karby und Maasholm. In Mohrkirch, Norderbrarup, Pommerby, Rabel, Schörderup, Steinberg und Süderbrarup. In Ulsnis, Wellspang und Wittkiel. Und im Hotel ›Stadt Hamburg‹ in Kappeln. Da spielt sie im *Raub der Sabinerinnen*. Anzeigen und Besprechungen im örtlichen *Schlei-Boten*. Emmy wird bescheinigt, daß sie »durch natürliche, niedliche Koketterie für sich einzunehmen verstand.«[41] Sie ist als »Naive« engagiert. Spielt in Ernst von Wolzogens *Ein unbeschriebenes Blatt*, in *Hasemanns Töchter*, in *Mein Leopold* von L'Arronge. Lachtheater. Sie spielt vor vollem Haus und in fast leeren Sälen. Hat sich verliebt. In Wilhelm Vio, ein Ensemblemitglied. Er wird der Grund gewesen sein für das Verschwinden von Joseph Hennings. »Er fuhr heimlich fort, ohne mir auch nur eine Zeile zu hinterlassen, und ich stand vor einem Rätsel. Ohne irgendwelchen Streit vorher, der mir seine Flucht irgendwie hätte erklären können, reiste er, ohne das kleinste Wort des Abschieds.«[42] Das schreibt sie 1939 in *Das flüchtige Spiel*. Läßt Hennings nicht, wie noch ein Jahr zuvor im Lebenslauf für Benziger, sterben, sondern ihn während der 41 Seiten des Kapitels »Ehe« einfach verschwinden.

Als der einjährige Joseph im November 1905 stirbt, ist Emmy wieder schwanger. Von Vio. »Als ich es bemerkte war ich weit davon entfernt zu erschrecken, vielmehr freute ich mich.[43] Sehr lange konnte ich mein beglückendes Geheimnis nicht verborgen halten. Als aber später meine Kolleginnen es doch entdeckten, und mich erstaunt fragten, von wem ich denn ein Kind erwarte, war ich nicht mehr fähig von Gaute zu sprechen ... Wurde ich also befragt, von wem mein Kind sei, konnte ich nur antworten: ›Von einem Manne und vom lieben Gott.‹«[44]

Zum Jahreswechsel 1905/06 ist die Truppe Schmidt-Agte an ihrem Hauptsitz in Meldorf in Dithmarschen. Gespielt wird im Lokal ›Zum deutschen Haus‹. Emmy und Vio sind in dem Repertoire zu sehen, das bereits in Angeln gezeigt wurde.

Im Sommer 1906 gehen sie in die Provinz Posen ins Engagement. Manchmal sind sie zehn, manchmal vierzehn Schauspieler. Kollegialität wird großgeschrieben, »unbedingtes Zusammenhalten in der Misere.[45] In dieser Welt aus Pappe fühlte ich mich wohl. Natürlich wußte ich, daß es eine richtige Schmiere war, in der ich spielte, und mit diesem völlig Unzulänglichen konnte ich mich abfinden, mehr noch, es machte mir Spaß.«[46] Vorbei die strengen Regeln von Schule und Elternhaus. Die Enge des Ehelebens. Emmy hat die Grenzen überschritten. »Wenn wir nur das Notwendigste hatten, war ich glücklich. Ich liebte den holprigen grünen Wagen, der uns durch die Landschaft trug ... Mein Ehrgeiz war völlig befriedigt, wenn die Bäuerinnen mich nach der Vorstellung als ›kleine Grille‹ oder als ›Blinde von Portici‹ gerührt umarmten und mir für mein Spiel, das sie entzückte, gutmütig ein Stück geräucherten Speck schenkten.«[47] Obwohl sie erkennt, daß sie eine Misere gegen die andere eingetauscht hat, scheint sie glücklich. Mangel ist sie gewohnt. Sie ist gesund. Und hat Vio an ihrer Seite, den sie in ihren Erinnerungen Ravelli nennt.

Im August 1906 kommt die Truppe ins schlesische Penzig. Dort bringt Emmy am elften eine Tochter zur Welt. Wenige Tage vor dem Geburtstag ihrer Mutter am 17. 8. Ihr Sohn wäre an diesem Tag zwei Jahre alt geworden. Das Dorf nimmt Anteil. Die Kolleginnen versorgen die Wöchnerin. Zigeuner kommen und bringen Mutter und Kind ein Ständchen »mit Dudelsack, Flöte und einem ganz kleinen Blasinstrument. Es klang so weich so verschollen wie ein Wiegenlied, das ein Kind zärtlich verwöhnen möchte.«[48] Hatte die Mutter nicht gewarnt, daß Schauspielerin werden gleichbedeutend sei damit, Zigeunerin zu werden? Auch Wilhelm Vio rückt Emmy in ihren Erinnerungen in deren Nähe. Emil Szittya muß sie wenige Jahre später erzählt haben, daß ein Zigeunerschauspieler sie von daheim entführt habe. In *Die Internationale der Räte* erinnert er sich: »Sie wanderten von Dorf zu Dorf durch Deutschland. Sie sangen und tanzten auf Jahrmärkten und in Kneipen. Als er ihr ein Kind gemacht hatte, ließ er sie in Berlin stehen.«[49] Ball spricht davon, daß der Vater des Kindes Ungar war. Und auch Emmy schreibt das: »Er war ein sonderbarer Mensch, der aus Ungarn stammte, wo sein Vater einen großen Herrenhof besaß.«[50] Fiktion oder Realität?

Wir wissen bislang nicht mehr von ihm als das, was Emmy über Ravelli schreibt, finden im Nachlaß eine Karte von seiner Hand. Eine Ansichtskarte vom Inneren der evangelischen Kirche in Penzig, Oberlausitz. Vom 12.9.1907. Adressiert an Frl. E. Hennings, Flensburg, Steinstraße 5, Schleswig. Eingangsstempel Flensburg 13.9.1907: »Liebe Emma. Sende Dir die Ansicht vom Innern der Kirche wo unser Liebling getauft wurde. Brief hast du ja erhalten. Gruß an Mutter und Anne ...« Der weitere Namensteil ist unleserlich. Es wird Annemarie sein, denn auf diesen Namen ist das Mädchen in Penzig getauft. Die Karte ist mit »Vio« unterschrieben. Als Emmy sie erhält, ist sie bereits seit einem Vierteljahr von Hennings geschieden. Und auch Vio und Emmy gehen wieder getrennte Wege, nachdem sie noch in der Wintersaison 1906/07 bei der Direktion Oskar Brönner in Tondern engagiert waren und in der dortigen Tonhalle aufgetreten sind. Man bescheinigt dem Ensemble »über das Durchschnittsmaß Hinausgehendes«, erwähnt Emmy und Vio positiv. Neben den üblichen Schwänken und Operettenpossen spielen sie auch Raimund und Nestroy und *Die Fledermaus* von Johann Strauß. Vio gibt den »Frosch«. Gastspiel in Apenrade. Noch ist Emmy dabei. Die folgenden Tourneen der Truppe nach Bremen, Duisburg, Essen und Köln verzeichnen sie nicht mehr als Ensemblemitglied. Vermutlich hat sie sich im Sommer 1907 wegen ihrer Scheidung in Flensburg aufgehalten. Erst im Herbst 1907 steht sie in Tondern wieder auf der Bühne. Ohne Vio. Am 10. Dezember wird für Emmy Hennings eine Benefizveranstaltung gegeben: »Als ich wiederkam, Forts. von Im weißen Rössl«. Das spricht für ihre Beliebtheit. 1908 ist Emmys Name im *Neuen Theater-Almanach* nochmals unter Tondern verzeichnet. Dann erscheint sie erst 1909 wieder im ›Schmitz-Prechtel-Ensemble‹ beim Metropol-Theater in Crefeld. Da werden neben den Erfolgspossen und Schwänken auch artistische Nummern geboten. Vielleicht Emmys Sprungbrett zu Varieté und Cabaret.

Und das Kind Annemarie? Noch ganz auf Emmy angewiesen, nimmt sie es im Spätsommer 1906 mit zu ihren Aufführungen. Aber die Gruppe fällt auseinander. Nur Emmy und Vio bleiben übrig. Ziehen mit Kinderwagen und Rucksack über Land. Und mit Vios Meerschweinchen. Singen unterwegs in den Gasthäusern. Emmy ihre deutschen und dänischen Lieder. »Ravelli ... sang ein paar wunderhübsche ungarische Lieder ... Zum Schluß sangen wir gar zu zweit als Bänkelsänger.«[51] Kost und Logis sind dann gratis. Ein Leben auf der Landstraße. Der Säugling mal im Wagen, mal im Arm. Vio schiebt sein Fahrrad. Sie leben von dem, was ihnen im späten Sommer entgegenwächst: Äpfel von den Bäumen an der Chaussee, Brombeeren von den Hecken an den Wiesen, am Wald. Noch können sie draußen schlafen, wenn sich kein anderer Platz findet. Das liest sich in *Das flüchtige Spiel* zunächst fast wie ein glückliches Familienleben. Aber Emmy geht betteln. »Zuerst klopfte ich so leise an, daß ich es selbst kaum hörte ... Mir war, als müßte ich eine ganze Lebensbeschreibung vorlegen, um zu einem Stückchen Brot oder zu ein paar Pfennigen zu kommen. Daß ich ein Kind hatte, brauchte ich nicht eigens zu sagen. Das sah man ja.«[52] Gendarmen greifen sie auf. Sie setzt ihren ganzen beredten Charme ein. Man läßt sie laufen.

Über Berlin gehts nach Norden. Sie haben wieder etwas Geld verdient. Es reicht für zwei Fahrkarten vierter Klasse. Gemeinsam bis Hamburg. Umsteigen. An der Nordschleswigschen Weiche trennen sich ihre Wege. Wilhelm Vio fährt nach Tondern, Emmy nach Flensburg. Zur Mutter. Vio hat abgelehnt mitzukommen. »Er wollte meiner Mutter nicht begegnen. Meine Mutter wußte ja noch gar nichts von meinem Kinde.«[53] In diesen beiden kurzen Sätzen stellt Emmy in ihren Erinnerungen den Zusammenhang zwischen dem Vater und dem Kind her. Ihr ist beklommen zumute. »Ich weiß nicht, ob ich damals zu lange in der Welt des Scheins gelebt hatte. Noch besaß ich nicht den eigenen sicheren Maßstab, mit dem ich die Vorkommnisse des Lebens und Ereignisse, die sich in mir abspielten, hätte messen können. Obwohl ich kleinbürgerlich und schlicht erzogen worden war, spürte ich an diesem Tag zum ersten Male ein wenig davon, daß ich in dieser Bürgerlichkeit nicht verankert, sondern völlig losgelöst war.«[54]

Bei der Ankunft in Flensburg, im September 1906, erkennt Emmy die Mutter sofort. In ihrem langen blauen Mantel, »dem altmodischen samtenen Kapotthütchen.«[55] Die Mutter jedoch erkennt die junge Frau mit dem Rucksack auf dem

Rücken und dem schwarzen, mohnblumengarnierten Chiffonhut, diesen seltsamen Vogel mit einem Karton in der Hand und einem Bündel im Arm zunächst nicht. Das Kind steckt im Bündel. Ist mit Emmys Bühnenbrautschleier bedeckt. Anrührend die Szene: Die Tochter ruft, die Mutter erkennt – und erstarrt. Sie geht mit Emmy ins Bahnhofshotel. Wartet, bis es dunkel ist. Dann ziehen sie in die Steinstraße: Anna Cordsen mit verschämt gesenktem Kopf. Emmy, bunt wie eine Zigeunerin, das Kind im Arm. Das »gefallene Mädchen« kommt mir in den Sinn. Aber Emmy hatte ja einen Mann. Er hat sogar geschrieben. Ist also nicht spurlos verschwunden auf Nimmerwiedersehn. Emmy erzählt in *Das flüchtige Spiel* von Hennings' Briefen, die dieser in ihrer Abwesenheit in die Steinstraße geschickt hat. Der Widerspruch ist ihr wohl nicht aufgefallen. Vielleicht hatte Hennings gehofft, daß die Affäre mit Vio beendet sei, Emmy zu ihm zurückkehren würde. Aber Vio »war der Mensch, den ich immer lieben würde ... Unser Zusammensein war kein flüchtiges Spiel. Hier war etwas für ewig.«[56] Dennoch wird sie öffentlich immer Joseph Hennings nennen, wenn nach dem Vater gefragt wird. Und das Mädchen wird seinen Namen tragen: Annemarie Hennings.

Anna Dorothea Cordsen aber weiß es besser. Lange bevor Vio per Karte auch Grüße an sie schickt. Und sie wird Emmy gefragt haben, was sie an diesen Mann bindet. Vielleicht hat Emmy geantwortet wie in ihren Erinnerungen: »›Nichts, der Zufall hat uns zusammengeführt.‹ Weder dachten wir daran, beisammen zu bleiben, noch auseinander zu gehen. Er wollte nichts von mir, und ich nichts von ihm, aber wir hielten zusammen wie Menschen, die einander anständig, kameradschaftlich gegenüberstehen.«[57] Vielleicht hat sie ihr aber auch Pläne unterbreitet, mit dem Freund zu leben.

Die Mutter beschwört Emmy, wieder eine »anständige« Arbeit anzunehmen. Sie wird für das Kind sorgen, während ihre Tochter außer Haus ist. Sie werden eine Familie sein. Egal, was die Leute reden. Und Emmy ist mit 21 Jahren jung genug, sich nach einer Scheidung von Hennings wiederzuverheiraten. Man wird einen Witwer finden, vielleicht. Anna Cordsens Pläne jedoch gehen nicht auf. Emmy will nicht zurück in die engen Verhältnisse der Steinstraße, wo die Mutter seit 1904 wieder lebt und »wo der eine nichts anderes zu tun hatte, als auf des andern Tun und Treiben zu achten.«[58] Ihre »Weglaufsucht« ist stärker – und ihre Angst, wieder festgesetzt zu werden. »Von einer Spielgier besessen, von einer Wander- und Melodiensucht, war selbst mein Kind nicht fähig, mich zurückzuhalten. Das Ungewisse, in das es mich hineinzog, war stärker noch als die Liebe zu meinem Kinde.[59] ... Es war, als triebe mich ein Dämon, dem ich nicht widerstehen konnte.«[60]

Emmy wieder auf dem Bahnhof. Sie fährt nach Tondern zu Vio. Das Kind bleibt bei der Großmutter. Sie hat es in der ersten Zeit manchmal besucht. Von Tondern nach Flensburg sind es nur 50 Kilometer.

Am 13. Juni 1907 ist Emmy geschieden. Aber an eine neue Bindung denkt sie nicht. Vio bleibt einer der vielen Männer in ihrem Leben, eine der »kleine(n) Episoden, die oftmals den Duft der Unvergänglichkeit«[61] haben. Mehr bedarf es nicht. Emmy will spielen. Das Schreibenwollen ist noch weit. Die Tochter Annemarie Schütt-Hennings gibt im *Hugo Ball-Almanach* 1984 ein »Frühlingsgedicht« in einem Poesiealbum, datiert »2. April 1900, morgens 10 1/2 Uhr« als ersten literarischen Text an. Emmy datiert das Entstehen erster Gedichte auf die Münchner Zeit um 1910. Sie wird der Reimerei im Poesiealbum keinen Wert beigemessen haben. 1906 also, als sie die Tochter in Flensburg zurückläßt, will sie spielen, hat kein »bestimmtes Ziel vor Augen. Meine Methode war, wenn ich dies Methode nennen darf, mich nahezu blindlings den Zufällen des Lebens zu überlassen, was mir jenes Gefühl von Ungebundenheit, von Freiheit verschaffte, ohne die ich nicht sein konnte.«[62] Und das Kind Annemarie bleibt bei der Großmutter bis zu Anna Cordsens Tod am 22. März 1916. Dann erst holt Emmy die fast Zehnjährige zu sich nach Zürich. Mutter und Tochter sind sich fremd. Und Annemarie wird lebenslang unter Emmys Egoismus, unter ihrer Unzuverlässigkeit leiden. Aber sie wird ihre Mutter auch bewundern und immer wieder um ihre Zuneigung kämpfen.

Emmys Aufbruch. Jetzt ohne einen Mann an ihrer Seite. Wieder ein Weglaufen vor der erstickenden Enge des kleinbürgerlichen Lebens, ohne zu wissen, wie sie dieses neue andere Leben wirklich gestalten soll. Wieder Engagements. Aber auch aus denen läuft sie weg. Fliegt raus. Wegen Unzuverlässigkeit. Ist auf der Suche. Will noch immer »Liebling des Volkes«[63] sein. Aber der erträumte Aufstieg kehrt sich um. Es geht abwärts. Eines Tages steht sie auf der Straße. Bei den Huren. Erkennt: »Der Mensch kann vieles sein, ... was er in Wahrheit nicht ist[64]... und man muß nicht unbedingt ein schlechter Mensch sein, um sich in den Reihen der Sünder zu befinden.«[65] Keine Dokumente aus dieser Zeit. Nur ihre autobiographische Prosa: *Das flüchtige Spiel* und *Das Brandmal, Ein Tagebuch von Emmy Hennings*, das 1920 erscheint.

»... *dieses schreiende Leben*«

»Schon zweimal wurde ich geboren, / Und damals sang ich auch für Geld, / Doch sonniger schien mir die Welt, / Und meine Munterkeit hab ich verloren.«[1] Emmy 1912. Sieben Jahre sind vergangen, seit sie aufbrach in die Welt des schönen Scheins, um Schauspielerin zu werden. Vielleicht hat sie es damals wirklich wie eine zweite Geburt erlebt, dieses Hintersichlassen der kleinbürgerlichen Welt, den Ausbruch aus ihrer Ehe. Hatte sie nicht die Schauspielerin Wronski beneidet um ihre Verehrer, ihre üppige Garderobe, die elegante Wohnung. Liebling des Flensburger Theaterpublikums. Vornehmlich des männlichen. Während die Frauen hinter vorgehaltener Hand über die Amouren tuschelten.

Jetzt ist sie selbst dabei. Nicht beim Stadttheater. Nicht im wirtschaftlich und militärisch aufstrebenden Kiel. Noch nicht in Berlin, durch das sie 1906 einen Tag lang staunend mit Vio zieht. Den Kinderwagen mit Annemarie schiebend. Sie spielten Familie, bevor das Kind bei der Großmutter abgegeben wurde. Nach dem Umherziehen im grünen Wagen scheint es für Emmy nach dem Engagement in Tondern weiter aufwärts zu gehen. »In Bremen spielte ich in einem Sketsch eine dankbare Rolle ... In dieser Rolle sah mich ein Agent, der mir einen Vertrag nach Münster in Westfalen anbot, wo eine Operettengesellschaft gastierte.«[2] Emmy unterschreibt, berichtet davon, daß sie sich neu einkleidet, tritt ihr Engagement an. Wieder Glanz. Dieses Mal mit Musik. Emmy singt »frisch drauflos«.[3] Die Welt scheint sonnig. Bis zum Absturz. Bis sie ihre Munterkeit verliert. Dabei ist nichts Außergewöhnliches geschehen. Nichts, was in ihrem Traumberuf nicht zum Alltag gehörte: Hungern oder Huren, die »beiden gottverfluchten Hu«.

Hatte man in längst vergangenen Zeiten, als die weiblichen Rollen beim Theater nicht mehr mit Männern besetzt wurden, die weiblichen Kräfte tatsächlich zum Teil aus Bordellen rekrutiert, so ist auch um die Wende vom 19. zum 20. Jahrhundert der Beruf der Schauspielerin noch immer anrüchig. Wollte ein Mädchen zum Theater, war das, nicht nur bei den Cordsens, ein Grund zu Familienstreit, oft zur endgültigen

Trennung. Freiwild waren die Mädchen, wurden bei den Behörden oft als Prostituierte geführt, von der Polizei observiert. Die Männer hatten die wildesten Vorstellungen vom Sexualleben der Schauspielerin. Sie verkörperte die erotischen Verheißungen, die in der Enge der Ehe nicht eingelöst wurden, wirkte wie ein Aphrodisiakum. Auf der Bühne – nah einerseits und entrückt zugleich – war sie Lustobjekt männlicher Phantasien. Und wenn sie es sich finanziell leisten konnten, versuchten die Männer das Objekt ihrer Begierde von der Bühne in ihr Bett zu holen. So ließ sich ein Verhältnis begründen, das den Bordellbesuch ersparte – und somit die Gefahr der Syphilis, lästige Folge eines solchen, verringerte – und das durch einen Engagementwechsel mühelos beendet werden konnte. Auch gab es keinen eifersüchtigen Ehemann, der Satisfaktion forderte. Denn verheiratet sollte die Schauspielerin möglichst nicht sein. Ein Kind war oft genug ein Kündigungsgrund. Und wenn denn eines da war, wie bei Emmy, hatte dieses geheim zu bleiben. Ehe und Kinder vertrugen sich nicht mit Verführung und erotischer Raffinesse, die die Männer bei den Mädchen vom Theater suchten.

Demi monde. Halbwelt voller Mädchen. Dennoch eine Männerwelt. Die Männer wollen sich amüsieren. Die Männer haben die Macht. Und die Mädchen haben ihre Träume. Malte Möhrmann weist in der Bühnenstatistik nach, daß die meisten Schauspielerinnen mittellos waren und aus kleinbürgerlichen Verhältnissen stammten. Ebenso wie Emmy glaubten sie an die Verheißung von einem selbstbestimmten Leben nach der Flucht aus kleinbürgerlicher Enge. Glaubten an Befreiung von gesellschaftlichen Zwängen, an Karriere, Geld und sozialen Aufstieg. Die Realität, die die Mädchen jedoch beim Theater erlebten, sah anders aus. Kaum hatten sie sich aus Elternhaus und Schule, von den Forderungen ihrer Dienstherren – oft genug auch den sexuellen – befreit, waren sie wieder auf das Wohlwollen von Männern angewiesen: Theateragent, Theaterdirektor, Theaterkritiker. Die jungen Frauen reisten herum, stellten sich vor. Und wurden begutachtet nach hübschem Gesicht und körperlichen Reizen. Eine Ausbildung an Schauspielschulen gab es noch nicht. Manche hatten Unterricht gehabt bei Schauspielern, so wie Emmy es gewünscht hatte. Ausschlaggebend war das für ein Engagement nicht. Nicht bei der Schmiere und nicht beim großen Theater. Künstlerische Interessen und theaterästhetische Überlegungen waren überflüssig. Gefragt waren – neben Jugend und gutem Aussehen – elegante Kostüme, Mäntel, Schuhe, Hüte. Und der bunte Putzkram, der ins Bild gehört: Schleier, Gürtel, Bänder, Blumen. Während den Männern die Kostüme gestellt wurden, zahlten die Frauen sie selbst. Von einer Gage von 30 bis 80 Mark monatlich. Da wurde genäht, wurde improvisiert. Alles Geld in die Garderobe gesteckt. Gehungert. Und wenn denn einer da war, der die Garderobe zahlte, war man nett zu ihm. Verehrer gab es genug, solange die Mädchen jung waren. Und die meisten Mädchen hatten schon bei ihren Bewerbungen erfahren, daß es nicht um Kunst, sondern um Körper ging. Den schaute sich der Theateragent, der Direktor sehr genau an, bevor er einen Vertrag unterschrieb. Denn nach dem Fallen des Vorhangs war für die Schauspielerin die Arbeit keineswegs beendet. Zu ihren Verpflichtungen gehörte amouröses Amusement: Soupers mit dem Theaterdirektor, mit Rezensenten und Mäzenen. Warum also nicht auch zum eigenen Vorteil verführen? Die Grenzen zwischen Animation und Prostitution waren fließend.

»Einen Vertrag zu brechen, machte mir nicht die mindesten Skrupel. Dagegen konnte ich irgendeinem Verehrer meiner leichten Kunst sehr wohl ein Versprechen halten, wenn es mir grad paßte, obwohl es ohne Zeugen gegeben wurde.«[4] Aber Emmy, im Gefühl, es gehe aufwärts, verschätzt sich. Ihre Vertragsbrüche sprechen sich herum. Scheint einerseits an Spielstätten kein Mangel, werden nach Einführung der Gewerbefreiheit hunderte von Theatern gegründet und Millionen in Theaterunternehmen investiert, so ist mit dem »Deutschen Bühnenverein« auch ein Kartell entstanden, dessen wesentliche Aufgabe der Kontraktbruchschutz ist. Nicht zum Schutz des Schauspielers, sondern des Theaters. Schwarze Listen kursieren mit den Namen unzuverlässiger oder unliebsam gewordener Schauspieler. Emmy Hennings gehört dazu. Als sie in Münster vertragsbrüchig wird, ist Schluß mit den Engagements. Emmy läßt ihr Pseudonym Helga in *Das flüchtige Spiel* nach Budapest aufbrechen.

Das Brandmal erzählt die Geschichte anders. Da löst sich die Truppe auf. Emmy fährt nach Köln. Ohne einen Pfennig

Geld. Sie steht auf der Straße. Flüchtet in den Dom. Sie hat das Glück gesucht, den Glanz. Jetzt ist sie am Ende. »Erst heute merke ich, daß ich immer nur gefallen bin. Jetzt aber, da ich unten bin, ... sehe ich: ich bin gefallen. Meine Geburt war der Fall eines Engels, der von Gott abfiel, und jetzt suche ich wieder ...«[5] – »... es wurde eine Art Anrede an das Schicksal, und weil ich gar nicht wußte, wo dieses war, ob es das überhaupt gab, war es ja auch gleichgültig, vor wem ich kniete.«[6] Dann kommt der frühere Kollege und nimmt sie mit ins Café. Aber das Café ist keines. Auch das Klavier »dort ist kein ehrliches Klavier. Es spielt von selbst.«[7] Mädchen sind da. Und Männer. Einer sagt, das sei kein Milieu für sie. Und schläft mit ihr. Und Emmy ist wie das Klavier. Ganz automatisch. Findet sich wieder auf der Straße mit einem Geldstück in der Hand: »Ich fühle nur ein Grauen in mir, von dem ich mich nicht befreien kann.[8] Durchdrungen von dem Gedanken, ich bin eines Mordes verdächtig, raste ich durch die Straßen, so schnell mich meine Füße tragen konnten.«[9] Emmy hat die letzte Grenze überschritten. »Ich möchte gern wissen, ob das Geld das einzige sichtbare Zeichen meiner Verwahrlosung ist ... Für dieses Zehnmarkstück wurde ich selbst auf den Tisch gelegt, es wurde mit mir bezahlt.«[10] Denkt sie an Flensburg, an die Mutter, an die Tochter, mag ihr der Oluf-Samson-Gang wieder in den Sinn kommen. Die älteste Puffstraße Deutschlands, sagen die Flensburger zu mir. Hat das Mädchen Emmy mit ihrem mohnblumengeschmückten Florentinerhut neugierig dorthin gespäht, wenn es in die Stadt ging? Noch immer trägt sie einen Hut. Den Chiffonhut mit den drei großen Klatschrosen darauf. Lebt mit den Straßenmädchen, den jungen, den älteren. Sieht mit Entsetzen das Schicksal der alt gewordenen. »Wie ein Automat wird sie sich alltäglich die rote Schleife in die grauen Haare flechten. In die geblümte Morgenjacke wird sie gleichgültig mit welken Armen hineinschlüpfen.«[11] Vielleicht ist auch diese vom Theater, das keine Rollen für faltige Gesichter und verbrauchte Körper hat. Endstation Prostitution.

Seit der zweiten Hälfte des 19. Jahrhunderts sind es neben den Schauspielerinnen vor allem berufstätige Frauen der Unterschicht und des Kleinbürgertums, Arbeiterinnen, Kellnerinnen, Verkäuferinnen, Dienstmädchen, die durch Gelegenheitsprostitution ihren Lohn, der nicht fürs Leben reicht, aufbessern. Werden sie aufgegriffen und amtlich erfaßt, haben sie sich strengen Regeln zu fügen. Im Berlin vor 1914 durften sie weder Theater noch Museen besuchen, noch in der Nähe von Kirchen und Schulen wohnen. Sie sind Gesundheitskontrollen unterworfen. Dürfen sich nur in bestimmten Bezirken der Städte aufhalten. Sind stigmatisiert.

»Sie machen auch die Straße, nicht wahr«,[12] wird die Protagonistin in *Das Brandmal* gefragt und reagiert zunächst erstaunt, als Prostituierte erkannt zu werden. Dann aber spürt sie: »Die Worte entfallen mir, wenn jemand das Brandmal berührt. Wenn jemand an mich anstößt, werde ich nur zusammenzucken und weinen ... Wer aber fragt nach mir? Ich bin nur eine unter vielen. Niemand fragt nach den vielen.«[13]

Die Mutter aber fragt noch nach ihr. Weiß nicht, wie es ihr geht. Lädt sie zu Weihnachten nach Flensburg ein. »Wie seltsam: Es ist mir noch nie eingefallen, ihr zu schreiben, daß ich mich in schlechten Verhätnissen befinde. Im Gegenteil, ich schreibe ihr von einem glänzenden Engagement.«[14] Geachtet sei sie, lügt die junge Frau im *Brandmal*. Wie auch Emmy der Mutter gegenüber nicht zugeben kann, daß sie gescheitert ist. Und so mag Anna Cordsen erwartet haben, daß die erfolgreiche Tochter sie finanziell beim Aufziehen Annemaries unterstützt, mag auf Geld gewartet haben. Emmy bemüht sich, »ehrliches Geld« zu verdienen. Zieht als Hausiererin von Tür zu Tür. Aber es reicht nicht: Und sie träumt, sie sei wieder ein Kind, und aus einer blauen Wolke käme die Stimme der Mutter und warnte vor »Gitter, Gosse und Ginster. Das ist Gefängnis, Straße und Wahnsinn.«[15] Emmy schreibt das 1919. Da liegt alles hinter ihr: Die Zeit in Köln, als die anderen Mädchen ihr den Spitznamen »Fledermaus« gegeben haben, weil sie »etwas Flatterndes, Nervöses«[16] habe. Das Engagement am jüdischen Dialekttheater in Frankfurt am Main, wo sie ihren Körper der Anatomie verkaufen will. Das ›Moulin Rouge‹ in Hannover. Das ›Royal Orpheum‹ in Budapest. Auch das schwere Fieber, das sie in ihren Phantasien zurückkehren läßt in die Arme der Mutter. Behütet sein, noch einmal. Wie ein Kind. Damit endet *Das Brandmal*.

Die Realität war eine andere, und Emmy von 1919 hat in ihrem Traum jene Stationen neben der Straße benannt, die diese Zeit mitprägten: Gitter und Ginster, Gefängnis und der »Wahnsinn« ihrer Sucht. Über das *Gefängnis* schreibt sie zuerst. 1917/18. Der Roman erscheint bei Erich Reiss in Berlin, als sie am *Brandmal* arbeitet. Und es sind nicht nur die Kölner, Frankfurter und Budapester Zeit, die einfließen in das Roman-Tagebuch, sondern es ist die Summe ihrer Erfahrungen von der Schmiere über die Provinzbühnen, vom Varieté der großen Städte bis zum Tingeltangel und dem Nepplokal. Es sind ihre Erfahrungen, die sie in der expandierenden Unterhaltungsindustrie des ausgehenden Kaiserreiches ebenso gesammelt hat wie im literarischen Kabarett und der Boheme, wo das Anschaffen für sich selbst und den Freund keineswegs als anstößig gilt. Aber es dauert zehn Jahre, bis es Emmy gelingt, über die vergangene Zeit zu schreiben. Mit dem Bruch ihrer Beziehung zum ›Cabaret Voltaire‹ und zur ›Galerie Dada‹, dem Rückzug mit Hugo Ball in die ländliche Abgeschiedenheit des Tessin 1916/17 kommt sie aus der Rolle der Beteiligten heraus und kann zur Beobachterin werden, die ihre eigene Situation reflektiert.

Aber noch liegen, halte ich mich an die Chronologie der Ereignisse, die Jahre vor ihr, die sie berühmt machen werden, die Jahre der Berliner und Münchner Boheme, der Tourneen durch europäische Varietés und Cabarets, die Dada-Zeit in Zürich und die Begegnungen mit jenen Männern und Frauen, die in die Kunst- und Literaturgeschichten eingehen werden. Und Emmy mit ihnen.

1908/09 jedoch: »Ich bin ein gerupfter Vogel.«[17] Wie herauskommen aus der Kölner Misere? Emmy gibt im *Brandmal* einen spontanen Entschluß an, »hatte ich plötzlich eine Idee, mich dem Direktor J. vorzustellen. Dazu wurde ich angeregt durch die Reklame. Sonst wäre es mir wohl nicht eingefallen.«[18] Das soll in Gießen gewesen sein. Unterlagen dazu habe ich nicht gefunden. Dann Frankfurt 1909. Sie spielt in der Komödie *Die Welt geht unter*. Jiddisches Dialekttheater, in dem alles ihr fremdartig ist: »Ich habe diese schmeichelnde, altkluge, orientalische Sprache nicht verstanden.«[19] Überhaupt ist das Theater fragwürdig geworden. »Mir ist, als sei ich auf der Straße reiner gewesen … Hatte alles allein zu verantworten. Hier stehe ich allabendlich vor vielen Menschen und helfe ihnen, die Zeit verschwenden … Was machen wir eigentlich da, wir Schauspieler? Für was für einen Unfug geben wir uns her? Hier spielen manche begabte Menschen, die ihr Talent prostituieren ... Es ist eine große Sünde, die allabendlich begangen wird, und ich lasse mir diese Sünde anständig bezahlen.«[20]

Während sie durch Angeln und die deutschen Provinzen tingelte, hatte das Publikum hauptsächlich zur unteren Mittelklasse gehört: Handwerker, Kleinbauern, Dienstboten. Possen wurden gespielt, oft Lokalpossen, die »dazu herhalten, sowohl die geschichtlich absterbenden wie die heraufkommenden sozialen Bedrängnisse abzuwehren. Solchermaßen zur heiter deftigen Selbstverständigung und Selbstbekräftigung, lacht die Posse sich und die Ihren frei von jenen Bedrängnissen, indem sie ganz bestimmte Einsprüche dagegen inszeniert. Es sind die kleinbürgerlichen Antihaltungen, die ein gut Teil ihres dramatisch-ideologischen Rüstzeugs ausmachen.«[21] Seßhaftigkeit gegen Umtriebigkeit, Sparsamkeit gegen Verschwendung, innere Werte gegen äußeren Glanz, erotische Sittsamkeit gegen sexuelle Freizügigkeit. Das war *Die goldene Eva* in Flensburgs Tivoli. Armer Handwerksgeselle freit des Meisters Töchterlein.

In den Großstädten der Gründerzeit jedoch steht anderes auf dem Amüsier-Programm: Der Schwank, der grob verzeichnet und karikiert, und die Erotik, die in der Posse noch zur Familiengründung führt, restlos sexualisiert. »Die Schwankhelden verhalten sich gegenüber sexuellen Reizen – verlockende Frauen oder lediglich Parfums und Seidenstrümpfe oder gar nur der Name eines verruchten Nachtlokals – wie die Pawlowschen Hunde, denen pünktlich aufs Glockenzeichen hin das Wasser im Mund zusammenläuft. Sie sind Marionetten ihrer abgeklemmten Triebe, wie sie gleichermaßen Marionetten der geltenden Moralanschauungen sind.«[22] Und das Theater als Ort antibürgerlichen Lebens bietet nicht nur während der Vorstellungen den Raum für sexuelle Phantasien, sondern oftmals danach noch die Möglichkeit, diese auch auszuleben: »... der Zuschauerraum wird nach der Vorstellung durch einen großen Vorhang geteilt, so daß es aussieht, als hätten wir ein Zeltgelage ... Unsere persönliche Anwesenheit ist für die Gäste eine Zugabe zum Abendprogramm. Wir sind so die kleine Annehmlichkeit zum Sekt.«[23]

»Wenn ich abends nach der Vorstellung zum Sekt eingeladen bin, werde ich von den Herren aufgefordert, einen ›Witz‹ oder einen ›Schwank‹ aus meinem Leben zu erzählen. Das kann ich nicht. Meine Schwankungen kann ich nicht preisgeben. Die groteske Situation meiner Liebesabenteuer sind meine Trübsal, die keine Erwähnung duldet.«[24] So Emmy. Und doch macht sie weiter. Tag für Tag. Nacht für Nacht. Emmy im weißen Tennisrock, in »Twostephosen«. Emmy im Flitterkleid mit Hut. Kavaliere, die nicht wissen wollen, was in ihr vorgeht. »Sie glauben nur daran, daß ich schlank bin, tanzen, singen und trinken kann.«[25] Emmy ist einsam. Wird sich selbst unheimlich. Wenn sie singt: »Nur Liebe ist Leben«, glaubt sie es längst nicht mehr. »Wenn ich lieben könnte, wäre ich aufgelöst in das, was ich liebe, dann wäre ich Mensch. Ich liebe nicht. Ich liebe der Liebe nach.«[26] Und kann sie nicht mehr erreichen. Geht, nachdem ein Kavalier sie nachts mit seinem Spazierstock geprügelt hat, nach Hannover ins ›Moulin Rouge‹, Ecke Georgstraße/Schillerstraße. Von der Bühne ins Vergnügungsetablissement. »Hier wird nur getanzt und getrunken. Dafür gibt es sechzig Mark und das Abendessen und die vielen anderen Möglichkeiten ... Ist man eingeladen, so läßt man im Laufe des Abends die Tasche liegen, geht einen Augenblick weg, und wenn man zurückkommt sind zwanzig oder dreißig Mark hineingelegt worden. Es kam auch schon vor, daß zwanzig oder dreißig Mark herausgenommen wurden. Damit muß gerechnet werden. Das Geld ist locker, flüssig wie Schlamm, und hat keinen sonderlichen Wert. Mein Zimmer ist klein, unansehnlich, Bett und Waschtisch ausgenommen. Geht nach einem grauen Hof hinaus. Dort werden sehr eifrig Kisten vernagelt und Hölzer gehackt.«[27] Es ist die proletarisch-kleinbürgerliche Welt, aus der sie kommt, aber: »Wenn auf dem Hofe die Arbeit beginnt, dann ist meine Arbeit zu Ende ... Mein Schlaf ist wie Blei.«[28] Emmy weiß: Es gibt kein Zurück. Nicht ins bürgerliche Leben, aber auch nicht zum Theater. Jedenfalls nicht in eines wie das Flensburger oder ein anderes Stadttheater. Schon gar nicht auf eine der Bühnen, die mit sozialkritischen Stücken von den Naturalisten erobert werden. »Was für ein bemitleidenswerter Irrtum«, konstatiert die Protagonistin in *Das Brandmal*: »... ich dachte, Bühne und Podium können eine

Rettung sein; hier könne man sich finden oder verlieren. Und bin mich doch nicht losgeworden.«[29]

Weiter also im Amüsierbetrieb. Und das Abstoßende und Schale dieses Lebens werden immer wieder zur Faszination. Wie schon in der Kindheit, »da trank ich täglich zwei Eßlöffel Weinessig, der mir widerwärtig war; als Mittel zur Abtötung der Sinne. Nach acht Wochen erwachten meine Sinne und das Bittere wurde mir süß. Da wurde ich traurig: ich hatte das Ziel verfehlt. Der freiwillige Zwang entwickelte sich zur Wollust.«[30]

Aber sie lernt in diesem Milieu neben amüsierwütigen Militärs und geilen Spießbürgern auch Männer kennen, die sie interessieren. So, das vermutet Bernhard Echte, den Bruder des Grafikers John Höxter, Bohemien und Dauergast im Berliner Café des Westens, dem Café Größenwahn. Und dann Höxter selbst, der sie mitnimmt in die Reichshauptstadt und in die Café- und Literatenkreise einführt.

Jahreswechsel 1909/1910. Ein entscheidender Wechsel für Emmy. Mit dem ein Jahr älteren, homosexuellen Höxter, dem Szittya dennoch bei Frauen viel Glück bescheinigt, zieht sie durch die Berliner Szene-Kneipen, wird Stammgast im Café Größenwahn und lernt kritische Journalisten und die Avantgarde der Dichter und Schriftsteller, der Maler und Grafiker kennen. Politische und Unpolitische. Unbürgerliche alle. Ebenso wie Emmy haben sie ein geordnetes Leben hinter sich gelassen, viele ein großbürgerliches, um in der Boheme zu leben. Hier ist sie keine Außenseiterin, sondern interessanter Mittelpunkt. Und Prostitution ist Zeichen bürgerlicher Doppelmoral und rücksichtsloser Ausbeutung. Maler und Schriftsteller reflektieren diese Situation in ihren Arbeiten, gestalten die Körper von Prostituierten, die unter der Gewalt ökonomischer Prozesse buchstäblich zerteilt zu werden scheinen, thematisieren Hurenschicksal, wie Benn 1912: »Der einsame Backenzahn einer Dirne, / die unbekannt verstorben war, / trug eine Goldplombe. / Die übrigen waren wie auf stille Verabredung / ausgegangen. / Den schlug der Leichendiener sich heraus, / versetzte ihn und ging dafür tanzen. / Denn, sagte er, / nur Erde solle zu Erde werden.«[31]

Aber auch jene, die sich fernhalten vom antibürgerlichen Ausbruch, deren revolutionärer intellektueller Aufbruch sich in bürgerlicher Umgebung vollzieht, sind dem Faszinosum Prostitution preisgegeben. So Sigmund Freud, der »das Unheimliche« 1919 beschreibt, als er eine italienische Kleinstadt durchstreift und in der Gasse der Huren landet. Ungewollt. So versichert er. Aber obwohl er fluchtartig die Gegend verläßt, findet er sich, nach einigem Umherstreifen, ein zweites Mal vor den Fenstern der grell geschminkten Frauen wieder, wo »ich nun einiges Aufsehen zu erregen begann, und meine eilige Entfernung hatte nur die Folge, daß ich auf einem neuen Umwege zum drittenmal dahingeriet. Dann aber erfaßte mich ein Gefühl, das ich nur als unheimlich bezeichnen kann, und ich war froh, als ich ... auf die kürzlich von mir verlassene Piazza zurückfand.«[32] Während Freud flieht, setzt sich Walter Benjamin, den Emmy im Herbst 1918, während sie am *Brandmal* arbeitet, in Bern kennenlernen wird, in seiner Jugend dem »Unheimlichen« aus. Streift durch die Stadt, »als ihr Labyrinth sich dem Geschlechtstrieb öffnete. Der aber suchte mit seinem ersten Tasten nicht den Leib, sondern die ganz verworfene Psyche, deren Flügel faulig im Scheine einer Gaslaterne glänzten oder noch unentfaltet unterm Pelz, in welche sie verpuppt war, schlummerte ... Kein Zweifel jedenfalls, daß ein Gefühl – ein trügerisches leider – ihr und ihrer und meiner eigenen Klasse abzusagen, Schuld an dem beispiellosen Anreiz trug, auf offener Straße eine Hure anzusprechen. Stunden konnte es dauern, bis es dahin kam. Das Grauen, das ich dabei fühlte, war das gleiche, mit dem mich ein Automat erfüllt hätte, den in Betrieb zu setzen, es an einer Frage genug gewesen wäre ... Wenn ich dann, manchesmal schon gegen Morgen, in einer Torfahrt innehielt, hatte ich mich in die asphaltenen Bänder der Straße hoffnungslos verstrickt und die saubersten Hände waren es nicht, die mich freimachten.«[33]

Die Lebenserinnerungen des Psychoanalytikers Wilhelm Reich *Leidenschaft der Jugend* zeigen, wie seine männliche Wahrnehmung im Bordell und Emmys oben beschriebene Empfindungen sich gleichen: »Ich rackere tagsüber wie ein Lasttier und liege abends in Bordellen ... Ein Ekel vor Dirnen beginnt langsam, aber stetig in mir anzuwachsen, und zu meinem größten Schrecken merke ich, daß ich das Bordell nicht mehr missen kann. Ein entsetzlicher Kampf beginnt ...

ich muß allabendlich ins Bordell.«[34] Oder mit Emmys Worten: Der verabscheute Geschmack des Essigs wird zur Empfindung der Lust.

Zur Lust wird Emmy auch das Leben in der Berliner Boheme. Obwohl die Gelegenheitsprostitution keineswegs vorbei ist. Manchmal braucht sie Geld für sich, manchmal ernährt es auch einen der Männer, von denen sie fasziniert ist. Endlich erlebt sie, die leidenschaftliche Gelegenheitsleserin, das Entstehen von Literatur. Erlebt Männer, die schreiben, eine Frau, Else Lasker-Schüler, deren Verse ihre eigene Phantasie anregen. Erlebt Diskussionen um Kunst und Politik. In den Zeitungen wird von der bosnischen Krise berichtet, der Annexion Bosniens und der Herzegowina durch Österreich-Ungarn. Deutschland auf Österreichs Seite. Mißstimmung in Rußland. Noch immer Konflikte um die Öffnung der Dardanellen. 1911 Schlagzeilen über die Entsendung des deutschen Kanonenbootes »Panther« nach Agadir als Protest gegen die französische Marokkopolitik. Querelen mit England seit dem 1908 im *Daily Telegraph* veröffentlichten Interview Wilhelms II. mit den taktlosen Äußerungen über das Verhältnis der beiden Staaten. 1909 tritt der beteiligte Bülow zurück. 1910 besteigt Georg V. den englischen Thron. Doch die Verstimmung bleibt. Emmy hört von der Diktatur des Proletariats, von der russischen Revolution 1905/06. Hört von Anarchisten, Bolschewisten, Sozialisten. Im Café werden die Krisen diskutiert: die italienisch-türkische und immer wieder die auf dem Balkan. Die Lage spitzt sich zu. Wird es Krieg geben? Auch im Parlament werden die Debatten schärfer. Ein Parlamentsstenograph berichtet davon. Emmy lernt ihn kennen. Durch Höxter vielleicht. Und sie verliebt sich in ihn: Ferdinand Hardekopf. Markantes Gesicht. Diabolischer Elegant mit Fliege oder Bohemien-Apache mit Schlägermütze auf dem vollen wirren Haar. So sehe ich ihn auf Photos der Zeit. Er schreibt für *Die Aktion* und *Die Schaubühne*, wird von den jungen Expressionisten bewundert. Wegen seines antibürgerlichen Lebensstils, wegen seiner raffinierten Texte. Er übersetzt aus dem Französischen. Und manchmal spricht der 1876 im niedersächsischen Varel geborene mit Emmy sein Oldenburger Platt. Kennengelernt haben sie sich im Café. Da bin ich sicher. Vielleicht in der Situation, die Hardekopf schon 1901 im *Berliner Morgen* beschrieben hat: »Er las in der Zeitungsecke des lieben intimen Cafés und schlürfte seinen Mokka mit jener raffinierten Genußempfindung, mit der die Gourmands des Lebens gerade die kleinsten Genüsse auskosten. In den Abendblättern hatte er wenig Interessantes gefunden. Und jetzt, da er sie alle durchflogen, ergriff ihn ein Gefühl qualvoller Verlassenheit. Lässig entnahm er dem mattsilbernen Etui eine Cigarette – Marke ›princesses egyptiennes‹. Warum soll man nicht rauchen? Der leichte Nervenreiz wird das Leben für drei Minuten erträglicher machen. Er zündet die Cigarette an und mit einem Male war in seiner Seele ein sehnsuchtsvolles Erinnern lebendig.«[35]

Und dann ist da plötzlich Emmy Hennings, eine Zigarette in der einen Hand, Kaffee oder Cognac in der anderen. Rauchen und Trinken waren ihr längst Gewohnheit geworden. Mal Stimulantien. Mal Narkotika. Und vielleicht hat sie ja auch bei Höxter, dem »dunkelsten aller Morphinisten«, wie Hardekopf ihn nennt, bereits das Morphium kennengelernt, den Äther. Das nehmen sie alle: Der Anarchist und Schriftsteller Erich Mühsam, der junge Dichter Jakob van Hoddis und die Puppenkünstlerin Lotte Pritzel. Der Psychonanalytiker Otto Gross und Johannes R. Becher, die Emmy bald in München kennenlernen wird.

Emmy Hennings und Ferdinand Hardekopf. Eine schicksalhafte Begegnung. Leidenschaft. Rausch und Reisen. Wechselnde Beziehungen. Trennungen und immer neue Begegnungen. Freundschaft. Lebenslang. Briefe deren schönstes Zeugnis. Unveröffentlicht. Ich lese sie in der Carl-Seelig-Stiftung in Zürich. »Meine Emmy. Liebste Emsi. Mein geliebtes Emseli.« Er schreibt ihr auch, nachdem sie sich endgültig mit Hugo Ball verbunden hat. Manchmal klingt Eifersucht durch. Aber er bleibt an ihrer Seite. Gibt Ratschläge, wenn sie fragt. Tröstet, als Ball stirbt. Sita Staub, seine Freundin, kommt dazu. Die beiden Frauen mögen sich. Manchmal ein Postskriptum von ihr. Emmy hat seine Briefe bewahrt. Ihre sind verschollen, seit die Gestapo Hardekopf im besetzten Frankreich inhaftierte und seinen Besitz konfiszierte.

In der nachgelassenen Korrespondenz Hardekopfs finde ich seit 1905 seine knappen Mitteilungen an Herwarth Walden, für den er rezensiert: Theateraufführungen, Varietéabende. Letztere aus dem ›Linden-Casino‹ auch im *Berliner Morgen*. Im ›Linden-Cabaret‹ wird auch Emmy auftreten. Zum ersten Mal nachgewiesen im Mai 1911. Hardekopfs berufliche Beziehung zu Walden ist eng. Wenn er ihm schreibt, sind Grüße an Else Lasker-Schüler beigefügt, die »Frau Gemahlin« oder auch an »Else Walden«. Er rezensiert ihr *Peter Hille-Buch*. Ihre Gedichte. Oft treffen sie sich nach Hardekopfs Arbeit im Reichstag in der ›Sezession‹. Er wird Zeuge der Streitereien des seit 1903 verheirateten Paares. Als die Ehe geschlossen wurde, hatte sich die 1869 in Wuppertal-Elberfeld geborene Dichterin dem neun Jahre jüngeren Georg Levin gegenüber, den sie Herwarth Walden nennt, als fast gleichaltrig ausgegeben. Mit Argusaugen wacht sie, die zuvor mit dem Arzt Berthold Lasker verheiratet war und die einen unehelichen Sohn hat, über Walden. Ist rasend vor Eifersucht, wenn jüngere Frauen auftauchen. So auch auf Emmy, die Hardekopf in den Kreis einführt. Was sie sich selbst zugestand – freie sexuelle Beziehungen – kann sie bei Walden nicht ertragen. Bunt-schillernd wie eine orientalische Märchenfigur, ist sie Mittelpunkt eines Kreises junger Dichter und Kritiker: Richard Dehmel, Theodor Däubler, Alfred Döblin, Georg Trakl, Gottfried Benn, Karl Kraus. Arbeitet in Waldens ›Verein für Kunst‹ und der 1910 gegründeten Zeitschrift *Der Sturm* mit. Bewundert den jungen Maler Franz Marc. Irrlichtert als »Prinz Jussuf von Theben«, als »Tino von Bagdad« durch die Berliner Boheme. Und hat Angst vor dem Alter. Vor dem Nachlassen ihrer Kreativität. Spürt: »Eine unumstößliche Uhr ist Berlin, sie wacht mit der Zeit, wir wissen wieviel Uhr Kunst es immer ist. Und ich möchte die Zeit so gern verschlafen.«[36]

Als sich Walden einer jüngeren Frau zuwendet, ergreift Hardekopf seine Partei. »Prinz Jussuf« reagiert tief gekränkt, intrigiert gegen Walden. Der Ehekrieg eskaliert, wird öffentlich ausgetragen. Hardekopf verspricht Walden am 24.9.1909 in einem nächsten Beitrag für dessen Zeitschrift, »etwas Anti-Jussuf« unterzubringen. Fährt jedoch zunächst mit René Schickele nach Frankreich, schreibt über Theater. Bittet um Geld. Am 29. Dezember ist er wieder in Berlin und fragt Walden, ob er Lust hat, ihn ins ›Linden-

Cabaret‹ zu begleiten. Es ist die Zeit seiner Begegnung mit Emmy.

Als sie sich zum ersten Mal sehen, ist die Reichshauptstadt noch in der Euphorie der Gründerzeit. Und während die politischen Krisen vom Balkan, aus der Türkei und Rußland ihre Schatten werfen, spielen die Kapellen in den zahllosen Vergnügungsetablissements lauter, wird eine nächste Flasche Champagner geköpft, und die Mädchen malen noch grellere Farben auf ihre Gesichter. »Da sitze ich vor meinem Spiegel und kann diese Puppe betrachten. Ich weiß, daß ich mich verdoppeln kann. Unter schwarzen Brauen sind lichte, blonde, das sind die echten ... Male mir ein rotes Herz auf den Mund, wo doch das richtige Herz unsichtbar ist ... So kunstvoll verschleiere ich meine Augen. Die rechte Schwindeldämonie.«[37] Emmy hat ihre Locken abgeschnitten. Trägt ihr Haar kurz und glatt. Trägt giftgrüne Sweater. Knöpft das bunte Blüschen weit auf. Ein braves Medaillon im Ausschnitt, einen groben Schal um den Hals. Läßt das lockere Kleid über die rechte Schulter rutschen. Die Zigarette in der Hand. Junghanns hat sie im ›Café des Westens‹ gezeichnet. Einen großen blumengeschmückten Florentinerhut auf dem Bubikopf. Das Kinn nachdenklich in die Hand gestützt. So sitzt sie im Zigaretten- und Zigarrenqualm des ›Café Größenwahn‹. »Hier im Café ist der große Gedankenaustausch«, lese ich in Ernst Paulys Erinnerungsbuch *20 Jahre Café des Westens*: »Hier werden Weltanschauungen täglich aus dem Ärmel geschüttelt, Existenzen vernichtet, neue Helden auf den Thron gehoben, Kritik geübt an allem ... In der einen Ecke rast der Sturm, in der anderen wehen neopathetische Winde ... der Größenwahn der jungen Dichter mag schon oft blinde Torheit sein, zuweilen ist er der Motor, der den Träumenden antreibt, ein Produktiver zu werden.«[38]

So auch Emmy, die »traumverlorene«, die in dieser Umgebung erste Verse schreibt. Fast alle Hardekopf gewidmet: »Dieses Gedicht ist für Hardy«, »für Siurlai« – eines der Hardekopfschen Pseudonyme, unter denen er veröffentlicht. Es sind »Ätherstrophen«, »Morfin«-Gedichte, wie auch Hardekopf sie schreibt. Die »Ode vom seligen Morgen« hat er Emmy Hennings gewidmet: »Süßeste aller Ausschweifungen: / schon morgens im Café zu sitzen, / wintermorgens. / Die Cigarette: blonder Honig, Opium wölbt mich ein. / (Heimlich-gothische Kapelle, Sicherheit.) / Es riecht nach Wärme. / Aus den Revuen knistern blaue Lust-Zungen. / Links in mir sammelt sich eine entzückende Angst. / Liebe Gifte heizen, hetzten. / O ihr guten Droguen: ich bete euch sehr an. / Wir pfeifen, auf was ihr stolz seid, / euren Auszeichnungen weicht ein Achselzucken aus, / und was ihr höhnt ist unser maßloser Stolz. / Weltenwild ist unser großes Glück und sehr privat. / Wir sind völlig verdorben und endlos selig; / wir sind feine Tiere; / die Mädchen nahe uns werden böse und herrlich, / werden sensitiv, instruiert und instruktiv. / Diese Souveränität ist unangreifbar.«[39]

1916 erscheint der Text in Franz Pfemferts Zeitschrift *Die Aktion*. Emmys Gedicht »Äther« druckt Pfemfert bereits im August 1911. Es ist ihre erste Publikation. 1912/13 erscheinen ihre Gedichte in der renommierten Zeitschrift *Pan*, 1913 wieder in *Die Aktion* und in *Revolution*. Texte von Drogen und Rausch.

Denn während Hardekopf offenbar nicht süchtig wird, sondern zunächst als Reichstagsstenograph, Journalist und Schriftsteller, dann nach seiner Flucht aus Deutschland während des Ersten Weltkriegs als Übersetzer von französischer Literatur regelmäßig arbeitet, hat sich Emmy bald im fatalen Kreislauf ihrer Abhängigkeit verstrickt. Asymmetrie der Emotionen: Gefangen in der Sucht. Frei im Rausch.

»Jetzt muß ich aus der großen Kugel fallen.
Dabei ist in Paris ein großes Fest.
Die Menschen sammeln sich am Gare de l'est
Und bunte Seidenfahnen wallen.

Ich aber bin nicht unter ihnen.
Ich fliege in dem großen Raum.
Ich mische mich in jeden Traum.
Und lese in den tausend Mienen.

Es liegt ein kranker Mann in seinem Jammer.
Mich hypnotisiert sein letzter Blick.
Wir sehnen einen Sommertag zurück ...
Ein schwarzes Kreuz erfüllt die Kammer ...«[40]

Hardy hat sie das Gedicht gewidmet. Der mit ihr 1910 nach Frankreich gefahren ist. Auch nach Paris. Ihre Ankunft am Gare de l'Est. Menschen. Wehende Fahnen. Bunte Seide, wie im Kindheitsgedicht. Die Stadt: ein Fest. Fest der Künste. Fest der Sinne. Und das Ich im Gedicht springt geradezu in diese Situation mit einem »Jetzt«. Doch es kann sich nicht unter die heitere Menge mischen. Ist gefangen in einer großen Kugel, eingeschlossen in seinem Rausch. Und damit isoliert. Ganz in sich und doch auch hellsichtig im Außen. Der erste und vierte Vers umfassen mit ihrem Reim den Ort und das Ereignis, die ein Reimpaar bilden. Dieses Reimschema wiederholt sich in den nächsten vier Zeilen, von denen drei mit »Ich« beginnen, mit dem Ich, das aus der Kugel fällt und plötzlich das kann, was schon die kleine Emmy Cordsen in Flensburg können wollte: Fliegen. Durch Raum und Zeit und damit Grenzen aufheben zwischen Tag und Traum. Alles ist möglich: das Durchstreifen großer Räume, und zugleich das Eindringen in die Rätselsphäre der Menschen, in die Bilder ihres Unbewußten, in ihr geheimes Mienenspiel. Das Ich sieht alles. Allwissend. Allmächtig. Aber dann der Einbruch im Text: Harter Aufprall nach freiem Fall. Die Weite des Raumes verengt sich zur Kammer. Zur Krankenstube des Mannes. Jammer. Sterben. Sein letzter Blick faßt das Ich, hypnotisiert es, bannt es noch einmal, wie damals, als alles begann, an einem Sommertag. Vergebliches Sehnen: »Ein schwarzes Kreuz erfüllt die Kammer ...« Nicht mehr nur ein Kruzifix an der Wand, sondern ein monströses Symbol des Todes, das den Raum verdunkelt. Der Rausch ist vorbei. Die Ätherwirkung läßt nach. Die Farben verblassen. Dunkle Leere breitet sich aus. Schmerz. Selbst der Reim im beibehaltenen Schema kippt ins Unreine: »zurück« und »Blick«. Mit drei Punkten endet das Gedicht im Vagen, Unbestimmten.

Hardekopf hat mit seinem kurzen Dialog *Der Abend. Ein kleines Gespräch* die Frankreichreise thematisiert. Ostap und Germaine im Hotelzimmer. Germaine ist 25 Jahre alt. Wie Emmy 1910. Ostaps Geliebte. Eine Hure, die wieder anschaffen will. Die sich putzt für die Straße. Seine Eifersucht. Ihre Autonomie: »Und jetzt willst du mich einsperren ... Mich soll wohl kein Mensch mehr ansehen dürfen! Ich war so gut im Gange. Du hast mich herausgenommen. Aber du hast mir versprochen, daß du mich der Straße zurückgeben wolltest. Ich bin einmal nicht wie die Bürgermädchen, die keine Ehre im Leibe haben. Ich kann ohne Ehre nicht leben!«[41]

Leben in Hotels, in Absteigen. Das Abenteuer des fremden Landes, der fremden Sprache. Hardekopf spricht sie so selbstverständlich, als sei er dort geboren. Macht Emmy mit der französischen Literatur bekannt. Liest. Übersetzt. Sie trinken, sie rauchen. Träufeln Äther auf die Zigaretten. Wenn das Geld ausgeht, sucht sich Emmy einen Freier.

Aber dann wird sie krank. Zuerst fühlt sie sich matt, hat Kopfschmerzen. Wie nach einem Rausch. Dann kommt das Fieber. Und steigt. Von Tag zu Tag. Schüttelfröste. Schweißausbrüche. Hardekopf mißt die Temperatur. 40 Grad. Manchmal 41. Sie halluziniert. Wenn er ihr Wasser einflößt, sieht er ihre grau-gelbe Zunge. Durchfall wechselt mit Obstipation. Als der Arzt ihre geschwollene Milz tastet, die Roseolen auf ihrer Bauchhaut sieht, vermutet er Typhus abdominalis. Bald wissen es auch die Freunde. Am 25.8.1910 notiert Hardekopfs langjähriger Freund, Erich Mühsam, in sein Tagebuch: »Gestern kam ein Brief von Hardekopf ... Er teilt mir mit, daß Emmy in Paris schwer erkrankt war und man ihm dort geraten habe, schleunigst mit ihr nach Deutschland zu reisen. Nun liegt sie im Schwabinger Krankenhaus, wo man Typhus festgestellt hat. Das arme Kind! ... Hardy fragt, ob ich ihm bei den Kosten, die Emmys Krankheit verursacht, mit Geld aushelfen könnte. Hat der eine Ahnung von meiner Situation.«[42]

Vielleicht schätzt Hardekopf die Lage Mühsams wirklich falsch ein, vielleicht aber ist der Freund auch ein letzter Rettungsanker. Kam der Lübecker Apothekerssohn doch aus einer wohlhabenden Familie und hatte sich im Sommer in Berlin mit dem Vater und den Geschwistern wegen einer Erbschaftsangelegenheit getroffen. Doch Mühsam, Außenseiter in seiner Familie und unter dem kalten Unverständnis des Vaters leidend, war im August 1910 selbst krank. Sein Bruder Hans, der in Berlin als Arzt niedergelassen war, hatte bei Mühsam eine Herzerweiterung festgestellt, beginnende Arterienverkalkung und einen Sanatoriumsaufenthalt für unumgänglich gehalten. Bruder und Schwager Julius Joël, Arzt in Lübeck, bewilligen 300 Mark »(mit was für Opfergeschrei!)«,[43] und

Mühsam fährt in die Schweiz. Nach Chateaux d'Œx de Soldanelle. Hier beginnt er am 22.8.1910 Tagebuch zu schreiben. Für die nächsten Jahre werden seine Eintragungen eine verläßliche Quelle zu Emmy Hennings sein.

Als Hardekopf seinen Notruf an Mühsam schickt, ist dieser nicht nur krank, sondern nach einer Anklage wegen Geheimbündelei und mehrwöchiger Untersuchungshaft in Berlin auch psychisch geschwächt. Man hatte ihm konspiratives Verhalten vorgeworfen, weil er, um Gustav Landauers ›Sozialistischen Bund‹ zu unterstützen, gemeinsam mit seinem Freund, dem Publizisten Johannes Nohl, die Gruppe ›Tat‹ gegründet hatte. Und weil Nohl homosexuell war, kam noch der Anklagepunkt der Päderastie hinzu. Aber Mühsam war freigesprochen worden. Und seine Reise in die Schweiz war zugleich auch eine Reise zu Nohl, der sich in Aeschi niedergelassen hatte. Auch ihn unterstützt Mühsam seit Jahren finanziell. Ebenso wie die Puppenkünstlerin Lotte Pritzel und Frieda Gross, die Frau des Psychoanalytikers Otto Gross, mit der Mühsam zeitweise in München zusammenlebt. Und für deren 1907 geborenen Sohn Peter er sich verantwortlich fühlt.

Mit Emmy hatte sich Mühsam sofort verstanden. Nicht nur, weil auch sie aus dem Norden kam, sondern weil sie ebenso kompromißlos wie er selbst im Leben der Boheme aufging. Sie hatten miteinander geschlafen, doch als Hardekopf ihn bittet, Emmy finanziell zu übernehmen, fühlt er sich überfordert. Aber er schreibt nach München und notiert im Tagebuch am 28.8.1910: »Heute erhielt ich einen Dankbrief von dem guten Hardy für meine Trostbriefe an ihn und Emmy. Emmy steht noch vor der Krisis und denkt viel an den Tod. Das arme gute Kind. Ich habe sie so gern in ihrer naiven Hurenhaftigkeit, die von nichts weiß als vom Lieben und Liebenlassen.«[44]

Ende September ist Mühsam wieder in München. Emmy noch immer im Krankenhaus. Das wochenlange hohe Fieber hat sie geschwächt. Die Haare gehen ihr aus. Aber sie überlebt. Aus einem Gartenhaus an der Leopoldstraße schreibt Hardekopf am 3.11.1910 an René Schickele: »Emmy ist aus dem Krankenhaus entlassen und hier bei mir. Ihr steht die Reise nach Flensburg zu ihrer Mutter, mir die nach Berlin bevor.«[45]

Ist sie im November 1910 in Flensburg gewesen? Ich habe nichts darüber finden können. Ich stelle mir vor, sie sei dagewesen. Das erste Mal seit 1907, als sie in Tondern im Engagement war. Manchmal zu Besuch kam. Ich stelle mir vor, wie die Mutter mit der vierjährigen Annemarie an der Hand am Bahnsteig steht und die Tochter kaum erkennt. Mit dem kurzgeschnittenen Haar, das erst langsam wieder voller wächst. Mit dem mageren Körper, dem kleinen Kindergesicht unter einem Hut. Gezeichnet von der Krankheit, von der Sucht, von der Straße. Ich stelle mir vor, wie das Kind diese fremde Frau anstarrt, die ihre Mutter sein soll. Diesen gerupften Vogel, der kurz in sein altes Nest fliegt, um es ebenso schnell wieder zu verlassen. War sie in Flensburg, hat sie vielleicht Ina Maaß besucht, die geborene Eckener, die sie in ihrer Jugend kennengelernt hatte. Wir wissen nicht wo. Möglich, daß sich die Mädchen getroffen haben, wenn Emmy den erblindeten Klavierlehrer Kuhlmann im Eckener-Haus besuchte. Aber vielleicht war auch das nur eine der Emmy-Erfindungen.

Gekannt hat sie die Eckener-Schwester, die den Verleger der Flensburger Tageszeitung geheiratet hatte. Und die Flensburger Lokalhistoriker vermuten, daß Ina Maaß die Bekanntschaft mit dem Künstlerfreund ihres Bruders, Rudolf Reinhold Junghanns in München vermittelt hat.

Aber vielleicht ist Emmy im November nicht in Flensburg gewesen, sondern mit Hardekopf nach Berlin gefahren. Vielleicht hat sie, ohne jede Vermittlung, Junghanns in München getroffen, wie die anderen Künstlerfreunde auch. Denn Berlin und München sind in den kommenden Jahren ihre Lebensorte. Im Berliner ›Linden-Cabaret‹ tritt sie auf und im legendären Münchner ›Simplicissimus‹ der Kathi Kobus. 26 An- und Abmeldungen gibt allein der Münchner Einwohnerbogen der Emmy Hennings von 1911 bis 1915 an. Sie wurde als »dänische Staatsangehörige« geführt. Als »Kunststudentin« mit »unbestimmtem« Aufenthaltszweck. Ihre Adressen wechselten: Belgradstraße, Schellingstraße, Leopoldstraße, Isabellastraße, Amalienstraße, Türkenstraße und immer wieder mit unterschiedlichen Hausnummern Theresienstraße. Schwabing.

Im Herbst 1912 ist sie im Osten Deutschlands und in Polen.

Dazu Hardekopf am 18. November aus Berlin an Schickele: »In Danzig besuchte ich Emmy Hennings, die dort engagiert war. Sie ist mit Engagementsanbietungen überhäuft und wird ihren Weg machen, wenn nur ihre Gesundheit diesem aufreibenden Leben auf Dauer standhält. Als sie dann ... den Ort wechselte und nach Bromberg fuhr, begleitete ich sie und ein paar andere kleine Cabaret-Sängerinnen bis Dirschau, wo die Bahn nach Berlin abzweigt. Es war ein ganzes Coupé voll von kleinen parfümierten und gepuderten Mädchen, die in den kalten Morgen gar nicht paßten, und die von arbeitsamen Bürgern halb tolerant und halb reserviert betrachtet wurden.«[46]

Auch im Apollo-Theater in Kattowitz tritt Emmy auf. Sie berichtet in *Das flüchtige Spiel*, daß sie nach Erhalt des Honorars für ihren ersten Gedichtband im Verlag Kurt Wolff nach Kattowitz fuhr, »wo ich einen Monat lang am Apollotheater sang. Von Kattowitz pflegte ich tagsüber Ausflüge nach Rußland zu machen, lief stundenlang über die weiten russischen Steppen, bis ich zu einem kleinen russischen Dorf kam.«[47] Sie wollte Russisch lernen, »um von Kattowitz nach Moskau und Petersburg zu fahren. Zwar bat meine Mutter mich dringend, ›mich doch ja nicht im Russischen zu verlieren‹. Aber es handelte sich ja nur um ›Ausflüge‹ und in ein paar Monaten gedachte ich wieder in München zu landen.«[48] Emmys Aussage im Sinn – »Mein Gedächtnis, die Erinnerung, ist eine Dichterin. Ich weiß, es kann manches anders gewesen sein.«[49] – versuche ich die Fakten zu recherchieren. Vom Dezember 1912 ist ein Brief aus Kattowitz datiert. Von Emmy Hennings an Alfred Kerr:

»Sehr geehrter Herr Kerr!
Ich bin Sängerin im Apollotheater in Kattowitz, aber ich bin jeden Monat in einer andern Stadt. ich bin auch schon in Berlin gewesen im Olympia-Varieté und komme im Januar ins Lindenkabarett.

In großer Hochachtung
emmy hennings
Kattowitz, Apollotheater«[50]

Kattowitz: Anschlußengagement an die in Hardekopfs Brief an Schickele erwähnten Orte: Danzig und Bromberg. Das Reisegeld ins Erstengagement mag durchaus ein Vorschuß des Verlegers auf ihren Gedichtband, der 1913 erscheint, gewesen sein.

Und Budapest? Es gibt drei Gedichte: »In Budapest am 1. Mai«, »Cabaret Royal-Orpheum« und eines »ohne Titel«, und es gibt Emmys Erinnerungen in *Das Brandmal*, in *Das flüchtige Spiel*. Darin macht sie ein Plakat in einem Reisebüro »Budapest erwartet Sie« für ihren Engagementsbruch in Münster verantwortlich: »... ich fühlte mich getroffen. Hatte es sich mir in den Kopf gesetzt, ich muß nach Budapest, fand ich nicht eher Ruhe, bis ich es durchgesetzt hatte.«[51] Sie wird »an einer der größten Vergnügungsstätten Ungarns engagiert, in einem riesenhaften Vergnügungslokal, das wie ein Irrgarten angelegt war. Es gab hier Parkanlagen, Bäder, Hotels, und dies alles gehörte zum ›Royal-Orpheum‹.«[52]

Im *Brandmal* hingegen setzt sie ihren Aufbruch nach »Budapest im Mai« an das Ende ihrer »Zeit in H. ... Ich erinnere mich, daß ich nur noch tanzen ging, wenn ich Geld brauchte.«[53] Ist es Hannover und das ›Moulin-Rouge‹, von dem sie spricht? Dann wäre es 1909. Im Münchner Meldebogen finden wir jedoch den 2. Mai 1913 mit dem Eintrag: »abgem. nach Ungarn«. Ab 10. Juni ist sie dann wieder in der Schwabinger Leopoldstraße 4 gemeldet. War sie vielleicht doch zweimal in Budapest engagiert, wie sie in *Das flüchtige Spiel* behauptet? Auch ein Gedichtfragment »in Budapest am 1. Mai« für »Rudi« (Rudolf Reinhold Junghanns), datiert vom 3. Dezember 1911, das ich im Dada-Archiv II im Kunsthaus Zürich finde, läßt einen ersten Aufenthalt in Budapest im Mai 1911 vermuten.

Budapest im Mai 1913 ist belegt. Emmy tritt im ›Royal-Orpheum‹ auf: »Hier ist ein Riesen-Varieté. Man spielt eine ungarische Revue mit viel Personal, ›Vera Violetta‹. Allabendlich. Kein Zweifel: es duftet hier mehr nach Patschuli. Eine Negergesellschaft von dreißig oder vierzig Wuschelköpfen tritt auf ... Die exotische Tanznummer ist ein wahres Höllenfest. Die Neger verstehen ein Gestampfe, Kreischen und Krachen fertigzubringen, als seien alle Teufel losgelassen.[54] Das Programm wird in zwei Stunden abgewickelt, vielmehr heruntergesungen und heruntergetanzt. In allen Sprachen. Jede Sängerin eine oder zwei Strophen, je nach dem Applaus, und ab. Ich verstehe kaum mehr, in welcher Sprache gesungen wird. Weiß nicht, sind die Pointen zu verhüllt oder zu schamlos ... Singe wie ein Automat. Wenn man das Wort ›Liebe‹ singt, muß man zur Herzseite greifen ... Am Morgen nach dem Kaffee in der Schwemme, durch die Andrassy-Allee gefahren. Es gibt in Budapest viel Flieder.«[55] Den erwähnt sie auch in *Das flüchtige Spiel*: »Das war im Mai und in der Andrassyallee, die ich oftmals im offenen Wagen entlangfuhr, duftete es nach Flieder.«[56] Von den mehr als hundert Künstlern schreibt sie und einer Gruppe singender und tanzender Neger. Auf knappen drei Buchseiten dann der Grund ihres überstürzten Weggangs: Eine andere Tänzerin, mit der Emmy sich angefreundet hatte, wird eines Morgens tot in ihrem Hotelzimmer aufgefunden. Mord? Selbstmord? Drogenkonsum mit Exitus? Wenige Abende zuvor hatte Emmy mit ihr und deren ungarischem Kavalier »Panait« verbracht »in meiner schönsten Abendtoilette, im seegrünen Chiffonkleid«.[57] Denn auch in Budapest wird nach dem Programm mit den männlichen Gästen getrunken. Es werden Wünsche erfüllt. Und einmal schenkt einer ihr »eine schmale goldene Brosche mit drei kleinen Brillianten.«[58] Sie wohnt in einem winzigen Zimmer zum Lichthof. 100 Kronen kostet das monatlich, die ihr von der Gage abgezogen werden. Bleiben 200 Kronen. Und der Wiener Impresario bekommt »zehn Prozent Kuppelgebühren«.[59]

Wieder einmal ist Emmy am Ende ihrer Kräfte. Und ihr Pseudonym Helga Londelius in *Das flüchtige Spiel* resümiert nach dem Tod der Tänzerin Viola: »... etwas war da, um dessentwillen ich Viola beneidete. War es Panait oder der Tod? ›Und einmal hast du ihn bestimmt‹, hatte meine Freundin gesagt. Das konnte doch nur der Tod sein, kein anderer.«[60]

Ihr Brief an Rudolf Reinhold Junghanns aus Budapest klingt tief deprimiert: »Gesundheitlich bin ich recht herunter, denn es ist hier ein wüster Betrieb.«[61] Ihr nächstes Engagement sei Reichenhall, teilt sie ihm mit. Und macht Pläne, nach Flensburg zu fahren zur Mutter. Dort soll er sie besuchen, wenn er wieder mit Eckener im Norden zeichnet und malt. Und sie beschwört eine Idylle: »... ich werde dir dann zu essen geben und dir auf unserem alten Klavier Volkslieder vorsingen.«[62] In *Das Brandmal* thematisiert sie die damalige Situation. Heimwehkrank ist sie. Der Arzt diagnostiziert Herzschwäche. Sie fiebert und halluziniert. Der Pendelschlag der Uhr droht mit der verrinnenden Zeit. Der grüne Lampenschirm taucht alles in ein krankes Licht. Es ist wie im Gedicht um die tote Großmutter. Und ihr ist, als fahre sie zu ihrem eigenen Begräbnis. »Mutter war an der Bahn. Einen Augenblick dachte ich, sie erkennt mich gar nicht mehr. Aber dann hat sie mich doch erkannt, denn ich bin doch ihr Kind.«[63]

Vielleicht ist es die Erinnerung an die Fieberphantasien des Typhus gewesen, die ihr beim Schreiben die Hand geführt hat. Vielleicht war sie wirklich krank in Budapest. *Das Brandmal* jedenfalls endet mit der Genesung der Protagonistin.

Die drei Gedichte der Budapester Episode werden noch im gleichen Jahr, 1913, in der Zeitschrift *Die neue Kunst* abgedruckt. »Budapest im Mai«.[64] Wieviel Fiktion? Wieviel Realität? Zu meiner eigenen Überraschung kann ich den Wahrheitsgehalt für 1913 fast bis ins Detail klären. Nicht nur mit dem Münchner Meldebogen, sondern auch im Institut für Weltwirtschaft in Kiel. Das Archiv enthält alle Ausgaben der größten deutschsprachigen Tageszeitung *Pester Lloyd* des Jahrgangs 1913. Wegen der internationalen Börsenberichte und Kurstabellen. Im »Theater- und Vergnügungsanzeiger« am Dienstag, dem 13. Mai, werde ich fündig. Das ›Royal Orpheum‹ in der Erzsebetkörut 31 inseriert für jeden Tag »ab 8 Uhr abends das wunderbare Maiprogramm. Neue Léhar-Operette. Rosenstock und Edelweiss ... Ausserdem: Johnson & Dean und noch 4 Coulered Gentlemen. Ragtime Sextett ... Vera Violetta. Operette von E. Eysler ... Nach der Vorstellung Royal-Kabarett.« Da sind sie also, die »Wuschelköpfe« aus Emmys *Brandmal.* Nicht dreißig oder vierzig, sondern nur sechs. Und das Ragtime Sextett macht die Musik zur »exotischen Tanznummer«. Auch die Titelangabe der ungarischen Revue »Vera Violetta« stimmt. Emmys Namen lese ich nicht. Doch im Programm des ›Royal Cabaret‹, das »täglich ab 12 Uhr nachts (eine) erstklassige internationale Kabarett-Vorstellung« zeigt, finde ich Emmy Hennings. Man bietet »sensationelle Gesangs- und Tanzattraktionen. Neueste Schlager, Tänze und Potpourris«. Von den angekündigten 40 »engagierten Kunstkräften« sind 15 in der Anzeige namentlich genannt. Eine davon ist Emmy. Während das ›Royal-Orpheum‹ am Sonntag um 3 1/2 Uhr auch eine »grosse Familienvorstellung bei ermässigten Preisen mit vollständigem Abendprogramm« bietet, ist das ›Royal Cabaret‹ dem nächtlichen Amusement vorbehalten: »Bal mabile und Tanzkonkurrenz ... etc. – Entree 1 Krone. Nach 1 Uhr freier Eintritt.«[65]

Ich blättere alle Zeitungen durch, vom 1. bis zum 31. Mai. Täglich Anzeigen des ›Royal Orpheum‹. Emmys Namen finde ich jedoch nur am 11., 13. und 14. Mai. Andere Mädchen sind häufiger genannt. Trat sie nicht täglich auf? War sie wirklich gelegentlich krank? Auf Seite 9, am Donnerstag, dem 15. Mai, lese ich eine kurze Notiz unter den vermischten Nachrichten über den »überraschend großen Erfolg« des Programms. Darunter ist als Fortsetzungsroman *Der geheime Emissär* von Joseph Conrad abgedruckt. Zur Abschiedsvorstellung am 31. Mai wird der Auftritt des »gesamten Künstlerpersonals« angekündigt. Ist Emmy noch dabeigewesen? Und hat sie bis zur erneuten Meldung in München am 10. Juni noch in Bad Reichenhall gastiert, wie sie Junghanns schreibt? Ich finde keine Hinweise. Suche noch unter den vermischten Meldungen jeder Mainummer nach Hinweisen auf den Fall der Tänzerin Viola. Gelungene und verhinderte Selbstmorde werden täglich gemeldet. Meist sind es Frauen. Dienstboten. Alle Altersgruppen. Auch die Motive werden genannt: uneheliche Schwangerschaft, Betrugsverdacht oder Diebstahl, materielle Not. Sie gehen in die Donau oder stürzen sich aus dem Fenster. Männer gebrauchen vornehmlich die Waffe, wie am 15. Mai gemeldet: »(Lebensüberdrüssig) In einer Weinschenke der Dohanygasse hat sich heute abends der 21jährige Gewölbdiener Stefan Fekete eine Kugel in die Brust gejagt. Er ist schwerverletzt ins Rochusspital gebracht worden. Das Motiv der Tat ist Not.«[66] Den Selbstmord einer Tänzerin finde ich nicht. Auch unter den angezeigten Morddelikten nichts. Dennoch: Die tägliche Vielzahl der Morde und Selbstmorde, die ungeschminkte Veröffentlichung von Diebstahl und Betrug erschrecken mich.

Emmy in Budapest. Zuerst die Euphorie: »O, ihr holden

Maiennächte! / Tanzen, Singen, süße Geigen!« Emmys »Autofahrt im Maienmorgen, / Ganz berauscht und ohne Sorgen.« Genuß des Dahingleitens im offenen Wagen: »Die Allee voll Fliederduft, / Blondes Haar weht in der Luft.«[67] Es wird ein Kavalier sein, mit dem sie fährt. Einer, der Emmy nach dem Programm einlädt. Und sie genießt. Mit allen Sinnen. Ausrufezeichen hinter Gedichtzeilen. Emmys staunendes »O«. Noch dominiert der Rausch der Fahrt, noch überdecken die morgendlichen Sinneseindrücke Emmys bange Frage: »Wird dies sein mein letzter Reigen?«[68] Düstere Gedanken auch angesichts der singenden und fahnenschwenkenden Menge in »Budapest am 1. Mai«: »Man ruft: ›mit uns der Sieg!‹ / Und mich erfüllt ein Ahnen: / Es kommt der Krieg.«[69]

Emmys individuelle Situation und das kollektive Erleben werden in ihren Versen deckungsgleich: Gefühlsüberschwang und dunkles Ahnen gleichermaßen. Das dritte Budapest-Gedicht »Cabaret Royal-Orpheum« scheint mir jenes zu sein, von dem sie Junghanns schreibt: »Lieber Rudi, ich habe ein Gedicht gemacht, wenn ich deine Adresse habe, sende ich es dir.«[70] Tiefe Verzweiflung im Brief. Tiefe Verlorenheit im Gedicht. Sie schickt es ihm im Dezember mit einer Widmung. Sinnbildlich könnte »Cabaret Royal-Orpheum« für die Jahre stehen, die Junghanns mit seinen Zeichnungen und Radierungen 1912/13 ins Abbild gebracht hat:

»Mir ist, als ob ich schon gezeichnet wäre
Und auf der Totenliste stünde.
Es hält mich ab von mancher Sünde.
Wie langsam ich am Leben zehre!

Und ängstlich sind oft meine Schritte,
Mein Herz hat einen kranken Schlag
Und schwächer wirds mit jedem Tag.
Ein Todesengel steht in meines Zimmers Mitte.

Doch tanz ich bis zur Atemnot
Bald werde ich im Grabe liegen
Und niemand wird sich an mich schmiegen.
Ach, küssen will ich bis zum Tod.«[71]

Junge Frau vor 1914 oder Bohemienne mit Begleiter(n)

»Heute war Premiere. An den Anschlagsäulen hatte sie ihren Namen in riesigen Lettern gelesen. Es war fast unheimlich. Voll Kummer blickte sie auf ihre Schuhe. Sie waren schlecht und die Absätze schief. Ihr Mantel sah nur noch abends schön aus ... Die grüne Mütze war unmöglich. Das Grün passte allerdings gut zu den blonden Haaren, aber trotzdem. Ob ihr Repertoire wohl gut war?«[1] Emmy in einem »Automatenrestaurant«. Voller Angst vor der abendlichen Premiere. Sie singt leise vor sich hin. »A la Roquette«. Ein Chanson Aristide Bruants, das Hardekopf für sie ins Deutsche übertragen hat. Sie fällt auf. Die Leute drehen die Köpfe. Lachen über sie. »Sie hatte diese große Stadt erobern wollen. Jetzt zweifelte sie an ihrer Schönheit.«[2] Sie kauft eine Flasche Cognac. Trinkt in ihrem schäbigen Zimmer, bis sie einschläft und von blühenden Wiesen träumt. »Vor der Premiere« ist das. Da wird sie sich ihr Gesicht ganz weiß schminken und »den Mund grellrot wie eine blutende Wunde«.[3] Als sie diese Skizze schreibt, tritt sie in Berlin im ›Linden-Cabaret‹ auf, einer der vielen Spielstätten, die sich dort um die Jahrhundertwende etabliert hatten. Neben den Theatern und nach deren Vorstellungen fand sich das amüsierwütige Publikum zu anderen Formen des Vergnügens ein: zu Tingeltangel, Cabaret und Varieté. Leichtgeschürzte Mädchen, lockere Liedchen, derbe Komik im einen, Akrobatik und artistische Brillanz, raffinierte Tanz- und Gesangsnummern, internationales Personal im anderen. Trennungslinien fallen schwer. Erst recht, als sich mit Ernst von Wolzogens ›Überbrettl‹ das literarische Kabarett etabliert, das einerseits auf varietéerfahrene Darsteller zurückgreift, andererseits jedoch den Literaten ein neues Forum schafft. Seine Idee, das raffinierte Spezialitätentheater des Fin de siècle und die um Aufmerksamkeit ringende Literatur in Verbindung zu bringen, führte Wolzogen mit Erfolg und – zunächst auch – mit Qualitätsbewußtsein vor. Liliencron sprach seine Verse. Schönberg komponierte »Brettllieder«. Und während die gedruckte Lyrik unverkäuflich schien, stellten die Dichter fest, daß noch die schlechtesten Verse in vertonter Form und von einer attraktiven Diseuse oder einem schlagfertigen Komiker vorgetragen durchschlagende Erfolge erzielten. Was also lag näher, als beides zu verbinden? Berührungsängste kannte die literarische Boheme, die in Prostituiertenkreisen verkehrte und die verschiedenen Spielarten antibürgerlichen Vergnügens genoß, nicht. Letzte Anstöße zur Gründung des Kabaretts hatten die deutschen Literaten bei Aufenthalten in Paris und durch die Gastspiele französischer Gruppen erhalten, die mit einer Mischung aus Solonummern von politischen Couplets und lyrischen Dichtungen – meist von den Autoren selbst vorgetragen – sowie Pantomimen und Revueeinlagen das Publikum begeisterten. Auch wenn, wir sehen es an den Namen der Spielstätten, an denen Emmy engagiert war, die Benennungen *Theater, Varieté* und *Cabaret/Kabarett* oft unscharf waren, entwickelte sich die neue literarische und auch politische Form der Unterhaltung rasant. Und während beim Varieté weiterhin die akrobatischen Darbietungen den Schwerpunkt des Programms bildeten, baute das Cabaret fast ausschließlich seine *Nummern* aus Wort und Gesang auf. Mit Erfolg. Im ›Cabaret Unter den Linden‹ verkehrten bald Großbürgertum und Adel. 1905 kostete der Eintritt 20 RM. Mehr als der Tagesverdienst eines Arbeiters. Neben geistreichen Texten und witziger Conférence wurde ein Programm mit hübschen Mädchen, Gesang, Tanz und phantasievollen Kostümen geboten.

Aber die junge Dichtergeneration übersetzte nicht nur französische Chansons; sie schrieb eigene Couplets. Rechnete mit der Spießbürger-Moral ab, dem Hurra-Patriotismus und der Zensur. Und zog folgerichtig nicht nur aus dem bürgerlichen Elternhaus, sondern auch von der erfolgreichen Bühne des ›Überbrettl‹ in die verraucherten Räume der Cafés und Szene-Kneipen. Oder auf den Paukboden des ›Gasthofs zum Hirschen‹ in der Schwabinger Türkenstraße, wo die »Elf Scharfrichter« Köpfe rollen ließen.

1911 bis 1914. Emmy gastiert in Danzig, Bromberg, Kattowitz. Im Royal-Orpheum Budapest. Pendelt zwischen Berlin und München. Tritt im Mai 1912 im ›Linden-Cabaret‹ mit Sektzwang auf. Wird nach einer Woche ins billigere ›Bier-Cabaret‹ herabgestuft. Singt im Schwabinger ›Simplicissimus‹.

Wie Frank Wedekind, der noch erfolglose, von der Zensur verbotene Dramatiker mit Gefängniserfahrung. Er greift zur Feder, trägt seine Spottverse zur Laute vor. Schreibt für Emmy Hennings »Das Donnerwetterlied«, »Modernes Mädchen« und die Ballade von »Brigitte B.«, der jungen Unschuld, die vom Lande in die Stadt kommt, und eh sie sich versieht, ihre Ehre verliert und im Gefängnis landet. Berlin 1913. Emmy im ›Bier-Cabaret‹ des Berliner Passagetheaters als »dänische Futuristin«.

»Und auch im ›Bunten Vogel‹ spielte man einen Abend lang Kabarett. Ernst Moritz Engert hatte das Plakat gemalt: ›Der rote Strich‹. Emmy Hennings sang Lieder von Aristide Bruant in der Übersetzung von Ferdinand Hardekopf.«[4] Das erinnern Marietta di Monaco und Klabund. Bohemefreunde, mit denen sie in München auftritt und später im Zürcher ›Cabaret Voltaire‹. Dem Theater hat sie endgültig den Rükken gekehrt. Das Kabarett wird ihre Bühne und Kathi Kobus' ›Simplicissimus‹ mehr und mehr zum »Podium ... auf dem ich daheim war«.[5] Da sitzt der 1892 als Sohn eines deutschen Kaufmanns in Yokohama geborene Engert im Publikum und schneidet Emmys Silhouette. Und schneidet einen Gewichtheber, wenn Emmy singt: »Wie schön ist der Athlet, wenn er mit seiner Kugelstange auf der Bühne steht.« Wird einer ihrer Liebhaber, wie Mühsam am 7. Mai 1911 in seinem Tagebuch notiert. Ist Dauergast in Emmys Atelier. »Das ist eine wüste Bude. Ein mächtiger Raum, dessen ganzes Mobiliar in einem dürftigen Lager, einem Ecktisch, einer primitiven Waschvorrichtung, ein paar unterschiedlichen Sitzgelegenheiten und einer Staffelei besteht. Alles unglaublich verschmiert, ein wüstes Durcheinander.«[6] Der 19jährige Kunststudent und die 26jährige Diseuse erzeugen, so Erich Mühsam, selbst in der Schwabinger Boheme Aufsehen: »Engert, dessen Abgeschabtheit geradezu beängstigend wirkt und der in seiner unerhörten Länge, mit dem gewaltigen Maul, der schwarzgeränderten Brille, den wilden Haaren und den dürren Bewegungen unerhört auffällig wirkt ... und dann Emmy mit dem goldigen kurzen Jungenhaar und dem schwarzen Käppi drauf, dem verschlissenen Gehrock, den sie jetzt als Paletot trug und dem grünseidenen Fetzen, den sie zur Verdeckung des weißglänzenden Kragens darübergewickelt hatte und den violetten

Strümpfen, die sie leger auf die gegenüberliegende Bank legte, damit ich ihre Beine streicheln konnte.«[7]

Wer immer Emmy in die Boheme eingeführt hat, ob John Höxter oder Karl Kraus, der in einem Tingeltangel auf sie aufmerksam geworden sein und sie zum literarischen Kabarett gebracht haben soll, ist nicht eindeutig zu belegen. Fest steht nur eines: Plötzlich taucht ihr Name in Briefen und Tagebüchern auf, werden ihr einzelne Texte und ganze Bücher gewidmet. Plötzlich ist die junge Frau aus dem deutsch-dänischen Grenzstädtchen Flensburg, die Schmierenkomödiantin und Tingeltangeltänzerin, deren Leben in den ersten 25 Jahren so schwierig zu rekonstruieren ist, Mittelpunkt eines Kreises von Künstlern und Intellektuellen, die ihr Kontur geben. Emmy wird nachweisbar. Wird eindeutiger und zugleich vielschichtiger. Wird Objekt von Literatur und Kunst. Macht sich zum Subjekt ihres eigenen Schreibens. Und treibt damit erneutes Maskenspiel.

Sie ist fünfundzwanzig, als sie nach Berlin kommt. Trifft die zwei Jahre jüngeren Lyriker Georg Heym und Jakob van Hoddis, der seinen Namen Hans Davidsohn anagrammatisch verwandelte und unter diesem Pseudonym publiziert. Zurückhaltend ist er zunächst. Möchte einen Auftritt Emmys im ›Neuen Club‹, den er 1909 mit seinem Freund Erwin Loewenson und Kurt Hiller in den Hackeschen Höfen gegründet hat, verhindern. Setzt durch, daß sie nur auftreten darf, »wenn ihre künstlerische Leistungsfähigkeit nicht aus dem Rahmen des Cabarets herausfällt.«[8] Mit seinem Gedicht »Weltende« ist er zum Vorbild einer ganzen Dichtergeneration geworden, ist mit dem Jurastudenten Heym, der gerade seinen ersten Lyrikband *Der ewige Tag* veröffentlicht hat, der führende Kopf der »Neopathetiker«. Bald ist aber auch er Emmy, »Hardekopfs Tänzerin mit Typhushaaren und Absinthaugen«,[9] verfallen. Schreibt Gedichte, in denen ich sie wiederfinde: »Tanz«[10] nennt er das eine, »Die Tänzerin«[11] das andere. Er macht Heym mit Emmy bekannt. Heym gefällt ihr: »Ein elegisches Gesicht, wenn man so sagen kann, mit Kühnheit gepaart. Er war halb Rowdy, halb ›Bandit‹ und halb Engel, und so zeigte sich auch sein Wesen.«[12] Sie ziehen miteinander durch Kneipen, verulken Passanten am Potsdamer Platz, landen immer wieder im Café des Westens. Emmy ist von Heyms Texten beeindruckt. Aber im Gegensatz zu Hoddis, dessen Geliebte sie bald wird, bleibt ihr Verhältnis zu Heym kameradschaftlich. »Weder von ihm, noch von nächsten Freunden, mit denen ich ja intim vertraut war, ... habe ich je erfahren, daß Heym ein Liebesverhältnis gehabt hat ... Kanns mir durchaus nicht vorstellen. Nur die eigentümliche, ich möchte sagen schwermütig schwelgende Liebe zu einer imaginären Geliebten, Ophelia.«[13] Noch wenige Tage vor seinem Tod will sie ihn in München getroffen haben, erinnert sie in einem Brief an Carl Seelig im Februar 1946. Wahrscheinlich hatte er Hoddis besucht, mit dem Emmy damals zusammen wohnte, hatte mit ihnen den Jahreswechsel 1911/12 im ›Simpl‹ verbracht. »Er war so gut aufgelegt, wand sich eine Serviette turbanartig um den Kopf und steckte rings umher Messer, als wärens die harten Federn eines Indianerschmuckes, und so stellte er sich aufs Podium und rezitierte.«[14]

Wenige Tage später, am 16. Januar, ist Georg Heym tot. Ertrunken beim Schlittschuhlaufen auf der Havel. Seine nachgelassenen Gedichte werden im Mai 1912 unter dem Titel *Umbra vitae* von den Freunden herausgegeben: David Baumgardt, Simon Guttmann, Robert Jentzsch, Erwin Loewenson und Jakob van Hoddis. »Dieser blutjunge van Hoddis war neben Heym tatsächlich einer der tiefsinnigsten Menschen unter den Jungen, die mir je begegnet sind,« so Emmy weiter an Seelig. »Auch in ihm sieht man, wie bei Heym, das taumelnd Trunkene.«[15] Und wie in einem Gedicht Emmys aus dieser Zeit: »Betrunken taumeln alle Litfaßsäulen. / Dir gelten meine glühendsten Ekstasen.«[16]

Hoddis, der psychisch Gefährdete, muß sich einer Kur im Nervensanatorium unterziehen. Emmy versucht, ihm Halt zu geben. Ist selbst haltlos. Korrespondiert mit seiner Mutter, seiner Schwester. Ist machtlos gegen immer neue Schübe seiner Krankheit. Im Mai 1912 notiert Erich Mühsam in München: »Gestern abend ging's in der Torggelstube dramatisch zu ... Während des Spiels erschien in der Tür die abgeschabte Gestalt des jungen van Hoddis, trotz der Hitze in einen dicken uralten Überzieher gehüllt. Kaum war er eingetreten, als vom Stammtisch her gerufen wurde: ›Raus! Raus!‹ und als der junge Mensch etwas erwiderte: ›Raus! Hier wird nicht gebettelt!‹ – Ich fuhr dazwischen, verbat mir die Rohheiten, gab van Hoddis die Hand und bat ihn an unseren Tisch. Er zog es aber vor zu gehen, nachdem er mir gedankt hatte.«[17]

Nach der unfreiwilligen Internierung in der Heilanstalt Nicolassee im November 1912 flüchtet Hoddis. Geht nach Paris. Zurück nach München. Streunt rauchend und trinkend durch Kneipen, Kinos, Kabaretts. Nimmt Drogen. Schreibt vom Laster der Städte und identifiziert sich mit deren Parias. Findet keine Ruhe. Ist im Juni 1913 wieder in Berlin. Schreibt an Emmy: »Ich habe dich lieb. Sehr still und wirklich ... Wenn du willst komme ich sofort wieder nach München zurück.«[18]

Am 25. April 1914 tritt er in Berlin ein letztes Mal öffentlich auf. Dann verstummt der Dichter Hoddis, der seismographisch die Katastrophenmeldungen der Zeit – »Orkanartiger Sturm« in Berlin 1909, »Sturmflut auf dem Wattenmeer« und »Eisenbahnabsturz in den Vereinigten Staaten« – registrierte und in »Weltende« zum Manifest der jungen Expressionisten verdichtet hat: »Dem Bürger fliegt vom spitzen Kopf der Hut, / In allen Lüften hallt es wie Geschrei. / Dachdecker stürzen ab und gehn entzwei / Und an den Küsten – liest man – steigt die Flut. // Der Sturm ist da, die wilden Meere hupfen / An Land, um dicke Dämme zu zerdrücken. / Die meisten Menschen haben einen Schnupfen. / Die Eisenbahnen fallen von den Brücken.«[19]

Als dann das »Weltende« kommt, als sich die Spannung, die die Künstler und Intellektuellen vor 1914 gespürt und beschworen hatten, in der Katastrophe des Krieges entlädt, lebt Hoddis geistig verwirrt in Thüringen in Privatpflege. Taucht noch einmal im Münchner Melderegister im Dezember 1914 auf. Vielleicht haben sie sich wiedergesehen. Dann verliert Emmy ihn aus den Augen. Vergißt ihn nicht. »Er war sehr klein von Gestalt, sah wie ein Knabe aus, schwarzes Haar, roter Sweater, in den ich ihm einen kleinen Anker sticken musste, als er schon krank war, sah aus wie ein kleiner Kastanienverkäufer mit Sizilianeraugen. Er hing ganz unglaublich an mir, und ich hatte ihn lieb wie ein kluges, krankes Kind, das ich elend zu Grunde gehen sah.«[20] Seine letzten nachgewiesenen Stationen: 1922 Irrenanstalt in Tübingen, dann Göppingen, anschließend die israelitischen Heil- und Pflegeanstalten in Bendorf-Sayn. Am 30. April 1942 Deportation aller jüdischen Insassen, Ärzte und Pfleger nach Polen. Niemand überlebt.

In einem Brief Emmys vom Sommer 1933 an ihre Tochter Annemarie nach Rom finde ich einen überraschenden Hinweis auf Hoddis: »Denk Dir mal an, Du wirst Dich durch meine Erzählung an Jakob van Hoddis erinnern, ein Jugendfreund von mir, ein damals hochbegabter Dichter, der ... unheilbar krank ist ... er ist aus dem Irrenhaus ausgebrochen, jetzt in Zürich, da läuft er herum, wie einst in München und hat die Pension Weber in der Amalienstraße gesucht, er wolle zu Emmy und nur darum sei er aus dem Irrenhaus. Nun bin ich doch angefragt worden, ob ich ihn aufnehmen wolle! Kannst Dir wohl denken, daß ich dazu ein etwas beklommenes und benommenes Gesicht gemacht hab ... hab gesagt ich könne mich selbst kaum über Wasser halten.«[21] Daß er dort aufgetaucht sein soll, kann jedoch weder von seinem Biographen Fritz Bremer noch von Irene Stratenwerth, die seit Jahren jeder Spur des Dichters akribisch nachgeht, bestätigt werden. Möglich, daß es nur ein Gerücht war, das ins Tessin gedrungen ist. Einer von vielen Namen, die in den ersten Monaten des Jahres 33 durch die politisch aufgeheizte Luft schwirren. Namen alter Freunde, die vor den Nazis in die Schweiz flüchten und um Hilfe auch bei Emmy anklopfen: »Vor einigen Tagen war Becher bei mir, er ist in Carona, und will dann nach Paris und von dort in die Mandschurei. Es ist eine grosse Auswanderung aus Deutschland.«[22] Auch die Davidsohns fliehen nach Palästina. Großnichten und -neffen erinnern bei Irene Stratenwerths Besuch in einem israelischen Kibbuz 1999 die Worte »Boheme« und »Dekadenz«, als sie von Hoddis sprechen, sagen: »Der hat gewußt, was kommen wird.« Und rezitieren »Weltende«.[23]

Hoddis und Heym. Damals in Berlin bewundert Emmy beide. Läßt sich mitreißen von ihren Ideen. Will mit ihnen das Leben neu erfinden. Erlebt ihr Scheitern. Hoddis' Wahn. Heyms frühen Tod. Schreibt: »Wir liegen in einem tiefen See / und wissen nichts von Leid und Weh. / Wir halten uns umfangen / Und Wasserrosen rings um uns her. / Wir streben und wünschen und wollen nichts mehr. / Wir haben kein Verlangen.«[24] Nimmt dabei das Bild der Gedächtnisfeier in Berlin auf, die die jungen Dichter für ihren Freund gehalten haben:

»Rings um den Vortragstisch waren Wasserrosen, Algen und Lilien gelegt, so, als wären die Blumen aus der Tiefe gekommen, in die Heym versank, und als seien die Blumen mit ihm aus dem See emporgehoben worden.«[25] Drei Jahre später wird sie im Zürcher ›Cabaret Voltaire‹ Verse der Freunde vortragen.

1912 aber treibt sie weiter durch ihr Bohemeleben. Mit Hoddis, mit Engert, mit Mühsam, mit Hardekopf. Der wird sie 1913 wieder mitnehmen nach Paris. Mit anderen Männern. Immer auf der Suche: »Geliebter, etwas fehlt mir doch, / Einen Wunsch, den hab ich noch: / Die Sehnsucht nach der Sehnsucht.«[26]

Emmy hat zu schreiben begonnen. Angeregt durch die Freunde. Kleine Prosaskizzen. Gedichte. Autobiographisches. Fiktives. Auch, was der Rausch ihr eingibt. Einige Verse widmet sie Hardekopf, andere legt sie den kurzen Mitteilungen an einen Maler bei, dem sie Modell sitzt: Rudolf Reinhold Junghanns. Sie hatte ihn, so erinnert sie sich in *Das flüchtige Spiel*, durch den Aachener Maler Hanns Bolz kennengelernt. Bolz, wie Emmy 1885 geboren, lebt 1911 in München in ihrer Nachbarschaft »in einem alten Atelierhause in der Theresienstraße.«[27] Er ist ihr Liebhaber, malt sie »mehrmals und es war mir eine große Freude, als er ein Bild, das mich als Sängerin darstellte, im roten Sammetkleid und im rötlichen Licht des Podiums, für eine Pinakothek nach Amerika verkaufte.«[28] Während jedoch ihre Beziehung zu Hanns Bolz, der bereits 1918 an den Folgen eines Kriegsleidens starb, wenig Eindruck hinterließ, war die zu Junghanns eng und prägend. Sicher verband den ein Jahr älteren Chemnitzer und Emmy auch die Liebe zum Norden. Wahrscheinlich hat sie seine Bilder ihrer heimatlichen Landschaft gesehen. Vermutlich haben sie über Flensburg gesprochen, die Eckeners und ihren Kreis. Vielleicht ist, wie die Flensburger Regionalhistoriker vermuten, auch Ina Maaß, geborene Eckener, am Entstehen der Beziehung beteiligt gewesen. Mir scheint jedoch Emmys Aussage, daß sie, einmal durch Bolz in die Malerkreise eingeführt, bald vielen Münchner Künstlern Modell stand, auch für Junghanns zu gelten. Sie wird sein Modell. Wird seine Geliebte. Aber es ist keine ihrer leicht geschlossenen und ebenso leicht gelösten Beziehungen. Die Begegnung mit Junghanns ist mehr: »ich bin seit meinem letzten Besuch bei dir ganz aufgewühlt und aus der Bahn gerissen. Über ein halbes Jahr habe ich geglaubt, die Kunst sei etwas Überflüssiges, etwas, was man entbehren kann und nun habe ich meine Ansicht vollkommen geändert, durch dich Rudi. Nur dir verdanke ich es. ich bin sehr glücklich, daß ich bei dir war. In der Nacht sehe ich immer deine Zeichnungen vor mir, die voller Leben sind.«[29] Es ist Emmys Leben, das er zeichnet, später radiert, »in allen Phasen … vom Kindsein bis zur reifen Frau. Es wurde eine Serie … die als ›Variationen über ein Modell‹ in einer Luxusmappe verlegt wurde.«[30] 1913 erscheint die Mappe in 90 Exemplaren mit dem Titel *Variationen über ein weibliches Thema* im Verlag Kurt Wolff in Leipzig. Im selben Jahr und im selben Verlag wie Emmys Gedichte. Denn während die teilweise hocherotischen Zeichnungen und Aktdarstellungen entstehen, sammelt Junghanns Emmys Verse, die sie ihren Briefen und schriftlichen Terminabsprachen beilegt, »so halt, damit die sachliche Verabredung nicht so kahl und nüchtern wirke.«[31] Als der damalige Lektor des Kurt-Wolff-Verlages, Franz Werfel, Junghanns nach seinem Modell befragt, zeigt dieser ihm Emmys Gedichte. Und Werfel ist angerührt. Interessiert sich für die Verfasserin. Will die Gedichte in der Reihe *Der jüngste Tag* herausbringen, in der Texte der literarischen Avantgarde erscheinen. Emmy schickt zunächst acht Gedichte, verspricht weitere sechs bis sieben. Und fragt bei Kurt Wolff an, wie teuer das Bändchen wird. Möchte ihre Verse im Kabarett ebenso verkaufen wie ihre Photos. »Kann ich denn immer bei Ihnen nachbestellen, wenn ich welche brauche?« fragt sie und fügt, die Orthographie ihrer eingesandten Texte betreffend, hinzu: »Vielleicht ist manchmal ein Wort falsch geschrieben. Bitte verzeihen Sie es. ich bin Dänin.«[32]

Hatte Emmy bis zu diesem Zeitpunkt ihre mangelhafte Bildung hinter Koketterie und Maskenspiel geschickt verbergen können, hatte sie bei ihren Bohemefreunden auf Verständnis hoffen dürfen, ist jetzt eine Situation eingetreten, in der sie sich ihrer Wissenslücken beschämend bewußt wird. Aber sofort auch eine Ausrede erfindet, die nicht nur den Mangel kaschiert, sondern die Verfasserin der Texte als Ausländerin besonders interessant erscheinen lassen soll. Als Kurt Wolff ihr den Titel *Ätherstrophen* für ihren Gedichtband vorschlägt, wehrt Emmy ab. Schreibt dem Verleger in ihrer geraden Schulmädchen-Sütterlinschrift, daß sie ihn *Die letzte Freude* nennen möchte, »weil ich nicht daran zu glauben wagte, daß solche Freude sich wiederholen könne.«[33]

Emmy ist Junghanns dankbar. Für die Vermittlung ihrer Gedichte an Kurt Wolff. Für seine einfühlsame Freundschaft. Sie weiß, wie oft sie ihn enttäuscht: »ich habe dir so vieles abzubitten, Rudi«, gesteht sie und versichert: »Du kannst auf mich bauen zu jeder Stunde und mich verwenden wie eine Sache, wie ein Tier, welches treu ist.«[34] Erfahrungen einer Frau, die gelernt hat, daß für Männer nichts anderes zählt als die ständige Verwendbarkeit der Frau, die sich damit – wie zur Zeit der Prostitution – zum Objekt erniedrigt. Doch Junghanns hat mit der Wertschätzung ihrer Gedichte auch die Achtung vor Emmys Persönlichkeit verbunden. Trotz seiner schonungslosen, fast brutalen Darstellung ihres von Sucht und einem ausschweifenden Leben gezeichneten Gesichts und Körpers, vermittelt sie dem Betrachter auch die anrührende Geste von Menschlichkeit und Mitleid ihres Schöpfers.

Ist Emmy außerhalb Münchens engagiert, schreibt sie Junghanns. Aus Budapest 1913. Aus Berlin im April/Mai 1912. Da singt sie Lieder der berühmten Yvette Guilbert. Klagt über Heiserkeit, gegen die sie »radikale Mittel« gebraucht. Hardekopf, schreibt sie, sieht sie selten, weil sie weit voneinander entfernt wohnen. Emmy ist vom Hotel in eine Pension gezogen. Geldmangel. Die Rückstufung vom ›Linden-Cabaret‹ ins ›Bier-Cabaret‹ macht sich auch finanziell bemerkbar: »... ich habe auch manche Aufregung u. Enttäuschung erlebt ... Mein tänzerisches Repertoire habe ich nicht so durchgesetzt, wie ich wollte und mein Kostüm zerriß. ich trage jetzt ein sehr apartes grünes Kleid, ganz einfach, aus weicher Seide. es ist sehr schön, aber die Rehemsi, wie Hardy sich ausdrückt, ist es nicht mehr ... Meine Gage ist auch um ein erhebliches reduziert worden, aber ich will nicht den Mut verlieren, obgleich ich in den 1sten Tagen verzweifelt war.«[35] Dabei war sie voller Hoffnungen aus München losgezogen, hatte Junghanns noch am Freitag, dem 12. April, ins Cabaret ›Grüner Teufel‹ im Hotel ›Weißer Hirsch‹ in der Schillerstraße zu ihrer Abschiedsvorstellung eingeladen. Ich finde das Blatt mit

Emmys Kleinmädchen-Schrift im Dada-Archiv des Züricher Kunsthauses. Auch Mühsam berichtet in seinem Tagebuch unter dem 13. und 14. Mai von diesem Abend, an dem neben Emmy auch Karl Morax und Hardekopf auftreten. Als dieser aus dem *Sturm* ein Manifest des italienischen Futuristen Marinetti verliest, schreitet Mühsam ein, und »nun trug sich der merkwürdige Fall zu, daß das Cabaret zur Tribüne wurde ... Ich hatte mächtigen Beifall, nur Emmy schrie: ›Hier ist doch keine Versammlung!‹ worauf ich replizierte: ›Jede Versammlung ist ein Cabaret‹.«[36]

Aus Berlin wünscht Emmy zehn Tage später Junghanns bei seiner Arbeit viel Erfolg und »ein gutes Modell, welches artiger ist wie emsi.«[37] Aber bald klagt sie über Einsamkeit, bittet um Geld. »Nur wer in dem brutalen Berlin leben muß, versteht die ganze Schönheit Münchens. Mein Name steht in Riesenlettern auf den Anschlagsäulen und die arme kleine emsi sieht erschreckt daran hinauf.«[38] Wunsch oder Wirklichkeit? Auf den Annoncen der *BZ am Mittag* vom Mai 1912 finden wir Emmys Namen unter anderen. An erster Stelle immer Claire Waldorff, die auch zum Ensemble gehörte.

Hardekopf beschreibt unter seinem Pseudonym Ravien Siurlai die Freundin aus dieser Zeit in einem Artikel, der am 5. Juni in Franz Pfemferts Zeitschrift *Die Aktion* erscheint: »Zwischen devot verstaubtem Lächeln der Chansonniers tritt, das Gesicht wächsern umschnürt, die gelben Haare pagenhaft gekürzt, mit starr getürmter Spitzenkrause und dem Dunkel des schmächtigen Samtkleides von jeder Menschlichkeit getrennt, auf das Varieté der umgestürzten Verzweiflung, das Varieté der Herren, die sich selbst auf den Kopf steigen, das Varieté des Jakob van Hoddis, vierjährig und verwüstet Frau Emmy Hennings ... Da enthüllte, nicht höflich genug, um sich zu maskieren, Frau Emmy Hennings dem Kavalier, daß er das Aphrodisiakum des Zuhälters ist. Und wieder verriet Beifall, daß die Vorsicht schlief. Denn wer kann dieses Mädchen, das die Hysterie, die Gereiztheit und die Hirn zerreißende Intensität der Literaten besitzt, hindern, zu einer Lawine anschwellend, sich auch gegen den Parlamentarismus zu wälzen.«[39] Emmy, »die Protektorin der Fieber und des magischen Todes«,[40] bewegt sich wieder einmal am Rand des physischen und psychischen Zusammenbruchs. Sie leidet unter einem Zerwürfnis mit ihrer Mutter, von dem sie Junghanns am 10. Mai schreibt: »Dieses deprimiert mich sehr, weil ich mich so halt- und heimatlos fühle.«[41] Anna Cordsen ist mit Annemarie zu dieser Zeit bei ihrer Stieftochter Paula Friedrichsen in Hamburg. Der Hintergrund für die familiären Spannungen ist zwar nicht zu ermitteln, aber es gibt genügend Anlaß zu Spekulationen: Anna Cordsen war alt, lebte mit Annemarie von einer kleinen Rente, ohne daß sich Emmy finanziell beteiligte. Und sollten ihr über Eckeners Emmys Verhältnis mit Junghanns und dessen Arbeiten an den *Variationen über ein weibliches Thema* zu Ohren gekommen sein, wäre auch das eine Erklärung für ihre Entrüstung und das temporäre Zerwürfnis. Bestätigen nicht auch Emmys ständig wechselnde Wohnsitze in diesen Jahren das mütterliche Vorurteil, daß die Tochter wie eine Zigeunerin lebe?

Anfang Juni ist Emmy wieder in München. Trifft Mühsam im Café Stefanie. Tritt im ›Simpl‹ auf. Und kommt von den Drogen nicht los. Schreibt an Junghanns, der im Sommer im Norden malt: »... ich bin seit einiger Zeit äthersüchtig und vollkommen auf dem Hund ... ich leide an Halluzinationen und muß ein paar Tage allein aufs Land. ich bitte dich, wenn du kannst, sende mir etwas Geld ... ich will mir den Äther abgewöhnen. es muß gehen. es ist so schlimm, ich habe viele Gedanken verloren.«[42]

Aber sie schafft es nicht. Noch nicht. Neuen Engagements folgt neuer Drogenkonsum. Andere Männer treten in ihr Leben. Obwohl sich ihre Wege trennen, bleibt die Freundschaft zu Junghanns unbeschadet bestehen. Er heiratet 1914 die in Kopenhagen geborene Schauspielerin Inga Martin-Mayer, die dänische Übersetzerin Rainer Maria Rilkes, die er durch Ina Maaß kennengelernt hatte. 1916, Emmy lebt mit Ball in Zürich, zieht das Ehepaar Junghanns zu einem Kuraufenthalt ins Engadin, läßt sich in Sils-Baselgia nieder. Im Zürcher Dada-Archiv finde ich Emmys Karten und Briefe an Junghanns, die bis ins Jahr 1935 datieren. Sie schickt ihm weiterhin Gedichte, läßt ihn an ihrer schriftstellerischen Arbeit teilhaben. Wie in dem Brief aus Zürich von 1916: »... ich habe ein Gefängnisbuch geschrieben und glaube ich habe Fortschritte gemacht. Es freut mich, daß Du meine Sachen so hoch einschätzt.«[43] Auch Inga Junghanns muß Emmy geschätzt haben. Jedenfalls macht sie Rainer Maria Rilke, mit dem sie in regem Briefwechsel steht und der das Ehepaar Junghanns 1919 im Engadin besucht, auf Emmys *Gefängnis* aufmerksam. Emmy schließt ihren oben zitierten Brief mit: »... ich grüße Dich, lieber Rudi Junghans und Deine liebe Frau ganz herzlich und bewahre mir ein gutes Gedenken denn ich bin nicht mehr lange auf dieser Welt.«[44]

Als sie das schreibt, tritt sie im ›Cabaret Voltaire‹ auf, ist noch immer »auf dem Hund«, wie damals in München. Aber die Zeit, mit Hugo Ball im Tessin ein neues Leben zu beginnen, rückt näher. Junghanns bleibt mit ihr in Verbindung. Auch nachdem er 1922 nach Bern gezogen ist und sich nach der Trennung von seiner Frau mit der Tänzerin Emmy Sauerbeck verbunden hat. Ab 1930 lebt er in Zürich. Manchmal haben sie sich dort gesehen. Hin und wieder Briefe gewechselt. 1961, sechs Jahre vor Junghanns' Tod, werden im Zürcher Museum ›Strauhof‹ seine Werke gezeigt. Im März 1999 finden wir dort seine Mappe mit den *Variationen über ein weibliches Thema*. In einer Ausstellung, die das Leben und Werk von Emmy Ball-Hennings dokumentiert.

Wie die Beziehung zu Junghanns wandelten sich auch andere Liebesverhältnisse Emmys in feste, oft lebenslange Freundschaften: Zu Ferdinand Hardekopf wie zu Erich Mühsam, den sie noch 1933/34 mit Hilfe einflußreicher Freunde aus dem KZ zu befreien sucht, bis hin zu Simon Guttmann aus dem Kreis der »Neopathetiker«, den sie 1938 auf der Flucht in die USA in ihrem Agnuzzo-Haus beherbergt. Aber auch die Freunde vergessen sie nicht. Johannes R. Becher notiert 1950, nachdem er von Emmys Tod erfahren hat, in sein Tagebuch: »Plötzlich, daß mir diese Angsthitze in die Wangen schießt: auch Emmy Hennings ist nicht mehr ... (›Der blonde Fetzen‹). Als sie im ›Simpl‹ auf mich zukam und mir das Zigarettenetui schenkte: ›Nehmen Sie das für Ihre Erzählung Das kleine Leben‹ – da bebte in mir die Erde, und sie sagte: ›Sie sind ein Dichter‹. Liebesjagden zwischen München-Berlin, dort hoch über der Stadt in einem Atelier gehaust: Paulsborner Straße.«[45]

Als er sie kennenlernt, ist Becher bereits durch ein traumatisches Erlebnis geprägt. Mit seiner Jugendliebe Franziska Fuß hatte sich der Gymnasiast umbringen wollen, hatte jedoch, im Gegensatz zu seiner Freundin, schwerverletzt überlebt. Sein Vater, Landgerichtsdirektor in München, attestiert Unzurechnungsfähigkeit. Das schützt vor Strafverfolgung. Aber es schützt den labilen jungen Mann, der seine Verse Richard Dehmel zur Beurteilung sandte, der 1909 bei Liliencrons Tod weinend am Boden zusammenbrach, nicht vor den Panikattacken seiner Erinnerung. Drogen sollen beim Vergessen helfen. Bald ist er morphiumsüchtig. Als er Emmy trifft, ist er zwanzig. Sie ist sechs Jahre älter als er. »Sie: mein erstes poetisches Wagnis, mein leidenschaftliches Abenteuer, das mich mitten hinein in die Literatur wirbelte und mich mit Leonard Frank, van Hoddis, Hardekopf zusammenbrachte. Im ›Abschied‹ ist sie abgebildet.«[46] Da nennt er sie »Magda«, setzt sie, »ein dünnes, spitznäsiges Wesen«, ins Café Stefanie: »›Die Magda, sieht sie nicht unheimlich verworfen aus mit ihrem gelben Haarschopf?‹ ... Andachtsvoll schaute ich zu Magda hinüber, wie in die Glückslaube. Ihr messinggelbes Haar leuchtete, Glorienschein, als sie sich neben mich setzte ... Magda lud mich in den Hofgarten ein.«[47] Becher ist fasziniert. Stellt sie seinem Freund Heinrich F. S. Bachmair vor, der die expressionistische Zeitschrift *Die neue Kunst* begründet hat, die bald auch Emmys Gedichte druckt. In öffentlichen Veranstaltungen suchen sie die neue Publikation bekannt zu machen. Mieten Wirtshaussäle für ihr literarisches Kabarett. »Den Namen des Kabaretts fand Emmy Hennings, die ebenfalls mitwirkte«, berichtet Bachmair. »Keiner der gebrachten Vorschläge fand allseitige Billigung. Schließlich Emmy Hennings: ›Ich hab's! Die Mördergrube!‹ Das rief sie so laut, daß die übrigen Cafégäste sich erschreckt nach uns umsahen. Der Abend war ein schöner Erfolg.«[48]

Verfall und Triumph heißt das Buch, an dem Becher 1912/13 arbeitet. Dagny nennt er darin Emmys literarisches Pseudonym: »Dagny, das kleine blonde Tier«.[49] Dagny nennt auch sie sich in eigenen Texten. Becher widmet Emmy sein Buch, das 1914 im Berliner Hyperion-Verlag erscheint. Er ist zu dieser Zeit immer wieder im Krankenhaus auf Entzug. Am 11. Juli 1914 schreibt er seinen Verlegern: »Ich habe unter Aufwendung aller Kraft es zuwege gebracht, nichts mehr zu nehmen.«[50] Aber bald schon wieder: »Um Dagny aber heulen wir Gespenster, / Ganz ausgefretzt vom Morphium-

Salvasan.«[51] In seinem Lyrikband *Verbrüderung*, der 1916 in Kurt Wolffs Reihe *Der jüngste Tag* erscheint, benennt er in seinem Gedicht »Emmy« die Geliebte emphatisch: »Jungfrau von Orleans unsere!«[52] Setzt in »Der Fetzen« der »Sängerin im ganz verschlissnen Kleide, Wangen grabgehöhlt, der Haare Stroh gescheitelt«[53] ein Denkmal.

Als Emmy 1914 ins Gefängnis kommt, sind es Becher und Erich Mühsam, die ihr einen Anwalt vermitteln, versuchen, sie freizubekommen. Ein Jahr später geht sie mit Hugo Ball in die Schweiz. Becher, wegen seiner Morphiumsucht kriegsuntauglich, studiert in Jena. 1921/22 haben sie sich in München wiedergetroffen. Später der Besuch im Tessin auf dem Weg in die Emigration, von dem Emmy ihrer Tochter berichtet und den Becher in seinem Tagebuch erinnert; da »war sie bald Greisin, bald junges Mädchen.« Und er fährt fort: »... ich verdanke ihr viel, viel bei meinen ersten Versuchen, es ist nicht so, wie von mir behauptet wird: Ich hätte alles in ›bar bezahlt‹ ... Im Gegenteil: das meiste bin ich bis heute schuldig geblieben.«[54]

Becher, der nach 1945 aus dem sowjetischen Exil nach Deutschland zurückkehrt und 1954 erster Minister für Kultur der DDR wird, denkt mit aufrichtiger Dankbarkeit und Achtung an Emmy: »In München war's im Cafe Stefanie, / Als ich dir, Emmi, die Gedichte sagte, / Die ich allein nur dir zu sagen wagte, / Und häufig kam das Wort vor: ›Irgendwie‹. // Am Tisch daneben spielte Mühsam Schach, / Und Frank saß einem Geldmann auf der Lauer. / (Vielleicht saß der indes im Cafe Bauer?) / Ein Denker hielt mit Kokain sich wach. // Franz Jung erschien mit seiner Tänzerin, / Und Bing, der Zeichner, ließ das Billard fahren, / Denn Däubler nahte sich mit Bauch und Bart ... // Ihr Freunde, die ihr gute Freunde wart, / Ich schreib euch dies zum Angedenken hin / An jene Zeit, als wir noch Kinder waren.«[55] Als ihm 1955 der Limes Verlag das neuerschienene Buch *Lyrik im expressionistischen Zeitalter* zuschickt, merkt er in seinem Dank an: »Schade ist, daß Frau Emmy Hennings in dem Anthologieband fehlt.«[56]

Emmy hingegen rückt im Schlußkapitel von *Das flüchtige Spiel* ihr Verhältnis zu Becher in den Bereich einer unverbindlichen Freundschaft. Schon der Titel »Eine kleine Geschichte mit Hans«[57] suggeriert den Lesern etwas Leichtzunehmendes um den »lieben, harmlosen Dichterfreund«, der auf einen eifersüchtigen Brief Hugo Balls, den er eben erhalten hat, mit fast kindlicher Verzweiflung reagiert: »Er legte seinen hübschen Kopf mit dem blonden Haarwuschel stützend in die Hand ... und starrte verloren vor sich her.«[58] Kein Wort über die enge Beziehung, die sie mit Becher verband, statt dessen Allgemeines: »Die jungen Menschen von damals waren überaus leicht exaltiert, und man mußte schon manchmal recht energisch mit ihnen sprechen, um Distanz zu gewinnen ... Dieses nahezu ins Krankhafte gesteigerte Lebensgefühl der Jugend, das zwischen starker Lustbegierde und asketischen Neigungen hin und her schwankte, mag seinen Grund gehabt haben in der politischen Gewitterluft, die uns damals schon umgab ... Zu den Glühenden, Intensiven gehörte auch mein Freund Hans.«[59]

Emmys Affäre mit Johannes R. Becher war jedoch zu dem fraglichen Zeitpunkt von leidenschaftlicher Intensität und hätte Ball durchaus Anlaß zu diesem Schreiben geben können. Es berührt befremdlich, daß »Hans« in diesem Kapitel keine adäquate Würdigung zuteil wird. Im Gegenteil: Er wird in seinen Emotionen und Intentionen verharmlost, und es klingt, als sei Emmy, der Mittelpunkt jener wilden Ausschweifungen, jenes Taumels zwischen Kabarett und Kunst, der leidenschaftlichen Suche nach Veränderung und der exzessiven Sucht in jenen Jahren vor 1914 nur am Rande dabeigewesen. Irritierend auch der frömmelnde Ton, der dieses Kapitel bestimmt, ihre beginnende Beziehung zu Ball bereits religiös überhöht. Und damit keinen Platz mehr läßt für die ungeschminkte Selbsterforschung und -darstellung ihrer frühen Prosa, weit entfernt ist von der Unmittelbarkeit der fünfzehn Gedichte in *Die letzte Freude*, von denen Felix Stössinger am 3. April 1914 in der Berliner *Vossischen Zeitung* schreibt: »Wenn nicht Reim und Strophe oder die Notwendigkeit der Form Emmy Hennings zur Unwahrheit verführen, geht immer ein Sehnen, Fühlen, Ahnen ihren Gedichten voraus. Sie ... sprechen wirklich die letzte Freude eines kärglichen Varieté- und Bohemelebens aus, ohne Scham, aber auch ohne letzte Preisgabe des Ich. Die Melodie ist alt, aber noch in ihrer Sentimentalität liebenswert. Diese kleine Dichterin wagt aufzuschreiben, was in ihr haften blieb, und legt unbewußt ein

Stück von ihrer Traurigkeit und Zigeunerei dazu.«[60]

Da ist die sterbende Großmutter, die sie noch einmal mit Worten beschwört, die Erfahrung eigener Todesnähe während der Typhuserkrankung, als sie spürt: »Alle Herbste gehn an mir vorüber«, sich zurücksehnt in den trügerischen Schein von Cabaret und Gelegenheitsprostitution: »Und jetzt lieg ich ganz verlassen / In dem stillen weißen Raum. / O, ihr Schwestern von den Gassen, / Kommt zu mir des Nachts im Traum!«[61] Immer wieder bestimmen Liebe und Drogen die Verse, »die ich in einer richtigen Liebes-Regen-Stimmung schrieb, im Ätherrausch«,[62] so Emmy mehr als zwei Jahrzehnte später an Ninon Hesse. Nicht die klare reine Himmelsluft der Griechen wird in den »Aetherstrophen« beschworen, sondern die Wirkungen des Stoffs, aus dem die Träume der Bohemiens sind. Statt der Klarheit des Bewußtseins bestimmen die Verrückungen des Rauschs diese Verse. Und eingeschoben die bohrende Erinnerung an verdrängte Realität: »Und eine Frau mit grünem Haar, / Die sieht mich traurig an / Und sagt, daß sie einst Mutter war, / Ihr Leid nicht tragen kann.«[63]

Die andere Seite der Boheme-Frauen. Manche haben ein Kind wie Emmy. So Franziska zu Reventlow, die schwesterliche Grenzgängerin aus dem Norden, die ein Jahrzehnt vor Emmy in Schwabing lebt, sich und den unehelichen Sohn mit Übersetzungen französischer Romane durchbringt, bevor sie selbst Autobiographisches zu schreiben beginnt. Auch Else Lasker-Schüler hat einen Sohn, Paul, dessen Vater sie geheimhält. Und Mühsam berichtet von den zahllosen ungewollten Schwangerschaften der jungen Frauen, die zumeist in freien Verbindungen lebten, mit wechselnden Partnern. Aber selbst wenn sich einmal ein Paar entschließt, das strafbare Konkubinat aufzugeben und zu heiraten, ist das – zumindest in München um 1914 – für die mittellosen Künstler kaum bezahlbar. Da der Eheschließung die Erwerbung der Bürgerrechte am Wohnort vorausgehen muß, die damals – so Mühsam – für eine Person in München 150 Mark kostet, da Aufgebot und amtliche Eintragungen ebenfalls kostenpflichtig sind, nehmen selbst Heiratswillige oft aus finanziellen Gründen Abstand. Folge der wechselnden illegitimen Verbindungen sind die häufigen Alimentationsprozesse. 1915, nachdem der junge Dichter Hans Leybold an einer Kriegsverletzung gestorben ist, versucht Mühsam für dessen Freundin Finny Morstadt, die einen Sohn geboren hat, ihre Ansprüche durchzusetzen: »Ich strebe an, auch die Vormundschaft über ihren kleinen Jungen zu kriegen, um den Großvater Leybold sowohl wie auch den Herrn Hugo Ball zum Alimentezahlen zu zwingen. Der alte L. weigert sich zu zahlen, weil aus einem Brief Balls an Leybold hervorging, daß auch er mit Finny in der Konzeptionszeit zu tun hatte. Aus dem Brief ging aber auch hervor, daß Ball den Koitus nur herbeiführte, um dem Freunde Hans Leybold von der Alimentationspflicht zu helfen.«[64]

Emmy hat sich, so scheint es, für die Jahre von 1906 bis 1916 aller Elternpflichten entledigt. Annemarie, als Tochter Joseph Hennings' ausgegeben und somit ehelich geboren, wird von der Großmutter in Flensburg aufgezogen. Daß Emmy finanziell etwas beigesteuert hat, erscheint unwahrscheinlich. Hat sie Mutter und Tochter besucht? Der Münchner Meldebogen weist zwei Abmeldungen nach Flensburg aus: am 27. August 1912 und am 27. März 1915. Das erste Datum erscheint mir unwahrscheinlich, weil sie zu dem Zeitpunkt Junghanns, der im Norden malt, um Geld bittet, um auf dem Land vom Äther loszukommen. Wäre sie nach Flensburg gefahren, hätte sie sich mit ihm dort verabredet. Und »vollkommen auf dem Hund« hätte sie sich wohl kaum in die Steinstraße gewagt. Mit dem 27. März 1915 enden die Eintragungen im Meldebogen. Emmy ist jetzt bei Ball in Berlin. Der hat seiner Schwester Maria Hildebrandt bereits am 8. März mitgeteilt: »Seit gestern ist Emmy Hennings wieder hier. Sie kommt – aus dem Gefängnis. Solchen Verkehr habe ich!«[65] Und er kündigt an, daß er wahrscheinlich schon im April nach Zürich gehen wolle. Daß Emmy ihn begleiten wird, schreibt er nicht.

Berlin-München. Die Jahre des Wechselns zwischen der Metropole und der bayrischen Residenz gehen zu Ende. Beide Städte sind für Emmy sowohl Orte künstlerischen Erfolges als auch Versagens geworden. Orte, an denen sie Freundschaften schloß und Feindschaften auslöste. So zu Else Lasker-Schüler, die Emmy zunächst mit Haß und Häme verfolgte.

Als sich die beiden Frauen in Berlin begegnen, gibt es in der

Ehe des Paares Lasker-Schüler/Walden bereits Spannungen wegen Waldens Beziehung zu einer jüngeren Frau. Verunsichert durch diese Affäre reagiert die Dichterin mit blinder Eifersucht auf die 16 Jahre jüngere kapriziöse Diseuse, die Hardekopf im Mai 1911 in den Salon Cassirers mitbringt. Sie verwehrt den beiden mit Fausthieben den Eintritt, beschimpft Emmy als Hure. Läßt ihre Wut an Hardekopf aus, der, wie wir gesehen haben, auf Waldens Seite steht. Zurück in München, erlebt Emmy bei einem ihrer Auftritte im ›Simplicissimus‹ eine unliebsame Überraschung: Else Lasker-Schüler taucht in Begleitung einer Freundin auf, und Mühsam notiert am 8. Mai: »Die eifersüchtige Megäre, die komplett wahnsinnig ist, hat Emmy in Berlin mit Schimpfreden und Drohungen nachgestellt. Nun war das arme Kind ganz verängstigt. Ich hoffe, sie fährt bald wieder ab. Es wäre recht widerwärtig, wenn Emmy wieder keine Ruhe vor ihr hätte. Ich bin aber entschlossen, trotz aller Freundlichkeiten der törichten Frau gegen mich und trotz meiner Verehrung für manche ihrer Gedichte, Emmy sehr energisch gegen sie zu verteidigen.«[66] Bereits einen Tag später begegnen sich die beiden Frauen erneut im Café Bauer: »Emmy war sehr aufgeregt, da ... die Else Lasker-Schüler in einer Ecke des Lokals saß. Das verängstigte Kind fürchtete Revolver und Vitriol. Mir fiel mal wieder die angenehme Aufgabe zu, zu parlamentieren. So setzte ich mich zu der Lasker und kam auf Umwegen zu dem Thema Emmy. Ich erreichte das Versprechen, sie werde während ihres Münchner Aufenthalts nicht mehr den Simpl betreten noch Emmy im mindesten nahetreten. Als ich zu Emmys Tisch zurückkam, war sie gerade dabei, einen Zustand zu kriegen.«[67] Mühsam bleibt involviert, berichtet fast täglich von den Auseinandersetzungen: »Die Angelegenheit ... spitzt sich dramatisch zu. Ich erhielt einen langen Brief von Elschen, in dem sie Emmy als ›geiles kleines Nähmädchen‹ beschimpft, in deren Mund ihr erlauchter Name (an anderer Stelle die ›Majestät meines Namens‹ – immer dick unterstrichen) nichts zu tun habe, und worin sie schließlich erklärt, sie lasse sich das Betreten öffentlicher Lokale nicht verbieten.«[68] Er versucht zu deeskalieren, bemerkt jedoch, daß, wenn die Lasker nicht mehr provoziere, Emmy dieses vermutlich tun würde. Sie »ist auch nicht die Zahmste.«[69] Während also Mühsam zu vermitteln sucht und »Prinz Tino von Bagdad« ihm mit bösen Briefen antwortet, nämlich, wenn »ich ein Hurenvieh sei, so müsse ich Millionen Meilen von ihrem Lande fortgehen«,[70] ist Emmy schon anderweitig tätig geworden. Sie läßt der Rivalin ein Telegramm aus Berlin schicken, daß sie dringend dorthin zurückkommen möge.

Diese Episode zeigt, daß die wenigen Frauen, die damals den ungewöhnlichen Schritt in ein freies Leben gewagt hatten, durchaus nicht immer solidarisch waren, sondern sich auch als Konkurrentinnen fühlten. Dennoch sollte es wenige Jahre später zwischen Emmy und Else Lasker-Schüler zunächst zu einer Aussöhnung, später zu einer Freundschaft kommen.

1914 – nach Kriegsausbruch – ist es die Lasker, die Emmy nach einem Zusammenstoß mit der Polizei hilft, als sie einem auf der Straße demonstrierenden Kriegsgegner beigesprungen und von der empörten Menge verprügelt worden war. Dazu Emmy in ihrem Erinnerungsbuch *Ruf und Echo*: »Die Dichterin Else Lasker-Schüler kam des Weges daher, sah mich weinen, fragte, warum, aber das war zuviel gefragt. Die Dichterin war sehr lieb mit mir, nahm mich mit ins Café Stephanie und ließ mir sofort einen Apfelkuchen mit Schlagsahne bringen. Da wurde mir etwas besser zumute, aber das linke Auge war sehr geschwollen und tat mir weh; Else Lasker-Schüler bestellte sofort eine Serviette und eine Schüssel mit frischem Wasser. Ja, und essigsaure Tonerde wünschte sie auch noch. Dann wurde ich behandelt und meine Freundin wollte mir das Auge verbinden, doch ich meinte, das lohne sich gar nicht, ich würde sicher noch mehr Prügel bekommen, heut' oder morgen. Sie aber bestand darauf, mir das eine Auge vorerst zu verbinden.«[71]

Daß die ehemalige Rivalin sich zu dieser Zeit ernsthaft um die durch ihre Drogensucht geschwächte Emmy sorgt, zeigt ein unveröffentlichter Brief der Lasker, der im Ball-Hennings-Nachlaß in Zürich verwahrt wird: »Liebe, kleine Emmy«, schreibt sie und hat einen Kometen über diese Anrede gezeichnet, wie den Stern über dem Stall von Bethlehem, »Ihr Brief ist so lieb, ich werde ihn wie einen blauen, gläsernen Ring aufbewahren. Sie dürfen sich nun keine Sorgen mehr machen, ich bitte Sie darum. Soll ich mal an Dr. Eppstein,

Aldringenstr. 4 schreiben? Sie gehen dann zu ihm und er macht Sie ganz gesund. Sie müssen aber genauso alles tun wie er sagt. Ich war fürchterlich krank in München beide Male und immer half mir dieser Arzt. Ich werde ihm schreiben ganz wie Sie es sich denken können, ganz Ihr Interesse. Ich werde schreiben: Frau Emmy H. ist gezwungen gewesen die halben Nächte durch Aufführungen und Liedersingen ihr Brod zu verdienen und ist dadurch so erschöpft, daß sie gar nicht mehr weiterkann, möchte aber so gern gesund werden. Und ich bitte Sie, Herr Doktor, ihr zu helfen wie Sie mir geholfen haben. Ich muß Ihnen nebenbei sagen, daß Frau Emmy H. in denselben mater. Verhältnissen ist wie ich und wie Alle. Aber ich denke daran, wie gütig Sie und Ihre Frau Gemahlin ist, Ihre Assistentin und daß die neue Patientin, die Sie unbedingt heilen müssen, ein kleines, blondes Mädchen ist, das sehr gelitten hat ... Ihr Prinz von Theben.«[72] Vermutlich ist es nicht Emmys Sucht allein, die zu dem Brief an den Arzt führt, sondern vielmehr eine ungewollte Schwangerschaft, der sie sich nicht gewachsen fühlt. In dieser bedrückenden Situation halfen sich selbst Rivalinnen mit den Adressen von Ärzten und Hebammen, die bereit waren, eine Abtreibung durchzuführen.

Sehr nah sind sich die Frauen noch einmal, als Else Lasker-Schüler ihren lungenkranken Sohn Paul 1926/27 in die Schweiz begleitet und Emmys Tochter Annemarie im Tessin schwer am Typhus erkrankt. Die unveröffentlichten Briefe aus dieser Zeit zeigen die beiden exzentrischen Dichterinnen in ihren mütterlichen Sorgen, in der Angst um das Leben ihrer Kinder. Die Lasker schreibt an Emmy und Hugo Ball in einem undatierten Brief von 1927: »Ich habe ein blau Kerzlein für ihre liebe kleine Ann. angezündet und in der ewig alten Harfensprache zu Gott auf Knien für A. und für Paulchen, für seinen Zimmergefährten und für alle kranken Menschen, für alles Kranke in der Welt gebetet, ganz wie Ihr für mein Kind ein Kerzchen angezündet habt.«[73] Interessant zu beobachten ist in dieser Korrespondenz, daß Emmy, die in zahllosen Briefen an ihre Freunde zu Spontaneität, zu Euphorie und Emphase neigt, äußerst zurückhaltend auf die emotionalen und exaltierten Mitteilungen des »Prinzen Jussuf« antwortet. Es ist, als ob sie auf ihre Wesensverwandtschaft mit der Lasker, die sich in deren Briefen spiegelt, bewußt oder unbewußt mit Abwehr reagiert und sich durch einen für sie ungewöhnlich sachlichen Ton absetzt.

Als Annemarie ihrer Genesung entgegensieht, verschlechtert sich Pauls Zustand. Er stirbt im Dezember 1927. Else Lasker-Schüler geht zurück nach Berlin, um sechs Jahre später, nach der Machtergreifung der Nationalsozialisten, zunächst nach Zürich, dann weiter nach Palästina zu fliehen. Wiedergesehen haben sich die beiden Frauen zum Jahreswechsel 1927/28 in Berlin. Danach verebbt der Kontakt. Als Emmy jedoch 1945 vom Tod der Dichterin in Jerusalem erfährt, schreibt sie einen bewegenden Nachruf, den sie im Mai im Rundfunk in Basel verliest. Da findet sie noch einmal zur alten Emphase zurück: »Es wird, so hoffe ich, doch ein wenig blau über ihrem Tode blühen und viele Blumen über die geschlossenen Morgenlandaugen.«[74]

Anders als zu Else Lasker-Schüler gestalten sich Emmys Beziehungen zu den anderen Gefährtinnen der Bohemezeit weitgehend ohne Rivalitäten. Solidarisch, einig in Lebensform und -ausdruck, können selbst temporäre Eifersucht, wenn eine der anderen den Liebhaber ausspannt, ihr Verhältnis zueinander nicht wirklich beschädigen. Sicher trägt auch die homoerotische Komponente zwischen den Frauen dazu bei, die Beziehungen zu den Männern nicht zu überschätzen. Dazu Mühsam am 28.5.1911 im Tagebuch: »Ich war vom Simpl aus ... zu Uli aufs Atelier gegangen, wo die andern sehr viel Schnaps tranken und dadurch in eine Stimmung kamen, die ich durch Zusehen und Mitreden künstlich in mir erzeugen mußte. Lotte und Emmy küßten sich maßlos. Dadurch wurde eine angenehme erotische Atmosphäre geschaffen.«[75]

Lotte Pritzel, zwei Jahre jünger als Emmy, hatte in München die kunstgewerbliche Schule des Wilhelm von Debschitz besucht und bereits 1910 in einer Ausstellung mit ihren eigenartig-fragilen und lasziven Puppenkreationen Aufsehen erregt. Sie gehört in den Kreis um Mühsam und Hardekopf. Wird, ebenso wie Emmy, die Geliebte der jungen Dichter Jakob van Hoddis und Johannes R. Becher. Verfällt den Drogen, die ihr und der gesamten Clique bald einer ihrer Freunde, Dr. Gerhard Pagel, verschafft, »der großartig aussah: halb wie ein Kaperkapitän, halb wie eine Dostojewskij-Figur ...«, erinnert sich Carl Zuckmayer. »Er war, so hieß es, in früheren Jahren ein brillanter Mediziner und Wissenschaftler; jetzt verwendete er seine ärztliche Lizenz hauptsächlich zum Ausschreiben von Kokain und Morphiumrezepten – vor allem für sich selbst und seine Puppenkönigin.«[76] Emmy und Lotte bleiben auch nach Emmys Emigration in die Schweiz in loser Verbindung. 1934 berichtet sie ihrer Tochter nach Rom von ihrem letzten Besuch in Berlin, wo Lotte, die 1921 Dr. Pagel geheiratet hat, seit 1922 lebt und als Kostümbildnerin und Bühnenausstatterin für Max Reinhardt und Erwin Piscator arbeitet. Pagel praktiziert wieder als Arzt. Und die zwölfjährige Tochter Irmeline staunt, als Emmy auf Wunsch der alten Freunde, auch Engert hat sich eingefunden, ihr »Flori-Flori-Florida-Lied« singt.

Erinnerungen. Im Lebenslauf von 1938 widmet Emmy den entscheidenden Jahren in der Boheme nur wenige Zeilen: »Erst in München, wo ich mit 23 Jahren zum ersten Mal als Vortragskünstlerin auftrat, mich grosser Beliebtheit erfreute, blieb ich längere Zeit. Von hier aus bekam ich Engagements an viele grosse Bühnen in Deutschland, kam jedoch immer wieder nach München zurück.«[77] Auch in ihrer autobiographischen Prosa *Das flüchtige Spiel* und *Ruf und Echo* sind es nur wenige Kapitel, die über ihre Zeit in der Boheme Berlins und Münchens vagen Aufschluß geben. »München wurde in mancherlei Hinsicht für mein späteres Leben entscheidend. Ich kam hier sehr rasch in einen Kreis von gebildeten Menschen, die natürlich einen sehr günstigen Einfluß auf mich ausübten. In unserem Kabarett, das auch literarisch einen guten Ruf hatte, verkehrte die Boheme; viele Ausländer waren hier anzutreffen, aber auch bedeutende Künstler und Schriftsteller ... Interessen, die vorher in mir geschlafen hatten, erwachten jetzt zum Leben. Ich wurde mit der bildenden Kunst und mit der modernen Literatur vertraut gemacht und lernte bewußter als vorher aufnehmen, was schön und gut war. Mir war, als ströme mir die Fülle des Lebens ... von allen Seiten zu.«[78] Diejenigen jedoch, die ihr diese »Fülle des Lebens« zeigten, erwähnt sie nur am Rande. Wie Junghanns oder Wedekind, Werfel oder van Hoddis. Manche Namen fehlen. Anders als in ihrer expressiv-kraftvollen frühen Prosa glättet und schönt sie im Alter die Erlebnisse ihrer Wandertheater-

und Bohemezeit, deutet sie als »Lehrjahre« um. Weist dort, wie auch im Lebenslauf, auf ihren Gedichtband *Die letzte Freude* hin. Doch alles, was sie jetzt berichtet, sieht sie im Zusammenhang ihrer Beziehung zu Hugo Ball. Ordnet rückblickend dieser – für sie – entscheidenden Begegnung anderes unter. Verengt ihren Blick auf den Abend im ›Simplicissimus‹, an dem Ball das erste Mal aufgetaucht sein soll. Gedichte von Ringelnatz, dem »Hausdichter« der Kathi Kobus, will sie verkauft haben. Und ihre eigenen Postkarten. Leberknödelsuppe hat sie gegessen mit Marietta di Monaco, der anderen Diseuse, die eigentlich gut bayrisch Maria Kirndörfer heißt, Freundin von Klabund und eine von Emmys Weggefährtinnen ist. Emmy singt: Wedekinds Balladen, das dänische Volkslied vom Samstagabend und »Nur Liebe ist Leben«, ahnt nicht, als ein schüchterner junger Mann sie um ihr Bild bittet, daß er ihr Leben künftig entscheidend beeinflussen und ihm eine andere Richtung geben wird. Während Emmy in ihrer späten Prosa, geprägt durch die Überhöhung Balls und aus der Perspektive der Konvertitin, die Ereignisse neu gewichtet und die wilden Jahre der glitzernden Varietés und anregend-aufregenden literarischen Kabaretts, die spannungsgeladene Zeit bis 1914 in ihren Erinnerungen an Brisanz und Farbe verlieren, beschwört Marietta di Monaco 1962 in *ich kam – ich geh* die Freundin so lebendig und authentisch, wie sie uns auch aus den Briefen und Tagebüchern der anderen Künstlerfreunde dieser Zeit entgegen irrlichtert:

»Als sie aus dem Gefängnis ging, zog sie das Elend hinter sich. / Jeder Mensch mußte eine Sekunde stumm staunen. / Ihr Haar war damals lang und strohgelb. / Sie lebt nur Tage. / Wandelnd singt sie durch die Städte immer dieselben / Dirnenlieder: ›Dann durchzuckt's meinen Körper ganz – – –‹ / Einmal habe ich ihre Seele zittern sehen. / Eine Träne fiel in mein Herz, als ich ihre Hand küßte. / Leise dankte sie. / Ihre weißen Zähne blitzen, weil man unfreundlich gegen mich war. / Lachend staunte sie: ›Warum?‹ / Jetzt geht sie mit dem Paletot meines Freundes durch die Straßen. / Welcher Unwürdige wird ihre Glieder fühlen? / Ich habe wohlriechendes Parfüm auf ihre Brüste gegossen. / Nachts tanzten wir. / Jemand spielte Flöte. / Ein anderer schrie nach einem Füllfederhalter. / Vielleicht wollte er uns notieren – – –?«.[79]

»Nachdem ich dreissig Jahre lang gegangen war, bemerkte ich urplötzlich, daß ich mich in der Sackgasse des Irrtums befand. So habe ich die Strasse genannt … Einen Ausgang gibt es natürlich in einer Sackgasse nicht, man müsste denn umkehren. Das plötzliche Umkehren gab mir einen Ruck. Ich glaube, beim Umkehren aus der Sackgasse des Irrtums ging meine Welt verloren. Als ich vor einer hohen Mauer stand und mit Schrecken bemerkte: hier geht es nicht weiter, raste ich die ganze lange Strecke zurück, den Weg, den ich schon einmal gegangen war. Vielleicht ist beim Ausgang die Möglichkeit, meine verlorene Welt wiederzufinden.«[1]

»Verloren« hat sie diesen Text genannt. Ein Ich verliert seine Welt. Von einem Tag auf den anderen. Vom 21. auf den 22. November eines ungenannten Jahres. In *Gefängnis* ist es der 21. auf den 22. Dezember 1914. Da tritt die Protagonistin eine Haftstrafe an. Aber es beginnt schon vorher, im Sommer, als Emmy Hennings in Untersuchungshaft kommt, sich umwendet »zur Tür: eisern, ohne Griff, gibt sie nicht nach.«[2] Das Ich sucht das Verlorengegangene, beschwört es im Monolog und wendet sich zugleich an einen unbekannten Sucher, es zu beschreiben: die bunte Straße, auf der das Ich geradeaus ging, von der es »das Duftige« noch nachempfindet, »das Dunkle habe ich vergessen«. Emmy Hennings beschwört ihr Bild von der Welt, das sie sich schuf, »das süsseste aller Kartenhäuser … Dein kleiner Schöpfer sucht dich. Blond bin ich. Aehnlichkeit hab ich mit Benjamin, dem kleinsten der zwölf Brüder.« Vergleicht sich mit dem jüngsten Sohn Jakobs und Rahels (1. Mose, 24). Beschwört den fremden Sucher, mit ihren Augen zu sehen, achtzugeben auf »die bunte Kugel aus hellem Glas«, macht ihn zum Finder, der nicht auf die zerbrochene Kugel, ihre zersplitterte Welt treten möge. Macht ihn zu ihrem eigenen Schatten, zum »Fremdling mit meinen Augen«. Die Dynamik ständiger Befragung treibt den kurzen Text voran. Selbstzweifel wechseln mit Rechtfertigung. Fragend vereinigt sich das Ich mit seinem Schatten. »Werde ich mit meinen Augen, die in einer Nacht ergrauten, eines Tages mir selbst fremd geworden, in die Augen sehen? Ein grünes

Augenpaar in ein graues? Oder habe ich meine grün schauenden Augen verloren, dass ich meine grünen Holunderbäume nicht wiedererkenne? (Ich hatte eine Vorliebe für die sagenhaften, alten Holunderbäume, die einst im Garten meines Vaters blühten.) Jetzt sehe ich eine graue Welt, aber auch dieses Grau ist von reinster Farbe und hat einen Perlenschimmer wie Tautropfen, die am Herbstmorgen auf den nordischen Hecken meiner Heimat weinend hängen.«[3]

Etwas Elementares ist Emmy Hennings zugestoßen: *Gefängnis.*[4] *Das graue Haus.*[5] *Das Haus im Schatten.*[6] Sie, die Unabhängige, die noch immer jedem Eingesperrtsein getrotzt hatte, wird verhaftet. »Emmy sitzt wegen Diebstahls, begangen in Hannover an einem nächtlichen Besucher, in Untersuchungshaft am Neudeck. Becher und ich haben ihr den Dr. Kahn als Anwalt bestellt. Aber in der Kriegsaufregung denkt der wahrscheinlich sowenig wie ein anderer an seine Klienten. Nun war ich gestern bei ihr – in der Gitterzelle, wo ich vor Jahren Johannes Nohl besuchte, sprach ich sie. Ich hinter einer, sie hinter der anderen Gitterwand, und dazwischen die Wärterin – übrigens eine gutmütige, nette Frau. Die arme Emmy weinte entsetzlich, klammerte sich mit den Fingern an die Vergitterung und war unermeßlich unglücklich. Ich mußte ihr versprechen, an ihre Mutter zu depeschieren und alles zu versuchen, um sie freizukriegen. Nach etwa zehn Minuten war das Gespräch zu Ende. Ich blieb allein in der Zelle, und ehe ich hinausging, ließ ich den aufschießenden Tränen freien Lauf.«[7]

Das ist am 5. August 1914. Erich Mühsam, der Chronist, verbindet die Aufregung um die Verhaftung der Freundin mit der Erregung, die Deutschland in den vergangenen Wochen erfaßt hatte: 28. Juni Ermordung des österreichischen Thronfolgerpaares in Sarajewo, 23. Juli Ultimatum Österreich-Ungarns an Serbien, 25. Juli serbische Mobilmachung, 28. Juli Kriegserklärung Österreich-Ungarns an Serbien, 30. Juli russische allgemeine Mobilmachung. Es folgen Ultimaten Deutschlands an Frankreich, Deutschlands an Rußland. Wilhelm II. steht in Nibelungentreue zum österreichischen Kaiser. Am 1. August 17 Uhr deutsche Mobilmachung, um 19 Uhr Kriegserklärung Deutschlands an Rußland. Zwei Tage später die deutsche Kriegserklärung an Frankreich. Am

4. August Einmarsch in Belgien, auf den die Kriegserklärung Englands an Deutschland folgt. Während Mühsam Emmys Schicksal im Tagebuch festhält, jagt eine Kriegserklärung die andere: 5. August Kriegserklärung Österreich-Ungarns an Rußland, 6. August Kriegserklärung Serbiens an Deutschland. 12. August Kriegserklärungen Frankreichs und Englands an Österreich-Ungarn, 23. August Kriegserklärung Japans an Deutschland. Das Volk jubelt. Freiwillige melden sich. Auch aus Emmys Freundeskreis. Die jahrelang aufgestauten Spannungen entladen sich in einem euphorischen Aufbruch in den Kampf bei den einen, wecken böses Ahnen bei den anderen. »Der Krieg brach aus,« erinnert Emmy wenige Jahre später in einem Brief an Hugo Ball. »Die Kunde vernahm ich durch das sogenannte Judasloch, das Guckfenster in der Eisentüre ... Ein kleines Bauernmädel ist's gewesen, das mir sagte ›s' isch Krieg‹. Ich verstand. ›Es wird jemand hingerichtet‹, um es in reinem deutsch zu sagen.«[8] Emmy, die Unpolitische, weiß intuitiv, daß nicht nur sie selbst ihrer Freiheit beraubt ist, sondern daß auch das Volk gefangen ist in Ultimaten und Erklärungen, eingesperrt zwischen den beiden Fronten des Krieges.

Wahrscheinlich ist sie nach einem Beischlafdiebstahl zunächst in Hannover aufgegriffen und kurz inhaftiert worden. Wieder in München, weiß sie, daß die Anklage des Geschädigten Folgen haben wird und reagiert mit Bewegungslosigkeit. »Ich bleibe im Bett, da kann mir wohl nichts passieren.«[9] Als dieser Kinderwunsch sich jedoch nicht erfüllt, als sie festgenommen und in Untersuchungshaft gesperrt wird, reagiert sie mit Lähmung, mit Krämpfen: »Meine Beine sind steinerne Säulen und schwer. Ich kann nichts halten. Mein Mund quält sich automatisch, krampft sich.[10] Immer fällt mein Kopf, entweder nach rechts oder nach links. Er baumelt, wackelt wie der Kopf einer Lumpenpuppe.«[11] Schon einmal hatte Emmy eine solche Lähmung befallen, drei lange Monate, bis der Arzt einen Ortswechsel empfahl und Emmy von einem Moment zum anderen wieder auf die Beine kam. Damals war es das Bewußtwerden ihres Gefangenseins in der Ehe mit Joseph Hennings. Jetzt ist es die psychische Reaktion auf die Haft. Emmy, die Geltungsbedürftige, die Egozentrikerin, für die Anerkennung Lebenselixier ist, die ohne Selbstdarstellung nicht leben kann, ist plötzlich ihrer Bühne beraubt. Isoliert wie damals in Flensburg, als sie sich mit dem neugeborenen Sohn lebendig begraben fühlte. Die Psychoanalyse bezeichnet diese psychogene körperliche Störung als Konversionsneurose oder -hysterie, die aus der Verschiebung (Konversion) der psychischen Energie aus einem ungelösten Konflikt entsteht und mit Lähmungen, Krämpfen und psychogenen Sensibilitätsstörungen einhergeht. Bei Emmy mit einer ins Pathologische gesteigerten akustischen Empfindlichkeit. Erst in der Krankenzelle, in der Gemeinschaft mitgefangener Frauen, gelingt es ihr, die Situation soweit zu verarbeiten, daß sie die vier Haftwochen übersteht. Aber als sie, nach Prozeß und Verurteilung, einen weiteren Monat abbüßen muß, steht sie erneut »wie angewurzelt ... Und wenn ich gefangen bin, bin ich unfrei, so gründlich, daß es mir eine Taktlosigkeit scheint, meine eigenen Beine zu gebrauchen; das wäre ja Selbständigkeit.[12] Ich werde ... lahm ... habe ein krankes Gefühl in den Beinen.«[13] Wiederum in der Krankenzelle, bleiben ihre Beine, obwohl sie wieder gehen kann, »so taub«.[14]

Eingesperrt wird Emmy auf sich selbst zurückgeworfen. Der atemlosen Hetze ihres Lebens der vergangenen Jahre von Stadt zu Stadt, von Bühne zu Bühne, von Affäre zu Affäre wird plötzlich Einhalt geboten. Ein Haftbefehl. Der harte Griff eines Schutzmanns. Erst schließt sich das Gefängnistor, dann das ihrer Zelle. Allein. Im grauen Kleid aus Sackleinwand. In Holzpantinen. Zuerst in Hannover. Danach vier Wochen Untersuchungshaft in München. Prozeß. Verurteilung. Vier Wochen Haft im Herbst. Erneut Gefängnis im Winter 1914/15. Aber »es handelt sich um mehr als um eine vorübergehende Freiheitsberaubung. Etwas in mir wird hingerichtet. Man macht mich verantwortlich und straft mich. Aber bin ich verantwortlich?«[15] Diese Frage wird Emmy umtreiben, solange sie lebt. Als sie im Januar 1915 entlassen ist, findet sie zunächst keine Antwort. Muß nur das Trauma benennen in Gedichten: »Gefängnis«. »Die vielleicht letzte Flucht«. »Aufhängen«. Franz Pfemfert druckt sie in *Die Aktion* im Jahr ihres Entstehens. Und in *Der Revoluzzer* erscheinen »Hinrichtung«, »Im Gefängnis« und ein mit »Gedicht« überschriebener Text, der mit: »Menschen! Bettler! stellt euch auf!« beginnt. Und mit einem ebenso flehenden wie frevelhaften Appell endet: »Hier sind wir. Nimm uns gütiger Satan. Uns, Deine dunklen Kinder.«[16]

Anrufe. Ausrufe. Wie in der Zelle, wo niemand sie hört. Sie nicht und auch nicht die anderen. Abschaum wie sie. Die sie gesehen hatte auf dem Revier, bevor sie abtransportiert wurden, denen sie bei den Hofgängen begegnet. »Hier sind wir.« Hier in der Hölle. Jenseits von Gott. Nur noch Satans Güte vertrauend. Ist das bloße Theatralik? Die Suche nach dem Extremen? Eine Emmy-Inszenierung oder der Zweifel an der Möglichkeit der Buße? Blasphemie zumindest ist es im Munde der Frau, die, noch auf Gerechtigkeit hoffend, nach ihrer Einlieferung in die Untersuchungshaft nach dem Priester ruft: »Römisch-katholisch bin ich. Konvertitin. Unruhe ließ mich Religion versuchen, eine andere. Ich versuchte mir zu helfen. Bequem, nicht sich selber beichten zu müssen.[17] Ich brauche meine Sünden nicht zu suchen; denn meine Sünde fällt zu sehr auf, weil nur Sünde da ist. Ich habe Schuld. Nur ich habe Schuld.«[18]

Selbstanklagen zunächst in *Gefängnis*, an dem sie, wir sahen es im Brief an Rudolf Reinhold Junghanns, seit 1916 arbeitet. Es ist ihr erster längerer Prosatext, das Tagebuch einer Doppelhaft. Ein atemloser Text. Ebenso gehetzt wie »verloren«. Ein Stakkato von Ausrufen. Von Fragen und Antworten. Von Fragen ohne Antworten. Übergangslos herausgeschleudert. Viele Absätze des Textes bestehen nur aus einem Satz. Direkte Rede. Befragung und Selbstbefragung. Immer wieder beginnen die Sätze mit »ich«. Die Erzählerin erfindet kein Pseudonym. Zu nah ist alles. Es ist Emmy selbst, die in dieser überstürzten Reportage Zeugnis ablegt. Sie wird, im ersten Teil des Buches, verhaftet wegen des Beischlafdiebstahls, eines Bagatelldeliktes, das sie zugibt. Und kann nicht deutlich machen, daß sie sich schuldig-unschuldig fühlt. Ihr wird der Prozeß gemacht. »Nur ich habe Schuld«, sagt ihr Gewissen. Aber ihr juristisches Empfinden reklamiert die Mitschuld des Mannes, der zur Prostituierten geht. Sie fühlt sich ausgeliefert, und alles vollzieht sich mit grausamer Logik, die die Ich-Erzählerin in ihrer Isolation immer unsicherer, immer wehrloser werden läßt.

Im zweiten Teil des Buches wandert sie zu ihrem Haftantritt über endlose verschneite Äcker. Noch ist sie frei. Könnte umkehren. Aber es gibt kein »Wohin«. Nur das Tor, das sich hinter ihr schließt. »Wo ist der Gott der Gerechtigkeit? Hier im Gefängnis wünsche ich einen kritisierenden Gott. Aber vielleicht sind wir unter aller Kritik, und die Menschheit verdient insgesamt ignoriert zu werden.«[19] Nihilistisch klingt das. Scheint nicht zur Konvertitin zu passen, als die sie sich im Text zeigt. Wenngleich als eine, die ihre Umkehr zugleich mit Bequemlichkeit rechtfertigt. Hier, wie auch an anderen Stellen des Buches, werden die Einflüsse der Dadaisten deutlich, mit denen sie während des Schreibens lebt. Aber Emmy kennt, anders als ihre meisten Dichter- und Malerfreunde, das, was sie thematisiert, aus eigenem Erleben. Und so entsteht mit *Gefängnis* eine Seelenstudie, die die Autorin in ihrer Hilflosigkeit, aber auch in ihrem kritischen Selbstbewußtsein zeigt. Sie vergleicht sich, vielleicht die Zeit im Flensburger Photoatelier erinnernd, mit einer Kamera, ist »wie ein gewissenhafter Kodak wider Willen ... denn jeder ehrliche Kodak muß das Bild aufnehmen, wie es sich ihm darbietet.«[20]

Am Ende der sich in ständigem Rollenwechsel vollziehenden Befragung nach Schuld oder Unschuld steht mit unbestechlicher Klarheit die Erkenntnis der Unverhältnismäßigkeit der Strafe, die an ihr vollzogen wird. Und wie schon bei ihren Überlegungen zu unehelicher Schwangerschaft und zur Prostitution auch die Frage der Mitverantwortlichkeit des Mannes. »Hätte mein Kläger nicht auch zur Rechenschaft gezogen werden müssen? Aber mein Kläger war garnicht da. Er ließ sich entschuldigen, hatte keine Zeit. Ließ sich vertreten. Aber wie kann er sich vertreten lassen, wenn er sich benachteiligt, vergewaltigt oder beleidigt fühlt? Ich komme über die Ungenauigkeit nicht hinweg ... Warum wird er nicht bestraft, daß er sich mit mir eingelassen hat. Die Einseitigkeit ist beunruhigend. Man müßte Verführer und Verführte bestrafen: die Gelegenheit und den Dieb ... Wenn es verboten ist, sich Liebesstunden bezahlen zu lassen, muß es verboten werden, Liebesstunden zu kaufen. Aber die Erfahrung lehrt, daß der Mensch ohne Liebe nicht leben kann. Also müßte die Liebe anders organisiert werden.«[21]

Anders als Emmy Hennings macht Franziska zu Reventlow nachdrücklich darauf aufmerksam, welche Rolle der religiösen Tradition bei dieser Problematik zukommt: »Die Hetären des Altertums waren freie, hochgebildete und geachtete Frauen, denen niemand es übel nahm, wenn sie ihre Liebe und ihren Körper verschenkten, an wen sie wollten und so oft sie wollten und die gleichzeitig am geistigen Leben der Männer teilnahmen. Das Christentum hat statt dessen die Einehe – und die Prostitution geschaffen. Letztere ist ein Beweis dafür, daß die Ehe eine mangelhafte Einrichtung ist. In einem Teil der Frauen sucht man von Jugend auf durch die christlich-moralische Erziehung das Geschlechtsempfinden abzutöten, oder man verweist sie auf die Ehe mit der Behauptung, daß die Frau überhaupt monogam veranlagt sei. Gleichzeitig richtet man die Prostitution ein, zwingt also den andern Teil der Frauen polygam zu sein, damit den Männern geholfen werde, für die die Ehe wieder unausreichend ist ... So geht mir doch mit der Behauptung, die Frau sei monogam! – Weil ihr sie dazu bringt, ja! Weil ihr sie Pflicht und Entsagung lehrt, wo ihr sie Freude und Verlangen lehren solltet.«[22]

Daß diese Entwicklung Folge patriarchalischer Gesellschaftsstrukturen ist, zeigt Emmy nicht nur in *Das Brandmal*, sondern spricht es auch in *Gefängnis* deutlich aus: »Der Gerichtshof besteht aus Männern, und es erfordert weniger Kraftaufwand, das schwache Geschlecht zu bestrafen, als Männer zur Rechenschaft zu ziehen, die ihre stärksten Neigungen geheim zu halten wünschen. Ich wünschte, die vergewaltigten Männer könnten einmal die verächtlich lächelnden Gesichter ihrer Verführerinnen sehen, die auf dem Korridor der Strafanstalt lächelnd die Geheimnisse ihrer Kläger preisgeben. Im Hofe des Untersuchungsgefängnisses sah ich die lächelnde Überlegenheit auf den Gesichtern der Frauen und Mädchen, die die Straße machen; der Mädchen, die siegen und graziös genug sind, sich für besiegt zu erklären. Diese Höflichkeit scheint gefährlich zu sein, denn man sperrt sie in fußdicke Mauern.«[23] Während Emmy jedoch in der Isolation des Gefängnisses in ihren Überlegungen zu Sexualität und Prostitution auch ihr Verhältnis zu Gott zu klären sucht, zieht Reventlow, die Schwabinger Bohemienne und Muse, ein anderes Fazit: »Gottseidank, unsere christliche Gesellschaftsmoral hat sich mehr wie gründlich überlebt, die letzten Jahrzehnte, die moderne Bewegung, hat die junge Generation etwas von der mutigen Froheit des Heidentums gelehrt. Wir haben angefangen, die alten Gesetzestafeln zu zerbrechen. Warum sollte das moderne Heidentum uns nicht auch ein modernes Hetärentum bringen? Ich meine, den Frauen den Mut zur freien Liebe vor aller Welt wiederzugeben.«[24]

Das Bekenntnis zur freien Liebe haben wohl alle Bohemiennes abgelegt, haben sich aus der Gesellschaftmoral gelöst und sich, ihren Neigungen und Trieben folgend, mit den Männern verbunden, die sie interessierten und faszinierten. Ein emanzipatorischer Akt, der jedoch noch keineswegs die Anerkennung ihrer Arbeit, ihrer künstlerischen Produktivität nach sich zog. Denn auch die Männer in der Boheme wußten, daß es eines tiefgreifenden Bewußtseinswandels bedürfe, um die Stellung der Frau in der Gesellschaft zu verändern. So notiert Mühsam am 28.9.1911: »Über Wert und Wesen der Frau kämpfte ich an Wedekinds Seite ... Alle Kunst, alle Wissenschaft, alle Technik, alle Arbeit ist Kultur für Männer. Die Emanzipation des Weibes wird das Bedürfnis nach einer Kultur wecken, die das Wesen der Frau mitberücksichtigt. Dadurch werden die Frauen selbst produktiv werden und alle Kultur wird um eine Hälfte bereichert werden, von der wir heute noch garnichts kennen. Eine Weltgeschichte, von einer Frau geschrieben: Was für Perspektiven!«[25] Der Anarchist Mühsam sollte für seine Überlegungen zur Erneuerung der Gesellschaft bald ins Gefängnis wandern. Zunächst 1919 ins Zuchthaus Ebrach, dann nach Stadelheim und 1923 nach Hitlers Putsch in die Festung Niederschönenfeld. Auch er schreibt Tagebuch. Nicht nach, sondern während der Haft. Ein politisches Diarium, Analysen zur aktuellen Situation nach 1918, zu den Hoffnungen der Räterepublik, zur Entwicklung des Nationalsozialismus, des Revanchismus. Manchmal Ausbrüche von Verzweiflung beim Notieren der Haftbedingungen. Wie Emmy wandert er täglich über den Gefängnishof, »den armseligen Kiesboden zwischen Gefängniswand und Steinmauer ohne Gras, ohne Baum.«[26] Aber anders als die Freundin setzt er die Erfahrungen seiner Haft zwischen der Entlassung 1924 und der erneuten Verhaftung durch die Nazis 1933 nicht literarisch um, sondern reist jahrelang von Stadt zu Stadt und hält Vorträge, in denen er die Zustände in den deutschen Gefängnissen anprangert und auf Abhilfe drängt. Emmy wird diese Haltung erst Jahrzehnte später als Gerichtsreporterin in der Schweiz einnehmen.

Im Spätsommer 1914 gestaltet sich ihr Verhältnis zu Mühsam ein letztes Mal intensiv und für beide offenbar beglükkend. Am 13. Oktober schreibt er: »Emmy will ... morgen kommen, um mir mit ihren liebenswerten Künsten Grüß Gott zu wünschen.«[27] Dennoch ist in diesen Wochen, die bei Emmy zusätzlich durch ihren Prozeß belastet sind, alles überschattet durch den Kriegsausbruch. Hardekopf in Berlin ist über die Kämpfe zwischen Deutschen und Franzosen »in einer dem Selbstmord nahen Verzweiflung.«[28] Hugo Ball hingegen hat sich als Freiwilliger gemeldet, stößt auf Emmys Unverständnis. Sie reagiert mit Ablehnung und Abscheu auf den Krieg. Stellt sich offen auf die Seite der Gegner, wie in der Situation, aus der Else Lasker-Schüler ihr heraushilft. Emmy erinnert Laskers merkwürdigen Aufzug bei dieser überraschenden Begegnung. Die dunkelhaarige, dunkeläugige Dichterin, durch ihre exotischen Maskeraden mit Turban bekannt, »schön und interessant wie ein Traum aus dem Orient«,[29] trägt als breite Schärpe das deutsche Fahnenband über die Schulter geschlungen und ist im Begriff, die bayrischen Farben dazuzuknüpfen. Emmys Frage und Laskers Antwort geben ein deutliches Bild der damaligen Stimmung in München. »›Lieber Prinz von Theben, sind Sie denn so knallpatriotisch, daß sie am hellichten Tage also fahnengeschmückt daherkommen müssen?‹ ›Aber ich werde doch sonst für eine Ausländerin gehalten ... Darauf kann ich's doch nicht ankommen lassen‹.«[30] Suspekt sind alle Nachdenklichen, alle Zweifler. Wer nicht einstimmt in den Jubel, wird ausgegrenzt. Wie Emmy im ›Simplicissimus‹, wo sie Auftrittsverbot erhält, weil sie sich weigert, patriotische Lieder zu singen. Und »Verhaftungen waren ... in der ersten Kriegszeit nichts Besonderes, da man in manchen Personen Spione vermutete.«[31]

Die Situation zwischen ihren Internierungen muß für Emmy traumatisch gewesen sein. Ihre Erfahrungen in der Untersuchungshaft, die Unsicherheit über den Prozeß, die Angst vor der Verurteilung, vor neuer Haftstrafe. Sie flieht in den Rausch. Sucht zu vergessen. Wird ein drittes Mal eingesperrt. Im Dezember 1914. Vermutlich wegen der Desertion von

Franz Jung. Und leidet bei ihren Inhaftierungen am doppelten Entzug: Entzug ihrer Freiheit und Entzug der Drogen. An Ball schreibt sie: »Lieber Ball=Hugo, ich war so unendlich glücklich zu Deinem Besuch heute … Mein Herz tut mir vor Freude weh, weil Du mir wieder Hoffnung gemacht hast, und das ist das, wovon man im Gefängnis lebt … ich spiegle mich in meiner Suppe, ich weiß garnicht, wie ich aussehe … ich seh dich noch immer vorm Gitter und wäre doch so unendlich gerne Dir näher gewesen, ganz nahe. ich bin ganz morfiumfrei. seitdem ich verschütt ging, habe ich nichts mehr bekommen. Jetzt brauch ich kein Sanatorium. So war die Lumperei doch für was gut, auch wenns schwer ist, sehr schwer … ich kann mir garnicht denken, daß es Thüren giebt, die nicht abgeschlossen werden und Fenster ohne Gitter. Grüße alle, lieber Ball, ich freu mich so auf die Freiheit. Deine Emmy.«[32]

Die Quellen zu Emmy Hennings' Inhaftierungen sind teilweise widersprüchlich. Auch sie selbst macht in ihren Texten unterschiedliche Angaben. Es ist zu vermuten, daß sie zunächst in Hannover aufgegriffen wurde, obwohl sich weder im Archiv der dortigen Strafanstalt noch im Archiv in Bückeburg Hinweise finden. Aber bei der Zerstörung der Haftgebäude im Zweiten Weltkrieg wurden Unterlagen vernichtet, und wir sind auf Hinweise angewiesen wie in dem Briefwechsel zwischen Kurt Tucholsky und Siegfried Jacobsohn, wo es heißt, daß Emmy aus Liebe zu Hardekopf »auf den Strich ging und auf seinen Rat die Kunden bestahl.«[33] Soweit kann man, Emmys Texte sowie Hardekopfs Szene *Am Abend* im Gedächtnis, die Aussage des Briefes sicher bestätigen. Die weiteren Behauptungen lassen sich jedoch nicht erhärten: »Einer zeigte sie an und sie kriegte sechs Monate Gefängnis. In Hannover. Am Schluß der Strafzeit schrieb sie Hardekopf, er möge sie doch aus dem Gefängnis abholen. Er antwortete, sie könne doch wohl nicht erwarten, daß ein pensionierter Beamter wie er eine diebische Hure wie sie nach Verbüßung ihrer Strafzeit in Empfang nehme.«[34] Das scheint mir unwahrscheinlich, und ich möchte diese Briefstelle vom 26. Mai 1926 als männliche Häme gegen Hardekopf abtun, der im selben Schreiben abschätzig als »französischer Royalist« bezeichnet wird. Zudem liegt das geschilderte Ereignis zum Zeitpunkt des Briefes zwölf Jahre zurück. Zeit genug also, ein Gerücht ebenso zu übertreiben wie die Länge der Haftzeit. Im ersten Teil des *Gefängnis*-Tagebuches erfahren wir, daß die Protagonistin auf Post von H. (Hardekopf) wartet, den sie vor ihrer Verhaftung in Paris besuchen wollte, den sie noch dort vermutet und um den sie sich angesichts der politisch brisanten Situation sorgt. Aus Mühsams Tagebüchern wissen wir, daß Hardekopf am 5. August 1914 wieder in Berlin war und sowohl mit ihm als auch mit Emmy, die sich um die verzweifelte psychische Lage des Freundes sorgt, im Kontakt stand. Die Meldebögen der Stadt München zeigen, ebenso wie Emmys und Mühsams Aufzeichnungen, daß sie zur Zeit des Kriegsausbruchs im August 1914 in Untersuchungshaft sitzt und zwischen dem 20. September und 19. Oktober die im Prozeß verhängte Strafe abbüßt. Vom 19.10. bis 18.12.1914 ist sie dann unter der Adresse Leopoldstr. 41 I gemeldet. Da Mühsam eine Verabredung mit ihr jedoch bereits am 13. Oktober einträgt, vermute ich, daß sie eher entlassen wurde und bis zum 19.10. bei Freunden untergeschlüpft ist. Zwischen dem 18.12.1914 und Januar 1915 ist Emmy offenbar wieder in Haft. Bernhard Echte verweist darauf, daß Franz Jung nach einem Kurzurlaub am 12. Dezember 1914 nicht zu seiner Einheit zurückgekehrt war und daß dessen Ehefrau Margot, seine Freundin Claire Otto und der Maler Georg Schrimpf wegen Verdachts auf Fluchthilfe inhaftiert wurden. Da Emmy Margot Jung zur Beantragung von Pässen im Dezember aufs Münchner Polizeipräsidium begleitet hatte, liegt es nahe, daß sie ebenfalls wegen Beihilfe zur Flucht inhaftiert wurde. Balls Bemerkung an seine Schwester vom 8. März 1915, daß Emmy aus dem Gefängnis entlassen und bei ihm in Berlin sei, sowie ein Brief Johannes R. Bechers vom 25. Januar 1915 bestätigen die angenommene Haftzeit. Er teilt Heinrich F. S. Bachmair mit: »Frau Hennings, die Arme, hat sich, eben aus dem Gefängnis entlassen und morfinfrei, luëtisch affiziert. Jetzt macht sie einen bösen Eindruck.«[35] Und einen Tag später am 26.1.: »Merkwürdig: Über mir wohnt dann Frau Hennings mit ihrem neuen Geliebten, einem Stenz. Ich bin ihr so gar nicht böse. Es war ja längst aus. Hätte gar nicht so lang sein dürfen. Aber ich habe viel, so viel – Du ahnst es nicht – gelernt bei der Guten, und darum will ich immer anständig ihr gegenüber und auch dankbar bleiben.«[36]

Kurz vor ihrem Tod erinnert sich auch Emmy dieser Zeit: »Von mir nahm man an, ich wisse um eine falsche Paßfabrik Bescheid, während ich bis zur Kriegszeit kaum je einen echten Paß gesehen hatte, da man ja früher ohne Paß und Visum in der Welt herumfahren konnte, wie es einem gefiel ... Anfangs war ich der Meinung, es würden Persönlichkeiten von A bis Z neuerfunden und die nötigen Papiere mit allen Stempeln säuberlich gedruckt, und ich sagte dem Assessor, der mich verhörte, ich bezweifle, ob meine Freunde und Bekannten sich eine Setzmaschine leisten könnten. Sicher hätten das schon einige vor dem Krieg gemacht, um zum Beispiel ihre Gedichte selbst drucken zu können ... Man fragte mich, ob ich wirklich so dumm sei oder mich nur so anstelle.«[37] Die erneute Haft, Emmy spricht von sechs Wochen, macht sie mürbe. Dieses Mal fühlt sie sich unschuldig, und es »ist mir die Zeit schier unberechenbar lang vorgekommen.«[38] Zwei Seiten nimmt das Geschehen in *Ruf und Echo* ein. Emmy geht darüber hin, als sei es irgendeine Episode, der kein besonderes Gewicht beigemessen werden müsse. Nichts ist mehr zu spüren von dem verzweifelten Stakkato ihres ersten *Gefängnis*-Tagebuchs, das der Kritiker der *Neuen Rundschau* Berlin mit Knut Hamsuns *Hunger* vergleicht und von dem Ball am 9. Juni 1919 notiert: »Das Buch ist stilistisch ein ununterbrochenes Feilen und Nagen an Eisengittern. Es kennt keine Kapitulation und keinen Kompromiß. Es ist unerschütterlich in seiner exakten Redlichkeit.«[39]

Für Emmy Hennings sind die Haftzeiten ein »lebenslänglich«, weil sie nicht vergessen kann. Und sie weiß, daß das, was sie erlebt hat, nicht gemildert werden kann. Selbst dann nicht, wenn man ihr ein Schmerzensgeld böte. »Mir ist, als hätte ich für immer einen Schock bekommen, einen Knacks, der sich nicht rückgängig machen läßt. Schmerzensgeld ist lächerlich. Unschuldig erlittene Untersuchungshaft, Todesangst à 100 Mark. Ich versuche mir zu helfen, indem ich die Schuld taxiere; denn ein Verbrechen wird doch taxiert und abgestempelt und vom Verbrecher durch Strafe vergütet.«[40] *Schuld und Sühne*. Emmy erzählt im *Brandmal*, daß die Protagonistin Dostojewski liest, Ball berichtet von der gemeinsamen Lektüre von *Das Totenhaus*, während Emmy 1916 an *Gefängnis* arbeitet: »Die Katorga und jedes Gefängnis (die Schweiz ist ja auch nur ein Gefängnis) erziehen, indem sie den Delinquenten begraben und ihn sein altes, sein früheres Leben vergessen machen. Das Gefangensein leitet zum Gebet und zur Legende, zur Besinnung und Umdichtung des früheren Lebens und Daseins überhaupt an.«[41]

Hier klingt das Thema aus »Verloren« an: Der schmerzliche Verlust der bunten Welt, die in Scherben zersplitterte, und das Erstehen einer neuen, deren Grau von »reinster Farbe« ist und die die Ich-Erzählerin mit der Kostbarkeit schimmernder Perlen vergleicht. Der Weg dorthin, die Begegnung mit dem Schatten und die Wandlung der Perspektive, aus der sie ihre veränderte Welt wahr- und annehmen kann, ist ein inneres Geschehen, das Emmy Hennings in einem ständig fragenden Monolog vorantreibt. Anders als in ihren Gefängnis-Büchern wird hier, ohne Religiöses auch nur zu erwähnen, in einem analytischen Prozeß von Frage, Antwort und neuer Frage dem Leiden versucht auf den Grund zu gehen, um endlich das »Verloren« akzeptieren und integrieren zu können: »Wir ahnen einander und ehren uns schweigend.«[42]

Emmy hat das Verlieren der Unschuld, hat Schuld und Sühne immer wieder thematisiert und damit auch immer wieder die Kernfrage gestellt, um die sie lebenslänglich kreist, die Frage nach der göttlichen Gnade und der Vergebung der Sünden. Denn alle Selbstanklagen enden mit: »Nur ich habe Schuld. An unendlich vielem.«[43] Diese Erkenntnis läßt ihr keine Ruhe. Sie fühlt sich schuldig, als sie ihren kranken Sohn der Mutter übergibt, um auf der Bühne zu stehen. Fühlt sich schuldig, »denn irgendwo im Norden hat Dagny ein Kind. Das hat lange braune Zöpfe und große Augen. Es geht brav in die Schule und weiß nicht, wie die Mutter lebt.«[44] Sie hat alle christlichen Gebote übertreten: Hat die Mutter verlassen, die Ehe gebrochen. Sie hat gestohlen, betrogen und gehurt. Und alles, was sie getan hat, hat sie »aufgenommen, wie ein Objektiv. Ich gebe jeden Ton wieder wie eine Grammophonplatte. Licht- und schattenempfindlich bin ich, und farbenfreudig. Ich habe ein solides Gedächtnis.«[45] Als sie nicht weiterweiß, hat sie eine Schlinge um ihren Hals gelegt. In »Dagny IV« läßt sie ihr literarisches Pseudonym vor einer Varietévorstellung wieder in die hysterische Lähmung verfallen. Dagny, »die Stimmungsmacherin«, verkriecht sich. Meint, nicht auftreten zu können. Dann plötzliche Einsicht. Rascher Entschluß. »Bin am Ende ... Ich wünsche zu sterben ... Sie reißt ein Handtuch von der Leine ... Sie stellt den Stuhl an die Tür, dreht eine Schlinge und befestigt diese an dem Kleiderhaken, der in der Türfüllung angebracht ist. Dagny freut sich diebisch, als sei sie der Polizei entflohen. Graziös und sicher springt sie auf den Stuhl: eine routinierte Akrobatin. Sie steckt den Kopf behutsam in die Schlinge und stösst kräftig gegen den Stuhl. Der Haken knackt. Geräusch wie von einer heftig nagenden Ratte. Dagnys Körper klatscht auf den Boden. Sie wimmert, rauft sich das Haar und ruft, die Arme weit von sich gestreckt: ›Mein Gott, lass diese Lächerlichkeit vorübergehen! Hilf mir doch!‹«[46] Tödliche Verzweiflung und irdische Lächerlichkeit. Immer wieder liegen sie in Emmys Texten nahe beieinander, so auch in dem Gedicht »Aufhängen«, dem dritten der »Apachenlieder«: »Ein Mensch hängt sich auf und beobachtet sich. / Er spielt mit seinen Beinen / Er möcht um seine Dummheit weinen, / Dieweil das Leben von ihm wich.« Hier wird noch immer gespielt. Wie auf der Bühne so im Leben. Der Mensch »ist nicht für die Tat gereift. / Und dies bemerkt er noch mit Schrecken, / Da fliegt vorbei die Kinderzeit. / Dann wirds auf einmal süss und weit ...«.[47] Emmy imaginiert, was sie im Drogenrausch erlebt, was sie ersehnt seit Kindertagen: Weite und grenzenlose Freiheit. Und so erscheint ihr der Tod in dieser Zeit als der große Verführer:

»Wie sollte ich mich nicht verführen lassen?
Verführend mich selbst, verführen mich Tod und Leben.
Wie verlockend bist du, magischer Freund!
Grosser blasser Mund,
Bist du Zauberfalle?
Oh du geöffnetes weisses Tor,
Liegen hinter dir die Olivenhaine?
Oh Paradies der müden Kinder,
Vor deiner Pforte streifen mich die Schwingen des Irreseins
Noch ist mein Unglaube gleich einem schwarzen Vogel.
Allnächtlich umkreist er mein Lager.

Einst wird er seine Fittiche ausbreiten
Ueber meinem sonne-erhellten Blumengrab
Und angezogen durch die dunkelste Schönheit
Gehe ich durch das geöffnete weisse Tor
Und golden, oh golden glänzt die Verheissung:
Ihr werdet sein wie Gott ...«[48]

Für Emmy Hennings ist die Todessehnsucht zugleich auch die Hoffnung auf Erlösung. Der Tod vergleichbar dem Mann, sinnlich und verlockend. Und zugleich furchteinflößend, denn unsicher ist, ob nicht eine Falle gestellt ist, Zauber und Magie im Spiel sind und die Sehnsüchtige täuschen. Denn nicht die Glaubensgewißheit auf das »Paradies der müden Kinder«, sondern ihr Unglaube führt ihr die Hand. Er ist der schwarze Vogel, der ihr Lager umkreist, die ausgebreiteten »Schwingen des Irreseins« weisen auf das Unfaßbare, in das der Zweifel die Suchende stürzt. Aber – und dieses ist eine überraschende Wendung – der Unglaube wird ihr das Tor öffnen, sein Dunkel ist der Weg ins Licht der Verheißung. Bis zu diesem »Einst« jedoch ist das Ich im Gedicht auf seine Hoffnung verwiesen, wie Emmy Hennings bei ihrer Suche nach göttlicher Gnade.

Sie hat uns in ihren autobiographischen Büchern von ihrer Glaubenssehnsucht gesprochen, sie bereits in die frühe Kindheit verlegt. Sicher scheint mir ihre Hinwendung zum Katholizismus jedoch erst mit ihrem Eintauchen in die Boheme zu beginnen. Hatte sie beim Kopieren von Kirchen- und Heiligenbildern im Flensburger Photoatelier erstmals die katholische Bilderwelt kennengelernt, so findet sie in den Künstler- und Literatenkreisen Menschen, die religiöse Fragen bewegen und diskutieren und damit auch Anreger für ihre eigene Suche sind. Während der Zeit der Prostitution, des Durchleidens tiefer Demütigungen will sie sich mit Dostojewskis Sonja identifiziert haben, die den gelben Schein der Dirne trägt. »Durch Sonjas große Liebe wurde dieser Schein, der als Stempel der Schande gilt, zu einem Heiligenschein. Darum habe ich dieses Mädchen zu meiner Schutzheiligen erwählt.«[49] Und Emmy erkennt: »Niemand ist ohne Schuld. Es gibt nur Sünde und Sehnsucht, aber die Sehnsucht kann jede Sünde verbrennen.«[50] Die Protagonistin in *Das Brandmal* kauft ein

Gebetbuch, aber beten kann sie nicht. Sie sehnt sich, aber findet keine Worte, sich Gott zu nähern. »Meine Anschauung ist, Gott wird mich ausschließen, weil ich mich ausschließe. Weil ich nicht tiefer hineintauchen mag.«[51] Und während sie das schreibt, wird ihr Text eine einzige drängend-fragende Anrufung Gottes. »Weißt du nichts anderes für mich? ... Meine Gedanken vermengen sich mit dem, was sündig ist. All unser irdisch Sein vermengen wir mit deiner Gottheit ... Aber entflamme ewig unsere Sehnsucht, die immer deiner hohen Entrücktheit nachstrebt.«[52] Sie träumt von »einer Bühne, die ein Kloster war. Die Schauspieler waren geweiht und bildeten eine religiöse Vereinigung. Wir spielten ein Stück, das durchtränkt war von einer süßen Stimmung und Sprache.«[53] Aber alles entgleist. Wollust macht sich breit. Die Träumerin steigt von der Bühne ins Publikum und wirbt »für eine Religion, indem ich imaginäre bunte Flächen anbot. Dabei sprach ich die verlockenden Worte: ›Lassen Sie sich zu meinem Irrtum verführen.‹ Sobald die Spielenden das Wort ›Irrtum‹ aufgefangen hatten, wurde ich aus der Gemeinschaft ausgestoßen. Ich wehrte mich, und wie um mich zu behaupten, schrie ich, während ich zu allen Türen gleichzeitig hinausgestoßen wurde: ›Es lebe der wilde Gott‹.«[54]

Sie sehnt sich nach dem »verlorenen Paradies«[55] und träumt vom Weg aus der Welt: »Ich will nur noch so lange singen, bis ich mir die Ausstattung ersungen habe, mit der ich in ein Trappistenkloster einzutreten hoffe. Ich werde bald schweigen können.«[56] Vorerst aber läßt sie sich »ein schwarzes Frieskleid machen, das die Form eines Nonnenkleides hat. Es ist nicht frei von Absicht. Die Einfachheit wird durch den schneeweißen Mullkragen, der sich um den Hals legt, leicht betont. Aber von Absicht sind selbst die anspruchslosesten Nonnen nicht frei. In jedem Kleide steckt doch immer ein Vorsatz. Es gibt wohl nichts, wobei nicht ein kleines Stückchen Eitelkeit wäre. Man kann sich drehen, wie man will. Ist es nicht ein Segen, daß ich blond bin? Selbst die Natur kann man eitel nennen. Wenn nur mein Hang zum Puritanischen nicht extra eitel ist. Johannes der Täufer mit seinem fanatischen Kleid aus Kamelhaaren verwirklichte seine intellektuelle Mode. Man spricht noch heute davon, wie besonders er sich kleidete. Sein besonderer Geschmack waren Heuschrecken und wilder Honig. Liegt nicht ein wenig Pikanterie in alledem?«[57]

Dieser literarische Text ist als ein fiktionaler zu lesen, auch wenn wir Emmy in dem beschriebenen Kleid abgelichtet finden: in Pose; den schmalen Körper theatralisch zurückgeneigt, das Gesicht unter dem strengen Pagenkopf bleich geschminkt. Und um den Hals des schmucklos-schwarzen Kleides keine schmale Schlinge, sondern eine üppige weiße Krause, die an jene der protestantischen Pastoren in Flensburg und Dänemark denken läßt. Die Schlichtheit ist Koketterie. Geste und Körpersprache zeigen es. Sind auf Wirkung im Cabaret berechnet. Und diese Koketterie, die »herbe Pikanterie«, das Maskenspiel sind Elemente, die immer wieder auffallen, wenn wir uns Emmy, der Konvertitin, zuwenden. Hans Siemsen hat in seinen Erinnerungen davon berichtet. Er hat sie in Paris getroffen, 1913. Da ist sie wieder mit Hardekopf in Frankreich. Siemsen sieht sie im Café »vor einem bunten Aperitif. Sie sah so jung aus. Wie ein kleines Mädchen, das seine Schultasche vergessen hat. Sie malte kleine Bildchen auf Papier, das so groß wie ein ganz kleiner Briefbogen war. Heiligenbilder waren es meistens. Zuweilen reichte sie mit ihrer Hand so ein Bild über den Tisch hinüber: den heiligen Antonius oder den heiligen Johannes. ›Sieht er nicht aus, wie ein süßer kleiner Strich-Junge?‹ Ja, er sah aus wie ein süßer kleiner Strich-Junge. Und sie selber sah aus, wie ein süßes kleines Mädchen.«[58] Vielleicht tut Emmy jetzt das, was sie immer getan hat: Sie verkauft ihre Heiligenbildchen wie ihre Photos im Cabaret.

Alle Selbstaussagen zur Religion in *Gefängnis* und *Das Brandmal* sind so widersprüchlich wie Emmys »kleine fragwürdige Flatterseele.«[59] Immer wieder beklagt sie in endlosen Monologen ihre Gottesferne. Erinnert die Sterne, von denen sie meinte, sie seien in den Hof ihres Vaters gefallen. Damals zur Zeit der Unschuld. Da wollte sie Sterne verschenken. Jetzt aber ist ihr alles abhanden gekommen. Gezeichnet ist sie mit dem »Brandmal der Sünde«.[60] Eine Stigmatisierte. Wie Therese von Konnersreuth, die sie später besuchen wird. Gebrandmarkt und eingesperrt. Lange vor der Zeit ihrer Inhaftierungen. Da läßt sie die Protagonistin in *Das Brandmal* erkennen: »... wenn alles ohne mein Zutun geschieht, kann ich mich auf die Erde, den Schemel Gottes setzen und die Gefängniszeit meines Lebens, meine dämonische Strafe, wartend absitzen.«[61] Wieder reagiert sie mit Krankheit. »Ich liege mit Selbst- und Schuldbewußtsein im Bette ... Meine Beichte besteht darin, daß ich dreimal mein Gesicht im Jahrmarktsspiegel anspeie. Der liegt unter meinem Kopfkissen. Einen anderen Beichtspiegel benötige ich nicht.«[62] Emmys tiefverwurzeltes protestantisch-pietistisches Empfinden. Der Spiegel ihr Selbsterforschungsinstrument. Eines Kanons, ihre Sünden abzufragen, bedarf sie nicht.

Wieder ist ihr die Welt Gefängnis, die sie verlassen will, um zu erkennen: »Es gibt keine Freiheit. Auch Gott ist ein Gefängnis, in das ich eingehen muß, denn wo sollte ich sonst hin? Es gibt keine Ausflucht. Entfliehen kann niemand. Weder auf der Erde, noch im Himmel.«[63] Dennoch nimmt die Protagonistin im *Brandmal*, ebenso wie Emmy Hennings 1911, Zuflucht zur allein seligmachenden Kirche und zur Gemeinschaft der Heiligen. Sie konvertiert. Und der aus dem nordfriesischen Deezbüll stammende Benediktinerpater, der Maler Momme Nissen, ist – erzählt Emmy – ihr Pate. Auch er ein Konvertit. »Dem Anschein nach gehöre ich ja nicht in die katholische Kirche, aber ... ist Gott nicht überall, wo man ihn sucht? So habe ich es denn gewagt. Die vorgeschriebenen Gebräuche? Da denke ich ein wenig wie Mephisto: ›Brauch oder nicht, es gibt sie auch‹.«[64]

Und so verwundert es nicht, wenn die Konvertitin nach dem Kabarett die erste Frühmesse besucht, »und vor dem Bilde der heiligen Familie träume ich von Häuslichkeit, wenn ich den heiligen Josef in seiner Eigenschaft als Zimmermann ansehe, das Jesuskind spielend an der Hobelbank und die verträumte Mutter Gottes am Spinnrocken.«[65] Und anstatt zu beichten, versenkt sich Emmys literarisches Pseudonym in das Bild der heiligen Familie, »in den verschwiegenen Frieden der Häuslichkeit. Und dann konnte ich wohl vieles vergessen, was abends war, wenn ich sang ... Und ich habe geweint, am Morgen, wenn meine Kleider nach Zigaretten rochen. Geweint, weil ich nie am Spinnrocken sitzen durfte. Wenn meine Hauswirtin mir sagte: ›Hier sieht's ja aus, wie bei den Zigeunern!‹ dann sagte ich wohl zu ihr: ›Kann ich denn nicht Heiligenbild sein in der Ludwigskirche?‹«[66]

Wer so wünscht, hat, wie die Protagonistin in *Das Brandmal,* längst eine Umwertung der gesellschaftlichen Verabredungen vorgenommen. Eine Gestrauchelte, die Heiligenbild sein kann, ist in der Hoffnung der Gnade: »Auch die gefallenen Engel hoffen auf dich, Gütiger.«[67] Heilige und Hure. Emmys Buch »markiert Stationen auf dem Weg vom Gezeichnetsein zum Ausgezeichnetsein, beschreibt ihn als Ausstieg aus dem Vergnügungsbetrieb der Großstädte und als religiöse Umkehr.«[68]

Dieses wurde jedoch erst möglich, als Emmy die Abkehr vollzogen und sich mit Ball 1917 aus der Dada-Szene gelöst hatte. Gehen wir jedoch von 1919, der Entstehung von *Das Brandmal*, zurück ins Jahr 1911, in dem sie im Juli zum Katholizismus konvertiert. Ihre schwere Typhuserkrankung 1910 soll der entscheidende Anstoß zur Konversion gewesen sein. Aber die Todesnähe allein wäre noch kein Grund für diesen Schritt, hätte sie doch auch eine Rückkehr in die evangelische Kirche bedeuten können. Warum also der Katholizismus? In der Boheme Berlins und Münchens ist Emmy erstmals mit Menschen konfrontiert, für die Religionszugehörigkeit nicht gesellschaftliche Konvention bedeutet. Diese haben die neuen Freunde längst hinter sich gelassen. Sind Außenseiter, wie Emmy, immer auf der Suche nach neuen Wegen. Im Leben und in der Kunst. Das Interesse am Katholizismus ist Gegenströmung zum naturwissenschaftlichen Positivismus, zum protestantischen Rationalismus, zum Marxismus, und die Mystik ist um die Jahrhundertwende geradezu eine geistige Mode. Die Schriften ihrer Vertreter werden in der Boheme gesammelt, gelesen, diskutiert. Wenn Emmy in *Das flüchtige Spiel* ihre Protagonistin ein Buch Jakob Böhmes in einem Dorfgasthof finden und sie dann anschließend das Grab des Mystikers besuchen läßt, halte ich das für Fiktion. Zu unwahrscheinlich, daß die protestantisch Erzogene, die mit Schmierenkomödianten bis zur Erschöpfung über die Wirtshausbühnen der Provinz tingelt, Zeit findet, sich der verschlüsselten Wortwelt Böhmes zuzuwenden. 1940 im Tessin jedoch, während sie an ihren Erinnerungen schreibt, liest Emmy den protestantischen Mystiker, bedankt sich am 14. Mai in einem Brief an Hermann Hesse für ein Böhme-Buch und berichtet vom Fortgang der Arbeit am Manuskript.

Kennengelernt hat sie die Mystiker durch Ball. Vielleicht auch schon durch die intellektuellen Anarchisten wie Landauer und Mühsam, für die die Mystik das religiöse Fundament bildete. In den Bohemekreisen werden in den ersten Jahren des 20. Jahrhunderts okkulte und spiritistische Praktiken mit parodistischem Ernst zelebriert. So hatte der Emmy-Freund Mühsam seit 1901 Kontakt zu Rudolf Steiner, der sowohl in Berlin als auch in München Vorträge im Rahmen der Theosophischen Gesellschaft hielt. Während jedoch Mühsam bereits im September 1910 nach einem Vortrag in Bern Kritisches über den späteren Begründer der Anthroposophie ins Tagebuch schreibt – »ich hörte dumpf die hohle, dröhnende Stimme des hohlen, dröhnenden Steiner ... mit von unten ausholenden, unendlich langen Gesten seine leeren Worte über die Menge schwenkend«[69] –, orientiert sich Wassily Kandinsky, den Emmy durch Ball in München kennenlernt, sowohl an theosophischen Lehren als auch an der mystischen Tradition der russischen Kirche. Einfluß gewinnt auch Rudolf von Labans ›Schule für freien Tanz‹, dessen körperliche Umsetzung des Geistigen, die Überführung des Spirituellen in die sichtbare Bewegung ein neues Verständnis der Tanzkunst einleitet. Mit Laban und seiner Schülerin Mary Wigman hat Emmy in Zürich während der Dada-Soiréen zusammengearbeitet. Durch Mühsam kommt sie in Kontakt zu Psychoanalytikern, deren neue Therapieform unter den Künstlern und Intellektuellen kontrovers diskutiert und in Anspruch genommen wurde. Ob Emmy in München auch Kontakte zu dem Kosmiker-Kreis um Stefan George und dessen treuesten Jünger, Karl Wolfskehl, gehabt hat, ist unklar. Erst 1923 in Florenz ist eine Begegnung mit Wolfskehl belegt, dem sie Hugo Balls *Byzantinisches Christentum* ausleiht. Wolfskehl, schreibt Emmy an Hugo, »hat eine große Freude an Deinem Buch gehabt und es weiter geliehen ... Man war begeistert über Sprache, Inhalt, Auffassung und es gab ein allgemeines enthusiastisches Lob für Dich.«[70] Eine Beziehung zu einem anderen Propheten des Kosmiker-Kreises, zu Ludwig Derleth und seine ›ecclesia militans‹, einen aus dem Geiste antiker Heroen erneuerten weltbeherrschenden Katholizismus, habe ich in Emmys Selbstaussagen nicht finden können. Einen »Verbrecher des Traumes« nennt ihn Thomas Mann, der Derleths messianisch-militaristischen Geist in der Novelle *Beim Propheten* entlarvt. »Derleths esoterische und geheimbündlerische Haltung, seine auf die Gründung eines neuen geistlichen Ritterordens abzielenden Bestrebungen wie auch sein priesterliches Auftreten im hochgeschlossenen schwarzen Rock«[71] hätten Emmy vermutlich beeindruckt.

Daß sie sich im Gewirr der religiösen, esoterischen und tiefenpsychologischen Einflüsse für die Konversion zum Katholizismus entscheidet, führe ich neben ihrer Heilssehnsucht auch auf ihre mangelnde Möglichkeit zurück, sich an den intellektuellen Debatten um Religion zu beteiligen. Ihr Bildungsfundament war zu schwach, um das auf sie Einströmende analysieren und für ihre Bedürfnisse – Aufarbeitung von Schuldgefühlen und Drogensucht – nutzen zu können. Psychoanalyse, Traumdeutung und C. G. Jungs Analytische Psychologie werden erst zu einem späteren Zeitpunkt ihres Lebens Bedeutung gewinnen. Vorerst scheint der Katholizismus mit seiner reichen Bilderwelt, seinem Ritus und seinen Nothelfern die für Emmy Hennings einleuchtende (Er-)Lösung. Auch Hardekopf neigt ihm zu, schreibt ihr im Februar 1911: »Am Samstag ist Mariä Verkündigung und mein freier Tag, auf den ich froh bin. So hab ich oft Anlaß, der Maria zu danken.«[72] Wenige Monate später konvertiert Emmy, setzt da, wo die Männer der Avantgarde diskutieren – und in Ausnahmefällen konvertieren, wie Alfred Döblin – ein Zeichen. Daß hier, wie in der Pose mit Nonnenkleid, auch ihr Hang zu Selbstdarstellung und Koketterie eine wichtige Rolle spielt, zeigen nicht nur die Notizen Hans Siemsens, sondern auch die Erich Mühsams, ihres liebevoll-kritischen Beobachters:

»München, Dienstag, 18. Juli 1911, Sonntag, traf ich im Café Emmy. Ihre Taufe hat sie überstanden, und nun redet sie ernstlich vom Kloster. Ich sagte ihr, ins Kloster hineinkommen sei leichter als wieder herauskommen, und als ich schließlich fragte, wer denn im Kloster ihr Gärtchen bestellen soll, wurde sie böse und ging. Heute früh, als ich sie im Stefanie begrüßen wollte, schnitt sie mich. Zu dumm! Sie wird kaum einen Freund finden, der es so uneigennützig gut mit ihr meint wie ich.«[73] Und zwei Tage später: »Mit Emmy scheine ich es jetzt endgiltig verschüttet zu haben. Heut Vormittag traf ich sie im Stefanie mit Bolz. Ich begrüßte sie, hielt ihr die Hand hin und sagte: ›Na Emmy, wir wollen uns wieder vertragen.‹ Erst lächelte sie, dann meinte sie aber – und verweigerte mir die Hand: ›Geh mir vom Leibe!‹ – Ich sagte, was mir im Augenblick in den Sinn kam: ›Ich bin ja noch gar nicht drauf.‹ – Doch kaum war ihm das Wort entfahren, möcht er's im Busen wieder wahren. Zu spät. Tiefe Entrüstung. Nach einer Weile wilder Aufbruch von Bolzens Tisch, der mir berichtete, Emmy habe es ihm übelgenommen, daß er mir nicht gleich an die Gurgel gefahren sei. Nun habe ich womöglich von Hardy Attacken zu gewärtigen. Es ist recht übel.«[74] Daß Hardekopf zu der Zeit ebenso am Katholizismus interessiert war wie Emmy, zeigt der oben zitierte Brief. Und so können wir davon ausgehen, daß er die Freundin vor Mühsams Spott in Schutz genommen hätte. Dennoch diktiert eher Sorge Mühsam die Feder, wenn er am 21. Juli vermerkt: »Eben geht Bolz fort. Er erzählt Schauergeschichten von Emmys Zustand, die anscheinend in kompletten religiösen Wahnsinn verfallen ist. Sie verflucht mich und fast alle übrigen Freunde, halluziniert den Teufel, der sie an den Beinen zieht, und in ihrer kleinen armen Psyche scheint es wild herzugehen. Dabei ist sie geil wie nur je, und Bolz hat nach jedem Koitus, den sie zuerst verlangt, die furchtbarsten Anklagen und Flüche gegen ihn und gegen sich selbst anzuhören. Er ist schon ganz verzagt. Das schlimmste ist, daß man das Mädel jetzt jeder Gewalttätigkeit für fähig halten muß. Bolz hat sie schon auf der Straße attackiert, als er mit einer anderen Frau ging. Ich muß gewärtigen, daß sie mir mit Revolvern oder Rasiermessern entgegentritt. Das beste wäre schon, sie ginge ins Kloster. Das wird für ihre verwirrte Seele vielleicht besser sein als das Irrenhaus, wo sie den Zwang spüren müßte. Das arme Mädelchen! – und die dreimal gottverfluchten Pfaffen, die ihr wohl obendrein noch die Hölle heiß machen!«[75] Erst zehn Tage später scheint Emmy ruhiger: »München, den 31. Juli 1911 Morgens ... zum Baden. Vorher ... noch ins Café Stefanie. Vor der Tür begegneten wir Emmy. Wir grüßten ... und Emmy dankte still, so daß ich mich freute, daß sie heute kein Kampftheater aufführte. Als ich zwei Schritte gegangen war, fühlte ich mich plötzlich von hinten umgefaßt. Emmys Kopf lag an meiner Schulter, und auf der Straße gaben wir uns den Versöhnungskuß. Im Café erzählte sie mir dann, ihr habe geträumt, ich sei gestorben, und als ich dann in meinem grauen Anzug so vor ihr lag, sei es ihr schrecklich gewesen, daß sie sich nicht mit mir ausgesöhnt habe.«[76]

Nach diesem Vorfall bleibt das Verhältnis zwischen Emmy und Mühsam bis zu ihrer endgültigen Trennung 1915 eng und vertrauensvoll. Er hört sie im ›Simpl‹, sie sitzt im Publikum, wenn er auftritt: »Aus dem Applaus hörte ich deutlich das kindlich jubelnde Händeklatschen und das helle Gelächter Emmys heraus.«[77] Anders als Hugo Ball hat Mühsam mit Emmy das Bohemeleben wie einen ewigen Karneval gefeiert. Beide verwechselten ebenso naiv wie hartnäckig die Kraft ihres Wünschens mit der Macht der politischen Verhältnisse und waren nach 1918 Unzeitgemäße, weil mit dem Ende des Kaiserreichs ihre Protesthaltungen zum Teil unwirksam geworden waren.

Obwohl auch Mühsam 1915 plant, »aus dem Judentum auszutreten«,[78] wäre damit, anders als bei Jakob van Hoddis, keine religiöse Neuorientierung verbunden gewesen. Dessen Krankenakten der Privatheilanstalt ›Waldhaus‹ in Nicolassee bei Berlin verzeichnen unter dem 1.11.1912: »Pat. ging nach München, um sich dort eine literarische Stellung zu schaffen. Hier geriet er in einen mystisch-katholischen Kreis hinein, gewann ähnliche Neigungen.«[79] Es ist Emmys Kreis. »Ganz erfüllt vom Glauben, wie berauscht, sprach sie gestikulierend über ihren Katholizismus. Das hatte ihn fortgetragen, hatte ihm Halt versprochen. Solides Ritual, tiefes Symbol, große einige Kirche, die Mutter Gottes, die Augen der Emmy Hennings«,[80] so Fritz Bremer in seiner Biographie des Jakob van Hoddis. Die Freunde in Berlin sind in Sorge, schreiben am 4. 11. 1912 an den Psychiater Korngold um Rat für den von seiner Familie internierten Freund: »Er litt an seiner Liebe zu einer Künstlerin in München. Wir mußten uns in dieser Zeit sehr um ihn kümmern, da er durch einige Ätherräusche in einen besonders konfusen Zustand geriet.«[81] Nach seiner Flucht aus Nicolassee schreibt Hoddis am 25.1.1913 aus Paris an Erwin Loewenson einen teils wirren, teils klar nachvollziehbaren Brief über seine Konversion: »Weit entfernt, die Lehre der Kirche als Allegorie zu nehmen, glaube ich an die Heiligkeit der Sacramenta ... Viele Gedanken, die in den Systemen (gem. sind die philosophischen Systeme) als abgründiger Tiefsinn erscheinen ordnen sich in der Religion kindhaft einfach. Deswegen wurde ich Katholik. Und unsatanisch Heilig. Sie sind kein Kreuz mehr, an daß (sic) ich als leidender Gott geheftet bin. Das Geheimnis der Person und des Opfertodes Christi ist für einen Juden das schwerste. Man muß es als Liebesakt verstehen. Der sich täglich im Meßopfer wahrhaftig wiederholt.«[82] Als er im Mai 1913 wieder in Berlin ist, geht ein besorgter Brief an Emmy nach München, von der er lange nichts gehört hat. Im Postskriptum setzt er hinzu: »Mein Glaube wird auch wieder stärker. Nicht so nervös und so fanatisch wie vorher, auch nicht mit soviel Selbstquälerei. Ein Heiliger werd ich wohl nie werden. Ich bin zu eitel zu ehrgeizig zu sinnlich dazu.«[83] Ahnt er, der alles intuitiv aufnimmt, daß es das ist, was die Freundin eigentlich sucht: einen Heiligen. Jedenfalls beugt er vor, macht deutlich, daß er diesen Wunsch nicht wird einlösen können. Bei aller Liebe zu Emmy Hennings. Ihre Wege trennen sich. Aber noch 1922 erinnert seine Krankenakte No. 262 der Universitäts-Klinik für Nerven- und Gemütskrankheiten in Tübingen an den »Beginn der Erkrankung 1912 ... mit einer ›Art religiösen Wahnsinn‹. Wollte katholisch werden. Nahm bei einem Pfarrer Unterricht. Lag stundenlang vor Heiligenbildern. War damals in München ... Kam dann nach Paris ... Malte damals sehr viele religiöse Darstellungen mit bunten Bleistiften.«[84] Unwillkürlich drängt sich beim Lesen die Heiligenbildchen malende Emmy Hennings auf, von der Hans Siemsen aus Paris berichtet.

Emmy ist zur Zeit der ersten Internierungen von Hoddis bereits mit Becher, dem sechs Jahre jüngeren Studenten, zusammen. Wieder eine Beziehung zwischen sexueller Begierde und religiöser Ekstase, zwischen Wort- und Drogenrausch.

Bechers messianisch-katholische Phase endet erst um 1918. Nachdem er dem Spartakusbund beigetreten war, wandte er sich in den zwanziger Jahren endgültig dem Marxismus zu. Wurde Mitglied der KPD. Daß diese Konversion Bechers kein Widerspruch zu seiner vorherigen religiösen Ausrichtung ist, zeigt die Aussage Arthur Koestlers, der sich 1931 ebenfalls der KPD anschloß: »Jeder echte Glaube ist kompromißlos, radikal und lauter; mithin ist der wirklich traditionsgebundene Mensch immer ein revolutionärer Eiferer gegen die pharisäische Gesellschaft und gegen die lauwarmen Verwässerer des Glaubens. Und umgekehrt ist das Utopia des Revolutionärs, das scheinbar einen völligen Bruch mit der Vergangenheit darstellt, immer nach dem Vorbild des verlorenen Paradieses, nach dem Bild eines legendären Goldenen Zeitalters geschaffen.«[85]

»Das massenhaft verspürte ›Geistige Entzücken‹ (Koestler) durch die Lektüre des kommunistischen Kanons, und der Glaube an den Gott, der im Klassenkampf des Proletariats zu sich selbst kommt, führten mit zum ›roten Jahrzehnt‹ der dreißiger Jahre«,[86] stellt Christian Heidrich in seinem Aufsatz »Geistiges Entzücken. Über Konversionen und Konvertiten« fest. André Gide, dessen Werke Emmy in den zwanziger und dreißiger Jahren in den Übersetzungen Ferdinand Hardekopfs kennenlernen wird, notiert in seinem Tagebuch: »Was mich dem Kommunismus zuführt, ist nicht Marx, sondern das Evangelium ... Ich mußte meinen Irrtum einsehen, und daß es christliche Tugenden waren, die ich im Kommunismus zu finden hoffte.«[87] Becher ist damals nicht der einzige aus dem Bohemekreis, der seine Hoffnungen auf eine real existierende Gesellschaft, auf ein irdisches statt himmlisches Evangelium setzt.

Gemeinsam mit Hugo Ball schlägt Emmy nach dem Ersten Weltkrieg jedoch einen deutlich anderen Weg ein. Und erst dieser wird für sie zur eigentlichen Wende. Denn als sie im Sommer 1911 konvertiert, ist der Schritt weder intellektuell untermauert, noch durch ein Erweckungserlebnis abgesichert. Konsequent erscheint er nur im Hinblick auf den unaufhaltsamen Abstieg der Emmy Hennings, die ständig sich wiederholende Situation der Aussichtslosigkeit, der sie nichts entgegenzusetzen weiß: »Dagny trug den verwitterten Rembrandhut mit der Pleureuse, der bei allen Barerlebnissen dabeigewesen war. Dagny hatte die üblichen Kontrollstrafen abgerissen und war im Begriffe, den Kampf ums Dasein zum elften Male (wieder) aufzunehmen ... Sie eilte vorwärts und atmete tief ... ›Freiheit! Süsse, süsse Freiheit!‹«[88] Doch dann, im Verlaufe dieser kurzen Prosaskizze, bricht Dagny zusammen, kann dem andrängenden Leben wieder nicht standhalten. Das gefesselte Ich sucht die Freiheit und ist doch zu schwach, sie zu erreichen. »Sie ... wurde sehr still. Wünschte sich ein ewiges Gefängnis. Man sollte ihr den Willen nehmen, ihr jeden Schritt vorschreiben, sie einsperren für ewig.«[89] Die Situation kippt in ihr Gegenteil. Die sich eben noch frei fühlende Frau wird zum Kind, das keinen eigenen Willen hat, das beschützt sein will. Und die sich selbst damit wieder gefangensetzt. Dabei unterlegt Emmy ihrer Protagonistin Dagny ihr eigenes neurotisches Muster: Regression als Reaktion. Anders als Franziska zu Reventlow kann sie mit ihrer konsequenten Abkehr von der »Gesellschaftmoral« nicht »die alten Gesetzestafeln zerbrechen«,[90] sondern bleibt verstrickt in ihren Schuldgefühlen, die in einem pietistischen Einfluß der Mutter ihren frühen Ursprung haben könnten. Deren schwarz eingebundenes Buch mit religiösen Gedichten und geistlichen Liedern, von denen Emmy in *Blume und Flamme* erzählt, verweist ebenso darauf wie Emmys früher Hang zur Kasteiung als »Mittel zur Abtötung der Sinne«.[91]

Und so ist ihre Hinwendung zur katholischen Kirche keine Blitzkonversion, sondern ein Läuterungsweg, ein quälender Prozeß der Selbstvorwürfe und Selbsterniedrigung. Sie beichtet, läßt sich taufen. Ist ständig im Rausch, in den schweren Träumen der Opiate. Liegt auf Knien vor den Heiligenbildern. Betet mit Hoddis, mit Becher, mit Hardekopf. Ekstasen. Glaubenseuphorie. Orgiastisches Taumeln vom Kabarett zur Kirche, vom Bett in den Beichtstuhl. Sie übertritt alle christlichen Gebote, ohne Reventlows »mutige Froheit des Heidentums«[92] erringen zu können. Statt himmlischer Erlösung ein Teufelskreis, aus dem sie kein Entrinnen sieht. Bis Hugo Ball in ihr Leben tritt.

Seit 1920 trägt sie seinen Namen, erstmals fügt sie ihn 1929 ihrem Autorinnennamen hinzu: Aus Emmy Hennings wird die Frau Hugo Balls. Wird Emmy Ball-Hennings. Aber schon lange vor der Zeit ihrer Verbindung taucht sein Name in dieser Recherche immer wieder auf, denn die Begegnung mit Ball hat ihr Leben radikal verändert: vorwärts und rückwärts. Und so ist ein Reden über Emmy Hennings zugleich ein Reden über Hugo Ball. Wer aber war dieser Mann, der Emmy nach Jahren ständig wechselnder sexueller Beziehungen so zu fesseln vermochte, daß sie nicht nur eine Ehe einging, sondern bereit war, an seiner Seite ihr Leben vom Grunde her zu ändern?

Geboren wurde Hugo Rudolf Ball am 22. Februar 1886 in Pirmasens als fünftes von sechs Kindern des Schuhreisenden und Lederhändlers Karl Ball und seiner Frau Josephina. »Geboren bin ich von Eltern, die ebenso echte Katholiken als begeisterte Deutsche waren. Die Mutter ... war so streng im Glauben und in der Lebensführung, daß das Kind sich fürchtete.«[1] Von 1891 bis 1895 besucht er die Volksschule, danach das Königliche Progymnasium, eine sechsklassige Lateinschule. Erste lyrische und musikalisch-kompositorische Versuche entstehen. Obwohl der begabte Junge studieren möchte, erzwingt der Vater 1901 den Abbruch der Schule. Ball wird Lehrling in einer Lederwarenhandlung. Zwei Jahre hält er durch. Schreibt weiter: Gedichte, erste dramatische Arbeiten. Liest wahllos, ausschweifend. 1903/04 bricht er zusammen. Der Vater stimmt dem Abbruch der Lehre zu. Ball bereitet sich auf die letzte Gymnasialklasse vor, besucht vom September 1905 bis Juli 1906 das Königlich Humanistische Gymnasium Zweibrücken. Nach dem Abitur ab Oktober 1906 Studium der Germanistik, Geschichte und Philosophie an der Universität München. Dann 1907/08 Heidelberg, wo er sich intensiv mit Nietzsche auseinandersetzt. 1908 bis 1910 wieder München. Ball arbeitet an seiner Dissertation: *Nietzsche in Basel*. Schreibt noch immer Gedichte, beginnt mit der Tragikomödie *Die Nase des Michelangelo*, die im Herbst 1911 im Ernst-Rowohlt-Verlag erscheint. Da hat er bereits das Studium abgebrochen und lebt als Regieschüler des Deutschen Theaters in Berlin. Sein Vater ist schockiert. Hatte eine akademische Laufbahn noch gesellschaftliche Anerkennung versprochen, so ist der Schritt zum Theater für ihn unverzeihlich. Der Konflikt belastet die Familie. Nicht nur Ball, auch die Eltern leiden. Das wissen wir aus den Briefen, die Hugo Ball mit seiner Schwester Maria Hildebrandt wechselt, die die Verbindung zu ihm aufrechterhält. Nicht nur zum Bruder, sondern nach dessen Tod auch zu Emmy. 1911 ist Ball als Regisseur und Dramaturg am Stadttheater Plauen, ab Sommer 1912 in München am ›Münchener Lustspielhaus‹, das Eugen Robert zu einem Forum der modernen Dramatik entwickelt hat und das ständig in Geldnöten und Problemen mit der Zensur steckt. Am 11. Oktober 1912 eröffnet das Haus die neue Spielzeit mit neuem Namen: ›Münchener Kammerspiele‹. Namensgeber ist Hugo Ball, unter dessen dramaturgischer Betreuung das frühexpressionistische Stationendrama von Leonid Andrejew *Das Leben des Menschen* seine deutsche Erstaufführung hat. Als im November Frank Wedekinds *Franziska* gespielt wird, gastiert Emmy Hennings in Kattowitz. Auch 1913 hält sie sich selten in München auf. Sie tritt erneut im ›Bier-Cabaret‹ des Berliner ›Passagetheaters Unter den Linden‹ auf, im ›Royal Orpheum‹ in Budapest, reist vermutlich mit Hardekopf nach Paris. Im Spätherbst könnte sie Ball erstmals begegnet sein, der neben seiner Theaterarbeit auch Anschluß an die Literaturszene sucht. 1912/13 ist seine Komödie *Der Henker von Brescia* entstanden. Er schreibt Lyrik und Prosa, lernt Franz Pfemfert kennen, der im Juli/August 1913 erste expressionistische Gedichte von Ball in *Die Aktion* druckt. Er verbindet sich mit dem Freund Bechers, Heinrich F. S. Bachmair, der die Zeitschriften *Neue Kunst* und *Revolution* herausgibt, kurzlebige Publikationsorgane der Avantgarde, in denen auch Arbeiten von Klabund, Huelsenbeck, Becher und Emmy Hennings erscheinen. Im Oktober 1913 druckt Bachmair in der ersten Nummer der *Revolution* Balls Gedicht »Der Henker«[2] und löst einen Skandal aus. Dem Verleger wird das Verbreiten unzüchtiger Schriften vorgeworfen. Das Heft wird konfisziert. Bachmair gerät in Schwierigkeiten. Ball wird der Prozeß gemacht. Obwohl im April 1914 vom Reichsgericht entschieden wird, daß das

Gedicht »unverständlich ist und infolgedessen eine schamverletzende Wirkung nicht hervorruft«,[3] erregt Hugo Ball erstmals Aufsehen. Und als das Urteil ergeht, ist bereits ein Prozeß gegen Pfemfert anhängig, der Balls »Ein und kein Frühlingsgedicht« publiziert hat. Weitere Provokationen folgen: Gedichte mit Hans Leybold unter dem Pseudonym ›Ha Hu Baley‹ in *Die Aktion*, gemeinsame Texte mit Klabund und Marietta di Monaco, die unter dem Pseudonym ›Klarinetta Klaball‹ erscheinen.

Provokation auch bei der »ersten, flüchtigen Begegnung« mit Emmy Hennings: »Er gab mir ein Gedicht, das ich kaum anzunehmen wagte, weil es mir *unheimlich* war. Er las es mir vor und mich ergriff die Furcht vor den Worten oder vor dem Menschen selbst, ich weiß es nicht. Das Gedicht, betitelt ›Der Henker‹, war meines Empfindens nach ein Gemisch von Blasphemie und Frömmigkeit, unausgeglichen, ja tobend auch in der Form, ein *Orkanstil*, vor dem ich Angst hatte.«[4]

Ball lebt in dieser Zeit des Kennenlernens in einem Rausch. Aber anders als bei Emmy sind es weder Drogen noch sexuelle Beziehungen, die ihn an- und umtreiben, sondern die radikalen Manifeste der Futuristen, die Stücke Sternheims und Franz Bleis und die Idee des theatralischen Gesamtkunstwerks Wassily Kandinskys, den er im Januar 1914 kennenlernt. Gemeinsame Pläne, den konventionellen Theaterbetrieb zu revolutionieren, entstehen: Tanz, Farbe, Mimus, Musik und Wort sollen sich in den Aufführungen entladen. Aber das Projekt, dem Expressionismus den Weg ins Theater zu bahnen, scheitert. Der Krieg trennt seine Ideengeber. Kandinsky geht nach Rußland, Franz Marc fällt. Erst in den Züricher Dada-Soiréen wird Paul Klee seine Bilder zeigen, wird Schönbergs Musik gespielt, entstehen mit Hugo Balls Lautgedichten radikal neue Kompositionen.

Am 7. August 1914 melden sich Ball und Klabund als Kriegsfreiwillige. Niemand denkt an Kunst. »Das ist nun alles aus und lächerlich geworden. In alle Winde zersprengt. Das hat alles keinen Sinn mehr ... Mir graust vor der Zukunft. Der Krieg ist noch das Einzige, was mich reizt. Schade, auch das wird nur eine halbe Sache sein.«[5] Aber sowohl Ball als auch Klabund werden aus gesundheitlichen Gründen abgelehnt. Ball verläßt München, geht zunächst zu seiner Familie nach Pirmasens, dann nach Berlin. Wie schon in den Jahren zuvor verkehrt er wieder im Kreis der expressionistischen Avantgarde, intensiviert sein Verhältnis zu Richard Huelsenbeck, gerät jedoch zunehmend in Distanz zu Pfemfert und nähert sich René Schickele, dem Herausgeber der Zeitschrift *Die weißen Blätter*. Obwohl als Redakteur bei der illustrierten Wochenzeitung *Zeit im Bild* angestellt, beschäftigen ihn neben künstlerischen und philosophischen immer mehr historische Themen: Revolutionsbewegungen und Anarchismus. Er liest Kropotkin und Bakunin. Nimmt in dem Aufsatz »Der große Bauernkrieg 1525« eine Neubewertung Thomas Münzers gegen Luther vor. Trifft Gustav Landauer. »Hier geht ein neues Leben los,« schreibt Ball an seinen Vetter August Hofmann, »anarcho-revolutionär (so heißt mans, glaub ich) Widersprechend ... Aktiv ... Immer wieder von unten anfangen. Untersuchen, bohren, bohren, bohren.«[6] Er beginnt die Arbeit an *Die Phantasten*, einem Roman, den er während und nach der Dada-Zeit weiterschreiben und 1920 unter *Tenderenda der Phantast* abschließen wird. Ball, der Rastlose, »lebt wie ein Mönch, nicht aber wie ein junger Mensch in meinen Jahren.«[7] Auch wenn sich diese Aussage hauptsächlich auf seine finanzielle Situation bezieht, klingt hier bereits ein Wesenszug an, der immer wieder an Ball auffällt: Mönch, Abbé, Asket, Bischof. So werden die Freunde ihn charakterisieren. Ist es das, was Emmy in München an ihm fasziniert, der er Anfang 1915, vor seinem Besuch im Gefängnis, schreibt: »Sollte ich Dich sehen – es ist schwer vor Zeugen zu sprechen, noch dazu wenn man ein Anliegen hat, das man kaum wagt, sich selber vorzutragen.«[8] Und noch bevor er dieses Anliegen, sie möge ihr Leben mit dem seinen verbinden, ausspricht, schickt er ein »Lied für ein gefangen Kind«:

»Es läßt mir keine Ruhe, / Daß Du gegangen bist, / Daß Du in diesem Hause / Mein Kind gefangen bist. // Sie geben Dir schlechtes Essen / Und quälen Dich bis aufs Blut, / Du aber lächelst mit allen / Du bist so gut. // Die rote Korallenkette, / Die Dir ein Fremder gab, / Nehmen sie Dir gewißlich / Noch heute ab. // Sie führen Dich im Kreise / Und geben Dir Strümpfe rauh, / Dein gläsern-bunter Sommer / Zerbricht im Quaderbau. // Sie fragen nach Deinem Namen / Und geben Dir graues Kleid. / Sie halten noch dichteres Gitter, /

Für Deine Zelle bereit. // Sag nicht, woher Du gekommen, / Sag nicht, wohin Du gehst, / Und daß Du wie eine Wunde / In meinem Herzen stehst.«[9]

Als sein Kind wird er Emmy zeit seines Lebens ansprechen. Auch Hardekopf und Mühsam hatten die junge, naive Emmy, ganz den Sprachkonventionen ihrer Zeit folgend, gelegentlich als Kind bezeichnet. Bei ihnen ein Zeichen männlich-intellektueller Überlegenheit. Zunächst mag das auch für Ball gegolten haben. Als ihm jedoch mit Annemarie 1916 in Zürich Emmys Kind gegenübertritt, übernimmt er die Vaterrolle, als sei es das Selbstverständlichste von der Welt, plötzlich eine neunjährige Tochter zu haben. Von jetzt ab sind Mutter und Tochter seine »lieben Kinderleins«. Später wird er diese Metapher religiös definieren und die Unschuld des Kindes in die Nähe der Heiligen rücken. Denn eine Heilige ist Emmy für ihn – das Gedicht spricht es aus – auch schon in der Zeit ihrer tiefsten Erniedrigung, eine, die demütig lächelnd die Qualen der Welt auf sich nimmt. Daß sie auch eine Hure ist, die sich von fremden Männern für ihre Dienste bezahlen läßt, klingt nur in zwei Zeilen an: »Die rote Korallenkette / Die Dir ein Fremder gab.« Gewußt um Emmys Lebensumstände hat Ball vom Beginn ihrer Bekanntschaft an. In Zürich wird sie mit seiner Duldung noch mehrmals auf der Straße das Geld für ihr gemeinsames Leben verdienen.

Hugo Ball hat sich nur sehr sparsam öffentlich über seine Beziehung zu Emmy Hennings geäußert. Sein Tagebuch *Die Flucht aus der Zeit* wurde von ihm, unter Auslassung des Persönlichen, als Dokument seiner intellektuellen und spirituellen Entwicklung bearbeitet und konzipiert. In Briefen an Dritte spricht er diskret von Emmy. Stellt sie und die Tochter immer in den familiären Zusammenhang mit sich selbst. Ball als pater familias. Nur im Briefwechsel des Paares, der teilweise veröffentlicht ist, und in Balls Gedichten zeigt sich seine tiefe Verbundenheit mit ihr. Seine Bewunderung für die Gefährtin, ihren Witz, ihre darstellerischen Möglichkeiten auf der Bühne, wenn sie singt, tanzt, rezitiert. Seine Dankbarkeit dafür, daß sie die Nöte des Exils, die stets unsicheren finanziellen Verhältnisse mit ihm teilt. Und zunehmend äußert er auch seine Anerkennung ihrer schriftstellerischen Fähigkeiten, ihrer sprachlichen Gestaltungskraft.

Emmy hingegen hat ihre ersten Begegnungen mit Hugo Ball immer wieder thematisiert und variiert. Auch daß Ball sie schon bei einem Besuch des jiddischen Dialekttheaters in Frankfurt, anläßlich einer Reise mit seinem Vater, auf der Bühne gesehen haben will, erfahren wir von Emmy.

Lesen müssen wir alle diese Mitteilungen mit dem Wissen um ihre Überzeugung, daß nur sie diesen Mann wirklich gekannt und verstanden hat, daß daher auch nur sie berechtigt ist, über ihn zu schreiben. Und so beginnt Emmy bereits wenige Monate nach Balls Tod mit der Zusammenstellung des biographischen Bandes *Hugo Ball. Sein Leben in Briefen und Gedichten*, der 1929 im Verlag S. Fischer in Berlin erscheint. Wir dürfen davon ausgehen, daß Emmy bei der Auswahl der Texte bestrebt war, ihr eigenes Bild von Ball zu vermitteln, und daß damit, ebenso wie in ihrer autobiographischen Prosa, Vorsicht bei der Einschätzung des objektiven Wahrheitsgehaltes geboten ist. Im biographischen Folgeband *Rebellen und Bekenner* von 1929, der ungedruckt bleibt, erzählt sie im 2. Kapitel »Die Geschichte einer Bekanntschaft«: »Es war in den Jahren 1913-14. Beide waren wir in München. Er war Dramaturg und Regisseur an den ›Kammerspielen‹, ich Sängerin im Kabarett, in der Künstlerkneipe ›Simplicissimus‹. Hugo hat mich hier oft singen gehört, mir Postkarten, die mich selbst in verschiedenen Posen darstellten, abgekauft, mich mehrmals gebeten, Widmungen unter die Bilder zu schreiben.«[10] Im Gegensatz zur Schilderung in *Das flüchtige Spiel* von 1940 finden wir hier noch eine deutlich reservierte Emmy, die Hugo nicht anders sieht als andere männliche Gäste. Auch als er ihr seine Verliebtheit mitteilt, nimmt sie das nicht ernst. Schmeicheleien der Männer gehören zum Kabarettalltag. Als er Becher, mit dem Emmy zusammenlebt, einen eifersüchtigen Brief schreibt, notiert sie jedoch Überraschendes: »Mich fesselte gar nicht so sehr der Inhalt des Briefes als die Schrift an sich. Wie gestochen sahen die Buchstaben aus. Ich dachte mir, so malt etwa ein Mönch in einsamer Zelle, da es noch keine Druckpresse gibt. Zierlich und energisch war diese Schrift, in die ich mich verliebte, wie man entzückt sein kann von einer hübschen Zeichnung ... Hugo Balls Handschrift war für mich ungewöhnlich anregend. Was er schrieb, war mir damals merkwürdig gleichgültig, nur das *wie* freute mich, zunächst nur dieses.«[11] Eine artifizielle Schrift, eigenwillig. In ihrer strengen graphischen Ordnung erinnern die beschriebenen Seiten an mittelalterliche Evangelien. Bei Nietzsche finde ich ähnliche Züge. Merkwürdig genug, daß es diese Schrift ist, die den ein Jahr jüngeren Verehrer für die umschwärmte Diseuse interessant macht.

Auf Bildern dieser Zeit blickt er uns mit fanatischem Ernst entgegen. Schmaler Kopf, hageres, glattrasiertes Gesicht, zusammengepreßter Mund. Das dunkle kurzgeschnittene Haar wie eine strenge Kappe eng am Kopf. Welch ein Gegensatz zu dem zerzausten Jungenhaar Hardekopfs, dem langhaarigen, langbärtigen Mühsam. Ich blättere in den Photos. 1915 bis 1927. Unverändert das Gesicht. Noch hagerer wird es, noch asketischer. Zuletzt bedingt durch seine Krankheit. In den Jahren des gemeinsamen Lebens finde ich ihn fast immer ernst, abweisend. Nur selten lächelt er. Und dann sieht er fast schüchtern aus, so als gehöre dieses Lächeln nicht ganz zu ihm. Wie in Italien 1925/26. Auf einem Bild mit Emmy und Annemarie. Die beiden stehen hinter ihm. Lachend. Neben Arp lächelt er, den Kopf dem Freunde zugeneigt. Pompeji Sommer 1926. Auf einem Photo nur die Andeutung eines Lachens. Emmy, das Gesicht in den Pelzkragen ihres Mantels gekuschelt, hat sich an ihn gelehnt. Zürich 1916/17. Selbst hier ist die Anspannung nicht gänzlich gewichen. Ball, so scheint es nach den Photos, aber auch nach Äußerungen seiner Freunde und Kollegen, ist kein Mann zum schnellen Verlieben. Einen »magren Methodisten« nennt Otto Flake den Journalisten Fünfkorn, alias Ball, in seinem Schlüsselroman *Nein und Ja*. Hans Richter spricht in *Kunst und Antikunst* von »dem stets priesterhaft schwarz verkleideten Ball ... und seiner abbehaften Ernsthaftigkeit.«[12] »Er war alles andere als ein fröhlicher Mensch«, erinnert sich auch Claire Goll. »Nie sah man ihn anders gekleidet als schwarz. Ich verstand gut, daß seine Freundin, die hübsche Emmy Hennings, lange zögerte, ihr Leben an das eines selbstquälerischen Pessimisten zu binden, der stets auf der Suche nach dem Absoluten war, um seine Existenz zu rechtfertigen – um so mehr, als Emmy mit ihrer zarten mädchenhaften Stimme sehr empfänglich für südländischen Charme war.«[13]

Emmys Gefühle für Ball sind lange ambivalent: »Bei meiner ersten, flüchtigen Bekanntschaft mit Ball bemerkte ich etwas Zynisches in seinem Wesen, das mich abschreckte, während ein hin und wieder auftauchender gütig-sanfter Ton mich für ihn einnahm.«[14] Noch kann, noch muß sie sich nicht entscheiden. Der Krieg ist ausgebrochen, und zum äußeren Chaos kommt das innere. »Meine eigentliche Bekanntschaft mit Hugo fällt in die Epoche meines Lebens, die mir am unbegreiflichsten geblieben ist ... Ich konnte kaum mehr mit mir selber gehn und war nahe daran, den Verkehr mit mir vollkommen abzubrechen.«[15] Drei Jahre liegt ihre Konversion zurück, aber sie hat keinen Halt gefunden. Treibt durch ihre Süchte und Affären, bis die Inhaftierungen allem Taumel ein abruptes Ende setzen. Zwangsentzug. Ernüchterung. Isolation. »Wie man sieht, befand ich mich in einer recht aussichtslosen Position, die ich für kontinuierlich hielt. Um so größer war daher meine Freude, als Hugo Ball zu mir kam und mich mündlich und schriftlich und herzlich bat, doch ja nicht ›den Kopf zu verlieren‹. Darum aber hatte ich plötzlich nicht die geringste Sorge mehr. Mein Kopf ging mich überhaupt nichts mehr an. Als ich zum ersten Mal Hugo hinter Gittern sah, vergaß ich alle Gefängnisse der Welt.«[16] Erst jetzt in der nüchternen Rückschau auf ihre 30 Lebensjahre, so scheint es, bekommt die Konversion der Emmy Hennings eine Gestalt: Hugo Ball, der Mann mit der mönchischen Schrift und dem priesterlichen Aussehen wird ihrer aus diffusen Emotionen und Sehnsüchten gespeisten Hinwendung zum Katholizismus einen neuen Grund geben. Auch wenn er selbst 1914/15 noch nicht in den Schoß der Kirche zurückgekehrt ist, ahnt Emmy, »daß dies der Mann war, mit dem ich beten konnte.«[17]

Welch ein Ausgangspunkt für eine Beziehung! Und ihre Gefühle? Es ist nicht die große Liebe auf den ersten Blick wie bei Joseph Hennings, nicht diese unerklärliche Anziehung, die sie bei Männern und Frauen sexuelle Abenteuer suchen ließ. Nein, es ist »Mitleid, das ich empfand. Eine kleine Trösterin wünschte ich zu sein, und er war für Trost empfänglich.«[18] Kann Emmy, die in Liebesdingen Erfahrene, dem zurückhaltenden, sexuell wohl unerfahrenen Ball Trösterin sein? Ihm die sexuelle Erfüllung geben, die er erhofft? Die Geschichte dieser Beziehung spricht eine andere Sprache. Noch 1925/26, kurz vor seinem Tod, erlebt Richard Dölker[19] Hugo Ball in Italien als außerordentlich verklemmt. So erträgt er nicht den Anblick der leicht bekleideten Männer und Frauen in der versteckten kleinen Sandbucht von Vietri Marina. Bleibt zurückgezogen in seiner dunklen Kammer im hoch am Berg gelegenen Albori, während Emmy, die leidenschaftliche Schwimmerin, mit Annemarie und den Dölker-Freunden sich am Strand und im Wasser tummelt. Und auf einer Karte Else Lasker-Schülers vom 19. 11. 1926 in Emmys Nachlaß finde ich Grüße an den »Mönch«.

Ich vermute, daß gerade Emmy ihm den Trost verweigern mußte, den sie anderen so großzügig gewährte, denn der Mönch und Priester, den sie sucht, soll und will im Zölibat leben. Nach Reinheit sehnt sich die Protagonistin in *Das Brandmal*, Reinheit sucht auch Emmy in der Verbindung mit Hugo: »Es ist mir, als hätte ich mich noch nie mit einem Mann eingelassen auf die Weise, die üblich sein wird ... ich hab immer nur die unbefleckte Empfängnis lieben können, und ich muß immer an die kindliche Jungfrau denken.«[20] Sie ist Hugos unschuldiges Kind, so wie er im Traum zu ihrem Vater wird: »Ich träumte, mein Vater fordere mich auf, einen Wunschzettel zu schreiben. Und ich sagte, daß er einen Wunschzettel schreiben möge, sonst wisse ich keinen Wunsch. Da war Hugo mein Vater geworden, und ich empfand die ganze Vorfreude der Weihnachtsfeste, wie als Kind.«[21] Der Beischlaf mit dem Vater aber wäre Inzest, den sie jedoch in der Projektion auf Hugo, der ihr »gleich am ersten Abend unseres Beisammenseins erzählt, daß er als Kind gerne Priester oder Engel habe werden wollen«,[22] nicht fürchten muß. So bleibt sie sein Kind, beschwört diese Rolle im Gedicht: »Ich bin das Kind in dunkler Fensterstufe / Und sage mir ein klein Gebet: / Hörst du es auch, wie ich dich rufe? / Und dann sinkt sachte ein Komet.«[23] Dieses fügt sie einem Brief aus Florenz vom Herbst 1923 an, in dem sie Hugo, der im Tessin geblieben ist, schreibt: »Mir ist, als geißelten sich nebenan die Nonnen. Ach, der Tempel des heiligen Geistes, der Körper kann auch unterjocht werden durch das Leben selbst, glaube ich. Die Aszese, nun das ist Dein Thema, mein Liebling. Geh nicht zu hart mit Dir um ...«[24] Emmys frauliche Besorgnis um Ball, der nicht erst nach seiner Rückkehr zum katholischen Glauben zur Selbstkasteiung neigt. Und ihre kindliche Hinwendung zu diesem Priester-Vater, den sie mit liebend-sehnsüchtigem Herzen im »klein Gebet« sucht. Dabei scheinen im fragenden Anruf der Betenden Geliebter und Gott eins zu werden, denn mit dem zur Erde sinkenden Kometen wird Gott Mensch und Erlöser zugleich. Und so lebt Emmy in ihrer Beziehung zu Ball einerseits ein Kindchenmuster, andererseits »ging sie mit dem verhüllten, leicht gen Himmel gerichteten Blick der Mystikerin herum«,[25] erinnert der Maler und Graphiker Hans Richter, der 1916 an den Aktivitäten der Züricher Dadaisten teilgenommen und später die Illustrationen zu Emmys erstem Roman *Gefängnis* geschaffen hat. »Ihr kindliches Gehabe, ihre todernst vorgetragenen Unwahrscheinlichkeiten konnte ich nicht deuten; das machte sie mir fremd, als Frau und als Mensch. Nur Ball verstand in seiner liebevollen Menschlichkeit ihr Wesen durchaus. Und wenn er das Gehabe auch nicht übersah, so durchschaute er es doch und fand in Emmy das Bild eines einfachen Mädchens, dessen oft mißbrauchte Zutraulichkeit seine Männlichkeit ansprach, ohne diese zu stark zu beanspruchen.«[26]

Auch das eine Beobachtung der Freunde: Ball ist nicht der Liebhaber, sondern der zuverlässige, verständnisvolle Freund oder Bruder der oft hilflos wirkenden Exzentrikerin Emmy. Den Liebhaber sucht sie 1917, sowohl nach Claire Golls als auch nach Hans Richters Auskunft, »in dem gutaussehenden und feurigen Spanier del Vajo ... Ball verfolgte die beiden mit einem Revolver in der Tasche (so sagte Emmy), und die beiden Liebenden verbargen sich in meiner Wohnung, wo sie mit knapper Not Ball entkamen. Da Emmy ihre Entscheidung nicht selber treffen konnte, kamen Tzara und ich zusammen ... und bewogen Emmy schließlich, zu ihrem trauernden Ritter Hugo zurückzukehren.«[27] Es ist eine Rückkehr für immer, »nur die Lebensfreude, die Emmy bei ihrem feurigen Hidalgo fand, hatte er getötet.«[28]

Facetten einer Beziehung. Die Aussagen der Freunde kollidieren mit Emmys im Rückblick gezeichnetem Bild, in *Hugo Balls Weg zu Gott*, *Das flüchtige Spiel* und *Ruf und Echo*. Verläßlicher sind die Briefe des Paares. Aber auch die hat Emmy für ihre Publikationen ebenso sorgsam ausgewählt wie ihre Nachlaßverwalterin, die Tochter Annemarie Schütt-Hennings, die 1956 Emmys Briefe an Hermann Hesse herausgibt. Ein Jahr später die Briefe Hugo Balls aus den Jahren 1911 bis 1927.

Ich versuche mich bei der Brieflektüre, die für die kommenden Jahre des Zusammenlebens von Emmy und Hugo Ball bedeutsam wird, an Emmys letzte Aussagen von 1947/48 zu halten: »Briefe der Liebe vergilben nicht so rasch. Man schlägt sie nach Jahren auf, liest, als sei es das kleine Gebetbuch des Herzens ...«.[29] Lese jedoch mit kritischer Anteilnahme für das Schicksal dieses ungewöhnlichen Paares. Vergleiche mit Aussagen Dritter.

Als »Ruf und Echo« hat Emmy die Verbindung mit Ball in ihrem letzten Buch bezeichnet. Denn sie ist Mitte Januar 1915, als sie aus dem Gefängnis entlassen wird, nicht nur entschlossen, dem Ruf des um sie werbenden Ball zu folgen, sondern auch an seiner Seite »an jedem seiner geistigen Flüge«[30] teilzunehmen. Vergleicht sie sich mit einem Zaunkönig, der sich im Flaum eines Adlers verbirgt, »aber man darf den kleinen Zaunkönig nicht unterschätzen, um seines großen Vertrauens willen in die Flugkraft des Adlers. Zwischen diesen beiden Vögeln, so verschieden sie auch voneinander sein mögen, muß eine märchenhafte Freundschaft bestehen.«[31] Zunächst heißt das für Emmy Hennings, an Balls Seite Deutschland zu verlassen. Bereits Neujahr 1915 hatte er in Berlin notiert: »Auf dem Balkon der Marinetti-Übersetzerin demonstrierten wir auf unsere Weise gegen den Krieg: Indem wir in die schweigende Nacht der Großstadtbalkone und Telegraphenleitungen hinunterrufen: ›A bas la guerre!‹«[32] Nieder mit dem Krieg, dem die Gefährten, auch Balls engster Freund Hans Leybold, zum Opfer fallen, der jedes kulturelle Leben zum Erliegen bringt. Ball ist die Situation im kriegsbegeisterten Berlin unerträglich: »O Deutschland, Vater- und Mutterland in hundertfachen Verbänden bist du die Mumie unter den Völkern. Alle Welt schleppt sich in dir mit Leichen.«[33] Als Ausweg erscheint ihm die neutrale Schweiz. Dort hat sich eine Anzahl europäischer Künstler eingefunden, die im Exil Neues wagen wollen. Auch Ball hat Neues vor. Vom Theater hat er sich innerlich verabschiedet: »Die Höhe des Theaters steht immer im umgekehrten Verhältnis zur Höhe der sozialen Moral und der bürgerlichen Freiheit«,[34] notiert er 1915 in sein Tagebuch. »Und es geht mir mit dem Theater wie einem Menschen, den man unvermutet geköpft hat. Er steht wohl auf und geht noch einige Schritte. Dann aber wird er hinfallen und für tot liegen bleiben.«[35] Nein, er kehrt nicht nur Deutschland, sondern auch dem Theater den Rücken. Und selbst der Traum von der Wiederaufführung mittelalterlicher Mysterienspiele erscheint ihm in den kommenden Jahren sinnlos, denn: »Für den Katholiken kann es eigentlich kein Theater geben. Das Schauspiel, das ihn beherrscht und ihn allmorgentlich gefangen nimmt, ist die heilige Messe. Der Hauptdarsteller ist der Priester, der geweihte Tragöde ...«.[36]

Und Emmy, die begeisterte Darstellerin, folgt Balls Ruf als sein Echo. Im Mai 1915 sind sie in Zürich. Rückblickend schreibt sie: »Hier nun kam es uns vor, als habe der liebe Gott es sich ganz besonders hübsch mit uns beiden ausgedacht, da er uns zwei nebeneinander ›büchermachenspielen‹ ließ.«[37] Und Ball notiert am 29.5.1915: »Die Stadt ist schön. Der Limmatkai besonders gefällt mir ... Die Möwen sind nicht künstlich oder ausgestopft, sie fliegen wirklich, mitten in der Stadt. Die großen Zifferblätter der Turmuhren am Wasser, die Schifflände mit ihren grüngestrichenen Fenstern: das alles ist schön und gediegen ... Die Atmosphäre genügt mir; ich brauche keinen Austausch, keine direkte Berührung. Ich kann mich hier heimisch fühlen so gut wie die alte Turmuhr und wie ein geborener Schweizer.«[38] Aber so einfach wie das klingt, war es nicht mit dem »Büchermachenspielen«. Und das wohlige Gefühl, in der schönen Stadt am See eine sichere neue Heimat gefunden zu haben, weicht bald der Angst vor Denunziation und Verfolgung. Das erträumte Spiel mit den Worten wird für die Exilanten zum Versteckspiel vor der Polizei. Das zeigen Berichte an das eidgenössische Untersuchungsrichteramt in Bern und die Unterlagen der Zürcher Stadtpolizei. Emmy erinnert sich: »Das eigentliche Spiel, das wir sehr ernst nehmen müssen, begann in Zürich mit mancherlei Nöten, da uns die Sorge um den Alltag, die schier unablässige Bemühung um die rein äußere Existenz zu verschlingen drohte.«[39]

Dabei hatte Ball sehr genau überlegt, in welches Land er sich wenden könne. Frankreich reizt ihn. Auch Rußland.

»Von dort erhoffe ich mir und erträume mir eine Befreiung und einen Umsturz, wie er sich nur mit der französischen Befreiung 1789 vergleichen läßt«,[40] hatte er am 13. März 1915 aus Berlin an seine Schwester geschrieben. Aber noch ist Krieg, und er hofft, daß Deutschland und Rußland besiegt werden, weil erst dann die Revolution als heilende Kraft kommen und »das gesamte geistige und ökonomische internationale Proletariat«[41] ein neues Europa gestalten kann. So erscheint es ihm, der sich immer mehr in die Schriften Michael Bakunins hineingearbeitet hat, als folgerichtig, zunächst nach Zürich zu gehen. Dort, so hat er gehört, »soll viel internationales Leben sein.«[42] Und die deutschsprachige Schweiz stellt keine Kommunikationsbarriere dar, »denn als härteste Schranke empfinde ich meine mangelnde Sprachen- und Weltkenntnis.«[43] Als Walter Serner, der als einer der ersten oppositionellen Künstler und Schriftsteller gleich nach Ausbruch des Krieges Deutschland verlassen und in Zürich gemeinsam mit Kurt Kersten und Emil Szittya die pazifistische Zeitschrift *Der Mistral* begründet hatte, ihn einlädt, an dem Blatt mitzuarbeiten, ist Balls Entschluß gefaßt. Auch Emmy, der ihre pazifistische Gesinnung bereits bei Ausbruch des Krieges Prügel eingebracht hatte, scheint nicht gezögert zu haben, Deutschland zu verlassen. Kein Wort in ihren Erinnerungen über Tochter und Mutter in Flensburg, die sie zurückläßt, ohne zu wissen, wann und ob sie überhaupt zurückkehren kann. Sie fährt mit Hugo nach Zürich wie zuvor zu ihren Engagements in Budapest oder Kattowitz. Anders als Ball ist sie weitgereist, weiß in verschiedenen Sprachen zu parlieren. Dänisch aus dem Grenzland. Ein Paar Worte Französisch von ihren Reisen mit Hardekopf. Etwas Englisch will sie auf den Kanalinseln gelernt haben. Emmys Charme und ihre verbale Gewandtheit werden ihre mangelnden grammatikalischen Kenntnisse wettgemacht haben.

Am 12. Mai tritt das Paar in Berlin ein letztes Mal im ›Harmoniumsaal‹ auf. Expressionistenabend. Tumult. Huelsenbeck macht mit, auch Johannes R. Becher. Ähnliches werden Emmy und Hugo weniger als ein Jahr später in Zürich auf die Bühne der ›Holländischen Meierei‹ in der Spiegelgasse bringen. Cabaret Voltaire werden sie das nennen. Und ein paar Häuser bergauf, an der anderen Straßenseite wird Vladimir Iljitsch Uljanow, der sich Lenin nennt, die russische Revolution vorbereiten.

Als sie Ende Mai in Zürich ankommen, hat Walter Serner gerade die Publikation seiner Zeitschrift eingestellt. Ball macht Kurt Wolff den Vorschlag, eine Lyrik-Anthologie zusammenzustellen. Internationale Autoren. Rubiner, Kandinsky, Marinetti, Apollinaire. Expressionistische und futuristische Tendenzen will er zeigen. Aber der Plan schlägt fehl. Später wird er die Texte in der Sammlung *Cabaret Voltaire* publizieren. Ball nimmt Verbindung zu dem linksradikalen Sozialisten Fritz Brupbacher auf, einer der bedeutendsten Persönlichkeiten der schweizerischen Arbeiterbewegung zwischen der Jahrhundertwende und dem Zweiten Weltkrieg. Nimmt an Brupbachers Bildungsveranstaltungen für Arbeiter im ›Weißen Schwänli‹ als Vortragender teil. Schreibt für René Schickeles *Die weißen Blätter* und für Brupbachers *Revoluzzer*. Wie dramatisch sich die ersten Monate in Zürich für das Paar gestalten, ist im *Züricher Polizeianzeiger* Nr. 295 vom 16.12.1915 nachzulesen. Am 2. Juli 1919 wird die Aktennotiz noch einmal an das Criminalcommissariat Zürich gegeben, weil sich Emmy Hennings und Hugo Ball erneut in Bern als politisch auffällig gezeigt haben. Dabei wird auf Balls Paßvergehen im Jahre 1915 verwiesen, als er sich wegen der Militärüberwachung als John Höxter ausgegeben hat. Damals war er zunächst mit Emmy nach Genf geflüchtet, bei seiner Rückkehr – beide hatten dort vergeblich versucht, ihren Lebensunterhalt zu verdienen – war er verhaftet und vierzehn Tage in einem Zürcher Gefängnis arretiert worden. Wie bedrängend die Lage ist, zeigt ein Auszug aus der Aussage zweier Denunzianten, den ich unverändert wiedergebe:

»Ball, Hugo, Schriftsteller, von Pirmasens, Bayern, geb. 23. Febr. 1886, hatte sich mir gegenüber als Höxter, John, Kunstmaler, von Hanover, geb. 21.1.1884, legitimiert und hatte unter dem falschen Namen eine Schreibmaschine gemietet. Er hatte seine Photographie in den Pass Höxter geklebt. Er lebte damals mit Frau Hennings, Emmy, geb. Cordsen, von Flenzburg, Hollstein, Schriftstellerin und Tingel-Tangelsängerin, geb. 17. Januar 1885, an der Schoffelgasse 5 in Concubinat. Nach den Beobachtungen des Hausmeisters ... lebten sie aus den Einkünften der Unzucht der Hennings, welche Ball begünstigte. Die hennings hatte keinerlei Ausweispapiere und schrieb damals schon für eine Zeitschrift betitelt, *Revoluzzer* in einer Nummer, welche bei ihr gefunden wurde, verherrlichte sie die Hinrichtung eines Anarchisten. Wenn ich nicht irre, zeichnete sie damals ›Editha von Münchhausen‹.

Das Concubinatspaar lebte, weil niemand arbeitete, in großer Armut. Von Dr. Bruppacher, in Zürich, bekannter Anarchist, erhielten sie unterstützung. Sie gaben ihn auch als Reverenz an. Aus erbarmen wurden zuerst die Hennings und nachher auch Ball bei Concertunternehmen ›Marcelli‹ angestellt. Zwischen Ball und der Hennings spielten sich nächtliche Streit ab, bei welchen Ball die Hennings schlug. Bei einem solchen Streit nach Mitternacht c. 20. Sept. 1915 machte die hennings einen Selbstmordversuch, indem sie sich mit der Scheere die schlagader am Arme öffnete. Sie begab sich aber bald in ärztliche Behandlung und nahm keinen Nachteil. Den Grund dieser Vorkommnisse konnte man nicht erfahren, die beiden waren vorher wie nachher einig und verrieten sich nicht. Die Leute im Hause schlossen aus diesem Kesseltreiben, dass die Beiden durch ein Verbrechen miteinander verkettet seien. Ball brach damals zu seiner Entschuldigung vor, die Hennings sei Morphinistin. Ball führt den Anarchistennamen HaHuBalay. Die Hennings hatte damals dem Conzertunternehmer ›Marzelli‹ erzählt, sie und ihr Mann seien in München wegen Spionage verhaftet gewesen. Ihr Mann sei erschossen worden, während sie gegen eine Kaution, die ein reicher Herr geleistet, entlassen worden sei, sie habe dann ihre Papiere in Bezug auf Alter gefälscht und sei so über die Grenze gekommen. Marcelli klagte, dass die Hennings von ihrem Engagement weggeblieben und auf den Strich gegangen sei. Sie habe ihm selbst erzählt, dass sie Ball hiezu gezwungen habe, dass er sie geschlagen, wenn sie ihm zuwenig Geld abgeliefert habe. Sie sei ganz im Banne dieses Ball. Wegen der Schriftenfälschung der Hennings und dem Zuhälterwesen des ball wurde hier noch keine Untersuchung geführt, vermutlich weil sie wieder von Zürich fort waren.«[44]
Unterschriften. Namen. Titel. Stempel. Beim Abschreiben spüre ich, was sich für Emmy hinter dieser Aussage verbirgt. Aufgebrochen war sie, um mit Ball ein neues Leben zu be-

ginnen. Aber wenige Wochen später ist sie wieder in ihrem alten Teufelskreis gefangen: Geldnot, Prostitution, Drogen, Kleinkriminalität. Ist Lügenbaronin. Wieder Varieté. Singen. Tanzen. Animieren. Das Ensemble heißt ›Maxim‹, der Direktor Ernst Alexander Michel wird ›Flamingo‹ genannt. Emmy überredet ihn, Ball ebenfalls zu engagieren. Als Pianist. Begleiter der Soubretten. Manchmal schreibt er auch Szenarien für die Gruppe. Sie spielen in Zürich, in Basel. Als seine Mutter ihn dort besucht, ist sie entsetzt über die Lebensumstände des Sohnes. Sieht in Emmy die Alleinschuldige. Es kommt zum tiefen Zerwürfnis. Nur mit Maria Hildebrand bleibt, wie bereits bei Balls Abbruch des Studiums und seiner Hinwendung zum Theater, der Briefkontakt bestehen. »Mein Leben ist jetzt sehr interessant«, teilt er ihr im September mit. »Man kann nicht viel schreiben darüber. Aber wir wollen doch wieder in Correspondenz bleiben. Eine Laute haben wir jetzt auch. Ich spiele und Emmy singt dazu. (Bitte erzähls nicht gleich wieder der Mutter).«[45] Und am 12. November 1915, nach dem Besuch der Mutter in Basel: »Man muß sich wohl ganz ablösen von der Familie, um ein eigenes Leben zu führen … Momentan trete ich auf mit Emmy Hennings in einem kleinen Varieté. Das Leben ist so reich, wenn man arm wird. Ich bin Artist, Kapellmeister, Redakteur, alles mögliche zu gleicher Zeit. Ich will durch alle Möglichkeiten hindurch … Ein eigenes Ensemble haben, selbst die Sachen dafür schreiben, es herausarbeiten bis ein richtiges Theater daraus wird: unser letzter Ehrgeiz … Ich schicke Dir ein kleines Bild meiner Braut. Das klingt so offiziell, nicht wahr? Es ist aber garnicht so gedacht. Wenn Du Dich darauf freust, will ich Dir nächstens auch den kleinen Band ihrer Gedichte schicken … Du würdest Emsi sehr lieben, wenn Du sie kennen würdest. Alle lieben sie und vergöttern sie.«[46] Über die Zeit bei ›Flamingo‹ schreibt Ball 1916 einen Roman *Flametti oder der Dandysmus der Armen,* der 1918 bei Erich Reiss in Berlin erscheint. Emmy hat das Buch nicht gemocht, »kann es nicht ohne eine gewisse Bitterkeit lesen, weil der Stoff, das ganze Thema Hugo Balls eigentlich nicht würdig ist. Er hat sich von einer Lebensepoche, die seinem tiefen, ernsten Wesen nicht entsprach, ihm sicher auch nicht bekömmlich war, wieder befreien müssen.«[47] Während sie selbst in *Ruf und Echo* über den Beginn ihrer Bekanntschaft mit ›Flamingo‹ eine witzige Geschichte um einen versuchten Frackverkauf erfindet, der zu ihrem Engagement bei »Direktor Feuerschein« führt, und auf weiteren sieben Seiten die Monate mit dem Flamingo-Ensemble zusammenfaßt, wobei sie der Begegnung mit Hugos Mutter in Basel den größten Raum einräumt, zeigt Hugo das »Apachen«-Milieu der Varietés und die buntgewürfelte Truppe als grelles Spiel zwischen Schein und Sein. Trotz aller äußeren Bedrängnis beim Schreiben dieser sozialpsychologischen Analyse des Künstlertums, gelingt Ball einer der unbeschwertesten Romane des literarischen Expressionismus. Und er selbst, der Pianist mit seiner Soubrette, mittendrin. »Man hatte die Welt gesehen. Man hatte sich redlich bemüht und kannte das Leben. Gefängnis, Skandal, Freudenhaus, Fahnenflucht waren kein Einwand. Artisten kommen aus einer anderen Welt. Sie sind keine Bürger. Aus Unterdrückung werden Artisten. Wo keine Defekte sind, sind keine Menschen. Buntheit, Zauber, Exotik: nur aus Verzweiflung.«[48] Im Tagebuch legt Ball Zeugnis ab über seine Auseinandersetzung mit der Situation: »Zürich, 4. X. 1915. Frage ich mich in der stillsten Stunde, wozu das alles dienen mag, dann antworte ich mir wohl: Damit ich für immer meine Vorurteile ablege. Damit ich die Parodie dessen erlebe, was ich einmal ernstnahm: Kulisse. Damit ich mich von der Zeit ablöse und mich im Glauben an das Unwahrscheinliche stärke ... 17. X. Mit aller mir zu Gebote stehenden Leidenschaft bin ich bemüht, mir gewisse Wege und Möglichkeiten (so z.B. Karriere, Erfolg, eine bürgerliche Existenz u. dgl.) völlig und für alle Zeit zu verlegen. Mein gegenwärtiges Leben ist dazu angetan, mich in dieser Absicht kräftig zu unterstützen ... 20. X. Ich bemerke, daß ich einer leichten Verrücktheit verfalle, die meiner grenzenlosen Liebe zum Anderssein entspringt ... 27. X. Ich weiß jetzt, wie es hier unten aussieht, und finde die sozialistischen Theorien, soweit sie mit dem Enthusiasmus der Massen rechnen, reichlich romantisch und abgeschmackt ... Basel, 5. XI. Der Sieg über das Häßliche setzt Erfahrung voraus. Der Dandy muß unaufhörlich danach trachten, erhaben zu sein. Ein großer Mensch sein und ein Heiliger für sich selbst: das einzig Wichtige. Tagtäglich der größte Mensch sein wollen ... 8. XI. Sich so weit als möglich aus der Zeit entfernen, um sie zu überblicken. Aber sich nicht zu weit aus dem Fenster beugen, um nicht hinunterzufallen ... 10. XI. Der kürzeste Weg der Selbsthilfe: auf Werke zu verzichten und das eigene Dasein zum Gegenstande energischer Wiederbelebungsversuche zu machen.«[49]

Trotz dieser Überlegungen diskutiert Ball im Dezember mit Käthe Brodnitz, ob er die Arbeit an seiner Nietzsche-Dissertation wieder aufnehmen soll. Brodnitz, Literaturwissenschaftlerin und durch ihre Freundschaft mit Hans Leybold auch Ball eng verbunden, rät zu, will seine Promotion an einer Schweizer Universität unterstützen. Ambivalenz. Einerseits formuliert er die Abkehr vom bürgerlichen Existenzstreben, andererseits erwägt er ein Projekt, das gerade Anerkennung in den Kreisen schafft, die er so vehement ablehnt. Brodnitz mag das gespürt haben, ermuntert Ball, Pläne für ein eigenes literarisches Kabarett umzusetzen. Auch René Schickele und Leonhard Frank, die Ende Dezember in Zürich sind, begeistert die Idee. Im Januar 1916 steigen Emmy und Hugo bei ›Flamingo‹ aus und gründen mit einigen Mitgliedern des Ensembles ihr eigenes Varieté ›Arabella‹. Tourneen nach Arbon, nach Baden folgen. Aber auch schon Verhandlungen mit Jan Ephraim, dem Wirt der ›Holländischen Meierei‹ in der Spiegelgasse 1. Am 19. Januar stellt er das Gesuch beim Polizeivorstand Zürich, eine »Künstlerkneipe« betreiben zu dürfen. Am 28. Januar wird dem Gesuch entsprochen. Am 5. Februar öffnet die ›Künstlerkneipe Voltaire‹. Veranstaltungen täglich, außer freitags. Garderobengebühren. Später auch Eintrittspreise. In der Presse heißt es: »›Cabaret Voltaire‹. Unter diesem Namen hat sich eine Gesellschaft junger Künstler und Literaten etabliert, deren Ziel es ist, einen Mittelpunkt künstlerischer Unterhaltung zu schaffen. Das Prinzip des Kabaretts soll sein, daß bei den täglichen Zusammenkünften musikalische und rezitatorische Vorträge der als Gäste verkehrenden Künstler stattfinden, und es ergeht an die junge Künstlerschaft Zürichs die Einladung, sich ohne Rücksicht auf eine besondere Richtung mit Vorschlägen und Beiträgen einzufinden.«[50] Das Unternehmen, kaum begonnen, wird ein Erfolg. »Das Lokal war überfüllt; viele konnten keinen Platz mehr finden. Gegen sechs Uhr abends, als man noch fleißig hämmerte und futuristische Plakate anbrachte, erschien eine orientalisch aussehende Deputation von vier Männlein, Mappen und Bilder unterm Arm, sich vielmals diskret verbeugend. Es stellten sich vor: Marcel Janco, der Maler, Tristan Tzara, George Janco ... Arp war zufällig auch da und man verständigte sich ohne viel Worte«,[51] notiert Ball nach der Eröffnung. Der alte Kreis aus München, aus Berlin findet sich ein: Richard Huelsenbeck, Else Lasker-Schüler, von Laban und Mary Wigman, Klabund und Marietta, Albert Ehrenstein, der eine zerbrechlich-androgyne Schöne mitbringt: Elisabeth Bergner, die Wiener Freundin, die nach ersten Auftritten in Innsbruck 1916 am Zürcher Schauspielhaus am Pfauen engagiert wird. Ball ist in seinem Element. Am 1. März 1916 schreibt er Maria Hildebrandt: »Ich fühle mich wieder (auf wie lange?) sehr wohl. Erfolg habe ich auch ... Sogar einen Leitartikel hat man über mich geschrieben in einer hiesigen Zeitschrift. (Dr. Serner, ein Berliner Bekannter)... Es ist, glaube ich, das erste Mal, daß man versucht, täglich literarisches Programm zu bieten.«[52] Und während im Februar 1916 die Kämpfe um Verdun und Fort Douaumont toben, während im Mai bei der Seeschlacht vor dem Skagerrak englische und deutsche Kriegsschiffe versinken, von Juni bis November die Materialschlachten an der Somme toben, die eine Million Soldaten aus Frankreich, England und Deutschland das Leben kosten, singen, spielen und rezitieren die Künstler-Emigranten in der Spiegelgasse, »trotzdem unsere Regierungen Krieg miteinander haben.«[53] Man ist unter sich, Klabund hat es bespöttelt: »Ein deutscher Dichter seufzt französisch, / Rumänisch klingt an siamesisch, / Es blüht die Kunst, halleluja! / 's war auch schon mal ein Schweizer da.«[54]

Und Emmy? Es gibt von ihr keine aktuellen Äußerungen zur Situation. Erst im Rückblick schreibt sie davon, aus der Distanz von Jahren, Jahrzehnten. Immer bemüht, Hugo Balls Rolle positiv zu gewichten. Doch der Polizeibericht spricht eine deutliche Sprache. Und den Erinnerungen des Malers Christian Schad, der das Paar bei einem Auftritt des ›Flamingo‹-Ensembles im ›Hirschen‹ im Zürcher Niederdorf trifft, ist nichts hinzuzufügen: »Hier trat mit zwei oder drei anderen Mädchen Emmy Hennings ... leichtgeschürzt als Soubrette auf und sang die abgedroschenen Schlager der Belle Epoque, auf einem schäbigen Piano, das ans Bühnenpodium gerückt und im Ton einer asthmatischen Ziehharmonika ähnlich war, begleitet von ihrem Freund Hugo Ball.«[55] Es ist der Vorweihnachtsabend 1915. Schads Freund Serner ist dabei und Leonhard Frank. Schad, der Emmy erst in Zürich kennenlernt, ist ein unbestechlicher Beobachter: »Emmy Hennings, bereits als begabte Dichterin und Cabaretistin im Kreis des literarischen Expressionismus bekannt, Mitarbeiterin der wichtigsten literarischen Zeitschriften, war schon gezeichnet von den Entbehrungen und Widrigkeiten eines unsteten Lebens. Sie wirkte zerbrechlich und oft etwas verloren und wie verweht. An diesem Abend aber war sie auffallend freudig erregt und voll sprühender Ideen. Sie und Ball hatten sich sicher über unseren Besuch gefreut, aber ihre Freude stand weit darüber hinaus und schien irgendwo im Unendlichen zu hängen. Als sie ihre Sammelrunde gemacht hatte – wie alle Mädchen des Ensembles mußte sie ab und zu mit einer Muschel von Tisch zu Tisch gehen und Geld sammeln – setzte sie sich neben mich und verriet mir leise, daß Ball ihr zu Weihnachten – sie war damals Morphinistin und wurde von Ball darin kurz gehalten – eine zusätzliche Spritze erlauben würde, und das mache sie so glücklich.«[66] Bereits wenige Monate nach ihrer Ankunft in Zürich hatte Ball notiert: »Wer seine Zweifel und Hoffnungen alle verausgabt hat, den können nur noch die Drogen trösten.«[57] Sicher sieht er seine Mitverantwortung an der Situation, versucht einerseits Einfluß zu nehmen, andererseits zu verstehen. »Es scheint eine Philosophie der Rauschmittel zu geben; ihre Gesetze interessieren mich. Es ist ein verteufelter Weizen, der da blüht. Man ist seiner Gedanken nicht mehr sicher unter den Fallsüchtigen ringsum. Sie unterminieren das ganze Terrain. Sie lächeln, wenn man ›Gesundheit!‹ sagt und es widert sie aller lebfrischen Dinge.«[58] Aber anders als in ihren Boheme-Gefährten hat Emmy mit Ball einen Partner gefunden, der den Drogen nicht erliegt. Auch wenn seine Umwelt, die er mit seinen neuen Texten vertraut macht, meint, er nähme Haschisch. »Du weißt, daß ich das nie getan habe«, schreibt er am 6. Juni 1916 an seinen Vetter August Hofmann. »Einmal in München nahm ich Morphin, das machte mir aber sehr übel ... Ich kann mich nicht einmal betrinken. Mir ist aller Wein zuwider.«[59] Während die späteren Berner Bekannten Ernst

Bloch und Walter Benjamin gemeinsam Haschisch rauchen und Benjamin ihre Halluzinationen protokolliert, um später »ein höchst bedeutsames Buch über das Haschisch zu schreiben«, wird Ball die Arbeit zum Rausch. Emmy jedoch braucht die Drogen, um die widrigen Umstände auszuhalten, in die sie erneut gestellt ist. Ball lernt durch sie »eine unheimliche Welt« kennen, »... eine Skala von Transformationen, die nirgends noch systematisch für das Bewußtsein erobert ist. Es lassen sich Völker denken, bei denen die Gifte zur religiösen Methodik gehören; als eine Vorschule der Zermürbung, der Demut, der Selbstverjüngung.«[60] Hat der scharfe Beobachter und Analytiker auch die zwischen Ekstase und Erniedrigung schwankenden religiösen Rituale seiner Gefährtin unter diesem Aspekt betrachtet? Meine Suche in Balls Tagebuch ist vergeblich. Nichts Persönliches. Nur einmal, am 1. Februar 1917, schreibt er von einem Zusammenbruch der völlig Entkräfteten auf offener Straße. Von ihr erfahren wir nichts. Ich vermute, daß sie mit ihrer jahrelangen Erfahrung so dosiert, daß sie auftreten kann. Denn auch im ›Cabaret Voltaire‹ wird sie bald der Star. »Ohne Emmy und eine kleine Französin, die entzückende französische Lieder singt, wäre es mir nicht möglich«[61] das tägliche Programm zu geben, weiß Ball. Emmy singt ihr altes Repertoire: Wedekind-Balladen, dänische Volkslieder, Chansons von Aristide Bruant in der Übersetzung Hardekopfs und Balls »Totentanz«. Sie rezitiert russische Märchen, Gedichte von Heym und Hoddis, ihre eigenen Texte. Sie liest mit Ball Andrejews *Das Leben des Menschen*. Führt sein *Concert Bruitiste* mit auf, in dem Ball in sieben Episoden eine seltsam-untypische Weihnachtsgeschichte erzählt, die mit der Kreuzigung Christi endet. Diesem *Simultan Krippenspiel* liegt eine zweistimmig geführte Partitur zugrunde. »Es war sogenannte ›Geräuschmusik‹, aber nicht etwa vergleichbar mit derjenigen des Futuristen Marinetti ... Balls Komposition war überaus zart ... Es kamen auch menschliche Stimmen vor, aber nur in Lauten ... der klagend helle Schrei des Neugeborenen und ein bewunderndes Lallen der Hirten ... das Tumultane der Kreuzigung, das Einhämmern der Nägel ... bis sich die Musik in die letzten nur noch gehauchten Seufzer der schmerzlichen Mutter verlor.«[62] Kinderrasseln, Pfeifen, Glocken, Trommeln. Instrumente aus dem Randbereich der Tonerzeugung, die Ball selbst hergestellt hatte. Der knappe Text des Lukasevangeliums. Emmys Stimme. Die hatte Klabund mit dem Kreischen einer Möwe verglichen.

Ein ungenannter Rezensent lobt im *Niuwe Amsterdamer* einen ihrer Auftritte im ›Cabaret Voltaire‹: »Sie singt mit einer nicht schönen, aber expressiven Stimme. Und das schmale, von Morfin zerstörte Gesicht zuckt mit den heftigen Bildern, die sie malt.«[63] Und Hardekopf, der an einer Dada-Soirée teilnimmt, urteilt gegenüber Olly Jaques: »Emmy war weitaus die Beste.«[64] Ball ist stolz, schreibt seiner Schwester: »Den größten Erfolg hat Emmy. Man übersetzt ihre Verse für Bukarest. Sie hat dort eine ganze Kolonie von Freunden. Die Franzosen küssen ihr die Hand. Man liebt sie unaussprechlich.«[65] Und er ist sicher: »Wir werden uns immer mehr durchsetzen. Das Publikum wird immer besser.«[66]

Beim Lesen der Programme des ›Cabaret Voltaire‹ fällt auf, daß neben Emmys Namen kaum andere Frauennamen auftauchen. Männer bestimmen: Janco, Huelsenbeck, Arp, Tzara, Ball. Sie entwickeln ein Konzept und nennen es Dada. Später will jeder der Männer den Namen gefunden haben. Der Literaturwissenschaftler Alan Isler läßt in seinem Roman *Der Prinz der West End Avenue* seinen Helden Otto Korner die Entstehung des Begriffs erinnern und referiert die Lesarten der damaligen Protagonisten: »Doch jetzt stehe ich vor einer gewaltigen Aufgabe, und ich gestehe, daß ich davor zurückscheue. Denn der Ursprung des Wortes Dada ist von der Bande im Cabaret Voltaire vom ersten Tage an ganz bewußt im Dunkeln gehalten worden. Und in den schrecklichen und öden Jahren, die folgten, mochten sie zwar in alle Winde zerstreut werden, blieben sich jedoch einig in ihrer blödsinnigen Entschlossenheit, die Wahrheit zu unterdrücken. Huelsenbeck beispielsweise behauptete, er und Ball seien in einem französischen Wörterbuch zufällig auf das Wort gestoßen, dessen Bedeutung dort mit Steckenpferd angegeben gewesen sei. Richter behauptete, er habe in dem Wort das slawische, freudig affirmative ›Da! Da!‹ vermutet – ein ›Ja! Ja!‹ zum Leben. Arp war jedoch der ausgekochteste Obskurantist von allen. In Dada au grand air verstand er zu suggerieren, daß jeder, der nach dem Ursprung des Wortes forsche, ein trockner Pedant sei, genau der Typ stumpfsinniger bürgerlicher Holzkopf, den zu verspotten von Anbeginn der Vorsatz der Dadaisten gewesen sei. Was Tristan Tzara angeht, so war er unerwartet bescheiden: ›Ein Wort war geboren, kein Mensch wußte, wie‹.«[67]

Die Notwendigkeit, einen Namen für ihr Programm zu finden, ergibt sich für die Gruppe jedoch erst mit der Gründung einer Zeitschrift, in der sie ihre Texte veröffentlichen will. Ball notiert am 18.4.1916: »Tzara quält sich wegen der Zeitschrift. Mein Vorschlag, sie Dada zu nennen wird angenommen ... Dada heißt im Rumänischen Ja Ja, im Französischen Hotto- und Steckenpferd. Für Deutsche ist es ein Signum alberner Naivität und zeugungsfroher Verbundenheit mit dem Kinderwagen.«[68] Auch im Redaktionsstab der geplanten Zeitschrift – wie im ›Cabaret Voltaire‹ – Männer.

Hans Richter, nach Kriegsdienst und Verwundung 1916 in Zürich eintreffend, erinnert: »Als einzige Frau in diesem nur mit Dichtern und Malern bestückten Kabarett brachte Emmy eine höchst notwendige Note in die Darbietungen, auch wenn (oder vielleicht gerade weil) ihre Vorträge weder stimmlich noch vortragsmäßig im herkömmlichen Sinn künstlerisch waren. Sie stellten vielmehr in ihrer Grelle einen Affront dar, der das Publikum nicht weniger beunruhigte als die Provokationen der männlichen Kollegen ... Wenn man Balls Klavierinterpretationen, Emmy Hennings' dünne, kleine, künstliche Mädchenstimme (die zwischen Volks- und Hurenliedern wechselt) mit den abstrakten Negermasken von Janco zusammenbringt, die das Publikum aus der Ursprache der neuen Gedichte in den Urwald künstlicher Visionen versetzten, so erlebt man einen Teil der Vitalität und des Enthusiasmus, der die Gruppe belebt.«[69] Und auch den Fanatismus ihres Mitbegründers Ball, »eine lange schwarzhaarige Gestalt mit ausdrucksvollem Gesicht. Er betrat das Podium mit einem Lächeln. Dann zog er aus der Hosentasche ein zerknülltes Stück Papier. Er warf einen komischen und verzweifelten Blick auf die mattschimmernde Lampe an der Decke und faltete sorgfältig das Papier auseinander: ›Meine Damen und Herren‹, sagte Ball ohne Förmlichkeit, aber mit Nachdruck. ›Das Cabaret Voltaire ist kein gewöhnliches Tingeltangel. Wir sind hier nicht zusammengekommen, um Froufrou und Beine zu sehen und Gassenhauer zu hören. Das Cabaret Voltaire ist eine Kulturstätte‹.«[70] Wenn dann unter den Gästen, die unterhalten werden wollten, Unmut aufkommt, muß Emmy auftreten. Und wenn Ball im Kostüm des »magischen Bischofs« seine Lautgedichte rezitiert oder vom »Karusselpferd Johann«, dem »symbolischen Steckenpferd« einer »phantastischen Dichtergemeinde« liest und sich der Unmut zum Tumult steigert, wenn die Studenten schreien, daß dieses Kabarett keine Kulturstätte, sondern ein Schweinestall sei, »begann Emmy zu singen und während sie sang, beruhigten sich die Zuhörer. Sie verstand es immer die Aufmerksamkeit aller auf sich zu ziehen, obwohl sie keineswegs schön war. Sie hatte ein flaches ausdrucksloses Gesicht und blonde Haare, die kurz geschnitten waren und ihr in die Augen fielen, wenn sie den Kopf schüttelte ... Ball begleitete sie auf dem Flügel. Die Studenten, die aus ihren Kneipen zum Cabaret Voltaire gekommen waren, weil sie hier etwas Besonderes erwarteten, kamen nun auf ihre Rechnung. Sie richteten ihre alkoholschweren Augen auf Emmy, schoben ihre Mützen in den Nacken und murmelten Beifall. Als Emmy geendet hatte, stießen sie ihre Spazierstöcke wild auf den Boden und schrien vor Begeisterung. Hier war etwas, was den einfachen Seelen gefiel.«[71] Auch der Schreiber dieser Zeilen, der Medizinstudent Richard Huelsenbeck, der aus Berlin gekommen ist, »bewunderte Emmy Hennings«.[72] Jedenfalls damals. In einem Interview des NDR von 1953 werden wir später kritischere Töne hören.

Ist die Quellenlage für die ersten Jahrzehnte von Emmys Leben oft dürftig, fällt die Rekonstruktion allein aus ihrer autobiographischen Prosa schwer, so finde ich jetzt eine fast erdrückende Fülle an Dokumenten. Dada und kein Ende. Aber obwohl Emmy Hennings immer im Mittelpunkt der Aktionen steht, ist sie weit von den intellektuellen Debatten entfernt. Ihre physische und psychische Situation ist zu angegriffen, als daß sie in der Lage gewesen wäre, daran teilzunehmen. An Ball schreibt sie am Tag der Eröffnung des ›Cabaret Voltaire‹: »... sei doch nicht traurig über meinen Verfall ... Ich sehne mich, Dich Geliebter sehr berühmt zu wissen, und sei dies Leben auch nur Leben, auch nur ein Gesellschaftsspiel, es muß gespielt und mitgespielt werden.« Sie fühlt sich aus dem Rahmen gefallen, vergleicht sich mit Blüten, die vom Baume wehen, die man nicht sammelt, »um sie wieder blühen zu sehen, man läßt treiben, was die Eigenschaft zu treiben hat.«[73] Emmys Ambivalenz. Sie will weg. Aber sie bleibt, steht auf der Bühne in der Spiegelgasse, später in der ›Galerie Dada‹ in der Bahnhofstraße. Bleibt bei Ball, der für Hans Richter bei der ersten Begegnung aussieht »wie ein gefährlicher Verbrecher. Seine dunklen, meist schwarzen Anzüge und der schwarze breitrandige Hut, der seine vernarbten Züge verdeckte, täuschten einen Klosterbruder vor (eine verdächtige Note). Ich nahm sein sanftes Sprechen für eine Technik, spezielles Vertrauen zu erwecken (noch eine verdächtige Note). Da ich selber voller Eitelkeit war, konnte ich mir einen Menschen, der so herumlief, nur als einen Simulanten vorstellen, der das *Allermenschlichste* hinter einer überlegenen Vorsicht verbarg. Gegen diese Vorsicht war Vorsicht geboten.«[74]

Vorsicht jedoch war Emmys Sache nie. Sie spielt mit hohem Einsatz. Lebt ohne Netz und doppelten Boden. Noch immer eine Seiltänzerin des Lebens. Wieder einmal vom Absturz bedroht. Während sie sich noch im Februar offensichtlich frei fühlt, Hugo zu verlassen, ändert sich im März die Situation schlagartig: »Emmys Mutter ist gestorben«, schreibt Ball am 22. März 1916 an seine Schwester. »Und Emmy kann nicht reisen, weil es nicht möglich ist, ihr einen Paß auszustellen. Du kannst Dir denken, wie entsetzlich das ist. Dort in Flensburg ist ihr Kind, ein 9-jähriges Mädchen. Die alte Frau hatte es bei sich und ist ganz allein gestorben. Eine Cousine ist in Flensburg und eine Halbschwester Emmys hat man telegraphisch aus Norwegen kommen lassen. Sie ist die Frau eines Kapitäns, Frau Friedrichsen. Wir haben geschrieben ..., daß sie hinüberfahren und sich des Kindes annehmen. Die Schwester wird wohl alles Geschäftliche ordnen. Aber das Kind möchten wir hier haben. Ich mache mir soviel Gewissen draus, Emmy mit hierhergenommen zu haben. Sie hat so treu mit mir ausgehalten und wir haben das Cabarett hochgebracht und nun kann sie nicht einmal zum Begräbnis der Mutter und zu dem Kind.«[75] Ball, so scheint mir bei der Lektüre der Briefe, nimmt die Sache in die Hand, schreibt am 13. April: »... wir lassen das Kind hierherkommen und wenn wir sehen, daß es nicht gut bei uns sein kann, dann geben wir es hier zu Bekannten in Pflege. Vorerst sind noch allerhand Schreibereien und Schwierigkeiten. Der Vormund schrieb, man müsse dort eine fremde Familie suchen, wo man das Kind unterbringen könnte. Das ist doch ein Unding. Emmy grämt sich zu Tode. Solange die Mutter lebte, war das ganz anders. Das Kind war dort viel besser aufgehoben, als es bei Emmy hätte sein können ... Aber jetzt: Annemarie, – so heißt die Kleine – wird sich ebenso sehr sehnen, und man hat die Kleine noch nicht einmal einen Brief schreiben lassen. Du mußt wissen, die Schwester ist eine elegante Frau, die eine große Wohnung in Hamburg hat. Das Kind wäre in Flensburg ganz allein. Man müßte für die Obhut aufkommen und wüßte nicht einmal, wie man das Kind behandelt. Das geht natürlich nicht.«[76] Aber die Formalitäten ziehen sich hin. Paula korrespondiert mit Emmy. Schickt 100 Franken. Erspartes vom aufgelösten Konto Anna Cordsens? Noch im Herbst 1935 gibt es ein Sparbuch bei der Creditbank Flensburg, das die fürsorgliche Großmutter auf Annemaries Namen angelegt hat. Emmy entsinnt sich daran während ihrer Arbeit an *Blume und Flamme,* kündigt das Guthaben von 707,45 Mark und überweist es der verheirateten Tochter nach Rom.

1916 vergehen nach Anna Cordsens Tod mehrere Wochen, bis das Kind eintrifft. Aus der Flensburger Steinstraße in die Züricher Spiegelgasse. Aus der bürgerlich geordneten Wohnung der Tante Paula in Hamburg, die, obwohl selbst kinderlos, das Mädchen so schnell wie möglich loswerden will, in die rasch wechselnden Untermietzimmer Emmys und Hugos im Niederdorf. Mitten in die schrille Welt der Avantgarde-Künstler. In ihre nächtlichen Aktionen. Die ständigen Ängste vor den Spitzeln der Fremdenpolizei. Zu einer Mutter, die sie nicht kennt und die ihr mit ihren wechselnden Drogen-Stimmungen Angst einflößen muß. Zu einem düster blickenden Dichter-Priester, der sie liebevoll als Vater annehmen wird. Am 2. Juni schreibt er an August Hofmann: »Ich habe sehr viel mit dem Kabarett (Voltaire) zu tun und habe inzwischen auch eine Tochter bekommen. Sie ist schon neun Jahre alt und heißt Annemarie Hennings.«[77] Und im Oktober 1916: »Sie ist sehr hübsch, schwarzes abgeschnittenes Haar, dunkle Augen. Sehr klug und temperamentvoll. Ich muß ihr 100 000 Geschichten erzählen. Und sie nennt mich ›Steffgen‹.«[78] Sie sei Ungarin von Vaters Seite, teilt er Hofmann mit. Was hat Emmy ihm erzählt? Von Hennings? Von Vio? Am Ende ihres Lebens bleibt sie noch einmal bei ihrer alten Lesart: »Im März 1916, gerade am Tag des Frühlingsanfangs, starb meine liebe Mutter und bald danach kam meine neunjährige Tochter Annemarie, das Kind aus meiner ersten Ehe, zu mir.«[79] In den folgenden Zeilen finde ich einen weiteren Grund, warum Emmy, die auch nach Annemaries Ankunft noch mehrmals Ausbruchsversuche wagt, letztlich doch mit Hugo Ball eine Lebensgemeinschaft eingeht: »Während ich um meine Mutter trauerte, sollte ich Hugo von seiner schönsten Wesensseite kennenlernen. Das Herz des Kindes flog ihm vom ersten Augenblick an zu ... Meine kleine Tochter spürte instinktiv die große, schöne Seele des Menschen, die sich behutsam der ihrigen annahm. Die Freundschaft zwischen meinem künftigen Manne und meinem Kinde gehört zum Schönsten, was ich je habe erleben dürfen.«[80] Annemarie hat Hugo Ball als ihren Vater gesehen, hat sich in seiner liebevollen Fürsorge sicher gefühlt und in dankbarer Erinnerung an »Steffgen«, der sie so vorurteilslos angenommen hatte, ihren ältesten Sohn nach ihm benannt: Hugo Michael. Ihre Beziehung zu Emmy bleibt jedoch lebenslang ambivalent. Auch von einer latenten Eifersucht um Hugo Ball durchzogen. Und belastet von den Erinnerungen an die Großmutter, die ebenso wie das Kind unter Emmys ständiger Abwesenheit und Unzuverlässigkeit gelitten hatte. Erst 16 Jahre nach dem Tod Anna Cordsens und mehr als vier Jahre nach Balls Tod gesteht Emmy am 17. Januar 1932 – ihrem 47. Geburtstag – der Freundin Ninon Hesse: »... ich habe meine Mutter sehr vernachlässigen müssen, ich konnte es nicht anders, so meinte ich und noch heute meine ich so. Sie war eine so entzückende, wundersame Frau ...«.[81] Und sich an ihren Aufenthalt in Flensburg mit Hugo und Annemarie 1920 erinnernd, fährt sie fort: »Es war mein erster Besuch an ihrem Grab. Bei frischen Lebzeiten hatte ich sie verlassen. Sie hatte mir beim letzten Beisammensein gesagt ›für Dich ist Platz neben mir einmal‹. ich war soviel anderweitig schon eingeladen. Und jetzt weiß ich nicht, wo ich am liebsten sein möchte, bei Hugo oder bei meiner Mutter. Es ist ein Dilemma aus Liebe. ich habe Beide lieb gehabt und Beide haben es nicht genügend gewußt.«[82] Emmys Dilemma, wenn es um Gefühle geht. Als der Sohn stirbt, steht sie auf der Bühne. Hat sie am Grab der Mutter auch seiner gedacht? Fünfzehn Jahre liegt der Tod des Kindes zurück. Ist es neben seinen Großeltern begraben? Ich nehme an, daß sich Anna Cordsen darum bemüht hatte. In *Das flüchtige Spiel* schreibt Emmy, daß Hennings, trotz seiner atheistischen Überzeugung, einverstanden war, das Kind taufen zu lassen. Möglich nach dem in Flensburg geltenden evangelischen Kirchenrecht, denn auch »Kindern außerhalb der evangelischen Kirche stehender Eltern erteilt die evangelische Kirche die Taufe, wenn deren Erziehung im evangelischen Glauben gesichert ist.«[83] Aber selbst wenn das Kind nicht getauft worden wäre, hätte auch das »ungetaufte gestorbene Kind evangelischer Eltern mit kirchlicher Feier bestattet werden können.«[84] Kein Wort von dem Sohn in Emmys Flensburger Tagebuch. Jedoch Selbstanklagen. Zweifel angesichts ihrer Erinnerungen am Sinn des bisher gelebten Lebens:

»Was mir wie Sand durch meine Hände rann,
Ach, alles, was versinken kann:
Du, meiner Tage einsam Kinderspiel,
Verlorensein ... ist dies das Ziel?

Ach, alles, was versinken kann,
Auf das ich tiefer mich besann,
Erfassen wollt ich, was ich flüchtig lebte.
War dies das Ziel, nach dem ich strebte?

Du meiner Tage einsam Kinderspiel,
Du warst das Meer, das mir gefiel.
Wie rauschten sie, des Lebens hohe Wellen?
Wird eine Sternenstille einst die Nacht erhellen?

Verlorensein ... ist dies das Ziel?
O, alle Wellen sind im Meer geblieben ...
Sag du, der ewig bleibt im Lieben:
Sind deine Sterne nur ein flüchtig Spiel?«[85]

Fragen bis zum Schluß. Als das »flüchtige Spiel« endet, findet Emmy ihren Platz neben Hugo auf dem Friedhof San Abbondio oberhalb von Lugano. Auch Annemarie ist dort begraben. Bei den beiden Menschen, die sie 1916 auf ihren unruhig-verschlungenen Lebensweg mitnahmen.

Intermezzi mit und ohne Manifest oder Dada und (k)ein Ende

»Wir landeten hier, von Locarno kommend, wie Robinson an seiner Papageien-Insel. Diese ganze unberührte Landschaft – quanto è bella! Stahlblaue Berge über Rosengärten. Kleine Inseln, die im Frühlicht schimmern. Unsere Koffer standen auf dem Kies in der Sonne. Allmählich nur fanden sich einige neugierige Kinder und Fischer ein, die uns ins Dorf hinaufführten.«[1] Reisende unter südlichem Himmel: Emmy Hennings, Hugo Ball und das Kind Annemarie. Der Ort: »Magadino, ein kleines Fischerdorf gegenüber Locarno.«[2] Die Zeit: Ende Juli 1916. Der Grund: Hugo Balls Flucht vor Dada.

Was ist geschehen? Eben noch, am 14. Juli, hatte sich die Dada-Gruppe erstmals außerhalb des ›Cabaret Voltaire‹ präsentiert, hatte die ganze Breite ihres künstlerischen Spektrums beim 1. Dada-Abend im Zürcher Zunfthaus Zur Waag präsentiert, hatte Ball das erste dadaistische Manifest verlesen und im blau-rot-goldenen Kostüm mit Schamanenhut zwischen Notenständern sein »gadji beri bimba« zelebriert, da kehrt er Mitte des Monats allem den Rücken, geht mit Emmy in der Innerschweiz auf Cabaret-Tournee und anschließend ins Tessin. Legt das Gotthardmassiv zwischen sich und die Freunde. Erntet Unverständnis. Die Gruppe um Tzara, Arp und Huelsenbeck macht weiter, gibt die künstlerisch-literarische Publikation *Collection Dada* heraus. Am 29. September findet bei Hans Arps Freundin, der Grafikerin und Textilkünstlerin Sophie Taeuber, eine »Fête littéraire« statt. Aber Ball fehlt. Huelsenbeck reagiert mit einem nervösen Magenleiden. Begibt sich in psychiatrische Behandlung. Im Frühjahr 1916 hatte er euphorisch verkündet: »Dada ist die beste Medizin«, ein Vierteljahr später läßt Ball wissen: »Vira-Magadino ist schöner als Zürich, Dada und alle verwandten Themata.«[3] Und: »Ich erkläre hiermit, daß aller Expressionismus, Dadaismus und andere Mismen schlimmste Bourgoisie sind. Alles Bourgoisie, alles Bourgoisie. Übel, übel, übel.«[4] Schließlich: »Das ›Cabaret Voltaire‹ ist nichtsnutzig, schlecht, dekadent, militaristisch, was weiß ich was noch. Ich möchte so etwas nicht mehr machen ... Keine Marinettis mehr, keine Apollinaires mehr ... keine Überraschungen mehr. Sondern Plausibilitäten. Wirklichkeiten. Ach, das ist viel schwerer, viel abenteuerlicher als das andre.«[5]

Aber Ball, der mit aller Leidenschaft »das Narrenspiel aus dem Nichts, in das alle höheren Fragen verwickelt sind«,[6] proklamiert hatte, verläßt das gemeinsame Projekt keineswegs überstürzt. Schon am 2. Juni, er hat gerade die Publikation *Cabaret Voltaire* zusammengestellt, schreibt er an August Hofmann: »Es kam mir darauf an, das Kabarett zu dokumentieren. Ich muß aber gestehen, daß es mich schon nicht mehr interessiert.«[7] Balls Erschöpfung? Oder eine existentielle Krise? Seit vier Monaten hatte er organisiert, auf der Bühne gestanden, am Klavier gesessen. Hatte diskutiert, geschrieben, publiziert. »Wir haben die Plastizität des Wortes jetzt bis zu einem Punkte getrieben, an dem sie schwerlich mehr überboten werden kann«,[8] notiert er am 18. 6. in seinem Tagebuch. Und am 23. Juni nach der Premiere eines seiner Lautgedichte: »Ich merkte sehr bald, daß meine Ausdrucksmittel ... dem Pomp meiner Inszenierung nicht würden gewachsen sein. Ich fürchtete eine Blamage und nahm mich zusammen ... Die schweren Vokalreihen und der schleppende Rhythmus der Elefanten hatten mir eben noch eine letzte Steigerung erlaubt. Wie sollte ich's aber zu Ende führen? Da bemerkte ich, daß meine Stimme, der kein anderer Weg mehr blieb, die uralte Kadenz der priesterlichen Lamentation annahm, jenen Stil des Meßgesangs, wie er durch die katholische Kirche des Morgen- und Abendlands wehklagt ... Einen Moment lang schien mir, als tauche in meiner kubistischen Maske ein bleiches, verstörtes Jungengesicht auf, jenes halb erschrockene, halb neugierige Gesicht eines zehnjährigen Knaben, der in den Totenmessen und Hochämtern seiner Heimatpfarrei zitternd und gierig am Munde des Priesters hängt. Da erlosch, wie ich es bestellt hatte, das elektrische Licht, und ich wurde vom Podium herab schweißbedeckt als ein magischer Bischof in die Versenkung getragen.«[9] Doch die religiöse Assoziation, die während seines Rezitierens aus der Erinnerung aufsteigt, wird zunächst verdrängt. Der »magische Bischof« verschwindet wieder in der »Versenkung«, und für wenige Jahre treiben Ball hauptsächlich politische Ideen und ihre Realisierung um. Und sein Schreiben: »Einige lustige Dinge weiß ich, die möchte ich gerne aufschreiben. Einiges lese ich in der Kneipe vor, und man freut sich manchmal sehr darüber. Es sind Bruchteile aus einem phantastisch-pamphletistisch-mystischen Roman. Weiß der Teufel, was für eine Mißgeburt das ist. Irgendwie hängt's mit der Zeit zusammen.[10] Ich möchte schreiben: Einen Ameisenroman. Präzis und phantastisch. 5000 Individualitäten auf einem halben Quadratmeter Raum. Und dergleichen.«[11] Ausreichende Gründe für die abrupte Abkehr? Ich meine nein. Denn wie sehr Hugo Ball vor einer Wandlung, einer Häutung steht, wie sehr diese auch religiös grundiert ist, zeigen seine Eintragungen im Tagebuch nach der Ankunft in Vira-Magadino: »Das himmlische Abenteuer aber ist gegenwärtig für mich die Apathie und jene Sehnsucht nach Genesung, die alle Dinge in einem neuen, mild überströmenden Licht erscheinen läßt. Dreimal am Tag neige ich die nackten weißen Glieder in das silberblaue Wasser. Die grünen Weinhänge, die Glockenspiele, die braunen Augen der Fischer wandern durch mein Blut. Ich brauche doch keine Gedichte mehr! Alle Hüllen bleiben am Ufer liegen, bewacht von einem Schlänglein mit goldener Krone.«[12] Rituale. Dreimal am Tag. Demutsgebärde. Hier schreibt kein Mann, der sich schwimmend seines Körpers freut, sondern einer, der das Bad im See vollzieht wie ein Sakrament. Bewacht von dem »Schlänglein«, der Verführerin, die, seltsam genug, zugleich die goldene Krone der Himmelskönigin trägt. Seine Verführerin, Emmy Hennings, hat er mitgenommen in den Neuanfang, und er wendet sich ihrer religiösen Welt immer mehr zu. Machten für ihn am 31. Juli noch »die verzweifelten Kirchenglocken des Tessin ... eine erschreckende Musik«,[13] kniet er bereits am 10. August »mit Emmy in der Kirche von Magadino zur Abendandacht. Zu wievielen Erscheinungen und großen Personen der Überlieferung bietet die Kirche den einzigen Schlüssel ... Mein Bischofskostüm und mein lamentabler Ausbruch bei der letzten Soirée beschäftigen mich. Der Voltaire'sche Rahmen, in dem das stattfand, war dafür wenig geeignet und mein Inneres nicht darauf vorbereitet ... Auch die Kirche ist bunt und phantastisch – aber nur von außen. Ihre (scheinbare) Phantastik rührt daher, daß das Einfache so tief versunken ist. Der oberflächliche Zuschauer vermag keinen Zugang zu finden, das Geheimnis bleibt ihm verborgen.«[14]

Verborgenes enthüllen. Grenzen überschreiten. Im »Dada« hatte Ball versucht, den, angesichts des kriegerischen Mordens, sinnleer gewordenen Worten auf die Spur zu kommen. War mit den Lautgedichten an die äußerste Grenze sprachlicher Äußerung gegangen, die zu überschreiten mit intellektuellen Diskursen unmöglich schien. Wähnte sich – bei seiner Rezitation – unbewußt dem Mysterium des Logos nahe. Während er im ersten dadaistischen Manifest am 14. Juli 1916 noch seine Poetik des Lautgedichts vorgeführt hat, die in dem Credo gipfelte: »Das Wort will ich haben, da wo es aufhört und wo es anfängt«,[15] sieht er am 6. August seine Proklamation als »eine kaum verhüllte Absage an die Freunde. Sie haben's auch so empfunden. Hat man je erlebt, daß das erste Manifest einer neu gegründeten Sache die Sache selbst vor ihren Anhängern widerrief? Und doch war es so. Wenn die Dinge erschöpft sind, kann ich nicht länger dabei verweilen.«[16] Er wendet sich wieder den fragmentarischen Kapiteln der *Phantasten* zu. Nennt die wenigen Seiten ironisch einen Roman: *Tenderenda der Phantast.* 1920 beendet er ihn in Flensburg. 1967 wird das Buch erstmals veröffentlicht und von der Fachwelt als geheimes Vermächtnis des Dadaismus und zugleich als dessen Überwindung rezipiert. Aber auch seinen Tingeltangel-Erfahrungen gibt Ball 1916 eine literarische Form: *Flametti oder Vom Dandysmus der Armen.* Und er setzt sich mit der literarischen Tradition auseinander. Liest Novalis. Clemens Brentano. Wendet sich bei der Lektüre der Romantiker wieder verstärkt der katholischen Kirche zu.

Für die Freunde in Zürich jedoch bleibt Emmy der alleinige Grund für seine Abkehr von der gemeinsamen Sache: »Die *Absage* an die Freunde war nur halb ernst gemeint«, ist Huelsenbeck überzeugt. »Sie war nur ernst gemeint, weil Emmy den weiteren Lebensweg für ihn entdeckt hatte. Sie nahm die Führung in die Hand, kindlich, berechnend, unschuldig, aber auch voll tiefen Wissens um das Unabänderliche.«[17] Huelsenbecks Enttäuschung. Er hatte Hugo Ball 1912/13 im Café Stefanie in München kennengelernt und sofort gespürt, »daß ich ohne Ball nicht würde existieren können. Oder vielmehr, daß meine literarische und persönliche Entwicklung ohne Balls Hilfe auf das Entscheidendste unterbrochen würde.«[18] Nach Hans Leybolds Tod hatte er Ball am nächsten gestanden. Wird noch als alter Mann kaum verhohlenen Groll gegen Emmy formulieren. Dennoch: Die innere Abkehr vom Dadaismus ist weder Emmy noch Balls wiedererwachtem Interesse an der Religion seiner Kindheit anzulasten; im Tagebuch wird sie intellektuell begründet. Über die »Zürcher Versuche« nachdenkend, formuliert er: »Man darf nicht die Logik, man darf aber auch nicht die Phantasie mit dem Logos verwechseln. Die Gegenwart ist nicht in Prinzipien, sie ist nur noch assoziativ vorhanden. Also leben wir in einer phantastischen Zeit, die ihre Entschlüsse mehr aus der Angliederung als aus unerschütterten Grundsätzen bezieht. Der gestaltende Geist kann mit dieser Zeit beginnen, was ihm beliebt. Sie ist in ihrer ganzen Ausdehnung Freigut, Materie.«[19] Keine weiteren Manifeste. Ball »beliebt«, einen »kleinen Roman« zu schreiben, der »voller Lustbarkeit, ohne jeden Aerger, voller Plaisanterie, fränkisch und graziös sein soll, also ein Humoristikum wird.«[20] Er teilt August Hofmann Anfang Oktober mit, daß Leonhard Frank für dieses »Apachenbuch«, den *Flametti*, einen Verleger suchen will, und fügt hinzu: »Emmy Hennings schreibt auch ein Buch, das ebenfalls einen Verlag finden soll. Sie versucht ihr phantastisches Leben auf einen Roman zu reduzieren. Es ist schade, daß Du aus diesem Leben so wenig kennst, sonst könntest Du Dir einen Begriff machen, was das heißt.«[21]

Das Schreiben hält Emmy im Tessin. Jetzt, so scheint es, wird er endlich wahr, der Traum vom »Büchermachenspiel«. Dabei war sie, kaum in Magadino angekommen, Mitte August, nochmal nach Zürich gefahren, um Freunde zu treffen. Zum Verdruß von Ball, der »sehr wütend und ärgerlich ist; laß Dich mal recht am Ohr zausen ... Verbombaschierst dort das Geld und schreibst Ansichtskarten.«[22] Aber drei Tage später lockt er sie schon wieder mit einem kleinen Haus in Ascona. Mit Garten und Zugang zum See. Lockt mit einem nahen Ristorante, so daß Emmy nicht kochen muß. Mit einem deutschen Kaffeehaus in Locarno, mit Zigaretten. Und verspricht der begeisterten Schwimmerin: »der See ist viel mehr blau als in Vira.«[23] Sie kommt zurück, beginnt ihre

Arbeit an *Gefängnis*. Das Kind geht, offenbar erstmals seit Flensburg, wieder zur Schule. Ball scheint glücklich, schreibt an Tzara: »Madame Hennings schreibt ein so interessantes Buch gegenwärtig, daß ich unbedingt dabei sein will. Ich bin entzückt von diesem Buch, begeistert, ich träume davon, um fünf Uhr liegen wir uns schon in den Haaren.«[24] Und an Hofmann: »Morgens um sechs stehen wir auf, weil unsere Tochter in Locarno in die Schule geht. Wir arbeiten bis neun Uhr abends. Exerzitien in einem Kloster könnten nicht strenger sein. Einige Freunde unterstützen uns ein wenig: Oppenheimer, Frank. Auch Schickele ist sehr nett zu uns. Und so wollen wir diesmal durchsetzen, kein Kabarett und Varieté mehr machen zu müssen.«[25]

Ich stelle mir vor, wie ungewohnt dieses Leben für Emmy ist. Bisher waren die Nächte ihre Tage. Bisher lebte sie ohne die äußere Verpflichtung für ein Kind, aber auch ohne die innere Verpflichtung zu einer Arbeit. Paßte ihr etwas nicht, verließ sie ihre Engagements. Und ihre Beziehungen löste sie so spontan, wie sie diese eingegangen war. Abend für Abend hatte sie im ›Cabaret Voltaire‹ auf der Bühne gestanden. Überzeugend, wie Suzanne Perrottet sich erinnert: »Ich hatte so etwas noch nie gesehen und war sofort gewonnen für die Dadaisten ... Emmy Hennings ... stand da, angekleidet mit einem Rohr aus Karton, über den Kopf bis an die Füße, das Gesicht war eine gräßliche Maske, der Mund offen, die Nase auf die Seite gedrückt, die Arme in dünnen Kartonröhren verlängert, mit stilisierten langen Fingern. Das einzige Lebendige, was man gesehen hat, waren die Füße, nackt, ganz allein für sich da unten, das war so prägnant und eindrucksvoll. So hat sie getanzt. Sie konnte nichts anderes machen als mit den Füßen klappern oder das Ganze wie einen Kamin neigen, und dabei hat sie noch geredet hie und da, aber man hat es nicht verstanden, man hat es gespürt, und manchmal hat sie einen Schrei ausgestoßen, einen Schrei ...«.[26] Doch auf dem Höhepunkt des Spiels hat Hugo gefordert: Wir gehen! Zögernd und widerstrebend trennt sie sich von den Freundinnen, den Freunden. Und erlebt im Tessin das neue Spiel vom Büchermachen als strenge Arbeit. Ball will den Rückzug. Ein Leben in klösterlicher Strenge. Wünscht in der Schreibklausur keine Kontakte. Schon gar nicht zu den zahlreichen Deutschen, die oberhalb Asconas auf dem Monte Verità leben. Hier hatte sich bereits um die Jahrhundertwende eine kleine buntgemischte Schar von Anarchisten, Theosophen und Vegetariern niedergelassen und Reformwillige aus ganz Europa angezogen. Emmys Freund Mühsam hatte 1904 eine kurze Zeit an dem »absonderlichen Experiment« teilgenommen. Rudolf von Labans Ideen, den Tanz spirituell und stilistisch neu zu fassen, die Emmy und Hugo während ihrer Münchner Zeit erstmals kennenlernten, wurden auf dem Monte Verità entwickelt. Fernab von der verstörenden Welt der Städte, fernab auch von aller intellektuellen Konkurrenz nahmen sich auf dem »Berg der Wahrheit« die als »Kohlrabi-Apostel«, als »Narren und Propheten« verspotteten Aussteiger die Freiheit, mit ihren neuen Lebensvorstellungen der Wirklichkeit zu trotzen. Und obwohl Laban und seine Schülerinnen die Dada-Programme mitgestaltet haben, lehnt Ball 1916 die zivilisationsmüden Siedler, die nackten Sonnenanbeter in ihren »Lufthütten« vehement ab.

Emmy, gewöhnt an einen großen, kontrovers und engagiert diskutierenden Freundeskreis, an die Zerstreuungen der Städte, mag gegen die Isolation rebelliert haben. Aber auch Ball reagiert bald überdrüssig: »Sie fragen mich nach Ascona. Das ist ein Ort ohne jeden Komfort, wo man momentan kaum ein Zimmer mieten kann. Es gibt eine Menge schafblöder Naturmenschen, die in Sandalen und römischer Tunika wandeln. Es gibt keine Unterhaltung, keine Bücher, keine Zeitungen. Es gibt nur schönes Wetter.«[27] Und damit geht es im Oktober zu Ende. Am 20.10.1916 schreibt er an Käthe Brodnitz: »Nun, hier unten in Ascona, abgeschnitten von allen Freunden, kamen Wochen, die wie verhext, wie ein Wachtraum waren ... Emmys Roman *Gefängnis* ging an Frank ab, das *Berliner Tagblatt* nahm Skizzen daraus an, und Frank schrieb, daß der Roman ihm gefällt, daß er ihn an Fischer geschickt hat, und daß er bestimmt gedruckt wird ... Aber gerade jetzt gingen und gehen uns die Subsistienzmittel aus, die wir für unser ärmliches Leben brauchten. Und schlimmer: Emmy wurde müde, hüstelte, schlief tagelang vor Ermattung, und die Kleine konnte nicht mehr zur Schule gehen, weil sie – wie solche lächerlichen Dinge oft passieren – keine heilen Sohlen mehr an ihren kleinen Füßen hatte.«[28] Zuvor hatte er den

Flametti beendet, »in einer seltsamen Art von Wesensspaltung ... als eine Gelegenheitsschrift, als eine Glosse zum Dadaismus mag er mit diesem verschwinden.«[29] Ende Oktober verläßt er Ascona und kehrt zurück nach Zürich. Vier Tage bleibt er, bekommt von Tzara einen Packen neuer Gedichte, verliert sie, ehe er sie gelesen hat. Sucht überall im Niederdorf. »Umsonst. Fundbüro, Zeitung, alles umsonst. Die Manuskripte sind verloren; ich wage kaum, es ihm zu sagen. Frank meint: ›Unterbewußtsein. Es liegt Ihnen nichts mehr daran‹.«[30] Mit Leonhard Frank fährt er nach Ermatingen, um René Schickele zu treffen. Emmy bleibt mit Annemarie in Ascona zurück. Erschöpft von ihrer Arbeit an *Gefängnis*, auch von ihren Erinnerungen. Vom neuerlichen Drogenentzug. Mittellos. Einsam. Ungewiß, wie das Leben an der Seite dieses Mannes weitergehen soll. Dann läßt er sie nachkommen. Frank hat ihnen ein Chalet gemietet, »hatte es für Emmy und mich einrichten lassen: entzückend sage ich Dir. Mit Korbmöbeln, langen gelben Stores, epheu- und bänderverzierten Körben voll Äpfeln. Ein amerikanischer Dauerbrandofen, Bedienungspersonal: kurz, es war wie ein Märchen.«[31] Aber das Märchen geht nicht gut aus. Frank leidet an Depressionen, Hotel und Chalet müssen für deutsche Internierte geräumt werden. Die Arbeit mit Schickele für die *Weißen Blätter* gestaltet sich ambivalent. »So in der Nacht und bei Mondschein verstehen wir uns ganz gut ... Aber bei Tag haben wir beide wieder ganz andere Gesichter auf.«[32] Ball und Emmy verlassen Ermatingen. Gehen Ende November zurück nach Zürich. Er wohnt vor der Stadt zur Untermiete, »bei einfachen Leuten, wie ein Mönch.«[33] Emmy lebt mit dem Kind in der Stadt im Hotel, »ist immer ein wenig krank und schwach. Das fanatische Denken und Schreiben strengt ihre zarte Gesundheit sehr an. Ihre früheren Freunde hatten sie so sehr verwöhnt (mehr als man vor hundert Jahren die kleine Bettina verwöhnte) und seit sie mit mir in der Schweiz ist, hat sie viel Schlimmes erlebt.«[34]

Einer der früheren Freunde, Hardekopf, ist wieder in ihrer Nähe. Zunächst interniert im Sanatorium Bellevue bei Ludwig Binswanger in Kreuzlingen. Diagnose: Neurasthenie, psychische Depression. Auch die Lunge ist nicht in Ordnung. Binswanger wird in den nächsten Jahren für die ärztlichen

Atteste der Dienst- und Wehrunfähigkeit sorgen, die Hardekopf ein Verbleiben in der Schweiz ermöglichen. Nach seiner Entlassung aus dem Sanatorium ab Herbst 1916 hält er sich zunächst in Ermatingen und Mannenbach im Kanton Thurgau auf. Lebt bei Olly Jaques, einer Freundin, mit der er lebenslang Briefe wechselt. Briefe, die auch immer wieder Aufschluß über seine Beziehung zu Emmy geben. Er fährt über Zürich an den Lago Maggiore, wo er Emmy erstmals wiedersieht. Zu Beginn des Jahres 1917 ist er erneut in Zürich, berichtet Olly Jaques über ein Treffen mit Emmy: »Sie sah ganz gut aus und hat sich wohl ein bißchen beruhigt von all ihren erregenden Ideen ... Morgen wollte Emmy ihr Kind in ein Institut am Wallensee bringen. Sie möchte gern eine Zeit lang mit ihren Gedanken allein sein. Finanziell scheint wenigstens keine momentane Not zu herrschen; das Geld für das Erziehungs-Institut ist vorhanden.«[35] Ball hält sich kurzzeitig mit Freunden im Tessin auf. Er war Emmys physischen und psychischen Problemen mit forschem Optimismus begegnet, schreibt an Maria Hildebrandt: »Ich für mein Teil glaube, daß man sich nur durch unentwegte Arbeit und Heiterkeit gesund erhalten kann.«[36] Um einen Monat später mitzuteilen: »Ich will leiden, ich will mich nicht drücken.«[37] Wechselbad der Gefühle im Spätherbst 1916. Er wirbt bei der Schwester um Emmys Anerkennung. Wenn ihr Gefängnis-Buch erscheint, das weiß er, wird die Mutter noch unerbittlicher sein. »Warum hat die Mutter sich geschämt, als ich ins Gefängnis kam? Sie soll mal in der Bibel lesen. Für wen Christus gesprochen hat und gegen wen. Sie wird mich dann besser verstehen. Das gilt auch für Emmy ... Hat sie sich jemals interessiert, wer Emmy ist? Weiß sie das so genau? Ich liebe Emmy, und das sollte ein Grund sein für eine Mutter, sich zu interessieren.«[38] Das schreibt er kurz vor Weihnachten, will mit dem Kind ein Bäumchen schmücken. Er versucht Emmy aufzuwerten, indem er mitteilt, daß Arbeiten der Freundin im *Berliner Tageblatt* und im *Berner Bund* erschienen sind.

Zum Jahreswechsel 1916/17 ist wieder einmal alles offen. Ball plant weiterhin politisch-journalistische Arbeiten. Diskutiert die Herausgabe einer Zeitung. Arbeitet am *Bakunin-Brevier.* Verspricht jedoch auch Tzara, in der Galerie Cor(r)ay in der Züricher Bahnhofstraße an Autorenabenden mitzuwirken. Fest steht für ihn nur: »Ich mache keine Tournee mehr, kein Cabaret mehr.«[39] Und im Sommer soll der *Flametti* erscheinen, soll »meine ganze Philosophie enthalten.«[40]

Von Emmy erfahren wir aus Balls Briefen, daß sie »ganz gierig« lernt. »Die Literatur ist ja noch neu für sie. Sie wird mir nächstens den Rang ablaufen.«[41] Und übereinstimmend von Ball und Hardekopf über ihren schlechten Gesundheitszustand. Und daß sie allein sein möchte. Sie zieht sich zurück in »ein kleines heiliges Refugium. Es beruhigt mich, Dich dort von Schwestern umgeben und gewiß zärtlich behütet zu wissen. Bitte auch für mich, Liebste, bei der allergütigsten und liebreichsten, verehrten Frau«, schreibt ihr Ball am 8. Februar 1917. Und: »Es ist etwas Schönes um die katholische Kirche. Sie ist wie eine ewige Mutter, die uns Eintagskinder in ihre Arme auffängt ... Erhole Dich gut, Liebste, schöpfe neuen Atem und neue Kraft, und sammle Dich. Wir sind Streiter und dürfen es uns wohl gönnen, einmal unseren Platz zu verlassen um auszuruhen. Ich beneide Dich sehr. Für mich hatte das Klosterleben immer einen mystischen Reiz, dem ich nur schwer widerstehen kann.«[42]

Emmy im Kloster. Sie scheint Atem zu schöpfen. Schreibt eine Erzählung, in der sie den heimatlichen Norden erinnert: *Hans von Kallenby*. Das Manuskript ist verschollen. Stellt einen Gedichtband zusammen: *Graue Fahnen*. Den nimmt Klabund mit nach München, um einen Verleger zu suchen. Überarbeitet *Gefängnis*. Als das Buch erscheint, ist Hardekopf zutiefst betroffen, schreibt: »Emsi, wie Dein Buch, Dein so wert- und wunderreiches Buch, auf mich wirkt, das sage ich Dir bald, wenn Du's erlaubst. Hans Richter und seine Frau haben das Buch auch gelesen ... (Ich verleihe dieses Buch nicht gern, darf aber wohl nicht so eigensüchtig sein, es allein lesen zu wollen). Ich denke, bald werden sich auch die Zeitungen über die Emsi, die Dänin, vernehmen lassen.«[43] Und einige Wochen später teilt er ihr aus Mannenbach mit, daß Schickele ihr Buch lese, und erinnert die Freundin an den Duft weißer Rosen in einer Gaststube zu Urville. Immer wieder beschwört er Gemeinsamkeiten. Hegt eine unausgesprochene Abneigung gegen Ball, und als er *Flametti* gelesen hat, urteilt er: »... ein mir, leider, völlig unerträgliches Buch, dem ich aufs äußerste widerstrebe. Wieviel besser wäre es, wenn diese Sammlung häßlicher Notizen nicht existierte.«[44] Eifersucht mag bei dem harschen Urteil mitgespielt haben. Denn noch immer trifft er die Frau, die Ball nicht lassen kann, dankt »von Herzen für Deinen Besuch, Emsilein, und hab Dich innig lieb. Heut Nacht hab ich von Dir geträumt. Dein Hardy.«[45] Aber auch Ball kann sich Hardekopfs Charme nicht entziehen, gibt Emmy gegenüber ehrlich zu: »Ich habe mich selten so gut unterhalten und so witzig.«[46]

Seit seiner Ankunft in der Schweiz hat Hardekopf Beziehungen zu den Dadaisten. Als im Januar 1917 eine erste Ausstellung in Han(s) Cor(r)ays[47] Räumen im Haus des Schokoladenfabrikanten Sprüngli in der Bahnhofstraße stattfindet, schreibt er an Olly Jaques, »daß die ganze Ausstellung den dummen Namen Dada trägt ... Richter erzählte mir, er habe wegen dieser törichten Firma das von ihm für den Salon gezeichnete Plakat zurückgezogen ... Also, eine ungemischte Freude scheinen diese Neuerer aneinander nicht zu haben.«[48] Dennoch ist Ball wieder dabei, als in der Galerie Autorenabende stattfinden sollen. Mietet gemeinsam mit Tzara Corays Räume von Sprüngli. Am 17. März öffnet die ›Galerie Dada‹ mit einer Sturm-Ausstellung, die Coray von Herwarth Walden aus Berlin in seine Baseler Galerie übernommen hatte. Klee, Kandinsky, Münter werden gezeigt. Vorträge über die ausstellenden Künstler gehalten. Und dann beginnt noch einmal eine Zeit der Aktionen: 18. März: Kostümfest bei Mary Wigman. 29. März: Eröffnungsabend mit Lesungen, Musik, Tänzen und anschließendem Unterhaltungsprogramm mit Puppenspiel und Tombola. Das findet auf Druck Sprünglis als »geschlossene Veranstaltung« statt, denn der schockierte Schokoladenfabrikant droht seinen neuen Mietern mit Kündigung. Trotzdem ist die Galerie täglich geöffnet, Künstler und Gäste finden sich ein. Am 31. März schließlich untersagt Sprüngli die Benutzung der Räume wegen nicht erfolgter Mietvertragsunterzeichnung und Vorauszahlung. Niemanden kümmert das. Vom 9. bis 30. April findet die 2. Sturm-Ausstellung statt. Werke von Feininger, Max Ernst, Kubin, Oskar Kokoschka und Johannes Itten weden präsentiert. Am 14. April eine weitere Dada-Soirée, am 28. April der »Abend Neuer Kunst«. Auch Huelsenbeck, der inzwischen Zürich enttäuscht verlassen hatte, kommt zurück. 2. bis 29. Mai neue Ausstellung mit Werken u.a. von Arp und de Chirico, Janco, Klee, Macke, Modigliani. Kinderzeichnungen von Annemarie Hennings finden sich neben Negerskulpturen. Am 10. Mai Nachmittagstee mit Diskussion. 12. Mai: 4. Dada-Soirée »Alte und Neue Kunst«. Vers nègres werden im Wechsel mit Texten von Jakob Böhme und Nostradamus rezitiert. »Der Abend galt dem Nachweis der Verwandtschaft von alter Gotik und Negerkunst mit neuesten *Realisierungen*«, notiert Hardekopf und fügt hinzu: »... man baut sich eine Tradition.«[49] Das Programm trägt Balls Handschrift.

Sonntags finden Führungen für Arbeiter statt. Die allerdings finden weder Zugang zu der neuen Kunst noch zu ihren Protagonisten. »Der Unterschied zwischen diesen Leuten und dem Maschinenschlosser war denn doch sehr groß. In diesem Kreis war ich eine Randfigur, und es gab nur wenig Gemeinsamkeiten. Ich glaube Ball und sein Kreis haben mich mehr als Unikum betrachtet. Ein Arbeiter, das war ihnen wie ein Hund mit zwei Köpfen; von meiner Wirklichkeit waren sie kaum berührt«,[50] erinnert Ernst Thape, der als einziger Arbeiter am 27. Februar 1916 mit einem Text im ›Cabaret Voltaire‹ aufgetreten war. Für ihn trafen sich im Cabaret »Querköpfe, und als Querkopf wurde auch ich von ihnen anerkannt. Die Abende oder Wochenenden bei den Dadaisten habe ich als ziemlich paradox empfunden. Sie wollten sich von der bürgerlichen Tradition befreien und Propaganda gegen den Krieg machen, aber wenn Emmy Hennings abends den ›Totentanz‹ sang ..., dann war das, von mir aus gesehen, der ich keinen Einfluß und keine Möglichkeiten erkennen konnte, eher ein Witz.«[51] Ball sieht er kritisch: »Ich möchte ihn versponnen nennen, versponnen in sich selbst ... Viel Literatur hatte er in sich und um sich, aber mit dem Leben kam er nicht zurecht. Ihn, seine Gefährten, Janco und Tzara, trennten Welten von der meinen.«[52] »Wie sehr die Welt der Dadaisten von der seinen abgehoben war, zeigt auch eine Äußerung über Emmy Hennings«, schreibt sein Interviewpartner Martin Korol. »Wir waren so getrennt, daß ich Emmy Hennings nicht mal als Frau wahrgenommen habe.«[53]

Diese ist, anders als 1916, als sie aktiv an den Planungen

beteiligt war, bei der Eröffnung der Galerie nicht dabei. Wünscht dem »lieben Tzara-Dada« nur schriftlich alles Gute. In einem verzweifelten Brief. Nicht Ball gratuliert sie, sondern Tzara, bittet ihn, Hugo zu sagen, »daß er nicht traurig sein soll über mich, im Gegenteil, ich suche eine abgründige Veränderung.«[54] Sie sehnt sich, wieder ihren eigenen Weg zu gehen. Ist unsicher, wohin und mit wem. Fühlt sich »abseits, längst aus dem Rahmen gefallen.«[55] Vergleicht sich mit einem »schlechtgezimmerten bunten Wimpelboot, das dem Tumult der Seelenstürme nicht standhält.«[56] Vertraut Tzara ihre Wünsche an, ihre Sehnsüchte. Zeigt ihm, wie sehr sie mit den Dadaisten verbunden ist, »und da ich Sinn und Freude am Geschäft habe, werde ich beim ersten Erfolg der Dada-Galerie rufen: Es lebe Dada.«[57] Wahrscheinlich ist es diese innere Verbundenheit zur Gruppe, die sie bewogen hat, nach Zürich zurückzukehren. Jedenfalls steht ihr Name am 23. März wieder im Programm. Sie rezitiert. Singt. Tanzt. Tritt nicht nur wieder auf, sondern sitzt auch während der Öffnungszeiten in der Ausstellung, verkauft einmal sogar ein Bild. Sie streicht Küchenhocker »in allen Ostereierfarben« als Sitzgelegenheiten für die »vornehme Kundschaft«. Aber als sich die Damen erstmals darauf setzen, färben sie deren Kleider. »So sahen sie auch ziemlich abstrakt aus: Kompositionen in Blau, Grün, Gelb, Rot. Unfreiwillige Farbensymphonien. O, diese wandelnden Paletten ...«[58]

Bei der 5. Veranstaltung am 19. Mai finden wir Hardekopf unter den Mitwirkenden. »Auf einer Dada-Soirée habe ich meine ›Manon‹ produziert«, schreibt er kurz darauf an Olly Jaques und fügt hinzu: »Emmy ist jetzt mit ihrem Kind im Ticino. Ball will ihr Anfang Juni folgen.«[59]

Bis kurz vor dem 19. Mai hatte sie an den Soiréen mitgewirkt, aber gerade vor Hardekopfs Auftritt, der ihr wichtig gewesen sein muß, schickt Ball sie erneut mit Annemarie ins Tessin. Wie im Jahr zuvor sitzt sie in Magadino. Fühlt sich unverstanden und sehnt sich zurück in die Galerie, die Ball schließen will. Grund ist ein erneutes Zerwürfnis zwischen Tzara und Ball, den beiden Leitern des Unternehmens. Und Sprüngli, der bereits seit Ende April wegen zu starker Lärmbelästigung versucht hatte, seine unliebsamen Mieter loszuwerden, verstärkt seinen Druck.

»Lieber Tzara-Dada«, schreibt Emmy am 19. Mai, »gern möchte ich zurück, um euch beim Packen zu helfen, denn ihr könnt es nicht leicht ohne mich, und ich weiß erst jetzt, wie sehr mir die Galerie gefällt, auch wenn ich manchmal nervös war, aber die Galerie ist gut, die Galerie ist süß, am Morgen, wenn die Sonne schien auf den Parkettboden, und die Galerie war abenteuerlich, wenn ich nachts die Klees und, o!, Kandinsky, o!, betrachtend mich versenken konnte, allein, wenn alle Bilder mir gehörten, o, wie unnatürlich von mir, daß ich den Kandinsky nicht gestohlen habe oder den Klee mit der mönchiglichen Beichte. Mit solchem Bild hätte ich in den Bergen leben können, so aber muß ich scheu in eine Gebirgsschlucht steigen und das Einfachste motivieren, daß ich da bin und daß ich ein Kind haben will. Das Selbstverständliche findet man bei mir gottlos und unverantwortlich. Zu mir haben die Leute gesagt, ›ich hätte keinen Gott‹. Das können sie doch gar nicht wissen. O, lieber Tzara-Dada, ich kann ihnen nur wünschen, daß es ihnen nicht so gehen möge wie mir ... Könnte man doch Trappist werden. Ich möchte auf nichts mehr antworten und einen Zettel um den Hals tragen: ›Ich bin da. Pardon.‹ Und wäre man allem Widrigen enthoben. Wer ist so unselig dran wie ich, die so gern verstanden sein will, und wenn ich am deutlichsten bin, versteht man nie. O, lieber Tzara, Mr., seien sie mir nicht bös ob meiner Klage, aber wir sahen uns doch und sprachen, arbeiteten miteinander, und, ach, nicht wahr, sie verstehen doch. Ich will ihnen ein zartes Bild aus Seide senden ... Heute abend habt ihr Soirée, und aller Erfolg möge mit euch sein, und daß ihr die geliebte Galerie, unser Freuden- und Sorgenkind gut behandelt und betreut bis zum Schluß, und wenn es sein muß, komme ich. Ihre Hennings-Dada.«[60]

Welch ein Brief an Hugos Widerpart! Welche Eingeständnisse! Und dann doch wieder Solidarität mit Ball, als dieser, noch bevor die letzte Soirée am 25. Mai stattgefunden hat, in Magadino eintrifft.

Erschöpft und enttäuscht, wie im Jahr zuvor, entzieht er sich seinen Pflichten. Bleibt mit Annemarie im Tessin. Schickt Emmy nach Zürich, die Galerie aufzulösen. Sich mit Sprüngli, mit den Gläubigern, mit Tzara auseinanderzusetzen. Am 28. Mai schreibt er diesem: »Ich konnte nicht mehr bleiben ... Ich habe für die Galerie getan, was in meiner Kraft stand ... Ich hoffe, Sie haben nicht zuviel Unannehmlichkeiten mit unseren Freunden und Gönnern, und ich bin einverstanden mit jedem Schritt, den sie gemeinsam mit Frau Hennings unternehmen.«[61] Emmy aber beschwört er mit gleicher Post: »Du mußt verhindern, daß man Dummheiten erzählt: ich hätte alles im Stich gelassen.« Schmeichelt: »Wie gut, daß ich weiß, ein so tüchtiges Putzlein an meiner Stelle zu haben in Zürich. Ich bin wirklich ruhig, denn ich weiß, wie sehr Du praktisch und tüchtig bist, wenn es gilt. Es wird doch noch allerhand zu tun geben. Besonders, wenn morgen die Schuldner kommen.«[62] Die Stimmung in Zürich ist gespannt. Die Galerieabrechnung weist ein Defizit auf. Ball entzieht sich der Verantwortung. »Tzara litt sehr und hatte scharfe Vorwürfe gegen Ball im Herzen.«[53] Richter bemüht sich vergeblich um die Beilegung des Konflikts. Ist doch die Kluft in der ständig gewachsenen Emigranten-Szene zwischen den »Moralikern« um Schickele, Frank, Rubiner und Ehrenstein und den dadaistischen »Ästhetikern« mittlerweile unüberbrückbar. Und Ball fühlt sich zwischen den Fronten. Hat seine endgültige Entscheidung getroffen. Emmy faßt dieses damals die Gemüter bewegende Ereignis 30 Jahre später in zwei knappe Sätze: »War der Dadaismus ein Zelt für Hugo, dann brach er es nicht eigentlich ab, sondern ließ es stehn, wo es stand und fuhr eines schönen Tages in den Tessin. Da ich noch mit Aufräumungsarbeiten beschäftigt war, folgte ich ihm einige Wochen später nach.«[54] Daß Emmy für sich keinen Grund gesehen hätte zu gehen, zeigt der Brief an Tzara. Ich vermute, daß sie ohne Hugo geblieben wäre. Noch immer fühlt sie sich als die »Hennings-Dada«. Sagt: »... das Wort stammt von mir, und ich hab's in einer Spielerei oft Hugo gesagt, wenn ich spazierengehen wollte. Alle Kinder sagen DADA.«[65]

Die Abreise aus Zürich mag ihr, trotz aller leidigen Auseinandersetzungen, schwer geworden sein. Wieder einmal wird sie sich die Frage gestellt haben, wie es mit Ball, mit ihr, mit dem Kind weitergehen soll. Aber als sie nach Abwicklung der Galerie-Angelegenheiten aus Zürich an den Lago Maggiore zurückkehrt, hat Hugo bereits seinen Entschluß gefaßt. Will auf die Alp Brussada im Maggiatal ziehen, um dort sein *Bakunin-Brevier* zu beenden. Denn während Emmy in der Bahnhofstraße Bilder abhängte und versandfertig machte, mit Tzara und Sprüngli verhandelte, hatte Ball fragend sein Fazit formuliert: »Der Dadaismus – ein Maskenspiel, ein Gelächter? Und dahinter eine Synthese der romantischen, dandystischen und – dämonistischen Theorien des 19. Jahrhunderts?«[66] Und an Lenin erinnernd, der inzwischen von der Spiegelgasse nach Sankt Petersburg aufgebrochen war, um die Revolution durchzusetzen: »Ist der Dadaismus wohl als Zeichen und Geste das Gegenspiel zum Bolschewismus? Stellt er der Destruktion und vollendeten Berechnung die völlig donquischottische zweckwidrige und unfaßbare Seite der Welt gegenüber?«[67] Keine Antworten. Statt dessen neue Fragen. Wieder einmal vertieft sich Ball in die Lektüre Nietzsches. Sucht die reine Höhenluft. Formuliert sich selbst fragend als Nachfolger: »Die Einsamkeit dessen von Sils-Maria wird in Kürze ihren Ablauf haben. Wenn aber ein Katholik auf ihn folgte; wenn einer käme, der begriffe, daß die Zeiten der Bonifatius und Ignatius noch nicht vorüber sind, ja daß sie wenig gefruchtet haben? Was würden die vereinigten Sachsen und Preußen mit ihm beginnen?«[68] Umrisse jener Gedanken, denen er später in *Zur Kritik der deutschen Intelligenz* und *Die Folgen der Reformation* nachspüren wird.

Am 1. Juli steigen sie zu Berge: »Hugo hatte den großen Tragkorb, der mit deutscher Philosophie angefüllt war, auf dem Rücken, während Annemarie und ich ähnlich ausgestattet, mit Lebensmitteln, Kleidung, Schreibmaschine, Kochgeschirr und Kaffeemühle beladen waren. Ein weißes Zicklein, das uns die Milch lieferte, war auf den schmalen Pfaden die beste Wegführerin.«[69] Und noch einer ist mit ihnen unterwegs zu der Sennhütte, »die mehr als Heuschober gedacht war und vor uns nie bewohnt worden war«:[70] Friedrich Glauser, einer der wenigen Schweizer, die sich den Dadaisten angeschlossen hatten und dem wir einige genaue Beobachtungen zu Emmy Hennings verdanken. »Clauser ist ein sehr lieber Junge und ein wenig verliebt in mich«,[71] hatte Ball zu Beginn des Jahres 1917 an Emmy geschrieben. Da hatte er den 21jährigen gerade kennengelernt. Glauser, den Emmy und Hugo stets in der welschen Namensform, Frédéric Clauser, benennen, war der Sohn eines Genfer Vaters und einer österreichischen Mutter, die früh starb. Der Vater, der mit dem aufgeweckten Knaben nicht zurechtkam, hatte ihn zunächst ins Landerziehungsheim Glarisegg, später ins Collège de Genève geschickt. Nach der Matura studiert Glauser in Zürich Chemie, gibt eine literarische Zeitschrift heraus, die jedoch bald eingeht. Sucht Kontakt zu den literarischen Zirkeln der Stadt. Tritt bei den Soiréen in der ›Galerie Dada‹ auf. Ist morphiumsüchtig. Der Vater schickt ihn in psychiatrische Behandlung. Sperrt das Geld. Glauser schließt sich eng an Ball an, »der wie ein ruhiger, älterer Bruder wirkt.«[72] Und der ihn mitnimmt auf die Alp, um ihn vor der drohenden Entmündigung durch den Vater zu bewahren. »Was mir so gefiel an Clauser«, schreibt Emmy am 20. März 1939 rückblickend, »es lag ihm mehr daran zu leben, als zu schreiben. Er nahm in Unbefangenheit und gierig das Leben auf, ohne an literarische Verwendung zu denken. Er schrieb wie zum Spiel, zum Zeitvertreib, so nebenbei.«[73] In Glausers Beschreibung der Emmy Hennings vom Frühjahr 1917 finde ich die zwischen Schreibwunsch und Auftrittssucht, zwischen dem Wunsch nach Ruhe und der Hektik der Literatenszene schwankende Exzentrikerin, die immer wieder Drogen und Männern verfällt. »Ein kleines, blondes Geschöpf, dem auch der grünspanige Sweater nichts von seiner Zierlichkeit rauben kann ... Sein bleiches Gesicht ist stark gepudert wie bei einem kindlichen Clown ... Sie blickt mich zuerst mißtrauisch an. Ihre kleine Hand mit den abgebissenen Nägeln ist fieberheiß, und diese Hitze will garnicht zu dem weißen Gesicht passen. Sehr erregt ist diese kleine Frau, sie zittert immer ein wenig, wie eine bunte Papierschlange vor einem Ventilator.«[74] Emmy erzählt von einem grauenhaften Erlebnis, das sie am nächtlichen Seeufer gehabt haben will. Da ist ihr die tote Großmutter in einem Baum erschienen. Die Zuhörer im ›Café Odéon‹ reagieren mit spöttischem Lachen. Mit Verlegenheit. Oppenheimer sagt: »Emmy, du hast einen Schwips ... Ball jedoch hält seine große Hand über die Hand seiner Freundin, und diese schützende Gebärde paßt garnicht in den Lärm der leeren Gespräche ... ein sehr schönes Lächeln entsteht auf seinen Lippen, nicht etwa ein nachsichtiges, ein sehr brüderliches könnte man sagen. ›Nun ja‹, sagt er mit seiner tiefen Stimme, die sehr ruhig und selbstverständlich klingt, ›Die alte Großmutter hat eben Sorgen gehabt um ihr Enkelkind und ist gekommen, nachzusehen, wie es ihm geht‹.«[75]

Als sie auf die Alp steigen, ist das Geld aus dem Nachlaß von Anna Cordsen fast aufgebraucht. Das bescheidene Wirtschaften dort oben soll den Zeitpunkt herausschieben helfen, da sie wieder Brotarbeit leisten müssen. Sie haben – weltfremd genug – neben tausend Bogen Schreibmaschinenpapier und Kopierblättern auch Spaten und Hacke, sowie Sonnenblumensamen und Setzkartoffeln dabei, »und Hugo versprach, den Boden im Maggiagebirge urbar machen zu wollen.«[76] Erwartungsgemäß jedoch wird geschrieben: Glauser übersetzt Laforgue und Léon Bloy. Hugo beendet das *Bakunin-Brevier*. Emmy überarbeitet *Gefängnis*. Das Kind »malt blaue Schmetterlinge auf weißem Grund.«[77] Doch bereits einen Monat später zieht die kleine Karawane wieder zu Tal. Glauser war schon nach vierzehn Tagen gegangen, hatte seinen Vormund Walter Schiller am 12. Juli wissen lassen: »Es ist mir unmöglich hier weiter mit Herrn Ball zu leben; und zwar ist der Grund durchaus ein finanzieller. Herr Ball weiß nicht, wie er sich und seine Familie weiterhin unterhalten soll, da erwartete Geldsendungen nicht eingetroffen sind. Es ist daher für beide Teile besser auseinanderzugehen.«[78] Und Ball fügt im Anschreiben hinzu: »Herr Glauser reist, nachdem wir uns in freundschaftlicher Weise eingehend besprochen hatten ... Herr Glauser hat in dieser Zeit viel gearbeitet und wird der Erfolg wohl nicht ausbleiben.«[79] Aber damit wird es dauern. Nach Gefängnisstrafen wegen Beschaffungskriminalität und Einweisungen in die Psychiatrie tritt Glauser 1921 in die Fremdenlegion ein. Wird nach Algerien geschickt. Nach Marokko. Nach einer Zwischenstation in Paris wird er 1925 wieder in die Schweiz überstellt. Versuche, sich eine Existenz als Gärtner aufzubauen, schlagen fehl. Immer wieder wird er in die Psychiatrie eingeliefert. Eine Psychoanalyse bleibt erfolglos. 1938 stirbt Glauser. Er ist 42 Jahre alt. Seine Kriminalromane um Wachtmeister Studer, die ab 1935 entstanden, machen ihn noch heute zu einem vielgelesenen Schriftsteller. Emmy Hennings und Hugo Ball, die »seine gepflegte Sprache«[80] bewunderten, haben ihn nicht wiedergesehen. Möglichkeiten hätte es wohl gegeben. Aber die schnelle Abreise

Glausers hatte, bei dem bescheidenen Wirtschaften auf der Alp, sicher andere als die im Brief angegebenen Gründe. War er noch immer »verliebt« in Ball? Oder gab es ein Verhältnis mit Emmy, das Ball nicht bereit war zu tolerieren? Diese Vermutung legt ein wenige Wochen später geschriebener Brief Emmys an Hugo Ball nahe, in dem sie Vergangenes bedauert und ihn fortan ihrer Ehrlichkeit versichert.

Als Glauser fort ist, »lebte die heilige Familie mit Kind, Ziege und Schreibmaschine und dem Willen zur Einsamkeit und Armut. Diese Weltanschauung war das Gegenteil von allem, was die Welt bewegt: dem Streben nach Erfolg, Reichtum und Beweglichkeit«, erinnert Huelsenbeck. »Ich weiß nicht, wie weit man berechtigt ist, ein Ereignis dieser Art zu loben oder zu tadeln. Der Auszug und Aufstieg auf den Berg erscheint mir manchmal als die Armut, die hoch hinaus will.«[81] Armut interessierte Ball zunächst nur als soziologisches und politisches Problem. Die franziskanische Armut jedoch schien ihm der Weg, der »Hugo Balls Weg zu Gott« werden sollte.

»Unser Geld, mit dem wir sehr schonend umgingen, wurde knapp und immer knapper, so daß wir uns genötigt sahen, die Alm zu verlassen und wieder talwärts zu wandern. Weil die Reise nicht weit war, zogen wir zunächst nach Ascona, wo wir uns in der Casa Poncini am See Zimmer mieteten,«[82] so Emmy dreißig Jahre später. Ich nehme jedoch an, daß die Spannungen zwischen Emmy und Hugo nach Glausers Abreise von der Brussada unerträglich und der Grund für die Rückkehr ins belebte Ascona waren. Denn die finanzielle Belastung auf der Alp dürfte im Vergleich mit den Dörfern am See eher geringer gewesen sein. Anders als im Jahr zuvor, beurteilt Ball denn auch nach der Ankunft in Ascona den Monte Verità im August 1917 als eine »interessante Fremdenkolonie«, in der gerade ein internationaler Kongreß des ›Ordo Templi Orientalis‹ stattfindet, bei dem sich auch Rudolf von Labans Schule mit tänzerischen Veranstaltungen präsentiert. »Sie hat sich zu einem Institut entwickelt, das sich nicht nur die Ausbildung des Könnens, sondern schon die Erziehung zum Künstler angelegen sein läßt«,[83] urteilt Ball in seinem Artikel »Über Okkultismus, Hieratik und andere seltsam schöne Dinge«, der am 15. 11. im *Berner Intelligenzblatt* erscheint. Er lobt besonders Mary Wigman und die Russin

Raya Belensson. Und Sophie Taeuber, an deren Tanz zu seinem »Gesang der Flugfische und Seepferdchen« in der Galerie-Dada er erinnert: »Ihre Tanzgebilde sind voller Fabulierlust, grotesk und verzückt. Ihr Körper ist mädchenhaft klug und bereichert die Welt durch jeden neuen Tanz, den sie geschehen läßt.«[84] Sicher war es auch für Ball nach der Einsamkeit im Gebirge anregend, Laban und die Zürcher Freunde wiederzusehen. »Aber Ascona war wenigstens für Hugo nur eine Übergangsstation. Er fuhr bald nach Bern, um sich dort nach einer Verdienstmöglichkeit umzusehen, während ich mit meiner Tochter in Ascona blieb.«[85]

Ein neues Kapitel in Balls und damit auch in Emmys Leben beginnt: der politische Journalismus. Für ihn ist Dada an ein Ende gekommen, und sein Klanggedicht »Karawane« von 1916, das er 1917 in Druck gegeben hatte, symbolisiert mit seinem vielfältigen Schriftbild von Jugendstilminuskeln und anderen Satztypen die Klang- und Gefühlswelten seines Verfassers. Scheint Abschluß und Vermächtnis eines Spiels, das Flucht aus der Politik sein wollte und doch auch zum Kampf gegen das kriegerische Morden geworden ist. Daß die von Ball im Tagebuch formulierte Frage nach Dadaismus und Bolschewismus, nach Kunst und Politik bis in unsere Zeit gestellt wird, zeigen die Stücke von Peter Weiss[86] und Tom Stoppard.[87] Dominique Noguez schließlich will in seiner neodadaistischen Pseudo-Dokumentation *Lenin dada*[88] nachweisen, »daß Lenin Mitarbeiter im Cabaret Voltaire war und dort die Oktoberrevolution als Happening plante.«[89] Und bei Frank O'Hara, einem Poeten der »Beat-Generation«, die in ihren schrillen Protesten gegen den Vietnamkrieg, ihrem Konsum von Hasch und LSD sowie der Flucht in fernöstliche Religionen manche Parallele zu den Dadaisten aufweist, finden wir Emmys amerikanische Schwester: »Katy / They say I mope too much / but really I'm loudly dancing. / I eat paper. It's good for my bones. / I play the piano pedal. I dance. / I am never quiet, I mean silent. / Some day I'll love Frank O'Hara. / I think I'll be alone for a little while.«[90]

»So sehr es mich drängt, Dir persönlich zu schreiben, so sehr persönlich, wie es mir vielleicht nie besser gelingen wird, wie gerade in diesen Tagen. Ich bedauere nur eins, daß Deine Abreise so schnell geschah. Du hättest Dinge erfahren, die Dich interessiert hätten, die Dir vielleicht zum ersten Mal seit langer Zeit Freude gemacht hätten …«.[1] Emmy an Hugo. Spätherbst 1916. Er hat Ascona verlassen. Sie hat ihn zum Bahnhof gebracht, begegnet auf dem Heimweg Hardekopf mit einer Freundin. »Obgleich ich mir vorgenommen hatte, Hardekopf nicht ohne Dich zu begegnen, hielt ich es doch für harmlos, dieser Begegnung nicht auszuweichen.«[2] Sie weiß, daß Ball ihre alten Bindungen mit Argwohn sieht, beeilt sich ihm einerseits mitzuteilen, daß diese Begegnung »harmlos« ist, andererseits mit welcher Begeisterung Hardekopf von Balls »Totentanz« spricht. Dem Gedicht, das Emmy im ›Cabaret Voltaire‹ Abend für Abend gesungen hatte und dessen Text 1917/18 vom Flugzeug über den Schützengräben der deutschen Soldaten abgeworfen wird. Sie ist sicher, daß Ball dieses Urteil »Freude gemacht hätte.« Wenige Zeilen später erinnert sie Hugo an »die Tragödie unseres Beisammenseins«,[3] entschuldigt sich: »Ich war sehr schwach, wohl infolge der Aufregungen, habe viel in diesen Jahren durchgemacht, was alles abfiel.«[4] Versichert: »ich bin jetzt so rein und klar Dir gegenüber, nicht der geringste Schatten einer Lüge und ich bin glücklich in Dich versinken zu können.«[5] Wie so häufig in dieser Beziehung ist das Getrenntsein für das Paar ein besseres Bindemittel als das Zusammenleben, erlaubt die gegenseitigen Projektionen, aus denen diese Beziehung lebt. Daher kommt es im folgenden Jahrzehnt immer wieder zu Emmys Ausbrüchen und Fluchten. Und kaum, daß sie abgereist ist, zu sehnsüchtigen Briefen, in denen sie Hugo ihrer Liebe versichert.

In einem zweiten Brief aus Ascona, den die Tochter nachträglich ebenfalls auf 1916 datiert hat, den ich jedoch Anfang September 1917, nach Balls Abreise nach Bern einordnen würde, finde ich wieder diesen überschwenglichen Ton: »Ich hab so große Sehnsucht doch und hab so jungen Sinn. Und hab keinen Brief von Dir, ich traurig, gar traurig bin … Ich möchte so gerne für Dich kochen. Wir müssen wieder zusammen wirtschaften, anders halten wir es ja doch nicht aus.«[6] Im folgenden berichtet sie ihm von ihren Problemen, eine neue Aufenthaltsbewilligung zu bekommen. Da sie aus Deutschland keine Aufenthaltsgenehmigung, keinen »Heimatschein« vorlegen kann, weil sie nach Anna Cordsens Tod keine Anschrift mehr anzugeben hat, machen die Tessiner Behörden Probleme. Diese werden Emmy lebenslang verfolgen. »Es ist so seltsam, keine Legitimation zu haben«, schreibt sie an Hugo. »Es ist so traurig, vaterlandslos zu sein. Ich kann doch nichts dafür, daß ich es bin, aber meine Sprache ist doch deutsch und meine Sprache sollte verraten, wohin ich gehöre … Du kannst es nicht so verstehen, Hugo, wie das ist, nirgends eine Aufenthaltsberechtigung zu haben. In Zürich sollte ich nachweisen, daß ich keine Deutsche bin … Nach Kamerun möchte ich mich wenden, damit man mir nachsagt, daß ich keine Negerin bin.«[7] Ein typischer Emmy-Kurzschluß, die das Vorgehen von Behörden lebenslang nicht versteht. Ihre Anspielung bezieht sich auf eine Situation in Zürich, in der sie keine Papiere vorweisen konnte und deshalb der Stadt verwiesen wurde. Damals hatte sie offenbar ihre im Münchner Melderegister von 1911 eingetragene dänische Staatsbürgerschaft erneuern können. Darauf verweist auch Hardekopf, der ihr am 14. Oktober 1917 vorschlägt, »doch gleich, mit Deinem Kong Christian-Papier, zum dänischen Konsulat zu gehen und Dich dessen Schutz zu sichern. Glaubst Du, oder weißt Du sicher, ob durch die Anerkennung Deiner dänischen Staatsangehörigkeit jene damalige Zürcher Verfügung ungültig geworden ist?«[8] Noch bei ihrer Eheschließung mit Ball am 21. Februar 1920 in Bern wird ins Familienbuch eingetragen: »frühere Heimat Kopenhagen Dänemark«. Die Heirat sichert ihr erneut einen deutschen Paß und den für ihren Aufenthalt in der Schweiz notwendigen Heimatschein. Auch nach Balls Tod wird ihr dieser von dessen Schwester aus Pirmasens regelmäßig zugeschickt. Dennoch wird sie sich bis zu ihrem Ende unsicher fühlen. Als kleiner »Hans ohne Land.«[9] Und immer wieder erwägt sie, wenn es die politischen Zeitläufte geraten erscheinen lassen, die deutsche Staatsangehörigkeit gänzlich aufzugeben und sich um die dänische zu bemühen.

1917 sucht Emmy Sicherheit bei Ball: »Ach, so ohne Heimatschein ... Es wird nicht helfen, wenn das Seepferd sagt, daß Du meine Heimat bist ... Wenn ich nur auf dem Anmeldebüro sagen könnte, daß ich aus dem Hugo-Land stamme.«[10]

Wenige Wochen nach Balls Abreise nach Bern, wo er für die neugegründete *Freie Zeitung* schreibt, zieht Emmy aus dem herbstlich-kühlen Ascona nach Zürich. Muß Arbeit suchen, um leben zu können. Hat Annemarie in ihrem unruhigen Schlepptau. Gibt sie in Richters Obhut. Zu Corays. Manchmal auch zu Hugo. Aber weder er noch Emmy scheinen sich in diesen Jahren wirklich um die Tochter gekümmert zu haben. Das Mädchen, schüchtern und fremd in der turbulenten Gruppe von Dichtern, Musikern, Journalisten, Schauspielern, Künstlern und Kunsthändlern, von Anarchisten, Exilpolitikern, Philosophen, Psychiatern und Pazifisten, sucht Verständnis. Zuneigung. Begegnet der zehn Jahre älteren Elisabeth Bergner, die am Zürcher Schauspielhaus verpflichtet ist, die im ›Café Odéon‹, im ›Terrace‹, in der ›Galerie Coray‹ verkehrt. Ball hat Bergners Erscheinen dort unter dem 28. 4. 1917 im Tagebuch notiert. Die verwirrende Kindfrau trifft das verwirrte Kind. »Als ich zehn Jahre alt war hat sie gesagt ›ich bin deine Freundin und liebe dich‹. Damals war sie wie ein Engel und ich ein einsames kluges Kind welches nie spielte mit anderen Kindern.«[11] Aber der »Engel Lisl« ist ihrer Mutter ähnlicher, als Annemarie ahnt. Von androgyner Schönheit. Von Männern umschwärmt. Erfolgreich auf der Bühne. Unstet. Exzentrisch. Die »Bergerin des Zarten«, wie Otto Flake ihr literarisches Pseudonym Miss Lilian nennt, ist eine »Vielfache« wie Emmy. Identifiziert sich mit ihren Rollen. Spielt auch die »Elisabeth Bergner wie eine Glanzrolle«. Nimmt Morphium. Ist hin- und hergerissen zwischen ihrem Jugendfreund Thomas Schramek in Wien, den sie immer wieder um Geld für Drogen anfleht, und Albert Ehrenstein, der ihr seine Gedichte widmet, sie heiraten will. Zwischen Männern, die sie begehren, die sich, wie Wilhelm Lehmbruck, aus unerfüllter Liebe zu ihr das Leben nehmen, und Frauen, die sie mehr liebt als Männer.

Annemarie wird ihre Freundin. Hugo schreibt einen besorgten Brief an die abwesende Emmy. Aber sie scheint seine Bedenken nicht zu teilen: »Was Du von Annemarie schreibst, ist so seltsam, ich glaube, es ist wenig zu machen. Wenn man ihr den Besuch bei Frl. Bergner verbietet oder einschränkt wirds noch schlimmer. Sie ist ja jetzt bald zwölf Jahre und das ist wohl die erste Schwärmerei«,[12] antwortet sie. Vier Zeilen in einem vier Seiten langen Brief. Wie immer, wenn sie für Annemarie Verantwortung übernehmen, handeln sollte, weicht sie aus. Hat ihre eigenen Probleme. Ist hin- und hergerissen zwischen ihrem Schreibwunsch und dem erneuten Auftreten im Varieté, um Geld zu verdienen. Zwischen ihren Gefühlen für Ball. Für Hardekopf. Und für den spanischen Journalisten Julio Alvarez del Vayo. Schon vor dem Krieg hatte er, während seines Studiums der Ökonomie in Leipzig, wo er in engem politischen Kontakt zu Rosa Luxemburg stand, im Café des Westens in Berlin verkehrt. Hatte mit René Schickele und seinen Freunden Gleichgesinnte getroffen. Ludwig Meidner erinnert sich: »Auch Nichtelsässer gesellten sich bald zu diesem Kreis um Schickele, namentlich einige jüdische Autoren aus Prag und ein überaus liebenswürdiger, geistig lebendiger und beliebter Mann, Alvarez Delvayo, Korrespondent der großen liberalen Tageszeitung La Nacion in Buenos Aires, der viele Jahre später der erste Botschafter der spanischen Republik in Berlin wurde und noch später ihr Außenminister.«[13] Ein hoffnungsvoller junger Mann: Der Vater General, die Mutter von Adel. Studium zunächst in Madrid, dann an der London School of Economics. Bald gehört er zum Kreis um David Lloyd George, um Sidney und Beatrice Webb, die Gründer der Fabian Society. 1913 Fortsetzung des Studiums in Leipzig. »The university there had a course that interested me greatly: The History of Communism, Socialism, and Anarchism. At the same time I wanted to see at close hand those Germans, who were beginning seriously to worry the British. It was one year before the beginning of the First World War.«[14] 1914 geht er in die USA, 1916 wiederum nach Berlin, wo er Johannes R. Becher und Leonhard Frank trifft. Als dieser ebenso wie Rubiner und Richter Deutschland verläßt, folgt del Vayo ihnen nach Zürich. Will Lenin kennenlernen. Gerät unversehens in die politische und künstlerische Auseinandersetzung der Exilanten. Und begegnet Emmy Hennings: »Through Hans Richter, the painter, I had made the aquaintance of one of the most amusing and eccentric backers of the group, Emmy Hennings, a Danish poet and creator of subversive couplets«, erinnert er sich 1973 in seinen Memoiren. »Through her I managed to follow the development of one of the most discussed and least understood of literary movements. Dadaism ... The greatest extravagance of Dada was its insistence that it had nothing to do with politics. But the mere fact that it was totally opposed to the war made it a political movement and every time that Emmy Hennings mounted a platform to sing an antiwar song the hall bulging with young people would burst into a thunder of applause.«[15]

Als Emmy im Herbst 1917 aus Ascona nach Zürich zurückkommt, schreibt sie Hugo nach Bern: »ich leihe eine Maschine in diesen Tagen, von einem Bekannten von Richter, einem Spanier Vajo.«[16] Mehr nicht. Nichts von ihrer Faszination. Nur von ihrer schlechten Verfassung spricht sie. Daß sie bei Binswanger in ärztlicher Behandlung sei. Daß ihr Koffer noch auf der Bahn, überhaupt alles in Unordnung wäre. Und daß sie sich entschlossen habe, wieder aufzutreten »jeden Samstag und Sonntag mit einem kl. Ensemble (Maurer) ... für 2 Tage krieg ich 18 Fr.«[17] Sie gastiert zunächst in Schaffhausen. Dann in Winterthur. Vayo begleitet sie. In Mannenbach besuchen sie Hardekopf, der den Spanier aus dem Kreis um Schickele kennt. Emmy lädt Hardekopf zur Vorstellung ein. Aber er kommt nicht. Schreibt am 15.11.: »Es war keine Unzuverlässigkeit von mir, sondern schien mir irgendwie das Richtige. Vayo wird Dir alles erklärt haben. An dem ganzen Abend aber habe ich Angst um Dich gehabt, daß Dir, wenn das Kraftweib Dich herumschwenkte, etwas passieren könnte ... Und, bitte, solltest Du noch einmal mit dieser Riesendame zusammen auftreten, so überlass es anderen, sich an ihre Instrumente zu hängen.«[18] Wieder im Milieu. Emmy und das Kraftweib. Emmy und die Männer. Einer verprügelt sie. Sie muß das Bett hüten. Hardekopf schreibt: »... mein armer Liebling, werde rasch wieder gesund! Mein Herz wallt ganz auf für Dich, Liebe –, und gegen den Infamen, der Dich geschlagen hat ... Wie thut es mir nun leid, dass ich nicht nach Schaffhausen gekommen bin an dem Abend – nicht, weil ich Dich etwa hätte besser schützen können als Vayo, der boxen kann, aber weil dann doch die ganze Weltgeschichte anders geworden wäre.«[19] Alvarez del Vayo verlegt den Zwischenfall in seinen Memoiren in die Züricher Dada-Szene: »On the stage at the Cabaret Voltaire everything was innovation ... The orchestra was replaced by the concerted noise of keys and tins and heel-tapping by the audience, and at times the noise sounded like real stamping of protest ... The audience was at times disconcerted, at times receptive, through snobbery and in times infuriated to the point of aggression. After one of the recitals of Emmy Hennings, at which I accompanied her, we were pummeled by a group of Germanophiles. In spite of my efforts to protect her, Emmy emerged from the encounter with a black eye.«[20] Für den Diplomaten ist 1973 das Cabaret Voltaire ein geeigneterer Ort, von Emmy zu erzählen, als ein Varieté in der ostschweizer Provinz. Daß beim Singen eines ihrer pazifistischen Lieder, wie Balls »Totentanz«, das prodeutsch gestimmte Publikum handgreiflich geworden wäre, ist jedoch 1917 nicht unwahrscheinlich.

Auch Ball lernt Vayo kennen. Wohnt zeitweise in der Wohnung von dessen Freund und Journalistenkollegen Pedroso in Bern. Trifft in der Bundeshauptstadt, im politischen Journalismus alte Weggefährten und neue Bekannte. Kann und will sich nicht damit abfinden, daß Emmy ihren eigenen Weg geht. Ohne ihn. Als sie wieder auftritt, bietet er an, als Klavierbegleiter mit auf Tournee zu gehen. Aber Emmy lehnt ab. Ihre Briefe sind in diesen November-Dezembertagen 1917 atemlose Mitteilungen. »Djö Steffgen«, sind sie in salopper Abkürzung vom schweizerisch-gebräuchlichen »adieu« unterzeichnet. Sie schreibt von einer Übersetzung ins Deutsche, bei der sie del Vayo hilft, von dessen politischen Aktivitäten in der »spanischen Bewegung: das sind andere Kerle dort, wie die Deutschen.«[21] Mit dem beim Varieté verdienten Geld geht sie »nicht allzu sparsam um: ein Rausch erfasst mich manchmal, wenn ich nach langer Zeit Geld habe zu verschwenden, aber diese Verschwendung besteht darin, dass ich mir ein Kostüm kaufe, ich bin schliesslich eine Frau, die einigermassen aussehen muss.«[22] Übermut spricht aus den Zeilen. Und der deutliche Hinweis an Hugo, daß ihr Frausein im Verhältnis zu Vayo in den Vordergrund gerückt ist. Ihrem Gruß vom »sehr herausgeputzten Seepferd«, wie Ball sie zärtlich nennt, setzt sie, wohl auf Vayos argentinische Verbindungen anspielend, hinzu, daß dieses jetzt ein »Cowbeu« sei. Dann werden die Briefe seltener. Kürzer. Hugo ist verzweifelt. Zieht ohne Nachricht an Pedroso aus dessen Zimmer. »... Er war so berührt, dass Du so plötzlich aus dem Zimmer verschwunden warst ... und nicht aufzufinden,« schreibt Emmy nach Bern. Und: »Dein Brief hat mich so tief berührt. Und traurig bin ich, dass Du so verzagte Stimmung hast. Du hast keinen Grund dazu ...«[23] Aber er spürt, daß Emmy bei Vayo findet, was sie bei ihm vermißt. Hat Angst, sie zu verlieren. Schreibt ihr täglich. Bittet um kurze Nachrichten. Im Dezember versichert er: »Putzilein, der will Dir nichts Böses tun. Der will nur, daß Du ihn lieb, lieb, lieb hast. Und der will sich auch nicht mehr beteiligen am Zupsen, sondern nett sein zu seinem Seepferd, und nicht mehr ein Bauernsteffgen tapsiges ... Ja, ja ... der ist gar mißtrauisch geworden und kopfscheu, und wenn er eine helle Sekunde hat, geht's ihm ganz gut. Aber dann wird er wieder traurig und läßt den Kopf hängen wie ein krankes Pferd.«[24] Er verspricht seinen »lieben Kinderleins« Geld zu Weihnachten »und traut sich kaum, etwas zu schicken, weil Du Dich vielleicht ängstigen wirst und sagst, ich will Dich dafür in den Käfig setzen.«[25] Möchte wieder mit ihr reisen. Bietet ihr an, ein gerade entstehendes Manuskript zu lesen, zu korrigieren, abzuschreiben: »Ich bin ein keineswegs zu verachtendes Publikum.«[26] Dann wieder: »Oh, mein Emmyherz, ich bin traurig nach Dir und kann es so nicht lange machen. Schreib mir ... große, liebe, lange Briefe. Die brauche ich, wie das liebe Brot.«[27] Er wirbt um sie, die er ein Jahr zuvor in Briefen an die Schwester schon als seine Frau, deren Kind er als seine Tochter bezeichnet hat. Er spart. Schickt ihr sein weniges Geld. Nach Zürich. Dann ins Tessin, wohin Emmy zu Beginn des Jahres 1918 flüchtet. Er ermuntert sie, ein Häuschen zu mieten. Für sie beide. Will für sie kochen. Lobt, daß sie den Aufenthalt Annemaries geordnet hat. Teilt mit, daß Reiss ihr *Gefängnis* angenommen hat. Will den Vertrag prüfen. Hat ihr sein *Flametti*-Buch gewidmet. Will selbstlos sein. Sie zu nichts zwingen: »Du brauchst nur da zu sein. Du brauchst nicht zu schreiben«,[28] versichert er Pfingsten 1918. »Du bist der zärtliche, kleine Zirkusmeister. Wir anderen – sind alle in Deiner Manege. Das darfst Du nie vergessen. Jedes Wort, das Du schreibst, ist ein Geschenk.«[29] Verspricht erneut Geld und bittet zugleich um Brotmarken, weil er nichts mehr zu essen hat. Beschwört: »Du darfst mir nicht untreu werden. Gelt nein? wir haben heillos Angst und Respekt davor. Ganz traurig war ich über Deinen letzten Brief ... Ich fände es inhuman, wenn Du mir von Deinen wirklichen Erlebnissen nicht schreiben wolltest ... Wir gehören doch zusammen und ich kann weder den kleinen Zirkusmeister selbst, noch sein klagendes Ropsen, noch den kleinen Engelsgesang, noch seine Pattens vermissen.«[30] Selten habe ich Briefe gelesen, die mich so berührt haben, wie die Hugo Balls an Emmy Hennings. Auch Hardekopf bleibt in Kontakt mit der Freundin. Plant, mit ihr nach Deutschland zu fahren, wenn der Krieg zu Ende ist, denn: »Wir haben wohl beide Sehnsucht nach unserem Meer und der weiten grauen Ebene.«[31]

Emmy leidet unter der Situation. Liebt Vayo. Fühlt sich zugleich schicksalhaft an Ball gebunden. Kann sich nicht entscheiden. Claire Goll, die damals noch Claire Studer heißt und bei der *Freien Zeitung* mitarbeitet, hat sich der Vayo-Affäre erinnert: »Ein spanischer Journalist und Schönredner entführte sie eines Tages, und Ball suchte sie verzweifelt in der ganzen Stadt, einen Revolver in der Tasche. Ein paar Wochen später bekam er sie zurück, ohne jemanden umzubringen.«[32] Nein, umgebracht hat er den Rivalen nicht, aber geschrieben hat er ihm: »Sehr geehrter Herr del Vayo, Frau Hennings ist auf meine Veranlassung nach Bern gefahren. Ich liebe Emmy Hennings und würde nie auf sie verzichten ... Aber ich fühle mich verpflichtet, Ihnen in offener Weise zu erklären, weshalb ich Frau Hennings zu sofortiger Reise bestimmte. Ihre Gesundheit hat tief gelitten. So sehr, daß sie kaum mehr einen freien Willen hat.« Er bekennt seine tiefe Bindung an Emmy, daß sie gemeinsam »drei Jahre furchtbarer Dinge durchlebt«, appelliert an Vayos Verantwortungsbewußtsein, die Freundin freizugeben. Denn: »Ich verdanke ihr meine Existenz und auch sie kann und wird sich von mir nicht mehr trennen können.« Und: »Ich hoffe, Sie werden mit mir einer Meinung sein, dass Frau Hennings der wichtigste Mensch ist, den wir alle kennen. Und so bitte ich Sie, zu verstehen und den Gedanken an diese Frau, die zu mir gehört, aufzugeben. Hugo Ball.«[33] Aber so einfach ist es nicht. Emmy schreibt einen verzweifelten Abschiedsbrief an das Ehepaar Richter, den ich in Hans Richters Nachlaß in Marbach finde. »Sehr liebe Menschen! ich war hier, um Adieu zu sagen ... Glauben Sie ich darf nicht anders. Und es ist etwas Schreckliches dabei, was ich nie sagen kann, und das ist es, was mich quält. Und weil ich nicht mir vergeben kann, mußte ich diese Beziehung abbrechen.« Bittet Richters um Verständnis, bittet das Ehepaar Rubiner zu grüßen, das sie nicht angetroffen hat. Schreibt: »Glauben Sie, ich weiß nicht ein noch aus, (möch)te (hier ist der Brief eingerissen, nur die letzte Silbe zu lesen) nur 5 Minuten aus der Welt ... (linker Rand unleserlich) Aber wenn, entschuldigen Sie mich ... Ihre Emmy Hennings.«[34] Fahrige Kritzelschrift. Sie ist des Lebens müde. Ich vermute, daß Ball dem Rivalen Emmys Vergangenheit offenbart hat, das »Schreckliche«, das sie quält und das sie sich nicht verzeihen kann: Prostitution und Gefängnis. Sie trennt sich von dem sechs Jahre Jüngeren, der damals von einer politischen Karriere nach dem Krieg träumt, die in den zwanziger Jahren in der Sowjetunion beginnt und ihn, wie bereits in Zürich und Berlin, wieder mit Künstlern und Literaten, mit Boris Pasternak, Wladimir Majakowski und Sergej Jesenin, zusammenbringt.

Zwei Jahrzehnte später heftet Emmy einen undatierten Zeitungsausschnitt in ihr Tagebuch. Ein Photo von zwei Männern. Unterschrift: »Litwinow und der spanische Vertreter Alvarez im Gespräch (Völkerbundpalais).«[35] Da verhandelt Vayo, der nach dem Sturz der Monarchie 1931 als diplomatischer Vertreter der neuen sozialistischen Regierung Spaniens akkreditiert ist, beim Völkerbund in Genf. Erste heftige Kämpfe hatten am 18. Juli 1936 zwischen der linken »Volksfront« und den Faschisten um General Franco begonnen, die das Land spalten und in einen drei Jahre dauernden blutigen Bürgerkrieg führen sollten. Während die Sowjetunion und zahllose Freiwillige aller Nationen auf seiten der »Volksfront« kämpfen, unterstützen Hitler und Mussolini den Caudillo. Mit hektischen Achsen und Bündnissen versuchen die Länder Europas der gefährlichen Konfrontation zwischen Kommunismus und Faschismus zu begegnen, ohne den heraufziehenden Krieg verhindern zu können. Vayo flieht nach Francos Sieg 1939 zunächst nach England, dann in die USA. In drei autobiographischen Büchern hat er Zeugnis über sein politisches Engagement abgelegt. Emmy hat er nicht wiedergesehen.

Als sie sich zu Beginn des Jahres 1918 von ihm getrennt hat, geht sie nicht zu Ball zurück, wie dieser es gewünscht hatte, sondern zieht wieder nach Ascona. Will allein sein. Ihre Briefe bestätigen Claire Golls Erinnerung, Ball habe damals mit der erzwungenen Trennung von Vayo Emmys Lebensfreude getötet: »Lieber Hugo! Dein Brief tut mir grenzenlos weh, daß ich am liebsten sterben möchte, und in diesem Fall hättest Du mir nicht die Lebensmittelkarten schicken brauchen ... Somit sende ich Dir die Karten mit Dank und Bedauern zurück, Dank für Deine Güte, Bedauern mit Deinem Mißtrauen, das ich keineswegs verdiene. Und diese Anspielung auf Zürich tut mir furchtbar weh, daß ich dirs gar nicht beschreiben will. Ich möchte am liebsten auch nicht mehr essen, ich habe ohnehin einige Tage nicht mehr gegessen, und wenn ich nicht essen will, hättest Du auch das Geld nicht senden brauchen ... Schreib mir lieber nicht, als ohne Gruß und ohne Anrede.«[36]

In diesem unruhigen Frühjahr 1918 wiegt Emmy nur noch fünfundachtzig Pfund. »Ach, mein Kleines«, schreibt Hugo, »dabei siehst Du schon so ›flüchtig‹ aus, daß ich manchmal Angst habe.«[37] Er sorgt sich, bittet sie immer wieder, zu ihm nach Bern zu kommen. »... Ich schenke Dir all meine Unruhe und meine üble ›Steffgenialität‹, die mich besessen hält und alle meine schlimme Ungeduld, die mich zuschanden macht und all meine Waghalsigkeit, die mich vielleicht verderben kann.«[38] Kann ihre Stimme nicht vergessen, »die den Lauscher entzündet und sein Herz in Brand steckt ... Du mußt bald wiederkommen zu Steffgen, damit ich Deine rührende Kinder-Choral-Stimme höre ...«.[39] Aber Emmy kann Vayo nicht vergessen. Auch Ball kann es nicht. Sie sucht einen Weg, schreibend die Krise zu bewältigen. »... Ich habe soviele Einfälle, aber es ist ein Durcheinander, heut wirds ein Drama, morgen ein Apachenbuch, übermorgen eine Revolution.«

Claire Studer und Ivan Goll haben ihre Arbeiten gelobt, aber: »In Wahrheit ist mir nur Dein Urteil wert, und daß ich das Gefängnisbuch geschrieben habe, darüber kannst nur Du mich trösten ... Ich habe Stücke geschrieben, einiges über die Frau. ich wage es Dir nicht zu schicken, weil ich Deine abfällige Kritik befürchte, selbst, wenn Du mir etwas Gutes sagst, Du hast schon ein paar mal mir hinterher gestanden, daß Du von dem oder jenem nichts gehalten hättest.«[40] Das Vertrauen ist nachhaltig gestört. Bei beiden. »Ich bin so traurig, Du hast diese Sache mit Vayo nicht vergessen, während ich schreibend über alles hinweggleite«, klagt sie im Frühjahr 1918. Und trotzig: »... ich werde wohl noch das bedeutendste Buch schreiben, die Frauen haben bisher nichts sonderliches geschrieben.«[41] Als Hugo ihr mitteilt, daß er Schickele eine ihrer Arbeiten zur Beurteilung gegeben habe, reagiert sie erbost: »Die Lasker, die Studer, die Kolb ... alle haben sie nicht das, was ich zu vergeben habe. Alle nicht! So dumm bin ich nicht, um das nicht zu wissen.«[42] Vor Ostern jedoch siegt Emmys Übermut, als sie Hugo von einem Treffen mit Else Lasker-Schüler und Serners in Locarno erzählt. Da »magnetisierte« Emmy »Frau Lasker auf offener Straße als Wunderdoktor. Es war Palmsonntag und ein ziemlicher Betrieb, und Du kannst Dir wohl denken, daß wir die Menge anzogen. Frau Lasker in einem herrlich bunten Kittel, ... wie der Regenbogen, und ich im Sweater barfüßig à la Jeanne d'Ark. Serners lächeln uns beiden Dichterinnen zu ... Lasker ist glücklich, daß Du und ich und ich und Du wieder zusammen sind, als schmeichle sie sich, dieses arrangiert zu haben. In diesem Glauben konnte ich sie indes nicht lassen, und mußte ... ihr sagen, daß wir zu tief verbunden seien, und es sei im Grunde lächerlich von einer Trennung je gesprochen zu haben, als wenn man versuchen wolle, aus einem Meer zwei zu machen, das kann ja auch nichts rechtes werden, gell ja Steffgen.«[43]

Vergewisserungen. Mit dem Frühjahr im Tessin, mit Besuchen von Hans und Sophie Arp und Balls Journalistenfreund Cokic aus Bern, der sich prompt in sie verliebt, kommt Emmys Lebenslust zurück. Einerseits malt sie Hugo aus, wieder auf eine Alm zu ziehen. Will ihre »eigenen Bücher« drucken. Will Verleger, die sie ablehnen, »bekämpfen und besiegen. Ich werde meine Bücher schreiben mit Schnörkel ... und mich einer deutlichen Handschrift befleißigen. Und ich werde meine Kleider an den Nagel hängen und einen Bauernburschen aus mir machen ...«.[44] Gedankenspiele. Haben doch weder Hugo noch sie die Konflikte auf der Brussada im Vorjahr vergessen. Und längst verlangt es Emmy nach der Stadt und den Berner Bekannten: Flesch, Cokic und vor allem Ernst und Elsa Bloch.

Im August 1918 zieht sie um. »Wir wohnten im Marzilli-Viertel, nahe der Aare. Hugo war im Haus gegenüber einquartiert.«[45] Ein anderer Nachbar ist der damals 26jährige Walter Benjamin. Nach dem Studium der Philosophie in Freiburg, Berlin und München war er 1917 mit Gershom Scholem nach Bern gegangen, um zu promovieren. Hatte, und daher mag Ball ihn schon gekannt haben, seine ersten Texte in der Zeitschrift *Der Anfang* publiziert, die mit Pfemferts *Aktion* verbunden war. Auch das Thema seiner Dissertation *Der Begriff der Kunstkritik in der deutschen Romantik* hat sowohl Balls Interesse als auch das Ernst Blochs gefunden, der, ebenso wie Ball und Benjamin, 1917 in Bern eingetroffen war. Bloch, 1885 in Ludwigshafen geboren, hatte in München, Würzburg und Berlin Philosophie studiert und gerade sein erstes Werk *Geist der Utopie* veröffentlicht. Wollte für das Heidelberger ›Archiv für Sozialwissenschaft‹ in der Bundeshauptstadt »Politische Programme und Utopien in der Schweiz« untersuchen. Arbeitet wie Hugo Ball bei der *Freien Zeitung*, einem Propagandablatt der Entente, das vom 14. April 1917 bis zum 27. März 1920 in hoher Auflage in der Schweiz erscheint und in Deutschland verboten ist. Bloch ist ihr am meisten gedruckter Autor. Gefolgt von Ball und anderen deutschen und österreichischen Literaten, Journalisten und Intellektuellen, die von der neutralen Schweiz aus die deutsche Politik bekämpfen. Sowohl Bloch als auch Ball schreiben häufig unter Pseudonym. Die beiden Pfälzer verbindet sofort Sympathie. Und ihr Interesse für Nietzsche, zu dem Bloch gerade eine Arbeit veröffentlicht hat. Bereits im Oktober 1917, kurz nach seiner Ankunft in Bern, schreibt Ball an Emmy: »Heute ist Bloch mal wieder hier und wir saßen den ganzen Nachmittag im Café. Er erzählte mir, daß es in Interlaken (am Thunersee) ganz billige Wohnungen gibt und er will ... mieten und auch für uns sehen, ob er etwas findet ... Interlaken ist ja berühmt wegen seiner schönen Lage und jetzt ist dort alles verlassen, weil es keine Kurgäste gibt.«[46] Während Bloch mit seiner Frau Elsa von Stritzky zuerst nach Thun, dann nach Interlaken umzieht, bleibt Ball in Bern. Wartet auf Emmy. Manchmal besucht sie ihn. Und die Blochs. »Heute war Ernst Bloch hier aus Thun und hat sehr bedauert, Dich nicht mehr getroffen zu haben«, schreibt Hugo. »Er und seine (unsere) liebe Frau Elisabeth sind sehr glücklich mit der Spieldose, die Du ihnen geschenkt hast. Darauf orgeln sie den ganzen Tag ›Im Wald und auf der Heide – da such ich meine Freude‹ ...«.[47] Und berichtet von Treffen mit Else Lasker-Schüler und Franz Werfel. Alle warten auf das Ende des Krieges. »Werfel weinte ... fühlte sich nicht wohl in der Schweiz. Else Lasker-Schüler mit ihren melancholisch großen Augen saß da und knabberte Bonbons und die ganze Gesellschaft war etwas sehr traurig.«[48] Nach der März-Revolution in Rußland, der Abdankung des Zaren, nach dem Eintritt der USA in den Krieg im April und dem Beschluß der Mehrheitsparteien im Deutschen Reichstag im Juli 1917, einem Verständigungsfrieden zuzustimmen, schien ein Ende der Kampfhandlungen in greifbare Nähe zu rücken. Aber die, auch durch Papst Benedikt XV. vorangetriebenen Friedensbemühungen scheiterten, sowohl an der Siegeszuversicht der Entente als auch daran, daß die Mittelmächte nicht zu entsprechenden Zugeständnissen bereit waren. Als Ball den Brief an Emmy schreibt, ist Kerenski gestürzt. Haben Lenin und Trotzki die Sowjetrepublik ausgerufen und am 8. November mit einem Dekret sowohl die entschädigungslose Enteignung des Großgrundbesitzes beschlossen als auch in einem weiteren Dekret die russische Friedensbereitschaft bekundet. Am 3. März 1918 wird in Brest-Litowsk der Friedensvertrag mit Sowjetrußland unterzeichnet. Aber erst am 11. November herrscht auch an der Westfront Waffenruhe. Am 18. Januar 1919 kommen die Großen Vier – Wilson, Lloyd George, Clemenceau und der Italiener Orlando – in Versailles zu Friedensgesprächen zusammen.

Emmy, überzeugt von Leonard Franks pazifistischem Credo »Der Mensch ist gut«, verfaßt im Sommer 1918 in Ascona einen Friedensaufruf und schickt ihn Ball mit der Bitte um

Veröffentlichung. Aber der lehnt ab: »… es ist nicht gut, was Du da machst. Geschrieben famos … aber in Summa très nuisible, sehr schädlich … Ich bin weit entfernt, den Krieg für heilig zu halten … Ich bin kein Pazifist à tout prix. Wenn deine Aufrufe in Deutschland erscheinen könnten, wäre ich unbedingt auf Deiner Seite. Wenn sie in der Schweiz erscheinen sollen, bin ich unbedingt … dagegen. Ich habe der Freien Zeitung den Aufruf nicht gegeben und werde ihn auch sonst in der Schweiz nicht weitergeben … ich kann mich nicht dafür einsetzen; es widerspricht durchaus meiner Ansicht und Einsicht. Wenn wir in Deutschland erwirkt hätten, daß die Regierung abdankt, daß das Volk den Frieden will, wäre Dein Aufruf gut … Du bist ja ein Kind! Du willst Herrn von Hindenburg bekehren zur Menschenliebe? … Liebling, Du sollst von den Dingen schreiben, die Du erfahren hast, und nicht von denen, die Du nicht kennst. Du mischst Dich in dieselbe Politik, von der Du hundertmal gesagt hast, daß sie Dir fremd ist. Du sollst menschlich sein, indem Du Dich, und nur Dich anklagst. Indem Du das zeigst an Dingen, die Du erlebt hast. Wie in Deinem Gefängnis. Das ist Dein Gebiet. Da kannst Du Großes tun.«[49] Anweisungen. Zuweisungen. Auch der scherzhafte Ton am Ende des Briefes täuscht nicht über Balls Verärgerung hinweg: »… nehmt's a bissel Vernunft an, Ihr Schwarmgeist … sei artig und pazifistel nicht an Deinem Steffgen herum. Der kos halt net leiden.«[50] Im nächsten Brief entschuldigt er sich. Hat Bedenken, daß sie ihm böse ist. Appelliert zugleich an Emmys Einsicht: »Du solltest die freie Zeitung etwas mehr lesen. Wir leben ja nicht in freien Zuständen, sondern in der Hölle, mein Kind … was die anderen Länder tun, ob sie gut oder böse sind, geht uns zunächst wenig an. Das ist ihre Sache. Wir sind in tausend Dingen der Freiheit so sehr hinter ihnen zurück und wir haben diesen Krieg begonnen. Daß wir zuerst das Signal geben müssen und nur wir … Wir sind nicht allesamt Mörder, Emmy. Zunächst sind es diejenigen, die uns gezwungen haben, es zu sein und uns mitschuldig machten.«[51]

Emmys Aufruf ist nicht erhalten. Aber einige ihrer Antwortbriefe liegen im Nachlaß. »Gell, ja mein dicker Brief halb Schreibmaschine hat Dich ein bissel gefuchst«, schreibt sie nach Bern. »O, Steffgen, weisst Du, was Du bist? A ganz dummes Luder ... Wie gefällt Dir meine kleine Ansprache an die Mütter? Das ist noch nichts, aber Hindenburg, den krieg ich auch noch weich, pass mal auf.«[52] Und wenig später: »... ich würde Dir gern meine Arbeiten schicken, aber Du schickst ja nichts retour. Und Du bist ja mit nichts einverstanden u. sagst ich sei Pazifistin u. Defaitistin, u. wie das Zeug alles heisst.« Mahnt: »... Du musst mich nicht so rumzerren, sonst weint Seepferd und schlägt aus mit den Hüfgen, wenn Ihr gar so arg beschimpft, und Du hast auch einmal Esel gesagt, Du!«[53] Als Ball ihr mitteilt, er werde ihren Aufruf weder in der *Freien Zeitung* bringen noch ihn weitervermitteln, schreibt sie ihm knapp und ärgerlich: »Kurzum wage ich Dir zu sagen, dass das *Forum* meinen Aufruf bringen wird, und daß durch Ellen Key meine Arbeiten nach Deutschland kommen können. Dies letztere wird ganz in Deinem Sinne sein, aber sieh, ein Unheil kann meine Arbeit gar nicht anrichten. ich will Dir darüber nichts mehr sagen, lieber Hugo, denn ich will Dich, besonders da Du Dich krank fühlst, nicht aufregen ... ich habe Cokic ... meine Ansichten gesagt, die er Dir ausführlicher mitteilen kann, als ich es schriftlich vermag.«[54]

Die Stimmung ist nicht nur zwischen Emmy und Hugo in diesem letzten Kriegsjahr gespannt. Herrscht einerseits eine lähmende Resignation unter den Exilanten, wird andererseits fieberhaft diskutiert und projektiert. Observiert von der Schweizer Polizei werden sie alle. Während des Krieges und danach. Im Bundesarchiv in Bern finde ich auch Emmy Hennings und Hugo Ball in der Liste der Personen, die 1919 vom Bundesrichter Bickel der bolschewistischen Umtriebe in der Schweiz verdächtigt werden. Im Bericht des Detektivs Frey an das eidgenössische Untersuchungsrichteramt in Bern wird Ball als Direktor des ›Freien Verlags‹ und Mitarbeiter der *Freien Zeitung* genannt. »Er steht in ganz intimen Verkehr mit der im gleichen Auftrag genannten Hennings geb. Cordsen Emma Marie ... geb. den 17. Januar 1885 von Kopenhagen, Dänemark, Schriftstellerin und Conzertsängerin ... wohnhaft bei Familie Bichsel, Marzilistrasse No 23 dahier. Beide geben sich als verlobt aus. Ball, welcher in seiner Stellung ein schöner Verdienst hat, erhält sozusagen die Hennings, da der geringe Verdienst der letzteren für sie und für ihr zwölfjähriges Kind nicht ausreichen würde. Wie ich vernehmen konnte, schreibt die Hennings als Schriftstellerin in einem Verlag, genannt ›Reissverlag‹ in Berlin. Sie soll s. Z. in München wegen anarchistischer Propaganda verhaftet gewesen sein. Die Hennings gibt selber zu, während ihrem Aufenthalte in Zürich, in eine Zeitung *Revoluzzer* geschrieben zu haben.«[55] Verdächtigungen. Fehlerhaft notiert. Beweisen kann Frey nichts. Dennoch empfiehlt er der Polizeidirektion Bern, einen Ausweisungsantrag zu stellen, »da sich Ball und die Hennings über ihre Erwerbsquellen zu wenig glaubwürdig ausweisen können.«[56] Auch über das Ehepaar Lasker-Schüler in Berlin, über Otto Flakes Frau Minna sowie Walter Serner und Tristan Tzara finde ich Dossiers. Gesammelt unter L. A. 101a vom 2. Juli 1919 »Die Dadaisten in Zürich«.

Diese gehen inzwischen unterschiedliche Wege: Huelsenbeck ist wieder in Berlin. Trägt dort am 12. April 1918 bei einer Soirée das, auch von Ball unterzeichnete, »Dadaistische Manifest« vor und begründet eine neue Gruppe. Tzara, zunächst wegen einer Nervenkrankheit zur Erholung in Hertenstein bei Weggis, orientiert sich nach Frankreich. Auch Arp, der Elsässer, wird nach dem Krieg für Frankreich votieren und mit seiner Frau Sophie Taeuber nach Meudon bei Paris ziehen. Ball arbeitet noch immer, angeregt von René Schickele, für die von ihm herausgegebene »Europäische Bibliothek«, an seinem Buch über die deutschen Intellektuellen: *Zur Kritik der deutschen Intelligenz*. Artikel, die er 1917/18 für die *Freie Zeitung* schreibt, gehen in das Manuskript ein, das am 17. Januar 1919, an Emmys 34. Geburtstag, im ›Freien Verlag‹ in Bern erscheint, dessen literarischer Leiter Ball seit September 1918 ist. Über seinem Schreibtisch hängt ein Kupferstich Thomas Münzers, dessen Schriften auch Bloch, angeregt von Hugo Ball, liest. Rückblickend notiert Bloch: »Geschrieben habe ich in Bern einige Aufsätze (Konzept zur Güte der Seele, zum Hiobproblem, zum Münzer), in Thun Formale Logik, in Interlaken diese beendet, politische Aufsätze und Broschüren, Konzept zur Erkenntnistheorie, zweite Ausgabe des *Geist der Utopie*, Konzept einer Ketzergeschichte.«[57] Austausch und gegenseitige Anregungen sind zwischen den beiden Männern intensiv: »Auch sehe ich mich jetzt öfters mit einem utopischen Freunde, E.B., der mich veranlaßt, Morus und Campanella zu lesen«,[58] schreibt Ball im

Tagebuch und an Emmy: »Ernst Bloch ist merkwürdigerweise ganz besessen von mir. Er kam heute früh schon um neun Uhr, ganz aufgeregt ... Ja, also er will über mich schreiben *in ganz großem Stil*. Aus jedem Satz, den er liest, macht er sich ein *System* ... Ich habe allen Respekt vor ihm. Er kann singen, fluchen, hexen, in einer Tonart, wie ich sie bisher noch nie gehört habe. Einfach großartig![59] ... ich lese jetzt Blochs Hexenbuch. Er schreibt da auch über Musik. Das ist ein Fitzlibutzli. Ich sehe Bloch an, wie die Hexe von Endor. Ich kann sein Aussehen nicht vergessen, als er dort in jenem Gasthaus am Thuner See sich die schwarzen, wilden Haare zurückstrich und wie eine bösartige Hexengroßmacht aussah. So etwas ist auch in seinem Buch. Das sind eigentlich drei oder vier Bücher. Eine Teufelskathedrale, höchst seltsam und fratzenhaft. Ganz oben, wo das Kreuz sein sollte, da steht ein siebenarmiger Leuchter und noch weiter oben ist statt der Sonne eine Finsternis. Also, dieser, unser Bloch war heute da und ich hab's ihm gesagt und er schien gar nicht verwundert über meine Meinung, denn er lachte. Er lachte, sag ich Dir ...«.[60]

Blochs Stimmung schlägt jedoch um, nachdem Balls Leitartikel zum Waffenstillstand und dem Sturz der Monarchie in Deutschland, »Die Umgehung der Instanzen«, am 16.11.1918 in der *Freien Zeitung* erschienen ist. Darin unterstellt Ball, daß sozialpolitische Minderheiten und jüdische Repräsentanten von der Schwerindustrie vorgeschickt werden, einen wirtschaftlich günstigen Friedensschluß für Deutschland zu erwirken. Argumentiert: »Der Boden einer israelitischen Republik ist das gelobte Land, nicht aber Deutschland. Wir arbeiten mit diesen Herren gerne, soweit sie sich unzweideutig zur moralischen Tat bekennen.«[61] Bloch äußert seine Verstimmung sechs Tage später in einem Brief an Johann Wilhelm Muehlon: »Ich schrieb Ball sogleich, daß die Art seines Antisemitismus skandalös ist, ganz gleich, wie er gedacht ist (ich kenne die tieferen und, wie oft bei Ball, bedeutend verkürzten Zusammenhänge).«[62]

Daß auch Balls Streitschrift *Zur Kritik der deutschen Intelligenz* eine Anzahl antisemitischer Positionen enthält, hat der amerikanische Historiker Anson Rabinbach (Princeton) bei der Übersetzung des Berner Originalmanuskripts ins Englische entdeckt. In der deutschen, von Annemarie Schütt-

Hennings verantworteten Ausgabe wurden diese Stellen stillschweigend getilgt. Eine Tatsache, die von dem Literaturwissenschaftler Gert Mattenklott zu Recht als »Mohrenwäsche« bezeichnet und zuletzt von Bodo Mrozek im *Berliner Tagesspiegel* vom 27. Juli 1999 diskutiert wird. Vorsicht ist geboten, das zeigt sich hier noch einmal in aller Schärfe, beim Umgang mit den von der Tochter herausgegebenen Schriften Hugo Balls und Emmy Hennings'. Kritische Umsicht auch beim Aufarbeiten von Emmys Nachlaß.

Ein Briefwechsel zwischen Ernst Bloch und Hugo Ball ist nicht erhalten. Auf Anfrage schreibt der Philosoph am 15. August 1975 an den Leiter der Hugo-Ball-Sammlung, Pirmasens: »Ich schätzte ihn sehr hoch, er machte mich mit Bakunin bekannt und mit dem Bogen, den er selber in späteren Jahren von dem wichtigen Buch *Kritik der deutschen Intelligenz* bis zu seiner ergreifenden Darstellung der *Byzantinischen Mystik* schlug. Wir waren völlig einig in der bekundeten Verurteilung des Ludendorff-Kriegs und dem Kampf gegen seine Verursacher.«[63] Für Ball ist bis zum Erscheinen des Artikels »die befreundete Großmacht, die Hexe von Endor, der Magier aus Thun, unser lieber Bloch«[64] einer der wichtigsten Diskussionspartner der Berner Jahre.

Als Emmy Hennings im August 1918 mit der Tochter in die Marzilistraße 23 zieht, ist das Verhältnis zu Bloch noch ungetrübt. Und auch zu den Nachbarn im Haus Nr. 22, dem Ehepaar Benjamin, bekommt Emmy schnell Kontakt. Walter Benjamin zeigt sich in einem Brief besonders von Annemaries künstlerischen Fähigkeiten angetan und schlägt vor, ihre Bilder in Berlin in einer Ausstellung »Expressionistische Kinderbilder« zu zeigen. Förderlich scheint ihm, daß »erstens der Name der Mutter... unter den Literaten bekannt ist, zweitens die Tatsache, daß Bilder des Kindes mit anderen Kinderbildern zusammen in Zürich ausgestellt wurden, wo unter denen der Annemarie Hennings auch einige verkauft wurden ... Wir haben vierzehn Bilder von ihr gekauft, wobei wir auf einige sehr schöne, welche die Mutter nicht gab, verzichten mußten.«[65] Diese Bilder, »deren Gegenstand meist das Zusammensein von Menschen, sei es mit Dämonen, sei es mit Engeln ist«,[66] zeigen, wie stark inzwischen auch das Kind eingetaucht ist in die religiöse Bilderwelt der Mutter.

Emmy arbeitet »als Bürolistin, wie man das Schreibmaschinenmädchen in der Schweiz nennt«,[67] schreibt am Manuskript *Das Brandmal.* Ball rät: »Arbeite nicht überstürzt, mein Emmy, sondern schön sachte ... Das muß still ausreifen und ... langsam sich herauswagen.«[68] Haben die Freunde davon gewußt? Hat Benjamin ihr von seinen pubertären Erlebnissen mit Prostituierten erzählt, die ich in dem 1932 entstandenen Text »Bettler und Huren« finde? Hat Bloch vom Schauspieler Girardi gesprochen, der sich im nächtlichen Wien in eine Hurengasse verirrt und dort von einem entzückenden Mädchen angesprochen wird? Girardi lehnt deren Angebot ab, bereut es jedoch bald und sucht den Weg zurück. Findet die kleine alte Gasse, die Huren, aber nicht das Haus mit dem Mädchen. Spuk scheints. Aber er erfährt, es war ein Engel, dem er begegnet ist, »der alle hundert Jahre in Gestalt einer Hure auf die Erde, in die Wiener Gasse«[69] kommt, weil er nicht ansehen kann, wie falsch die Menschen alles machen. »Darf jedoch nur ein einziges Mal mit einem Mann, der vorübergeht anbandeln, um ihm das ganz anders zu machende Glück zu offenbaren ... Noch keiner hat den Ruf bisher verstanden, als noch Zeit dazu war ...«.[70] Bloch erzählt es in *Spuren* 1969.

Während die letzten erbitterten Kämpfe toben, das alte Europa zerfällt und die Männer um Emmy die neue Weltordnung diskutieren, stellt sie sich ihren Erinnerungen. Geht zurück in die Zeit vor dem Gefängnis: »In meinem Halbweltbuch gehts folgendermassen zu: Die Hure zieht dem heiligen Aloysius den Rock aus u. geht damit spazieren, und es ist die anmutigste Verbindung der Religion mit der Erotik«,[71] schreibt Emmy im Spätsommer an Ball, der in seinem Tagebuch notiert: »Emmy bereitet ein neues Buch vor. Die ersten sechzig Seiten sind bereits da und ich habe sie durchgelesen. Auch dieses Buch wird ein Zeichen der Zeit sein. Der Beginn, wo eine kleine Schauspielergruppe sich auflöst und in alle vier Winde auseinanderstiebt; das fruchtlose Gebet im Dom, der Hunger, die Entbehrung: was ist das alles, wenn nicht die Verlassenheit? Dann aber, der Himmel zerteilt sich und zärtlich gehen die Sterne auf ... Die Seele will aufstehen aus Moder und Weh ...«[72] Während des Schreibens sucht sie Halt bei einer Frau, die verehrt wird wie eine Heilige: Elsa Bloch von

Stritzky. Baltin. Geboren in Riga. Bildhauerin. Ausgebildet in Berlin und München. Seit 1913 verheiratet mit Ernst Bloch. Am 2. Januar 1921 stirbt sie nach langer Krankheit. Damals schreibt Bloch im Tagebuch unter dem 24.1.: »Ihr Bild und Wesen wächst immer leuchtender empor – gänzlich verklärt, die heilige Frau ...«. 16.2.21: »Else hatte als Kind Schreckzustände, in denen sie mit dem Versucher kämpfte. Sah den Teufel, böse Stimmen mengten sich in ihr Gebet ein. Bei der Konfirmation, als sie mündig und selbstverantwortlich gesprochen wurde, fiel sie in Ohnmacht ...« 20.3.21: »Und wieder fällt mir bei, an der leichten, lächelnden, geheimnisvollen Art, mit der diese Frau in ihrer beständigen Märchenwelt lebte ... denke ... zurück an ihre schwere, allerreinlichste, moralisch-religiöse Problemwelt ... Übrigens kenne ich keinen Menschen, der sie vergessen hätte, wenn er sie nur einmal sah, der nicht das Verklärte, das durchbrechende Licht einer anderen Welt in ihr verspürt hätte.«[73]

Keine Frage, daß für Emmy bei ihren Besuchen in Bern von dieser Frau, deren »Frömmigkeit ... nonnenhaft, mystisch war«,[74] eine starke Anziehung ausgeht. Wahrscheinlich hat Elsa Bloch auch zum Entschluß beigetragen, Balls Drängen nachzugeben, endlich nach Bern umzuziehen. Denn Emmy sucht Elsas Nähe. Bittet um ein Bild. Schenkt ihr die Spieldose. Schreibt: »... ich bin der Spielmann unserer lieben Frau, der ihr ein kleines Ständchen bringt: ›Im Wald und auf der Heide‹.«[75] Nennt sie »unsere liebe Frau«, wie die Mutter Maria. Vergleicht sie mit der heiligen Elisabeth. Sucht in ihrer Zerrissenheit Rat: »Liebe Frau Else, Ihr Bild erscheint mir so ruhig und so geklärt, verzeihen Sie, daß gerade ich mich an sie klammere, irgendwie auf sie sehe, seien Sie mir darum nicht böse, aber Sie sind doch da, können sich Ihrer Wirkung noch entziehen ... Ich wäre so gern einmal nach Interlaken gehuscht auf einen Sprung, aber ich glaube, diese flüchtige Auffassung hilft nichts, und die Reise kostet ein schönes Stück Geld. Wenn das Kind nicht wäre, würde ich zu Fuß kommen, das verstehe ich ganz gut, ich finde es auch passender, zu Fuß zu ihnen zu kommen, liebe Frau ... Sie wissen, daß es Grenzen gibt, da einem die Worte entfallen. Es klingt so armselig, wenn ich sage: ›Ich liebe Sie‹. Spüren Sie die Verzauberung, die hinter diesen drei Worten liegt, und Sie haben einen

Schimmer von dem Glanz, den Sie selbst, liebe Frau, in mir verursacht haben ... So inbrünstig, sachlich liebe ich Sie, und doch wohl einzig in meiner Art, bewahre ich Sie als mein zärtliches Geheimnis.«[76] Pilgerfahrt. Verehrung. Hingabe. Zu dieser Zeit läßt Emmy im *Brandmal* die Protagonistin mit Gott ringen, Erlösung erflehen: »Auch die gefallenen Engel hoffen auf dich, Gütiger. Wenn sie aber so verwirrt sind, daß sie zweifelnd nur leise hoffen können, so glauben sie doch ihrem Glauben nach.«[77] Der Einfluß Elsa Blochs auf dieses Buch und auf Emmys Entschluß, Hugo Ball zu heiraten, ist nicht zu unterschätzen. Noch am 6. Januar 1925 wird sich Emmy im römischen Tagebuch wehmütig mit einem Vers ihres Gedichtes »Untergang der Sonne« an Elsas Beerdigungstag erinnern: »Jetzt singt der jüngste Seraph vor Gott sein Flügellied.«[78] Sie hat es der Toten gewidmet. Erschienen ist es 1922 in *Helle Nacht*.

Mein Vorgriff. Anno Santo 1925. Gerade hat der Papst die Heilige Pforte geöffnet. Emmy pilgert von Kirche zu Kirche. Von Heiligengrab zu Heiligengrab. Betet um eine Lösung ihrer Probleme mit Hugo. Ihre Ehe steckt in einer Krise. Sie leidet an ihren Glaubenszweifeln, erinnert Elsa Blochs tiefe Glaubenszuversicht. Mag sich wünschen, was sie nach Elsas Tod Ernst Bloch geschrieben hatte: »Lieber, lieber Bloch ... Nun aber ist das Kind Ihrer Liebe ein Gebet geworden, und sie hat auch von Ihrem Wesen, das Sie in Elses Seele hineingeliebt, zu Gott getragen, sie wird Ihnen Brücke sein.«[79]

Wie wichtig Elsa und Ernst Bloch für Hugo und Emmy gewesen sind, zeigt, daß sie unmittelbar nach ihrer Trauung an den Thuner See fahren, um das Ehepaar zu sehen. Aber die Wohnung ist verlassen. Blochs sind nach Deutschland zurückgekehrt. »Das war für Ball selbstverständlich eine große Enttäuschung«,[80] schreibt Emmy rückblickend 1947. Über ihre eigenen Gefühle sagt sie nichts. Auch nichts darüber, warum Blochs bereits ein halbes Jahr zuvor, im September 1919, ohne ein Wort des Abschieds nach München zurückgegangen sind. Martin Korol ist in seiner 1999 erschienenen Dissertation *Deutsches Präexil in der Schweiz 1916-1918* dieser Frage nachgegangen. Er betont zunächst die Ähnlichkeiten zwischen Ernst Bloch und Hugo Ball, die dürftigen finanziellen Verhältnisse, ihre Einigkeit in der Ablehnung des »Ludendorff-Krieges«. Thematisiert dann die Wesensunterschiede: »Ball als Außenseiter, aber auch als unbedingt ehrenwerten deutschen Intellektuellen und Künstler mit einem Hang zum Tiefen und zu Höherem, einer Weltfremdheit und einer Gebrochenheit der Heimat gegenüber: innerlich an Deutschland gebunden, aber gleichzeitig höchst unglücklich über die Zustände dort.« Während Bloch »wendig erscheint, welterfahren und bindungslos. Er konnte sich auf neue Menschen und Orte schnell einstellen und sie ohne große Schwierigkeiten und Hemmungen wieder verlassen ... Seine Beziehungen hielten nur kurz.«[81] Und darin gleicht er Emmy Hennings. »Beide waren vom gleichen Schlag, Spielernaturen, beruflich wie auch in ihrer Beziehung zu Menschen. Beide waren anpassungsfähig, polygam und leichtlebig, dynamisch, immer kurz hier und dort verweilend, kämpferisch und notfalls auch kalt ihren Mitmenschen gegenüber; beide hielten mit ihren Kräften Haus und überlebten ihre Partner um Jahrzehnte. Elsa und Ball hingegen waren liebe- und hingebungsvoll, harmoniebedürftig, treu, skrupulös, ein wenig weltfremd und immer auf der Suche nach Ruhe; beide verströmten sich und starben vor der Zeit.«[82] Sehr wahrscheinlich also, daß die extravertierte kapriziöse Emmy und der Erotomane Bloch Gefallen aneinander fanden. Zumal Elsa »durch eine vor kurzem vollzogene Gebärmutteroperation ... schon körperlich nicht zur Ehe tauglich«[83] ist, so Bloch bereits 1911 an Georg Lukács. Bloch findet, so Korol, in Elsa und Emmy sein »Frauenbild: Maria und Magdalena.«[84] Stilisiert, auch aus schlechtem Gewissen, Elsa nach ihrem Tod zur Heiligen, so wie Emmy Hugos Leben zur frommen Legende werden läßt. 1917/18 jedoch bestimmen Sympathie und gegenseitige Faszination die Beziehung zwischen dem »show-man« Bloch und der Maskenspielerin Hennings. »Da wird es einen Gleichklang gegeben haben«,[85] vermutet Korol und zeigt, daß Balls antisemitische Äußerungen in »Die Umgehung der Instanzen« nicht allgemein gegen das Judentum, sondern gegen Bloch persönlich gerichtet waren. Er hatte Bloch bewundert. Seine Briefe an Emmy zeigen das. Wenn er jedoch die Vermutung haben mußte, daß Bloch und Emmy ein Verhältnis miteinander hatten, wäre es »Eifersucht gegen den Freund, der sich als Nebenbuhler erwiesen hatte«,[86] die ihm die Feder führt.

Anders als bei Vayo ein Jahr zuvor ist Ball nicht in der Lage, den Konflikt in einem offenen Brief oder Gespräch zu lösen, sondern muß Bloch hinterrücks angreifen. Daß dabei auch unbewältigter Ärger darüber mitschwang, daß Bloch gelegentlich Gedanken oder Sätze Balls ohne Hinweis übernommen und veröffentlicht hatte, mag ebenfalls bei dem Artikel mitgespielt haben, war Ball doch im November 1918 erschöpft und enttäuscht und neigte, wie bereits bei den Auseindersetzungen mit Tzara 1916/17, zu aggressiven Überreaktionen. Emmy, die beim Konflikt mit den Dadaisten um Tzara vermitteln konnte, schweigt als Betroffene. Selbst in ihren Erinnerungsbüchern sind die Hinweise auf Bloch allgemein und geben keinen Aufschluß über die wirkliche Beziehung. Auch Ball äußert sich weder in seinen Briefen noch in *Die Flucht aus der Zeit* zum Ende seiner Freundschaft mit dem Philosophen. »Das Gift in Ball aber wirkte weiter«, konstatiert Korol. »Er schrieb fortan ... antijudaistischer bzw. antisemitischer als zuvor.«[87] Bloch erwähnt nur einmal 1967 gegenüber Michael Landmann in einem Gespräch über die *Freie Zeitung* die »anima candidissima Hugo Ball.«[88]

Ob Emmy bei ihren Aufenthalten an der amalfitanischen Küste in den zwanziger Jahren nochmals Kontakt zu dem in Positano lebenden Bloch hatte, habe ich nicht ermitteln können. Auch Annemarie Schütt-Hennings, 1979 von Korol befragt, äußerte sich ausweichend zu der Berner Zeit: »Damals war ich ein Kind von 12 oder 13 Jahren. Da es sich ja um Politik handelte und es sehr viele Spitzel gab, wurde in meiner Gegenwart nie über Politik gesprochen ... Auch die Mitarbeiter habe ich nur flüchtig gekannt, wie Ernst Bloch und seine Frau Elisabeth ... Meine Mutter war nie politisch tätig, natürlich nahm sie Anteil an der Arbeit meines Vaters.«[89]

Mit dem Ende des Krieges und den Friedensverhandlungen 1919 ist für die *Freie Zeitung* und den ›Freien Verlag‹ das Ende gekommen. Hatten die Schweizer Behörden die politischen Aktionen der Ausländer zunehmend kritisch beurteilt und sie observiert, so verfügt das Eidgenössische Justiz- und Polizeidepartement am 18. Juli 1919 erste Abschiebungen. Unfreiwillig oder freiwillig verlassen die Exilanten nach und nach die Bundeshauptstadt. Verlassen die Schweiz. Hardekopf plant, zunächst nach Frankreich zu gehen. Korrespondiert mit Emmy, aber auch mit Ball, der ebenfalls ausreisen und in Deutschland eine Zeitschrift begründen will. Er bietet Hardekopf die Mitarbeit an. Der willigt ein, gibt jedoch zugleich zu bedenken: »Nur fällt es mir unendlich schwer, mich zur Übersiedlung nach einem Lande zu entschliessen, mit dessen Schrecken mich meine schlimmsten Angstträume regalieren ... Übrigens: werden Sie sich in Deutschland nicht grosser Gefahr, oder, zum mindesten, dauerndem Bedrohtsein, aussetzen, falls Sie die neue Publikation auch nur annähernd so klar-präcis stilisieren, wie die *Freie Zeitung*?«[90] Und er schließt seinen Brief in der Erinnerung an Emmys schwere Erkrankung an der spanischen Grippe im Winter 1919: »Mögen Sie in Flensburg Erholung und freundliche Meeresluft finden! Bitte geben Sie mir freundliche Nachricht von dort.«[91]

Das Lebenskapitel Schweiz scheint für Emmy und Hugo nach fünf Jahren beendet. Ball resümiert die Zeit von 1917 bis 20: »Als ich damals nach Bern fuhr, wie hätte ich gedacht, auf so heftige Weise in die Politik zu geraten. Ich bin zu leicht begeistert und kenne dann keine Halbheit, keine Bedenken.«[92] Unverständnis, Ablehnung und Empörung sind ihm aus Deutschland wegen seiner Mitarbeit an dem Ententeorgan *Die Freie Zeitung* und nach der Veröffentlichung von *Zur Kritik der deutschen Intelligenz* entgegengeschlagen. Er ist »wie betrunken von Überdruß und Verzweiflung.«[93] Suizidgedanken quälen ihn. Er klagt: »... mir ist doch so sterblich zumut.«[94] Aber wie immer, wenn sie ernstlich gefordert wird, zeigt die labile Emmy überraschende Stärke. Befiehlt kategorisch: »Hier wird nicht gestorben«.[95] Und schlägt vor, nach Flensburg zu ziehen. »Emmy sehnt sich nach Deutschland. Wir planen, über Berlin und Hamburg nach Flensburg zu reisen. Leider kann ich nicht sagen, daß ich dieselbe Sehnsucht empfinde«,[96] notiert Ball am 30.11.1919. Ist unsicher, wo er anknüpfen soll. Ob die Zeitschrift das richtige Projekt ist. Flensburg der richtige Ort, sich niederzulassen. Daß Emmy in der Steinstraße ein Haus geerbt hat, scheint kaum ein hinreichender Grund. Aber wohin sonst gehen? Berlin? München? Stuttgart? Ball weiß, daß er an der literarischen Entwicklung in Deutschland seit 1915 keinen Anteil mehr hat. Muß erkennen: »Beim Durchblättern vielfacher Verse junger

Abb. 1 Emmy Hennings in dänischer Nationaltracht, Flensburg 1902

Abb. 2 Emmy Hennings in Flensburg um 1900

Abb. 3 Emmy Hennings in Berlin um 1910

Abb. 4
Jakob van Hoddis
um 1909

Abb. 5
Johannes R. Becher,
um 1913

Abb. 6 Emmy Hennings im Nonnenkleid, 1912

Abb. 7
Franziska von Reventlow

Abb. 8
Else Lasker-Schüler um 1910

Abb. 9 Hugo Ball um 1916

Abb. 10 Emmy Hennings in Ascona, 1917

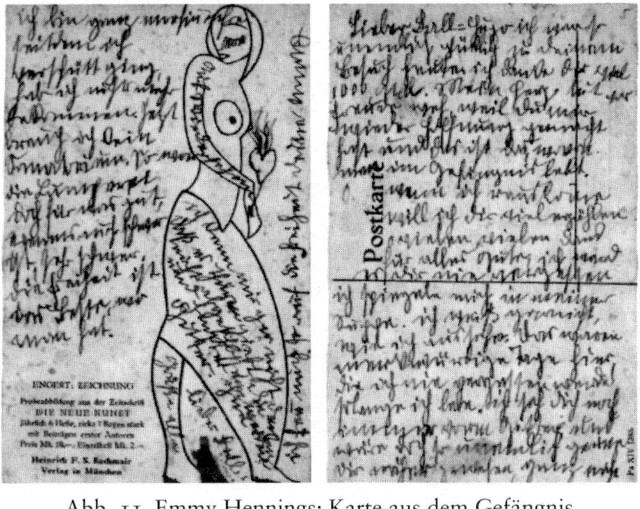

Abb. 11 Emmy Hennings: Karte aus dem Gefängnis an Hugo Ball, 1914

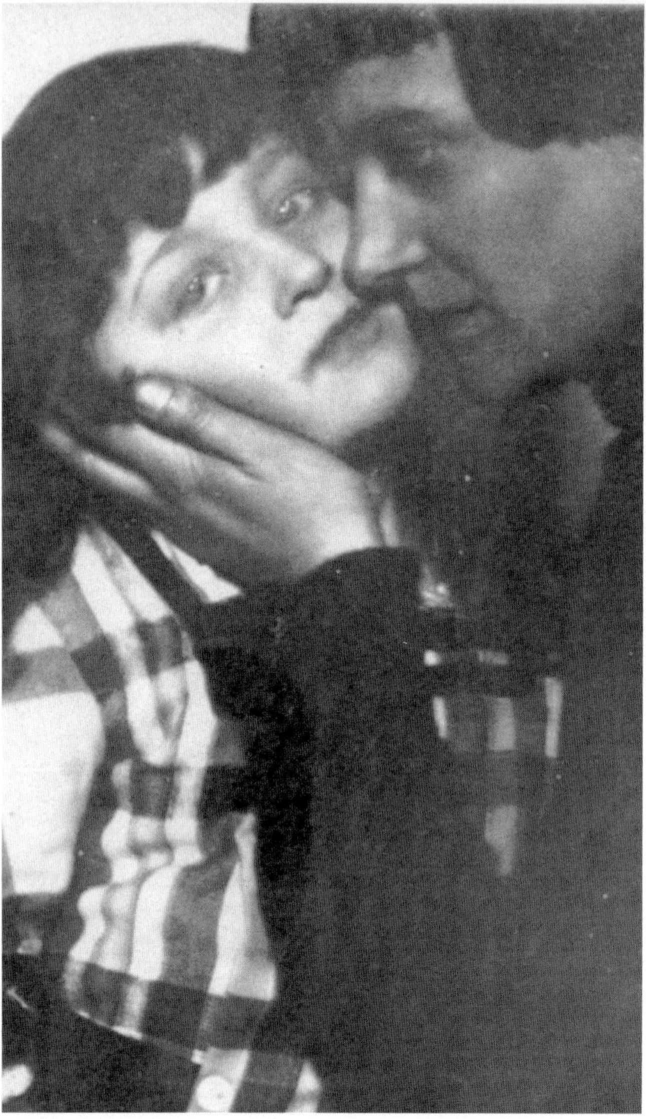

Abb. 12 Emmy und Annemarie Hennings um 1916/17

Abb. 13 Flamingos ›Maxim‹-Ensemble mit Hugo Ball und Emmy Hennings (rechts), 1915

Abb. 14 Litwinow (rechts) und der spanische Vertreter Alvarez (links) im Gespräch (Völkerbundpalais), Kopie eines undatierten und nicht lokalisierten Zeitungsausschnitts im Nachlaß

Abb. 15 Emmy Hennings mit ihren Dada-Puppen, Frühjahr 1917

Abb. 16
Friedrich Glauser um 1917

Abb. 17
Hans Arp und Sophie Taeuber um 1920

Abb. 18 Elisabeth Bergner

Abb. 19
Ernst Bloch um 1912

Abb. 20
Elsa Bloch von Stritzky

Abb. 21 Emmy Hennings und Hugo Ball (rechts) mit Hermann Hesse (Mitte), um 1921

Abb. 22 Emmy Hennings und Hugo Ball (rechts) mit Richard Huelsenbeck (links) und Beate Huelsenbeck (vorn) in San Abbondio, Spätsommer 1927

Abb. 23
Ruth Wenger, Hesses
zweite Frau, um 1922

Abb. 24
Emmy Hennings und
Hugo Ball, um 1920

Abb. 25 Emmy Ball-Hennings: Porträt Hugo Ball (Aquarell)

Abb. 26 Emmy und Annemarie Hennings mit Hugo Ball
in Albori, Sommer 1925

Abb. 27 Emmy und Annemarie Hennings mit Hugo Ball in Salerno, Winter 1925/26

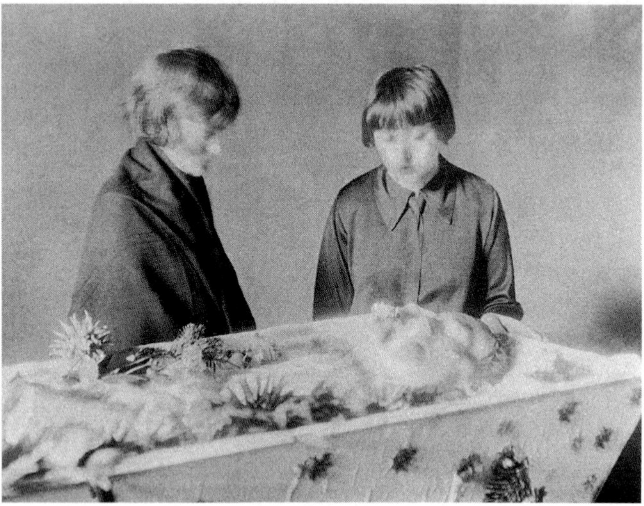

Abb. 28 Emmy und Annemarie Hennings am Sarg von Hugo Ball, 1927

Abb. 29 Ninon und Hermann Hesse 1932 in Montagnola

Abb. 30
Erich Mühsam 1934 im
KZ Oranienburg

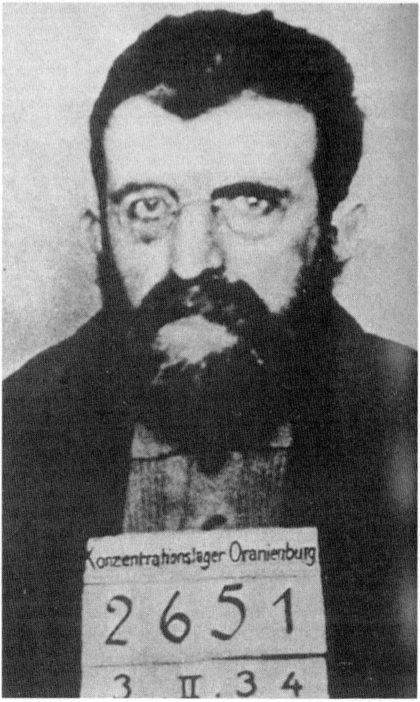

Abb. 31
Emmy Ball-Hennings:
Heiliger (Aquarell)
mit Widmung für
Hermann Hesse

Abb. 32
Emmy Ball-Hennings:
Selbstbildnis (Aquarell)
mit Widmung für
Ninon Hesse

Abb. 33 Emmy Ball-Hennings um 1946

Abb. 34
Karin Michaelis

Abb. 35 Emmy Ball-Hennings mit Soldaten (rechts D. Brünimann), Magliaso 1944

Abb. 36 Emmy Ball-Hennings, Sommer 1948
(letzte erhaltene Photographie)

Dichter wird mir bewußt, ... daß ich den Dichter in mir nahezu getötet habe.«[97]

Anders Emmy, deren *Gefängnis* Aufmerksamkeit erregt: »Literarisch von hohem Stande verleugnet Emmy Hennings die nordische Grenznachbarschaft nicht. Von Herman Bangs wehen Magien und zartem Lyrismus lebt manches in ihr, und Hamsun, den weltweiten, erdnahen Suveraen unserer Schreibenden, traegt sie ehrfürchtig im Blute«,[98] lese ich in der *Frankfurter Zeitung*. Auch die *Neue Rundschau* rückt sie in Hamsuns Nähe, und die Prager Presse urteilt: »Emmy Hennings erzählt so ganz ohne Umwege über Rührseligkeit und Wichtigtuerei, mit einer Unmittelbarkeit des Beichtens, mit einem Gleichmut der in Gott Gefalteten, dass man oft meint, Dostojewsky zu lesen.«[99] Bestätigung während ihrer Arbeit am *Brandmal*. Als sie im März 1920 die Schweiz verläßt, hat sie das fertige Manuskript im Koffer.

Sonst leichtes Gepäck. Emmy und Hugo verlassen das Land so arm, wie sie eingereist sind. Daß die Aktionen und Publikationen dieser fünf Jahre in die Literaturgeschichte eingehen sollten, ahnen sie nicht. Annemarie, die seit Emmys Erkrankung eine Klosterschule in Lugano besucht hat, ist wieder bei ihnen. Hardekopf und Olly Jaques haben sich im Tessin um das Mädchen gekümmert. Er hat Emmy regelmäßig geschrieben. Olly hat Annemarie Ende März nach Bern gebracht. Das Mädchen ist glücklich. Endlich ist »Steffgen« auch auf dem Papier ihr Vater. Sie sind eine Familie. Und Emmy sagt: Zurück nach Flensburg. Setzt einen Schlußpunkt unter Liebschaften, Kabarett und Tingeltangel. Im Leben wie im *Brandmal*: »Meine Sonne war das Rampenlicht des Podiums. Die Geigen des Orchesters meine Singvögel«,[100] schreibt sie und faßt nach der schweren Grippe, die sie in Todesnähe gebracht hat, den Entschluß, ihr Leben zu ändern. Wie 1910/11 nach dem Typhus. Damals konvertierte sie. Jetzt heiratet sie Hugo Ball. »Es wäre für mich leichter, irgendwie bequemer gewesen, wenn ich nur Hugos Freundin geblieben wäre, aber unser beider Schicksal war eines geworden, und obwohl der eine von uns Furcht vor dem Leben des andern hatte – da man ja sehr fürchten kann, was man liebt – waren wir entschlossen, es miteinander zu wagen.«[101]

»Die Berge meiner Schwermut wollen wandern …«

»Um Ostern fuhren wir nach Deutschland, zunächst in Hugos Heimat nach Pirmasens«, notiert Emmy rückblickend in *Rebellen und Bekenner*. Zuerst jedoch zeigt Hugo seinen »Kinderleins« Heidelberg. Erinnerungen an die Studienzeit. Die Stadt prangt im Schmuck frischen Grüns und blühender Bäume. »Nur die Menschen sahen matt und krank aus … Wir kamen aus der Schweiz, die von der Völkerunruhe doch ziemlich verschont geblieben, und jetzt sahen wir die deutschen, ›vom Unglück stigmatisierten Gesichter‹«.[1] Emmy ist entsetzt über die Veränderungen, obwohl Hugo, der bereits 1919 mehrmals wieder in Deutschland gewesen war, sie gewarnt und aus dem geliebten München berichtet hatte: »Man kennt die Stadt kaum wieder. Sie ist wie ein altes Panzerschiff, das in Reparatur gehört.«[2] Und: »In Frankfurt kam ich mitten in den Plünderer-Trubel. Da wurde mit richtigen Maschinengewehren geschossen …«.[3] Dann Berlin, wo er sich bei Reiss um den Vertrieb ihrer Bücher kümmern wollte. Da waren die Tage »eine große Strapaze. Alle Verkehrsmittel ruhten und man mußte zu Fuß die unheimlichsten Strecken zurücklegen … Du kannst Dir denken; heute bin ich erschöpft, als hätte ich den Montblanc erstiegen. Hier sind jetzt die ersten Frühlingstage, … Sonne, Wärme. Wären nur die Verhältnisse und die Menschen nicht so trostlos und ohne Aussicht.«[4] Nichts, so scheint es, hat sich seither geändert. Unruhig das Land. Verbittert die Menschen.

Ich stelle mir die Ankunft in Pirmasens vor: Heimkehrer ohne Erfolg. Hugo beklommen, ob die Mutter Emmy akzeptieren wird. Emmy spindeldürr. Ebenso kapriziös wie nervös. Beide mit der Erinnerung an die unglückliche Begegnung in Basel 1915. Beide mit guten Vorsätzen. Auch Balls Familie scheint auf Ausgleich gestimmt: »Zu Hause waren die Eltern und Geschwister Hugos sehr froh, ihn nach Jahren wiederzusehen, und auch ich wurde mit aller Herzlichkeit aufgenommen.«[5] Sie machen Ausflüge in die Umgebung. Zu den Stätten von Hugos Kindheit. Emmy spielt die Rolle der frisch getrauten, glücklichen Ehefrau. Annemarie, fast vierzehnjährig, versucht Anpassung an die neue Umgebung. Steffgen zuliebe. Sie machen Besuche bei Verwandten. Halten einen »öffentlichen lyrischen Vortragsabend. Das hätten wir nicht unternehmen sollen, denn die Pirmasenser hatten damals wenig Sinn für ihren rebellischen Sohn und waren zufrieden, als er die Stadt wieder verlassen hatte.«[6] Sie sind enttäuscht. In *Hugo Balls Weg zu Gott* schreibt Emmy, daß die Presse sowie nationalistische Kreise Ball abgelehnt hätten. Nicht als Lyriker, sondern als Autor der *Freien Zeitung* und Verfasser der *Kritik*. In *Ruf und Echo* erzählt sie von einem Tumult nach der Lesung, von »Landesverräter«-Rufen, von Steinen, die flogen: »Da kam ich urplötzlich auf den Einfall, ein paar mäßig große Steine aufzuheben. Vielleicht waren einige der Meinung, ich würde jetzt Steine zurückwerfen, aber ich begann nur kunstvoll, wie ich es beim Varieté gelernt hatte, damit zu jonglieren ... indem ich sagte, es sei gar nicht so leicht, gesteinigt zu werden. An dieser kleinen Vorführung fanden die meisten Umstehenden Gefallen und nahmen uns auch den Bedrohlichen gegenüber in Schutz, so daß wir heil davonkamen.«[7] Emmys Legendenbildung um ihren »Heiligen« und seinen Narren, den kleinen »Zirkusmeister«, der mit seinen Kunststücken das Unheil von seinem Herrn abwendet. Ball jedenfalls ist verletzt von der Ablehnung, die ihm entgegenschlägt. »Der Kontrast zwischen dem guten Elternhaus und der gehässigen Haltung der Öffentlichkeit hat einen tiefen Eindruck auf ihn gemacht. Er hat die üble Aufnahme, die ihm in seiner Heimat zuteil wurde, nie recht verwinden können, was ein Beweis sein mag, daß er seine Geburtsstadt geliebt hat.«[8] Er will weg. Flensburg verspricht Ruhe. Die Sicherheit eines eigenen Hauses. Überstürzter Abschied. »Wo man nicht gesegnet worden ist, soll man den Staub von den Füßen schütteln, war Hugos Ansicht«,[9] kommentiert Emmy. Und über die Reaktion in der Stadt: »Man nahm an, wir würden in die Schweiz zurückkehren, darum es auch in der Zeitung hieß ›Eine Ausfuhr, die man sich gern gefallen läßt‹«.[10] In der *Pirmasenser Zeitung* findet sich jedoch weder eine Rezension des Vortragsabends noch eine Meldung über die Abreise der Balls!

Über Hamburg fahren sie nach Flensburg. »Hier in der kleinen brachliegenden Hafenstadt habe ich nun Zeit genug zum

Nachdenken und auch zum Ordnen meiner Papiere«, schreibt Ball im Tagebuch. »Es ist so still hier, fast behaglich. Emmy als Hauswirtin, das ist ein freundlicher Gedanke; ein wenig kommt mir nur vor, als sei ich noch immer zu Besuch.«[11] Auch Emmy wird sich so gefühlt haben, denn das Haus in der Steinstraße, daß sie gemeinsam mit Paula geerbt hat, ist vermietet an vier Arbeiterfamilien, »die für niedrigen Zins hier wohnten und nicht verpflichtet waren umzuziehen, selbst wenn man ihnen eine andere gleichwertige Wohnung anbot.«[12] Entgegenkommen haben sie bei den Mietern nicht zu erwarten. So sitzen sie auf der Treppe, erschöpft von der langen Reise. Inmitten von Koffern und Taschen. Enttäuscht. Ratlos. Emmy kauft dunkles Brot, geräucherten Fisch und eine Flasche Braunbier. Sie essen auf den Stufen. Suchen Zuflucht im Hof. »Am ersten Tag war nur die Laube in unserm Garten so gefällig uns aufzunehmen, dort, wo die Fliederbäume in Blüte standen. Genau wie einst, und doch war alles anders ...«.[13] Sie installieren sich auf dem Speicher, in der Dachkammer, die Emmy als Mädchen bewohnt, wo sie »ihre Schulaufgaben gemacht, geschlafen, geträumt, gesungen und gespielt«[14] hat. Eine Woche später bekommen sie im unteren Stockwerk zwei weitere Zimmer. Am 19. Mai notiert Ball im Tagebuch: »Mit Mühe ist es uns im eigenen Hause gelungen, ein paar Stuben zu bekommen. Bei der Ankunft saßen wir förmlich auf der Treppe. Die Leute sahen uns wie Eindringlinge an. Wir suchen uns in den wunderlichen Verhältnissen zurechtzufinden, und da uns die Schweiz nicht verwöhnt hat, will es uns auch gelingen. Im Garten steht noch der alte Holunderbaum, ganz so wie Emmy als Kind ihn gesehen und oft mir beschrieben hat. Wir haben das Grab dieser fremdlichen Heimat besucht und Blumen hingebracht.«[15]

Fremd ist alles für Hugo. Die weite Landschaft. Die Menschen. Ihr Plattdeutsch, »ein wenig mit Niederdänisch vermengt.«[16] Zudem ist die politische Situation im deutsch-dänischen Grenzland angespannt. Paul Claudel wird vom Völkerbund als Mitglied einer internationalen Kommission nach Flensburg geschickt. Weiß Hugo davon, der im Oktober 1913 Claudels »Verkündigung« im Hellerauer Theater in Dresden gesehen, darüber in *Die Reise nach Dresden* in der Zeitschrift *Revolution* berichtet hatte? Im Tagebuch finde ich keinen Hinweis. Statt dessen Notizen zur Philosopie des Mittelalters. Zu Duns Scotus. Den Mystikern. Zu Meister Eckhart. Zu Bild und Abstraktion. Glaube und Vernunft. Kirche und Staat. Befragung und Selbstbefragung: »Ich sprach und schrieb einmal gar viel von Rechtsverletzung und Schuld. Und habe doch ... meinen dereinst der Kirche gegebenen Treueid gebrochen ... Nun suche ich zurück zur Kirche und ein Leben voller Verfehlungen liegt dazwischen. Vor allen Ungläubigen hätte ich es verbergen können; vor dem Priester aber würde ich damit nicht durchkommen. Ich war der eifrigsten einer, die für die Moral eintraten, und muß nun erkennen: auch ich gehöre dazu, auch ich bin einer von denen. Wie könnte ich meinen Verrat auslöschen und vor mir selber bestehen? Indem ich das Lob des Beleidigten singe? ... So singt eine Krähe mit heiserer Stimme.«[17]

Richard Huelsenbeck, dessen Dada-Abend Ball bei seinem Berlin-Besuch 1919 mit »heller Freude« besucht und mit dem er sich wieder ausgesöhnt hatte, kommentiert in seinen Erinnerungen Hugo Balls Rückwendung zum Katholizismus sowohl aus der Sicht des anteilnehmenden und miterlebenden Freundes als auch mit dem kritischen Blick des Psychoanalytikers: »In der Zeit, als ich Ball kennenlernte, war er nichts weniger als religiös und sprach nie vom Katholizismus, der später bei ihm eine solche Rolle spielte.«[18] Für Huelsenbeck ist es daher bezeichnend, »daß Ball das Kabarett ›Voltaire‹ taufte. Voltaire, der, wie man weiß, einer der heftigsten Gegner der katholischen Kirche war, hatte ihn schon in Berlin beschäftigt. Ball war damals, wie wir alle, ein Aufklärer, ein Liberaler, der das Heil der Menschen von Verstand und Einsicht und nicht von der Metaphysik erwartete. Diese Haltung ... änderte sich später unter dem Einfluß der Hennings.[19] Wie groß der Einfluß dieses schwächlichen Mädchens auf Hugo Ball war, ist garnicht abzumessen. Sie verhalf ihm zu Eigenschaften, die ihn faszinierten. Emmy war eine der wenigen Frauen, die die Welt nicht wörtlich nehmen. Unter ihrem Einfluß verwandelte sich alles in Beziehung, Erwartung und Geistigkeit. Sie war ein richtiger Engel, obwohl sie nicht den geringsten Ansatz zu Flügeln hatte. Aber sie schien in dieser Welt verloren zu sein. Sie war im besten Sinne unirdisch. Es ist gar keine Frage, daß sie diese Eigenschaften auf Hugo übertrug, sie zauberte ihm eine Art Paradies. Hugo und Emmy lebten in einer Welt, in der die Notwendigkeiten des Alltags auf ein Minimum reduziert waren. Inwieweit das für Ball und seine Arbeit günstig war, ist eine Frage, die ich nicht beantworten kann. Sicher aber ist, daß Hugo stark unter dem Einfluß dieser Frau stand, daß man seine Arbeiten nicht lieben kann, wenn man diesen Einfluß nicht voll und tief begreift. Ball wurde … immer mehr von Emmys Wesen ergriffen. Sie war seine Geliebte, seine Mutter, sein Engel und sein oberster Priester. Ich sah oft die Bewunderung in seinen Augen, wenn er sich vom Klavier nach Emmy umdrehte. Emmy hatte ihre Haare kurz geschnitten; sie verstand es, den Kopf und die Haare zu schütteln, als stünde sie im Sommerwind. Das Licht unserer trüben Kabarettlampen fiel durch ihr dünnes Kleidchen und zeigte ihre Knabenfigur. Sie war nicht nur ein Kind, sie verstand es auch, Kind zu spielen, und Ball hatte eine mystische Liebe für alles Naive, ob es echt war oder nicht.«[20] Huelsenbeck ist jedoch ehrlich genug, auch seine eigene Situation zu reflektieren: »Der Dadaismus …, in Arp, in mir und in Ball, wollte zu den Müttern, nicht zu den sentimentalen, sondern den strengen Müttern.[21] Wir waren Atheisten, aber mit einer kleinen Wendung wäre es uns möglich gewesen, fromme Katholiken zu werden.«[22] Ball hat diese Wendung vollzogen. Und Huelsenbeck wird auch nach Emmys Tod nicht müde zu betonen, daß sie es war, die »Hugo Balls Weg zu Gott« bestimmte.

Beim Lesen von Emmys Tagebüchern kommen mir jedoch Zweifel. Ball war zu eigenständig, als daß er sich von ihr so grundlegend hätte beeinflussen lassen. Die krasse Ablehnung von Emmys Pazifismus-Aufruf und die damit verbundenen Zurechtweisungen zu einer Zeit, zu der Ball ernsthaft den Verlust der geliebten Frau an einen Rivalen fürchten mußte, zeigen deutlich, daß er nicht bereit war, Emmy unkritisch zu folgen. Im Gegenteil. Betrachte ich das erste der im Nachlaß erhaltenen Tagebücher, so scheint mir Hugo zum Jahreswechsel 1919/20 die treibende Kraft. Er hat ihr das schmale Heft geschenkt. Mit der Widmung: »für Emmy Weihnachten 1919 … / und es ward ihr gegeben sich anzutun mit reiner und schöner Seide (Die Seide aber / ist die Gerechtigkeit der Heiligen) … / und ich sahe einen Engel vom Himmel fahren, /

der hatte den Schlüssel zum Abgrund … / Offenbarung Joh. / Hugo.« Die erste Seite in Hugos graphisch-eigenwilliger Tintenschrift, die an das Vorbild seiner Jugend, Friedrich Nietzsche, erinnert. Unter den Text hat er die drei Kreuze von Golgatha gezeichnet. Und so, als wolle Emmy diesem hohen Anspruch gerecht werden, beginnt sie auf der folgenden Seite ihre Aufzeichnungen in sauberer Sütterlinschrift. Aber bereits nach wenigen Seiten kippt das Bild, werden die Buchstaben unleserlich. »So hübsch hatte ich es mir gedacht, dies sollte ein ordentliches Tagebuch werden. Und jetzt ist es Kraut und Rüben. Alles durcheinander. Es ist schade … Ich habe zu viele Geheimnisse, schon vor mir selber. Da siehts natürlich flau aus mit der unge(schminkten?) Ehrlichkeit«,[23] notiert sie am 30. Januar 1920. Dennoch ist es Blatt für Blatt der Versuch, Rechenschaft abzulegen, ein Ringen mit ihrer »Sünde«, dem Wunsch, Buße zu tun, die Messe zu besuchen, zu beichten. Ihre »Leidenschaft für Gott« und zugleich ihr tiefer »Selbsthaß«. Manche Seiten lesen sich, als habe sie die Tagebuchnotizen und ihre Arbeit am *Brandmal*, die Schriftstellerin Emmy Hennings vom Winter 1919/20 und die Protagonistin des Romans, den sie »Ein Tagebuch« untertitelt, nicht trennen können.

Als sie Ende April nach Flensburg kommen, überwiegen Notizen zum täglichen Leben. »Emmy als Hauswirtin.« Balls »freundlicher Gedanke«. Sie macht Listen, was zu besorgen, was zu waschen ist, so als mißtraue sie ihrer Fähigkeit, das Alltagsleben zu organisieren. Unter dem 31. Juni eine Haushaltsabrechnung für Kochwurst, Kartoffeln und Bohnen. Dann wieder: »Ich möchte mich gerne sammeln, aber ohne Sammlung schreibe ich.«[24] Sie bekommt von Reiss die Korrekturfahnen von *Das Brandmal*. »Wie widerlich sein eigenes Buch zu lesen, so widerlich, wie seinen eigenen Geruch zu riechen … Alles erscheint mir grässlich sinnlich … kaum verträglich.«[25] Was in Ascona, in Zürich und Bern möglich war, wird in Flensburg unerträglich. Die Tiefen des eigenen Lebens, in der Schweiz für erzählwürdig befunden, werden in Flensburg angesichts ihrer Erinnerungen an Kindheit und Jugend, an die toten Eltern, den kleinen Sohn zur scheinbar unüberwindbaren Schuld. Sie zieht sich zurück in die engen Kammern der Steinstraße: »ich sehe alle Menschen häßlich, weil ich häßlich bin ... Wenn die Menschen mich schlecht behandeln, muß ich mich fernhalten, denn wenn ich mich mit ihnen einlasse, werde ich schlechter und schlechter.«[26]

Nächste Seite. Der Küchenzettel: »... mittags: Kartoffeln, Kochwurst, Hagebuttensuppe. abends: Pfannkuchen, Kompott. mittags: Kartoffelknödel, Maggisauce, Schokoladenpudding. abends: kalte Platte, Café oder Bier.«[27] Emmy, die Hausfrau. Sie wohnt im Dachstübchen. Hugo arbeitet und schläft im Erdgeschoß. In *Ruf und Echo* stilisiert sie die Situation zur Idylle, konnte »es oft nicht fassen und dachte doch immer wieder daran, daß Hugo bei mir und mein Mann war. Das Haus kam mir wie verzaubert vor, schon weil meine Eltern nicht da waren ... Wie man kurz vor dem Erwachen im Schlafe oft empfindet, daß alles nur Traum ist, es infolgedessen auch nicht immer so genau darauf ankommt, wie man sich verhält, unterließ ich es ab und zu, das Mittagessen aufs Feuer zu setzen ... Hugo war weit davon entfernt, mir kleine Nachlässigkeiten in der Haushaltung übel zu nehmen. Mußte er einmal, ein halbe Stunde vielleicht, auf das Mittagessen warten, bot ich ihm als kleine Vorspeise einige Sätze aus meiner Arbeit, dem *Brandmal* an, oder ein Gedicht, das mir eingefallen war. Das las er, während ich den Tisch deckte, das Essen bereitete.«[28]

Nur von ihr und von Hugo ist die Rede. So, als gäbe es nicht noch eine Dritte in diesem Bunde: Annemarie. Sie geht wieder zur Schule. Kein Wort von Emmy, wie die Tochter die Rückkehr erlebt hat. Die Steinstraße ohne die Großmutter. Ihre alte Klasse. Seltsam genug mag das dunkelhaarige Mädchen den Lehrern und Mitschülerinnen vorgekommen sein, das nach seiner vierjährigen Odyssee durch verräucherte Kneipen, dadaistische Soiréen, durch Pflegefamilien und Nonneninternat wieder auf den heimatlichen Holzbänken sitzt. Hat sie von Zürich erzählt, von Bern, vom Tessin, von der Alp Brussada? Vom kehligen Schwyzerdytsch? Dem Tessiner Italienisch? Von den polyglotten Freunden der Eltern, die das Kind selbstverständlich in ihren Kreis aufnahmen, seine Bilder bewunderten und kauften? Hat sich das pubertierende Mädchen nach »Lisl« gesehnt, der Bergner, die in diesem Sommer unter Otto Falckenbergs Regie in München die Titania im *Sommernachtstraum* spielt? Wie kann sie sich einfinden in das streng geregelte Leben mit Schulglocke, Klassenarbeiten, Zensuren? Vermutlich hat Annemarie, bedingt durch ihre unregelmäßigen Schulbesuche, die häufigen Orts- und Schulwechsel, Probleme, das Pensum zu bewältigen. In einem undatierten Brief teilt Emmy dem abwesenden Hugo mit, daß Annemarie einen Schulausflug nach Glücksburg macht. Hin zu Lande. Zurück übers Wasser. Daß sie eigentlich kein Geld dafür habe. Und daß sie mit Annemarie zum Baden geht.

In Emmys Erinnerungen an Flensburg 1920 findet die Tochter nur im Kontext mit der katholischen Kirche Erwähnung: »Der Geistliche meiner Heimatskirche besuchte uns mehrmals im Hause, wie es in Flensburg, der Diaspora üblich, besonders, wenn Kinder die Schule besuchen, wie es bei meiner Tochter der Fall war.«[29] Der Priester gibt Mutter und Tochter ein Herz-Jesu-Bild, das geschmückt aufgestellt wird. Lädt sie ein, die täglichen Herz-Jesu-Andachten zu besuchen. Ball, der von einer Vortragsreise nach Berlin und Hamburg zurückgekommen ist, soll sie begleitet haben. »Er hatte mich in den letzten Jahren zwar nie gehindert, in die Kirche zu gehen, sah es vielmehr recht gern; er selbst aber hatte sich nicht dazu entschließen können mitzugehen.«[30] Eine Aussage, die im Widerspruch zu Balls Tagebuch steht, in dem er von gemeinsamen Meßbesuchen in Vira-Magadino 1916 spricht.

Emmy erinnert die Situation in Flensburg: »Wir hatten ihn von der Bahn abgeholt, und gleich bei der ersten Minute des Wiedersehens spürte ich, daß eine Veränderung mit ihm vorgegangen war. Beschreiben läßt sich dergleichen leider schwer, aber es ist etwas einzig Schönes darum, wenn man in leuchtenden Augen nur eine reine Flamme erblickt. Ball sprach in diesen Tagen nur noch von den Vorbereitungen zur Generalbeichte, die er jetzt in Flensburg ablegte, und ich mit ihm.«[31] Mit dieser Datierung der Generalbeichte hat Emmy eindeutig einen Schritt Balls vorverlegt. Damals hatte er noch notiert: »Deutschland nach Krieg und Revolution: ein unentwirrbares Knäuel, ganz davon abgesehn: Sinnlos. Ich muß zu meinem praktischen Sinn ein Verhältnis gewinnen. Der Pfarrer auf der Kanzel, anstatt sich um die ewigen Werte zu kümmern, politisiert und trägt überflüssige Tagesneuigkeiten vor.«[32] Nicht der »politisierende« Katholizismus der Vorkriegszeit und der Kriegsjahre, ist Ball überzeugt, wird für die Zukunft bedeutsam, sondern eine neue vertiefte Rückwendung zur Glaubenspraxis. Und so beschäftigen ihn in den kommenden Jahren Patristik, Scholastik und hagiographische Quellenstudien. Die östlichen Anachoreten: Johannes Klimax, Dionysos Areopagita und Symeon der Stylit. Ihre Viten faßt er in seiner Arbeit *Byzantinisches Christentum* zusammen, die er im Juli 1922 in München abschließt und die dort Anfang 1923 bei Duncker und Humblot erscheint. Während dieser Zeit, 1922, hat er auch mit der Generalbeichte seine Rückwendung zur katholischen Kirche bekräftigt.

In Flensburg jedoch, das wird nicht nur in Emmys Erinnerungen, sondern auch in Balls Tagebuch deutlich, wendet sich Hugo Ball endgültig vom politischen Journalismus ab. Hier hat »Die Flucht zum Grunde«, wie er den neu eingeschlagenen Weg nennt, begonnen. Mit Emmy an seiner Seite. In ihren autobiographischen Erinnerungstexten scheint sie durchglüht von Glaubensfreude. In ihren Tagebüchern bedrückt von Selbst- und Glaubenszweifeln: »... sich zu Gott zwingen ...«, steht da. Und: »... ich habe immer nur von meiner Sehnsucht gelebt.«[33] Die letzten Eintragungen finde ich unter »Muzzano, 14. September 1920«. Da sind sie wieder im Tessin.

Der Flensburger Sommer hatte deutlich gemacht, daß weder für Ball noch für Emmy das Leben in der abgeschiedenen kleinen Stadt möglich war. Einen Brief an Ball unterschreibt sie sarkastisch mit »Deine ehrbare Frau Emmy«. Sie will weg. Braucht, um arbeiten zu können, ebenso wie Hugo, die Nähe von Bibliotheken, weltoffene Gesprächspartner, Wärme. Was lag näher, als ins Tessin zurückzukehren, wo die Bibliothek Luganos, die Nähe Mailands, aber auch das drei Zugstunden entfernte Zürich Anregung und Studienmöglichkeiten bereithielten. Emmy korrespondiert mit Olly Jaques, die in Muzzano lebt. Teilt Ball, der auf Vortragsreise ist, in einem undatierten Brief mit, daß die Freundin angeboten habe, eine Wohnung in Muzzano zu besorgen. Sie beschließen, das Haus in der Steinstraße 5 zu verkaufen. Folgen Balls Überzeugung: »Die Idee des natürlichen Paradieses – nur in der Schweiz hat sie geboren werden können. Die entrückteste Urwelt begegnet hier dem lieblichsten Idyll, die eisige Schneeluft der Höhe dem mildesten Glockentone des Südens. Die Schweiz ist die

Zuflucht all derer, die einen neuen Grundriß im Kopfe tragen. Sie war und ist jetzt ... der große Naturschutzpark, in dem die Nationen ihre letzte Reserve verwahren.«[34] Was während des Krieges 1917 gegolten hatte, galt auch 1920. Emmy läßt sich eine Abschrift des elterlichen Testaments ausfertigen. Bietet, gemeinsam mit der in Hamburg lebenden Paula, das Haus zum Verkauf. Im Juni 1921 teilen sie sich den Erlös von 15 000 RM. Wahrscheinlich teilten sie sich auch die Möbel. »Von einigen Möbeln und Geräten, die mir seit frühester Kindheit vertraut und lieb waren, wollten wir uns nicht trennen. Wir packten alle unsere Sachen und schickten sie auf das Geratewohl nach Lugano, dahin auch wir uns begaben. Einige Tage waren wir bei einer Freundin in Muzzano zu Gast, und von hier aus suchten wir uns ein neues Heim.«[35] Sie wandern durch die Dörfer, schauen sich Wohnungen an. Ländliche Häuser. Olly vermittelt. In Agnuzzo werden sie fündig. Auf der Lugano abgewandten, stilleren Seite des Sees. Als sie das Haus beziehen, stellt Emmy als erstes die Schiffstruhe des Vaters auf. Sie wird die Unruhige bei den zahlreichen Umzügen begleiten. Und Hugo bewahrt eine hohe, spitze Mütze, die Ernst Cordsen von einer seiner Seereisen mitgebracht hat. Er trägt sie auf einem Photo, entspannt-lachend, einen Arm um Emmy gelegt. Die schaut lächelnd zu ihm auf. Im Hintergrund die graue Steinmauer des Agnuzzo-Hauses. Ein schönes Bild. Vergangenheit und Gegenwart vereinend. Eine gute Zukunft versprechend. Denn anders als bei der Rückkehr ins zerrüttete Vaterland im Frühjahr 1920, erscheint den Balls das Tessin als ein freundlicher Zaubergarten: »Wir wohnen jetzt im kleinsten und friedlichsten Tessiner Dörfchen, das man sich denken kann. Der Postbote, Herr Donada, der einen alten ländlichen Palazzo verwaltet, stieß die seit Jahren nicht geöffneten Fensterläden auf, und Spinnen und Motten stoben hinaus in die Sommerluft. Über dem See liegt ein Garten und zu dem Garten führt eine breite Glyzinientreppe. Wir haben Schwalben, gemalt an der Decke und draußen über dem Fenchel. Der Blick reicht über das grüne Wasser, in dem sich die Birken spiegeln, bis weit hinüber nach Caslano und Pontetresa zur italienischen Grenze.«[36] Welch ein Gegensatz zu Flensburg! Den feuchten grauen Tagen auch im Sommer! Dem engen Steinstraßenhaus, von dem die nahe Förde kaum zu ahnen ist! Noch heute ist Agnuzzo ein stilles Dorf. Keine Fremden. Und die Häuser, die Dorfkirche wie damals. Ich frage eine alte Frau nach der poetessa tedesca, nach Emmy. Nein, sie schüttelt den Kopf. Und Ball? Si. Freudiges Parlieren. Dottore Balmelli. Sie zeigt auf das Haus des Arztes. Ich mag sie nicht enttäuschen. Muß lachen, weil es in der *Morgenlandfahrt* Hesses Name für Hugo ist. Der Schreiber Balmelli.

»Unsere Fenster waren dem Garten, dem See und den Bergen zugewandt. Die kostbarste Einsamkeit umgab uns. Hier vergaß Ball Zeitkritik und Kulturprobleme. Er umgab sich mit mystischen und verschollenen Büchern«,[37] notiert Emmy rückblickend. Und Huelsenblick erinnert: »Er vertiefte sich mit masochistischer Wollust in die Selbstbestrafung mittelalterlicher Männer und Frauen, die auf Dornen und Disteln schliefen, in Höhlen und Felsenkellern Gott auf ihre Weise zu erobern suchten. Unter unseren Augen wurde Ball zum Mystiker.[38] Er umgab sich mit Büchern aller Art, sein Interesse kannte keinen Horizont, die Psychoanalyse war ihm genau so wichtig, wie Luther und Calvin. Luther rückte später mehr und mehr in das Zentrum seiner Untersuchungen. Ball haßte in ihm eine Sammlung deutscher Eigenschaften, etwas Rohes, Tatsächliches, den sozialen Realismus, eine Schwere der geistigen Beine, gegen die Nietzsche zu revoltieren suchte. Die Feindschaft gegen Religion, die Ball früher gezeigt hatte, wurde jetzt an einer Person abgeleitet. Luther wurde der Antichrist, und Emmy und der Katholizismus blieben ihm erhalten.«[39]

Ball hat Huelsenbeck von seiner Rückkehr in die Schweiz unterrichtet. Dieser bittet am 11. Oktober 1920 Hannah Höch: »Besuchen Sie doch, wenn möglich Hugo Ball und Emmy Hennings in Agnuzzo bei Lugano. Das ist ein kleines Dorf, sie bewohnen dort eine Art Rokkokopalais. Bestellen Sie besten Gruss, ich käme in kürzester Zeit.«[40] Aber sein Reiseplan zerschlägt sich. Huelsenbeck schließt in Berlin sein Medizinstudium ab. Zieht sich aus der von ihm begründeten Dada-Szene zurück. Geht als Assistenzarzt nach Danzig. Folgt einer Frau, die er in Berlin kennengelernt hat und deren Mann in Danzig arbeitet: Beate Wolff. Eine verhängnisvolle Affäre. Beate verläßt Wolff mit ihrer Tochter Mareile.

Zieht zu Huelsenbecks Eltern nach Dortmund. Wolff nimmt sich das Leben. Beate und Richard Huelsenbeck heiraten. Ziehen nach Berlin, wo er in der ärztlichen Praxis eines Freundes mitarbeitet. Am 6. 4. 1924 schreibt er an Emmy und Hugo: »... wir sitzen nun hier in Berlin und sind auf dem besten Wege geistig und körperlich in dieser Kloake zu verkommen. Ich las übrigens neulich Emmis *Gefängnis* noch einmal. Ich finde dass es das Beste ist was sie geschrieben hat ... Schreibt doch bitte mal, wie es Euch geht. Man hat hier ein dringendes Bedürfnis nach alter Freundschaft und alten Herzlichkeiten.«[41] Er macht Pläne, mit Beate und Mareile ins Tessin zu kommen. Erwägt dort zu leben. Schreibt am 10. Mai 1924: »Die furchtbare Zeit der Geldentwertung haben wir hier unter schwerster körperlicher und geistiger Depression mitgemacht. Die vollkommene Enthirnung des teutschen Volkes, die absolute dickflüssige Stupidität ...«.[42] Niemand versteht das besser als Emmy und Hugo, die nach einem zweiten Versuch im Vaterland, in München 1921/22, Deutschland endgültig den Rücken gekehrt haben. Aber Huelsenbeck ändert seine Pläne, als er bei der Hamburg-Amerika-Linie eine Stelle als Schiffsarzt angeboten bekommt. »Eine Welt versank und eine neue tat sich auf. Ich sollte Ostasien sehen, China, Japan, ich sollte die Welt als Kugel erleben.«[43] An Hugo geht am 11. Juni eine Kurznachricht aus Rom: »Mit der Schweiz ist es vorläufig nichts. Aber später bestimmt ... Gruß an Emmy ... Ganz Dein Hülsenbeck.«[44] Er schreibt Artikel, schreibt Bücher über seine Reisen. Erst 1926 wird er Emmy in Berlin wiedersehen. 1927 Hugo Ball im Tessin. Wird einer seiner letzten Gesprächspartner sein.

Während also Huelsenbeck 1920 in Berlin sowohl seine medizinische Ausbildung beendet als auch die literarische Szene aufmischt, während Ball sich in Agnuzzo in die *Acta Sanctorum* vertieft, während Emmys *Brandmal* im Herbst in Deutschland erscheint und von der Presse positiv aufgenommen wird, sucht sie ihren Standort neu zu bestimmen. Schreibt Gedichte. Traumbilder, die sie mit römischen Ziffern versieht:

»Traum II: Ich bin so vielfach in den Nächten, / Ich steige aus den tiefsten Schächten. / Wie bunt entfaltet sich mein Anderssein. // So selbstverloren in dem Grunde, / Nachtwache ich, bin Traumesrunde / Und Wunder aus dem Heiligenschrein. // Und öffnen sich mir alle Pforten, / Bin ich nicht da, bin ich nicht dorten? / Bin ich entstiegen einem Märchenbuch? // Vielleicht geht ein Gedicht in ferne Weiten. / Vielleicht verwehen meine Vielfachheiten, / Ein einsam flatternd, blasses Fahnentuch ...«.[45]

Verse der Verlorenheit. Entstanden in der Abgeschiedenheit des Ortes. In der Gewißheit, daß mit der Bindung an Ball die Zeit der Bühne, des Kabaretts, der Affären endgültig vorbei ist. Erinnerung und Neubeginn. Unsichere Fragen. Antworten mit zweifach-zweifelndem »vielleicht«. Einsam trotz Gemeinsamkeit. Ausgesetzt wie die Fahne im Wind.

»Mein wehender Name tut mir weh ... Wie viele Namen ich getragen habe, um meine Vielfachheiten zu erproben. Habe ich mich jetzt zu Ende gelebt, oder noch nicht? ... Dem Kind ist ein Stern aus der Hand gefallen. Die Liebe spannte einen hohen Bogen, und der Stern sank. So wehend weich fallen meine Namen ... Namen wollen erblassen, wie die Sterne. Es leuchtet auf und erlischt ... Alle Wanderungen sagen: nach Hause. Ich ging soviel. Wann war ich je gebunden? Es hielt mich nicht. Was ich erkannte, ließ ich los und ging weiter. Wovon löste ich mich nicht? Ich spielte und trennte mich vom Spiel. Gläubig rauschen die Kulissenbäume mir nach in den Traum. Flüchtig war ich, wander- und melodiensüchtig. O, ich erinnere mich ... Das Sein spiele ich im Schein ... Jede Rolle, die ich spiele, ist Improvisation meines Schicksals. *Was ihr wollt* will ich spielen. Schauspielerin bin ich. Mein Gott, wie habe ich dich so bunt bebändert, und immer suchte ich sammelnd Vergleiche für dein einzig Einsamsein. Und ich spiele ... Mein Gott, lege mich in das Grab der letzten Vergessenheit. Breite das Passionstuch des Verschollenseins über meine Nacktheit. Verhülle mich, Vergessen, du traumloser Traum.«[46] Auch hier Fragen ohne Antwort. Anrufe ohne Echo. »O lösche meinen Feuerbrand«, fleht sie. Schreit ihre Gottessehnsucht heraus im Gedicht und im Tagebuch. Zweifelt: »Lieber Gott, kommst Du denn nur in meinen Büchern vor oder bist Du auch noch ein wenig in mir.«[47] Studiert zugleich mit Hugo die *Acta Sanctorum*. Rückblickend eine Idylle: »Hugo hielt das große Buch auf den Knien, das Kind und ich saßen ihm zur Seite ... auf den Granitstufen unserer

Treppe ... vor uns der blühende Garten, in der Ferne der See und die Berge und nahe über uns die zartblauen Dolden der Glyzinien ... Es war ein paradiesisches Bilderbuch, dem die Heiligen entstiegen, so daß wir sie oftmals ganz nahe, beinah vor uns zu sehen glaubten ... Bisweilen suchten wir, benommen wie Kinder, zu fassen, indem wir uns erzählten, daß auf dem Sinai, wo Joannes Klimax gelebt, auch die Brombeeren warm von Sonne wachsen ...«.[48] Gegenstück dazu müssen verzweifelte Briefe an den in Zürich lebenden Hardekopf gewesen sein, der am 6. Januar 1921 schreibt: »Arme Emsi, dass Du so viel unter Erkältungen und Schmerzen zu leiden hast! Ich möchte so gern, dass Du und Ihr Alle im Tessin nur Angenehmes und Friedliches erführet, wie Ihr es doch bei der langen Reise von Flensburg dorthin erhofftet.« Und auf das eben erschienene *Brandmal* Bezug nehmend: »Emseli, nun hast Du schon Dein drittes Buch veröffentlicht und wirst doch sicherlich ganz berühmt werden! ... Bei alledem ist es doch ein Jammer, dass das deutsche Geld so wenig wert ist; sonst kämen Dir Deine Honorare wohl freundlich zu Statten, nicht wahr?«[49] Dieses wird einer der Gründe sein, warum Hugo und Emmy im Herbst des gerade begonnenen Jahres die Schweiz wieder verlassen müssen.

Aber noch reichen ihre knappen Mittel. Hugo, vertieft in die Heiligenleben, untersucht auch seine eigene Lebensgeschichte unter dem Aspekt religiöser Bedürfnisse: »Wie sah meine Kindheit aus? Ich versammelte abends die ganze Familie um mein Bett, fürchtend, ich könne sie schon am nächsten Tage verloren haben. Als ich mit neun Jahren die Geschichte des hl. Laurentius hörte, war ich einer Ohnmacht nahe. Mit Überwindung verdarb ich mich; suchte mich anzupassen. Bei meinem schüchternen Wesen war mir die Brutalität verfänglich ... So wurden Begeisterungen zu Perversionen.«[50] Deutet die Vergangenheit um: »Als mir das Wort ›Dada‹ begegnete, wurde ich zweimal angerufen von Dionysius. D. A. – D. A. ... Damals trieb ich Buchstaben- und Wort-Alchimie.«[51] Die treibt er noch immer: »Agnuzzo hat sieben Buchstaben, und die Sieben ist eine hermetische Zahl.«[52] Er beginnt, wie auch Emmy, sich mit seinen Träumen zu beschäftigen: »Mehr und mehr beginne ich den Traum als einen Beistand und freundlichen Hinweis auf die Zustände und

Anlagen meines Innenlebens aufzufassen. Dies ist mir die liebste Beschäftigung: in der Acta Sanctorum und in meinen Träumen lesen.«[53] Und er begegnet einem Menschen, dessen Person und Werk ihn so berühren werden, daß er ihm bis zum Ende seines Lebens aufs engste verbunden bleibt: Hermann Hesse. Sie treffen ihn bei dem gemeinsamen Freund Joseph Englert in Cassarate, sprechen von Träumen und Astrologie. Von Indien, wo Hesses Familie als Missionare gewirkt und das der Dichter 1911 selbst bereist hatte. »Seine indische Dichtung ... *Siddharta* war damals im Entstehen, und sein Gesicht war wie die Seele eines indischen Buches, so ausgeteilt an alles Schöne. Er hatte ein sehr leises, feines Lächeln, das überaus anziehend und zugleich geheimnisvoll war ...«.[54] Als ihn Englerts fragen, wie ihm Hesse gefallen habe, »errötete« Hugo Ball »wie ein Mädchen ... Er ahnte damals noch nicht, daß er neben seinen drei Heiligen das Werk und Leben des Dichters einmal nennen würde«, erinnert Emmy. »Wir waren völlig absichtslos einander begegnet, wie Vögel auf einem Zweige, die eine kleine Weile zusammenfinden dürfen.«[55] Für Hugo wird die kleine Weile sieben, für Emmy vier mal sieben Jahre dauern.

Am 4. Dezember 1920 notiert Ball im Tagebuch erstmals einen Besuch Hesses in Agnuzzo. »Wir bieten einen Stuhl an, legen Feuer in den Kamin. So sitzen wir bald und plaudern, als seien wir gute Bekannte seit langer Zeit.«[56] Dieses Gefühl der Vertrautheit, das die beiden Männer verbindet, schließt Emmy mit ein. Zwischen Agnuzzo und dem auf den colli dori, den goldenen Hügeln, liegenden Montagnola, wo Hesse in der verwinkelt-verwunschenen Casa Camuzzi lebt, beginnt ein lebhafter Austausch. Der Dichter, der sich seit seinem Umzug ins Tessin auch als Maler versucht, kommt auf seinen Ausflügen mit Skizzenbuch und Stiften ins Agnuzzohaus. Die Balls steigen durch die Kastanienwälder auf den Berg, um den neuen Freund zu sehen. Sie geben sich Einblick in ihre Arbeit. Und in ihr Leben. Nachdem Hesse ihr seine *Wanderung* geschenkt hat, schreibt Emmy im Winter 1920/21: »... nehmen Sie auch meinen Dank gütig auf, lieber Herr Hesse. Sie können ja nicht wissen, von wem so eigentlich, ich bin viel krank geworden durch Not, die mein Leben war, und so viel ist zerrissen und dunkel, und dann fällt Sonniges auf den Weg, da bin ich dankbar auch, weil ich Ihnen danken darf.«[57] Aber auch Hesses Leben ist in dieser Phase dunkel und zerrissen. Er hat 1919, im Alter von 42 Jahren, seine Frau Maria Bernoulli, das gemeinsame Heim, die drei Söhne verlassen. Ist von Bern, wo er während des Krieges in der »Deutschen Gefangenenfürsorge« tätig war, Zeitungen und die »Bücherei für deutsche Kriegsgefangene« herausgegeben hatte, über den Gotthard geflüchtet. Hat in Minusio und Sorengo Wohnung genommen. Unruhig. Suchend. Bis er in Montagnola den Ort findet, in dem er bis zu seinem Tod 1962 leben wird.

Als er die Balls trifft, hat er gerade *Demian* veröffentlicht, quält sich mit Schuldgefühlen, weil er seine gemütskranke Frau, die Kinder im Stich gelassen hat. Lebt wie ein Einsiedler. Durchstreift das Land. Schreibt: *Gedichte des Malers, Blick ins Chaos, Klingsors letzter Sommer* und *Wanderung*. »Ich wollte ein Dichter sein, und wurde ein Dichter. Ich wollte ein Haus haben, und baute mir eins. Ich wollte Frau und Kinder haben, und hatte sie. Ich wollte zu Menschen sprechen, und ich tat es. Und jede Erfüllung wurde schnell zur Sättigung. Sattsein aber war das, was ich nicht ertragen konnte. Verdächtig wurde mir das Dichten. Eng wurde mir das Haus. Kein erreichtes Ziel war ein Ziel, jeder Weg war ein Umweg, jede Rast gebar neue Sehnsucht.«[58] Die letzten Zeilen in *Wanderung*. Und das bacchantisch-sinnliche Gedicht »Abends«, mit dem Hesse diese »Aufzeichnungen« schließt: »Doch! Auch meiner Abendtaten, / Deren Sklav ich bin, / Kann der Weltgeist nicht entraten, / Sie auch haben Sinn. / Und so geh ich auf und nieder, / Tanze innerlich. / Summe dumme Gassenlieder, / Lobe Gott und mich, / Trinke Wein und phantasiere, / Daß ich Pascha wär, / Fühle Sorgen an der Niere, / Lächle, trinke mehr, / Sage Ja zu meinem Herzen / (Morgens geht es nicht) / Spinne aus vergangnen Schmerzen / Spielend ein Gedicht ...«[59] Bald wandern sie gemeinsam in den Bergen um den Luganer See: Hesse, Emmy und Hugo Ball. Kehren ein in die kühlen Grotti, trinken Wein aus den irdenen boccaletti, essen an der Luft getrockneten Schinken, scharfe Würste, würzigen Käse, kräftiges Brot. Sie sitzen vor den romanischen Kapellen. Folgen den Prozessionen der Gläubigen. Sprechen über Religion, über ihre Träume, über Psychoanalyse. Hesse macht die Balls mit seinen Freunden bekannt: dem Maler Ernst Morgenthaler, der Teppichweberin Maria Geroe-Tobler, seinem Psychoanalytiker Josef Bernhard Lang, dem Dr. Pistorius im *Demian*. Mit Carla Fassbind, der kunstsinnigen, reichen Hotelerbin. Und mit seinen Mäzenen Alice und Fritz Leuthold aus Zürich, die später auch Emmy immer wieder finanziell unterstützen werden.

Wenn sie sich nicht sehen, schreiben sie Briefe. Kurze Nachrichten die Männer. Lange, schwärmerische Emmy. Kommt Hesse nach Agnuzzo, empfinden die Balls das als Fest: »Dann essen wir miteinander und plaudern ... Unser Garten freut ihn, die Glocken- und Sonnenblumen, der alte Feigenbaum, der Govinda heißt. Er betrachtet, wie wir die Beete angelegt haben. Es ist ja das erste Mal, daß wir einen Garten bebauen, und wir wundern uns eigentlich, daß wir tatsächlich und wirklich Salat und Radieschen ernten ... Wir bitten den Dichter unseres Gartens wegen um Rat und staunen, wie gut er Bescheid weiß, wie ein richtiger Gärtner und Landmann.«[60] Am 16. Juni 1921 notiert Ball im Tagebuch: »Hesse kommt jetzt öfter mit Malzeug und Staffelei. Wir trinken dann eine Tasse Kaffee zusammen. Einmal gehen wir baden, einmal geht er malen. Er sitzt dann irgendwo an der Wiese und man kann ihn kaum sehen, weil die Sonne blendet.«[61] Hesse wird ihm zu »Klingsor ... tief versunken in die sehr christlich gesehene Natur. Umspielt von ihr und mütterlich umhüllt und eingesungen.«[62] Manchmal wandern sie gemeinsam nach Carona. Dort haben die Schriftstellerin Lisa Wenger und ihr Mann Theo ein Sommerhaus. In deren Tochter Ruth, eine Gesangschülerin, hat sich Hesse verliebt. Läßt in *Klingsors letzter Sommer* Carona zu »Kareno« werden, das im italienischen Stil gehaltene Haus der Wengers mit dem Innenhof, mit gelbem Stuck auf weißen Wänden zum verzauberten Palazzo und das junge Mädchen zur »Königin der Gebirge«. Töne eines Flügels, der gerade gestimmt wird, wehen »Klingsor« und seinen Freunden darin entgegen. Hugo berichtet Annemarie, die Balls Eltern in Pirmasens besucht, von einer ihrer Wanderungen: »Um elf Uhr vormittags kamen wir in Carona an ... drinnen brodelte schon das Mittagessen. Man führte uns in einen ganz vornehmen alten Saal, in dem ein Flügel steht. Kerzen an den Wänden und eine Wandmalerei mit Delphinen und Engeln aus einem früheren Jahrhundert ... Ruth Wenger blies auf der Flöte ... hat alle Schweizer Volkslieder gesungen, die Du auch kennst ... Und am Abend gingen wir in den Garten. Von dort aus sieht man über den ganzen Luganer See ... Ja, und dann trank man in einer Rebenlaube Neuenburger Wein ... Und Herr Hesse konnte sich gar nicht trennen, so daß es recht spät wurde, als wir den Salvatore hinunterholperten.«[63] Bei diesem Besuch erhält Hugo von den Wengers ein Bild, das in einem seltsamen Gegensatz zu dieser heiteren Skizze zu stehen scheint: »Und in Carona schenkte man mir eine sehr merkwürdige Photographie von Hesse. Er ist darauf ein chinesischer Mandarin an Indifferenz und Abwesenheit.«[64]

Hesses Ambivalenz zu dieser Zeit: Einerseits der Verliebte, der bei Ruth und deren Eltern die Hoffnung auf eine feste Bindung und geregelte Verhältnisse weckt, andererseits der noch nicht geschiedene Familienflüchtling, der von Kastanien, Milch, Reis und Makkaroni lebt, seine alten Anzüge bis zum Ausfransen aufträgt, der »diese mönchische Selbstbescheidung, die Armut, Anspruchslosigkeit und Isolation ... gerne nach außen vertrat.«[65] So sein Biograph Ralph Freedman, der zeigt, daß Hesse in dem jungen Mädchen, wie er es im *Klingsor* zeichnet, ein Wunschbild, »eine ganze Anhäufung von Bildern und Erinnerungen an andere Frauen konzentriert sah.«[66]

Als er Ruth Wenger jedoch am 11. Januar 1924 in Basel geheiratet hat, reagiert der Dichter mit Krankheit. Schreibt an Ball, daß er dessen Brief bereits acht Tage »neben meinem eigenen Theater« hertrage. »Ich liege nun schon 14 Tage im Bett und letzte Woche, als es mir einmal schlecht ging, ließ mich der Arzt in eine Klinik bringen ... und da liege ich seither sehr müde und entschließe mich ungern dazu, das Leben wieder anzufangen.«[67] Und auf Hugos Probleme mit Emmy anspielend, die zu dieser Zeit ihre »Weglaufsucht« nach Italien getrieben hat, fährt er fort: »Es ist ja auch komisch. Sie haben eine Frau, die in Armut und Abenteuer verliebt ist. Und ich, Freund der Einsamkeit und der Klöster, habe noch als alter Kerl eine Frau genommen, die für ein Paar schöne Schuhe und einen hübschen Hund gern einige Ideale hergibt. Und beide haben wir ja doch, was uns zukommt, und wenn wir nicht diesen, unsern Weg zum Himmel gehen, führt uns kein andrer hin.«[68]

In ihrem ersten Agnuzzo-Jahr jedoch ist Hesses kurze und konfliktreiche Ehe mit Ruth Wenger noch Zukunft. Er trifft Emmy und Hugo in einer Phase, in der er die Arbeit an seinem »indischen Roman«, dem *Siddharta,* als gescheitert ansieht. Freedman ist überzeugt, daß die Begegnung Hermann Hesse über diese kritische Situation hinweggeholfen hat: »Sie wurden Hesses Gegenpole, stellten sein Vertrauen zur Psychoanalyse in Frage und diagnostizierten viele seiner Leiden – seine Augenschmerzen, das Kopfweh und die Gicht – als reine Hypochondrie. Auch kritisierten sie seine Desillusionierung und Neigung zur Hoffnungslosigkeit mit Nachdruck.«[69] Doch auch Emmy und Hugo stehen, genau wie Hesse, an einem Scheideweg. Orientieren sich neu. Fühlen bei den ersten Begegnungen, daß besonders die beiden Männer, trotz individueller Gegensätze vieles gemein haben. Vor allem »die Herkunft aus dem Religiösen« und die Ablehnung des Krieges. »Hesse brauchte«, so Freedman, zu dieser Zeit »eine Resonanz, einen jüngeren Anhänger, einen Govinda für seinen Siddharta. Ball war zwar nicht viel jünger, ... aber die neun Jahre, die sie trennten, genügten doch, ihm die Aura eines jüngeren Gefährten zu verleihen. Und Emmy ... verhielt sich in ihrer etwas zerstreuten Art gegen Hesse immer wie eine eigenwillige, aber abhängige Tochter, begabt, aber voll jener weiblichen Unzuverlässigkeiten, die so ganz in Hesses Frauenbild hineinpaßten. Für beide Balls konnte er eine Elternfigur sein. ... Andererseits bedurfte er ihrer aber auch als brüderlich jüngerer Kritiker, die ihn ständig mit geistiger und intellektueller *Nahrung* versorgten.«[70]

Diese für alle Beteiligten glückliche Situation findet nach einem Jahr, im Herbst 1921, ein abruptes Ende. Am 6. Oktober teilt Hugo dem Freund, der auf Reisen ist, mit: »Wir müssen unser kleines Agnuzzo aufgeben und nach Deutschland zurückkehren ... Gelingt es uns, aller Schwierigkeiten Herr zu werden, so reisen wir voraussichtlich schon Dienstag nächster Woche über Zürich nach München ... Es frägt sich nur, ob wir in Deutschland ein wenig mehr Glück haben werden. Wir wollen beide sofort eine Arbeit annehmen und Annemarie in Stellung geben. Unsere nächste Adresse ... wird also wohl Hauptpostlagernd München sein.«[71] Hesse antwortet sofort. Es ist die erste Nachricht, die sie in München in Empfang nehmen. Sie wohnen in einem Hospiz. Im Doppelzimmer. Aber sie brauchen Abstand voneinander, um arbeiten zu können. Sind auf Zimmersuche. Für jeden eines. Doch das fällt schwer. »Einzelzimmer nur zu horrenden Preisen und mit Genehmigung der Kommission«, schreibt Hugo am 20. Oktober an Hesse, »... wir sind auf den Straßen der Stadt wie verscheuchtes Geflügel, das nicht mehr weiß, wo es hingehört. Aber mag sein, daß sich das ändert, wenn wir erst wieder, und zwar jeder für sich, eine kleine Stube haben und ein wenig nachdenken können.«[72] Erst Anfang Dezember finden sie das Gewünschte: Emmy wohnt jetzt in Schwabing, Bismarckstr. 11, Hugo in Bogenhausen, Mauerkircherstr. 24. Er geht in der Staatsbibliothek seinen Studien nach, arbeitet sein *Byzantinisches Christentum* um. Lebt wieder wie ein Junggeselle, denn »Hugo suchte bei Emmy keine hausfrauliche Sorge, sondern die Unschuld, das Unbewußte, die Fee und das Übersinnliche.«[73] Doch auch die räumliche Trennung, die sie sowohl zur Arbeit als auch für ihre gegenseitigen Projektionen so dringend brauchen, entspannt die Situation nicht. »Emmy ist tief verdrossen. Sie empfindet die Stadt wie eine persönliche Beleidigung und kann sich noch gar nicht damit abfinden, daß der Tessiner Traum sollte zu Ende geträumt sein«,[74] teilt Ball Hesse mit. Aber das Leben in München ist billiger als im Tessin, und Hugo kann sich besser um einen Verleger für sein Buch kümmern als im entlegenen Agnuzzo. Er nimmt Kontakt zu Kurt Wolff auf. In seinem Verlag waren 1913 Emmys Gedichte erschienen, ein Faktum, das Huelsenbeck mit größter Hochachtung kommentiert, denn »das waren damals für uns Festungen, die nicht erobert werden konnten.«[75] Jetzt verwendet sich Hesse bei Wolff. Setzt seine Reputation für den Freund ein. Vergeblich.

»Wir sehnen uns nach Ihnen«,[76] schreibt Emmy nach Montagnola, »... und wir gehen nebeneinander und sagen nicht mehr viel und wir weinen zusammen.«[77] Aber sie treffen auch alte Freunde: Alfred Wolfenstein, Mary Wigman und Johannes R. Becher, der in seinem Roman *Abschied* dem Paar Ball/Hennings unter den literarischen Pseudonymen »Stefan

Sack«, einem Maurergesellen aus Pirmasens, und seiner Freundin, der Soubrette »Magda«, ein literarisches Denkmal gesetzt hat. »Er hat hier vier Hymnen gesprochen ... Wir saßen vorne in der zweiten Reihe und klatschten für alle andern mit. Es war mir interessant zu hören, daß Becher garnicht weiß, was in seinen Gedichten steht«,[78] notiert Ball über den ehemaligen Rivalen am 15. Februar 1922. Sie bekommen Besuch von Hans Arp und Sophie Taeuber. »Die brachten ein wenig neuen Mut mit.«[79] Und Ball besucht Kandinskys ehemalige Lebensgefährtin Gabriele Münter in Murnau am Staffelsee. »Aber es war wie ein Sonntag auf dem Friedhof. Es schien mir so phantastisch, daß ich flüchtete.«[80]

Emmy lernt Wolfensteins Frau, die Lyrikerin Henriette Hardenberg kennen. Lädt sie in einem undatierten Brief, bei dem sie sich für eine Einladung im Haus Wolfensteins bedankt, zu sich in die Bismarckstraße ein. Macht ihr Komplimente über ihre Verse. Sucht Nähe. Auch Elisabeth Bergner werden sie wiedergesehen haben. Seit 1920 ist sie bei Otto Falckenberg in München engagiert. Spielt den Puck im *Sommernachtstraum*, die Stepanowa in Tschechows *Heiratsantrag*, den kranken Knaben Amal in Tagores *Postamt*. Im Herbst 1921 bei der Uraufführung von Hofmannsthals Komödie *Der Schwierige* im Residenz-Theater ist nicht nur das Münchner Publikum, sondern auch der Autor von ihrer Helene Altenwyl bezaubert. Der Sprung zu Max Reinhardt nach Berlin steht unmittelbar bevor. Im März 1921 hatte sie sich endgültig von Ehrenstein getrennt. Will ihre homoerotischen Neigungen nicht aufgeben. Zu Muriel (Mackie), ihrer Freundin aus Chicago, und zu der Schweizerin Viola Bosshardt, mit der sie ab Sommer 1922 in Berlin zusammenleben wird. Während der Wintersaison 1921/22 in München trifft sie Annemarie, die in verschiedenen Stellungen ihren Unterhalt verdienen muß. Macht ihr Geschenke. Daß Emmy und Hugo die Fortsetzung der Beziehung bemerkt haben, halte ich für wahrscheinlich. Einfluß scheinen sie nicht genommen zu haben. Sind mit ihren Manuskripten beschäftigt. Sehen Annemarie selten.

In den ersten Münchner Wochen stellt Emmy ihre in Agnuzzo entstandenen Gedichte zusammen, schickt sie an Reiss nach Berlin, der sie 1922 unter dem Titel *Helle Nacht* herausbringt. Sie arbeitet an einem Prosaband, liest auch daraus bei einer Veranstaltung, die ein Rezensent der *Krefelder Zeitung* vom 23.12.1921 als Lichtblick des »Münchner Winters« bezeichnet: »Die Münchener Kunst siecht unter dem blau-weißen Patriotismus immer mehr dahin«, stellt er fest, »... und wäre nicht der Abend gewesen, an dem Emmy Hennings aus ihrer zu zartester Lyrik verdichteten erschütternden Lebensgeschichte las, man hätte keinen Beweis dafür, daß es hier junge Dichtung noch gibt. Man kann es kaum fassen, denkt man um 10, um 8, um 3 Jahre zurück.«[81] Aber trotz kleiner Erfolge und obwohl ihre Arbeit vorangeht, sind die Balls unglücklich. »Wir sind durch unseren langen Aufenthalt in der Schweiz den deutschen Verhältnissen doch sehr entfremdet und können vieles hier gar nicht verstehen«,[82] schreibt Hugo an Hermann Hesse. Und Emmy klagt ihm: »Es ist so laut hier, und München schreit, als wäre man übertaub ...«[83] Im Frühjahr wissen sie, daß auch ihr zweiter Neuanfang im Vaterland zum Scheitern verurteilt ist. Sehnen sich zurück in die Zaubergärten unter südlichen Himmeln. »Im Herbst möchten wir weg, weit weg«,[84] schreibt Ball am 29. März 1922 an Hesse. Und meldet: »Emmys neues Buch ist fertig geworden. Nicht groß im Umfang, 100-120 Seiten. Aber es enthält ebenso viele Agonien, wie es Seiten hat.«[85] Es ist der Prosaband, den sie ihrer Mutter widmet. Sie schickt Hesse das Manuskript und »ist so ängstlich damit, daß sie Ihnen kaum zu schreiben wagt. Sie quälte sich lange Zeit mit der Frage, ob sie es überhaupt publizieren solle. Der Brief, den wir nun heute an Reiß schrieben, macht zur Bedingung, daß er das Buch im Gegensatz zu den Gedichten sogleich in Druck gibt, wenn er sich dafür interessiert. Er hatte vor kurzem einen neuen Generalvertrag vorgeschlagen. Aber Emmy hofft, bis Juni 23 (Endtermin des laufenden Vertrags) ein umfangreicheres und entsprechenderes neues Buch zu schreiben, und damit eventuell einen weniger zurückgezogenen Verleger zu finden. Sind Sie nicht auch der Meinung, lieber Herr Hesse, daß es gut sein wird, dieses Buch, wenn überhaupt, so bei Reiß noch in aller Stille herauszubringen? Der Titel übrigens hat sich geändert. Es soll heißen *Das ewige Lied.*«[86] Reiss jedoch veröffentlicht erst die Gedichte, dann 1923 den Prosaband. Ihr Roman *Das graue Haus*, der noch einmal das

Gefängnis-Erlebnis thematisiert, wird 1923 abgeschlossen. Er bleibt unveröffentlicht.

Im Frühjahr 1922 aber hat nicht nur Emmy ihre Manuskripte fertiggestellt, sondern auch Hugo das *Byzantinische Christentum* beendet und einen Vertrag mit dem Münchner Verlag Duncker und Humblot abgeschlossen, der dieses Buch sowie eine Neubearbeitung von *Zur Kritik der deutschen Intelligenz* herausbringen will. Ball hat am 2. März die Generalbeichte abgelegt. Ist zurückgekehrt zur Kirche seiner Kindheit. »Hugo wird sich nicht mehr von den Heiligen trennen mögen, er kann nicht mehr«,[87] ist Emmy überzeugt. Und bekennt zugleich ihre eigene verzweifelte Situation: »Ich kenne Augenblicke, da ich meine, ich könnte nur noch den Unglauben verkünden, wenn es überhaupt nötig sei, noch zu verkünden, als sei jede Äußerung zuviel. Dann ist es, als habe jeder vergangene Rausch mein klares Gesicht blamiert. Jeder Überschwang kompromittiert mich. Es geht so weit, daß ich jede zärtliche Regung, selbst das kleinste teilnehmende Verliebtsein als Todsünde bereuen möchte, und ich bin bereit, jede Lust als Schande zu empfinden …«.[88] Welch entsetzliches, welch unnatürliches Geständnis einer Frau, die, wie kaum eine andere, Lust geschenkt und empfangen hat! Die frei mit ihrem Körper, großzügig mit ihren Gefühlen umgehen konnte! Jetzt fragt sie sich, ob auch jede »zärtliche Regung« für Hesse, jedes »kleinste, teilnehmende Verliebtsein« bereits eine Todsünde ist. Reagiert auf ihre zwiespältige Situation, diese scheinbar unauflösbare Ambivalenz zwischen Glaubenszweifeln und Glaubenssehnsucht, sowie auf Hugos leidenschaftliches Bekenntnis zur Religion mit Krankheit. Hugo ist besorgt, schreibt am 13. Juli 1922 an Hesse: »Emmy geht es in diesen Tagen nicht ganz gut. Sie hat sich ein wenig übernommen und hat es mit den Nerven zu tun.«[89] Und: »Die Gesundheit meiner Frau erträgt kaum den deutschen Sommer mehr, und nun gar die Aussicht auf einen zweiten Winter mit neuen Anstrengungen und in einer verzweifelten Umgebung! … Wir wollen einen großen Sprung machen, nach Rom oder noch weiter nach Süden. Und uns dann irgendwie durchschlagen … Vielleicht gelingt es uns, in Italien eine neue Heimat zu finden.«[90] Emmy hat bereits angefangen, Italienisch zu lernen. Sie sind aufbruchsbereit.

Wollen über das Tessin nach Italien fahren. Hesse wiedersehen.

»Es wird sicher gut sein, daß wir leben und miteinander, das ist besonders gut. Ich glaub, wir kommen bald«,[91] hatte Emmy ihm schon am 1. Juli mitgeteilt. Und am 10. August kündigt Ball an: »Wir kommen jetzt ... Wir haben uns losgeeist. Es ist alles gut gegangen. Das Emmybuch druckt Reiß, und das Balmellibuch druckt Duncker. Den Vertrag hab ich in der Tasche ... Wir werden wohl in den ersten Septembertagen erscheinen. Wissen Sie schon auf welche Weise? Indem wir uns in den Tessin hinunterlesen. Wir wollen Verse und Prosa vom Mund weg verkaufen in den Sanatorien.«[92] Schildert Hesse die geplante Reiseroute. Und fügt hinzu, daß sie allein kommen werden. Daß Annemarie vorerst ihre Stellung in München behält, er sein Zimmer in der Mauerkircherstraße. Schließt den Brief mit: »Schön wird es sein ... wir werden summen und uns umarmen.«[93]

Tatsächlich sind die drei beim Wiedersehen freudig gestimmt, denn nicht nur Emmy und Hugo haben ihre Manuskripte abgeschlossen, auch Hesses *Siddharta* ist inzwischen im Druck. Die Balls haben die Bogen bereits im August vor ihrer Abreise aus München gelesen. »Siddharta kam zu mir als ein Mahner zur rechten Stunde«, hat Hugo bekannt. »Es ist ein so rundes, ausgetragenes Buch. Man glaubt mehr an den namenlosen, als an den berühmten Buddha. Das ist sehr, sehr schön, und geht in die Zukunft ...«.[94]

Emmy und Hugo wohnen bei Hesse in der Casa Camuzzi. Nehmen ihre gemeinsamen Wanderungen wieder auf. Kehren in die Grotti ein. Lesen sich vor. Reden. Und wissen zugleich, daß es nur eine kurze Frist ist, die ihnen bleibt, weil die finanziellen Mittel für ein Leben in der Schweiz fehlen. Sie wandern nach Carona zu den Wengers und ahnen nicht, daß Hesse seinen zukünftigen Schwiegervater bittet, die Balls finanziell zu unterstützen. Als dieser zugesagt hat, ersucht Hesse seinen Freund und Mäzen H. C. Bodmer, eine Ergänzungssumme bereitzustellen, die Emmy und Hugo ein Leben in Agnuzzo in den nächsten ein bis zwei Jahren möglich machen soll. Bodmer, der die Balls bei ihrem ersten Aufenthalt noch nicht persönlich kennengelernt hat, vertraut Hesses Einschätzung, daß es sich bei Hugo um »einen der wertvollsten

Köpfe des heutigen Deutschland und Europa handele, ... ein reiner, klarer, edler Geist. Seine Frau, die Schriftstellerin Emmy Hennings, zur Zeit bekannter als er, ist ebenfalls als Mensch und Dichterin eine seltene, außerordentliche Erscheinung.«[95] Mehr als die Schilderung der menschlichen und künstlerischen Qualitäten, der Armut und Aussichtslosigkeit, in der sich Emmy und Hugo befinden, mag Bodmer jedoch ein persönliches Bekenntnis Hesses überzeugt haben. »Für mich kommt ein egoistisches Motiv hinzu: natürlich läge mir ungeheuer viel daran, diese für mich so wertvollen, lieben und geistvollen Menschen in der Nähe behalten zu dürfen. Seit ihrem Wegzuge vor einem Jahr, war ich geistig hier völlig vereinsamt.«[96] Bodmer überweist 5000 Franken. Und als der Schriftstellerfreund Adolf Saager bei dem englischen Fabrikanten Charles Brown in Montagnola noch eine Stelle für Hugo findet, steht der endgültigen Rückkehr nach Agnuzzo nichts mehr im Wege. Sie finden eine Wohnung, feiern mit den Tessiner Freunden ein Fest. Danach, am 28. Oktober, geht ein dankbarer Brief an Hesse: »Wie hätten wir uns das erträumen können! Wir haben unser kleines Dörfchen wieder, wir haben sogar einen Garten und eine warme Küche. Vorgestern ist nun auch Annemarie mit den Resten unseres Haushalts eingetroffen und so ist die kleine Familie wieder komplett beisammen. Das Schönste aber ist, daß es durch Sie, lieber Herr Hesse, und daß es so unerwartet gekommen ist.«[97]

Hugo hat das möblierte Zimmer in München gekündigt. Annemarie fährt auf die Rigi bei Luzern, wo sie in einem der Hotels von Carla Fassbind eine Anstellung bekommt. Emmy und Hugo richten aufs Neue ihre Arbeitszimmer ein. »Emmy hat ein kleines Öfchen bekommen, sodaß sie jetzt ihr eigenes Studio hat.«[98] Sie schreibt am zweiten Gefängnisbuch, während Ball beginnt, sich mit Psychoanalyse und Exorzismus zu beschäftigen. Und jeden Dienstag geht er nach Montagnola zu dem vierjährigen Robin Brown, einem musikalischen Wunderkind, dessen Phantasien auf dem Klavier Hugo in Noten setzt. Regelmäßig treffen sie Hermann Hesse, mit dem Hugo das brüderliche Du tauscht. Mit Emmy jedoch bleibt es beim Sie. Bei »Frau Emmy«. Und er ist ihr »lieber Herr Hesse«. Hunderte von Briefen wird sie mit dieser Anrede versenden. Kurze Kritzelmitteilungen. Post- und Ansichtskarten von ihren vielen Reisen. Und lange Briefe in Sütterlin oder auf der Maschine getippt, mit kleinen Zeichnungen versehen. Briefe, die Hesse denen der Bettina von Arnim zur Seite gestellt sehen möchte.

Besucher kommen in diesem Tessiner Herbst 1922, lassen gemeinsame Vergangenheit lebendig werden. »›Flametti‹ ... der sich jetzt ganz auf die Telepathie geworfen«[99] hat, erinnert an ihre Varieté-Zeit. Hans Arp ermutigt Ball, seine Gedichte der Zürcher Dada-Aktivitäten zu einem Band zusammenzustellen. Und Otto Flake, Weggenosse der Berner Jahre, schickt sein neues Buch *Deutsche Reden*. Ball liest es mit Interesse, aber für ihn ist das Kapitel »Vaterland« endgültig abgeschlossen. 1923 fährt er noch einmal nach Pirmasens, um von der sterbenden Mutter Abschied zu nehmen. 1926 reist er in Verlagsangelegenheiten nach München. Aber anders als Emmy, die in den kommenden Jahren regelmäßig nach Deutschland fahren und lesen wird, verweigert er sich konsequent allem, was preußisch, protestantisch und politisch ist, taucht ein in die byzantinische, die lateinische Religiosität. »Nicht irgendeine Art von Frömmigkeit oder Glaube, nicht eine bestimmte Art von Christlichkeit oder von Katholizismus, sondern Religiosität schlechthin«,[100] schreibt Hesse im Vorwort zu *Hugo Ball. Sein Leben in Briefen und Gedichten*. Und in Erinnerung an die gemeinsam erlebte Zeit: »Wir haben in allen den Jahren im Grunde über nichts anderes gesprochen, über nichts anderes diskutiert und gestritten als über die eine Frage: Wo ist der Punkt, von welchem aus diese ganze Hölle von Krieg, Korruption, Entseelung zu überblicken und zu überwinden ist? Wo kann man anknüpfen, um auf Erden wieder etwas wie Geist, etwas wie Würde, etwas wie Sinn und Schönheit zu ermöglichen? Diese Frage war uns gemeinsam. Die Wege, auf denen wir Antwort suchten, führten uns weit auseinander. Unter diesem Aspekt sprachen wir an unseren Tessiner Kaminfeuern nächtelang über die Zeiterscheinungen, über die Psychoanalyse, über die neuen Versuche in der Kunst, über Balls mittelalterliche und meine indischen Neigungen und Studien ... Wie sehr Balls Frau Emmy an dieser Welt mit Teil hatte, ist nicht zu sagen.«[101]

Oft ist sie dabei. Hört zu. Schaut ins Feuer. Schaut in die Gesichter der beiden Männer. Schreibt: »Sie feierten ein Fest, und niemand wußte es. / Es war vorüber, als sie es empfanden. / Sie weinten oft um einen Schmerz, den sie nicht kannten, / Und litten dann an einer unbewußten Wunde. / Sie trugen Masken, die sie selbst nicht sahen, / Und waren so einander tief verborgen. / Was sich im Traum gelöst, versiegelte der Morgen, / Und ein Vergessen stand auf ihrem Munde. / So ward ihr Dasein frommes Rätselspiel. / Nur ihre Sehnsucht ward zu einer Sage. / Verschlungen blühten sie, hoch überm Tage, / In einem ihnen selbst geheimnisvollen Bunde.«[102]

Ein hellsichtiges Gedicht. Emmy erfaßt, intuitiv zunächst, die tiefe emotionale Komponente dieser Freundschaft. Spricht rückblickend von Balls »mädchenhaftem« Erröten bei der ersten Begegnung mit Hesse. Spürt, daß die Freunde mehr verbindet als das, woran sie teilhat. Fühlt sich zugleich selbst von Hesse angezogen, der sowohl in seiner Erscheinung als auch in der damaligen Lebensführung ihr Ideal vom asketischen Mann verkörpert. Der im *Siddharta* Emmys suchender Seele Nahrung verspricht. Sie wird geflirtet haben. Wird versucht haben, den Freund für sich zu gewinnen. Aber Hesse widersteht. Ruth ist an seiner Seite. Emmy nennt sie zärtlich Rahel, schreibt ihr überschwengliche Briefe. Wie damals in Bern an Elsa Bloch. Aber die Tessiner Viererkonstellation von 1922-27 entwickelt ein anderes Beziehungsgeflecht als die in Bern 1917/18. Statt der 35jährigen introvertierten, kränkelnden Elsa sieht sich Emmy einem extravertierten, verliebten und später zunehmend enttäuschten jungen Mädchen gegenüber. Die Stelle des knapp 30jährigen »homo ludens« und »ladies man« Bloch nimmt jetzt der 45jährige hypochondrische, an sich und der Welt leidende Dichter Hesse ein, an dem alle Verführungsversuche Emmys abprallen. Mag er auch gelegentlich mit ihr ausschweifend gefeiert haben, »Frohe Nacht« in den *Steppenwolf*-Gedichten beweist es, so habe ich doch keinen Beleg gefunden, daß er ihr mehr als nur Freundschaft entgegengebracht hätte. Um Spekulationen die Spitze zu nehmen, hat er Emmys im Typoskript erscheinenden Namen für den Druck des Gedichtzyklus gestrichen und durch »Fanny« ersetzt.[103] *Krisis* nennt er diese Textsammlung, die zunächst Bestandteil des zu gleicher Zeit entstehenden *Steppenwolf*-Manuskripts sein sollte. Auf Drängen seines Verlegers Samuel Fischer wurden sie jedoch getrennt publiziert und, wie der Vergleich mit dem Typoskript zeigt, vor der Drucklegung teilweise einschneidend korrigiert. Die Texte legen Zeugnis ab von der tiefen Gespaltenheit und hemmungslosen Verzweiflung Hesses in den Jahren 1922 bis 27, nach der Vollendung des *Siddharta* bis zum Erscheinen von *Der Steppenwolf*. In der Beziehung zu Ruth wird er sich schmerzlich seines Alters bewußt: »Was nützt mir der schönste Schwanz / wenn ich damit nicht wedeln kann«.[104] Klagt: »An meinem Schwanz ist das Haar schon grau«,[105] und »wär ich einsam und Asket geblieben.«[106] Die junge Frau, die ihn »entzückt und gequält«,[107] wird symbolisch getötet »Mit diesen Händen ...«[108] Nicht mehr der Weise des *Siddharta* spricht, sondern der »Irrenhauskönig ... entthront zwischen« seinen »Papieren«.[109] Alles scheint dem zwischen Manie und Depression Schwankenden möglich: »Tausend nie erlebte Schweinereien / Ahn ich sehnsuchtsvoll im Traum der Nacht.«[110] »Schizophren« zeigt sich das lyrische Ich, das wir hier mit dem Dichter gleichsetzen dürfen: »Was mich betrifft, so bin ich Zimmergesell, / Psychisch belastet und leicht homosexuell, / Leider aber nicht mehr potent / Oder was der Volksmund so nennt.«[111] Ein überraschendes Geständnis, das im Typoskript gestrichen worden ist und im Druck nicht erscheint. Wer ist der Mann, der Hesse diese Seite an sich entdecken läßt? Sein Therapeut Josef Bernhard Lang, der »Dr. Ling« in *Krisis*? Oder der Freund, der ihm am Nächsten ist, ihn versteht wie kein anderer? Hugo Ball?

Drei Briefe Hesses an Ball zeigen, wie problematisch das emotionale Verhältnis der Freunde sich oft gestaltet. Am 24.2.1924, kurz nach seiner Hochzeit mit Ruth, schreibt er aus Basel an Hugo, der nach Emmys Abreise nach Italien im Herbst 1923 allein in Agnuzzo lebt: »... wir haben einander beide in letzter Zeit sehr in Ruhe gelassen, und ich hatte je und je das Gefühl, Ihr Schweigen beruhe wie das meine, zum Teil darauf, daß es Ihnen nicht glänzend gehe, und Manches zu schlucken sei, wovon man nicht reden darf.«[112] Ein Jahr später am 25. 1. 1925 beendet er einen Brief an Hugo in Rom mit »... wenn ich heute nur kurz schreibe, so ist es bloss, weil man das Meiste und eigentlich Wichtige doch nicht aussprechen kann.«[113] Am 25. Mai (verm. 1926) schreibt er Hugo: »Von den Enttäuschungen, die meine diesmalige Rückkehr ins Tessin gebracht hat, war die heutige die Schlimmste.« Was war geschehen? Carla Fassbind hatte Hesse, Ball und andere Freunde in Lugano zu einem Autoausflug eingeladen. Hesse hatte an der Station ›Capella‹ der Ponte-Tresa-Bahn auf Ball gewartet, um gemeinsam mit ihm nach Lugano zu fahren. Vergeblich. In der Meinung, Ball habe bereits einen früheren Zug genommen, fährt Hesse und muß feststellen, daß Hugo nicht gekommen ist. Zurück in Montagnola, klagt er über Gichtschmerzen, über sein sinnloses Leben, »das mir jetzt unerträglich geworden. Ich werde entweder dieser Tage wieder irgendwohin verreisen, einerlei, wohin, nur damit irgend etwas geschieht, oder ich werde diesem Höllenleben, das ich nun seit so langer Zeit führe, ein gewaltsames Ende machen. Die Hoffnung, Dich noch einmal einen Augenblick allein zu sehen, habe ich aufgegeben.«[114]

Ball widmet Hesse zum Geburtstag am 2. Juli 1924 einen Kranz Sonette, die Emmy später nach dem Sonett VI »Der Schizophrene« Balls »schizophrene Sonette« nennen wird: »Ein Opfer der Zerstückung, ganz besessen, / Bin ich – wie nennt ihr's doch? – ein Schizophrene. / Ihr wollt, dass ich verschwinde von der Szene, / Um euren Anblick zu vergessen.«[115] Im 8. Sonett »Der Büsser« offenbart er sich dem Freund als der, der um den eigenen Schatten tanzt, mit ermattetem Herzen: »Die Sehnsucht starb.« Und der für seine Sünden büßen muß: »Da ich mich also in mir selbst verfangen, / Bin ich auch meinen Häschern nicht entgangen / Und teile die Gemeinschaft schriller Käuze. // Im Lappenkleide und bedeckt mit Schorfen / Werd täglich ich den Wärtern vorgeworfen. / Die striegeln mich mit einem Eisenkreuze.«[116]

Wie sehr »das offene Geheimnis«, die »versteckte Homosexualität« künstlerisches Schaffen bestimmt und hinter welchen Masken sie sich verbirgt, hat Heinrich Detering nachgewiesen. Und Thomas Mann hat in seinen Tagebüchern Zeugnis darüber abgelegt, daß das Innewerden homoerotischer Neigungen auch noch Ende des 19. und in den ersten Jahrzehnten des 20. Jahrhunderts ein traumatisches Erlebnis für die Betroffenen und Grund für die literarische Camouflage war. Verweise auf ein »Geheimnis«, auf »Unsagbares«, »Unaussprechliches«[117] finden sich auch in den Werken Hugo Balls und Hermann Hesses.

Die Biographie Hermann Hesses, die Hugo Ball auf dessen Wunsch zum 50. Geburtstag des Autors vorlegt, zeigt die enge emotionale Bindung des Verfassers. Zeigt, daß ihm eine objektive Darstellung von Person und Werk unmöglich ist. So diktiert ihm beim Schreiben des Kapitels über die Jahre in Gaienhofen Eifersucht die Feder. Eifersucht auf Hesses engen Freund, den Arzt und Schriftsteller Ludwig Finckh. Nach ungewöhnlich abfälligen Bemerkungen über dessen schriftstellerische Unfähigkeit karikiert er sein Familienleben und bezieht Hesse mit ein: »Nun dieser liebe Ludwig Finckh ... ist Hesse von Tübingen her verbunden, und sie finden sich am Bodensee wieder und bauen sich beide in Gaienhofen hübsche kleine Villen und angeln und segeln und treiben Gartenbau und Kinderzucht.«[118] Die Entrüstung, die dieses Kapitel bei den Beteiligten auslöst, hat Hugo Ball nicht mehr erlebt. Hesse stellt sich in den Auseinandersetzungen vor den Freund. Daß dieser ihn nur durch seine subjektiven Projektionen würde wahrnehmen können, daß heftige Emotionen einfließen, hat Hesse gewußt und ihm geschrieben: »... es wird mir merkwürdig sein, in diesen Spiegel zu blicken.«[119] Und als er es gelesen hat: »... Einzelnes sehe ich noch befangen an ... Einige Deiner Worte beschämen meine Bescheidenheit ... Gestern nacht träumte ich im Zusammenhang mit Deinem Buch: ich sah mich selber sitzen, nicht im Spiegel, sondern mich selbst als zweite lebendige Figur, lebendiger als ich selbst, ich durfte aber durch ein inneres Verbot mich nicht richtig ansehen, das wäre ein Sündenfall gewesen, ich zwinkerte nur einen Moment durch den Augenspalt und sah den lebendigen Hesse sitzen.«[120]

Und Emmy? Hat sie die Auswirkungen dieser ungelebten Gefühle gespürt? War sie eifersüchtig? Deutlich ist ihre intensive Hinwendung zu Ruth Wenger, die homoerotische Komponente in ihren Briefen aus Italien 1923 bis 26 unüberhörbar: »Meine liebe, süße Rahel, liebe Ruth, was Du willst, will ich Dir immer sagen ... Du liebes, Liebstes im blauen Kleid, ich habe ja nur Dich ... Und Du, ich finde daß meine Neigung zu Dir schöner ist als alles, was es gibt ... Und ich bin ja so sanft, wie eine laue Luft, die Dich umgibt ... ich weiß nicht, ob Du noch Ruth Wenger bist, ob Du schon Frau bist, Du Frau meines Lieblingsdichters. Ich weiß nicht, liebe, liebe Ruth.«[121]

Immer Versicherungen ihrer Liebe, nur wenn Hugo handschriftliche Grüße anfügt, ist sie zurückhaltender in den Beteuerungen ihrer Zuneigung. »Viele Sehnsucht hab ich nach Dir. Nicht wahr, Du entgleitest mir nicht?«[122] schreibt sie im Herbst 1925, und am 28.10.1925 aus Albori: »Eigentlich hab ich's doch gut, daß ich eine Frau bin; denn wär ich's nicht, hätte Dein Mann allen Grund auf mich eifersüchtig zu sein. Manchmal ist mir freilich, als wär ich weder das eine, noch das andere. Was man aber dann ist, weiß man nicht.«[123] Von Hugo jedenfalls teilt sie mit: »Er studiert die Hexenprozesse und alle diese dämonischen Geschichten, sodass ich oft denken muss, ich sei mit dem Großinquisitor verheiratet.«[124] Und: »Hugo schreibt und schreibt und ist ewig versunken in seine Arbeit.«[125] Der letzte Brief, der mir zugänglich ist, datiert vom 5. März (1927), da haben sich Hesse und Ruth endgültig getrennt: »Unsere Kinder werden nicht heuraten, Rahel, und wir hatten auf so feine Verwandtschaft und so hübsche Namen gehofft, Peccaro. Keiner von uns telegrafiert dem andern, weisst Du noch, was ich meine? Lass Dir gut gehen ... Diesselbe bin ich, die Dich vom ersten Augenblick an ... nun, Du weiss(t), was ich sagen will.«[126]

Da ist bereits eine neue Frau an Hesses Seite: Ninon Dolbin. Und Hugo hat nur noch ein halbes Jahr zu leben. Das Beziehungsgeflecht muß wieder neu geküpft werden. Hesse wird zu Emmy unverbrüchlich stehen, auch dann, wenn sie es ihm schwermacht. Sie war ihm, so schreibt er Annemarie nach Emmys Tod 1948, »... ausser der genialen Freundin, vor allem auch der Kamerad und die geistige Erbin Hugo Balls, und sie war seit dessen Tod der einzige Mensch, mit dem ich noch gemeinsame Erinnerungen aus bestimmten Zeiten und Kreisen ... hatte. Ein Stück meines Lebens ist mit ihrem Weggang verstummt und hat keinen Zeugen und Kameraden mehr.«[127]

»Mein lieber Hugo, gern möchte ich ausführlich fragen, wie es Dir geht und wie Dir die Einsiedelei im großen Agnuzzo bekommt und während ich mir den schiefen Turm von Pisa angesehen habe, habe ich gleichwohl an mein Steffgen gedacht.«[1] Emmy in Italien. Endlich! Geträumt haben will sie davon seit ihrer Seume-Lektüre im Flensburger Dachstübchen. Will als junges Mädchen schon Mignons: »Kennst du das Land ...« gesungen, gesummt und sich unter südliche Himmel gesehnt haben. Im Herbst 1922 hatte sie mit Ball fahren wollen. Aber sie waren im Tessin geblieben. Bei Hesse. Und Emmy hatte im Winter noch einmal schreibend ihr Gefängnis-Trauma umkreist: *Das graue Haus*. Hatte 1923 den Tessiner Sommer genossen. Das Schwimmen im See. Die Nächte in den Grotti. Doch die Unbeschwertheit von 1921 wollte sich nicht wieder einstellen. Das Beziehungsgeflecht zwischen Hesse, den Balls und Ruth Wenger ist kompliziert. Als sich der Herbst ankündigt, läuft Emmy davon. Weiter nach Süden. Wie die Zugvögel. Will *Das graue Haus* überarbeiten und beenden. Über Italien schreiben. Wie ihr Vorbild Seume. Bei ihm hatte sie gelesen: »Du mußt und wirst von mir nicht erwarten, daß ich Dir eine topische, statische, literarische oder vollständige kosmische Beschreibung von den Städten gebe, wo ich mich einige Zeit aufhalte. Dazu ist mein Aufenthalt zu kurz; die kannst Du von Reisenden von Profession oder aus den Fächern besonderer Wissenschaften gewiß besser bekommen. Ich erzähle Dir nur freundschaftlich, was ich sehe, was mich vielleicht beschäftigt und wie es mir geht.«[2] Dieser Hinweis Seumes aus Neapel an die Leser seines *Spaziergang nach Syrakus* könnte als Motto über Emmys zahllosen Briefen und zahlreichen Reisefeuilletons stehen, die sie während ihrer Italienaufenthalte schreibt: Herbst 1923 bis Frühjahr 1924, Herbst 1924 bis Frühjahr 1926, Dezember 1928 bis März 1929, das erste Halbjahr 1931 und 1932, Januar bis Mai 1933, April 1934 und 1935.

»In diesen Tagen reist meine Frau mit Annemarie in eine italienische Stadt, um den Winter dort zu verbringen,«[3] hatte Hugo Ball am 30. September 1923 geschrieben. Hatte Emmys Reiselust nicht gebremst, hatte nicht versucht, sie in Agnuzzo zu halten. Auch er brauchte Abstand. Wollte seine religiösen Studien treiben, seine Gedichte sammeln und zu einem Band zusammenstellen. Einmal in der Woche würde er nach Montagnola gehen, um die musikalischen Phantasien des kleinen Robin Brown aufzuzeichnen. Aber kaum daß Emmy Agnuzzo verlassen hat, schreibt sie den ersten sehnsüchtigen Brief: »Ach, Steffgen, als wir uns am Morgen in Agno von Dir verabschiedeten und Du uns lange nachsahst, hab ich bitterlich weinen müssen, so daß man mich in der Bahn für eine halbe Witwe hielt.«[4] Und auch das Land hält zunächst nicht, was sich die erwartungsfrohe Emmy versprochen hatte: »Also gut, jetzt sind Emmy und Annemie in Arkadien. Kennen Sie das Land? hat man gefragt. Wo die Zitronen blühn. Es hat geregnet in der Lombardei und ich hab mir erst nicht denken können, daß das Italien sein soll.«[5] Aber als sie von Mailand kommend in Genua aussteigen, gerät Emmy angesichts des Meeres und des Hafens in aufgeregtes Entzücken: »... ganz wilde Schiffe waren da, Matrosen guckten über die Reling mich an. Ach, und ein Schiff war da ... ein bestürzend schönes Schiff, schwarz und mit gewaltigem Bug, und die Matrosen waren blond, und die riefen auf holländisch, was ich ein bißchen verstehe, ob wir mitfahren wollen. Gott mitfahren! Ich glaub, ich hab zehn Rückenrieselschauer in fünf Minuten gehabt. Ich guckte meine Annemie an. Was meinst du? Afrika, Australien, was weiß ich, wie das wohl wäre ... Annemie wollte nicht. Aber ich hätt' viel meines Lebens ohne Bedenken gegeben, wenn ich im Augenblick mich in einen Schiffsjungen hätte verwandeln können.«[6] Erinnerungen an Flensburg. Den Hafen. Die Geschichten des Vaters. Ihre ungestillte Sehnsucht: »Mädchen, willst du mit? Sag ja.« Aber sie muß wieder »nein« sagen. Ist nicht allein. Annemarie soll in Florenz bei einer Familie in Stellung gehen. Hugo erwartet ihre Rückkehr nach Agnuzzo. Die Schiffsreise bleibt Gedankenspiel. In den folgenden Jahren jedoch wird sie mehrmals in Neapel an Bord gehen und übers Tyrrhenische Meer nach Palermo übersetzen. Wird sich als Reiseberichterstatterin intensiv um eine kostenlose Schiffspassage nach Tripolis bemühen, um Afrika kennenzulernen.

Anfang Oktober 1923 jedoch Florenz, wo Annemarie »ein sehr gutes Engagement bekommen hat, bei einem Florentiner Kind, das Deutsch lernen soll, ein gutes Haus ist's.«[7] Emmy, eingemietet in einem Zimmerchen, »rosenrot getüncht, Aussicht auf ein paar Telegraphenstangen, rote Dächer und ein paar Tauben«,[8] läßt sich durch die Stadt treiben, sitzt am Arno, nimmt Geräusche und Gerüche, Farben und Formen mit allen Sinnen auf. »Ich bin ganz herausgehoben aus allem, was sonst ist und war«, schreibt sie an Hesse, »und meine Reise kommt mir irritierend und süß vor ... Ich möchte und kann nicht schlafen, ich weiß gar nicht, was schlafen soll.«[9] So hatte sich bereits 135 Jahre zuvor eine andere Italienreisende aus dem Norden geäußert: Anna Amalia von Sachsen-Weimar-Eisenach, die sich 1788 den Wunsch erfüllte, jene Bildungsreise zu unternehmen, die Herren von Stand in ihrer Jugend absolvierten und die den jungen Frauen versagt blieb. Daß sie dabei auch den Spuren des gerade aus Italien zurückgekehrten Goethe folgen wollte, dessen Reisebriefe die Weimarer Gesellschaft in schwärmerische Sehnsucht versetzt hatten, ist gewiß. Rückblickend notiert sie: »Von jeher weißt du, liebe Schwester, wie sehnlich ich mich von Jugend auf nach Italien gewünscht habe. Endlich ist mein Wunsch in Erfüllung gekomen ... Nie habe ich mein daseyn so sehr gefühlt als in diesem Moment.«[10] Anna Amalia bleibt nicht die einzige, die reisend und schreibend den Süden durchzieht. Frauen vieler Nationen, aller Stände und Generationen werden vom ›Mythos Italien‹ erfaßt. Allein die deutschsprachige Reiseliteratur verzeichnet unter dem Stichwort »Italien« zahlreiche Frauen, die in Tagebüchern und Briefen, in »Sitten- und Landschaftsstudien« ihre Eindrücke und Erfahrungen mitgeteilt haben, so Fanny Lewald, die Gräfin Ida Hahn-Hahn und Maria von Bunsen. Sie reisten vom Ende des 18. bis zum Beginn des 20. Jahrhunderts. In großer Begleitung oder allein und mit kleinem Gepäck. Viele waren von Adel. Nur wenige bürgerlich. Manche zogen weiter in den Orient wie die Gräfin Hahn. Andere blieben im Land ihrer Sehnsucht wie die Malerin Angelika Kauffmann. Alle einte ihre Neugierde, ihre Unruhe, ihre Lust auf das Unbekannte. Wie Emmy Hennings, die auf ihren Reisen noch das ursprüngliche Italien und seine Bewohner, aber auch schon die von Touristen bevorzugten und veränderten Landschaften kennenlernt und davon in ihren Feuilletons und Briefen erzählt.

Während Emmy im Herbst 1923 Florenz durchstreift, in die Uffizien geht, sich mit Kutteln den Magen verdirbt und von Zimmer zu Zimmer umzieht, geht ihr Hugo auf der Landkarte und dem Florentiner Stadtplan nach. Auch ihm war der Abschied schwer geworden. »Da trollte ich demütiglich nach Hause«, schreibt er, »und setzte mich auf die Treppe und weinte Euch ein wenig nach. Aber nun bin ich in der Küche beim Einkochen.«[11] Er besucht Hesse in Montagnola. Steigt abends durch die Kastanienwälder bergauf: »... sehr vorsichtig mußte ich gehen, weil Glitschwetter war und ich ein Glas meiner selbstverfertigten Feigenkonfitüre für ihn unterm Arm trug.«[12] Er gibt Emmy, die von Annemaries Stellungswechseln und ihrem eigenen Bestreben, mit Gelegenheitsarbeiten Geld zu verdienen, berichtet, gutgemeinte Ratschläge: »Was machst Du nur für Sachen, mein Emmy ... Du kochst, wäschst Geschirr, schreibst Gedichte, schickst womöglich Artikel fort. Wie machst Du das? Es ist ja absurd! Warum zeigst Du niemandem Deine Bücher, damit man doch eine Ahnung hat, wer Du bist.«[13] Nein, ihre Bücher zeigt sie nicht, aber sie liest in der deutschen Kolonie aus Balls *Byzantinischem Christentum*, leiht das Buch Karl Wolfskehl, den sie vermutlich aus München kennt. Schreibt Hugo, sie hoffe, sein »guter Jünger« zu sein. Anders als die Korrespondenz der Berner Jahre, zeigen die Briefe des Paares im Herbst und Winter 1923, daß ihr persönliches Leben nicht mehr ohne die Verknüpfung mit dem Religiösen erfahren werden kann. »Mein Evangelium« nennt Emmy ihren Mann und erkundigt sich, ob die Aufnahme deutscher Katholiken zu Studienzwecken in italienischen Klöstern möglich sei. Erfährt, daß der Klerus dieses unterstützen würde und fürchtet zugleich: »Wer weiß, ob es mir bekommen würde, in einem Kloster, wo ich sicher keine Zigaretten rauchen darf.«[14] Wieder einmal ohne Wohnung, entschließt sie sich dennoch, zu den Nonnen vor die Stadt zu ziehen. »Ich kann jetzt bei den Schwestern von San Nicola sein«, schreibt sie an Hesse. »Die eine Schwester guckte immer auf das Loch in meinem Strumpf und ich hab mich nicht enthalten können zu sagen: ›Schwester, sehen sie doch nicht auf das Loch in meinem Strumpf, sehen Sie doch in meine Augen‹.«[15] Aber bald wechselt sie wieder das Zimmer, zieht im Dezember in die Pension der Baronin Münchhausen, deren Söhne Wolfskehl als Hauslehrer unterrichtet. Obwohl sie in dem kostengünstigen Durchgangsraum, den sie bewohnt, kaum Ruhe findet, geht die Arbeit am Manuskript in der neuen, anregenden Umgebung zügig voran: »Ich schwimme hier in einem Blättermeer, es steigt, wie zur Flutzeit die Nordsee«,[16] teilt sie Hugo mit und schickt ihm die ersten vierzig Seiten. Der lobt: »Wenn es so rund und geschlossen bleibt bis zum Schluß, dann muß ich mich nur wundern, wie und wo Du das ganze Buch in den wenigen paar Woche hast schreiben können ... Aber jetzt sehe ich: es könnte einfach als Fortsetzung des ersten Gefängnisbuches publiziert und später mit dem ersten zu einem Band vereinigt werden. Das ist ganz der gaminhafte Ton des ersten Buches ... Es liest sich übrigens unheimlich spannend.«[17] Er selbst ist mit seinen Arbeiten nicht vorangekommen. Prüft seine Tagebuchaufzeichnungen über Theater und Dada, über den politischen Journalismus, Anarchismus und seine Rückkehr zum Katholizismus auf deren Verwendbarkeit für eine Veröffentlichung. Klagt am 26. Dezember über seine Stelle bei den Browns: »Das ewige Notenschreiben nahm alle meine Zeit.«[18] Seine Briefe klingen depressiv. Hesse ist in Basel bei den Wengers. Die Hochzeit geplant. Emmy, die in engem Briefkontakt mit Ruth steht, schreibt: »Schau, jetzt möchte Ruth schon, dass ich komme. Ich halte das nicht für ein sehr glückliches Zeichen, dass sie nach mir verlangt, wo Hesse doch jetzt da ist.«[19] Die Lage im Beziehungsgeflecht ist verworren und wird 1924 noch verworrener werden. Am 4. Januar 24 schreibt Ball an August Hofmann: »Emmy und Annemarie sind seit Oktober in Florenz. So hause ich allein, koche und besorge meine Hühner ... so haben wir unsere Solitude noch verschärft, indem wir uns über den Winter separiert haben ... Ich schicke Dir Emmys letztes Buch *Das ewige Lied* ... Es ist eine verstiegene Skala, Du wirst ja sehen ...«.[20] Und Hesse teilt er am 9. Januar, nachdem er sich für die Fahnen der *Psychologia Balnearia* bedankt hat, mit: »Auch Emmy überraschte mich zu Weihnachten mit einem neuen Buch ... Sie möchte die Gefängnisse aus dem Boden heben, sie ist ein solches Kind ... Sie wird am 15. wohl nach Rom reisen. Annemarie kommt dann vielleicht zurück oder bleibt in Florenz.«[21] Bereits drei Tage später wartet er auf dem Bahnhof von Lugano auf Annemaries Ankunft. Schickt Emmy 100 Franken und seine zuletzt entstandenen Gedichte. Emmy antwortet am 15.1. Sitzt auf gepackten Koffern, froh, die Verantwortung für Annemarie, die ständig die Stellen wechselte, los zu sein. Will nach Siena. Nach Rom: »Alle meine Träume weissagen von Rom, es ist das einzigste, worauf ich mich in Italien freue«,[22] schreibt sie an Hugo, teilt ihm mit, daß sie dann nach Neapel wolle, von dort weiter nach Capri und Sizilien. Und zu den übersandten Gedichten: »Deine nur empfundenen Verse, die Sonette im Advent, sind besser« als die »schizophrenen Sonette«. Während ihr »Der grüne König«, »Der gefallene Cherub« und »Das Gespenst« gefallen, ist »›Der Schizophrene‹ meiner Meinung nach nicht gut ... Wenn Du doppelte Wesen sprechen lassen willst, muss das Gedicht länger sein ... Ich habe eine andere Art zu arbeiten, wie Du. Ich muss viel mehr ans direkte Leben denken, an das, was ich sehe.«[23] Erstmals erwähnt sie ein Buch der Dänin Karin Michaelis, *Das Kind*, »das hat mich sehr interessiert, und es spinnt tief weiter in mir.«[24] Und sie hat eine »Szene geschrieben ›Stiefeli muß sterben‹, die könnte die Bergner spielen.«[25] Emmy weist auf die Ähnlichkeit dieser Szene mit den Märchen Hans Christian Andersens hin und fährt fort: »Ich werde eine moderne Märchenart entdecken, etwas, was es bisher noch nicht gab. Unsere krasse Zeit in ein Märchen kleiden, es ist das einzige, was man noch machen kann.«[26] Aber es werden fast zwei Jahrzehnte vergehen, bis Emmy sich wieder den Märchen zuwendet. Dann wird sie aus dem Italienischen übersetzen und nacherzählen. Wird – auch beeinflußt durch Hesses *Märchen* und die zu dessen Freundeskreis gehörende Märchenerzählerin Lisa Tetzner – eigene Märchen dichten, die 1943 als *Märchen am Kamin* bei Benziger erscheinen. Die oben erwähnte Szene ist jedoch verschollen.

Am 15. Januar 1924 verläßt Emmy Florenz. Geht für zwei Wochen nach Rom. Dann nach Neapel, wo sie bei einer Signora Guerra für freie Unterkunft und ein Taschengeld als Kindermädchen in Stellung geht. »Daß Du den einfachsten Weg gewählt hast, um die Sprache völlig zu erlernen, halte ich für gut, wenn ich auch befürchte, daß es Dir nicht ganz leicht werden wird«, [27] schreibt Hugo und schickt ihr ein Gedicht, eine nächtliche Traumvision:

»In dunkelblauem Sunde / Landeten wir spät. / Es stand, deine rote Wunde, / Der Mond überm Rudergerät. // Wir nahmen ein wenig Zehrung / Aus einem schmalen Boot. / Wir kletterten über die Nehrung / Ins Morgenrot ... / Durch wehende Oliven / Stiegen wir leicht hinan. / Wir sahen ringsum schlafen / Die Länder im Mittagsbann. // Wir saßen an steinernen Tischen / Und aßen uns weidlich satt. / Von Broten und von Fischen / Wurden die Lippen matt. // Um unsere Ohren stäubte / Das Meer – ein Muschelgetön. / Ein Veilchenduft betäubte / Die Sinne uns im Föhn ... // Wir tauchten in die Fluten / Und schwammen weit hinaus. / Die Möwen kamen und ruhten / Am Strande bei uns aus ...«[28] Hugos Sehnsucht im tief verschneiten Agnuzzo. Im darauffolgenden Jahr wird das Erträumte in kurzen beglückenden Augenblikken zur Realität.

Als Emmy jedoch im Frühjahr 1924 nach Agnuzzo zurückkommt, ist Hugo verändert. Nervös. Unzufrieden mit seiner Bearbeitung der *Kritik*, die bei Duncker und Humblot in München unter dem Titel *Die Folgen der Reformation* erscheinen soll. Besorgt um Hesse, der sich nach seiner Heirat noch immer in Basel aufhält. Krank ist. Auch Hugo fühlt sich krank. Emmy ist beunruhigt. Freut sich jedoch über einen Brief an Tzara, mit dem Ball wieder Kontakt aufnehmen möchte. Tzaras *Faites vos jeux* war erschienen, Ball hatte einen Abschnitt in den *Feuilles libres* gelesen, »der mich so sehr entzückte, und ich möchte so gerne das Buch besitzen. Oder sind Sie mir noch böse?«[29] Tzaras Antwort, wenn es denn eine gab, liegt mir nicht vor.

In diesem Frühjahr geschieht etwas, womit Emmy nie gerechnet hätte: Der Zahnarzt Dr. Müller in Lugano, bei dem sie sich nach der Italienreise in Behandlung begeben muß, eröffnet ihr, daß Ball ein Verhältnis mit Hilda Brown, der Mutter des kleinen Robin habe. Emmy ist fassungslos. Was war in den fünf Monaten ihrer Abwesenheit geschehen? Hatte sie sich nicht nach ihrer Rückkehr sofort mit Hugos umgearbeitetem Manuskript der *Kritik* beschäftigt? Ihre Befürchtung, die Veröffentlichung könne ihm in Deutschland noch mehr Schaden zufügen, zurückgehalten? Um ihn nicht zu kränken. »Denn«, davon war Emmy nach der Lektüre überzeugt, »die einseitige Kritik der Reformation wirkte schärfer als sie einmal gedacht war, da alles Kritische und Skeptische gegen die katholische Kirche in Wegfall kam.«[30] War sie nicht bereit, die Folgen dieser »Reformation« gemeinsam mit Hugo zu tragen? »Keine Laufbahn haben, mit keiner Anerkennung rechnen und das Glück vollständig allein, in der eigenen Seele, in sich selbst zu finden.«[31] Noch fünf Jahre später, am 21.2.1929 erinnert sie in einem Brief an Hesse aus Neapel, was »der infantile Müller« angerichtet habe. Klagt: »Das hab ich von Hugo glauben können und ich habe mich so geirrt, wie noch nie in meinem Leben zuvor.«[32] Aber zuvor hatte es auch noch keine solche Situation gegeben. Immer waren die Rollen klar: Hugo, der Priester-Vater, hütete Emmy, das geliebte Kind, auch dann, wenn es untreu wurde oder mit dem Liebhaber davonlaufen wollte. Ihre Liebe, so waren sie überzeugt und so hatte Ball es im Brief an Vayo angedeutet, bedurfte nicht der körperlichen Vereinigung. Ihre Verbindung gründete tiefer. Emmy fährt, ohne mit Hugo gesprochen zu haben, von Lugano nach Montagnola. Stellt Hilda Brown zur Rede. Diese reagiert verstört. Hugo ist tief verletzt. Der gerade zurückgekehrte Hesse versucht zu vermitteln. Aber Emmy will Hugo verlassen. Schreibt: »Das Beste und Einzigste, was ich zu verschenken habe, ist meine Abwesenheit.«[33] Und: »Nach einer schlaflosen Nacht habe ich mich entschlossen, noch mal mit Hugo zu sprechen, es ist wichtig, dass ich endlich Klarheit habe … Und ich will die Sache endgiltig regeln.«[34] Sie plant, mit Annemarie nach Berlin zu gehen. Aber Hugo beteuert, daß alles ein Mißverständnis sei, beschwört sie zu bleiben. Flüchtet im Juli auf Einladung von Carla Fassbind zur Erholung auf die Rigi. Schreibt an Emmy: »Laß uns mehr denn je zusammenhalten, wir wollen füreinander stehen. Es kann eine Zeit kommen, Emmy, in der wir uns nur selbst noch haben.«[35] Ab dem 29. Juli ist er zu Bibliotheksstudien im Kloster Einsiedeln. »Hugo hat seine Beziehungen zum Hause B. aufgelöst. Wir sind einig miteinander und es wird gut sein«, teilt Emmy dem beunruhigten Hesse mit. »Hugo will zu mir stehen, ich will ja so gerne glauben. Aber: Es gibt Worte, die wie giftige Pfeile sich ins Ohr bohren …«.[36] Doch auch Hesses Beziehung zu

Ruth ist gespannt. Sie lebt in Basel. Er in Montagnola. Als sie ihn im Sommer für zehn Tage besucht, empfindet Hesse das als unliebsame »Störung«; »es blieb bei einem Besuch«, stellt Hesses Biograph Freedman fest. »Die eheliche Gemeinschaft, sofern sie überhaupt je bestanden hatte, wurde nicht wieder aufgenommen.«[37] Als Hugo aus Einsiedeln nach Agnuzzo zurückkommt, läßt sich das alte Beziehungsgeflecht nicht wieder knüpfen. Die Gerüchteküche im Luganeser Bekanntenkreis brodelt: Ruth ist abgereist. Hesse verstimmt. Das Verhältnis zwischen Emmy und Hugo noch immer angespannt. Lebt doch die 31jährige Hilda Brown jetzt, nach dem Tod ihres 30 Jahre älteren Mannes, allein mit ihren Kindern in Montagnola. Sie hatte Ball, als dieser abrupt seine Arbeit mit Robin abgebrochen hatte, Geld überwiesen. Er will den Betrag zurückgeben, aber sie besteht darauf, daß »ich mir etwas für meine Studien kaufe, oder sonst ein Vergnügen«[38] mache. Ende September verlassen Emmy, Hugo und Annemarie das Tessin. Fahren nach Süden. Zuerst nach Venedig, Anfang Oktober nach Rom. Es war Hilda Browns Geld, »das uns die Reise ermöglichte.«[39]

Rom, Piazza Pollarola 19. Anfang Oktober 1924: »... eben in unsere neue Behausung eingezogen. Die ist sehr verschieden von unserem Gartenhaus in Agnuzzo. Grün gibt es nicht mehr und die Sonne muß um die Ecke scheinen, wenn sie zu uns kommen will.«[40] Die Häuser sind hoch. Vier bis fünf Stockwerke. Schmucklose Fronten. Grau. Oder verwittertes Rosa und Gelb. Holzläden vor den Fenstern. Hie und da eine Fenstertür mit kniehohem Eisengitter und Blumentöpfen. Oben Wohnungen. Unten kleine Läden. Auch heute noch. Ein Barbiere, der vor seiner Tür auf Kundschaft wartet. Eine Trattoria. Arme-Leute-Gegend. Der Platz verdient seinen Namen nicht. Ist ein schmales Triangel in Nachbarschaft der Piazza Campo dei Fiori auf der einen, des Corso Vittorio Emmanuele auf der anderen Seite. Da »streifen am Abend die Fledermäuse«, schreibt Hugo an Hesse. Heute brandet der Verkehrslärm durch die engen Gäßchen auf die kleine Piazza.

Dort hatten Emmy, Hugo und Annemarie »zwei enge Zimmerleins gefunden, aber wir werden nicht darin bleiben. Es gibt kein Licht und keine Luft. Doch sind fürs erste die Bibliotheken nah.«[41] Hugo entflieht in die Bibliotheken. Vertieft sich in patristische Studien. Sitzt vom Morgen bis zum Abend im Campo Santo Teutonico des Vatikan. Annemarie belegt Kurse in einer Zeichenschule. Und Emmy ist »gar sehr ans Haus gebunden.«[42] Anders als vor einem Jahr. Da schrieb sie aus Florenz an Hesse: »Ich streun ja lieber in den Straßen umher ... und mag mich nicht binden«.[43] Jetzt will sie keine neuen Konflikte mit Hugo. Bemüht sich, wie in Flensburg, eine gute Hausfrau zu sein. Sie putzt. Wäscht. Kauft um die Ecke auf dem Campo dei Fiori ein: Gemüse und Obst. Fisch. Muscheln. Vielleicht auch mal einen Ochsenschwanz. Oder Kutteln. Schwarze und weiße getrocknete Bohnen. Rote Linsen. Gelbes Polentamehl. Reis fürs Risotto. Sie müssen rechnen. Auf der kleinen Spiritusflamme kocht Emmy die Mahlzeiten. Doch wenn Hugo und Annemarie abends zum Essen kommen und von ihren Erlebnissen erzählen, ist sie »überaus heftig und erregt mit meinen Worten. Ich konnte garnicht dafür, und es tat mir jetzt so leid, daß ich ihm soviele böse Worte gab«, notiert Emmy bereits kurz nach der Ankunft. »Es tauchten so viele Abende daheim in mir auf, deren ich mich nicht erwehren konnte.«[44] Noch immer gespenstert Hilda Brown durch Emmys Phantasie und ihre Tagebuchseiten. Oft bricht sie unvermittelt in Tränen aus. Muß sich in ärztliche Behandlung begeben. Bekommt Arsenik- und Schwefelinjektionen. Hugo und Annemarie empfindet sie als Verschwörer: »Und mir ist oft, als steckten Hugo und Annemarie in mir und das ist ein unsagbar peinliches Gefühl ... das ich abwerfen möchte, und doch kann ich es durchaus nicht. Wenn der liebe Gott mir doch in meinen Heftigkeiten helfen wollte, ich bin so häßlich, und während ich so schlimm spreche, weine ich bereits immer, weil ich so häßlich bin.«[45] Hugo bemüht sich, Emmy zu beruhigen. Ermuntert sie, ihre Zeichenstudien, die sie seit den Münchner Jahren sporadisch betrieben hatte, wieder aufzunehmen. Sehr zum Ärger von Annemarie, die die Mutter als Konkurrenz empfindet. Am 18. Oktober schreibt er einerseits erleichtert: »Emmy zeichnet die Engelsburg und die Cestiuspyramide und hat viel Freude daran.« Andererseits: »Ich bin nur ein wenig ängstlich, daß sie nicht mehr schreiben mag. Das Schreiben ist eine imaginäre Sache, und man kann leicht auf die Idee kommen, als sei es garnicht nötig überhaupt zu schreiben.«[46] Nein, schreiben mag sie nicht. Erfolglosigkeit bedrückt sie. Nach der positiven Resonanz auf *Gefängnis* und *Das Brandmal* werden *Helle Nacht* und *Das ewige Lied* kaum wahrgenommen, oder es wird ihr – wie in der katholischen Zeitschrift *Hochland* – sogar die Fähigkeit zu schreiben abgesprochen. Und *Das graue Haus* hat nach einem Jahr noch immer keinen Verleger gefunden. Die alten Freunde in Deutschland bemühen sich um Unterstützung. Franz Blei versucht, das Manuskript, das bei Rowohlt abgelehnt worden ist, bei Ullstein unterzubringen und zugleich einen Vorabdruck bei einer der vielen Ullstein-Zeitschriften zu erreichen. »Das wäre finanziell gut. Wenn die Bücher geschrieben sind, ist das ja das Wichtigste«,[47] schreibt er an Emmy nach Rom. Klabund und Huelsenbeck loben ihren Gedichtband: »... diese Gedichte zeigen, daß man sie unter die ersten deutschen Dichterinnen zählen muß, die heute leben.«[48] »Sie sind voller Kraft und doch voller Liebreiz, sie sind bis ins Letzte gestaltet und entbehren dabei nicht der Innerlichkeit.«[49] Aber Emmy ist zu depressiv, um Positives wahrzunehmen. Findet keine Ruhe. Kreist unablässig um die jüngste Vergangenheit, lebt weiter in ihren Verdächtigungen. Als *Hochland* Hugos *Sonett im Advent* drucken will, schreibt er dem Redakteur Dr. Fuchs, den er im vergangenen Juli auf der Rigi kennengelernt hatte: »... ich gebe nur zu bedenken, daß meine wenigen Verse recht zufällig sind, und dann ich geniere mich ein wenig vor meiner Frau. Ich habe das Empfinden, als müsse das Hochland sie erst ein wenig restituieren nach jener strengen Rezension von Herwig, und als sei es nicht passend, daß ich gerade Verse im Hochland publiziere, ehe dem Menschen, den ich lieb habe und der mir als Dichter weit überlegen ist, ein wenig Genugtuung geschah.«[50] Hugos rücksichtsvolles Bemühen. Seine Sorge gegenüber Hesse: »Emmy ist unermüdlich in diesem schwierigen Haushalt ohne Luft und Licht. Sie ist sehr bleich und überlastet. Sie klagt über Schwäche, muß viel liegen und oft fürchte ich, daß auch eine andere Wohnung nicht viel ändern wird. Es ist gräßlich mit anzusehen, wie ihr schönes und großes Talent unter diesen niedrigsten Verrichtungen leidet.«[51] Aber es ist, Ball hat es angemerkt, nicht nur die Wohnung. Emmy hat unter schlechteren Wohn- und Arbeitsbedingungen geschrieben. Am 1. Dezember notiert sie im

Tagebuch: »Zum Schreiben fehlt es mir, glaube ich, an genügendem Interesse für das Leben überhaupt. Es scheint, als wäre im Grunde alles für mich erledigt, als wäre ich fertig.«[52] Und ohne Datum: »Die Welt hat sich mir entzogen und sie ist mir isoliert ... Kein Brief kann das Leben ersetzen.«[53] Auf Emmys rege Korrespondenz weisen die letzten Seiten des Rom-Tagebuches mit Verlagsadressen und Anschriften von Freunden hin. So die Franz Bleis in Berlin und die Klabunds in München. Auch mit Hesse und Ruth ist sie im Briefkontakt. Und mit Lisa Wenger, die von Ruth um Emmys Eheprobleme weiß: »Frau Wenger (Lisa) schreibt mir einen sehr intimen Brief. Sie schreibt mir über ihre Erfahrungen in der Ehe. Sie will raten und helfen. ich wundere mich eigentlich, einen solchen Brief zu bekommen, ... denn ich hatte meiner Meinung nach nichts geschrieben, was sie veranlassen könnte, so zu schreiben ... Sie schrieb mir am 22. Dez. als ich so unglücklich mich fühlte, hat sie an mich gedacht. Das hätte mir doch eigentlich das Jesuherz sagen können. Oder es liegt an meinen Ohren, ich scheine schwerhörig zu sein.«[54] Gott schweigt. Und Emmy flieht in diesem Anno Santo 1925 von Kirche zu Kirche. Entzündet Kerzen. Beichtet in Santa Maria dell' Anima. In Santa Maria della Pace. Den beiden »deutschen« Kirchen, wenige Minuten von der Piazza Pollarola entfernt. Ringt im Tagebuch mit ihren Zweifeln. Oft sind die fahrigen Schriftzüge verwischt. Als habe sie geweint. Erinnerungen an ihre Schauspielerei tauchen auf: »Am besten war ich doch als Nora im Puppenheim. Da hatte ich alle Möglichkeiten ... Es war in Schlesien. Ach, und jetzt bin ich in Rom.«[55] Das ist Verpflichtung. Die Stadt Petri. Die Stadt unzähliger Kirchen. Ihr Tagebuch liest sich wie ein Kirchenführer. Alle will sie besuchen. Alle will sie beschreiben. So als könne sie damit Buße tun und Absolution erlangen. Sie kauft kolorierte Ansichtskarten. Klebt sie zu den Beschreibungen. Votivbildchen. Maria im Strahlenkranz. Zeichnet mit Tintenfeder oder Stiften Heiligenbildchen oder einen Raum mit Tisch und Stuhl. Ihr Zimmer. Ihr Gefängnis. Dem entkommt sie in die Messe, in »den geheimnisvollen Singsang des Priesters ... bis hin zu den Gregorianischen Gesängen aus der Tiefe des Raumes ... das Geflüster und Gemurmel beim Austeilen der Sakramente.«[56] Hier vergißt sie für Augenblicke ihre Misere. Nimmt mit allen Sinnen auf, was Erlösung bringen soll: Den Geschmack der Oblate, den Geruch des Weihrauchs, den liturgischen Gesang. Nimmt jede Gelegenheit wahr, in die Kirche zu gehen. Und ins Kino. Kann sich im Film ihren Illusionen überlassen. Ganz darin aufgehen. Manchmal, notiert sie, regt sie eine Handlung so auf, daß sie das Kino verlassen muß. Dann geht sie in eine Kneipe, trinkt Cognac oder ein Glas Wein, um danach den Film zu Ende zu sehen. Schließt sich der Vorhang, geht das Licht an, fühlt sie sich leer. Geschwächt. Und sucht den nächsten Film. Die nächste Illusion. Das sei wie eine Sucht, schreibt sie am 6. Januar 1925 im Tagebuch. Und fast übergangslos, daß sie erfahren habe, der nordfriesische Maler Momme Nissen, ihr Konversionspate, sei in den Benediktinerorden eingetreten.

Hugo hat inzwischen seine Patristikstudien aufgegeben, sich ganz der Psychoanalyse zugewandt. Professor de Sanctis von der Universität Regia stellt ihm Arbeitsmöglichkeiten zur Verfügung. Ball korrespondiert mit C. G. Jung. Schickt ihm am 11. November sein *Byzantinisches Christentum* und *Die Folgen der Reformation* und bittet Jung, nachdem er ihm versichert hat, daß er mit dessen Arbeiten vertraut sei, um Hinweise zu analytischer Psychologie und Katholizismus. Der antwortet bereits fünf Tage später: »... eine ausschließlich religionspsychologische Arbeit habe ich nie geschrieben, jedoch finden sich hie und da Dinge, die dieses Gebiet berühren. Ich erlaube mir, Ihnen meine, deutsch nicht existierende Sammlung von Aufsätzen in Collected Papers on Analytical Psychology zuzusenden und danke Ihnen bestens für Ihr freundliches Interesse.«[57] Hugo bedankt sich am 9. Dezember, und Emma Jung antwortet stellvertretend für ihren Mann, der sich im Ausland aufhält. Unter dem 2. Januar 1925 endet der mir zugängliche kurze Briefwechsel mit einem Schreiben Balls an Emma Jung, in dem er sie auf de Sanctis' *La Conversione religiosa* hinweist. Ball hat dieses Buch, das gerade auch Emmys und seine eigenen Erfahrungen psychoanalytisch deutet, eingehend besprochen und im Tagebuch festgehalten: »Wenn es wahr ist, was Dr. Sante de Sanctis sagt, daß es nur Konversionen zum Katholizismus gibt, dann können auch nur Katholiken wahre Psychoanalytiker sein. Das ist evident. Ich weiß nicht, ob de Sanctis an die Konsequenz seines Buches gedacht hat.«[58] Am 4. Januar informiert er Carl Schmitt, daß er nun »Psychiatrie und Analyse« studiere. »Es entspricht dies einem Wunsche, den ich seit langem gehegt und dessen Interessen mit der Dämonologie zusammenhängen.«[59] Daß Ball diesen Wechsel aus eigener Betroffenheit vollzogen hatte, erfahren wir von Emmy: »Ich weiß nur, warum er das Studium über Antonius aufgeben mußte. Er glaubte ähnliche Schläge zu empfangen, wie der Wüstenheilige, da er mit den Dämonen stritt (ein beinahe natürliches religiöses Übergangserlebnis). Die Anfechtungen wurden Hugo und auch mir und dem Kind so lästig, daß er die Arbeit abbrechen mußte ... Mit obiger Angabe beim Antonius-Studium sei nur auf die Medialität Balls hingewiesen.«[60] Von jetzt ab wird sich Hugo Ball mit dem frühchristlichen und gnostischen Exorzismus beschäftigen und »die neuere Psychologie auf ihre theologische Relativität hin untersuchen.«[61] Das geplante Buch über seine Studien kann er nicht mehr schreiben, aber nach seiner Rückkehr aus Italien im Herbst 1926 wird er die gewonnenen Erkenntnisse in seine analytische Arbeit u.a. mit Carla Fassbind und Anna Müller, der Frau des Denunzianten-Zahnarztes, einfließen lassen. Dazu Emmy rückblickend: »Ball hat seine Kenntnisse der modernen Psychoanalyse im Lauf der Zeit auch durch praktische Versuche bedeutend erweitert. Er hatte sich vorgenommen, noch spät sein Doktorexamen abzulegen, um auf dem Gebiet der Seelenheilkunde praktizieren zu dürfen.«[62]

Auch Emmy beschäftigt sich mit Psychoanalyse. Notiert im Tagebuch: »Die Analyse ist doch ein zweischneidiges Schwert.«[63] Macht sich Gedanken zu Übertragung und Gegenübertragung, erkennt, wie wichtig es ist, daß »der Psychiater selbst überwacht wird.«[64] Schreibt ihre Träume auf. Assoziiert frei. Oft bedrängen sie Erinnerungen. Als sie am 17. Januar 1925 ihren 40. Geburtstag feiert, kreisen ihre Gedanken noch einmal um Mutterschaft: »Ich wäre so gern Mutter und da muß ich gewiß ein ganz besonderes Muttersein bekommen, weil ich doch kein Kind mehr bekomme. Pfemfert hat auch einmal gesagt: Emmy müßte viele Kinder haben. Und zu mir sagte er direkt, ich müsste viele Kinder haben von ihm. Und das hat mir so gefallen ... Vielleicht sollte ich mehr beten bei der Mutter Gottes, und wenn ich ein

Kind von Hugo bekäme, sollte es der liebe Gott selbst haben. Also, was steht dem denn im Wege, da ichs doch geradewegs erschreibe, bevor es im hohen Ratschluß erwogen ist? Warum muß ich mich denn nach einem Kind sehnen? Doch es ist nicht recht, ›warum‹ zu fragen. Es soll alles so sein, wie es ist.«[65] Wie im Mai 1917 während der Konflikte in der ›Galerie Dada‹, als Ball sie nach Ascona geschickt hatte, formuliert Emmy auch in dieser Krisensituation den Wunsch nach einem Kind. Befremdlich genug, denn Mutterschaft war für Emmy immer ambivalent. Einerseits emotional positiv, andererseits durch die damit verbundene Verantwortung auch negativ belastet. Sowohl den kleinen Joseph Hennings als auch Annemarie hatte sie als Hemmnisse erlebt. Hatte sich eingesperrt gefühlt und war geflohen. Ninon Hesse schreibt sie von einem dritten Kind, das sie gehabt habe: »Tuttilo«, einen zweiten Sohn.[66] Nachfragen in der Familie, Nachforschungen in mir zugänglichen Dokumenten haben jedoch keinerlei Aufschluß gebracht. Ich vermute, daß diese dritte eine ungewollte Schwangerschaft während der Tingeltangel- und Bohemejahre war. Daß es vielleicht auch Schuldgefühle sind, die die alternde Emmy den Kinderwunsch formulieren lassen. Oder die Hoffnung, Hugo möge doch endlich diese Ehe so vollziehen, daß sie schwanger werden kann, ehe es mit Beginn des Klimakteriums zu spät ist. Während Emmy schreibt, ist sie sich jedoch zugleich der Unmöglichkeit ihres Wunsches bewußt. Kann die Erfüllung nur »erschreiben«. Oder erbitten. Sich fügen, weil es eben doch keine Wunder gibt. So bleibt sie Hugos »Kind«. Der die biblische Forderung, zu werden wie die Kinder, beim Wort nahm, »an die geistige Verjüngung durch Askese glaubte.«[67]

Emmy, während des Jahreswechsels 1924/25 in Erinnerung an Elsa Bloch von Stritzky mit Plänen beschäftigt, *Das Brandmal* noch einmal zu überarbeiten, entschließt sich in den kommenden Wochen, auch in ihrem Schreiben Hugo zu folgen. Das Religiöse ganz in den Mittelpunkt ihrer Arbeit zu rücken. Will ihre Aufzeichnungen zu den römischen Kirchen und Klöstern zu einem *Jahrbuch von Rom* verdichten »und hat bereits in ihren Diarien eine Fülle von Material gesammelt.«[68] Daraus druckt die deutschsprachige Zeitschrift *Roma aeterna* zwei Aufsätze. Obwohl noch zu Beginn des Jahres in ärztlicher Behandlung, kehrt mit der steigenden Sonne auch Emmys Energie zurück. Sie mahnt bei Reiss ihre seit Jahren ausstehenden Honorare an. Will umziehen. Weg aus der bedrükkenden Enge der beiden Zimmerchen. Möchte aufs Land. Ans Meer. Am 14. Februar 1925 schreibt Hugo seinem Cousin August Hofmann: »Lieber Gusti, ich wußte nicht recht, ob wir von Rom wegkommen würden. Nun kann ich Dir unsere neue Adresse geben: Vietri Marina bei Salerno. Das ist ein kleines Fischerdorf mitten im Paradies ... Amalfi ist ganz nahe und nach Pompeji fährt eine Straßenbahn. Wir wollen hier mehrere Monate bleiben und in der Einsamkeit neue Bücher schreiben.«[69]

Welche Euphorie! Welche hochgespannten Erwartungen! Die drei Reisenden besteigen den Zug nach Neapel und von dort weiter nach Salerno. Hugo hatte gehört, »es gäbe in Corpo di Cava, in der Provinz Salerno, im dortigen Kloster eine besonders schöne reichhaltige Bibliothek ... Wir fuhren also eigentlich den Büchern nach.«[70] Emmy und Annemarie freuen sich auf Richard Dölker, den sie im deutschen Konsulat in Neapel kennengelernt haben. Dölker, Pfarrerssohn aus dem schwäbischen Schwarzwald, war von 1914-18 Soldat gewesen, hatte danach bis 1921 an der Kunstgewerbeschule Stuttgart studiert. War auf Wanderschaft gegangen. Nach Süditalien, Sardinien, Sizilien, Nordafrika. Hatte mit dem Restaurieren von Fresken, allerlei handwerklichen Arbeiten in Kirchen und Klöstern sein Auskommen gefunden. 1923 war er in Vietri sul Mare hängengeblieben, dem kleinen, für seine Keramiken berühmten Städtchen in der Bucht von Salerno. Dort hatte der 27jährige sich zunächst in die Schar der ländlichen Keramikmaler eingereiht. Hatte Geschirr, Wandteller und Fliesen nach traditionellen Vorbildern bemalt. Bald jedoch machte er mit eigenen Entwürfen auf sich aufmerksam. Eröffnete 1925 eine keramische Werkstatt. Als Balls im März eintreffen und die von Dölker besorgte Wohnung in Vietri Marina bezogen haben, beginnen auch Emmy und Annemarie mit der Keramikmalerei. Während jedoch Emmy nur sporadisch bei Dölker arbeitet, wird Annemarie »bald seine Schülerin, die er vorzüglich zu unterrichten verstand.«[71] Von ihr bemalte Teller und Krüge aus dieser Zeit sehe ich bei der Tochter Francesca Schütt-Hauswirth in Bern. Und in der oberhalb von Vietri gelegenen Villa Guariglia in Raito, einem Keramikmuseum, finden sich die schönsten Arbeiten aus der »Collezione Dölker«. Ein ausführlicher Katalog zur Ausstellung *La Ceramica Vietrese nel Periodo Tedesco* von 1996 würdigt nicht nur Richard Dölkers Arbeiten und die anderer deutscher Keramikerinnen und Keramiker, die damals in Vietri lebten, sondern erinnert im Beitrag »Artisti tedeschi a Vietri«[72] auch an Hugo, Emmy und Annemarie. Nach Hugos Tod werden die beiden Frauen den Kontakt zu Dölker halten. Annemarie wird in seiner Werkstatt arbeiten. Und für Emmy bleibt Vietri bei ihren Aufenthalten an der Costiera Amalfitana immer ein wichtiger Anlaufpunkt, die Beziehung zu Dölker und dessen Familie ein ruhiger Pol bei ihrem unruhigen Umherstreifen. »Er war nicht nur ein gutmütiger, prächtiger Kamerad, mit dem es sich bisweilen wunderhübsch plauderte, er wurde besonders mir ein trefflicher Führer durch weniger bekannte Gegenden, die ich damals skizzierte und über die ich für Zeitungen viel geschrieben habe ... Wir besuchten mit Dölker die Volksfeste in Amalfi und Salerno, machten Ausflüge in verwunschene Grotten, die man auf den Bergen ... bisweilen findet«,[73] erinnert Emmy. Und auch Dölker hat sich, so seine Tochter Susanne, lebenslang an die Balls erinnert. An Emmys Witz. Ihre Freude beim Erkunden der Gegend, ihren Übermut beim Schwimmen, ihre Lebhaftigkeit im Umgang mit den Menschen des Südens, denen sie sich im gestikulierenden Gespräch anverwandelte. Und an Hugos priesterlichen Ernst, der, anders als im Brief an August Hofmann, auch in Vietri keiner leichten Lebensfreude weichen mochte. Seine Zurückgezogenheit. Und die Marotte, Emmy ein Glöckchen ums Fußgelenk zu binden, damit sie ihn nicht überraschend stören kann. Zu Weihnachten 1925, so berichtet Emmy, hat Hugo ihr eigenhändig ein Paar Pelzschuhe genäht; »jeder Schuh war mit einem winzigen Glöcklein versehen, weil er mich im Nebenzimmer stets gern kommen hören wollte.«[74] Meine verblüffte Frage nach dem Zweck dieser ungewöhnlichen Maßnahme beantwortete Susanne Dölker mit einer Aussage ihres Vaters zu Hugos Sexualpraktiken, die er vor Emmy verbergen wollte.[75]

Über die Zeit des Paares in Süditalien geben die veröffentlichten und unveröffentlichten Briefe Auskunft. Und Emmys

Tagebucheintragungen in den fünf Wachstuchschulheften mit dem »Orario Settimanale delle Lezioni« auf den letzten Seiten. Da mir Hugo Balls Tagebücher nicht zugänglich sind, bin ich auf Emmys Aufzeichnungen angewiesen. In ihnen wechseln die Stimmungen wie das Wetter im Frühling: Ausgelassene Freude, wenn sie mit Dölker durch das sonnige, blühende Land nach Capo di Cava wandern, wo Hugo in der Klosterbibliothek arbeitet. Vielleicht besucht sie inzwischen mit »Riccardo« die Katakomben und die langobardische Unterkirche, in der es schauerlich kalt ist. Vielleicht betrachtet sie die Gemälde in der Pinacoteca oder sitzt einfach vor der Abbazia am Berghang in der Sonne, hört die Erzählungen des umtriebigen Dölker von Sizilien und Nordafrika und träumt sich selbst dorthin. Wenn die Frühjahrsstürme über den Golf von Salerno und das Küstengebirge brausen, wenn Regen und feuchte Kälte die kleine Wohnung am Wasser klamm und ungemütlich machen, übermannt sie jedoch Verzagtheit. Zu Ostern fährt sie nach Rom, läßt Hugo und Annemarie in Vietri zurück. Will in der Karwoche von Kirche zu Kirche pilgern, um Eindrücke für ihr Buch zu sammeln. Wird es *Der Gang zur Liebe* nennen.

Sie hat einen Koffer voller Keramiken mitgenommen. Warum, wenn sie schon mit Schreiben kein Geld verdienen können, sollte es nicht mit Krügen und Tellern möglich sein? Aber sie bleibt nur kurz. Sehnt sich zurück ans Wasser: »In der Nacht singt das Meer sein Schlaflicd. Das ist als weine die Unendlichkeit. ich liebe mich, weil Welten mich umfluten.«[76]

Aber als sie zurückkommt, hat Hugo bereits begonnen, sich nach einer anderen Wohnung umzuschauen. Gemeinsam gehen sie bergauf nach Benincasa, wo ihnen ein Appartamento gefällt, aber zu teuer ist. Wandern die Bucht entlang nach Salerno, wo es auf einem Platz am Meer ein Marionettentheater gibt, »eine grüne Bretterbude ... ein Karussell; dann das große Varieté.«[77] Begeistert zeichnet Emmy Jongleur und Flammenwerfer ins Tagebuch. Als sie abends heimkommen, liegt ihr *Graues Haus* in der Post. Ullstein hat das Manuskript zurückgeschickt. Aber sie will sich nicht entmutigen lassen. Arbeitet an ihren Aufzeichnungen von römischen Kirchen, italienischen Städten, katholischen Heiligen. Hofft auf Besuch von Hesse. Von Hardekopf. Von den Arps. Diese kommen im April. Von den Ausflügen nach Pompeji und nach Paestum erzählen Photos, die die Freunde in freudig-entspannter Stimmung zeigen. Nur Emmy ist unzufrieden: »Ich bin besonders schief geworden, aber vielleicht entspricht das der Wahrheit.«[78] Als Arps abgereist sind, bittet Ball: »Johannes Arp, seien Sie getreu bis in den Tod und schauen Sie doch bitte, ob Sie den gescheiten Lektor der Rentschoffizin für ein Buch meiner Frau erwärmen können. Sagen Sie ihm, daß Emmy Hennings die sanftäugige Hüterin der abseits weidenden Einhörner ist und eine Prophetin über den Wässern des Abgrunds.«[79] Die so Gelobte hatte inzwischen den Umzug von Vietri nach Albori bewerkstelligt. Einem Dörfchen hoch oben am Berg, von dem man einen atemberaubenden Blick über die Bucht von Salerno hat. Sie mieten ein schmales Steinhaus neben der Kirche, deren Meßglocken ihre Tage begleiten. Mit einem Gartenstück am Steilhang, auf dem Zitronenbäume wachsen, in deren Schatten sie versuchen, etwas Gemüse anzubauen. Am 3. Mai notiert Emmy: »Es sieht noch wüste aus, und wir schaffen, machen, tünchen ... wie die Wilden. Fremde gehen bei uns ein und aus, wie in der Wirtschaft. Der Wein steht immer auf dem Tisch.«[80] Schreibt an Hesse: »Es ist schön hier, und jeder spricht jeden mit dem Vornamen an ... in dem kleinen Bergdorf, in dem wir die ersten Fremden sind, die je hier waren.«[81] Noch heute ist das so. Als wir von Vietri über Raito nach Albori bergauf steigen, folgen uns neugierige Blicke. Ich frage nach Emmy, nach Hugo. Nach den Deutschen, die 1925 hier gewohnt haben. Bei den Donatas. Kopfschütteln. Nein, Ausländer haben nie hier gewohnt. Aber vielleicht, daß eine alte Frau sich erinnert. Ein Junge auf einem Moped knattert los, um sie zu holen. Bald sind wir umringt von debattierenden, gestikulierenden Menschen. Alten und jungen. Man ruft zu den offenen Fenstern hinauf. Hat jemand von der poetessa tedesca gehört? Endlich bleibt nur noch der Priester. Er kommt aus Raito und soll die 5-Uhr-Messe lesen. Nur Frauen strömen in die kleine Kirche. Knien in den Bänken. Vor dem Seitenaltar der Dorfheiligen Margarete. Die Decke ist blau wie der Himmel über Bergen und Meer. Und die Himmelskönigin schwebt mit ihrem Sohn auf einer weißen Wolke. Ein Tonband läuft. Die

Frauen murmeln Gebete. Der Priester ist in Raito geblieben. Wir wandern zurück zwischen Feigenbäumen, durch Zitronenhaine und Weingärten. Es ist Frühling. Die Rosen blühen. Calla. Bunte Feldblumen. Zwischen der Kirche und dem Weg nach Benincasa ist im Durchgang eine Krippe aufgebaut. Eine ganze Landschaft, wie im Neapolitanischen üblich, mit Häusern und dem Stall. Mit Maria, Joseph und dem Kind. Den Tieren. Den Dörflern. Engeln, Hirten und Königen. Darüber aus kleinen Glühbirnen der Stern von Bethlehem.

Hier also haben sie gelebt. Die sonderbaren Fremden, an die sich niemand erinnert und die im Melderegister Vietris nicht verzeichnet sind. Haben am Dorfleben teilgenommen: Hochzeit, Geburt und Tod. Emmy hat in ihren Briefen davon erzählt. Und die erweisen sich als überraschend genau. Noch immer werden die Toten jenseits des Berges in Benincasa beigesetzt. Gibt es das Asilo Infantile San Francesco in Raito. Befindet sich dort das Postamt. Und Vietris Straßen sind voller Läden mit buntbemalten Keramiken. Emmys Briefe und Feuilletons sind lebendige und authentische Dokumente von Land und Leuten. Unbeschwert geplaudert zumeist, genau beobachtet und voller Witz. Hesse hat diese Italienbriefe geliebt, hat gespürt, daß Emmy »mit den Kindermenschen des Südens, mit den Fischern und Weinbauern viel besser sprechen und zusammenleben kann als mit allen diesen Künstlern und Intellektuellen, auch wenn sie Deutsch zu verstehen scheinen.«[82] Zu »diesen Künstlern« in Amalfi und Positano haben die Balls kaum Kontakt. Auch ohne Hugo wird Emmy später deren Plätze meiden und allein durchs Land ziehen. 1925/26 sind die kleinen spontanen Feste bei den deutschen Keramikern Emmys einzige Abwechslung. Auf Photos sehe ich sie: Junge Frauen in unkompliziert lokkeren Batikkleidern, die Schüsseln mit Spaghetti auf Tische stellen. Männer in weiten bunten Kitteln. Nackte Kinder am Strand. Emmy hat sich dort wohlgefühlt. War ausgelassen. Wie auf ihren vielen Ausflügen mit Dölker. Ihren Fußmärchen und Eselskarrenfahrten an der steilen Küste entlang: Ins Sarazenendorf Cetara mit dem mächtigen Turm hoch über dem Meer, nach Amalfi, Positano, Ravello, Sorrent. Nach Capri, Anacapri und Atrani. Nach Pompeji und zum Vesuv. Und schließlich im Herbst 1925 mit dem Schiff von Neapel nach

Palermo. Ihre Reisebeschreibungen kleben als Maschinendurchschläge in den Tagebüchern. Postkarten und Eintrittsbilletts daneben. Ihre Stimmung ist ausgelassen. Das Reisen regt an. Die damit verbundene Trennung von Hugo tut ihr gut. Beim vorläufigen Zusammenstellen ihres Buches schreibt sie: »Der Band macht sich prachtvoll, es ist wie ein Märchenbuch. ich habe große Freude damit.«[83] Aber sie bleibt »schief«. Asymmetrie bestimmt ihr Leben und Erleben. Der Freude am Leben unter südlichem Himmel steht der Ernst ihres Zusammenseins mit Hugo gegenüber, der sich immer mehr zurückzieht, sich bei dem Priester seines Vertrauens, Pater Beda Ludwig meint entschuldigen zu müssen: »Dem geistlichen Stande gehöre ich leider nicht an. Ich bin Laie ... und sehr verlegen, das zu sagen.«[84] Er berichtet Beda ausführlich von seinem frühen Wunsch, Priester zu werden. Und: »Ich fürchte die geistlichen Herren möchten mir böse sein, daß ich Bücher schreibe, die auch kirchliche Dinge betreffen. Aber ich tue es nur, um mir Rechenschaft zu geben ... Gleichwohl wage ich nicht, Ihnen zu sagen, welchem Gegenstand mein neues Buch gelten soll.«[85] Exorzismus und Psychoanalyse scheinen ihm denn doch zu heikel, um sie zu diesem Zeitpunkt schon mit einem Kirchenmann zu diskutieren. Er bestellt in der Basler Universitätsbibliothek Sprengers *Hexenhammer*, Justinus Kerners *Geschichte Besessener* und von Murisier *Les maladies du sentiment religieux*. Analysiert seine eigenen und Emmys Träume. Deutet ihre Hundefurcht, von der sie immer wieder ergriffen wird, die auch Hardekopf und Guttmann erwähnen, »meint, ich sehe eine Art ›Liebhaber‹ im Hund, den ich ablehne ...«.[86] Er liest ihr von Stigmatisierten vor. Hat mit ihr in Rom wieder und wieder die Kirche Santa Maria Aracoeli besucht, »weil die bildl. Darstellungen im Innern der Kirche mehrfach exorzist. Szenen nachbilden.«[87] Ihr Eintrag im Tagebuch unter dem 15. März 1925 klingt wie eine Rechtfertigung für ihre Ehe: »Es ist möglich, daß sich der Liebesgrad einer Frau, nur nach dem Priesterlichen im Manne richtet. Jedenfalls ist doch das Heilige im Manne die eigentliche, die ursprüngliche Sehnsucht der Frau. Die Mädchen, die beschützt sein wollen, haben große Anlage zur genialen Religiosität. Kommt diese nicht recht zum Durchbruch, liegt es vielleicht am Mann.«[88] Das Zusammenleben mit ihrem asketischen Priester-Gelehrten wird jedoch immer sonderbarer. Während für Emmy Sonne und Licht lebensnotwendig sind, »entwickelt« Ball »eine Vorliebe für Räume ohne Fenster ... Es kann sein, daß er das Haus in Albori nur des gräßlichen Arbeitszimmers wegen mietete ... Sein Zimmer führte zwar zur überdachten Terrasse hinaus, ... doch Hugo schloß meistens die Glastüre und verhängte sie noch obendrein mit einem dunklen Tuch, sodaß er, wenn er schreiben wollte ein Licht anzünden mußte, da wir kein elektrisches Licht hatten. Es zog sich die Abflußröhre einer Kloake durch das Zimmer, eine wahrlich geborstene Röhre. So empfand ich einen Modergeruch im Zimmer, der durch keine Lüftung zu beseitigen war, und der mich Hugos Gesundheit wegen beunruhigte. Gab ich ihm dies zu bedenken, erzählte er mir von einem Heiligen, dessen Namen ich mir nie gemerkt habe, der seine Hymnen in einer Kloake geschrieben habe, was mir kein Trost sein konnte. Es war eine ganz besondere Art von Dämmerung in diesem Raum, etwas von einem bläulichen Glorienschein der Verwesung, das Irrlicht des Sterbens und des Todes selbst.«[89] Auch meint er, Schläge zu empfangen und Dämonen in seiner Nähe zu spüren, wenn er sich mit Teufelsaustreibung und Exorzismus beschäftigt. Emmy flieht ins Tal. Nach Vietri. Zu den Keramikern. Ans Meer. Kommt braungebrannt zurück und mit schlechtem Gewissen, weil sie Hugo allein gelassen hat. Dann wird er krank. Fiebert. Auch Emmy und Annemarie. »Es scheint nach den Augenschmerzen zu urteilen eine Art Influenza zu sein, verbunden mit einem Erschöpfungszustand.«[90] Kopfweh wechselt mit Zahnschmerzen. »An seelischen Dingen leiden wir vielmehr als an den körperlichen«, schreibt Hugo dem Herausgeber des *Hochland*, Karl Muth. »Und wenn die Seele verstimmt ist, benutzt der Körper sogleich die Gelegenheit, eine Krankheit zu erfinden.«[91] Ja, sie sind verstimmt und enttäuscht. Emmy, weil ihr *Graues Haus* »... allmählich ein Rundschreiben geworden ist«,[92] das immer wieder abgelehnt wird. Und Hugo, weil selbst in katholischen Kreisen gegen *Die Folgen der Reformation* opponiert und polemisiert wird. Sein Verlag Duncker und Humblot läßt ihn wissen, daß an weiteren Arbeiten kein Interesse besteht. Hugo sieht sich im Rechtfertigungszwang: »Ich möchte dieses unser Vaterland katholisch haben von Grund aus, wie es einmal war in seinen größten Zeiten. Ich mag nichts von Duldung hören, den Katholiken gegenüber.«[93] Auf einige der an Rufmord grenzenden, ablehnenden Rezensionen antwortet Ball mit offenen Briefen. Beschließt, weiter an der Zusammenstellung seiner Tagebuchnotizen zu arbeiten, mit der er bereits 1923 begonnen hatte. Denn: »Diese Tagebücher enthalten ... meine Rückkehr zur Kirche aus dem modernen Leben, das ich bis in die letzten politischen, philosophischen und künstlerischen Konsequenzen durchkostet habe.«[94]

Auch die erwarteten Freunde sind ausgeblieben. Hesse kurt wie in jedem Herbst im Verenahof in Baden. Ruth hält sich in Arosa auf. Ist lungenkrank. Und Hardekopf, der sein Kommen fest zugesagt hatte, ist an der Riviera geblieben. Als es schließlich Winter wird, hat sich das »Paradies« in ein »Sibirien« verwandelt. Emmy und Hugo vergleichen ihre Situation mit der von Sträflingen im Arbeitslager. Winterstürmen und Kälte ausgesetzt, flüchten sie von Albori wieder zu Tal nach Vietri. In eine Wohnung mit einem Petrolöfchen. Aber selbst für den Brennstoff fehlt das Geld. »Man sagt sich wohl, wenn die Leute so fromm und Eremiten sind, dann leben sie von Heuschrecken und Honig«,[95] schreibt Hugo an Hesse. Und verbittert: »Es kümmert sich kein Mensch um uns. Wir könnten ruhig eingehen, lieber Freund.«[96] Hesse schickt zu Weihnachten 200 Franken. Und im Februar 1926 zeigt der Verlag Kösel & Pustet Interesse an Emmys Italien-Manuskript. Hugo hat bei der Reinschrift geholfen. Hat die Arbeit an der Zusammenstellung seiner Tagebücher unterbrochen, die er dennoch im März abschließen kann: »Seitdem ich das Buch beendet habe, habe ich Herzschmerzen bei jeder kleinen Anstrengung«,[97] notiert er. »Wir sind erschöpft von Sorgen und Arbeit. Das Beste wäre, man nähme uns die Schreibmaschine weg und brächte uns für einige Wochen in ein Sanatorium. Emmy ganz besonders. Sie hustet seit Wochen, hat Nachtschweiß und schwere Magenstörungen ... Wir wissen schon, ... daß der Satan uns am liebsten den Hals umdrehen möchte. Er brummt und tappt in unseren Zimmern und im Gebälk herum. Dann wieder ist in der Nacht eine sonderbare Musik zu hören, von der wir glauben, daß Pater Beda sie schickt.«[98] Hugo ist zu seinen Exorzismus-Forschungen zurückgekehrt, und Emmy, die Nachricht von Kösel & Pustet hat, daß der Verlag ihr Manuskript annimmt, verläßt Vietri Ende März fluchtartig. Will nach München. Und zu Hesse. Am 30.3. erkundigt sich Hugo: »Ist Emmy gut bei Ihnen angekommen?«[99] Und gibt seiner Hoffnung Ausdruck, bald wieder im Tessin leben zu können, wenn Emmy ihr Honorar von Kösel bekommt und Ludwig Feuchtwanger, Hugos Lektor bei Duncker und Humblot, sein Versprechen hält, *Die Flucht aus der Zeit* eigenverantwortlich ins Verlagsprogramm aufzunehmen. Am 12. April empfiehlt Hugo von Vietri aus der Münchner Zeitschrift *Hochland* seine Frau als Mitarbeiterin: »Ich glaube, daß ihrer Begabung eine feine stützende Analyse von lyrischen und überhaupt komplizierten Dichtwerken besonders liegen würde. In der Finesse ... wird Emmy wohl kaum heute von jemandem übertroffen. Das ist nicht nur meine, das ist auch die Meinung von Hermann Hesse.«[100] Diese Fähigkeit wird Emmy in den folgenden zwanzig Jahren in unzähligen Rezensionen für deutsche und schweizer Zeitungen und Rundfunksender unter Beweis stellen müssen.

Im Mai ist die Familie wieder beisammen. Nicht im geliebten Agnuzzo, aber im nahen Sorengo, einem Luganeser Ortsteil. Sie schwanken zwischen dem Wunsch, endgültig im Tessin zu leben, der Notwendigkeit, in Deutschland eine Arbeit zu suchen, oder sich in der ländlichen Toscana anzusiedeln: »Es schwebt mir vor, aus dem Gut dort eine große Kolonie für Schriftsteller und Künstler zu machen. Eine Art Laienkloster und Gottesschule, wie im frühen Mittelalter die ersten Klöster waren.«[101] Pläne, die der Tod durchkreuzt. Ball hat noch ein Jahr zu leben. Emmy kehrt allein nach Arkadien zurück. Ihre Briefe und Karten aus Italien an Hermann Hesse und dessen dritte Frau Ninon aus den Jahren 1928 bis 1935 sind nicht nur Zeugnisse ihrer Liebe zum Land und seinen Menschen, sondern auch ihrer Enttäuschung und Trauer, als sich der Faschismus durchsetzt und ihr das Leben dort verleidet. Schon im Januar 1925 hatte Hugo Hesse mitgeteilt: »Es ist in Rom eigentlich immer Fest- und Feiertag. Und wenn die Kirche einmal ausruht, dann setzt der Faschismus mit Illumination und Flaggen ein.«[102] Hugo kommentiert dieses Faktum nicht. Gibt seine Meinung nicht preis zur politischen Situation in Italien, wo Mussolini seit dem »Marsch auf Rom«

im Oktober 1922 Ministerpräsident ist, schrittweise eine plebiszitäre Diktatur errichtet und das Einparteiensystem durchsetzt. Als Emmy im Dezember 1928 nach Rom kommt, ist sie entsetzt über die Veränderungen: »Was Benito nämlich mit Rom anstellt, damit darf ich mich garnicht befassen, weil es mich im höchsten Grade erregt. Mich wundert's, daß das Volk sich das gefallen läßt.«[103] Sie berichtet von »dieser unheimlichen Ordnung, die Benito eingeführt hat. Man wird gezwungen auf Schritt und Tritt auf der Straße zu gehen und wird uniformiert, auch wenn man das Faschistenhemd nicht trägt.«[104] Überall Militär. Die Straßen breit und voller Automobile. »Wie hier gemauert wird – der allmächtige Minister war ja Maurer«, schreibt Emmy und klagt Hesse, daß historische Bauten verschwinden und durch prunkend Neues ersetzt werden. »Ich warte nur darauf, daß er die Skulpturen des Michelangelo ersetzt, oder dessen Fresken in der Sixtinischen Kapelle. Daß der Papst ihm nicht Einhalt tut.«[105] Sie verläßt das geliebte Rom schneller als geplant. Nach Problemen beim Anmelden auf der Questura. »Nun es wurde schlimm und Steffgen steht noch vornean bei mir im Paß, immer noch haben wir ein Duett oder einen Zwillingsausweis und unsere Bilder trennt nur ein dünnes Blatt.«[106] Formalitäten. Polizei. Sie erinnert sich an Goethes Aufenthalt unter Decknamen in Italien: »Heut würde er das sicher nicht können, oder er müßte sich neu und sehr peinlich einstellen.«[107] Fährt über Neapel und Torre Annunziata nach Vietri. »In Albori«, so hat Dölker ihr mitgeteilt, »ist noch immer kein Schulzwang ... und das beruhigt mich ein bißchen, sodaß ich mich voller Vertrauen hinbegebe ... Und in Vietri haben sie anstatt Briefbeschwerer Katzen auf den Aktenbündeln liegen und die stammen aus einem vergangenen Jahrhundert, und wenn ich mich dort anmelde, werden die Leute fragen: ›Come va, come sta?‹«[108] Das wird auch Richard Dölker sagen, den Emmy regelmäßig besucht, bis er 1933 nach Luino am Lago Maggiore in Emmys Nähe zieht. »Er wohnt jetzt in einem schön ausgestatteten ländlichen Haus, hat Frau und drei Kinder und muß für seine Familie tüchtig schaffen. Er arbeitet auf manchen Gebieten als Maler, Keramiker und Batiker ... Er kann noch immer endlos lange und wunderbare Geschichten erzählen, komisch und abenteuerlich.«[109]

Emmys letzte Besuche in Rom gelten der dort verheirateten Tochter und ihren drei Enkelkindern. Sie hat die Fülle des Südens in ihren Briefen und Feuilletons bewahrt, hat diese »blaue Heimat« ebenso geliebt wie die »blonde Heimat« im Norden. Und hat sich, wenn sie einsam und erschöpft war, gewünscht, einzugehen in das Land ihrer Sehnsucht: »Heut hab ich etwas Herzweh und wär ganz gern ein Olivenbaum unter andern und einsam auf der Landstraße, die nach Acireale führt und eine schöne Frau, die auf einem Eselchen dahergeritten kommt, ruht in meinem Schatten.«[110]

Die Witwe

»Weiß sie es schon, was ihr geschah?
Getaucht in kühle Einsamkeiten
Will eine Trauer sich verbreiten,
Sie träumt am Tisch in ferne Weiten,
So unberührt und doch so erdennah.

Ein Schleier nur ist dies Gesicht,
Verhüllend zart den Purpur einer Wunde.
Das Weinen schweigt im bleichen Munde.
Ein sanftes Grün nur gibt noch Kunde
Vom schon vergessenen Tageslicht.«[1]

So beginnt das Gedicht »Die Witwe«, das Emmy 1938 nach dem gleichnamigen Gemälde von Gunter Böhmer schrieb. Für mich sind die beiden Gedichtfassungen, die zu Böhmers Bild entstehen, lebendige Erinnerungen Emmys an den Herbst 1927. »Weiß sie es schon, was ihr geschah?« Ja, sie weiß es. Aber kann es nicht fassen. Hugo ist tot. Und Emmy, die sich scherzhaft vier Jahre zuvor bei ihrer Abreise nach Florenz als seine »halbe Witwe« bezeichnet hatte, sitzt an seinem offenen Sarg. Neben sich Annemarie. Schickt Hesse nach der Beerdigung das Photo. »Familie Ball«. Emmys krakelige Tintenschrift auf der Rückseite. So wird er sie angetroffen haben, als er nach der Todesnachricht zu ihr eilt. »Steffgen heute Nacht in den Himmel gegangen kommen Sie sofort«,[2] hatte sie ihm telegrafiert. »Gentilino. 14.9.1927. 7.30 morgens« steht auf dem Formular. Sie hatten gewußt, daß er sterben würde. Und hatten dennoch gehofft, daß es nicht geschehen möge. Zwei Tage später bedankt Hesse sich in Emmys Namen bei Alice Leuthold in Zürich, die dem Kranken noch ein Päckchen geschickt hatte. Schreibt: »Er sah am ersten Tag nach dem Tode wundervoll aus, ein schöner hagerer Heiliger ... Er glaubte bis zum letzten Tag noch an die Möglichkeit der Genesung, erst während des letzten Tages wußte er, daß es zu Ende gehe, das Herz versagte, er hat Angst leiden müssen, aber keine großen Schmerzen mehr gehabt.«[3] Emmy ist wie versteinert. Die Freunde versuchen zu helfen. Josef Bernhard

Lang übernimmt ihre medizinische Versorgung. Joseph Englert kauft die Grabstelle auf dem Friedhof von Gentilino. Auch Huelsenbeck, der im Spätsommer im Tessin eingetroffen ist, um dort seine Reisebücher zu schreiben, kommt mit seiner Familie aus Roveredo. Jugendlich sei das Gesicht des toten Freundes gewesen, erinnert er 1953 in einem Rundfunkinterview, und von intensiver Geistigkeit.

Am 16. September die Totenmesse in der Kirche von San Abbondio. Balls Sarg am Altar. Emmy und Annemarie in der ersten Bank. Daneben Hesse. Huelsenbecks. Die Tessiner Freunde. Sie gehen den von Zypressen gesäumten Weg von der Kirche zum Friedhof. Tragen »die langen brennenden Kerzen hinter dem Sarg her.«[4] Überqueren die Straße, die von Lugano über Gentilino nach Montagnola führt, die sie alle so oft mit Ball und Emmy entlanggewandert waren. Um in einem der Luganeser Cafés auf der Piazza Riforma die neuesten Zeitungen zu lesen. Oder ins Kino zu gehen. Nicht weit vom Friedhofseingang ist die Grube ausgehoben. Es regnet in Strömen. »Emmy und die Tochter Annemarie haben sich brav gehalten«,[5] teilt Hesse Alice Leuthold mit. Doch nach der Beerdigung kann Emmy nicht allein sein. Flieht in die Casa Camuzzi. Hesse legt Feuer im Kamin. Natalina, seine Köchin, gibt ihnen zu essen. »Es war so lieb, daß sie uns aufgenommen, gerade in dieser Nacht, und uns so gut gelabt und uns vorgelesen haben von Narziß und Goldmund …«,[6] dankt Emmy am nächsten Tag. Sie packt ihre Sachen im Haus in San Abbondio, das die Freunde für Ball gemietet hatten, als dieser aus der Klinik entlassen wurde, »ein früheres Kloster mit gewaltigen Zimmern, blau und rot gemalt, mit Blumen, schwebenden Vögeln.«[7] Wandert zurück ins enge Agnuzzo-Häuschen, in das sie im Frühling 1927 gezogen waren. Damals, als feststand, daß sie im Tessin bleiben wollten. Hugo hatte noch selbst »den Acker umgegraben und Beete angelegt.«[8] Und Emmy und Annemarie waren vor dem Umzug täglich von der Wohnung in Sorengo nach Agnuzzo gegangen, um zu renovieren und zu streichen. »Am Abend … haben sie die Haare weiß gesprenkelt von der Tünche, sind anzusehen wie die Handwerksgesellen«,[9] schreibt Hugo an Hesse. Endlich, so scheint es, können sie auf ruhigere Zeiten hoffen. Denn das Jahr 1926 nach ihrer Rückkehr aus Italien war ein unruhiges und voller Sorgen gewesen. Zunächst hatte sich Hugo im Sommer mehr als einen Monat in München aufgehalten. Hatte den Vertrag mit Feuchtwanger für *Die Flucht aus der Zeit* ausgehandelt. Hatte beim Herausgeber des *Hochland* versucht, für sich und für Emmy Verträge zu bekommen, die ihre Mitarbeit sicherten. Auch zum Theater nimmt er wieder Kontakt auf. Über Carola Neher, die Schauspielerin, mit der Klabund inzwischen verheiratet ist. Mit der Bergner in Berlin will er telefonieren, »ob ich mich wieder um eine Stellung im Theater bemühen sollte.«[10] »Könnten wir doch erreichen, daß Elisabeth Bergner aus Deinem Grauen Haus etwas vorliest«, schreibt er an Emmy. Aber er verwirft den Plan: »Zu diesem Zweck müßte ich sie besuchen. Ja und der Anzug? Nein, nein.«[11] Anfang August fährt er nach Sorengo zurück, die Zusicherung der Verlage im Gepäck, daß »Emmy und ich diesmal gleichzeitig erscheinen, und zwar anfangs November. Sogar die Titel haben eine Verwandtschaft: *Die Flucht aus der Zeit* und *Der Gang zur Liebe*«.[12] Auch für Annemarie ist eine Lösung gefunden. Der junge Maler Albert Müller in Obino hat sie als Schülerin akzeptiert. »Müllers Wesen wird sehr gut sein für A. Sie wird eine gewisse Enge verlieren und frei werden in Farbe und Form«,[13] hofft Hugo. Und später soll sie nach Dessau ans ›Bauhaus‹, da sind Berliner und Zürcher Weggefährten als Lehrer tätig.

Hugo begibt sich wieder an seine Studien der Psychoanalyse. Beschäftigt sich mit Prinzhorns Werk über die Kunst der Schizophrenen und schreibt den Aufsatz »Der Künstler und die Zeitkrankheit«. Beginnt selbst zu therapieren. Albert Müller, der »den echten Verfolgungswahnsinn eines Künstlers«[14] hat, gehört im Herbst 1926 zu seinen ersten Patienten. Daneben beginnt Ball seine Recherchen zur Hesse-Biographie, die zu dessen 50. Geburtstag im Juli 1927 bei S. Fischer erscheinen soll. Am 21. Oktober hat er den Vertrag unterschrieben. Im Winter fährt er zum Freund nach Zürich in die Wohnung im Schanzengraben, um sich von dessen Kindheit und Jugend erzählen zu lassen. Korrespondiert von Sorengo aus mit Hesse, der am Schlußkapitel des *Steppenwolf* arbeitet. Nennt ihn »Bruder Wolf« und »Dolce Maestro«. Gesteht: »Du bist eine unheimliche Kreuz- und Querspinne, caro Maestro, die ihre Fäden tief zu verschlingen und zu verknüpfen weiß, und Du bist außer dem Wolf auch ein feines Fuchsgetier, das seine unterirdischen Gänge hat und nicht leicht auszugraben ist.«[15] Ist besorgt um dessen Gesundheit: »Du mußt aufpassen mit dem Herzen. Verse und Maskenbälle ...: Das ist ein wenig viel, sogar für einen Steppenwolf.«[16] Anfang November erscheinen Hugos und Emmys Bücher. Ball bittet Huelsenbeck: »Hast Du nicht Lust, über mein neues Buch ... ein paar Zeilen für die literarische Welt zu schreiben? Ich wäre Dir sehr dankbar, damit nicht irgendein Berliner Schnösel dahinterkommt. Ich lasse Dir das Buch natürlich vom Verlag senden. Zu guter Letzt habe ich auch den Dadaismus darin beschrieben ... Du hättest dann das letzte Wort zur Sache, wie Du das erste hattest ... Auch von Emmy erscheint ein neues Buch in diesen Tagen. Es heißt *Der Gang zur Liebe* ... Es scheint, als sei ich daneben nur so von ohngefähr.«[17] Anfang Dezember wird Annemarie krank. Hat sich in Obino bei Albert Müller infiziert. Typhus. Müller stirbt daran. Und bei Emmy steigen mit den Erinnerungen an ihre eigene Erkrankung 1910 auch die alten Ängste wieder auf. Sie reagiert so panisch, daß Olly Jaques ihr am 10. Januar 1927 schreibt, sie möge Ball die Pflege überlassen, da er geduldiger sei. Und ihre Emotionalität tue Annemarie nicht gut. Zwischen dem Hotel Kulm in Arosa, wo die Bergner ihren Winterurlaub verbringt, und Sorengo gehen Telegramme hin und her. Aber sie kommt nicht. Nur Else Lasker-Schüler bringt in ihrer Angst um den eigenen kranken Sohn Verständnis für Emmy auf.

Trotz der Arbeitsüberlastung vom Herbst 1926 bis zur Fertigstellung der Hesse-Biographie im Frühjahr 1927, die mit Annemaries Genesung und Rekonvaleszenz zusammenfällt, hat Ball nie über körperliche Beschwerden geklagt. Auch als Emmy nach dem Umzug ins vorgerichtete Agnuzzo-Haus wieder von ihrer »Weglaufsucht« übermannt wird, ermuntert er sie zu reisen. »Ich möchte gerne durch Deutschland gehen«, hatte sie an Hesse geschrieben, »und dann möchte ich auch durch das Land gehen, wo Sie als Kind gelebt haben ... Dann möchte ich durch den Schwarzwald, und dann möchte ich nach Flensburg gehen, das an der Ostsee liegt ... ich möchte doch noch einmal nach Hause.«[18] Im Mai fährt sie los. Nach Wunsiedel. Nach Konnersreuth. Dort besucht sie die stigmatisierte Therese. Hugo gibt ihr Anweisungen, wonach sie fragen soll, »was für Temperaturen sie hat, und welcher Art ihre Visionen. Ob auch diabolische Anfälle ... und aus welchem Anlaß.«[19] Erst jetzt läßt er sie wissen, daß es ihm nicht gut geht. Daß er Magenbeschwerden hat. »Und ich will die strengen Fasten weiter halten, das heißt nur Milch trinken, ein Keks und ab und zu ein Ei nehmen. Ich glaub, dann geht's vorüber.«[20] Unbesorgt reist Emmy weiter: Über Bayreuth nach Dresden zu Jakob Hegner, mit dem Ball in Briefkontakt steht und der Interesse am Exorzismus-Buch gezeigt hat. Sie fährt nach Eisenach. Steigt auf die Wartburg. Klagt über das regnerisch-kühle Sommerwetter. »Das ist eben Deutschland«, antwortet Ball, »man darf's nicht mit italienischen Augen träumen.«[21] Und er erinnert sie an Hesses bevorstehenden Geburtstag. »Hesse ist ja ein wenig besorgt, ... ob Du wohl zu seinem Geburtstag zurücksein wirst, und Du weißt ja, wie er ist. Also Emmy darf nicht fehlen ... Ich merke immer wieder wie lieb er Dich hat.«[22] Doch bis zum 2. Juli ist noch Zeit. Emmy fährt nach Berlin. Trifft alte Freunde. Auch Elisabeth Bergner. Hofft in der *Funkstunde* zu lesen. »Vermeiden würde ich auf alle Fälle«, warnt Hugo, »von den Bohemeleuten auch von Klabund und so, Geld zu leihen. Sie schwätzen Dich dann nur herum, und es schadet uns. Ich würde in Berlin nur die Radiosache versuchen ...«.[23] Doch gegen Ende Juni kommen beunruhigende Nachrichten aus Agnuzzo. Hugos körperliches Befinden verschlechtert sich täglich. Er kann nicht mehr essen. Nicht schlafen. Ist besorgt, »daß Hesse sich über die Biographie freut?« Gesteht Emmy: »Er ist rührend gut. Einmal, als er mir aus seinem neuen Buch vorlas, war er ganz besonders schön. Immer ist er das, Du weißt ja.« Möchte, daß sie zum Geburtstag probieren, Hesse zu sagen, »wie lieb wir ihn haben ... Das kannst Du vielleicht machen, auch für mich mit. Ich bin ja manchmal so befangen. Dein Flatterzünglein aber versteht's ja.«[24]

Doch dazu kommt es nicht. Weder wird Emmy nach Flensburg reisen noch mit Hesse Geburtstag feiern. Ein Telegramm ruft sie zurück ins Tessin. Die Ärzte haben bei Hugo Magenkrebs diagnostiziert. Am 29. Juni fahren sie nach Zürich. Am 2. Juli, Hesses 50. Geburtstag, wird Ball im Rote-Kreuz-Spital operiert. Am 24. Juli kommt er in das Haus in San

Abbondio: »Er liegt im Bett und ist in guter Genesungsstimmung«, schreibt Hesse an Helene Welti, »weiß vorerst noch nichts über die Schwere seines Leidens, das nach medizinischen Begriffen hoffnungslos ist. Ich war gestern und heute bei ihm, er wird in nächster Zeit meine Hauptsorge sein. Er freut sich darüber, daß sein Buch über mich fast überall gut aufgenommen wird.«[25] Trotz fürsorglicher Pflege schreitet der körperliche Verfall fort. Die verzweifelte Emmy versucht, mit geweihtem Wasser aus Lourdes und Gebeten das Unheil aufzuhalten, sehr zum Ärger von Huelsenbeck, der in den letzten Wochen fast täglich den zweistündigen Fußmarsch von Roveredo nach San Abbondio auf sich nimmt, um Hugo zu sehen: »War es Naivität ...? War es Wahnsinn ...? Eine Verwirrung der Realitäten, Verschiebung der Tatsachen ...? Kann man Tiger mit Selterswasser umbringen oder Eisenbahnzüge mit einem Jodler aufhalten? Das wäre das Wunder ...«.[26] Und dieses Wunder bleibt aus. Huelsenbeck berichtet von Ärzten und Mönchen, Priestern und Psychiatern, die im Haus des Kranken ein und aus gehen. Umsonst: »Hugo Ball wollte in den Himmel zu den Engeln. Er war ein Mensch, der die Zeit haßte, sie als ein Ding des Teufels erklärte, aus ihr fliehen wollte ins Mittelalter, nach Byzanz, ins Paradies. Emmy, die blaue Blume, der Engel, das Kind (lasset die Kindlein zu mir kommen), die Fee, die Repräsentantin des Unbewußten, des Göttlichen, des Wunders, sie war Ich und Du zugleich. Sie wußte, daß sie in besonderer Weise begehrt wurde, und so schuf sie Hugos Welt ...«.[27] In der Nacht zum 14. September 1927 ist diese Welt zerbrochen. »Was Emmy dachte, wußten wir nicht«, notiert Huelsenbeck nach der Beerdigung. »Man mußte ihr die nasse Kleidung ausziehen. Sie lebte in anderen Welten, obwohl ihr Kopf, ihre Hände und Beine am Tisch saßen. Eine tragische Figur, wie ich nie eine gesehen habe. Ihr Leben war zu Ende. Der Mann, der sie zur Madonna gemacht, sich ihre Weltanschauung angeeignet, den sie so tief beeinflußt hatte, daß er ihr Leben lebte wie sein eigenes, war soeben in nasser Erde versenkt worden. Das Märchen war zu Ende ...«.[28]

Emmy in Agnuzzo. In der Stille des Hauses. Zwischen Balls Tagebüchern, Briefen, Manuskripten. Über den Kamin hängt sie seine Totenmaske. Liest immer wieder das Gedicht, das

Hugo in seinen letzten Lebenswochen schrieb: »Es wird ein Mann begraben. / Es ist der gute Mond. / Es steht eine Trauerversammlung / Vor dem Hause, wo er wohnt. // Das ist ein mystisch Gebäude / Mit Kammern und Räumen gar viel, / Mit Zeichen und Wandfiguren / Im Pyramidenstil. // Des Mondes verwaiste Töchter / Eilen mit Salben und Wein. / Die Rosen in ihren Händen / Können nicht bleicher sein. // Es setzt sich der Zug in Bewegung / Und steigt immer höher hinan, / Wie so der Mond im Bogen / Steigen und leuchten kann. // Ich stehe baß erstaunet / Und doch betrübt dabei. / Mich dünkt, daß ein sehr lieber / Freund mir gestorben sei. // Bin ich's am Ende selber? / Ich weiß und weiß es nicht. / Der Abgeschiedene lächelt / Mir zu im Dämmerlicht. // Der Tote geht mir nahe. / Es tut mir von Herzen leid, / Daß ich es erst jetzt erkenne / Bei seinem Sterbegeleit. // Ich möchte gar manches wissen / Von seiner Wesensart. / Nun ist er mir entrissen, / Und alles ist zu spat.«[29] Zu spät für so vieles. Emmy schwankt zwischen Verzweiflung und Selbstvorwürfen. Und Zorn, daß er, dem sie geschrieben hatte: »Wir sind Eines in einer Zweisamkeit und zwei in Einigkeit«,[30] daß er sie verlassen hat. Täglich steigt sie bergauf nach Gentilino. Sitzt am Grabhügel. »Emmy ist jetzt aber freilich am Ende ihrer Kraft, sie sieht wie eine Spinnwebe aus, so dünn und bleich und spitzig«,[31] schreibt Hesse an Alice Leuthold. In seinem Nachlaß in Marbach finde ich ein Photo von Emmy aus dieser Zeit. Im schwarzen Witwenkleid. Abgezehrtes Gesicht. Auf der Rückseite eine merkwürdige Widmung: »Lieber Herr Hesse, damit Sie im Himmel, im Fegefeuer oder in der Hölle nicht vollkommen vergessen, wie ich aussehen kann. Emmy.« Sieht er sie so selten? Obwohl sie täglich wenige hundert Meter von der Casa Camuzzi entfernt auf dem Weg zum Friedhof vorbeigeht. Ich vermute, daß Hesse sich in seiner Trauer um den Freund zurückgezogen hat. Ebenso wie Emmy wünscht er in dieser Zeit: »In St. Abbondio, neben Steffgen im Boden, das wäre der beste Platz.« Und fügt resignierend hinzu: »Aber das wartet ja auf uns und läuft uns nicht davon.«[32] Immer hatte er Ball von seinem eigenen schlechten Gesundheitszustand geklagt, in manchen Briefen den Tod förmlich herbeigeschrieben. Und jetzt ist der soviel Jüngere von ihm gegangen, hat er mit »Ball den einzigen Menschen verloren, der mir geistig nahe stand, der meine Sprache ganz und gar verstand, mit dem ich über geistige Dinge bis in die Tiefe sprechen konnte. Man findet so etwas nicht wieder. Er war der einzige meiner Freunde, der mich nicht bloß gern hatte und mich aus Sympathie gelten ließ, sondern der mich verstand und die Notwendigkeit meiner Denkart und meiner gesamten Tätigkeit im Innern begriffen hat.«[33] Diese Position wird Ninon Dolbin, Hesses dritte Frau, künftig einnehmen. Seit ihrer Jugendzeit hatte sie Briefe mit dem von ihr bewunderten, fast zwei Jahrzehnte älteren Dichter gewechselt. Im März 1926 war sie seine Geliebte geworden. Aber obwohl Ruth die Scheidung eingereicht hat, denkt Hesse nicht daran, sich wieder zu binden. Hält »die Freundin aus Wien«, wie er die mit dem Karikaturisten Fred Dolbin verheiratete Ninon nennt, auf Distanz. Im September 1927 ist die junge Frau in Wien. Und auch Hesse verläßt, wie in jedem Jahr im Herbst, Montagnola, um zur Kur nach Baden zu fahren und anschließend den Winter in Zürich zu verbringen. Für Emmy ist mit Balls Tod, Hesses Scheidung und seiner Abreise in den Badener »Verenahof« das einstige Beziehungsgeflecht endgültig zerrissen. Sie ist allein mit Annemarie, die sich »Steffgen« so viel enger verbunden gefühlt hatte als ihrer Mutter. Erkennt: »Annemie und ich, wir bilden ein ganz seltsames Duett ... und kann man uns nicht als Familie bezeichnen.«[34] Mehr als zuvor sehnt sich die 21jährige nach »Lisl«. Fährt auf deren Kosten nach Berlin, wann immer sie ruft. Kommt enttäuscht zurück, weil die Bergner, die jetzt auch filmt, sie nicht an sich heranläßt: »Einmal kam ich auf ihr Bitten von Lugano nach Berlin um sie dann nach einer Woche Warten 1/2 Std. in der Filmgarderobe zu sehen«, gesteht sie. »Ich weiss auch wie sehr diese Frau einen quälen kann und sie lacht dabei.«[35] Aber das junge Mädchen fühlt sich sowohl emotional als auch finanziell abhängig. Die Bergner verdient viel Geld, hat Emmy versprochen, Annemaries Ausbildung zu bezahlen. Ab November 1927 spielt sie in Jürgen Fehlings Inszenierung am Staatstheater in *Der Kaufmann von Venedig*. Im Dezember fahren Emmy und Annemarie gemeinsam nach Berlin, mieten ein Pensionszimmer. Nehmen Kontakt zu Elisabeth Bergner auf. »Annemie hat nach vielen Bemühungen endlich E. B. gesehen in der Filmgarderobe in der Cicerostr. Bei ihr sein kann Anima (d.i. Annemarie) nicht, und das ist schon wieder ein Strich durch die Rechnung. Aber E. B. will den Malunterricht zahlen«,[36] notiert Emmy im Tagebuch. Sie möchte, daß Annemarie, die in Berlin die Akademie besuchen will, ans ›Bauhaus‹ nach Dessau geht. Zum einen, weil sie das noch gemeinsam mit Ball im Herbst 1926 beschlossen hatte. Zum anderen stellt Emmy fest: »... sie hätte dort mehr Konzentration wie hier. Hier wird doch ein Geklage um E. B. sein, die sich nicht erreichen läßt.«[37] Emmy versucht, die Ausbildung für die Tochter zu regeln, nimmt Kontakt zu Moholy-Nagy auf wegen der Kosten am ›Bauhaus‹. Sie trifft ihre alten Freunde: John Höxter, der sich mit Gelegenheitsarbeiten durchbringt. Lotte Pritzel. Leonhard Frank. Schreibt Artikel fürs *Berliner Tageblatt*, um sich über Wasser zu halten. Dennoch: »Unser Geld nimmt rapid ab. – Wir haben auch keinen Menschen, der uns wirklich helfen kann und will. Elisabeth hat zu Weihnachten nichts von sich hören lassen und Annemie sitzt und weint ihr nach.«[38] Diese Tagebuchnotiz Emmys vom 26. Dezember umreißt die Situation von Mutter und Tochter für die Jahre bis zu Annemaries Hochzeit mit Gottfried Schütt 1932. Emmy: Zupackend und energisch. Annemarie: abwartend, antriebsarm. Immer wieder stellt Emmy für die Tochter Kontakte her. Besorgt Geld. Kümmert sich um ihre Ausbildung. Am ›Bauhaus‹. In der École Ranson in Paris im Herbst 1929. Hilft ihr bei der Stellensuche als Teppichweberin. Spielt in Briefen an Hesse und Ninon die Mutterrolle, klagt über Annemaries nachlässige Arbeitseinstellung, ihren unbedachten Umgang mit Geld, ihre Frauengeschichten. Pflegt die Tochter, als sie, aus ihrer Stellung in St. Gallen entlassen, krank zu ihr nach Agnuzzo kommt. Seit Sommer 1930 leben sie wieder zusammen. Emmy läßt aus Flensburg einen Webstuhl kommen, bestellt Wolle. Verschafft der Tochter im wohlhabenden Tessiner Freundeskreis Aufträge für Wandteppiche. Hilft ihr beim Weben. Bemüht sich über Coray um Galeriekontakte. Nimmt sie mit nach Italien. Zu Dölker. 1931 bleibt Annemarie in Rom. Besucht die Akademie. Am 17.1.1932, ihrem 47. Geburtstag, schreibt Emmy an Ninon: »Ich schicke ihr zweimal im Monat Geld und zwar so ziemlich alles, was ich habe, aber ich habe unentwegt das Gefühl, ich muß soundsoviele Zeilen schreiben, um ihr ein Leben ohne Arbeit zu ermöglichen. Das ist oft fürchterlich ...«.[39] Als Annemarie 1932 von Gottfried Schütt, einem in Rom lebenden Deutschen, schwanger wird, kommt sie im Sommer zu Emmy, die die Hochzeit arrangiert und Annemarie nach der Geburt des Enkels pflegt. Erst im Januar 1933 bringt sie Tochter und Enkelkind nach Rom. Fühlt sich für die Familie auch in den folgenden Jahren verantwortlich. Ihre Briefe an die Tochter bezeugen es. Schickt Geld, Kleidung, Medikamente. Bittet Peter Suhrkamp, mit den von *Hugo Balls Leben in Briefen und Gedichten* angefallenen Einnahmen die Tochter zu unterstützen. Und nimmt Annemarie, deren Mann vermißt ist, mit den drei Kindern im Frühjahr 1948 auf, als diese nach einer Odyssee durch Deutschland und Österreich endlich die Einreisegenehmigung in die Schweiz erhält.

»Steffgen hat's gut, braucht sich um nichts zu kümmern.«[40] Emmys immerwährender Seufzer in ihren Briefen. Obwohl sie es war, die sich auch im Zusammenleben mit Hugo zumeist um die praktische Seite kümmern mußte. Aber die Zeit verklärt die einstigen Realitäten. Und Emmy hatte schon immer ihre Trennungen von Ball für ihre positiven Projektionen gebraucht. Die Trennung durch den Tod läßt das Negative endgültig in den Hintergrund treten. Nur Positives wird für ihre Erinnerungen zugelassen. Und so gibt es bei oberflächlicher Betrachtung genug Anlaß, Emmy ausschließlich die Rolle der Witwe zuzuschreiben, deren einzige Sorge das Werk des Verstorbenen ist. Sie als Hilflose und Lebensuntüchtige zu bezeichnen, die häufig auf das Wohlwollen von Mäzenen angewiesen war. Aber diese Lesart zeugt von einem ebenso eingeschränkten Verständnis der Persönlichkeit Emmy Hennings' wie die Mär, sie sei nach Hugos Tod, tief religiös, in selbstgewählter Askese, allein ihre »Wege und Umwege zum Paradies«[41] gegangen. Ich finde in Emmys unveröffentlichten Briefen und Tagebüchern keine Brüche zum vorangegangenen Leben. Sie ist und bleibt die Exzentrikerin und Maskenspielerin einerseits und andererseits die selbstbewußte, unabhängige Frau, die ihr Schicksal in die Hand nimmt und entgegen aller Widrigkeiten ihr Leben kreativ gestaltet. Sie hat sowohl ein kindliches Vertrauen auf den »lieben Gott« als auch einen klaren Blick für die Schwächen der katholischen

Kirche und kritischen Humor für ihre Vertreter. Und sie ist nicht nur eine Nehmende, die von Hesse und dessen Freundeskreis unterstützt wird, sondern eine aus reichem Herzen Schenkende, die treu zu ihren Freunden steht.

Im Winter 1927/28 in Berlin sieht sie sich im Freundeskreis jedoch, neben der Freude des Wiedersehens, auch Kritik ausgesetzt. So macht ihr Guttmann Vorwürfe wegen ihres »Rombuches«, das eine Konzession an die Katholiken darstelle. Und Huelsenbeck ist verärgert über einen »zornigen Brief« Emmys, den sie ihm im Herbst nach Roveredo geschrieben und ihn, nach seinem Nachruf auf Hugo im *Berliner Tagesspiegel*, zurechtgewiesen hatte: »Ich hätte kein Recht ... die Welt auf Hugos Nachlaß aufmerksam zu machen. Das sei Sache der Kirche.«[42] Während sie sich mit Guttmann schnell wieder aussöhnt, bleibt das Verhältnis zu Huelsenbeck gespannt. Sie besucht das Ehepaar, das, zurück aus Roveredo, in der Lessingstraße »allerliebst und modern« wohnt. Möchte ihren heftigen Brief wiedergutmachen. Stellt Huelsenbeck in Aussicht, sich bei der Bergner für die Verfilmung seines Romans *Verwandlungen* zu verwenden. Aber Huelsenbecks Vorbehalte gegen Emmy sind zu groß. Er ist sicher: »Emmy Hennings sorgte dafür, daß Balls Testament so lautete, daß jedes Material, das auch nur die kleinsten Äußerungen gegen die Kirche enthielt, rechtzeitig zerstört wurde.«[43] Weiß, daß es ein ausführliches Tagebuch Hugo Balls gibt: »Dieses Tagebuch sei ein großes Werk, und die *Flucht aus der Zeit* (Balls berühmte Selbstbeschreibung) sei nur ein Auszug.«[44] Huelsenbeck hat den Kontakt zu Emmy abgebrochen. Sie hat das Ende ihrer Beziehung intuitiv gespürt. Geträumt, »Huelsenbeck sei gestorben, und ich wundere mich, da er doch noch vor wenigen Tagen so gesund war.«[45] Während Huelsenbeck in allen mündlichen und schriftlichen Erinnerungen seinen Groll auf Emmy kaum verhehlen kann, notiert sie im Januar 1931 nach erneuter Lektüre von dessen *Verwandlungen* im Tagebuch: »... ich finde dieses Buch so ausgezeichnet und interessant, dass es mir jedesmal leid tut, dass ich mit ihm auseinander bin. Schade, wirklich schade.«[46] Wiedergesehen hat sie ihn nicht. Huelsenbeck emigriert wie fast alle anderen Kollegen und Freunde. Arbeitet nach einer Lehranalyse bei Karen Horney als Psychonalytiker in New York. Aus Richard

Karl Huelsenbeck wird Charles R. Hulbeck. Seine letzten Lebensjahre verbringt er im Tessin. Besucht manchmal Balls Grab. Und setzt, so jedenfalls behauptet er es im Interview 1953, auch Emmys Namen darauf.

Im Dezember 1927 trifft Emmy in Berlin auch Else Lasker-Schüler, deren Sohn Paul gestorben ist, nimmt an dessen Begräbnis teil. Die beiden Frauen verbindet ihre Trauer. »Sie sah unheimlich aus, wenn sie ihre stupenden Ansichten über Ewigkeit äußert. Sonst oft rührend. Schreibt Andachten über Paulchen«.[47] Emmy hingegen geht nicht zur Kirche. »Kann mich nicht entschließen. Irgendwie ist mir alles gleichgültig geworden, seitdem Hugo tot ist.«[48] Aber ihrer Kinoleidenschaft frönt sie ungehemmt: »Das Kino ist prächtig, mit Goldbrokat der große Vorhang, wie eine riesige Heiligennische als Bühne.«[49] Bevor Emmy im Frühjahr 1928 Berlin verläßt, trifft sie auch Johannes R. Becher wieder. Er hatte sich, anders als noch im Winter 1922 in München, nach einem langen und komplizierten Prozeß, endgültig von der Religion abgewandt. War in die KPD eingetreten. Wurde deren Vorsitzender im ›Schutzverband deutscher Schriftsteller‹, dem auch Emmy angehört. 1925 wurde er verhaftet. Hatte sich in der Weimarer Republik politisch unliebsam gemacht. Empört schrieb Emmy damals aus Italien an Hesse: »Ach, du mein Gott, ich kenne Becher so gut, seit Jahren und er weiß von Politik so wenig wie ein Kätzchen. Er ruft immer nur Drauf! und Dran! und hin und her! Und dann dichtet er schön. Und wenn er an einen Schneider schreiben will, damit er die gekürzte Hose bald bekommt, dann macht er beim ersten Nachsatz schon eine Hymne. Wie kann so ein Mensch gefährlich sein? Aber ich trau mich nichts gegen die Verhaftung zu tun. Denn, wenn ich sage, er hat hübsche Glühwürmchen im Kopf, ein paar Raketen, meinetwegen Sterne, dann besorge ich, daß er selbst gekränkt ist. Es tut mir so leid um den lieben Jungen und beschäftigt mich sehr.«[50] Man hatte ihm den Hochverratsprozeß gemacht, ihn verurteilt. Emmy veröffentlicht im *Berliner Tagesspiegel* einen Artikel, um auf seine Inhaftierung aufmerksam zu machen: »Gefangener Dichter«. 1928 ist er wieder frei und setzt Emmy bei ihrem Treffen auseinander, daß er »Protestkundgebungen aus allen Lagern«[51] will. Nach Hitlers Machtergreifung wird er erneut das Zusammenrücken aller antifaschistischen Kräfte fordern. Und die Sozialdemokraten, die ihn eingesperrt hatten, ausdrücklich einbeziehen.

Emmy wird mit Becher und mit anderen Freunden über ihren Plan gesprochen haben, Hugo Balls Leben in Briefen und Gedichten zu dokumentieren. Wieder in Agnuzzo beginnt sie mit dieser Erinnerungsarbeit. »Meine alma mater bist nur Du«,[52] hatte sie Hugo einmal geschrieben. Jetzt will sie zeigen, wieviel sie gelernt und verstanden hat. Will verhindern, daß andere ein Bild des Toten zeichnen, das ihrem zuwiderläuft. Mit der Auswahl und Zusammenstellung der Briefe und Gedichte beginnt 1928/29 die »Legendenbildung« um Hugo Ball, die Emmy mit *Rebellen und Bekenner* 1929 und *Hugo Balls Weg zu Gott* 1930/31 fortsetzt. Sie trauert und schreibt. Steigt bergauf, um an Hugos Grab zu sitzen, das der Efeu überwächst. Geht zurück ins Haus zu ihren Erinnerungen. Ihre Briefe an Ninon Dolbin aus dem Jahr 1928 sind Dokumente der Verzweiflung. Emmy schwankt zwischen Todessehnsucht und Überlebenswillen, realitätstüchtigem Pragmatismus und ungehemmten Emotionen. Schreibt im September, als sich Hugos Todestag jährt: »Halten Sie mich nicht für übertrieben, wenngleich ich zur Ekstase neige ... Ich werde nie verschmerzen können, daß mein Hugo es so schwer gehabt hat und jetzt, da ich alles noch einmal durchgehe, hab ich einen Tränensturz nach dem anderen.«[53] Sie bittet Hesse um Briefe für ihr Erinnerungsbuch, »die sich in diesen Band einfügen ... Ich möcht doch so gern, daß der getreue Ekkehard recht dabei ist.«[54] Will, »daß über meinen Mann kein ungeschicktes Gedicht gegeben wird. Sondern einmal die grausam schöne schmerzliche Wahrheit.«[55] Wünscht: »Wie schön wär's, wenn Fischer das Buch brächte. Es wäre eine Tat ... Nach dem Erscheinen stürb ich gern, wenn ich Steffgen berichten könnte, ihm vorplaudern, daß ich alles hübsch besorgt habe.«[56] Aber als das Manuskript abgeschickt ist, hat Emmy schon wieder Reisepläne, verabschiedet sich am 20. November bei Hesse: »Jetzt muß ich gehen ... ich muß noch die letzten Sardinen aufessen und dann geht's Ahoi und los ... ich hab jetzt mit: Byzanz, Betrachtungen, ein Hölderlinbändchen, Siddharta, Faust, zweiter Teil (Reclam). Das Bildchen von Ihnen und Ninon, eines von Steffgen und Annemie, die blaue Uhr, zwei Kombinationen, kein Nachthemd, zwei Sweater, ein Stück Seife, zwei Kleider hab ich an ... die Schreibmaschine, und da geht auch die Zahnbürste und ein paar Kuverts hinein, ich hab jetzt ausnahmsweise eine Mundharmonika, auf der ich jetzt schon spielen kann ›Ach, du lieber Augustin.‹«[57] Sie fährt nach Rom, Vietri, Positano. Aber sie muß eher zurückkommen als geplant. Mitte Januar erhält sie eine Karte, daß das Häuschen in Agnuzzo verkauft werden, sie also möglichst schnell ausziehen soll. »Mit den Balls kann man es ja machen«,[58] klagt sie Ninon am 18.1.29. Schreibt von ihrer Einsamkeit und daß in ihren Träumen die Fische und Fischer »Steffgenfratzen« ziehen. Ist zornig auf Dölker, dessen »spiessige Manier, die man nicht verträgt ... er paßte auf mich auf wie ein Gefängniswärter und wollte mich ›gesund‹ machen, darüber ich auf's höchste verschnupft war ... Ich kann überhaupt Debatten über diesen unsicheren Begriff ›Gesundheit‹ nicht vertragen. Wenn ich übermorgen mausetot sein soll, deswegen trinke ich doch keinen Malzkaffee. Man kann mir Unsterblichkeit zusichern unter dem Beding, dass ich das Zigarettenrauchen lassen soll, aber dann will ich sterblich sein. Ich finde es unanständig vorsichtig zu leben, ich kanns nicht.«[59] Sie fährt nach Neapel, »umarmt die Fischersfrauen« und trinkt Cognac. Hat »das Leben in vollen Zügen getrunken«, hofft ihre »Gesundheit totzukriegen.«[60] Als Carla Fassbind ihr 100 Franken schickt, kauft sie eine Fahrkarte nach Florenz, trifft im Zug »einen gewissen Papini«, mit dem sie ein paar Tage in Siena verbringt. Am 27. Februar ist sie wieder in Agnuzzo. Und am 18. März zieht sie nach Cassina d'Agno. Es ist ihr achter Umzug in dieser Gegend und wird nicht der letzte sein. Inzwischen hat der Fischer Verlag eingewilligt, *Hugo Balls Leben in Briefen und Gedichten* zu publizieren. Nach ihrem Umzug bearbeitet sie *Rebellen und Bekenner,* schreibt Hugos und ihre Gedichte ab, stellt sie zu dem Band *Der Kranz* zusammen, den sie Hugo widmet. Beide Manuskripte werden jedoch von Fischer abgelehnt. Er macht den Erfolg des Briefbandes abhängig von weiteren Publikationen über Ball. Diese Ablehnung trifft Emmy ebenso schwer wie die Tatsache, daß Annemarie das ›Bauhaus‹ im Juni wegen ihrer Affäre mit der Teppichweberin Maria Geroe verlassen hat. Wieder bei ihr im Tessin lebt. Carla Fassbind lädt die enttäuschte und erschöpfte Emmy auf die Rigi ein.

Aber schon im September zieht sie, gut erholt und kurz entschlossen, mit der Tochter nach Paris. Hardekopf, der mit seiner Freundin Sita Staub als Übersetzer in Frankreich lebt, empfiehlt ein Hotel. Gibt gute Ratschläge. Will mit Sita kommen und Emmy besuchen. Auch Arps wohnen mittlerweile in Meudon bei Paris. Und Emil Szittya, seit 1927 als Maler, Autor, Verleger und Kunstkritiker in der Seinestadt, hat Emmy wissen lassen, daß er in seiner »Ars«-Edition ihre und Hugos Gedichte mit Zeichnungen von Annemarie herausgeben will. Eine Luxusausgabe. Der Subskriptionsprospekt für *Gedichte der Liebe* ist erhalten. Doch Emmy müßte sich mit einem Eigenanteil an den Druckkosten beteiligen. »Diesem fühle ich mich nicht gewachsen. Derartiges kann ich nicht riskieren, ohne Gefahr zu laufen, das Frauengefängnis von Paris Saint Lazare kennenzulernen, und das ist nicht unbedingt nötig.«[61] Die Gedichte erscheinen erst 1939 unter dem ursprünglich geplanten Titel *Der Kranz* im Benziger Verlag, Einsiedeln.

Bis zum November 1929 hält sich Emmy in Paris auf. Trifft Hardekopf und Sita, Marietta di Monaco und Tristan Tzara, »der eine reiche Schwedin geheiratet hat, die wir in der Ausstellung Hans Arp, Rue de Seine auch trafen.«[62] Sitzt mit Sophie Taeuber im Café. Besucht Arps mehrfach in Meudon. Beschäftigt sich mit den Arbeiten der beiden Freunde. Ein Bekannter der Berner Zeit, Konsul Schlieben, der die *Freie Zeitung* initiiert hatte, lädt sie nach Neuilly ein. Emmy lebt vom Vorschuß Fischers auf das Briefbuch. Schreibt Feuilletons für deutsche Zeitungen, »aber meine sämtlichen Pariser Arbeiten sind nicht angenommen worden mit dem Bemerken, daß man Pariser Korrespondenten eigens engagiert hat.«[63] Als ihre Mittel erschöpft sind, reist sie zurück nach Cassina. Schickt Annemarie erneut nach Dessau, »wo sie aber offenbar nicht mehr in der Schule aufgenommen worden ist mit dem schriftlichen Bemerken, daß es ihrem Fortkommen nicht günstig sei, doch wolle man ihr ein gutes Zeugnis ausstellen, das ihr eine Stellung verschaffen könnte.«[64] Zum Jahresende wieder Sorgen um die Tochter, aber auch die Freude, daß *Hugo Balls Leben in Briefen und Gedichten* mit einem Vorwort von Hermann Hesse erschienen ist. Sie besucht ihn in seiner Wohnung im Züricher Schanzengraben. Sieht Ninon, die in der Nähe des Freundes lebt, auf Distanz gehalten, zur Pflege und zum Vorlesen bereit. Hesse arbeitet noch immer an *Narziß und Goldmund*. Für Freedman ist diese *Geschichte einer Freundschaft* die literarische Verarbeitung der Beziehung des Autors mit Hugo Ball. Ihre geistige Verwandtschaft hatte sich in der starken Verwurzelung im Christentum ebenso gezeigt wie in ihrem Anspruch, schreibend dem Zerfall der westlichen Kultur entgegenzuwirken. »Hesse sah in Ball ein Bild oder Gegenbild seiner selbst«,[65] einen kongenialen Begleiter. Und so verwundert es denn auch nicht, daß er Emmy intensiv am Entstehungsprozeß dieses Buches teilhaben läßt. Ihr Teile des Manuskriptes schickt, sie um ihre Meinung bittet. Sie antwortet überschwenglich. Worauf Hesse nüchtern feststellt: »Daß Sie den Goldmund schöner finden als ich, glaube ich schon … Sie kennen eben nur die Rosinen daraus, und ich kenne auch die vielen langen, langweiligen und schwunglosen Seiten.«[66] Am 15.4.1930 dankt Emmy ihm für die Zusendung des Buches. Schreibt ihm ein »Goldmund«-Gedicht.

Zum Jahreswechsel 1929/30 hat Emmy Bilanz gezogen. Es ist das dritte Jahr ihrer Witwenschaft. Viele alte Freunde hat sie seit Balls Tod wiedergesehen. In Berlin. In Paris. Arp, den sie im Brief vom 13. Januar 1930 an Ninon scherzhaft »Arp(ollo)« nennt, möchte, daß sie wieder nach Paris kommt. Aber Emmy zieht es nach Berlin. Sie trägt jetzt eine rote Lederjacke von der Bergner, dazu eine rote Mütze und einen engen, kurzen, schwarzen Rock. Hat ein Stück *Die göttliche Komödiantin* geschrieben, das Lisl aufführen soll. Sie selbst will darin »die unscheinbarste Rolle spielen.«[67] Pläne. Wunsch oder Wirklichkeit? Ich habe dieses Manuskript nicht gefunden. Anzunehmen ist, daß Emmy und die Bergner sich bei der Vorstellung von *Hugo Balls Leben in Briefen und Gedichten* im Frühjahr 1930 in Berlin gesehen haben. Eine engere Beziehung zu ihr oder auch zu Annemarie ist jedoch nicht mehr belegt. Datiert »im Juli 1931« finde ich noch einen Brief Emmys an die Schauspielerin: »Wir haben lange nichts von Ihnen gehört«, schreibt sie. Und: »… wenn wir nach Lugano gehen, um einzukaufen, gehn wir ins Café und dann finden wir Ihr schönes Bild in einer Zeitung … und dann freuen wir uns sehr.«[68] Sie schickt ihr »mein jüngstes Erinnerungsbuch an Hugo Ball«[69] und berichtet von ihrem Plan, ein Jugendbuch zu schreiben. Antwortbriefe der Bergner finden sich nicht im Nachlaß. Als diese 1933 ihren Regisseur Paul Czinner in London heiratet, schreibt Annemarie aus Rom an Lo Schetty, die ihr die Anzeige geschickt hatte: »Ich war so froh, dass Sie mir die Heiratsannonce ... schickten. Wenn ich sie zufällig im Caffee gelesen hätte, ich glaube, ich hätte bitterlich weinen müssen. Nicht weil meine ›Freundin‹ geheiratet hat. Aber ausgerechnet Paul Czinner, der ist mir so unsymphatisch, und ich kann Lisl nicht verstehn.«[70] Annemarie, bereits selbst verheiratet, hat gerade ihr erstes Kind geboren.

Elisabeth Bergner, die während des Dritten Reichs in England und den USA lebt, filmt und Theater spielt, kommt erst nach dem Krieg wieder nach Deutschland. Spielt auch in München Theater und trifft Annemarie nach einer Aufführung. Francesca Schütt-Hauswirth, die Tochter, ist dabei. Erzählt mir vom intensiven Gespräch der beiden Frauen, die sich fast ein halbes Jahrhundert nicht mehr gesehen haben. Und daß auch Emmy immer wieder durch die Erinnerungen der beiden alten Damen irrlichterte.

1930 ist für Emmy alles offen. Bei ihrer Lesereise durch Deutschland spielt sie mit dem Gedanken, zurückzukehren und in Berlin zu leben. Aber die Verdienstmöglichkeiten sind gering. Das Land ist von Krisen geschüttelt. Die Zahl der Arbeitslosen geht in die Millionen und steigt ständig weiter. Während Emmy im Frühling in Köln, Stuttgart, München, Pirmasens und Berlin liest, erläßt Reichskanzler Brüning die Notverordnungen. Aber seine Bemühungen um Preissenkung und Arbeitsbeschaffung bringen keine schnellen Erfolge. Hitler nutzt hemmungslos die Not der Masse, sammelt mit Hetzpropaganda Anhänger für seine NSDAP, die nach den Reichstagswahlen vom September 1930 statt 17 Abgeordnete bereits 107 Mandatsträger stellt. Emmy fährt zurück in die Schweiz. Und weiß, daß sie, um im Tessin leben zu können, Menschen braucht, die nicht nur willens, sondern auch in der Lage sind, sie gelegentlich finanziell zu unterstützen. Anders als in den Boheme- und Dadazeiten, als sie mit den Freunden ihre Armut teilte, sind es in den letzten zwanzig Lebensjahren Mäzene aus Hesses Kreis, die zur Hilfe bereit sind: Fritz Leuthold aus Zürich, der Direktor des großen Kaufhauses

Jelmoli, und dessen Frau Alice. Der Arzt Dr. Hans Bodmer. Joseph Englert. Carla Fassbind-Milich, die Emmy regelmäßig zu Erholungsaufenthalten auf die Rigi einlädt. Anna-Louise Schetty aus Basel. Die Ärztin Dr. Sonja Burghard. Auch diejenigen, die ihr nur ihre fürsorgliche Freundschaft und keine finanzielle Unterstützung geben können, hat sie durch Hesse kennengelernt: Dr. Josef Bernhard Lang, mit dem sie ihre Träume analysiert und sich über Astrologie austauscht, der ihr Schlaf- und Beruhigungsmittel verschafft. Die Schriftsteller Adolf Saager und Max Picard. Den jungen Maler und Zeichner Gunter Böhmer, der Anfang der dreißiger Jahre in Montagnola auftaucht und einige ihrer Bücher illustrieren wird. Maria (Mareili) Geroe-Tobler, die Teppichweberin, die nach ihrer Ehe mit dem Autor Marcel Geroe in der Casa Camuzzi mit Gunter Böhmer zusammenlebt.

Emmy ist das »enfant terrible« dieses Kreises, »ein Kind aus einem Kindermärchen ... Im Märchen ist sie eine Fee und Zauberin, im ›realen‹ Leben aber ein armer Tropf, der nicht rechnen kann und den viele für verrückt halten.«[71] Daß in diesen Beziehungen Spannungen entstehen, Empfindlichkeiten, Verletzungen, zeigt ein Brief Hesses von 1930 an Max Thomann: »Ich habe dreimal im Laufe der Jahre versucht, wohlhabende Gönner auf Balls aufmerksam zu machen, jedesmal mit dem Erfolg einer einmaligen Unterstützung, für die wir dankbar waren, aber jedesmal mit dem Ende einer gegenseitigen Enttäuschung: der reiche Mann war enttäuscht, weil er fand, daß die Balls nun doch endlich einmal ihr Leben rationalisieren und vernünftig werden könnten – und Balls waren enttäuscht, weil sie sahen, daß der Gönner sie nun doch nicht verstanden habe. Ich selber habe in manchen Jahren das Leben dieser Märchenvogelfamilie ermöglichen helfen, teils durch gelegentliche Geldgaben, teils, indem ich sie immer wieder an Freunde empfahl ... Es ist ganz unmöglich dies Leben auf eine rationale Formel zu bringen, versuchen Sie es lieber gar nicht ... Wenn Sie Emmy kennengelernt haben, wird Ihnen alles rasch klar werden. Wenn Emmy ihr Herz nicht gewinnt, so dürfen Sie sich mit ihr und ihrem Schicksal nicht weiter plagen, das hülfe nichts. Wenn Sie aber von ihr gewonnen werden, d.h. wenn Sie das Außerordentliche fühlen, das diese Frau und ihr Mann bedeuten, dann machen Sie es wie ich und geben ihr je und je ein bißchen was (nicht viel auf einmal), wenn es gerade wieder not tut.«[72]

Unzählige Briefe Emmys im Nachlaß zeugen von ihrer Dankbarkeit gegenüber den »Scheinwerferli«, wie sie die Geldgeber zärtlich nennt. In zahllosen Schreiben formuliert sie neue Bitten um weitere Unterstützung. Aber Emmy, die leidenschaftliche »Graphomanin«, hat ihre Gönnerinnen und Gönner auch an ihrem farbigen Leben im Tessin und auf Reisen teilnehmen lassen. Mit Witz und Ironie die immer schwieriger werdenden Zeitläufte kommentiert. So daß Carl Seelig, der sie in ihren letzten Lebensjahren unterstützt hat, wünschte, »daß einmal ein Freund auch ihre entzückenden Briefe veröffentlicht, in denen sie sich vertrauensvoll wie eine Blume öffnen konnte.«[73]

Das umfangreichste Konvolut ihrer Korrespondenz bilden, neben den Briefen an Annemarie und an Hugos Schwester Maria Hildebrandt in Pirmasens, Emmys Briefe an Hermann und Ninon Hesse. Als Hugo stirbt, hat Hesse deutlich gemacht, daß auch nach seiner Scheidung von Ruth nicht mehr als Freundschaft zwischen ihm und Emmy sein kann. Um sich dieser zu vergewissern, bedarf es der Nähe zu Ninon, der neuen Frau an seiner Seite. Während Emmy den Kontakt zu Ruth ganz abbricht, beginnt sie um Ninon zu werben. Auch in diesen Briefen ist der erotische Unterton unüberhörbar: »Schade, daß ich sie nicht mehr sehen kann, die dunkle Wolke Ihres Haares auf den weissen Kissen, Ihr helles Gesicht, das mein Griechenland ist, und die dunklen Morgenlandaugen, die Juwelenaugen. Ich war so betrübt, daß ich keine Malerin bin ... ich hätte etwas Reizendes gemacht in Schmetterlingsfarben, libellenhaft und leichtzitternd.«[74] Immer hat sie Photos von Ninon um sich. Wartet sie auf Post, hat sie die Illusion, ihre Stimme gehört zu haben. Bald bezeichnet sie die zehn Jahre Jüngere als »die liebste, vielleicht einzigste, wirkliche Freundin.«[75] Und für die ersten Jahre gilt dieses uneingeschränkt, wird Ninon »zart und dankbar angeliebt.«[76]

Äußerlich scheinen zwei Frauen kaum ungleicher als die Jüdin Ninon Ausländer aus Czernowitz und die Konvertitin Emma Cordsen aus Flensburg. Dunkel und ernst die eine, blond und quirlig die andere. Emmy, das lichte Sonnenkind. Ninon, Hesses »Mondgöttin«, der das Gedämpfte ihres Wesens schätzt und die Zeit, bevor sie in sein Leben trat, als »vor Deinem Mondaufgang« bezeichnet. Ninon aus großbürgerlicher, weltoffener Anwaltsfamilie, Emmy aus engem Kleinbürgertum. Die eine besucht das Gymnasium und beginnt mit 14 Jahren ihren Briefwechsel mit Hermann Hesse. Die andere putzt im selben Alter Fußböden, Fenster und Schuhe. Während Ninon mit der kunstsüchtigen Mutter Reisen nach Wien und Paris macht, Galerien, Museen, Theater und Oper kennenlernt, spart Emmy ihre schwer verdienten Groschen für Stehplätze auf dem Rang der Flensburger Bühne. Bei dem ausgeprägten Bildungsanspruch des Hauses Ausländer ist es selbstverständlich, daß die Tochter nach dem Abitur ein Studium aufnimmt. Ninon wählt zunächst Medizin, dann Kunstgeschichte und Archäologie. Als sich die beiden Frauen 1927 kennenlernen, ist Emmy 42, Ninon 32 Jahre alt. Neben den Unterschieden von Herkommen und Bildung entdecken sie jedoch bald Gemeinsamkeiten: Das Aufwachsen in einer Grenzregion, Erfahrungen in einer ersten Ehe, Reiselust und ihre Liebe zur Literatur. Beiden ist im Grenzland die deutsche Sprache Heimat, beiden hat sich die Welt über die Literatur erschlossen. Sie ist ihnen in ihren unterschiedlichen Lebenssituationen zuverlässiger Trost, Fluchtmöglichkeit aus der Realität. Beide haben dabei die Spaltung ihrer Lebenswirklichkeit in »Welt und Zaubergarten«[77] erlebt, beide versuchen, sich schreibend damit auseinanderzusetzen. Finden in ihren autobiographischen Aufzeichnungen neue Identitäten: Emmy wird zu Dagny und Helga, Ninon zu Martina, Ariadne und Gilberta. Sprache bietet ihnen Möglichkeiten zur Selbstaussage, zur Selbstvergewisserung, aber auch zum Rollen- und Versteckspiel. In ihrer Jugend haben sie sich hinter gläsernen Wänden gefühlt. Emmys »Jugendhimmel – eine Glocke aus Glas«. Ninon schreibt 1917: »Glaskugel, du – sei meine Welt.« Und entschließt sich im Gegensatz zu Emmy, nicht zu fliehen, sondern zu bleiben: »Glaskugel du ... schließ mich in dir ein! ... Sei Spiegel, du! Ich fürchte diese Welt.«[78] Während Emmy aufbricht, zieht sich Ninon zurück, nimmt eine Isolation in Kauf, die auch ihr die Luft knapp werden läßt. »Frischluft« bringt die Ehe mit Benedikt Fred Dolbin, einem rastlos Kreativen, der dichtet, bei Schönberg Kompositionsstudien treibt, der Ninon zu den Literatenfreunden in die Kaffeehäuser, in Theater und Ausstellungen mitnimmt. Damals ist sie 23. Der erfahrene Dolbin nimmt ihr die prüde Scheu vor der sexuellen Begegnung, öffnet ihr die Ohren für neue Töne in Dichtung und Musik, die Augen für neue Farben, Formen und Motive in der Malerei. Bald wird er seinen Ingenieursberuf an den Nagel hängen und als freier Zeichner und Karikaturist in Berlin Karriere machen. Noch Jahrzehnte später, Ninon ist längst die Frau Hermann Hesses und Dolbin lebt als Emigrant in New York, sind seine Briefe »eine Zufuhr von Frischluft«, derer sie in der Tessiner Zurückgezogenheit mit dem schwierigen Dichter so dringend bedarf.

Frischluft mögen auch die Mitteilungen Emmys hereingeweht haben, die mal in schneller Folge, dann wieder in unregelmäßigen Abständen bei der neuen Freundin eintreffen. Karten und Briefe, die Verständnis und Zuneigung zeigen. Denn beide Frauen sind zu Beginn ihrer Freundschaft im Herbst 1927 in Ausnahmesituationen: Emmy nach dem Tod Hugo Balls. Und Ninon in ihrem Verhältnis zu Hesse. Sie leidet unter dessen Stimmungen und Verstimmungen, unter seiner Verweigerung jeglicher Gemeinsamkeit. Lebt in einem feucht-kühlen Seitenflügel der ausgedehnten Casa Camuzzi in Montagnola, weit genug entfernt von Hesses Räumen, um ihn nicht zu stören. Wird herangerufen, wenn er sie braucht. Findet zu Montagnola und dessen Bewohnern ebenso wenig einen Zugang wie zur Tessiner Landschaft. Einsam auch in Zürich, Hesses Winterquartier, wo sie sich in Nachbarschaft zu seiner Wohnung ein möbliertes Zimmer sucht. Als Geliebte ist sie in den Kreisen der wohlhabenden Freunde und Gönner vielleicht geduldet, jedoch nicht wirklich anerkannt. Und Hesse tut das Seine, um diese Situation zu verdeutlichen: »Momentan ist eine Frau aus Wien da, die plötzlich hergereist kam, weil sie mich gern hat, aber, obwohl sie mir gefällt und ganz lieb ist, kann ich nichts mit ihr anfangen und stehe der dramatischen Lage ohne allen Humor gegenüber«,[79] schreibt er an Ernst Morgenthaler. Erträgt sie das einsame Warten nicht, läuft Ninon bergab zu Emmy. Schreibt Hesse in einem der »Hausbriefe«, die sie an verabredeter Stelle deponieren: »Es tut mir leid, dass ich nicht bei Dir sein darf ... Ich gehe wahrscheinlich nach Agnuzzo, die Emmy besuchen, wahrscheinlich wird sie nicht da sein, – – mir glückt nichts mehr.«[80]

Ninon flieht. Reist nach Wien, nach Paris, nimmt die Arbeit an ihrer Dissertation wieder auf, trifft sich in Genf mit Dolbin, der um sie wirbt, sie überredet, zu ihm nach Berlin zu kommen. Für Ninon, wie auch für Emmy, bietet das Reisen in schwierigen Lebensphasen die Möglichkeit der Selbstbegegnung im Fremden, der Selbstprüfung und Klärung. Durch Abstand wird der Blick auf Zurückgelassenes geschärft. Neue Eindrücke schaffen einen Vergleich mit dem Gewesenen. Beide kehren immer wieder ins Tessin zurück. Am Ende ihres Lebens wird Ninon Hesse sich in der Situation finden, in der sie Emmy Ball-Hennings 1927 kennenlernt: Witwe, Nachlaßverwalterin und Herausgeberin des Werkes ihres Mannes.

Soviel Verbindendes zwischen ihnen. Soviel Trennendes auch mit den Jahren. Eine wechselvolle Beziehung. Ausländerinnen beide. Auch Emmy fühlt sich zunehmend fremd im Tessin. Obwohl sie, im Gegensatz zu Ninon, die Landschaft liebt, hat sie immer Sehnsucht nach dem Norden. »Ich bin wie das Laub meiner Heimat«,[81] schreibt sie der Freundin. Manchmal gelingt es ihnen, sich Heimat zu geben. In ihrer Zuneigung. Ihrem Verständnis. Zunächst stützt Emmy die Freundin in ihrem konfliktreichen Leben mit Hesse, der erst nach Jahren sagen kann: »Ninon, liebes Herz, geh mir nicht verloren! Es ist mir nicht oft geglückt, jemanden zu finden, der mich einigermaßen versteht (mir also verzeiht), einer war Hugo Ball, wenigstens ein Stück weit. Und jetzt habe ich bloß Dich.«[82] Unbewußt haben wohl beide, Hesse wie auch Emmy, erwartet, daß Ninon die Lücke füllt, die Hugos Tod gerissen hat. Während sich seine Erwartungen in der Ehe mit Ninon, die im November 1931 geschlossen wird, erfüllen, sind diejenigen Emmys zur Ent-Täuschung verurteilt.

Das beginnt, als Hans Bodmer ein Grundstück in Montagnola erwirbt und nach Hesses Plänen darauf ein Haus errichten läßt, das er dem Freund zur kostenlosen, lebenslangen Nutzung überläßt. Für Ninon bedeutet das ein Ende ihres unruhigen Lebens zwischen Casa Camuzzi und Untermietzimmern. Endlich kann sie die Möbel ihrer Wiener Wohnung, die auf Speichern untergebracht sind, nach Montagnola kommen lassen. Während Ninon mit dem Einzug in die Casa rossa 1931 ein Zuhause findet, bleibt Emmy eine Umherziehende bis zum Tod. Immer wieder Mietschulden, immer wieder Umzüge in billigere Quartiere. Untervermietungen. Einquartierungen von Soldaten, als der Zweite Weltkrieg ausbricht. Alles etwa eine Stunde Fußweg von Montagnola entfernt. Immer in der Ebene von Agno am Fuß von Hesses »Goldhügel«. In Agnuzzo, Cassina, wieder Agnuzzo, Magliaso. Umzüge mit Gespann oder Camion. Ihre Bücher zieht die fast 60jährige 1943 auf dem Handwägelchen über Kilometer von Haus zu Haus.

Ninon hingegen hat nicht nur in der Casa rossa ein Heim gefunden, sondern wird dort zur Hausherrin im wahrsten Sinne des Wortes. Jetzt wird ihre Prägung durch das großbürgerliche Czernowitzer Elternhaus sichtbar: Hausmädchen, Köchin, Hilfen für den großen Garten. »Das Haus ordentlich zu führen, kostet ziemlich viel, und Ninon ist darin eifrig und ehrgeizig, für Zigeunerwirtschaft hat sie gar keinen Sinn«,[83] klagt Hesse am 15. August 1932, ein Dreivierteljahr nach der Hochzeit, Fritz Leuthold. Ihn stören Ninons Zwang zur Korrektheit, ihre ständigen Querelen mit dem Personal. Klagen über eine »wahre Dienstbotenhölle« scheinen Ninons Briefe an Emmy, die mir nicht vorlagen, zu durchziehen. Emmy reagiert ungehalten. Schreibt: »Ich bin mir mein Lebtag meine eigene Magd gewesen.«[84] Immer den kleinen Leuten zugetan, lebt sie in größter Einfachheit. Aber auch zigeunerhaft unkonventionell. Neidet Ninon weder das Haus noch die Ehe mit Hesse. Ihrer hausfraulichen Tüchtigkeit und Pedanterie steht sie jedoch verständnislos gegenüber. »Es ist rein äußerlich zwischen meinem Agnuzzodasein und Montagnola ein so krasser Kontrast, daß ich ihn nicht mehr zu überbrücken vermag. Doch von diesem Leiden soll man nicht ausführlich sprechen,«[85] schreibt sie an Gunter Böhmer. Daß nicht nur Emmy die Situation in der Casa rossa zunehmend negativ erlebt hat, zeigen die Briefe Maria Geroe-Toblers an Emmy. Der »hohe Olymp« nennt sie das Hesse-Haus und Ninon eine »Hexe«, die die Menschen im Dorf verfluchen. Und die selbstsüchtig in kargen Zeiten Vorräte an Butter, Schokolade und Puddingpulver hortet. Wütend schlägt sie Emmy vor, bei Hesses einzubrechen. »Ninon sieht spießig und kleinbürgerlich aus«,[86] teilt sie mit und habe im »lehrerinnenhaften

Schulton«[87] mit ihr gesprochen. Mareili jedoch fühlt sich unabhängiger von Ninon als Emmy. Sie lebt nach der Trennung von Gunter Böhmer mit dem ebenfalls zum Hesse-Kreis gehörenden Maler Hans Purrmann zusammen. Schreibt nach einem Klagebrief Emmys: »Dass Du geweint hast wegen Montagnola, schneidet mir ins Herz. Aber ich verstehe Dich gut.«[88] Emmy leidet, daß Ninon, um Hesse vor Ablenkungen zu schützen, restriktive Besuchsbeschränkungen erläßt. Mehr als einmal wird es zwischen den Freundinnen zu Verstimmungen kommen, wenn sie ihren Mann bei Emmys spontanen Stippvisiten in der Casa rossa abschirmt oder sie, die zeitweise täglich schreibt, auf die Briefflut aufmerksam macht, die ständig auf des Dichters Schreibtisch gespült wird. Dann klagt Emmy dem Freund: »Mein Verhältnis zu Ihnen ist zur Zeit beinah wie zur heiligen Jungfrau, an die ich mich auch wende und ich höre nicht direkt von ihr, aber immerhin man ist zufrieden. Diesmal aber bitte schreiben Sie.«[89]

Emmy ist jedoch selbst dem »überirdischen Abenteuer des Büchermachens«[90] zu sehr verfallen, als daß sie nicht Verständnis für Hesses Empfindlichkeiten hätte. Kommen störende Besucher, so möchte sie sich oft »vor Verzweiflung vorher aufhängen oder an die Tür ein Plakat ›bin soeben verrückt geworden Besuche dankend verbeten‹«.[91] Wenig später wird Hesse ein Schild an sein Gartentor nageln, das zudringlichen Besuchern den Eintritt verwehrt. Daß Freundschaft Taktgefühl bedeutet und »einander lassen können«,[92] ist Emmy trotz ihrer Spontaneität immer bewußt. Sie kann sich zurücknehmen, ist häufiger und gern gesehener Gast bei Hesses. Zu Weihnachten und Silvester. Zu Geburtstagen. So schreibt Ninon am 2. Juli 1931 in einem »Hausbrief«: »Hermanns vierundfünfzigster Geburtstag möge ein schöner, glücklicher Tag werden! Ninon, aus Hiobs Geschlecht stammend, dem Jeremias und anderen Weinenden und Klagenden verwandt, eignet sich bekanntlich gar nicht gut dazu, Feste zu feiern. Darum hat sie Emmy und Annemarie, Marcel und Mareili gebeten, ihr dabei zu helfen.«[93] Hesse liebt Emmys Situationskomik, bewundert ihre poesievollen Einfälle, kann ausgelassen mit ihr lachen. Ärgert sich dennoch unablässig über ihre Unfähigkeit im Umgang mit Geld, ohne seine Unterstützung jedoch einzustellen. Emmys Zuneigung zu Hesse bleibt ebenso ungebrochen. Auch wenn sie manchmal verärgerte Briefe schreibt, die das von Annemarie Schütt-Hennings in der veröffentlichten Korrespondenz gezeichnete Bild um die Komponente der zornigen und aggressiven Emmy ergänzen. So in einem »Im Wartesaal« ohne Datum hingeworfenen sechsseitigen Bleistiftschreiben: »... ich bin sehr traurig, um nicht zu sagen, wie sehr ich hasse. Am liebsten würde ich Sie umbringen, wenn Sie nur wollten, aber Sie wollen gar nicht. Sie haben mich sicher belogen, als Sie mir sagten, dass Sie gerne umgebracht werden wollten. ich würde Sie sofort erstechen und zwar tadellos würde ich das machen. Das ist eine Kleinigkeit für mich ... Sie lesen ja doch nicht, was ich schreibe ... es muss mir ja sehr an Ihnen gelegen sein, es fällt mir auf, aber Sie sind es nicht. ich bin es nicht. Es ist ja auch alles so gleich. Wir haben uns alle mächtig geirrt. Dahinter bin ich schon gekommen. Weil die Dummheit doch nicht meine Stärke ist. Entziffern Sie nicht weiter.« Auf der letzten Seite, kaum noch leserlich: »Ach, was soll mir das Bekennen / Ein Vergessen hüll mich ein / Trunken in mir selber brennen / Will ich Rauch und Flamme sein. / Bald bin ich Katakombe und meine Stille liebt Sie sehr / Ihre Emmy.«[94]

Trotz dieser Krisen ist Emmys Bewunderung für Hesses Werk, das sie kenntnisreich und einfühlsam rezensiert, ungebrochen. Und auch er hat Gunter Böhmer gestanden: »›Unsere Emmy gehört zu den 3 oder 4 besten Hesse-Lesern‹ und meinte damit ihre Eindringungskraft, ihre Hingabefähigkeit, ihre instinktiv sichere Urteilsgabe.«[95] Daß auch sie dem »Großverbraucher an menschlicher Kraft«, wie Ninon ihren Mann nennt, nicht immer gewachsen war, bezeugt ihre Aussage, daß sie sich nach einem Zusammensein mit ihm stets durch eine Stunde der Stille und Unansprechbarkeit erholen mußte.[96]

Da Emmy durch ihr eigenes Zusammenleben mit kreativen Männern um die Probleme und Krisen einer solchen Gemeinschaft weiß, kann sie Ninon verständnisvoll unterstützen. So auch in ihren Reisewünschen nach Italien und Griechenland. Sie nimmt Anteil an ihren archäologischen Forschungen und deren Aufarbeitung, ermutigt sie zu eigenen literarischen Versuchen, versichert sie, trotz gelegentlicher Zerwürfnisse, immer wieder ihrer Zuneigung. Aber auch die spröde Ninon bekennt: »Ich sehne mich so nach Ihnen«,[97]

»... mich interessiert alles, was Sie angeht, alles, was Sie sagen oder schreiben.«[98] Schreibt an Hesse: »Oh, diese Emmy! Ist sie nicht auch ein blauer Paradiesvogel ...«.[99] Und während der Lektüre von *Hugo Balls Leben in Briefen und Gedichten*: »Ich habe ... geweint, es ist so entsetzlich zu lesen, von einem Franken, der noch übrig ist ... – es packte mich ein solcher Schmerz um diese wunderbaren Menschen – und die Emmy – nein, was ist das für ein Fabelwesen! ... Mit welchem Entzücken gehe ich ihre Zauberpfade! Gestern hat sie mir wieder ganz lieb geschrieben – aber so traurig und enttäuscht. Sie schrieb, wenn sie Dich nicht hätte, wäre sie längst verzweifelt, aber dass Du auf der Welt bist, ist so tröstlich ...«.[100] Trotz der immer wieder beschworenen Nähe bleibt es jedoch – wie mit Hesse – zwischen ihnen beim Sie. »Liebe Frau Ninon«. Unzählige Mitteilungen beginnen so, und dann erzählt Emmy vom Leben im Dorf, den Nachbarn, von ihren Reise- und literarischen Plänen. Einige der farbigen Dorfgeschichten, die sie als Hesses »Berichterstatter aus Cassina«[101] schreibt, werden später in *Geliebtes Tessin*[102] nachzulesen sein: Festliche Höhepunkte und landschaftliche Schönheit einer südlich-heiteren Welt.

An Ninon schreibt Emmy unverstellter als an Hesse. Auch über ihre Beziehungen zu Männern nach Balls Tod. »Ich hab neben Picard und Longus noch ein paar Männer mehr an der Hand, von denen erzähle ich Ihnen, wenn ich mal hinaufkomme. Wenn ich nämlich von denen anfange, rege ich mich nur auf und das kann ich jetzt nicht brauchen.«[103] Oft sind es Männer aus dem gemeinsamen Bekanntenkreis: Max Picard, der Philosoph und Schriftsteller, mit dem sie eine lange Freundschaft verbindet, die mit dessen »fürchterlichen Zornesorgien«[104] endet, als Emmy sein Buch *Hitler in uns* rezensiert und mit Kritik nicht zurückhält. Dr. Josef Bernhard Lang, zärtlich Longus genannt, wie in Hesses *Morgenlandfahrt*, den Emmy, nach wechselvoller gegenseitiger Zuneigung, als einzige des Freundeskreises bei seinem qualvollen Sterben begleitet. Und Han Coray, der alte Galeristenfreund aus Zürich, der in Agno eine Fremdenpension und das Strandbad betreibt, »von dem ich mich so schwer löse, weil er sich mit aller Macht nicht von mir lösen will.«[105] Schreibt sie über die Liebe, so kann sie, wenn es ihr gut geht, alles leicht nehmen:

»Knapp wie der Frühling. Geld gefunden, Herz verloren, Engländer eingetroffen. Eine höchst katholische Situation.«[106] Dann wieder verschließt sie sich auch vor Ninon: »Die Geschichte, die dahintersteht, ist nicht schön, ich mags aber nicht näher mitteilen.«[107] Manchmal scheint es, als ließen Gefühle sie unberührt: »Ich bin, was Liebe anbelangt nicht kompliziert. Wer mich nicht liebte, da dacht' ich und sagt' ich: ›ist Dein Schade vielleicht, adieu‹. Und ging ein Haus weiter, wenn ich konnte.«[108] Eine feste Bindung geht sie nicht wieder ein. Allem haftet Vorübergehendes an. Immer wieder kehren ihre Gedanken und Gefühle zu Hugo zurück. So auch bei ihrer letzten Liebe, einem jungen Soldaten. Emmy, die erfahrene Frau, wird in ihrem Tagebuch zum verwirrten jungen Mädchen. Ist zutiefst betroffen und ratlos. »Ich habe damit begonnen, den lieben Gott dreimal täglich anzuflehen, er möge eine gewisse Einquartierung, die ich im Herzen habe und die mich maßlos quält ... wegnehmen oder so fügen, daß mir solche Anwesenheit erträglich ist«,[109] schreibt sie an Ninon. Versucht »mit einer gewissen Objektivität, die Gründe meiner starken Verliebtheit zu enthüllen«,[110] mutmaßt: »... vielleicht liegt darin der Reiz für mich, daß ein junger entzückender Mensch mich liebte.«[111] Tagebuchseiten voller Selbstvorwürfe der fast Sechzigjährigen. Als der junge Mann das Tessin verläßt, verläßt er auch Emmy: »Er will, daß ich ihn vergesse.«[112] Aber sie kann es nicht. Setzt sich schreibend mit der Situation auseinander. In zwei Fragmenten, die ich im Nachlaß finde: *Der Liebesschlafsaal oder Malheureuse* und *Der Abschied*, mit dem Untertitel *Im Liebesschlafsaal*. Da hat die Protagonistin Liane eine Doppelgängerin und der Geliebte »Doris«[113] einen Doppelgänger. Während Liane mit ihm schläft, nimmt sein Gesicht, »wild, zärtlich, heimlich mich begehrend doch kühl«, plötzlich die Züge des sterbenden Hugo an, wie sie ihn 1927 in San Abbondio in den Armen gehalten hat. »Ich bin der Erste und der Letzte«, sagt dieses sich immer wieder wandelnde Männergesicht. Und: »Du mußt nach Malheureuse.«[114] Beide Fragmente thematisieren die »Vielfachheiten« der Protagonistin Liane, die zur Ich-Erzählerin wird, zur »Frau im Flitterkleid«, die mit Billigung des Ichs Zärtlichkeiten tauscht: mit Doris/Hugo, mit einem Archivar »im Pyramidenkleid«, mit anderen Liebhabern.

»Robert« taucht auf, und »wir weinen uns durch Haft und Äthersaal einander zu.«[115] Beim Lesen der wenigen Seiten entsteht ein eigenartiger Sog. Emmy zieht sich selbst und mich als Leserin in das phantastische Erinnern ihrer Vergangenheit, ihrer Männer. Thematisiert die Métro von Paris, in der sie auf den Weg nach »Malheureuse« geschickt wird. Und beschreibt einen kleinen Vogel, der das Geschehen beobachtet. So wie Hesse, von Ninon zärtlich »Vogel« genannt, Emmys Leben und Treiben miterlebt hat. Und dem sie am 21. Februar 1930 schreibt: »Manchmal träumt mir von Ihnen, wie von einem weißen Vogel, der niemals stirbt, dem ich aber doch eine ziemliche Weile zuhöre ...«.[116] Gedichtzeilen sind eingestreut. Versuche. Abgebrochen. So als spüre die Schreiberin, daß ihr die Kraft der Gestaltung fehlt. Im August 1948, kurz vor ihrem Tod, taucht der junge Geliebte offenbar noch einmal auf: »Ein früherer Militär kam mich besuchen, hier in der Klinik, er war erst in Magliaso gewesen, dann kam der Mann hierher. Ich erkannte ihn nicht, aber ich sagte – wunderbar glaubhaft – das Gegenteil ich erinnere mich an alles.«[117] Es ist ihr letzter Brief an Ninon, die sie an allem hat teilhaben lassen, was sie seit Balls Tod bewegt, umgetrieben, gefreut hatte oder sie verzweifeln ließ: Agnuzzo, 19. September 1928: »Gerade meine seltsame Minderwertigkeit erklärt Hugos Größe ... mir ist oft, als habe Hugo an sich selbst geschrieben, wenn er an mich schrieb.« 27. Februar 1929: »Ich reise gern, als mache ich einen Gang vor die Tür ... ich möcht mir ein Fahrrad kaufen ... ein Motorrad erscheint mir zu frech und gewagt.« 25. Dezember 1929: »Alle meine Lügen hab ich noch immer wahr gemacht ... Es kommt mir immer vor, als wäre ich für alles, was ich an Kompliziertheiten bei andern ahne – was doch auf einem Irrtum beruhen kann – verantwortlich. Das kann mich um den Rest Verstand bringen.« 19. Januar 1930: »In Agno sind jetzt drei Bußprediger aus Bergamo ... ein Komiker ist auch dabei, in den bin ich ganz verrückt. Von dem möcht ich mir mal die Leichenpredigt halten lassen, weil da alles zu lachen anfängt. Ganz großartig. Ein Schauspieler ersten Ranges ... So möcht ich auch predigen als Mönch, erzählen, was der Himmel für ein Vergnügen ist.« 27. Januar: »Einer will beim Papst beantragen, daß ein Gedicht von Steffgen ›gebetet‹ wird. Na, denn man jü. Ich hab zurückgemeint, ob er nicht vorher erst auf eigne Rechnung beten will, dann können wir ja sehen wie's geht. Was brauchen wir den Papst zum Beten, wenn wir gesund sind.« 29. März: »Wenn man doch endlich aufhören wollte meine Pläne ernst zu nehmen, ich bin wie Zindelwald, der nur im Traum heiratete und liebte.« Vietri sul Mare, 6./7. Mai 1931: »Nahe war ich daran, mich zu zeigen in meiner wahren Gestalt, die ich selbst kaum kenne ... Ein kleines Wesen, eine Frau vom Meer ... ich glaube ich bin gar kein Mensch ... ich leide ja ziemlich an meiner Verwandlung. ich fühle mich wohl, wenn ich sein darf, was ich bin. Nicht Fisch, noch Fleisch ... ich liebe Orte, wo nicht Worte sind.« Positano, 10.3.1932: »... ich bin umgezogen, weil ich das Meer nicht länger ertrag. Es entzückt und entsetzt mich zu sehr.« Cassina, 13. Februar 1935: »Kein Baum murrt oder rebelliert, wenn seine Zeit gekommen ist, und warum sollte mein Leben so gar viel anders sein als das eines Baumes?« 5. August 1936: »Heut früh brüllte ich vor Nervosität wie ein Ochse, so daß ich vor meiner eigenen Stimme auf's Heftigste erschrak.« Agnuzzo, 8. Oktober 1941: »Jetzt muß ich bald mal Ordnung machen bei Steffgen. Er hat ja eine so lebhafte Bestrebung seinen Namen zu verschweigen, nämlich Efeu über seine kleinen Daten und Zeichen wachsen zu lassen, daß keiner ihn findet. Solche Zurückgezogenheit finde ich nun auch etwas übertrieben, und da muß ich ihn wiedermal ... ein bißchen zurechtstutzen wie früher seine wilden dunklen Haare.« Magliaso, 6. Mai 1943: »... aber ich fürchte so sehr die Folgen der Enthaltsamkeit, wie überhaupt ein sogenanntes solides Leben mir einfach nicht gut bekommt. Vertrag's halt nicht.« 31. Dezember 1944: »Ich darf meine Arbeitskraft nicht verlieren, sonst bin ich ganz ruiniert. Es sind für mich geradezu Lebensfragen, die sich im Januar entscheiden werden, und ich darf die Fassung nicht verlieren, die ich zum großen Teil bereits eingebüßt habe.« 20. März 1945: »Es fällt mir selbst heute abend ganz ungewöhnlich schwer, darauf verzichten zu müssen Longus noch einmal zu sehen ... « 22.3.: »... wir hatten die Betten neben Longus' Lager geschoben und wohl über eine Stunde lagen wir so im Halbschlaf nebeneinander Hand in Hand.« Rigi-Klösterli, 29. Juni 1945: »Es sind kritische Stimmen aus dem Publikum gekommen, und darum kann ich nicht mehr sprechen ... denn es ist nun einmal so, daß sich der Deutschhaß überall aufs heftigste bemerkbar macht. ich werde das hinnehmen als eine Konsequenz, die ich nicht begreife ... wie tief ich darunter leide Deutsche zu sein.« Magliaso, 14.-16. Mai 1946: »... bin sonst nicht so zerfahren, aber wenn ich mit Picard gesprochen habe, besonders wenn Blitzversöhnungen zustande kommen, komme ich leicht durcheinander.« 10. Januar 1947: »... je schwerer ich arbeite, umso wohler fühle ich mich.« Weihnachten 1947: »Ich bin so müde, daß ich einigen Bekannten gleich ein gutes Osterfest mitwünsche, damit das erledigt ist.«[118]

Seit Hugos Tod, so will es Emmy oft scheinen, nehmen die Abschiede kein Ende. Als Hitler 1933 die Macht übernimmt, kommen die alten Freunde für kurze Zeit zu ihr, um sie dann für immer zu verlassen: Johannes R. Becher auf seinem Weg ins sowjetische, Simon Guttmann auf seinem ins amerikanische Exil. Leonhard Frank trifft Emmy im Hotel Paradiso in Lugano. Auf der Durchreise in die USA. Er berichtet von Huelsenbecks Flucht nach New York. Und daß die Bergner schon im Januar 33 nicht von ihren Dreharbeiten aus London zurückgekommen ist, obwohl die neuen Herren in Berlin ihr »arische Papiere« ausstellen wollten, um sie zu halten. Als sie ablehnt, wird ihre Dahlemer Villa wegen angeblich hoher Steuerschulden beschlagnahmt, das Inventar versteigert. Else Lasker-Schüler geht nach Jerusalem, Marcel Janco lebt noch 1957 in Tel Aviv. Von dort informiert er Annemarie über das Erscheinen einer Publikation zum Dadaismus, in dem er auch über »cette grande personalité de Hugo Ball, mon ami« geschrieben hat. Entschuldigt sich im Postscriptum: »Je regrette que dans mon introduction je n'ai pu étendre par faute d'espace pour écrire aussi sur votre maman Emmy Hennings que j'ai beaucoup estimée aussi.«[119] Die Verbindung zu den wenigen in Deutschland verbliebenen Freunden, wie Otto Flake, wird durch die sich zuspitzende politische Situation und den Krieg unterbrochen. Aber sie hört, daß Hoddis interniert und in ein Vernichtungslager transportiert worden ist. Daß Pfemfert und seine Frau nach Karlsbad geflohen sind. Später nach Mexiko-City, wo der alte Weggefährte 1954 im Elend stirbt. Dolbin, der Emmy noch während eines letzten Aufenthaltes in Berlin gezeichnet hatte, ist in New York, ebenso der Bergner-Freund Albert Ehrenstein. Die Arps flüchten vor den deutschen Truppen aus Meudon nach Zürich. Als Sophie Taeuber-Arp dort im April 1943 an einer Kohlenmonoxydvergiftung stirbt, erinnert Emmy wehmütig, »daß sie schön und süß wie eine Lotusblume war und eine sehr liebenswürdige Frau.«[120] Eine der bittersten Situationen jedoch durchlebt sie mit der Nachricht, daß Erich Mühsam nach dem Reichstagsbrand festgenommen und in ein Konzentrationslager gebracht wurde. Emmy setzt alle Hebel in Bewegung, um vom Tessin aus zu helfen. Informiert Hesse von der Möglichkeit, mit Geld und einem sogenannten Rufbrief den Gefangenen freizubekommen, »daß man seiner im Ausland bedarf, wobei der Betreffende, also der Gefangene sich verpflichten muß, nicht wieder nach Deutschland zurückzukehren.«[121] Versucht ihn zu bewegen, dem Jugendfreund, » ... der immer in mir geruht, in meinem Herzen«,[122] zu helfen: »Mühsam hat mich übrigens selbst einmal im Gefängnis besucht und war sehr bemüht um mich, aber nicht darum schreibe ich ... aber wenn einer nur einen herausbringt, könnte damit nicht schon geholfen sein? Wenn die Gefangenen für Geld und durch einen Brief ihre Freiheit wiederhaben können, da müßte es doch möglich sein meine ich die Konzentrationslager aufzukaufen.«[123] Ein naiver Vorschlag, den Emmy dem zögernden Hesse auf vielen Seiten nahezubringen sucht. Auch an Ninon appelliert sie: »Unterstützen Sie die Sache, die ich Ihnen vortrage. Als Jüdin ist es auch Ihre Sache.«[124] Als Hesse ablehnt, ist sie zutiefst verletzt, überlegt, selbst nach Deutschland zu reisen: »Es wäre gescheiter, anstatt mich hier aufzuhängen, mich dort hängen zu lassen, es dürfte eventuell vorteilhafter sein.«[125] Im April 1934 fährt sie tatsächlich nach Berlin, gelangt auch nach Oranienburg, ohne indes den Freund zu sehen oder etwas für ihn tun zu können. Am 10. Juli 1934 wird Erich Mühsam im KZ Oranienburg ermordet.

Freunde im Exil. Ernst Bloch geht mit seiner zweiten Frau Karola erst in die Schweiz, dann nach England. Vayo ist vor den Faschisten aus Spanien geflohen. Walter Benjamin nimmt sich in Port Bou das Leben. Auch Hardekopf flüchtet mit Sita vor den deutschen Truppen durch Frankreich. Als es ihnen gelingt, in die Schweiz zu kommen, sucht Emmy, die zeitweise selbst mit harter Fabrikarbeit ihr Leben fristet, den mittellosen, kranken Freunden zu helfen. »Du hast uns doch zu einer ›Bleibe‹ verholfen: wir wohnen seit heute im Cäcilienheim ... 2 Zimmer ohne Fütterung«, schreibt er aus Zürich an Emmy. »Ich soll Übersetzungen machen – en gros und en detail. Wahrscheinlich wäre es besser, wenn jemand mich selbst übersetzen wollte. Und dieser jemand müßte Herr Charon sein, der bewährte Fährmann des Styx, am Plutonischen Gestade.«[126] Als er von Emmys Tod erfährt, möchte er Annemarie »gern die Hand geben und sagen, von wie großer Trauer auch ich betroffen bin ... Ich möchte kommen – mir fehlen die Mittel, bin arm und verhetzt wie wir alle. Emmy's Leben ist eine blühende Flamme – es wird weiterleben in vielen Geistern und Herzen, auch in solchen, die es bisher nicht kannten.«[127] Hardekopf stirbt am 26. März 1954 in Armut und geistiger Verwirrung im Kantonsspital Zürich. Das Grauen der Flucht vor den Nazis war dem Kranken in seinen letzten Lebenswochen noch einmal zur entsetzlichen Realität geworden. Daß die katholische Kirche zu den Greueln der Verfolgung, zu Konzentrationslagern, Krieg und Vertreibung geschwiegen hatte, konnte Emmy weder begreifen noch verzeihen. Mit Hochachtung hingegen spricht sie in ihren Briefen an Ninon von der »Bekennenden Kirche« der Protestanten, von Bonhoeffer und Niemöller. Stellt bei Kriegsende resigniert fest: »Jetzt spielt ganz Deutschland am Radio die verführte Jungfrau, die ihrer verlorenen Unschuld nachtrauert, einer Unschuld, die es nie besessen hat und über die man schicklicherweise auch nicht sprechen sollte.«[128] Nichts, so scheint es ihr, hat sich geändert, seit sie mit Hugo nach dem ersten großen Krieg nach Deutschland zurückgekehrt war. Und sie hofft, »Dänemark nimmt uns Schleswiger wieder, wenn wir wollen, und wenn die Verhältnisse sich ›geklärt‹ haben.«[129]

Während der Jahre des Faschismus, der Restriktionen für Ausländer in der Schweiz, unter denen auch Emmy zu leiden hat, sucht sie Zuflucht in Montagnola. Jetzt kehren sich die Vorzeichen der Freundschaft zwischen Emmy und Ninon um. War Emmy in den ersten Jahren Stütze und Ratgeberin für Ninon, so kümmert diese sich jetzt um Emmy. Beide Frauen sind während des Krieges eng verbunden in ihrer Sorge um die Familie von Emmys Tochter, die zunächst noch in Rom, später in Deutschland lebt, und um das Schicksal von Ninons jüdischen Verwandten. Emmy versucht durch Beziehungen zu Emigrantenfreunden in den USA Bürgschaften für Visa zu erreichen, um Ninons Schwester Lilly Kehlmann und ihrem Mann die Ausreise aus Bulgarien zu ermöglichen. Vergeblich. Erst im Frühjahr 1948 ändert sich für beide fast gleichzeitig die bedrückende Situation: Die Kehlmanns treffen im Februar bei Hesses in Montagnola, Annemarie mit ihren Kindern im März bei Emmy in Magliaso ein.

Trotz dieser verbindenden Sorgen ist die Asymmetrie des Verhältnisses zwischen Emmy und den Hesses immer stärker geworden. Während sie sich unablässig müht, Verleger für Balls Werk, für ihre eigenen Arbeiten zu finden, steigt Hesses Ruhm unaufhaltsam. Ambivalenz auch bei der Verleihung des Goethe-Preises der Stadt Frankfurt, der Ehrendoktorwürde der Universität Bern, des Literatur-Nobelpreises 1946 an den Freund. Sie nimmt Anteil an diesen Ehrungen, die auch Ninon, der Gefährtin, gelten. Neidlos. Aber müde des Kampfes um die Anerkennung Hugo Balls und ihrer eigenen Arbeit, um die finanzielle Grundlage für die Familie ihrer Tochter und gegen Anfeindungen, die während und nach dem Krieg den Deutschen in der Schweiz gelten.

Während Ninon, jetzt dreiundfünfzigjährig, mit neuen Kräften ihre Studien zur griechischen Mythologie wieder aufnimmt, Reisen in die archäologischen Museen von London, Paris und Rom und nach Griechenland plant, sind Emmys Kräfte mit Arbeiten in Tabakfabrik und Besenbinderei verbraucht. Als sie mit dem Manuskript *Ruf und Echo* das letzte Erinnerungsbuch an ihr Leben mit Hugo Ball abgeschlossen hat, stirbt sie am 10. August 1948 in Lugano. »Ich trauere tief um sie«, schreibt Ninon einen Tag später an Annemarie. »H. sagt, sie hat es hinter sich. Er ist sehr bewegt ... ach, wer von uns könnte sie je vergessen!«[130]

Als sie ihr eigenes Grab bestimmen, wählen auch Hermann und Ninon Hesse den Friedhof San Abbondio. Am 9. August 1962 stirbt Hesse, am 26. September 1966 wird Ninon an seiner Seite beigesetzt. Am Friedhofseingang eine Hinweistafel mit den persone interessanti: Zuerst Bruno Walter, dann die scrittori Hermann Hesse und Hugo Ball, der pittore Gunter Böhmer. Neben seinem und dem Namen seiner Frau Ursula steht seine einstige Geliebte Maria Geroe-Tobler an der Urnenwand. Und neben Ninon und Hermann Hesse finde ich das Grab der Browns: Robin starb 1934 mit 17 Jahren und Hilda Brown 1963. Sie wurde 70 Jahre alt. Kein Hinweis auf die scrittrice Emmy Hennings, die »die schönsten Seiten deutscher Prosa geschrieben hat, die seit Jahrzehnten von einer Frau gekommen sind. Wäre sie Französin, so würde man sich um ihre Bücher reißen. Die Deutschen merken nichts. Wie sollten sie auch?«[131]

Das Büchermachspiel

»Das Büchermachen ist ein hübsches Spiel, und man kann sich dabei unter Umständen verbluten«, schreibt Hermann Hesse an Emmy. »Aber ich denke mir, dass Sie es doch schöner hatten, als Sie noch mit Hugo in den Tingeltangeln und Kneipen Ihre Artistenkünste ausübten. Die *Artisten* sind ja die einzigen Künstler, die unter allen Umständen etwas können und wagen müssen. Jeder Seiltänzer unterm Abendhimmel, jeder Trapezturner unterm Zirkuszelt muss viel gelernt und geübt haben, und muss jedesmal von Neuem sein Leben und seine Glieder dran wagen, während wir in der Literatur und anderen *höheren* Künsten so manchen Leuten begegnen, die niemals etwas gekonnt oder gar gewagt haben, und dennoch eine Weile dem Bürger zu imponieren und eine Rolle zu spielen vermögen.«[1]

Er ist im Niederdorf gewesen, »... in jenem Bierlokal ... wo Ihr einst ... aufgetreten seid.«[2] Noch immer gibt es dort ein Kabarett-Ensemble. »Aber es war keine Emmy auf der Bühne, und am Klavierchen unten sass kein Hugo. Wenigstens machte der Mann am Klavier nicht den Eindruck, als ob er tagsüber Gedichte schreibe und Revolutionen vorbereite.«[3] Hesse schlägt in diesem Brief 1928 einen weiten Bogen. Denkt zwölf Jahre zurück, als der »kleine Herr Lenin noch in der Spiegelgasse wohnte, bis man ihn nach Russland holte, um die Welt ein bisschen umzudrehen«,[4] als Emmy und Hugo noch Artisten waren, die aus der ›Holländischen Meierei‹ das ›Cabaret Voltaire‹ machten und vom »Büchermachspiel« nur träumen konnten. Nicht ahnend, daß Dada überleben, ihre Bücher jedoch in Vergessenheit geraten würden.

Wenn sich Hesse ein Jahr nach Balls Tod an die Freundin wendet, ist Hugo immer einbezogen. Damals spielt er sogar mit dem Gedanken, sich neben dem Freund beerdigen zu lassen. Was Emmy zu der schelmischen Bemerkung veranlaßt, sich zwischen sie zu legen, um den beiden »Langschläfern« als »Frühaufsteherin« am jüngsten Tag einen »Stubs« zu versetzen. Einen solchen will Hesse mit seinem Brief auch Emmy geben, die wieder »... in den Gegenden von Salerno und Neapel«[5] herumirrt, sich beschwert, keine Post zu bekommen, über Einsamkeit und Erfolglosigkeit klagt. »Aber wenn es mir auch besser geht«, schreibt er, »und meine Bücher leichter Verleger finden und mehr gekauft werden – mit dem Verstandenwerden geht es mir auch nicht besser als Ihnen ...«[6] Er lobt ihr gerade zusammengestelltes Buch *Hugo Balls Leben in Briefen und Gedichten*. Versichert: »Sie haben so schöne und köstliche Gedichte gemacht, und so wunderschöne Prosa geschrieben«[7] und dankt ihr für ihre Briefe. Ist überzeugt, »... man wird sie ausgraben wie Pompeji, sie werden wie Schmetterlinge aus einer Puppe fliegen, ein herausgebender Professor und ein Verleger werden durch diese Briefe, für die Sie kaum das Porto aufbrachten, berühmt und wohlhabend werden, und man wird sich rasch darüber einigen, dass seit der Bettina Brentano solche Briefe nicht mehr geschrieben worden sind.«[8]

Wir können dieses als Ermutigung und kollegiale Solidarisierung lesen. Als Zeugnis einer Freundschaft. Denn dieser Brief ist nicht eines der zahllosen Schreiben, die der Dichter in den achtundzwanzig Jahren ihrer Freundschaft an Emmy schickte, sondern Hesse hatte ihn zur Veröffentlichung bestimmt. »Ich habe, um ihr eine wohlverdiente, kleine Freude zu machen, dieser Tage einen ›Brief an Emmy Hennings‹ für eine Zeitung geschrieben«, teilt er Anny Bodmer mit, »hoffentlich drucken ihn die Schweine bald und unverstümmelt.«[9] Bereits im Januar 1924 hatte er sich in einem offenen Brief zu Emmy geäußert. Damals hatte man Hesse gebeten, einen Überblick über die Situation der deutschsprachigen Literatur zu geben und die wichtigsten Neuerscheinungen mitzuteilen. In seiner Stellungnahme, die die *NZZ* am 7.1.24 druckt, nennt er neben Heinrich Mann, Otto Flake, Kafka und Robert Walser auch zwei Frauen, »... beide ebenfalls noch wenig bekannt, die eine voll Kultur und Erzogenheit, die andere träumend wie Blumenduft: Mechthild Lichnowski und Emmy Hennings.«[10] Auch in seinem Freundeskreis hatte Hesse schon sehr früh für das Werk von Emmy und Hugo Ball geworben. Gegen Anwürfe nimmt er die Freundin in Schutz: »... es fällt Ihnen ein, daß Emmy Hennings früher ›schwüle‹ Romane geschrieben habe. Was soll ich dazu sagen? Ich liebe diese Romane sehr, das *Gefängnis* allerdings mehr als das *Brandmal*, und ich kann nicht sehen, was sie gegen

Emmy oder gegen Ball beweisen sollen.«[11] Diese Aussage von 1932 ist jedoch – ebenso wie sein Bekenntnis im offenen Brief von 1928: »Ihr *Gefängnis* namentlich ist unvergeßlich«[12] – erst nach Hesses *Steppenwolf*-Zeit möglich. Ich vermute, daß er beim Kennenlernen im Dezember 1920 Befremden gegenüber der Exzentrikerin Emmy verspürte, die ihr »schreiendes Leben« zu Markte getragen und damit Tabus verletzt hatte. Aber durch seinen eigenen Ausbruch aus der bürgerlichen Ehe- und Lebenswelt, sein Zigeunerleben in der Casa Camuzzi, seinen Hang zu Alkohol und Schlafmitteln entstehen bald Nähe und Verständnis. Und wenn der »Wolf« im *Krisis*-Winter 1925/26 in Zürich »steppt und tanzt«, wird er an die Freundin im fernen Vietri gedacht haben, ihre »Twostephosen« im *Brandmal*. Nennt er doch in der 1. Fassung der *Krisis*-Gedichte eine seiner Tanzpartnerinnen »Emmy«. Ich vermute, daß die Übermütige oft genug auf dem Heimweg von den Grotti beschwipst-trällernd mit ihren beiden ungelenken Dichtern getanzt und sie geneckt hat. Auch mag Hesse bei seinen Versen Emmys Gedicht »Nach dem Cabaret« in den Sinn gekommen sein: »Ich gehe morgens früh nach Haus. / Die Uhr schlägt fünf, es wird schon hell, / Doch brennt das Licht noch im Hotel. / Das Kabarett ist endlich aus. / In einer Ecke Kinder kauern, / Zum Markte fahren schon die Bauern, / Zur Kirche geht man still und alt. / Vom Turme läuten ernst die Glocken, / Und eine Dirne mit roten Locken / Irrt noch umher, übernächtig und kalt.«[13]

Als er ihr den Brief 1928 »durch eine Zeitung« schreibt, »... so wie ganz Verzweifelte durch die Zeitung eine Braut suchen,«[14] quält sich Emmy wieder einmal mit Selbstzweifeln. Schreibt an Ninon: »... in einigen Wochen werden Sie mir sagen müssen, wie ich heisse, denn ich bin auf dem Wege es zu vergessen.«[15] Hesse versucht zu trösten: »Schliesslich tun Leute wie Sie und ich ja zeitlebens nichts anderes als auf verzweifelten Umwegen und in vertrackten Geheimsprachen in der Welt um etwas Liebe und Verständnis zu werben, weil wir trotz aller Verzweiflung und Misserfolge irgendwo im Herzen eben doch den Glauben behalten, dass die Musik, die wir machen, einen Sinn hat und vom Himmel kommt.«[16] Lobt ihre Gedichte, ihre Romane, die gerade begonnene Herausgabe der Arbeiten Hugo Balls. Erinnert an ihre Anfänge als Artistin, die »... viel gelernt und geübt haben«[17] muß.

Auch sie selbst entsinnt sich während ihrer Schreibblockaden immer wieder der alten Fähigkeiten, erwägt eine Rückkehr zum Kabarett. Notiert am 4. August 1931 im Tagebuch, daß sie sich eine Gitarre gekauft habe und wieder auftreten will. »Dann verdiene ich genug am Abend und kann meiner geistigen Arbeit untertags nachgehen. Ich will mich an Ringelnatz, den ich ja gut kenne – ich war jahrelang mit ihm im Simplizissimus engagiert – wenden, er wird schon wissen, wie ich es anpacken soll. Hesse meint auch, es sei eine gute Idee.«[18] Aber das literarische Kabarett in Deutschland stirbt mit Hitlers Machtübernahme. Im Sommer 1933 teilt sie Annemarie mit, daß Erika Mann mit ihrer ›Pfeffermühle‹ von München nach Zürich geflohen sei. Will Kontakt aufnehmen. Briefe dazu habe ich nicht finden können. Vielleicht besucht Emmy am 8. oder 9. September 1934 eine Vorstellung der ›Pfeffermühle‹, die im Kursaal in Lugano gastiert, verhandelt mit Erika Mann und Therese Giehse. Zustimmung oder Ablehnung? Die Befürchtung, ihre Aufenthaltsgenehmigung in der Schweiz könnte nicht verlängert, die Reisemöglichkeiten nach Deutschland gefährdet werden, läßt Emmy gegen das politische Kabarett entscheiden. Ein Jahr später, Anfang November 1935, bietet ihr Mme. Marcelli in Zürich »... ein Duett und eine Zaubernummer ...« an: »Als wärs das Selbstverständlichste von der Welt, dass ich sofort bereit bin, wieder aufs Brettel zu springen, während ich doch mit einem Bein im Gräblein stehe und nur noch ein Verlangen trage, meine letzte kleine Meinung zu Papier zu bringen.«[19] Emmy ist im Januar 50 geworden, und auch wenn sie in den dreißiger und vierziger Jahren hin und wieder bei Carla Fassbind auf der Rigi vor den Hotelgästen singt und rezitiert, kann sie jetzt über diese letzten kleinen Versuche, noch einmal »Liebling des Volkes« zu sein, lächeln. Erinnert sich wehmütig an Flensburg, als sie sich auf die Bretter, die die Welt bedeuten, gesehnt, gespielt, gesungen, getanzt hatte. Wie ein Schwamm war sie gewesen, hatte aufgesaugt, was sie gesehen hatte. Nachgeahmt. Erlebtes umgesetzt. Im Wandertheater. Im Tingeltangel und Varieté. Schließlich im literarischen Kabarett. Eine Autodidaktin, die sich nach »... dem überirdischen

Abenteuer des Büchermachens ...«[20] sehnt und immer wieder an ihre Grenzen stößt, denn »... da haperts ja grad eben mit meiner Bildung.«[21]

Als sie in die Boheme kommt, Hardekopf, Hoddis und Heym in Berlin kennenlernt, beginnt auch sie zu schreiben. Will, so ihre autobiographischen Aufzeichnungen, schon als Kind und junges Mädchen geschrieben haben. Tagebuch und lange Briefe. Auch an Fremde. Nur um des Fabulierens willen. Aber nichts ist erhalten. Die Verse jedoch, die sie für Hardekopf in Berlin und Paris schreibt, für Reinhold Junghanns in München, heben die Freunde auf. Verse von Drogen und Rausch. Liebe und Leid. Von ekstatischen Aufschwüngen und elenden Abstürzen. Nachahmung auch hier. Sie hört die Gedichte der Neopathetiker, die Lyrik der Expressionisten. Schwingt sich ein in den Ton. Blau ist das Zimmer der toten Großmutter, blau wie Lasker-Schülers Klavier und die Pferde des Franz Marc. Franz Werfel, dem Lektor des Kurt-Wolff-Verlages, gefällt dieser Ton und ihm gefällt die Verfasserin der Verse. Daß seine Begeisterung für Emmy zur Entscheidung, die elf Gedichte in die Reihe *Der jüngste Tag* aufzunehmen, beigetragen haben wird, finde ich in einem Brief Emmys an Gunter Böhmer vom Mai 1943: »Vor Jahren einmal verliebten Franz Werfel und ich uns so sehr ineinander, ähnlich wie zwei verschiedene Blumen, die doch nahe beieinander stehen und blühen können, sich gut vertragen ... Werfel schrieb mir einmal, er werde immer gerührt und dankbar sein, mich auf der Welt zu wissen. Ein Sätzlein wars und dann erklärte er mir beim Wiedersehen, dies sei der längste und ausführlichste Brief, den er vielleicht je geschrieben habe.«[22] So sind nicht nur die intellektuellen Erwägungen des Lektors bei der Entscheidung beteiligt gewesen, sondern auch seine Gefühle für die Verfasserin der Verse. Bei Franz Pfemfert ist es so gewesen. Und an Bachmairs Publikationen war ihr damaliger Freund Becher wesentlich beteiligt. Fehlt diese Gefühlskomponente, finde ich bei Lektoren, Verlegern und Rezensenten einen sehr viel kritischeren Blick auf Emmys Arbeiten. Ob auch *Die letzte Freude* bereits auf Ablehnung gestoßen ist, habe ich nicht ermitteln können. Außer der Rezension von Felix Stössinger in der *Vossischen Zeitung*[23] habe ich keine weiteren gefunden, und auch er bespricht Emmys schmalen Einzelband nicht separat, sondern stellt die Reihe *Der jüngste Tag* und ihren Herausgeber Werfel vor.

Nach dieser ersten Publikation 1913 werden neun Jahre vergehen, bis ein zweiter Lyrikband Emmys erscheint, *Helle Nacht*, und weitere siebzehn bis zum dritten, *Der Kranz*, den Benziger nach dem Erfolg von *Blume und Flamme* 1939 veröffentlicht. In Zeitschriften liegen jedoch zahlreiche Einzelpublikationen vor: Von 1912-15 in Pfemferts *Aktion* (Berlin), 1912/13 in *Pan* (Berlin), 1913/14 in Bachmairs *Die neue Kunst* und *Revolution* (München). 1915/16 erscheinen in Zürich Gedichte in *Die Ähre* und *Der Revoluzzer* und in *Cabaret Voltaire*. In den zwanziger Jahren bringen u. a. die *Allgemeine Rundschau* (München), *Die Neue Rundschau* (Berlin), *Orplid* (Wien), *Die Literarische Welt* (Berlin) sowie *Der Gral* (Münster) Verse von Emmy Hennings. Danach sind es vorwiegend Schweizer Zeitungen, wie die *National-Zeitung* in Basel, die ihre Texte drucken. In Deutschland und der Schweiz, England, Frankreich und Italien ist sie später in Anthologien zum Expressionismus und zu Dada mit Gedichten und deren Übersetzungen vertreten.

Mit dem Ende der Kabarett-Zeit tritt bei Emmy das Interesse an Lyrik deutlich hinter dem an größeren Prosaformen zurück. Als in kurzem Abstand *Gefängnis* (1919) und *Das Brandmal* (1920) erscheinen, wird Emmy Hennings in der literarisch interessierten Öffentlichkeit mehr und mehr als Romanautorin wahrgenommen. Bevor sie mit diesen Arbeiten begann, hatte sie bereits die kleine Prosaform erprobt, kurze Geschichten geschrieben, in denen sie ihre Erlebnisse literarisch umsetzt und die Bachmair, Pfemfert sowie *Die Schaubühne* (Berlin) veröffentlichen. In »Die Kellnerin« (1913/14) thematisiert sie unter dem Pseudonym Dagny die Zeit mit Johannes R. Becher (Hans) in München, in »Der Zauberkünstler« (1915/16) eine Budapester Episode. Sie erzählt vom Weihnachtsfest der Inhaftierten in »Aus dem Gefängnis« (1916) und den Darbietungen des Züricher Marcelli-Ensembles in »Kleines Varieté« (1915). Als sie über das Lampenfieber einer Diseuse »Vor der Premiere« (1913) und über ihre Verlorenheit in der lauten Großstadt schreibt, setzt sie unter die Titelzeile: »Die Verfasserin tritt zur Zeit im berliner Lindencabaret auf«. Immer ist es Emmy selbst, auch wenn sie ein literarisches Pseudonym wählt, die durch ihre Texte geistert, die erzählend assoziiert, aber nie analysiert. »Diese seltsame Erscheinung ist kein literarisches Problem, sondern ein menschliches, eine Romanfigur, keine Romanschreiberin«, bemerkt dazu ihr schärfster Kritiker Franz Herweg nach dem Erscheinen von *Helle Nacht* und *Das ewige Lied*. »Ihre dichterischen Fähigkeiten können persönliche Erlebnisse des Menschen Hennings nicht objektivieren, sie hängen vielmehr mit ihnen unlöslich zusammen, sind Folge dieser Erlebnisse und stellen letzten Endes nichts anderes dar als verwunderte Seufzer über ein unbegreifliches Leben, das so hart, ach, und aufregend mit dem gutherzigen Menschenwesen Emmy umspringt«. Und mit Blick auf die vorangegangenen Romane *Gefängnis* und *Das Brandmal* fährt er, die religiösen Erweckungserlebnisse der Protagonistinnen kritisierend, fort: »Zuweilen aber geschieht es, daß Gottes Hand sie im Gleiten aufhält, so wie es mit dieser Emmy Hennings geschah. Die Konversion war dabei nicht wesentlich entscheidend. Sie geschah, weil der Mensch zufällig in ein warmes und beleuchtetes Eckchen gespült wurde, wo man vor einem bunten Altar wunderhübsch träumen konnte.« Willenlos sind sie, diese Mädchen zwischen Gosse und Gefängnis, geben sich Gott hin, so wie sie sich den Männern hingegeben haben. »Das verlaufene Kind ist zuhaus, das Märchen ist zu Ende«, so Herwig ironisch. »Diese Entwicklung ... beschreibt, singt, stammelt Emmy Hennings in ihren Büchern. Es hat ... keinen Sinn, sie literarisch zu nehmen. Vielleicht kann sie noch einmal das Lied der geborgenen und befreiten Seele singen, aber Gott behüte sie davor, eine Schriftstellerin zu werden! Die Fähigkeit und Kraft, sich in andere Menschen zu verwandeln, hat sie nicht; sie könnte immer nur wieder das Erlebte auftischen, und wehe, wenn die Routine über solche letzten Endes heiligen Dinge kommt!«[24]

Wie schwer Emmy diese vernichtende Kritik getroffen hat, zeigen ihre Aufzeichnungen im römischen Tagebuch vom Herbst 1924 ebenso wie die Briefe Hugo Balls an die Redaktion der Zeitschrift *Hochland*, in der Herwegs Artikel erschienen war. Ich finde ihn neben zahlreichen anderen Rezensionen im Nachlaß. Emmy hat die Besprechungen gesammelt und in fünf Schulhefte eingeklebt. Die von Ausschnittdiensten gesammelten Artikel sind mit allen erforderlichen Angaben versehen. Emmy selbst war nachlässiger, hat herausgerissen, ausgeschnitten und die Rezensionen undatiert und ohne Herkunftsangaben den Heften beigefügt. Zu *Gefängnis* liegen zwischen 1919 und 1922 zwölf Rezensionen vor, zum *Brandmal* fünfundzwanzig, zusätzliche Sammelbesprechungen mehrerer Bücher nicht einbezogen. Neben den großen deutschen berichten auch Zeitungen in der Schweiz, Österreich und Frankreich sowie in Prag und Lodz über Emmys Bücher. In der Liste der Rezensenten bekannte Namen: Walter Mehring, Oskar Loerke, Klabund, Richard Huelsenbeck, Hesse. »Emmy Hennings ist auf der Bühne des deutschen Schrifttums die erotische Sentimentale; neben der Else Lasker-Schüler jetzt die deutsche Dichterin in Wort und Gefühl«,[25] urteilt Paul Hatvani in Prag. Und nach dem Erscheinen von *Gefängnis* schreibt er: »Dieses *De profundis* einer Frau ist das allererotischste Buch der letzten Jahre. Und hat von Erotik nicht mehr als den Duft ... Das Buch ist mehr als ein Roman; es ist ein epischer Akt. Ihn hat die harte Wirklichkeit gemalt ... Über dieses Buch der Emmy Hennings werden die Dogmatiker des Femininen nie hinwegkommen; Psychoanalytiker werden es ausbeuten, Flachköpfe verdammen und alle besseren Menschen werden es lieben. Wie man einen Duft liebt, ein edles Parfüm, einen Frühlingstag, die erregte Mitternachtsstunde zwischen Eros und Logos. Wie eine vom Alltag ganz erlöste Frau.«[26] Rezensionen wie diese mögen für Emmy Anstoß gewesen sein, ihr Gefängniserlebnis ein zweites (1922/23) und ein drittes Mal (1930) zu bearbeiten. Daß sich an den Erfolg des ersten Buches nicht anknüpfen ließ, zeigen die zahlreichen Ablehnungen beider Manuskripte, zu deren Veröffentlichung sich, trotz der Bemühungen von Freunden wie Franz Blei, kein Verleger entschließen konnte. So schickt ihr der S. Fischer Verlag am 18. 9. 1924 ihr Manuskript *Das graue Haus* mit der Begründung zurück: »Wenn wir es unternehmen wollten, in einer so abweisenden und belasteten Zeit wie der jetzigen für die Aufnahme ihrer Produktion in der Öffentlichkeit zu wirken, so täten wir es gern für Arbeiten, die ausser dem Zauber einer vegetativen Seelenhaftigkeit und dem hohen artistischen Reiz eine grössere Fülle und Mannigfaltigkeit aufwiesen.«[27] Diese Ablehnung, sowie die fast gleichzeitig erschienene Rezension von Herweg lassen Emmy für mehrere Jahre Abstand nehmen, die Gefängnisproblematik ein drittes Mal zu bearbeiten. Erst im Februar 1930 teilt sie Ninon mit: »Mein neues Gefängnis wimmelt jetzt von Dialekt.«[28] Sie will »Gefängnislieder« in den Text einarbeiten. Schreibt: »Aber das ganze Gefängnis kommt ja nur von der schreckbringenden Ansicht, dass es gut und böse gibt. Das hat für bequeme Naturen wohl auch manches Angenehme mit sich gebracht, aber mehr Unheil als Seligkeit.«[29] Daß ihr eigenes früheres »Unheil«, der Beischlafdiebstahl von 1914, sie noch fast zwei Jahrzehnte später verfolgt, zeigt ein Schreiben an Hesse vom 13. Juni 1932, in dem sie sich wieder einmal um die Verlängerung ihrer Aufenthaltsgenehmigung im Tessin sorgt: »Aus einem Brief vom 11. Juni geht hervor, daß der Herr Konsul mit dem Strafregisterauszug sich nur nach Flensburg und Görlitz gewandt und da bin ich nie bestraft worden, das ist recht angenehm. Tatsache ist, dass mich ein *Freund* einmal nur aus Aerger angezeigt hat, weil ich von ihm weg wollte ... Es lag mir damals nur nicht, bei der Verhandlung meine private Beziehung zu dem Mann auszubreiten, und ich habe mich ohne ein Wort zu äußern ... verurteilen lassen ... Es ist aber gewiss nicht umsonst, dass mir diese Affäre so nachgegangen ist, dass ich ein ganzes Buch darüber schreiben musste. ich habe irrsinnig teuer dafür bezahlen müssen, und ich wäre totunglücklich, wenn ich noch weiter dafür zahlen müsste.«[30] Emmy bekommt die Verlängerung der Aufenthaltserlaubnis. Aber die Frage nach der Schuld und ihrer Sühne läßt sie nicht los. »Ich hab früher zuviel nicht gesagt, das ist jetzt frei«,[31] schreibt sie an Ninon. Fährt 1935 nach Zürich, nimmt an Prozessen als journalistische Berichterstatterin teil. Ist mehr als einmal auf der Seite der Angeklagten, weiß aus eigenem Erleben um die hintergründigen Verbindungen von Lebensumständen und Tat. »Es sind einfach Menschen vor Gericht, die ich beschreibe, indem ich die Beweggründe der Verirrung untersuche, während das Delikt an sich nicht die Hauptsache ist«,[32] notiert Emmy während der Verhandlungen. Im Nachlaß finde ich Hefte mit Aufzeichnungen zum Mordprozeß Seiler, Pläne für ein Buch, das jedoch nie geschrieben wird. Andere Leben, andere Schicksale schreibend zu gestalten, scheint unmöglich, auch dann, wenn Emmy gelegentlich fremd-literarische Quellen verarbeitet. Der Stoff ihrer Bücher ist das eigene Leben. Ihre Inhaftierung thematisiert sie noch einmal 1939/40 in *Das flüchtige Spiel.* Auf 26 Seiten läßt sie ihr literarisches Pseudonym Helga im Kapitel »Das Gefängnis« die Strafe für das Mädchen Finny absitzen, das einem Freier die Taschenuhr gestohlen hat und nun um eine ehrbare Verlobung bangt. Und im Widerspruch zu *Blume und Flamme,* wo schon die katholische Kirche in Flensburg Emmys religiöse Sehnsucht geweckt haben soll, schreibt sie nun dem Gefängniserlebnis ihre Konversion zu: »Meine Genossinnen gehörten mit wenigen Ausnahmen dem katholischen Bekenntnisse an, und gerade diesen verirrten Kindern verdanke ich die ersten Unterweisungen in der Glaubenslehre, sogar die ersten kleinen Fürgebete, deren ich bedurfte.«[33] In *Ruf und Echo* schließlich sind es zwei Seiten, auf denen sie ihre Haft erwähnt und sie zugleich zum Beginn ihrer Beziehung zu Ball werden läßt. Aus politischen Gründen habe man sie zu Kriegsbeginn 1914 eingesperrt, irrtümlich Paßfälschung unterstellt und sie nach sechs Wochen freigelassen; »... die Geschichte wäre sogar ohne Hugo recht belanglos. Nur im Zusammenhang mit ihm erscheint mir die Geschichte erwähnenswert.«[34] Jetzt wird auch sie zu einem Teil ihrer Mythenbildung um Hugo. So wie Hesse es bereits 1928 vorausgesehen hatte: »Euer Leben, das Ihre und Hugos, wird bald zur Legende werden, man wird von Ihnen und von ihm wunderliche und tröstliche Sachen erzählen, es wird ein schöner Sagenkreis werden, und alles wird wahr und mehr als wahr sein.«[35]

Aber das beginnt erst nach Balls Tod, mit der Herausgabe seiner Werke und ihrer autobiographischen Prosa. Vorher macht sie nur sich zum Gegenstand ihres Erzählens, »... die arme Seele ... die hilflos und verkannt auf außerordentlich trüben Lebenswegen treibt, ohne selber übermäßig schmutzig zu werden.«[36] Herwigs Sarkasmus steht Hesses Rezension des *Brandmal* gegenüber: »Die Singerei und Tanzerei färbt zwar ein wenig ab ... und hie und da kommt ein leiser Hauch von Ueberstiegenheiten, von Theaterhaftem hinein. Dafür sind andere Seiten da, so schön, wie etwa nur der *Hunger* von Hamsun. Philister aller Stände leset dieses Buch und schämet Euch!«[37] Daß ein solches Buch bei den Philistern nicht nur

Scham, sondern auch Sensationslust und Neugier bewirken kann, wird Emmy gewußt haben. Ich bin sicher, daß sie das *Tagebuch einer Verlorenen*[38] gekannt hat, das sich innerhalb weniger Jahre zum Bestseller entwickelt und 1929 sogar verfilmt wird. Während Emmy ihr *Tagebuch* der Prostitution unter eigenem Namen erscheinen läßt, versteckt sich die Autorin Margarete Böhme 1907 noch hinter einer Herausgeberschaft. Die Autorin, 1869 in Husum geboren, erzählt die Geschichte der norddeutschen Apothekerstochter Thymian Gotteball, die nach einem Fehltritt schwanger und aus dem Elternhaus verstoßen wird, als Dirne in der Gosse landet, um dann, kaum dreißig Jahre alt, als Grafengeliebte in Berlin an der Schwindsucht zu sterben. Böhme, geschieden, alleinerziehend, die als freie Berichterstatterin und Schriftstellerin in Berlin lebt, bricht in diesem Roman-»Tagebuch« aus dem männlich geprägten Frauenbild aus, verläßt die konventionellen Stereotypen ihrer anderen Bücher. Bezieht Stellung. Ebenso wie Emmy Hennings zeigt sie, daß es nicht die Verderbtheit der Hure ist, die diese in die Prostitution treibt, sondern die gesellschaftlichen Übereinkünfte, was moralisch sei und was nicht. Sie brandmarkt die verlogene Doppelmoral des wilhelminischen Kaiserreichs und macht auf die in ihren Augen ungenügende literarische Umsetzung des Themas durch Männer aufmerksam, wenn sie ihre »Verlorene« Thymian Gotteball sagen läßt: »Ich hab Dumas' Kameliendame und manche andere Bücher ähnlicher Art gelesen, aber sie befriedigen mich nicht, weil ich nichts Wahres in ihnen finde. Ich könnte ein Buch über Dirnenpsychologie schreiben, denn ich kenne meine eigene Seele.« Dreizehn Jahre später legt Emmy *Das Brandmal* vor und notiert im Tagebuch: »... mir ist, als habe ich mein Brandmal nicht für alle Welt geschrieben, sondern ich glaube, ich habe es für die halbe Welt geschrieben, das sind Zöllner und Sünder. Ich wünschte, daß mir die Mädchen von der Straße die natürliche Ehre erweisen, einmal die Augen aufzuschlagen, nicht um mich anzusehen, sondern um sich in mir zu sehen. Mein Buch ist ein treues Auge. Vielleicht manchmal ein wenig gefühlüberwältigt geworden, aber es ist ein Unterschied, ob man über eine Hure schreibt oder in sich hineinschreibt. Es ist für mich ein Unterschied, ob jemand, der nicht die Straße kennt, über die Straße schreibt, oder die Straße geht und in der Straße schreibt.«[39] Wie stark sie sich 1921 in Agnuzzo noch immer mit »der Straße« identifiziert, zeigen die nächsten Tagebuchseiten, in denen die Eintragungen aus der Realität übergangslos in emotionales Assoziieren kippen: »... ich gehe immer auf die Gasse und meine Bücher sind Gassenbücher. ich lebe in einem kleinen Dorf, aber nachts fliegt meine Seele durch die ewigen und weiten Gassen. Am Morgen bin ich oft müde meiner Wanderung als wäre ich zu weit gegangen. Besonders wenn der halbe Mond am Himmel steht – weiß nicht warum – dann sehe ich Mädchen an verschwiegenen Häuserreihen auf- und abgehen. Und die Suchendste greife ich heraus, und mir ist, als hole meine Schrift sie aus dem Winkel und sie verfolgt mich in mein Zimmerchen. Das hat eine Rosengirlande an die Decke gemalt. Mein Bett ist grün gestrichen ... Und ich lächle! Über mein eigen Kreuz hinweg. Hab ich Dich nicht versetzt, mein Gassenkind? Das frage ich laut und leise in meine Kammer hinein ...«.[40] Es ist der Ton ihres Prosabandes *Das ewige Lied,* der 1923 erscheint und den Rudolf Wolff in der *Neuen Rundschau* rezensiert: »Alles stammt bei dieser Künstlerin aus dem Erleben ... Ihre Bücher und Gedichte sind Bekenntnisse; sie sind so voll von ihrem persönlichen Leben, daß jede Zeile ein lyrischer Vers ist.« Und rückblickend auf die zuvor erschienenen Romane, die auch er mit Hamsuns *Hunger* vergleicht, stellt Wolff, trotz allen Lobes, fest: »... je nüchterner der Künstler an sein Werk herangeht, um so stärker ist die Wirkung seines Schaffens. In diesem Sinne kann man Emmy Hennings nicht als Romanschriftstellerin bezeichnen.«[41] Sie hat um ihre Schwächen gewußt, ihren Mangel an Distanz, hat versucht, sich zu verteidigen, als sie Ende Dezember 1923 aus Florenz Teile des gerade entstandenen zweiten Gefängnisbuches an Hesse schickt: »Es ist nicht so, wie man von mir glaubt in den Zeitungen, dass ich nur mein eigenes Leben sehe, dass ich kein Einfühlungstalent habe, ich bin keine Egoistin, jedenfalls weiss ich, dass ich alle Anlage habe keine zu sein. Ich hab mich doch immer leicht weggegeben, es war meine Art, ich kann ja nicht dafür.« Versichert: »Dieses graue Haus hat einen anderen Ton.«[42] Die Ablehnungen des Manuskriptes zeigen, daß Lektoren und Verleger nicht dieser Meinung gewesen sind. Vielleicht auch, weil inzwischen der Zeitgeist gegen die »Gossenliteratur« gerichtet ist, die Leser andere Themen bevorzugen.

Mitte der zwanziger Jahre ist Emmy Hennings in Deutschland den Literaturinteressierten als »Abenteuerin«[43] bekannt, »deren Gedichte zeigen, daß man sie unter die ersten deutschen Dichterinnen zählen muß, die heute leben. Sie ist die reinste Inkarnation des weiblichen Vagabunden, die in der deutschen Dichtung vielleicht je da war«,[44] so Klabund nach dem Erscheinen von *Helle Nacht*. Die französische *Revue Germanique* urteilt: »La plupart de ces poèmes sont sur un plan de lyrisme qu'on pourrait dire intermédiaire entre la poésie et la musique.«[45] Und Huelsenbeck schreibt: »... sie durchwanderte viele Länder, um Gott zu suchen, und immer fand sie nur ein Herz, ihr kleines Mädchenherz, das sie im Babel der täglichen Not als reine Hostie bewahrt ... Sie glaubt an den Geist, eine der wenigen Frauen, die dem Geist verbunden sind. Alle Qualen, die Sehnsucht und das Heimweh der vom Geist umhergetriebenen Menschen findet man in der *Hellen Nacht*. Aber aus den Qualen spricht die Sicherheit des genialen Menschen, der jenseits aller bourgeoisen Habsüchte zu einer Erlösung kommt, an die ihm niemand rühren kann.«[46] Doch obwohl sie »in Deutschland nahezu *berühmt*« ist, so Hesse an Helene Welti, kann sie nicht von ihren Büchern leben. Und er fährt, für Emmy um Unterstützung bittend, fort, »wenn sie halb so bedeutend und erfolgreich in der Schuhbranche oder im Bankfach wäre wie in der Literatur, so wäre sie Millionärin, aber für geistige Werte ist heute keine Geltung da, wenigstens keine Marktgeltung.«[47] Diese möchte sie sich mit den Literaturrezensionen und Reisefeuilletons verschaffen, die sie in den kommenden Jahren für deutsche und schweizer Zeitungen und Zeitschriften schreibt. Auch zu einem Tessin-Bildband verfaßt Emmy den Begleittext. Ich finde den Vertrag darüber im Nachlaß. *Tausend und ein Bild der Schweiz* nennt der Photograph S.-A. Schnegg seinen »Prachtband« und vereinbart am 14. September 1926 mit ihr: »Dieser Text dient dazu, eine Reihe photographischer Illustrationen ... zu begleiten. Text und Illustrationen werden in einem Bande veröffentlicht, der den von beiden Parteien gebildeten Titel *Tessin, das Sonnenland der Schweiz* trägt.«[48] Als Abgabetermin ist der 15. Januar 1927 vereinbart. Das

Honorar beträgt 1000 Franken sowie 20 freie Autorenexemplare. Fast vierzig Jahre später, 1976, versammelt Peter Schifferli einige der schönsten Tessiner Geschichten unter dem Titel *Geliebtes Tessin* und gibt sie mit Zeichnungen von Liz Boehner in seinem Verlag Die Arche in Zürich heraus. »Als Dank an eine südlich heitere Welt entstanden, schildert dieses Buch nicht nur die landschaftlichen Schönheiten und festlichen Höhepunkte der Tessiner Jahreszeiten, sondern es vermag auch die Atmosphäre und damit ›ein Tessin von innen‹ spürbar zu machen«,[49] schreibt der Herausgeber. Daß Emmy, »Hesses Berichterstatter aus Cassina«, ein solches Projekt bereits zu Lebzeiten erwogen hatte, wissen wir aus ihren Briefen. Die Lage deutscher Autoren in der Schweiz verhinderte jedoch während der ausgehenden dreißiger Jahre diesen Plan.

Auch Emmys »Italienbuch« schien zunächst ein zum Scheitern verurteiltes Projekt. Bereits während der ersten Italienreise 1923/24 begonnen, hatte sie Samuel Fischer den Text *Santa Maria Novella* gemeinsam mit dem Manuskript des zweiten Gefängnisbuches angeboten. Als dieser ablehnt, läßt sie die Arbeit ruhen und setzt sie erst im Winter 1924/25 in Rom und während des folgenden Jahres in Vietri, Albori und auf Sizilien fort. Und so, als wolle sie ihrem katholischen Kritiker Herweg beweisen, daß die Konvertitin nun keine Sünderin mehr, sondern eine rechtgläubige Katholikin ist, hat sich der »Aspekt ... verändert ... Der Streit scheint ausgestritten, die Düsterkeit überwunden zu sein. Mit einer Fülle von Zartheiten umstellt die Dichterin ihr wundes Herz ...«, schreibt Hesse. »Der Auftakt des Buches, die eigentliche Reise beginnt in einem Tessiner Dörfchen und führt über Mailand, Pisa, Florenz nach Rom. Im zweiten Teil, der während des Anno Santo entstand, verflicht sich das Leben der Darstellerin mit dem Leben der heiligen Stadt. Bettler und Priester kreuzen den Weg. Kirchenfeste und wehe Gelübde werden aufgerufen. Leuchtende Mosaiken beleben sich, schweben; Heilige zeigen ihr menschliches Herz.«[50] Ich lese Hesses positive Rezension mit Erstaunen. Am Montag, dem 28. Juli 1930, so Emmys Anmerkung, ist sie im *Ludwigshafener Anzeiger* abgedruckt, vier Jahre nach Erscheinen des Buches *Der Gang zur Liebe* im Verlag Kösel & Pustet, München. Die erste Auflage liegt bei 3000 Stück. Geheftete Exemplare für 4,50 Mark, in Ganzleinen gebundene 6,50 Mark. Emmy erhält 30 Autoren-Freiexemplare. Das Honorar von 2250 Mark war bereits vorab überwiesen worden. Vorab hatte auch Hesse Emmys Manuskript gelesen und mit heftiger Ablehnung reagiert: »Liebe Emmy, ich blicke in die liebe Heiligen- und Glaubenswelt Ihres Buches hinüber wie ein verhungerter Arbeitsloser am Silvesterabend in das Schaufenster eines eleganten Blumenladens blickt. In der Tat, all diese hübschen, luxuriösen Blumen existieren, und all diese hübschen und sympathischen Götter und Heiligen werden in marmornen Kirchen von einem großen Heer von bezahlten Priestern täglich verehrt und abgestaubt – aber für den, dem der Wind um die Ohren pfeift, sind diese holden Götter doch nur hübsche Bilder, und die Welt wird nicht vom Heiland regiert, sondern vom Teufel, und das ist kein Gottesgeschenk, sondern eine unerhörte Schweinerei.«[51] Emmys Antwort erreicht ihn zu Beginn des Jahres 1927: »... ich kann nicht recht verwinden, wieviel mich mein *Gang zur Liebe* gekostet hat. ich bin da reichlich kleinlich vielleicht, aber ich weiss ja selbst am besten Bescheid, warum ich mich überwunden habe, warum ich den nachgiebigen Himmel behauptet habe. Das hätte ich mir sparen können und hätte das Büchlein im Schubfach liegen lassen sollen. Es ist ein Unterschied, ob ich den lieben Gott bekenne oder die wohlgepflegten Katholiken. Ich gehöre nicht zu diesen, aber kleinkriegen sollen sie mich nicht. ich hab im Grunde eine unbesiegbare Aversion gegen jedes System und keine Lust mich einem anderen Gesetz unterzuordnen, als dem heiligen Eigensinn, einer Eigenschaft, die nicht von mir stammt.«[52] Es ist ein Klagebrief, den sie mit »die arme Emmy« unterzeichnet. Am 19. Januar 27 beschwichtigt Hesse die Aufgebrachte: »Ihr Buch ... ist mir viel lieber als sie wissen. Daß ich meine protestantischen Steppenwolf-Einwände dagegen hatte, darf Sie nicht darüber täuschen, daß ich dies Buch, wie alles von Ihnen, lieb habe ... lassen Sie uns Freunde bleiben.«[53] Während Hesse nach dem Erscheinen des *Steppenwolf*, nach Balls Tod und seiner Arbeit an *Narziß und Goldmund* nachsichtiger wird und Emmys Lesereise durch Deutschland 1930 mit positiven Besprechungen ihrer Arbeiten unterstützt, spürt sie nach dem Erscheinen von *Der Gang zur Liebe* ein zunehmendes Unbehagen. Auch die Nachricht, daß sogar in der Aalborger *Stiftstidende* eine Rezension erschienen sei, macht Emmy, »die Dänin«, nicht glücklich. Und zustimmende Besprechungen, wie die im Literaturblatt der *Frankfurter Zeitung* vom 27.2.27, liest sie mit Mißtrauen: »Es ist wie eine Flüstersprache aus seltsam ungelenken Wendungen, kurzen, atemlosen Sätzen. Uebertaucht von südlicher Erfüllung, von Ritus und Heiligenlegende bietet diese blonde Protestantin aus Flensburg ein eigenwilliges und rührendes Bild. Löste sich im *Brandmal* Glaubensbrunst aus widerwillig ertragener Weltlichkeit, so fand hier Frömmigkeit hin zur Kirche.«[54] Sie fühlt sich getroffen. Mißverstanden. Die Erinnerung an die ambivalente Situation in Italien während der Entstehung des Buches, ihre Glaubenszweifel bedrücken sie. Als ihr der Benziger Verlag 1944 vorschlägt, das Buch, das bei Kösel & Pustet vergriffen ist, neu aufzulegen, lehnt Emmy ab. Schreibt im Tagebuch von den »kaum erträglichen Übertriebenheiten des Textes« und stellt selbstkritisch fest: »Es ist wirklich nicht viel vom Ganzen zu brauchen.«[55]

Mit Balls Tod 1927 entsteht eine deutliche Zäsur in Emmys Werk. Jetzt ist nicht mehr ihr eigenes Leben Gegenstand der Gestaltung, sondern Hugos Leben und Werk treten in den Vordergrund. Sie versammelt Briefe und Gedichte, die sie veröffentlicht sehen möchte und die, durch Hesses Vermittlung, bei S. Fischer in Berlin erscheinen. Auf ihrer Lesereise 1930 stellt sie *Hugo Ball. Sein Leben in Briefen und Gedichten* vor. Gerhard Hauptmann und Jakob Wassermann loben das Buch, und die Rezensenten nehmen es überwiegend positiv auf. Es gibt jedoch auch ablehnende Stimmen, so in der *Neuen Zürcher Zeitung*, die Emmy vorwirft, distanzlos zuviel Persönliches veröffentlicht zu haben. Sie reagiert verletzt. Und so sind Franz Bleis Lob – »Dies Buch wird alle Zeiten überdauern«[56] – und Hesses Rezension in der *Neuen Rundschau* Berlin kein wirklicher Trost. Emmy zweifelt auch am Wert ihres zweiten Buches über Ball. Schreibt im April 1930 aus Köln an Hesse: »Bald komme ich wieder in das Tessin. Es ist kalt hier und ich hab nicht einmal einen Ofen, in dem ich mein unmögliches Manuskript *Rebellen und Bekenner* verbrennen könnte. Nun aber, aufgeschoben ist nicht aufgehoben und in Cassina hab ich ja meinen häuslichen Herd.«[57]

Dennoch: *Hugo Balls Weg zu Gott* muß in diesen Jahren der Trauer immer wieder beschworen werden. Und den Kritikern ihrer selektiven Herausgabepraxis von Balls Werk, ihrer subjektiven Auswahl seiner Briefe und Gedichte hält sie entgegen: »Man könnte mir Tausende bieten, und ich würde nicht die frühesten Irrtümer von Hugo der Öffentlichkeit preisgeben.«[58] Damit hat sie Balls expressionistische Stücke und Gedichte, die Arbeiten der Dada-Zeit, die Tagebücher, den *Flametti* und *Tenderenda* auf ihren persönlichen Index gesetzt. Teilt im Januar 1931 August Hofmann, der ein frühes Stück Balls herausgeben möchte, mit: »Nach einem Byzantinischen Christentum ist ein Kasperletheater nicht leicht angängig.«[59] Noch kurz vor ihrem Tod geht ein ablehnender Brief an Hans Bolliger in Zürich, der das Manuskript von Balls *Hôtel métaphysique* einsehen möchte: »Der *Tenderenda* mag recht interessant sein als eine expressionistische Dichtung aus der Übergangsepoche von Ball, das gebe ich zu, aber Ball selbst war kein eigentlicher Dichter, seine Stärke lag in einem anderen Gebiet. Er war Denker, Kritiker seiner Zeit, Konvertit, und ich als seine Frau muß ihn als solches nehmen und bedenken, und dürfte nicht eine jugendliche Zufalls- und Übergangsarbeit, auch wenn er noch soviel Phantasie und Herzblut einmal hineingelegt hat, als etwas besonders *Typisches* für Ball bezeichnen und herausgeben.«[60] Als sie Bolliger doch noch das Gewünschte schickt, weil sie sich die Veröffentlichung einiger Stellen im Kontext mit anderen expressionistischen Texten vorstellen könnte, fordert sie: »Es darf nicht chockierend wirken zu dem, wozu Ball sich später durchgerungen hat.«[61] Emmy macht sich zur Hüterin seines Werks, sie bestimmt, was, wann und in welchem Verlag gedruckt werden darf. Kürzt, ohne anzumerken, schreibt zu Neuherausgaben der späteren Werke erklärende Vorworte. Vergleicht Hugos Leben mit dem des biblischen Saulus, aus dem ein Paulus wurde. Schreibt: »Weniger als Person habe ich ihn geliebt, als Gott in mir.«[62] Und am Bild Gottes darf nicht gerüttelt werden. Obwohl sie Hesse bekennt: »... wir haben ja auch gelitten, uns an Haar und Herz geschleift und gezerrt«,[63] soll nichts Negatives über ihre Ehe nach außen dringen. »Meine wirklichsten, traurigsten Wahrheiten muß ich doch verschweigen.«[64] So entstehen Legenden um den Toten, hochgestimmt im Ton und sorgfältig darauf bedacht, Balls Leben so zu erzählen, wie sie wünscht, daß es gewesen sein möge. Zahllose Rezensionen der Erinnerungsbücher aus deutschen, österreichischen und Schweizer Zeitungen hat Emmy eingeklebt. Oft werden sie im Zusammenhang mit ihren Lesungen besprochen. Der *Münsterische Anzeiger* rezensiert das Briefbuch am 19.9.1930 gemeinsam mit Briefen, die Anny Dauthendey nach dem Tod ihres Mannes herausgegeben hat. Und in mehr als einem Blatt, besonders scharf jedoch in der *Bayrischen Staatszeitung* vom 25.7.1931, wird Balls Emigration in die Schweiz 1915 kritisiert. Durch Leute wie ihn, so das in München erscheinende Blatt, seien die deutschen Soldaten umsonst gefallen. Im Typoskript »Die Entstehung eines Werks« hatte Emmy auf vier Seiten Rechenschaft über ihre Arbeit an *Hugo Balls Weg zu Gott* abgelegt: »Jeder Mensch ist ein göttlicher Versuch zum Höchsten, strebend nach Vollkommenheit und wir zeigen, wie sehr dieser Versuch gelungen ist. Das mag der Sinn einer Biographie sein ... das Legendäre weiterklingen, weiterwirken zu lassen.«[65] Hesse bespricht das Buch in der *Vossischen Zeitung*, läßt jedoch nach einem Lebensabriß Balls und seiner positiven Wertung des Werks im letzten Absatz leise Kritik durchklingen: »Das ergreifende Buch enthält auch einige von Emmys kleinen Drolligkeiten und Phantastereien; einige davon sollten trotz ihrer Anmut in einer späteren Auflage wegfallen, es handelt sich nur um wenige Zeilen im Ganzen.«[66]

Mit »Drolligkeiten und Phantastereien« wird sie ihre Leser in ihrem nächsten Buch, *Blume und Flamme*, die *Geschichte einer Jugend*, unterhalten. Zunächst weiß sie nach dem Erscheinen von *Hugo Balls Weg zu Gott* 1931 jedoch nur: »ich muss jetzt unbedingt mich wieder auf mich selbst besinnen und so sehr ich auch Hugo immer verbunden sein werde, bekommt es mir gleichwohl nicht, dass so viele Menschen privat mich mit ihm zusammen nennen, als hätte ich überhaupt kein Eigenleben. Dies aber habe ich und wenn es noch so klein ist.«[67] Daß sie, die sich seit dem Erscheinen des Briefbuches auch als Autorin Ball-Hennings nennt, nicht unschuldig an der Situation ist, sich geradezu in diese Abhängigkeit hineingeschrieben hat, verdrängt sie und beginnt, ihrer Witwen-Rolle überdrüssig, sich nach neuem Stoff umzuschauen. Trifft dabei auf die Romane der dänischen Erfolgsschriftstellerin Karin Michaelis. 1872 in Randers geboren, hatte sie nach dem Studium der Musik und Literatur in Kopenhagen zunächst einige Romane und Erzählungen geschrieben, die besonders von Frauen gelesen wurden. 1910 war sie mit dem Roman *Das gefährliche Alter* in die Schlagzeilen geraten, hatte mit der Thematik weiblicher Sexualität im Alter einen Skandal ausgelöst und eine jahrelange Diskussion angefacht. Eine Million Exemplare des Buches wurden verkauft. Es wurde dreimal verfilmt. Ich bin sicher, daß Emmy das Buch gekannt und zumindest einen der drei Filme gesehen hat. Zwischen 1925 und 29 hatte Michaelis vier teilweise autobiographische Romane um das Mädchen Gunhild vorgelegt. Emmy notiert im Tagebuch 1930 die Lektüre von *Das Mädchen mit den Scherben,* das mit dem Untertitel *Gunhilds Kindheit* bei Gustav Kiepenheuer in Potsdam erschienen ist, sowie den Folgeband *Die kleine Lügnerin* (*Gunhilds Mädchenjahre*). In Briefen teilt sie Freunden ihre Begeisterung für diese Bücher mit, liest auch den dritten Band *Das Geheimnis* (*Gunhilds Wanderjahre*) und beginnt mit Notizen ihrer eigenen Kindheitserinnerungen. Da wird *Die kleine Lügnerin* zu *Die kleine Denkerin*, und Flensburg und Randers, das jütländische Städtchen der Gunhild-Bücher, liegen auch geographisch nicht weit auseinander. Im Herbst 1931 möchte sie nach Norddeutschland reisen, meint Landschaft und Dialekt zur Einstimmung zu brauchen. Aber sie bleibt im Tessin. Spielt mit bunten Murmeln, um sich in Schreibstimmung zu bringen. 1934 legt sie Oskar Loerke, der bei Fischer das Lektorat betreut, anläßlich einer Berlinreise *Die kleine Denkerin* vor. Am 23. März teilt sie ihrer Basler Mäzenin Lo Schetty mit, daß Loerke das Manuskript abgelehnt habe, »… stilistisch zwar gelobt … aber doch als zu still, versonnen, zu eigenartig betrachtet.«[68] Als auch die Stuttgarter Verlagsanstalt mit dem Bemerken ablehnt, das Buch passe nicht in die Zeit, beginnt sie mit dem Umarbeiten des Manuskripts. Bietet *Das Reich der Kindheit* dem Herder-Verlag in Freiburg an. Hofft, daß sie als Mitarbeiterin der katholischen Zeitschrift *Hochland*, als Berichterstatterin vom Nürnberger Katholikentag 1931 und Herausgeberin der Bücher Hugo Balls in dem katholischen Verlag akzeptiert wird. Aber obwohl sie die Sehnsucht nach der alleinseligmachenden Kirche bereits in die Kindheit ihres literarischen Pseudonyms Helga verlegt, zögert Herder. Nimmt zunächst an. Bemüht Gutachter. Lehnt schließlich mit politisch-ideologischen Bedenken ab. Emmy wendet sich an den ebenfalls katholischen Verlag Benziger im schweizerischen Einsiedeln, den inzwischen der ehemalige Herder-Mitarbeiter Gustav Keckeis leitet. Jetzt endlich wird das Buch angenommen und erscheint mit Zeichnungen Gunter Böhmers und einem Geleitwort Hermann Hesses im Herbst 1938. Die Korrekturen liest Emmy im Frühsommer mit Simon Guttmann, der aus Berlin zu ihr nach Agnuzzo geflüchtet ist. Mit ihm verbindet sie, so können wir in ihren Briefen an Ninon Hesse und Lo Schetty lesen, noch einmal eine Liebe. »Grad jetzt, wo mein Freund hier ist, wollte ich so gern ein wenig schön sein«, dankt sie für ein Kleid. Und fährt fort: »Obwohl ich hier viel Aufregungen, ja Erschütterungen hatte, hat mir mein Freund doch eines neu geschenkt: Das Vertrauen in meine Arbeit.«[69] Guttmann ist sechs Wochen bei ihr, bevor er nach Paris und von dort weiter nach New York reist. Da für die Jahre 1933 bis 42 keine Tagebücher Emmys im Nachlaß vorliegen, bin ich für die Zeit mit Guttmann auf ihre Briefe angewiesen. »Es hat jeder nach der erotischen Richtung hin sein Geheimnis, seine Sonderbarkeiten, und es handelt sich ja nur darum, nicht damit in der Außenwelt zu kollidieren«,[70] schreibt sie der neugierigen Lo. Und: »Denken Sie ... ich bin so schmal geworden, dass ich bald durch einen Serviettenring gehen werde ...«.[71] Als er abreist, bekennt sie Ninon: »Wir sind tief unglücklich dazu. Einerseits, andererseits ist es sehr gut.«[72] Seit Guttmanns Besuch ist der Ton ihrer Briefe gutgelaunt und optimistisch, und bereits Mitte Oktober beginnt sie das erste Kapitel von *Das flüchtige Spiel,* in dem »... wird soviel geküßt.«[73] Die Fülle des Gefühls, die Freude der vergangenen Wochen mit Guttmann übertragen sich auf die ersten Seiten des Buches, in dem sie vom Flensburger Laientheater und der Liebe Helgas zu Gaute Londelius erzählt.

Sowohl in *Das flüchtige Spiel,* besonders jedoch in *Blume und Flamme* sind die Einflüsse der Gunhild-Romane von Karin Michaelis nicht zu übersehen. Gunhild wie Helga wachsen in kleinbürgerlichen Verhältnissen auf, wache Kinder, die ihre Umgebung scharf beobachten und durch ihre »Phantastereien und Drolligkeiten« auffallen. Anekdotisch schildert Michaelis Menschen und Ereignisse im Umfeld des »Mädchens mit den Scherben«, der schielenden Gunhild, hinter der die Autorin unschwer zu erkennen ist. Und wenn das Leben unerträglich wird, hält sich Gunhild eine farbige Glasscherbe vors Auge, und die ganze Welt verwandelt sich wundersam, wie Michaelis in ihrer Autobiographie *Der kleine Kobold* bekennt: »Meine Taschen waren stets voll mit diesen Scherben, die ich auf der Straße, im Rinnstein oder auf dem Abfallhaufen gefunden hatte. Ich hielt Stück für Stück zu meinem guten Auge, bis ich die Farbe fand, die in diesem besonderen Fall meine Furcht oder Sorge bannen konnte. Die Wirkung war verblüffend.«[74] Emmy übernimmt dieses Spiel mit den Scherben, läßt es ihre Protagonistin Helga spielen. Mit Flaschenglas aus dem dänischen Vejle. Welch ein Hinweis auf die Herkunft der Idee! Auch die Tagtraumreisen mit den ziehenden Wolken, die Buchenwälder entlang der Ostsee und die Liebe zu einem jungen Musiker, bei dem sie Klavier spielen lernt, finden wir bei Helga Lund wieder. Und Gunhilds Phantasien um die eigene Herkunft aus exotischen Ländern werden bei Helga/Emmy zu den Abenteuern, die der Vater auf See und in fernen Ländern erlebt. Gunhild wie Helga müssen ihren Lebensunterhalt in fremden Häusern verdienen, werden gedemütigt und sehnen sich in die Welt. Fühlen sich zur Kunst berufen. Gunhild zur Musik. Helga zur Schauspielerei. Beide verlassen ihre enge Heimat, um ihre Wünsche Wirklichkeit werden zu lassen. Beim Lesen der Gunhild-Romane staune ich, wie sehr Emmy sich Michaelis angenähert hat. Nicht im Sinne eines Plagiats, sondern, wie fast immer, wenn ihr Verwandtes begegnet, in einer vermutlich unbeabsichtigten Nachahmung. »Aber was immer auch geschehen mochte«, schreibt Michaelis in ihrer Autobiographie, »die Tatsachen nahmen stets andere Formen an, sobald ich davon zu erzählen begann. Ich wurde eine Lügnerin genannt, und ich wußte nur zu gut, daß ich eine war: aber ich machte mir wenig Sorgen darüber.«[75] Emmy spricht dann von ihrer »Falschmünzerwerkstatt ... wo alles was glänzt Gold sein muß.«[76] Plagiatsverdacht, so bei ihrem Gedicht »Der Brunnen«,[77] hat sie stets schwer getroffen. Daß Emmy sich

Ideen anderer gelegentlich anverwandelte, ist jedoch gerade bei diesem Gedicht nicht zu übersehen. Auf ihre Bücher angesprochen, behauptet sie: »Romane schreibe ich bekanntlich nicht, sondern Erinnerungen, werde mich auch nie entschliessen, persönliche Erlebnisse in solche Form zu bringen.«[78] So an Lo Schetty während ihrer Arbeit an *Ruf und Echo*, als diese anfragt, ob es sich bei Emmys Manuskript *Liebe im Exil* um einen »Eheroman« handele. Sie wählt für das zwischen Biographie und Autobiographie schwankende Werk den Untertitel »Mein Leben mit Hugo Ball«.

Zu den bei Benziger erschienenen Büchern (*Ruf und Echo* posthum 1953) befrage ich im Sommer 2000 den letzten Leiter des Verlages, Peter Keckeis. Sein Vater Gustav hatte 1938 *Blume und Flamme*, 1939 *Der Kranz*, 1940 *Das flüchtige Spiel* und 1943 *Märchen am Kamin* herausgebracht. Die Bücher erschienen in Auflagen zu 3000 plus 300 Autoren- und Rezensionsexemplaren, bzw. 2000 plus 200 Exemplaren, der Gedichtband *Der Kranz* in einer Tausenderauflage, so Keckeis. Das Honorar lag bei 7,5% bis 10% des Verkaufspreises. 1/3 wurde vorausbezahlt. Wesentliche Abnehmer der Bücher waren katholische Buchgemeinschaften, auch in Deutschland, wo der Verlag in Köln eine Niederlassung betrieb. Dort war Fini Benziger, Mitinhaberin und Sekretärin des Verlagsleiters, in der katholischen Jugendbewegung engagiert gewesen, hatte die geschäftlichen Beziehungen auch während des Dritten Reichs weiter gepflegt. Tief religiös, unterstützt sie ein kleines Kloster im Tessin, ist mit Gertrud von le Fort befreundet. Als sie Emmy Ball-Hennings kennenlernt, vermittelt sie ein Treffen der beiden Autorinnen. Peter Keckeis, der 1947 seinem Vater in die Verlagsleitung folgte, hat Emmy während ihres letzten Lebensjahres mehrfach gesehen. Im Tessin. Und in Zürich. Erinnert ihre Pünktlichkeit bei Verabredungen, ihre Liebenswürdigkeit und Bescheidenheit, ihre Freundschaft mit Hesse und dessen distanziertes Verhältnis zum Benziger Verlag. Ich erzähle ihm von Emmys Befürchtungen im Tagebuch, daß er *Ruf und Echo* ablehnen könnte, frage, warum das Buch erst 1953 erschienen ist. Keckeis versichert, daß es nicht am Manuskript, sondern an der Situation des Verlages nach Kriegsende gelegen habe, die die Herausgabe verzögert hatte. Eingriffe in Emmys Text seien vom Verlag nicht vorgenommen worden, versichert er und spricht über die Ablehnung Annemaries, nach Emmys Tod Manuskripte Hugo Balls, wie das *Bakunin Brevier*, veröffentlichen zu dürfen. Auf den Inhalt des Bandes mit Hugo Balls Briefen von 1911 bis 1927, die Annemarie 1957 bei Benziger herausgibt, hat Keckeis, der dem Verlag nach und nach ein weniger konfessionsgebundenes Profil gibt, keinen Einfluß genommen. Die Originalbriefe hätten ihm nicht vorgelegen, erinnert er. Auch er ist sicher, daß Annemarie mit ihrer Auswahl an der »Legende Hugo Ball« weiterwirken wollte. Unterlagen zur Verlagskorrespondenz wurden beim Verkauf des Benziger Verlages irrtümlich vernichtet.

Daß Emmys Werk zunehmend von den bekannten Verlagen abgelehnt wird, hängt ganz eindeutig mit ihrer immer stärkeren Thematisierung des Religiösen, ihren Verklärungen und Harmonisierungen zusammen. Bei *Der Gang zur Liebe* und *Hugo Balls Weg zu Gott* sehen selbst gutwillige Verleger wie Fischer keine Möglichkeit mehr, diese ausschließlich bekenntnishaften Manuskripte zu akzeptieren. Auf Bitten Hesses ist der Verleger jedoch bereit, als Erich Reiss im Dezember 1931 mitteilt, daß er Emmys Bücher einstampfen lassen will, die Restauflagen abzuholen und ans Lager zu nehmen. Mit Kösel & Pustet, München/Salzburg, hatten die Balls 1926 einen katholischen Verlag gefunden, der bereit war, ihre Bücher herauszubringen. Und so bleibt Emmy, auch wenn sie sich bei ihren zahlreichen Vortragsreisen und Rundfunklesungen auf eigene literarische Texte und Gedichte Hugo Balls beschränkt, in denen das Konfessionelle nicht zu sehr im Vordergrund steht, als »religiöse Schriftstellerin« festgelegt. Ist unglücklich darüber, weiß jedoch genau, daß sie mit ihren Bekenntnissen diese Reaktionen ausgelöst hat. Fühlt sich mißverstanden und muß sich doch immer wieder katholischen Verlagen und Zeitschriften zuwenden, wenn sie ihre Arbeiten veröffentlichen will. Trotzig schreibt sie an Maria Hildebrandt: »Das Publikum hat sich nach mir zu richten und nicht umgekehrt. Es kann mich ablehnen, nicht lesen, aber Vorschriften lasse ich mir nicht machen.«[79]

Als sich nach 1933 die Publikationsbedingungen in Deutschland immer weiter verschlechtern, als die Schweizer Kollegen gegen die zahlreichen arbeitsuchenden Journalisten und Schriftsteller, die als Emigranten ins Land strömen, Front machen, entsteht auch für Emmy eine bedrohliche Situation. Im Juli 1938 klagt sie Annemarie: »Und hier in der Schweiz ist alles von Ausländern überfüllt, sodaß man an den Zeitungen kaum mehr etwas anbringt, oder es wird so wenig bezahlt, daß man davon nicht existieren kann.«[80] Die Honorare ihrer deutschen Verlage, wie für Balls Hesse-Biographie, liegen auf Sperrkonten. Der Verleger Bermann Fischer emigriert nach Wien, dann nach Stockholm. Hugo Balls und ihre eigenen Bücher seien in Deutschland vernichtet worden, schreibt Emmy verstört am 22. März 1939 an Lo Schetty. Im September bricht der Zweite Weltkrieg aus. Bringt auch in der neutralen Schweiz Einschränkungen für die Bevölkerung. Rationierungen von Lebensmitteln. Sogar von Papier. Einquartierungen von Soldaten in Privathäusern entlang der Landesgrenzen. Wie bei Emmy, die nur einen Fußmarsch von der italienischen Grenze entfernt bei Ponte Tresa wohnt. »Es sind Zustände wie zu biblischen Zeiten«, notiert sie, »und eine Klagemauer scheint neu errichtet worden zu sein.« Und der jüdischen Freunde im Exil gedenkend: »Noch einmal das Volk in der Wüste.«[81]

Schreibend versucht sie, der Situation zu trotzen. Auf Papier, das die Leutholds ihr aus Zürich schicken. Kämpft ums Überleben. Rezensiert zahllose Neuerscheinungen. Schreibt muntere Skizzen über Feste im Tessin, ihre Katzen, sogar über die Einquartierungen. Ist dankbar, daß Benziger ihre Manuskripte druckt, ihre Artikel in der verlagseigenen Zeitschrift *Die katholische Schweizerin* erscheinen können. 1941 besucht Momme Nissen, der als Benediktinerpater in Graubünden im Kloster Illanz lebt, sowohl Hermann Hesse als auch Emmy, deren Konversionspate er 1911 in München war: »Er sieht wundervoll aus in seinem weißen Kleid, dem schwarzen Umhang und dem weißen Haar. Denk Dir, ich kann plattdeutsch mit ihm sprechen, denn er ist ja eine halbe Stunde von Flensburg weg in Deezbüll geboren.«[82] Jetzt träumen sie von einer gemeinsamen Reise nach Schleswig-Holstein, die sie nach dem Krieg unternehmen wollen. Mit Erschrecken erlebt Nissen Emmys finanzielle und berufliche Misere, schlägt ihr vor, in einem Kloster Sicherheit und Ruhe zu suchen. Aber sie teilt ihm mit, »... ich stünde gerade im

Begriff mir Ricci permanente drehen zu lassen, und ein(e) hellrote Schürze hätte ich mir auch grad gekauft ... Ich schrieb aber, daß ich gern als Inclusin eine Waldklause beziehen wolle, wenns das gäbe, dafür sei ich gleich zu haben. Hoffentlich hat er meinen Brief nicht despektierlich gefunden, doch, daß er mich so sehr geeignet findet Nonne zu sein, kann ich nicht recht verstehn. Vielleicht komme ich doch ohne dies zu Himmel.«[83] Als Nissen nach ihrem Umzug von Agnuzzo nach Magliaso ihr neues Heim segnet und ihre Bibliothek rügt, in der sich Augustinus neben Casanova findet, stellt sie kategorisch fest: »Aber die Ordnung meiner Bibliothek ist keineswegs von ungefähr. Ich habe mein geistiges Alphabet, nach dem ich mich richten muß. Doch kann man einen Priester nicht in einer Stunde in solche Geheimnisse einweihen.«[84] Aus ihren Tagebüchern und Briefen kenne ich Emmys »geistiges Alphabeth«, das in den Jahren nach Balls Tod keineswegs nur religiöse Literatur enthält. Sie liest die Romane Thomas Manns und Franz Kafkas ebenso wie die Schriften Zinzendorfs, des Begründers der pietistischen Herrnhuter Brüdergemeine. Befindet über Ernst Jünger, daß seine »... Dichtung wie Gift eingeht, aus der später ein Unheil geschieht.«[85] Bewundert Oscar Wilde und Julien Green. Rezensiert die Bücher der Emigrantenfreunde und die Neuerscheinungen Hermann Hesses. Liest André Gide und Jean Cocteau in den Übersetzungen Hardekopfs. Begeistert sich für Herman Bang und Knut Hamsun. Schätzt Rilke. Empfiehlt Lo Schetty die autobiographischen Romane der Husumer Bohemeschwester Franziska Reventlow und spricht mit Ninon über *Wolf Solent* von John Cowper Powys. Als Hans Carossa nach Montagnola kommt, um Hesse zu besuchen, bleibt sie jedoch fern: »... dann bin ich vielleicht zu sehr enfant terrible.«[86]

Momme Nissens Besuche im Tessin mögen dazu beigetragen haben, daß sich Emmy einer lange zurückliegenden Arbeit wieder zuwendet: dem Schreiben von Legenden. Noch zu Balls Lebzeiten und für ihr »Italienbuch« hatte sie sich mit dem Leben der Heiligen beschäftigt, hatte in Bibliotheken Material gesammelt, einen Entwurf zu einem Buch über die Heilige Theodora gemacht, gleichsam als ihr »Byzantinisches Christentum«. 1945, zwei Jahre nach Nissens plötzlichem Tod, legt sie ihr, alten Quellen nacherzähltes, *Irdisches Para-*

dies und andere Legenden im Verlag Josef Stocker, Luzern vor, in dem sie kurz zuvor Hugo Balls *Byzantinisches Christentum* und *Flucht aus der Zeit* neu herausgegeben hatte. Bereits mit den *Märchen am Kamin* war Emmy 1943 zu einer Form zurückgekehrt, die ihr von Kindheit an vertraut war. Aber es sind nicht die Märchen ihrer Schleswiger Heimat, die sie erzählt, sondern die ihrer Wahlheimat im Süden. Sie hat aus italienischen Märchensammlungen übersetzt und nacherzählt. Manches nach mündlichen Berichten aufgeschrieben, die ihr in Vietri und Albori zugetragen worden sein mögen. Mit »Hähnchen und Hühnchen im Nußwalde« nimmt sie jedoch auch ein norwegisches Märchen auf. Und angeregt durch die in der Nähe lebende Märchenerzählerin Lisa Tetzner kommt ein eigener Text hinzu: »Der Müllerssohn und das Wichtelmännchen«. Unschwer ist mit »einer windigen Gegend«[87], in der Müller, Mühle und Wichtelmännchen sich finden, der heimatliche Norden auszumachen. Daß beim Schreiben der Märchen der Einfluß Hesses hineingespielt hat, ist unbestritten. Und ebenso wie dieser Ninon das Märchen »Vogel« widmet, schreibt Emmy für die Freundin »Das Paradies«, eine Begegnung Emmys und Ninons mit Hesse und Ball im Paradies. Diese kleine Geschichte, mehr ein hübscher Traum als ein Märchen, finde ich zwischen Emmys Briefen an Ninon im Nachlaß.

Am Ende bleiben Pläne und monotone Fabrikarbeit. Sie möchte eine Sammlung von Portraits zusammenstellen aus ihren erinnernden Nachrufen an Sophie Taeuber-Arp, Else Lasker-Schüler, Erich Mühsam und Ringelnatz. Möchte über ihre Weggenossen schreiben, von denen ihr persönlicher Lebensentwurf und die politischen Zeitläufte sie so weit entfernt haben. Erwägt ihre Tagebücher zu bearbeiten, wie Hugo es mit *Die Flucht aus der Zeit* gemacht hatte. Denkt nach über einen Roman *Die Frau bei Jahren*. Da spukt noch einmal Karin Michaelis' Bestseller *Die Frau von 40 Jahren* hinein. Aber Emmy schneidet Tabak und bindet Besen, und die Kraft reicht für nichts als einige fragmentarische Entwürfe und flüchtig-erschöpfte Tagebuchnotizen über die Fabrikarbeit, ihre ständigen Geldsorgen. Auch Abrechnungen zwischen den Zeilen. Dann steht da unvermittelt: »Ich habe mir im Bezug auf Hugo den Vorwurf zu machen, nicht dankbar gewesen zu sein.«[88] Oder: »Ich las einige Briefe an Hugo von mir, was mir Sehnsucht macht. Meine Briefe haben etwas geradezu Egoistisches und Eitles an sich. Merkwürdig genug, daß Hugo das nicht stärker bemerkt hat. Ganz kann es ihm bei seiner Klugheit nicht entgangen sein. Wie aber könnte ich dies je wiedergutmachen? Ich will jedenfalls meine Verlassenheit, wie alles Schwere, was mir begegnet als Sühne – als sehr milde Sühne – für meine Sünden ansehen.«[89] Dann wieder: »Ich aber spekuliere und phantasiere viel zuviel am Schreibtisch.«[90] »... ich las heute meine Kriminalskizzen ... und es fällt mir auf, wie ungenau alles gedacht ist. Ich sollte das denken, was ich schreibe und vor allem wissen, ob das, was ich zu Papier bringe, auch wirklich das ist, was mich beschäftigt. Es scheint mir oft fraglich.«[91] Kurz vor Weihnachten 1947 notiert sie resigniert: »Es scheint unmöglich zu sein, alles beiseite zu schieben, was mich von der Arbeit abhält ... Ich bin zu leicht abgelenkt. Aber deutet nicht doch das daraufhin, daß mich ein anderes (in diesem Fall meine Arbeit) nicht genügend zu fesseln vermag? Betrüblich, wenn es so wäre, aber ich glaube doch es liegt an meiner Schwäche, an der Nachgiebigkeit meiner Natur, wenn ich mich von meiner Umgebung so sehr einfangen lasse ... Von mir will man kein Werk – nur ich wünsche es von mir, aber die Menschen wollen nur meine Person.«[92] Probiert Gedichtanfänge: »Sah mich im bunten Federkleid / Mit Flügeln schön gezieret / Fand mich als Vogel flugbereit / Vortrefflich kostümieret.« Bricht ab, beginnt neu: »Mir träumte jüngst von einem Harlekin, / der grau geschminkt war wie der Tod / und mir die Hand zum Tanze bot.«[93] Aber es gelingt nicht mehr. Wenige Wochen vor ihrem Tod, im Sommer 1948, ist die Schrift schwach und zerfahren: »Es kam mir einmal vor, als könne es nichts Interessanteres auf der Welt geben als mich und mein Schicksal. Welch eine Einbildung! Aber man braucht sie wenn man jung ist. Es fragt sich nur, wieviel Umwelt man in sein Schicksal hineinsieht. Die Zeit. Wenn man alt wird verliert man das Interesse an sich selbst ...«.[94] »Mein Leben kommt mir so kurz vor, und als wäre es garnichts wert gewesen. Warum aber soll es etwas *wert* gewesen sein? ... Ich denke oft an das vergangene Leben zurück, aber nicht zuviel auf einmal.«[95]

Das »Büchermachspiel«, das mit Arbeiten begonnen hatte, die sich »ins Spektrum einer literarischen Moderne einfügen«,[96] die Emmy Hennings zwischen Alltag und Aufbruch zeigen, ihr »Erzählen zwischen sozialer Reportage und persönlichem Bekenntnis«,[97] ist ans Ende gekommen. Während sie zu Beginn nach persönlicher Autonomie strebt, gegen die repressiven Muster der Gesellschaft aufbegehrt und durch ihr Schreiben Realität verändern will, »nimmt die religiöse Emmy Hennings ... in ihren Arbeiten auf die gesellschaftliche Realität nicht mehr Bezug, wird der Welt fremd ... Die junge Emmy Hennings beschreibt sich in wechselnden Rollen ... Der Selbstausdruck der religiösen Schriftstellerin bewegt sich ... in Einzäunungen ... Einer Hülle gleicht Hennings' Religiosität, darunter sie sich Schutz suchend verbirgt.«[98] Nur in ihren Briefen überspringt Emmy bis zuletzt diese selbstgezogenen Zäune, wendet sich der Welt zu, zeigt soziale Verantwortung. Ihre umfangreiche Korrespondenz ist voll spielerischer Leichtigkeit und sprachlicher Frische. Sie läßt die Empfänger teilhaben an ihrem eigenwillig-schwierigen Leben, ihrer kindlichen Zuversicht, den existentiellen Zweifeln und ihrer Kritik an Kirche und Staat. Zwingt mit ihrer Fabulierlust, mit Witz und Ironie ihre Briefpartner und sich selbst dorthin, wo die Grenzen aufgehoben sind und Literatur entsteht: ins Reich der Phantasie.

»Jetzt geh ich soviel Gassen auf und ab.
Türmen sich Tage – türmt sich das Grab.
Mein Grab wird groß, mein Grab wird weit,
Umfängt mich Todeshügel der Vergänglichkeit.

Und immer träum ich doch im Tanzen, tanz in Träumen,
Und blüh im Raume – und verwelk in Räumen.
Meine Augen sind ein Sehn und ein Versehn.
Meine Haare sind ein Wehn und ein Verwehn.

Meine Hände sind ein Halten und Fallen,
Meine Worte sind ein Schrei und ein Verhallen.
Und ach, meine Tage sind ein Versinken,
Die Frühe will schon dem Abend winken.

Meine Rosen glühn, wenn grauer Himmel schneit.
Mein junger Morgen träumt in weicher Dunkelheit.
Und habe soviel Zärtlichkeit verhaucht in viele Ohren.
Wo singt wohl Lust, die ich versang? So tief verloren?

Wo schwebt mein Sein, mein süß Verlieben?
Wo ist mein Lieben nun, in dich hineingeliebt, geblieben?
Im Gruß liegt Abschied – im Anfang Ende.
Nur manchmal scheint meine Sehnsucht durch alle
Wände.«[99]

Anhang

Zeittafel

1885	17. Januar: Emma Maria Cordsen wird in Flensburg, Steinstr. 5, als Tochter von Ernst Friedrich Matthias Cordsen und Anna Dorothea, geb. Zielfeld, geboren und am 19. April in der evangelischen St.-Marien-Kirche getauft.
1886	22. Februar Geburt Hugo Balls in Pirmasens.
ab 1888	Kindergarten.
1891-99	Volksschule.
1899	Konfirmation in St. Marien, Schulentlassung und Stellensuche.
1899/1900	Dienst- und Küchenmädchen, Kopiererin in einem Photoatelier.
1901	Tod des Vaters, Umzug der Mutter in die Dorotheenstr. 10.
1904	13. Februar: Heirat mit dem Schriftsetzer Joseph Paul Hennings, Wohnung Dorotheenstr. 10. Geburt des Sohnes Joseph Ernst Ferdinand (17. August).
1905	Konsumgeschäft in Elmshorn, Engagement bei der Wandertheatertruppe Schmidt-Agte. Auftritte in Angeln, Schwansen und Dithmarschen. Tod des Sohnes. Verschwinden von Hennings.
1906	Engagement in Birnbaum und verschiedenen Orten der Provinz Posen. Geburt der Tochter Annemarie in Penzig bei Görlitz/Schlesien (11. August), Reise mit Wilhelm Vio über Berlin nach Flensburg, wo die Tochter bei der Großmutter bleibt; Engagement in Tondern.
1907/08	Scheidung von Hennings (13. Juni). Verschiedene Engagements, u. a. in Münster; nach dem Auseinanderbrechen ihrer Theatertruppe Reise nach Köln: Leben in materieller Not als Hausiererin, Animiermädchen, Gelegenheitsprostituierte.
1909	Frankfurt am Main: Engagement beim Jiddischen Dialekttheater in der Komödie *Die Welt geht unter,* Auftritte in Bars und Amüsierlokalen. Ab Herbst in Hannover, vermutlich Begegnung mit John Höxter, der sie in die Berliner Boheme einführt.
1910	Berlin: Bekanntschaft mit Ferdinand Hardekopf, gemeinsame Reise nach Frankreich. Typhuserkrankung; Klinikaufenthalt in München. Nach der Genesung Hinwendung zum Katholizismus.
1911	Berlin: Bekanntschaft mit Georg Heym, Jakob van Hoddis, Robert Jentzsch, David Baumgart, Simon Guttmann und anderen frühexpressionistischen Dichtern. Anfein-

dungen durch Else Lasker-Schüler. Lebt unter wechselnden Adressen in München, tritt als Diseuse im ›Simplicissimus‹ auf. Freundschaft mit Erich Mühsam, Johannes R. Becher, Klabund und den Künstlern der Boheme-Szene, u. a. Rudolf Reinhold Junghanns. Übertritt zum Katholizismus durch Taufe in der Münchner Ludwigskirche (14. Juli).

1912 Mai: Engagement im ›Linden-Cabaret‹, Rückstufung ins zugehörige ›Bier-Cabaret‹, wo sie als »dänische Futuristin« auftritt.

August: Erstes publiziertes Gedicht »Äther« in *Die Aktion*. Bekanntschaft mit Franz Pfemfert. Engagements in Bromberg und im ›Apollotheater‹ in Kattowitz. Äthersucht, Morphiumkonsum.

1913 Gedichte im *Pan* und der lyrischen Anthologie *Mistral*. Durch Vermittlung von Junghanns und Franz Werfel erste eigene Buchpublikation *Die letzte Freude* in der Reihe *Der jüngste Tag* des Kurt-Wolff-Verlags. Engagements u. a. im ›Bier-Cabaret‹ des Berliner ›Passagetheaters Unter den Linden‹ sowie im ›Royal-Orpheum‹ in Budapest (Mai). Erneut mit Ferdinand Hardekopf in Paris.

1914 Sommer: Inhaftierung in München, vermutlich nach Beischlafdiebstahl, und Verhaftung in Hannover. Zum Jahresende weitere Verhaftungen wegen des Verdachts der Mithilfe bei der Desertion und Ausreise Franz Jungs. Beginn der Beziehung zu Hugo Ball.

1915 Januar: Haftentlassung. März: Übersiedlung nach Berlin zu Hugo Ball.

Mai: Teilnahme am »Expressionistenabend« im Berliner Harmoniumsaal, der als Prototyp späterer Dada-Soiréen gilt. Danach gemeinsam mit Hugo Ball Emigration nach Zürich. Armut, Morphiumsucht, Gelegenheitsprostitution. Verhaftung Balls wegen Paßvergehens.

Spätsommer: Engagement beim Zürcher ›Marcelli‹-Ensemble, anschließend mit Hugo Ball bei ›Flamingo‹, dem Chef des ›Maxim‹-Ensembles. Bei Auftritten in Basel Begegnung mit Hugo Balls Mutter.

1916 Januar: Gründung des eigenen ›Arabella‹-Ensembles, teilweise mit Mitgliedern des ›Maxim‹-Ensembles.

5. Februar: Eröffnung des ›Cabaret Voltaire‹ in der Spiegelgasse 1 mit Hugo Ball. Bekanntschaft mit Richard Huelsenbeck, Tristan Tzara, Marcel Janco, Hans Arp, Sophie Taeuber, Hans Richter, Christian Schad und anderen Künstlern, die in den folgenden Monaten das Programm mitgestalten.

5. Mai: Eintreffen von Annemarie Hennings, die nach dem Tod Anna Cordsens zu ihrer Mutter übersiedelt.
Ende Juni/Anfang Juli: Schließung des ›Cabaret Voltaire‹ in der Spiegelgasse.
17. Juli: 1. Dada-Abend im Zürcher Zunfthaus Zur Waag; erste Präsentation der Dada-Gruppe außerhalb des ›Cabaret Voltaire‹. Bis Ende Juli Kabarettauftritte von Emmy Hennings und Hugo Ball in verschiedenen Orten am Vierwaldstättersee.
Ende Juli bis Oktober mit Hugo und Annemarie in Vira-Magadino und Ascona am Lago Maggiore. Arbeit am Manuskript *Gefängnis*.
November: Mit Ball in Ermatingen/Thurgau bei Leonhard Frank und René Schickele. Wiederbegegnung mit Ferdinand Hardekopf.
Dezember/Januar 1917 in Zürich, danach Rückzug in ein Kloster.

1917 Februar/März: Ball und Tzara planen die ›Galerie Dada‹ in der Züricher Bahnhofstraße 19 in den Räumen, die Han Coray für seine Avantgarde-Galerie bei dem Schokoladenfabrikanten Sprüngli angemietet hatte. Gegensätze in der Emigrantenszene zwischen den »Moralikern« um Schickele, Rubiner und Ehrenstein und den dadaistischen »Ästhetikern«. Bekanntschaft mit Friedrich Glauser.
17. März: Eröffnung der ›Galerie Dada‹ ohne Emmy Hennings; danach jedoch Rückkehr nach Zürich und Teilnahme an den Dada-Soiréen.
Mai: Ball schickt Emmy und Annemarie ins Tessin, folgt am 27.5.
Juni: Ball in Vira-Magadino, Emmy Hennings löst mit Tzara die Galerie in Zürich auf.
Juli: Emmy, Ball und Annemarie mit Friedrich Glauser auf der Alp Brussada im Maggia-Tal.
August: Übersiedlung nach Ascona gemeinsam mit Ball und Annemarie.
September: Ball verläßt Ascona, geht als Mitarbeiter an die neugegründete *Freie Zeitung* nach Bern.
Herbst: Emmy lebt teilweise in Ascona, teilweise in Zürich. Dort Beziehung zu Julio Alvarez del Vayo. Erneute Engagements in Varietés in Schaffhausen und Winterthur. Enger Kontakt zu Hardekopf.
Ende Dezember: Ball beendet die Emmy-Vayo-Affäre mit einem Brief an den Rivalen. Emmy geht nach Ascona.

1918 Ascona. Freundschaft mit Else Lasker-Schüler. Besuche bei

Ball in Bern. Beginn der Freundschaft mit Elsa Bloch von Stritzky und Ernst Bloch.

August: Emmy zieht mit Annemarie nach Bern, Bekanntschaft mit politischen Emigranten aus Deutschland, Österreich, Serbien und Rußland.

November: Abkühlung der Beziehung zu Bloch nach Balls Artikel »Die Umgehung der Instanzen«.

Jahreswechsel: Lebensgefährliche Erkrankung an der Spanischen Grippe mit anschließender Lungenentzündung.

1919 Enger nachbarschaftlicher Kontakt zu Walter Benjamin, der Bilder von Annemarie kauft. *Gefängnis* erscheint im Verlag Erich Reiss in Berlin. Niederschrift von *Das Brandmal*.

März/April: Ball in München, im Mai/Juni und Dezember in Berlin. Emmy lebt in Bern.

1920 Februar: Emmy Hennings und Hugo Ball heiraten in Bern.

Mai: Besuch bei Balls Familie in Pirmasens.

Sommer: Aufenthalt in Flensburg, Steinstraße 5. Entschluß, gemeinsam mit der Stiefschwester Paula das Elternhaus zu verkaufen.

Herbst: Übersiedlung nach Agnuzzo/Tessin.

Dezember: Bekanntschaft mit Hermann Hesse. *Das Brandmal* erscheint bei Erich Reiss.

1921 Intensive Freundschaft mit Hesse. Begegnung mit Ruth Wenger. Arbeit an Gedichten und Kurzprosa.

Oktober: Übersiedlung mit Hugo und Annemarie nach München. Treffen mit Johannes R. Becher, Alfred Wolfenstein, Henriette Hardenberg, Elisabeth Bergner u. a.

1922 München: Fertigstellung des Gedichtbandes *Helle Nacht* und des Prosabandes *Das ewige Lied*.

Herbst: Rückkehr nach Agnuzzo, Hesse sichert durch seine Mäzene den weiteren Aufenthalt der Balls im Tessin. *Helle Nacht* erscheint bei Erich Reiss.

1923 *Das ewige Lied* erscheint bei Erich Reiss.

Oktober: Emmy zieht mit Annemarie nach Florenz. Feuilletons für Tageszeitungen. Niederschrift des zweiten Gefängnis-Romans *Das graue Haus*, der ungedruckt bleibt. Begegnung mit Karl Wolfskehl.

1924 Januar: Annemarie kehrt zu Ball ins Tessin zurück. Emmy geht nach Rom und Neapel. Hermann Hesse heiratet in Basel Ruth Wenger.

Frühling: Rückkehr nach Agnuzzo. Konfrontation mit Gerüchten um Hugo Ball und Hilda Brown. Nachhaltige Krise zwischen den Ehepartnern.

Oktober: Übersiedlung mit Ball und Annemarie nach Rom, Piazza Pollarola. Schreibblockade nach der Kritik Franz Herwegs in *Hochland* und der erfolglosen Verlagssuche für *Das graue Haus*. Zeichenunterricht, Beschäftigung mit Psychoanalyse.

1925 Januar/Februar: Rom im Anno Santo. Besuche und Beschreibungen von Kirchen und Klöstern.

März/April: Umzug nach Vietri Marina bei Salerno. Bekanntschaft mit Richard Dölker. In dessen Werkstatt Arbeit als Keramikmalerin gemeinsam mit Annemarie. Besuch Hans Arps und Sophie Taeuber-Arps in Vietri.

Frühsommer: Umzug nach Albori. Ausflüge an der Costiera Amalfitana, nach Pompeji und Paestum. Reise nach Sizilien. Feuilletons für Zeitungen und Zusammenstellung des Italienbuches *Der Gang zur Liebe*.

Dezember: Umzug nach Vietri sul Mare. Finanzielle und gesundheitliche Probleme.

1926 März: Emmy reist allein zu Hesse und zu Verlagsverhandlungen nach München. Danach Rückkehr von Ball und Annemarie ins Tessin. Wohnung in Lugano-Sorengo.

Herbst: Im Verlag Kösel & Pustet erscheint *Der Gang zur Liebe*. Annemarie erkrankt an Typhus. Hugo Ball erhält den Auftrag, zu Hesses 50. Geburtstag dessen Biographie zu schreiben.

1927 Nach Genesung Annemaries neuerlicher Umzug nach Agnuzzo.

April: Reise in die Oberpfalz zur stigmatisierten Therese von Konnersreuth, nach Dresden, Eisenach, zur Wartburg und nach Berlin. Wiedersehen mit Lotte Pritzel, Ernst-Moritz Engert und Klabund.

Juni: Erkrankung Hugo Balls an Magenkrebs. Rückkehr ins Tessin und Begleitung des Kranken nach Zürich.

Juli: Operation Hugo Balls am 2. 7., dem 50. Geburtstag Hermann Hesses, Rückkehr ins Tessin und Einzug in San Abbondio. Besuche Richard Huelsenbecks.

14. September: Tod Hugo Balls. Beisetzung auf dem Friedhof von San Abbondio. Emmys Rückzug nach Agnuzzo.

Kennenlernen von Ninon Dolbin.

Dezember: Reise mit Annemarie nach Berlin.

1928 Januar: Berlin. Treffen u. a. mit Richard Huelsenbeck, Simon Guttmann, Johannes R. Becher und Else Lasker-Schüler.

Februar bis November: Agnuzzo. Zusammenstellung des

biographischen Bandes *Hugo Ball. Sein Leben in Briefen und Gedichten.*

Dezember: Reise nach Rom und Positano.

1929 Januar/Februar: Vietri sul Mare bei Richard Dölker. Positano, Neapel, Siena, Rom.

März: Rückkehr ins Tessin. Umzug nach Cassia d'Agno.

September: Reise mit Annemarie nach Paris. Plan, in der »Ars-Edition« von Emil Szittya einen bibliophilen Gedichtband herauszugeben. Arbeit am Manuskript *Rebellen und Bekenner.* Treffen u. a. mit Hardekopf, Arp, Sophie Taeuber-Arp, Tzara.

Spätherbst: Rückkehr nach Cassina. *Hugo Ball. Sein Leben in Briefen und Gedichten* erscheint bei S. Fischer. Emmy führt erstmals den Autorinnennamen Ball-Hennings.

1930 Frühjahr: Lesereise durch Deutschland. Auftritte u. a. in Stuttgart, München, Berlin, Köln, Frankfurt und Pirmasens.

Vergebliche Verlagsverhandlungen für *Rebellen und Bekenner.* Niederschrift des dritten Gefängnis-Romans *Das Haus im Schatten.*

1931 Frühjahr: Reise nach Salerno, Vietri sul Mare und Positano. Erscheinen des dritten Erinnerungsbuches *Hugo Balls Weg zu Gott* bei Kösel & Pustet, München.

August/September: Reise nach Deutschland, u. a. Lesungen beim Katholikentag in Nürnberg.

November: Hermann Hesse heiratet Ninon Dolbin. Umzug des Ehepaares von der Casa Camuzzi in die Casa rossa in Montagnola.

1932 Frühjahr: Aufenthalt in Rom und Assisi.

Erscheinen des Buches *Die Geburt Jesu. Für Kinder erzählt.*

Herbst: Heirat Annemaries mit Gottfried Schütt. Geburt des ersten Enkels Hugo Michael Schütt in Cassina.

1933 Januar: Emmy begleitet Annemarie und das Enkelkind nach Rom. Aufenthalte auf Ischia, in Syrakus und Positano.

Mai: Rückkehr ins Tessin. Beginn der Freundschaft mit Gunter Böhmer.

Bemühungen um die Freilassung Erich Mühsams aus dem KZ. Erste Texte über ihre Kindheit, die verstreut in Zeitungen erscheinen.

1934 März/April: Reise nach Berlin. Erfolgloser Versuch, Mühsam im KZ Oranienburg zu besuchen. Am 10. Juli wird Mühsam von der SS ermordet.

Juni/Juli: Reise nach Rom. Geburt der Enkelin Maria Francesca Schütt.
Schwere Erkrankung. Klinikaufenthalt in Lugano.

1935 Januar/Februar: Klinikaufenthalte in Lugano.
Niederschrift von *Das Reich der Kindheit* für den Herder-Verlag, Freiburg.
August: Rigi-Klösterli. Danach bis November Aufenthalt in Zürich. Recherchen für ihren geplanten Ägyptenroman über die Heilige Theodora. Gerichtsreportagen.

1936 Februar: Fertigstellung des Manuskripts *Das Reich der Kindheit.*
Meistens in Cassina. Kurze Aufenthalte in Zürich und Rigi-Klösterli.
Geburt des Enkels Klaus Schütt.

1937 Februar: Erneute Klinikaufenthalte in Lugano.
Zusammenstellung von Tessiner Dorfgeschichten. Herder lehnt aus politisch-ideologischen Gründen *Das Reich der Kindheit* ab.
Emmy vermietet an zahlende Gäste.

1938 Januar: Erneuter Umzug nach Agnuzzo.
Benziger akzeptiert *Das Reich der Kindheit,* das im September unter dem Titel *Blume und Flamme* erscheint.
Sommer: Besuch von Simon Guttmann (auf dem Weg ins Exil).

1939 Agnuzzo. Während der nächsten Jahre durch den Krieg bedingte dürftigste Lebensbedingungen. Militärische Einquartierungen.
Der Gedichtband *Der Kranz* erscheint bei Benziger. Arbeit am Manuskript *Das flüchtige Spiel.*

1940 *Das flüchtige Spiel. Wege und Umwege einer Frau* erscheint bei Benziger.

1941 Wiederbegegnung mit Momme Nissen.

1942 Umzug nach Magliaso. Intensive Beziehungen zu Josef Bernhard Lang, Max Picard und Momme Nissen.
Übersetzung italienischer Märchen.

1943 *Märchen am Kamin* erscheint bei Benziger. Tod Sophie Taeuber-Arps und Momme Nissens.

1944 Frühjahr: Soldateneinquartierungen. Beziehung zu D. Brünimann. Annemarie und die Enkel in Dresden. Gottfried Schütt bei der deutschen Wehrmacht.

1945 Tod von Else Lasker-Schüler und Josef Bernhard Lang. *Das irdische Paradies und andere Legenden* erscheint im Verlag Stocker, Luzern.
Juni: Aufenthalt auf der Rigi. Emmy gibt bei Stocker *Die*

Flucht aus der Zeit neu heraus.

1946 Bemühungen, Annemarie und die Enkel in die Schweiz zu holen.

Arbeit in der örtlichen Tabakfabrik und einem Werk zur Herstellung von Elastikbändern.

Hardekopf und Sita Staub in Zürich. Zerwürfnis mit Max Picard.

Hesse wird mit dem Literaturnobelpreis ausgezeichnet.

1947 Arbeit in einer Besenbinderei. Schreibt an *Ruf und Echo*. Häufige Erkältungskrankheiten, Herzneurose, Erschöpfungszustände.

1948 April: Fertigstellung des Manuskripts *Ruf und Echo*, das sofort vom Benziger Verlag angenommen wird, jedoch erst postum 1953 erscheint.

Annemarie und die Enkel treffen aus Deutschland in Magliaso ein.

10. August: Tod in der Clinica S. Anna in Lugano-Sorengo nach kurzer Krankheit.

Anmerkungen

Da bisher weder eine Gesamtausgabe der Werke von Emmy Ball-Hennings noch von Hugo Ball vorliegt, auf deren Bände verwiesen werden kann, werden einige häufig verwendete Titel in den Anmerkungen wie folgt zitiert:

Das Brandmal, Neuauflage: Frankfurt am Main 1999 – *Brandmal*
Der Gang zur Liebe, München 1926 – *Gang*
Blume und Flamme, Einsiedeln/Köln 1938 – *Blume*
Das flüchtige Spiel, Einsiedeln/Köln 1940 – *Spiel*
Ruf und Echo, Einsiedeln 1953 – *Ruf*
Hugo Ball, Sein Leben in Briefen und Gedichten, Berlin 1929 – *Leben*
Hugo Balls Weg zu Gott, München 1931 – *Weg*
Die Flucht aus der Zeit, Neuauflage: Zürich 1992 – *Flucht*

Zitate aus dem Katalog zur Emmy-Ball-Hennings-Ausstellung 1999, der wichtige Vorarbeiten zu dieser Publikation enthält, erscheinen im Folgenden unter *Katalog*. Alle mit *Nachlaß* gekennzeichneten unveröffentlichten Quellen befinden sich im Depositum Emmy Ball-Hennings/Hugo Ball im ›Robert Walser-Archiv‹ der ›Carl Seelig-Stiftung‹ in Zürich. Sie sind weder katalogisiert noch mit Signaturen versehen. Bei anderen unveröffentlichten Quellen aus dem Nachlaß sind jeweils die Einrichtungen (nach Möglichkeit auch die Signaturen) benannt, die diese Dokumente verwahren.

Bei den gedruckten Quellen wurden Orthographie und Interpunktion behutsam der heutigen Schreibweise angepaßt, offensichtliche Fehler stillschweigend korrigiert und Auslassungen sinngemäß ergänzt. Autortypische sprachstilistische Eigenheiten wurden in den unveröffentlichten Quellen (vor allem Briefe und Tagebücher) weitgehend übernommen. Die Übersetzung der fremdsprachlichen Texte verantwortet die Autorin.

Vorwort

1 Hennings, Emmy, *Helle Nacht,* Berlin 1922, S. 15.
2 Hesse, Hermann, *Briefe*, Bd. II, S. 270.
3 Brinker-Gabler, Gisela, Ludwig, Karola, Wöffen, Angela (Hg.), *Lexikon deutschsprachiger Schriftstellerinnen 1800-1945*, München 1986, S. 128.
4 Schütt, Julian, »Hugo Balls Zweites Tagebuch«, S. 266.

5 Ebenda.
6 Schütt, Julian, »Hugo Balls Zweites Tagebuch«, in: Wacker, Bernd (Hg.), *Dionysius Dada Areopagita, Hugo Ball und die Kritik der Moderne*, Paderborn 1996.
7 Emmy Hennings an Tristan Tzara, 19. Mai 1917, in: Schrott, Raoul, *Dada 15/25*, Innsbruck 1992, S. 135.
8 Huelsenbeck, Richard, »Dada und seine Bedeutung«, Vortragstyposkript deutsch/englisch 1960, ›Deutsches Literaturarchiv‹, Marbach.

Unter der Glasglocke

1 *Blume*, S. 17.
2 Ebenda, S. 25.
3 Ebenda, S. 12/13.
4 Ebenda, S. 14.
5 Ebenda, S. 253.
6 Ebenda.
7 Ebenda, S. 255.
8 *Spiel*, S. 7.
9 *Blume*, S. 70.
10 Ebenda, S. 71.
11 Ebenda, S. 15/16.
12 Ebenda, S. 16.
13 Ebenda, S. 76.
14 Ebenda, S. 68.
15 *Flucht*, S. 118.
16 Emmy Hennings an Hugo Ball, Ascona (verm.) 1916, in: *Damals in Zürich*, S. 76.
17 Emmy Ball-Hennings an Ninon Dolbin, Agnuzzo, Ende September 1930, Nachlaß.
18 *Blume*, S. 22.
19 Ebenda.
20 *Ruf*, S. 45.
21 *Blume*, S. 15.
22 Ebenda, S. 30.
23 Ebenda, S. 27.
24 Ebenda.
25 Ebenda, S. 25.
26 Ebenda, S. 79.
27 Ebenda, S. 18.
28 Ebenda, S. 19.
29 Ebenda, S. 22/23.

30 Ebenda, S. 21.
31 Max Picard an Gunter Böhmer, Caslano, 20.3.1945, Nachlaß.
32 Emmy Ball-Hennings an Ninon Dolbin, Agnuzzo, Ende September 1930, Nachlaß.
33 *Blume*, S. 123.
34 Ebenda, S. 133.
35 »Bei mir zu Hause«, in: Hennings, Emmy, *Die letzte Freude*, S. 11.
36 »Kindheit«, in: Hennings, Emmy, *Helle Nacht*, S. 12.
37 *Ruf*, S. 138.
38 *Blume*, S. 73/74.
39 Ebenda, S. 75.
40 Ebenda, S. 59.
41 Ebenda, S. 139.
42 Ebenda, S. 139f.
43 Ebenda, S. 140.
44 Ebenda, S. 129f.
45 Ebenda, S. 38f.
46 Ebenda, S. 106.
47 Ebenda, S. 100.
48 Ebenda, S. 101.
49 Ebenda, S. 102.
50 Ebenda, S. 110.
51 Ebenda.
52 Ebenda, S. 111.
53 Ebenda, S. 167.
54 Ebenda, S. 170.
55 Ebenda.
56 Ebenda, S. 266.
57 Ebenda.
58 Ebenda, S. 307.
59 Ebenda, S. 181.
60 Ebenda, S. 245f.
61 Ebenda, S. 308.
62 Ebenda, S. 311.
63 Ebenda.
64 Ebenda, S. 316f.
65 »Kindheit«, vgl. Anm. 36.
66 *Brandmal*, S. 173.
67 *Blume*, S. 276.
68 Ebenda.
69 Ferdinand Hardekopf an Emmy Hennings, Berlin, 11.2.1922, Nachlaß.

1 *Tagebuch* 1930, Nachlaß.
2 Emmy Ball-Hennings an Ninon Hesse, Cassina, 13. 2. 1935, Nachlaß.
3 Ebenda. Agnuzzo, 13. 5. 1938, Nachlaß.
4 Ball-Hennings, Emmy, »Erwachende Eitelkeit«, in: *Sie und Er* 31/1938, Nachlaß.
5 Typoskript der Rezension von Dr. Max Dietrich für die Zeitschrift *Germania*, Berlin, Nachlaß.
6 Emmy Ball-Hennings an Ninon Hesse, Agnuzzo, 3. 6. 1940, Nachlaß.
7 Ebenda, undatiert, Nachlaß.
8 *Blume*, S. 165.
9 Huelsenbeck, Richard, »Das Cabaret Voltaire«, in: *Katalog*, S. 120.
10 *Gang*, S. 174.
11 vgl. Anm. 1.
12 *Spiel*, S. 14.
13 Ebenda, S. 13.
14 *Blume*, S. 83.
15 Ebenda, S. 90.
16 Ebenda, S. 98.
17 Ebenda, S. 135.
18 Ebenda, S. 138.
19 Ebenda, S. 250.
20 Ebenda, S. 252.
21 Ebenda, S. 279.
22 Ebenda, S. 282.
23 Ebenda, S. 283.
24 *Spiel*, S. 7.
25 Ebenda, S. 13f.
26 Ebenda, S. 16.
27 Ebenda, S. 52.
28 Ebenda, S. 53.
29 Ebenda, S. 54.
30 Ebenda, S. 51.
31 Ebenda.
32 Ebenda, S. 55.
33 Lebenslauf 1938, Typoskript, Nachlaß.
34 *Spiel*, S. 89.
35 Ebenda, S. 54.
36 Ebenda, S. 87.
37 Ebenda.

38 Ebenda.
39 Ebenda.
40 Ebenda, S 86.
41 Pust, Dieter, »Emmy tingelte einst durch Angeln«, in: *Flensburger Tageblatt* 12.12.1998, S. 18.
42 *Spiel*, S. 97.
43 Ebenda, S. 103.
44 Ebenda, S. 104.
45 Ebenda, S. 114.
46 Ebenda.
47 Ebenda, S. 115.
48 Ebenda, S. 121.
49 Szittya, Emil, *Die Internationale der Räte*, in: *Katalog*, S. 22.
50 *Spiel*, S. 142.
51 Ebenda, S. 129.
52 Ebenda, S. 160.
53 Ebenda, S. 185f.
54 Ebenda, S. 136.
55 Ebenda, S. 193.
56 Ebenda, S. 186.
57 Ebenda, S. 145.
58 Ebenda, S. 186.
59 Ebenda, S. 198.
60 Ebenda, S. 199.
61 Ebenda, S. 202.
62 Ebenda, S. 184.
63 Ebenda, S. 17.
64 *Blume*, S. 319.
65 Ebenda, S. 320.

»... dieses schreiende Leben«

1 »Ohne Titel«, in: Hennings, Emmy, *Frühe Texte*, hg. v. B. Merkelbach, Siegen 1985, S. 6.
2 *Spiel*, S. 202.
3 Ebenda, S. 203.
4 Ebenda.
5 *Brandmal*, S. 7f.
6 Ebenda, S. 10.
7 Ebenda, S. 29.
8 Ebenda, S. 35.
9 Ebenda, S. 36.
10 Ebenda, S. 39.

11 Ebenda, S. 115.
12 Ebenda, S. 79.
13 Ebenda, S. 159.
14 Ebenda, S. 68.
15 Ebenda, S. 163.
16 Ebenda, S. 166
17 Ebenda, S. 40.
18 Ebenda, S. 177.
19 Ebenda, S. 193.
20 Ebenda, S. 181.
21 Klotz, Volker, *Bürgerliches Lachtheater,* München 1980, S. 94.
22 Ebenda, S. 184.
23 *Brandmal,* S. 196.
24 Ebenda, S. 197.
25 Ebenda, S. 198.
26 Ebenda, S. 199.
27 Ebenda, S. 224/25.
28 Ebenda, S. 225.
29 *Brandmal,* S. 198.
30 Ebenda, S. 205.
31 Benn, Gottfried, »Kreislauf«, in: *Gebuchte Lust,* Leipzig 1996, S. 134.
32 Freud, Sigmund, »Das Unheimliche«, in: *Gebuchte Lust,* S. 86.
33 Benjamin, Walter, »Bettler und Huren«, in: *Gebuchte Lust,* S. 35.
34 Reich, Wilhelm, »Leidenschaft der Jugend«, in: *Gebuchte Lust,* S. 70.
35 Hardekopf, Ferdinand, »Die Cigarette«, in: *Der Morgen. Berliner Fremdenblatt,* 1.Jg. (1901), Nr. 5 vom 6. Februar.
36 Lasker-Schüler, Else, *Mein Herz,* in: G.W. II. hg. v. Friedhelm Kemp, München 1962, S. 313f.
37 *Brandmal,* S. 150.
38 Pauly, Ernst, *20 Jahre Café des Westens,* in: *Katalog,* S. 30/31.
39 »Ode vom seligen Morgen«, in: Hardekopf, Ferdinand, *Lesestücke,* Berlin-Wilmersdorf: Verlag Die Aktion 1916, S. 22.
40 »Jetzt muß ich ...«, in: Hennings, Emmy, *Frühe Texte,* S. 5.
41 Hardekopf, Ferdinand, *Der Abend. Ein kleines Gespräch,* Leipzig 1913. S. 16f.
42 Mühsam, Erich, in: *Katalog,* S. 48.
43 – *Tagebücher 1910-1924,* hg. v. Chris Hirte, München 1994, S. 9.
44 – in: *Katalog,* S. 48.
45 Ferdinand Hardekopf an René Schickele, München, 3.11.1910, Nachlaß.
46 Ebenda, Berlin, 18.11.1912, Nachlaß.

47 *Spiel*, S. 266.
48 Ebenda, S. 267.
49 *Blume*, S. 11.
50 Emmy Hennings an Alfred Kerr, in: *Katalog*, S. 67.
51 *Spiel*, S. 203.
52 Ebenda, S. 203f.
53 *Brandmal*, S. 239.
54 Ebenda, S. 241f.
55 Ebenda, S. 243.
56 *Spiel*, S. 205.
57 Ebenda, S. 206.
58 *Brandmal*, S. 244.
59 Ebenda, S. 242.
60 *Spiel*, S. 208.
61 Emmy Hennings an Reinhold Rudolf Junghanns, in: *Katalog*, S. 72.
62 Ebenda.
63 *Brandmal*, S. 257.
64 Ebenda, S. 239.
65 Pester Lloyd. Budapest, 13.5.1913, ›Institut für Weltwirtschaft‹, Kiel.
66 Ebenda, 15. Mai 1913.
67 »Ohne Titel«, in: Hennings, Emmy, *Frühe Texte*, S. 10.
68 Ebenda.
69 »In Budapest am 1. Mai«, in: Hennings, Emmy, *Frühe Texte*, S. 9.
70 Emmy Hennings an Rudolf Reinhold Junghanns, in: *Katalog*, S. 72.
71 »Cabaret Royal-Orpheum«, in: Hennings, Emmy, *Frühe Texte*, S. 9.

Junge Frau vor 1914 oder Bohemienne mit Begleiter(n)

1 Hennings, Emmy, »Vor der Premiere«, in: *Die Schaubühne*, 9/1913.
2 Ebenda.
3 Ebenda.
4 Marietta, Klabund, in: Raabe, Paul (Hg.), *Expressionismus. Aufzeichnungen und Erinnerungen der Zeitgenossen*, Freiburg i. Br. 1965, S. 93.
5 *Spiel*, S. 268.
6 Mühsam, Erich, *Tagebücher*, in: *Katalog*, S. 38.

7 Ebenda, S. 39.

8 Jakob van Hoddis an den Leiter des ›Neuen Club‹ vom 8.2.1911, in: *Katalog*, S. 36.

9 Erwin Loewenson an Grete Tichauer, Berlin, 22.5.1911, in: *Katalog*, S. 49.

10 van Hoddis, Jakob, *Dichtungen und Briefe*, Zürich 1987, S. 19:

»Tanz«
Ein kleines Mädchen mit gebrannten Löckchen
In einem Hemd ganz himmelblau –
Die bloßen Beine trippeln ohne Söckchen,
Sie singt: ›Ach, tu mir nichts zuleide!
Ach, Du! Heut werd ich Deine Frau!‹

Dann tanzt sie gierig und mit Chic
Zu einer holprigen Musik.
Und durch die Wirbel blauer Seide
Siehst du den jungen Leib genau.

11 Ebenda, S. 23:

»Tänzerin«
Wie mich die zärtlichen Gelenke rühren,
Dein magrer Nacken, Deiner Knie Biegen!
Ich zürne fast. Werde ich Dir erliegen?
Wirst Du zu jenem Traum zurück mich führen,

Den ich als Knabe liebend mir erbaute
Aus süssen Versen und dem Spiel der schönen
Schauspielerinnen, linden Geigentönen
Und Idealen, die ich klaute?

Ach, keine fand ich jenem Traume gleich,
Ich mußte weinend Weib um Weib vermeiden.
Ich war verbannt zu unermeßnem Leiden
Und hasse jenen Traum. Ich spähe bleich,

Und sorgsam späh ich, wie Dein Leib sich wende,
Nach jeder Fehle, die im Tanz Du zeigst,
Ich bin Dir dankbar, da Du doch am Ende
Mit einem blöden Lächeln Dich verneigst.

12 Emmy Ball-Hennings an Carl Seelig, Magliaso, 6.2.1946, Nachlaß.

13 Ebenda, undatiert (verm. Februar 1946), Nachlaß.

14 Ebenda, Magliaso, 6.2.1946, Nachlaß.

15 Ebenda.
16 Hennings, Emmy, »Betrunken taumeln ...«, in: *Die Ähre* 4/1916, S. 173.
17 Mühsam, Erich, *Tagebücher*, S. 81.
18 Jakob van Hoddis an Emmy Hennings, verm. Berlin, Mai 1913, *Katalog*, S. 37.
19 van Hoddis, Jakob, *Dichtungen und Briefe*, S. 15.
20 Emmy Ball-Hennings an Carl Seelig, Magliaso, 6.2.1946, Nachlaß.
21 Emmy Ball-Hennings an Annemarie Schütt-Hennings, o. D. (verm. Sommer 33), Nachlaß.
22 Ebenda.
23 Stratenwerth, Irene, »Das Gesicht an der Wand«, in: *Die Woche* 20. August 1999, S. 28f.
24 »Ein Traum«, in: Hennings, Emmy, *Die letzte Freude*, S. 9.
25 Emmy Ball-Hennings an Carl Seelig, Magliaso, 6.2.1946. Nachlaß.
26 »Ein Traum«, in: Hennings, Emmy, *Die letzte Freude*, S. 9.
27 *Spiel*, S. 263.
28 Ebenda, S. 264.
29 Emmy Hennings an Rudolf Reinhold Junghanns, o. D., in: *Katalog*, S. 57.
30 *Spiel*, S. 264.
31 Ebenda.
32 Emmy Hennings an Kurt Wolff, März/April 1913, in: *Katalog*, S. 68.
33 *Spiel*, S. 266.
34 Emmy Hennings an Rudolf Reinhold Junghanns, o. D., in: *Katalog*, S. 57.
35 Ebenda, Berlin, 10.5.1912, in: *Katalog*, S. 62.
36 Mühsam, Erich, *Tagebücher*, S. 78.
37 Emmy Hennings an Rudolf Reinhold Junghanns, Berlin, 22.4.1912, in: *Katalog*, S. 62.
38 Ebenda, Berlin, 10.5.1912, in: *Katalog*, S.62f.
39 Ravien Siurlai (i.e. Ferdinand Hardekopf), »Emmy Hennings«, in: *Die Aktion*, 5.6.1912.
40 Ebenda, S. 63.
41 Emmy Hennings an Rudolf Reinhold Junghanns, Berlin, 10.5.1912, in: *Katalog*, S. 63.
42 Emmy Hennings an R. R. Junghanns, München, August 1912, in: *Katalog*, S. 65.
43 Emmy Hennings an R. R. Junghanns, Zürich 1916, Dada-Archiv II: 28, ›Kunsthaus‹ Zürich.
44 Ebenda.

45 Becher, Johannes R., *Auf andere Art so große Hoffnung,* Tagebuch 1950, in: *Katalog,* S. 78.
46 Ebenda.
47 Becher, Johannes R., *Abschied,* in: *Katalog,* S. 79.
48 Bachmair, Heinrich F. S., »Bericht des ersten Verlegers«, in: *Katalog,* S. 80.
49 Becher, Johannes R., »Dagny ... «, in: *Katalog,* S. 81.
50 – *Briefe 1909-1958,* hg. v. Rolf Harder, Berlin 1993, S. 23.
51 – *Verfall und Triumph,* »Kino«, in: *Katalog,* S. 80.
52 – *Verbrüderung,* »Emmy«, in: *Katalog,* S. 79.
53 – *Verfall und Triumph,* »Der Fetzen«, in: *Katalog,* S. 80.
54 – *Tagebuch 1950,* in: *Katalog,* S. 78.
55 – *Gedichte*, Berlin/Weimar: Aufbau Verlag 1976, S. 249.
56 – *Briefe 1909-1958,* S. 479.
57 René Gass vermutet hinter *Hans* den Dichter Jakob van Hoddis, was ich für unwahrscheinlich halte. Obwohl Hoddis, nach den neuen Recherchen Bernhard Echtes und Irene Stratenwerths, noch einmal vom Dezember 1914 bis Mai 1915 in München gemeldet war, nehme ich an, daß kein oder nur noch ein sehr loser Kontakt zu Emmy bestanden hat, denn Hoddis' Aufenthalt fiele teilweise mit Emmys Inhaftierung und ihrer Abreise nach Berlin zu Ball zusammen. Auch wäre er, nach den Klinikberichten und den Aussagen Loewensons zu schließen, kaum in der Lage gewesen, sich zu dieser Zeit mit Emmy wegen eines Briefes von Hugo Ball auseinanderzusetzen. Ball hat Hoddis vermutlich nicht persönlich gekannt. Das schließe ich aus Briefen Emmys an Hugo Ball vom Herbst 1917. Schließlich spricht auch der *blonde Haarwuschel* gegen Hoddis. Hans Davidsohn hatte schwarzes Haar. Emmy schreibt das in dem oben zitierten Brief an Carl Seelig. Auch wurde er wegen seines Aussehens – so sein Biograph Fritz Bremer – in der Schule als *Chinese* oder *Japaner* gehänselt.
58 *Spiel,* S. 277.
59 Ebenda, S. 278.
60 Stössinger, Felix, »Dichter um Werfel«, (*Vossische Zeitung* 3.4. 1914), in: *Katalog,* S. 70.
61 Hennings, Emmy, *Die letzte Freude,* S. 12.
62 Emmy Ball-Hennings an Ninon Hesse, Cassina, 6. Juni 1936, Nachlaß.
63 Hennings, Emmy, *Die letzte Freude,* S. 7.
64 Mühsam, Erich, *Tagebücher,* S. 151.
65 Ball, Hugo: *Briefe 1911-1927,* S. 39.
66 Mühsam, Erich, *Tagebücher,* S. 34.
67 Ebenda, S. 35.

68 Ebenda.
69 Ebenda.
70 Ebenda, S. 36.
71 *Ruf*, S. 58.
72 Else Lasker-Schüler an Emmy Hennings, o. D., Nachlaß.
73 Ebenda.
74 Ball-Hennings, Emmy, *Nachruf auf Else Lasker-Schüler*, Typoskript 1945, Nachlaß.
75 Mühsam, Erich, *Tagebücher*, in: *Katalog*, S. 55.
76 Zuckmayer, Carl, *Als wär's ein Stück von mir*, S. 285.
77 Ball-Hennings, Emmy, *Lebenslauf*, Typoskript 1938, Nachlaß.
78 *Spiel*, S. 263.
79 Monaco, Marietta di, »Emmy Hennings«, in: *Katalog*, S. 88.

Ekstasen

1 Hennings, Emmy, *Verloren*, Typoskript, Nachlaß.
2 *Gefängnis*, Berlin 1985, S. 20.
3 vgl. Anm. 1.
4 *Gefängnis*, Berlin 1918.
5 Hennings, Emmy, *Das graue Haus*, Masch.-Ms. Nachlaß.
6 Ball-Hennings, Emmy, *Das Haus im Schatten*, Masch.-Ms. Nachlaß.
7 Mühsam, Erich, *Tagebücher*, S. 105f.
8 *Leben*, S. 105.
9 *Gefängnis*, S. 8.
10 Ebenda, S. 41.
11 Ebenda, S. 42.
12 Ebenda, S. 90.
13 Ebenda, S. 97.
14 Ebenda, S. 99.
15 Ebenda, S. 104.
16 Hennings, Emmy, *Frühe Texte*, hg. v. Bernhard Merkelbach, S. 12.
17 *Gefängnis*, S. 37.
18 Ebenda, S. 39.
19 Ebenda, S. 116.
20 *Brandmal*, S. 86.
21 *Gefängnis*, S. 104f.
22 Reventlow, Franziska Gräfin zu, *Autobiographisches*, München 1980, S. 479.
23 *Gefängnis*, S. 105.
24 Reventlow, Franziska Gräfin zu, *Autobiographisches*, S. 479f.

25 Mühsam, Erich, *Tagebücher,* S. 49f.
26 Ebenda, S. 336.
27 Ebenda, S. 122f.
28 Ebenda.
29 *Ruf,* S. 58.
30 Ebenda, S. 59.
31 Ebenda, S. 46.
32 Emmy Hennings an Hugo Ball, Karte mit Zeichnung, Nachlaß.
33 Siegfried Jacobssohn an Kurt Tucholsky, in: *Katalog,* S. 88.
34 Ebenda.
35 Johannes R. Becher an Heinrich F. S. Bachmair, *Briefe,* S. 26.
36 Ebenda, S. 30.
37 *Ruf,* S. 46.
38 Ebenda, S. 47.
39 *Flucht,* S. 236.
40 *Gefängnis,* S. 74.
41 *Flucht,* S. 111.
42 Hennings, Emmy, *Verloren,* Nachlaß.
43 *Gefängnis,* S. 39.
44 Hennings, Emmy, *Dagny III,* Typoskript, Nachlaß.
45 *Gefängnis,* S. 37.
46 Hennings, Emmy, *Dagny IV,* Ein Fragment. Nachlaß.
47 – *Aufhaengen,* Typoskript, Nachlaß.
48 – »An den Tod«, in: *Helle Nacht,* S. 25.
49 *Brandmal,* S. 127.
50 Ebenda, S. 130.
51 Ebenda, S. 199.
52 Ebenda, S. 204.
53 Ebenda, S. 211.
54 Ebenda, S. 212.
55 Ebenda, S. 210.
56 Ebenda, S. 241.
57 Ebenda, S. 205.
58 Siemsen, Hans, »Zwei Postkarten und ein Buch«, in: *Katalog,* S. 74.
59 *Brandmal,* S. 218.
60 Ebenda, S. 233.
61 Ebenda, S. 208.
62 Ebenda, S. 252.
63 Ebenda, S. 253.
64 Ebenda, S. 235.
65 *Gefängnis,* S. 43f.
66 Ebenda, S. 44.
67 *Brandmal,* S. 260.

68 Ebenda, S. 289.
69 Mühsam, Erich, *Tagebücher,* S. 44.
70 *Leben,* S. 183.
71 Müller, Baal, »Bildgeburten«, in: *Schwabing. Kunst und Leben um 1900,* S. 47.
72 Ferdinand Hardekopf an Emmy Hennings, in: *Katalog,* S. 35.
73 Mühsam, Erich, *Tagebücher,* S. 45.
74 Ebenda.
75 Ebenda, S. 45f.
76 Ebenda, S. 47.
77 Ebenda, S. 52.
78 Ebenda, S. 153.
79 Bremer, Fritz, *In allen Lüften hallt es wie Geschrei,* S. 14.
80 Ebenda, S. 17.
81 Ebenda, S. 32.
82 Ebenda, S. 48f.
83 Jakob van Hoddis an Emmy Hennings, verm. Berlin, Mai 1913, in: *Katalog,* S. 37.
84 Bremer, Fritz, *In allen Lüften hallt es wie Geschrei,* S. 62f.
85 Heidrich, Christian, »Geistiges Entzücken«, in: *Sinn und Form* 1/2000, S. 20.
86 Ebenda, S. 21.
87 Ebenda, S. 22.
88 Hennings, Emmy, *Dagny,* Fragment, Nachlaß.
89 Ebenda.
90 Reventlow, Franziska Gräfin zu, *Autobiographisches,* S. 479f.
91 *Brandmal,* S. 205.
92 Reventlow, Franziska Gräfin zu, *Autobiographisches,* S. 479f.

Ball-Spiele

1 Ball, Hugo, *Briefe 1911 bis 1927,* S. 248.
2 – »Der Henker«, in: *Die nichtgesammelten Gedichte,* Leipzig 1996, S. 25.

Ich kugle Dich auf Deiner roten Decke.
Ich bin am Werk: blank wie ein Metzgermeister.
Tische und Bänke stehen wie blitzende Messer
der Syphiliszwerg stochert in Töpfen voll Gallert und Kleister:

Dein Leib ist gekrümmt und blendend und glänzt wie der gelbe Mond
deine Augen sind kleine lüsterne Monde

dein Mund ist geborsten in Wollust und in der Jüdinnen Not
deine Hand eine Schnecke, die in den blutroten Gärten voll
Weintrauben und Rosen wohnte.

Hilf, heilige Maria! Dir sprang die Frucht aus dem Leibe
sei gebenedeit! Mir rinnt heiliger Brand an den Beinen
herunter:
Mein Haar ein Sturm, mein Gehirn ein Zunder
meine Finger zehn gierige Zimmermannsnägel
die schlage ich in der Christenheit Götzenplunder.

Als Dein Wehgeschrei dir die Zähne aus den Kiefern
sprengte
da brach auch ein Goldprasseln durch die Himmels-
sparren nieder.
Eine gigantische Hostie gerann und blieb zwischen
Rosabergen stehen
ein Hallelujah gurgelte durch Apostel- und Hirtenglieder.

Da tanzten nackichte Männer und Huren in verrückter
Ekstase
Heiden, Türken, Kaffern und Muhammedaner zumal
Da stoben die Engel den Erdkreis hinunter
Und brachten auf feurigem Teller die Finsternis und die
Qual.
Da war keine Mutterknospe, kein Auge mehr blutunter-
laufen und ohne Hoffen.
Jede Seele stand für die Kindheit und das Wunder offen.

3 Teubner, Ernst (Hg.), *Hugo Ball, Leben und Werk,* Berlin: publica Verlag 1986, S. 14.
4 Ball-Hennings, Emmy, *Rebellen und Bekenner,* in: *Hugo Ball Almanach* 1994, S. 79.
5 Ball, Hugo, *Briefe 1911-1927,* S. 34f.
6 Ebenda, S. 36.
7 Ebenda, S. 26.
8 Ebenda, S. 37.
9 Ebenda, S. 36f.
10 Ball-Hennings, Emmy, *Rebellen und Bekenner,* in: *Hugo Ball Almanach* 1994, S. 75.
11 Ebenda, S. 76.
12 Richter, Hans, »Cabaret Voltaire«, in: *Katalog,* S. 121.
13 Goll, Claire, »Hugo Ball und Emmy Hennings«, in: *Katalog,* S. 122.

14 Ball-Hennings, Emmy, *Rebellen und Bekenner,* in: *Hugo-Ball-Almanach* 1994, S. 79.
15 Ebenda, S. 83.
16 Ebenda, S. 88.
17 *Spiel,* S. 275.
18 »Vom Grund der Liebe«, in: *Katalog,* S. 85.
19 Richard Dölker lebte und arbeitete von 1925-1933 in Vietri sul Mare bei Salerno, wo er mit Emmy und Hugo Ball 1925/26 in enger Verbindung stand. Annemarie Hennings und gelegentlich auch Emmy bemalten Keramiken in Dölkers Werkstatt. Alle diesbezüglichen Angaben stammen von der Tochter Richard Dölkers, Frau Susanne Dölker.
20 *Tagebuch,* Rom, Weihnachten 1924, Nachlaß.
21 Ebenda, Rom, 9. November 1924.
22 *Spiel,* S. 275.
23 *Leben,* S. 175.
24 Ebenda, S. 174.
25 Richter, Hans, »Cabaret Voltaire«, in: *Katalog,* S. 121.
26 Ebenda.
27 Ebenda, S. 122.
28 Goll, Claire, »Hugo Ball und Emmy Hennings«, in: *Katalog,* S. 122.
29 *Ruf,* S. 37.
30 *Spiel,* S. 284.
31 Ebenda, S. 285.
32 *Flucht,* S. 27f.
33 Ebenda, S. 16.
34 Ebenda, S. 27.
35 Ebenda, S. 29.
36 *Weg,* S. 42.
37 *Spiel,* S. 284.
38 *Flucht,* S. 31.
39 *Ruf,* S. 63.
40 Ball, Hugo, *Briefe 1911-1927,* S. 40.
41 Ebenda.
42 Ebenda, S. 38.
43 Ebenda, S. 23.
44 Bundesarchiv Bern, Bestandsnummer E 27, Archiv-Nr. 1377.
45 Ball, Hugo, *Briefe 1911-1927,* S. 48.
46 Ebenda, S. 48f.
47 *Ruf,* S. 79.
48 Ball, Hugo, *Flametti oder Vom Dandysmus der Armen,* Frankfurt am Main 1989, S. 25.
49 *Flucht,* S. 49, 55, 56, 59, 65, 67, 69.

50 Ebenda, S. 79.
51 Ebenda.
52 Ball, Hugo, *Briefe 1911-1927*, S. 51.
53 Ebenda, S. 52.
54 Ebenda, S. 57.
55 Schad, Christian, *Relative Realitäten,* S. 20.
56 Ebenda, S. 21f.
57 *Flucht,* S. 49.
58 Ebenda, S. 50.
59 Ebenda, S. 58.
60 Ebenda, S. 50/51.
61 Ball, Hugo, *Briefe 1911-1927*, S. 51.
62 Ball-Hennings, Emmy, *Rebellen und Bekenner,* in: *Hugo-Ball-Almanach* 1991, S. 61, vgl. auch: Wenzel White, Erdmute, *So nie gehörte Töne, Die Musik Dadas: Vokal- und Konsonantenmusik,* in: *Hugo-Ball-Almanach* 1999, S. 70 ff.
63 N.N. »Emmy Hennings im Cabaret Voltaire«, in: *Katalog,* S. 117.
64 Ferdinand Hardekopf an Olly Jaques. 13. 5. 1917. Nachlaß.
65 Ball, Hugo, *Briefe 1911-1927*, S. 52.
66 Ebenda.
67 Isler, Alan, *Der Prinz der West End Avenue,* München 1998, S. 237.
68 *Flucht,* S. 95.
69 Richter, Hans, »Kunst und Antikunst«, in: *Katalog,* S. 122.
70 Huelsenbeck, Richard, *Reise bis ans Ende der Freiheit*, in: *Katalog,* S. 119.
71 Ebenda.
72 Ebenda.
73 Emmy Hennings an Hugo Ball, 5. Februar 1916, Nachlaß.
74 Schifferli, Peter (Hg.), *Das war Dada, Dichtungen und Dokumente,* München 1963, S. 142.
75 Ball, Hugo, *Briefe 1911-1927*, S. 53.
76 Ebenda, S. 54.
77 Ebenda, S. 56.
78 Ebenda, S. 67.
79 *Ruf,* S. 86.
80 Ebenda, S. 86f.
81 Emmy Ball-Hennings an Ninon Hesse, o. D., Nachlaß.
82 Ebenda.
83 Schoen, Paul, *Das evangelische Kirchenrecht in Preußen,* Bd. 2, Berlin 1906-10, S. 346.
84 Ebenda, S. 399.
85 *Spiel,* S. 288.

Intermezzi mit und ohne Manifest oder Dada und (k)ein Ende

1 *Flucht,* S. 107.
2 Hugo Ball an Hans Arp, 31.7.1916, in: Schrott, Raoul, *Dada 15/25,* S. 63.
3 Ball, Hugo, *Briefe 1911-1927,* S. 60.
4 Ebenda, S. 62f.
5 Ebenda, S. 63f.
6 *Flucht,* S. 98.
7 Ball, Hugo, *Briefe 1911-1927,* S. 57.
8 *Flucht,* S. 101.
9 Ebenda, S. 105f.
10 Ball, Hugo, *Briefe 1911-1927,* S. 57.
11 Ebenda, S. 63.
12 *Flucht,* S. 107.
13 Ball, Hugo, *Briefe 1911-1927,* S. 60.
14 *Flucht,* S. 110/11.
15 Ball, Hugo, »Dadaistisches Manifest«, in: Schrott, Raoul, *Dada 15/25,* S. 53.
16 *Flucht,* S. 109f.
17 Huelsenbeck, Richard, *Mit Witz, Licht und Grütze,* Wiesbaden 1957, S. 49.
18 – *Reise bis ans Ende der Freiheit,* S. 101.
19 *Flucht,* S. 108.
20 Ball, Hugo, *Briefe 1911-1927,* S. 66.
21 Ebenda, S. 65.
22 Ebenda, S. 60f.
23 Ebenda, S. 62.
24 Ebenda, S. 65.
25 Ebenda, S. 67.
26 Schrott, Raoul, *Dada 15/25,* S. 51.
27 Ebenda, S. 63.
28 Hugo Ball an Käthe Brodnitz, 20. 10. 1916, in: Schrott, Raoul, *Dada 15/25,* S. 72.
29 *Flucht,* S. 123.
30 Ebenda, S. 125.
31 Ball, Hugo, *Briefe 1911-1927,* S. 68f.
32 *Flucht,* S. 131.
33 Ball, Hugo, *Briefe 1911-1927,* S. 68.
34 Ebenda. Mit *Bettina* ist Bettina von Arnim gemeint.
35 Ferdinand Hardekopf an Olly Jaques, Zürich, 9.1.1917, Nachlaß.
36 Ball, Hugo, *Briefe 1911-1927,* S. 69.

37 Ebenda, S. 72.
38 Ebenda, S. 72f.
39 Ebenda, S. 73.
40 Ebenda.
41 Ebenda, S. 70.
42 Ebenda, S. 75.
43 Ferdinand Hardekopf an Emmy Hennings, Lugano (verm. Februar 1919), Nachlaß.
44 Ferdinand Hardekopf an Olly Jaques, 21.7.1918, Nachlaß.
45 Ferdinand Hardekopf an Emmy Hennings, Mannenbach, 15.11. 1917, Nachlaß.
46 Ball, Hugo, *Briefe 1911-1927*, S. 74.
47 Han(s) Cor(r)ay. Die Schreibung des Namens variiert. Ich übernehme Emmys Version: Han Coray.
48 Ferdinand Hardekopf an Olly Jaques, Zürich, 16.1.1917, Nachlaß.
49 Hardekopf, Ferdinand, in: *Dada Zürich*, Zürich 1998, S. 146.
50 Korol, Martin, *Deutsches Präexil in der Schweiz*, Bremen/Tartu 1999, S. 116.
51 Ebenda, S. 115.
52 Ebenda.
53 Ebenda.
54 Emmy Hennings an Tristan Tzara, 17. 3. 1917, in: Schrott, Raoul, *Dada 15/25*, S. 90.
55 Ebenda.
56 Ebenda.
57 Ebenda.
58 Ball, Hugo u. Hennings, Emmy, *Damals in Zürich*, Zürich 1978, S. 189f.
59 Ferdinand Hardekopf an Olly Jaques, Zürich (nach dem 19. 5. 1917), Nachlaß.
60 Emmy Hennings an Tristan Tzara, 19. Mai 1917, in: Schrott, Raoul, *Dada 15/25*, S. 135.
61 Ball, Hugo, *Briefe 1911-1927*, S. 78.
62 Ebenda, S. 79.
63 Ferdinand Hardekopf an Olly Jaques, Zürich, 1. Juni 1917, Nachlaß.
64 *Ruf*, S. 99.
65 Ball-Hennings, Emmy, *Rebellen und Bekenner*, in: *Hugo-Ball-Almanach* 1991, S. 53.
66 *Flucht*, S. 166.
67 Ebenda, S. 167.
68 Ebenda, S. 172.
69 *Ruf*, S. 111f.

70 Ebenda, S. 111.
71 Ball, Hugo, *Briefe 1911-1927*, S. 74.
72 Ball, Hugo u. Hennings, Emmy, *Damals in Zürich*, S. 172.
73 Emmy Ball-Hennings an Friedrich Witz, 20.3.1939, Nachlaß.
74 Ball, Hugo u. Hennings, Emmy, *Damals in Zürich*, S. 168.
75 Ebenda, S. 170.
76 Ball-Hennings, Emmy, *Rebellen und Bekenner*, in: *Hugo-Ball-Almanach* 1991, S. 74.
77 Ebenda, S. 84.
78 Glauser, Friedrich, *Briefe* Bd. 1. S. 16.
79 Ebenda, S. 17.
80 *Ruf*, S. 113.
81 Huelsenbeck, Richard, *Mit Witz, Licht und Grütze*, S. 73f.
82 *Ruf*, S. 113.
83 Ball, Hugo, *Der Künstler und die Zeitkrankheit*, Ausgewählte Schriften, S. 54.
84 Ebenda, S. 57.
85 *Ruf*, S. 113.
86 Weiss, Peter, *Trotzki im Exil*, Frankfurt am Main 1970.
87 Stoppard, Tom, *Travesties*. Theaterstück, Hamburg 1976.
88 Noguez, Dominique, *Lenin dada*, Zürich 1990.
89 Korol, Martin, *Deutsches Präexil in der Schweiz 1916-1918*, S. 85 ff.
90 O'Hara, Frank, »Katy«, in: *The Collected Poems of Frank O'Hara*, edited by Donald Allen, University Press of California 1995, S. 242.

Sie sagen, daß ich Trübsal blase,
jedoch ich tanze gerade laut.
Esse Papier. Gut für meine Knochen.
Spiele mit dem Piano-Pedal. Tanze.
Bin niemals ruhig – still – meine ich.
Eines Tages werde ich Frank O'Hara lieben.
Ich denke, ich werde allein sein –
eine kleine Weile.

Die Zeit verweht und Venus fällt …

1 Ball, Hugo u. Hennings, Emmy, *Damals in Zürich*, S. 71.
2 Ebenda.
3 Ebenda, S. 72.
4 Ebenda.
5 Ebenda, S. 72f.
6 Ebenda, S. 75.

7 Ebenda, S. 76f.

8 Ferdinand Hardekopf an Emmy Hennings, 14.10.1917, Nachlaß. Die dänische Staatsbürgerschaft hat Emmy Hennings nach Auskunft des ›Danish Record Office‹ und der dänischen Botschaft in Bern nicht besessen. Das Kong-Christian-Papier war weder den erwähnten Institutionen noch von mir befragten dänischen Historikern bekannt. Ich halte es für möglich, daß Emmy für ihre Gastspiele in Tondern 1906/07 eine Aufenthalts- und Arbeitsbewilligung für das Königreich Dänemark gehabt und sie später in schwierigen Situationen vorgezeigt hat. Dieter Pust verweist darauf, daß Joseph Hennings im Flensburger Melderegister von 1905, vermutlich wegen der Herkunft seiner Eltern, als »Däne« bezeichnet wird. »Emmy, die Dänin» bleibt bei Drucklegung ungeklärt.

9 Emmy Ball-Hennings an Ninon Hesse, Agnuzzo, 17/18. 1. 1932, Nachlaß.

10 Ball, Hugo u. Hennings, Emmy, *Damals in Zürich,* S. 76.

11 Annemarie Schütt-Hennings an Anna-Louise Schetty, Rom, o. D., Ball-Sammlung, Pirmasens.

12 Emmy Hennings an Hugo Ball, o. D., Nachlaß.

13 *Ludwig Meidner. Dichter, Maler und Cafés,* hg. v. Ludwig Kunz, Zürich 1973, S. 13f.

14 Alvarez del Vayo, Julio, *Give me Combat*, S. 15: »Die Universität dort bot einen Kurs an, der mich sehr interessierte: Die Geschichte des Kommunismus, Sozialismus und Anarchismus. Und gleichzeitig wollte ich jene deutsche politische Strömung kennenlernen, die die Briten zunehmend beunruhigte. Es war ein Jahr vor dem Ausbruch des ersten Weltkriegs.«

15 Ebenda, S. 58: »Durch Hans Richter, den Maler, machte ich die Bekanntschaft einer der amüsantesten Frauen im Hintergrund der Gruppe, der exzentrischen Emmy Hennings, einer dänischen Dichterin und Verfasserin subversiver Couplets. Durch sie konnte ich die Entwicklung einer der meistdiskutierten, jedoch am wenigsten verstandenen literarischen Bewegungen mitverfolgen: den Dadaismus ... Die größte Extravaganz, die sich die Dadaisten erlaubten, war ihr Bestehen darauf, daß Dada nichts mit Politik zu tun hätte. Aber schon die Tatsache, daß die Bewegung den Krieg vehement ablehnte, machte sie zu einer politischen; und jedes Mal, wenn Emmy Hennings die Bühne betrat, um ein Antikriegslied zu singen, brandete in dem mit jungen Leuten überfüllten Raum donnernder Applaus auf.«

16 Emmy Hennings an Hugo Ball, o. D., Nachlaß.

17 Ebenda.

18 Ferdinand Hardekopf an Emmy Hennings, 15.11.1917, Nachlaß.

19 Ebenda, um den 20. 11. 1917.
20 Alvarez del Vayo, Julio, *Give me Combat*, S. 59: »Auf der Bühne des Cabaret Voltaire war alles neu und ungewohnt ... Schlüsselrasseln und Blechbüchsengeklapper statt eines Orchesters; und das Getrappel der Zuhörer klang manchmal wie ein wahres Protestgestampfe ... Oft waren die Zuhörer fassungslos, manchmal heuchelten sie Verständnis, und hin und wieder steigerte sich ihr Zorn zur Angriffslust. Nach einem von Emmys Auftritten, bei dem ich sie begleitete, wurde sie von einer Gruppe Deutschlandbegeisterter so herumgestoßen, daß sie, trotz meiner Versuche, sie zu schützen, die Rangelei mit einem blauen Auge verließ.«
21 Emmy Hennings an Hugo Ball, o. D. (verm. Herbst 1917), Nachlaß.
22 Emmy Hennings an Hugo Ball, o. D. (verm. Herbst 1917), Nachlaß.
23 Emmy Hennings an Hugo Ball, o. D. (verm. Herbst 1917), Nachlaß.
24 Ball, Hugo, *Briefe 1911-1927*, S. 99.
25 Ebenda.
26 Ebenda, S. 98.
27 Ebenda, S. 101.
28 Ebenda, S. 110.
29 Ebenda.
30 Ebenda, S. 116.
31 Ferdinand Hardekopf an Emmy Hennings, 14. 10. 1917, Nachlaß.
32 Goll, Claire, *Ich verzeihe keinem,* in: *Katalog,* S. 122.
33 Hugo Ball an J. Alvarez del Vayo, 1.1.1918, Nachlaß.
34 Emmy Hennings an Hans Richter, Zürich, o. D., Nachlaß Hans Richter, ›Deutsches Literatur-Archiv‹, Marbach.
35 Nachlaß.
36 Emmy Hennings an Hugo Ball, o. D. (verm. Jan./Febr. 1918), Nachlaß.
37 Ball, Hugo, *Briefe 1911-1927*, S. 120.
38 Ebenda, S. 119.
39 Ebenda, S. 121.
40-44 Zitate aus unterschiedlichen Briefen von Emmy Hennings an Hugo Ball ohne Datum (verm. Ascona, Frühjahr 1918), die ohne Signatur einem Briefkonvolut im Nachlaß zugeordnet sind.
45 Ball-Hennings, Emmy, *Rebellen und Bekenner,* in: *Hugo-Ball-Almanach* 1991, S. 96.
46 Ball, Hugo, *Briefe 1911-1927*, S. 93.
47 Ebenda, S. 94.

48 Ebenda, S. 95.
49 Ebenda, S. 112-14.
50 Ebenda, S. 115.
51 Ebenda, S. 117.
52-54 Briefe Emmy Hennings an Hugo Ball, o. D. (verm. Ascona, Frühsommer 1918), die ohne Signatur einem Briefkonvolut im Nachlaß zugeordnet sind.
55 Protokoll des Detektivs Frey, Schweizer Bundesarchiv, Bern.
56 Ebenda.
57 Bloch, Ernst, *Tendenz – Latenz – Utopie*, S. 21.
58 *Flucht*, S. 206.
59 Ball, Hugo, *Briefe 1911-192*, S. 97.
60 Ebenda, S. 94.
61 Teubner, Ernst (Hg.), *Hugo Ball. Leben und Werk*, S. 185.
62 Ebenda, S. 30.
63 Ebenda, S. 185.
64 Ball, Hugo, *Briefe 1911-1927*, S. 97.
65 Benjamin, Walter, *Briefe*, S. 35.
66 Ebenda, S. 34.
67 Ball-Hennings, Emmy, *Rebellen und Bekenner*, in: *Hugo-Ball-Almanach* 1991, S. 94.
68 Ball, Hugo, *Briefe 1911-1927*, S. 97.
69 Bloch, Ernst, »Spuk, dumm und aufgebessert«, in: *Gebuchte Lust*, S. 89.
70 Ebenda.
71 Emmy Hennings an Hugo Ball, o. D., Nachlaß.
72 *Flucht*, S. 237.
73 Bloch, Ernst, *Tendenz-Latenz-Utopie*, S. 13, S. 18f., S. 27.
74 Ebenda, S. 50.
75 Ebenda, S. 35.
76 Ebenda, S. 34f.
77 *Brandmal*, S. 260.
78 Ball-Hennings, Emmy, *Tagebuch*, Rom 1925, Nachlaß.

Emmy zitiert aus ihrem Gedicht: »Untergang der Sonne«, in: *Helle Nacht*, Berlin 1922, S. 42f.

»Leise spielend schwebt Hauch über dem zärtlichen Firmament. / Da vertieft sich das Geheimnis der Menschheit. / Inbrünstige Wolken schmiegen Farbenzärtlichkeit, / Jede Seele klingt Angelus. / Glorienfaltenmantel weitet sich, breitet sich aus, / Schwimmende Inseln überzaubern sich, / Seliges Ufer versinkt im Madonnenblau. / Lächeln im Sonnenschein übergoldet schimmernde Heere, / Alle Purpurflocken taumeln Wonne, / Glocken verhallen der Engelstimme Echo, / Gefilde ermatten im Ave. // *Jetzt singt der jüngste Seraph vor Gott sein Flügellied*, / Und flüsternde Flämmchen am Gestade verglimmen. / Die Gemeinschaft der Heiligen lauscht in den Schwingen / Der Äolsharfe. / Um diese Stunde fallen die Locken der Jungfrau so sanft. / Die Freude ist ein Seidenband um ihre Kinderstirne, / Unter Blütenschnee raunen die Cherubin von der Anmut ihres Gewandes. / Der Engel der Verkündigung senkt seine Augen / Und seine Veilchenflügel werden weich vor Demut, / Da er die Rosen auf ihren Füßen erglühen sieht. / Die Zeit verweht und Venus fällt ... // Hier aber steigst du, Wort, geheimnisvoller Stern. / Menschensehnsucht umweidet deinen Aufgang. / Um diese Stunde empfängt eine ferne Welle schüchtern das Wunder. / Das schwanke Schilf neigt Andacht. / Da senken sich über den See die Wasserrosen / Und lauschen liebend versunken ... (Für Frau Elisabeth Bloch †)«

79 Bloch, Ernst, *Tendenz – Latenz – Utopie*, S. 33f.

80 *Ruf*, S. 131.

81 Korol, Martin, *Deutsches Präexil in der Schweiz 1916-1918*, S. 370.

82 Ebenda, S. 173.

83 Ebenda, S. 159.

84 Ebenda, S. 154.

85 Ebenda, S. 175.

86 Ebenda, S. 378.

87 Ebenda, S. 382.

88 Ebenda, S. 251.

89 Ebenda, S. 57.

90 Ferdinand Hardekopf an Hugo Ball, Lugano, 25.3.1920, Nachlaß.

91 Ebenda.

92 *Flucht*, S. 252.

93 Ebenda, S. 256.

94 Ebenda.

95 Ebenda.

96 Ebenda, S. 255.

97 Ebenda.

98 Rezensionen im Nachlaß. Emmy hatte Büros beauftragt, ihre Rezensionen zu sammeln, u.a. Klose und Seidel, Berlin, Adolf Schustermann, Berlin, und Argus Suisse et International de la Presse S.A., Genève. Die Ausschnitte sind datiert oder undatiert in blaue und rote Schulhefte der Primarschulen des Tessin eingeklebt.

99 Ebenda.

100 *Brandmal*, S. 259.

101 *Ruf*, S. 128.

1 Ball-Hennings, Emmy, *Rebellen und Bekenner*, in: *Hugo-Ball-Almanach* 1991, S. 109.
2 Ball, Hugo, *Briefe 1911-1927*, S. 123.
3 Ebenda.
4 Ebenda, S. 125.
5 Ball-Hennings, Emmy, *Rebellen und Bekenner*, in: *Hugo-Ball-Almanach* 1991, S. 110.
6 Ebenda.
7 *Ruf*, S. 132f.
8 Ball-Hennings, Emmy, *Rebellen und Bekenner*, in: *Hugo-Ball-Almanach* 1991, S. 110f.
9 Ebenda, S. 110.
10 Ebenda.
11 *Flucht*, S. 261.
12 *Ruf*, S. 134.
13 Ball-Hennings, Emmy, *Rebellen und Bekenner*, in: *Hugo-Ball-Almanach* 1991, S. 111.
14 Ebenda.
15 *Flucht*, S. 261.
16 *Ruf*, S. 134.
17 *Flucht*, S. 265.
18 Huelsenbeck, Richard, *Mit Witz, Licht und Grütze*, S. 9.
19 Ebenda, S. 11.
20 Ebenda, S. 30.
21 Ebenda, S. 58.
22 Huelsenbeck, Richard, *Reise bis ans Ende der Freiheit*, S. 195.
23 Ball-Hennings, Emmy, *Tagebuch* 1920. Nachlaß.
24 Ebenda.
25 Ebenda.
26 Ebenda.
27 Ebenda.
28 *Ruf*, S. 142.
29 *Weg*, S. 81.
30 Ebenda.
31 Ebenda, S. 82.
32 Ball-Hennings, Emmy, *Rebellen und Bekenner*, in: *Hugo-Ball-Almanach* 1991, S. 113f.
33 – *Tagebuch* 1920. Nachlaß.
34 *Flucht*, S. 180.
35 *Weg*, S. 87.
36 *Flucht*, S. 276.
37 *Weg*, S. 88.

38 Huelsenbeck, Richard, *Mit Witz, Licht und Grütze,* S. 31/32.
39 Ebenda, S. 29/30.
40 Kapfer, Herbert/Exner, Lisbeth (Hg.), *Weltdada Huelsenbeck,* Innsbruck 1996, S. 66.
41 Ebenda, S. 87.
42 Ebenda, S. 92.
43 Huelsenbeck, Richard, *Reise bis ans Ende der Freiheit,* S. 196.
44 Weltdada, S. 93.
45 »Traum II«, in: Hennings, Emmy, *Helle Nacht,* S. 45.
46 – »Das ewige Lied«, in: *Katalog,* S. 179f.
47 – *Tagebuch* 1921, Nachlaß.
48 *Ruf,* S. 157f.
49 Ferdinand Hardekopf an Emmy Hennings, Zürich, 6.1.1921, Nachlaß.
50 *Flucht,* S. 286.
51 Ebenda, S. 296.
52 Ebenda, S. 284.
53 Ebenda.
54 Hennings, Emmy, »Begegnung mit Hermann Hesse«, in: *Vaterland,* 8.5.1936, Nachlaß.
55 Ebenda, S. 173.
56 *Flucht,* S. 278.
57 Ball-Hennings, Emmy, *Briefe an Hermann Hesse,* S. 21f.
58 Hesse, Hermann, *Werke* (Jub.-Ausgabe), Bd. III, Frankfurt am Main 1977, S. 200.
59 Ebenda.
60 Hennings, Emmy, *Begegnung mit Hermann Hesse,* vgl. Anm. 54.
61 *Flucht,* S. 296.
62 Ebenda, S. 291.
63 Ball, Hugo, *Briefe 1911-1927,* S. 136.
64 *Flucht,* S. 301.
65 Freedman, Ralph, *Hermann Hesse,* S. 271.
66 Ebenda, S. 278.
67 Hesse, Hermann, *Gesammelte Briefe,* Bd. 2, S. 80.
68 Ebenda.
69 Freedman, Ralph, *Hermann Hesse,* S. 288f.
70 Ebenda, S. 290f.
71 Ball, Hugo, *Briefe 1911-1927,* S. 139.
72 Ebenda, S. 140.
73 Huelsenbeck, Richard, *Reise bis ans Ende der Freiheit,* S. 163.
74 Ball, Hugo, *Briefe 1911-1927,* S. 141.
75 Huelsenbeck, Richard, *Reise bis ans Ende der Freiheit,* S. 80.
76 Ball-Hennings, Emmy, *Briefe an Hermann Hesse,* S. 24.
77 Ebenda.

78 Ball, Hugo, *Briefe 1911-1927*, S. 144.
79 Ebenda.
80 Ebenda, S. 145.
81 Saekel, Herbert, »Münchener Winter 1921«, in: *Krefelder Zeitung*, 23.12.1921, Nachlaß.
82 Ball, Hugo, *Briefe 1911-1927*, S. 140.
83 Ball-Hennings, Emmy, *Briefe an Hermann Hesse*, S. 28.
84 Ball, Hugo, *Briefe 1911-1927*, S. 145.
85 Ebenda, S. 144.
86 Ebenda, S. 145f.
87 Ball-Hennings, Emmy, *Briefe an Hermann Hesse*, S. 26.
88 Ebenda, S. 25.
89 Ball, Hugo, *Briefe 1911-1927*, S. 148.
90 Ebenda, S. 150.
91 Ball-Hennings, Emmy, *Briefe an Hermann Hesse*, S. 30.
92 Ball, Hugo, *Briefe 1911-1927*, S. 152.
93 Ebenda.
94 Ebenda, S. 151.
95 Hesse, Hermann, *Gesammelte Briefe*, Bd. 2, S. 32.
96 Ebenda.
97 Ball, Hugo, *Briefe 1911-1927*, S. 152.
98 Ebenda, S. 153.
99 Ebenda, S. 154.
100 *Leben*, S. 16.
101 Ebenda, S. 18f.
102 Ebenda, S. 221.
103 Im Typoskript heißt es in der 3. Strophe: »Gisela kam und Emmy«, in der 4.: »Summe den Shimmy, denke an Emmy«. In den unter *Krisis* veröffentlichen Gedichten (Berlin: S. Fischer 1928) ist Emmys Name auf S. 17 durch Fanny ersetzt.
104 Hesse, Hermann, *Krisis*, »Abend mit Dr. Ling«, S. 51.
105 Ebenda, »Steppenwolf«, S. 34.
106 Ebenda, »Wär ich einsam ...«, S. 13.
107 Ebenda, »In schlafloser Nacht geschrieben«, S. 66.
108 Ebenda, »Mit diesen Händen«, S. 78.
109 Ebenda, S. 22.
110 Ebenda, »Schweinerei«, S. 58.
111 Hesse, Hermann, »Schizophren«, Typoskript, ›Deutsches Literaturarchiv‹, Marbach.
112 Hermann Hesse an Hugo Ball, Basel, 24.2.1924, Depositum Hesse, Marbach.
113 Hermann Hesse an Hugo Ball, Basel, 25.1.1925, Marbach.
114 Hermann Hesse an Hugo Ball, Mittwoch, 25.5. (verm. 1926), Marbach.

115 Ball, Hugo, »Der Schizophrene« (1. Strophe) im Typoskript mit Widmung, Marbach. Es ist sicher, daß sich sowohl Ball als auch Hesse mit dem Phänomen der Schizophrenie beschäftigt haben. Beide verfolgten mit Interesse die Arbeiten am Züricher Universitätsspital ›Burghölzli‹, wo Eugen Bleuler erstmals diesen Begriff in seiner Arbeit *Dementia praecox oder Gruppe der Schizophrenien* (1911) geprägt hatte. Andere Psychiater, wie Hans Prinzhorn, haben die in den Werken von Geisteskranken verborgene Kunst entdeckt, sowie eine Verwandtschaft von schizophrenem Weltgefühl und dem sich im Kunstwerk offenbarenden Künstler. Auch Richard Huelsenbeck, der unter seinem amerikanisierten Namen Charles R. Hulbeck in der New Yorker Emigration als Psychoanalytiker tätig war, hat Arbeiten zu psychischen Erkrankungen und Kunst, zu Schizophrenie und Existentialismus/Dadaismus vorgelegt (u. a. Typoskript im Nachlaß Huelsenbeck, Marbach).

116 Ball, Hugo, »Der Büsser«, 3. u. 4. Strophe, Typoskript, Marbach.

117 Detering, Heinrich, *Das offene Geheimnis, Zur literarischen Produktivität eines Tabus von Winckelmann bis zu Thomas Mann,* Göttingen 1994, S. 23.

118 Ball, Hugo, *Hermann Hesse, Sein Leben und Werk,* Frankfurt am Main: Suhrkamp Taschenbuch Verlag 1977, S. 97.

119 Hermann Hesse an Hugo Ball, in: Hesse, Hermann, *Gesammelte Briefe 1922-1935,* S. 165.

120 Ebenda, S. 178.

121 Emmy Ball-Hennings an Ruth Wenger, o. D. (Florenz, Herbst 1923), Marbach.

122 Emmy Ball-Hennings an Ruth Hesse, o. D. (Albori, Herbst 1925), Marbach.

123 Emmy Ball-Hennings an Ruth Hesse, Albori, 28.10. (1925), Marbach.

124 Ebenda.

125 Emmy Ball-Hennings an Ruth Hesse, (Sorengo) 5.3. (1927), Marbach.

126 Ebenda.

127 Hermann Hesse an Annemarie Schütt-Hennings, o. D. (nach dem 10.8.1948), Nachlaß.

Auch Emmy in Arkadien

1 *Leben,* S. 151.

2 Seume, Johann Gottfried, *Spaziergang nach Syrakus,* hg. von Albert Meier, München 1998, S. 111. Auch bei Seume war die

zitierte Aussage bereits ein Topos. Während Goethes Italienreise eine Erfahrung der antik-griechischen Kunst bieten und seine künstlerische Identitätsfindung befördern soll, steht die Seumes für Ehrlichkeit und Authentizität, für Religions- und Feudalismuskritik. Daß Emmy sich auf Seume beruft, dessen Hauptangriffspunkte die Pfaffen, die Mißwirtschaft des Klerus und der katholische Aberglaube sind, scheint zunächst angesichts ihrer überschwenglich-verklärenden Texte überraschend. In ihren Briefen und Tagebüchern finden sich während der Italienaufenthalte jedoch zahlreiche kritische Einlassungen zu Kirche und Klerus.

3 Ball, Hugo, *Briefe 1911-1927*, S. 156.
4 Ebenda, S. 152.
5 Ebenda, S. 153.
6 Ball-Hennings, Emmy, *Briefe an Hermann Hesse*, S. 31.
7 Ebenda, S. 30.
8 Ebenda, S. 32.
9 Ebenda.
10 Anna Amalia von Sachsen-Weimar-Eisenach, *Briefe über Italien*, hg. von Heide Hollmer, St. Ingbert 1999, S. 7.
11 Ball, Hugo, *Briefe 1911-1927*, S. 157.
12 Ebenda, S. 159.
13 Ebenda.
14 Emmy Hennings an Hugo Ball, o. D. (Florenz 1923), Nachlaß.
15 Ball-Hennings, Emmy, *Briefe an Hermann Hesse*, S. 37f.
16 Emmy Hennings an Hugo Ball, o. D. (Florenz 1923), Nachlaß.
17 Ball, Hugo, *Briefe 1911-1927*, S. 173.
18 Ebenda, S. 174.
19 Emmy Hennings an Hugo Ball, o. D. (Florenz 1923), Nachlaß.
20 Ball, Hugo, *Briefe 1911-1927*, S. 175f.
21 Ebenda, S. 177.
22 Emmy Hennings an Hugo Ball, o. D. (Florenz Jan. 1924), Nachlaß.
23 Ebenda, Florenz, 15. 1. 1924, Nachlaß.
24 Ebenda.
25 Ebenda, o. D. (Florenz 1923), Nachlaß.
26 Ebenda.
27 Ball, Hugo, *Briefe 1911-1927*, S. 179f.
28 Ebenda, S. 174f.
29 Ebenda, S. 180.
30 *Ruf*, S. 203.
31 Ebenda.
32 Emmy Ball-Hennings an Hermann Hesse, Neapel, 21.2.1929, Nachlaß.
33 Ebenda, Agnuzzo 1924, Nachlaß.

34 Ebenda.
35 Ball, Hugo, *Briefe 1911-1927*, S. 182.
36 Emmy Hennings an Hermann Hesse, o. D. (Agnuzzo 1924), Nachlaß.
37 Freedman, Ralph, *Hermann Hesse*, S. 333.
38 Ball, Hugo, *Briefe 1911-1927*, S. 181.
39 *Ruf*, S. 207.
40 Ball, Hugo, *Briefe 1911-1927*, S. 187.
41 Ebenda, S. 188.
42 Ball-Hennings, Emmy, *Briefe an Hermann Hesse*, S. 39.
43 Ebenda, S. 35.
44 Ball-Hennings, Emmy, *Tagebuch*, Rom, Oktober 1924, Nachlaß.
45 Ebenda.
46 Ball, Hugo, *Briefe 1911-1927*, S. 189.
47 Franz Blei an Emmy Ball-Hennings, Berlin, o. D., Nachlaß.
48 Klabund am 23. 1. 1923, nicht lokalisierter Zeitungsausschnitt, Nachlaß.
49 Huelsenbeck, Richard, in: *Neue Rundschau*, Berlin, o. D., Nachlaß.
50 Ball, Hugo, *Briefe 1911-1927*, S. 189.
51 Ebenda, S. 192.
52 Ball-Hennings, Emmy, *Tagebuch*, Rom, 1.12.1924, Nachlaß.
53 Ebenda, o. D.
54 Ebenda.
55 Ebenda.
56 Korol, Martin, *Deutsches Präexil in der Schweiz 1916-1918*, S. 105.
57 C. G. Jung an Hugo Ball, Küsnacht, 17.11.1924, Nachlaß.
58 *Ruf*, S. 216.
59 Ball, Hugo, *Briefe 1911-1927*, S. 193.
60 Ball-Hennings, Emmy, *Rebellen und Bekenner*, in: *Hugo-Ball-Almanach* 1992, S. 16.
61 Ball, Hugo, *Briefe 1911-1927*, S. 193.
62 *Ruf*, S. 221.
63 Ball-Hennings, Emmy, *Tagebuch*, Rom, o. D., Nachlaß.
64 Ebenda, Januar/Februar 1925.
65 Ebenda.
66 Emmy Ball-Hennings an Ninon Hesse, Positano, 14.3.1933, Nachlaß.
67 Ball-Hennings, Emmy, *Rebellen und Bekenner*, in: *Hugo-Ball-Almanach* 1992, S. 19.
68 Ball, Hugo, *Briefe 1911-1927*, S. 200.
69 Ebenda, S. 204.
70 *Ruf*, S. 228.

71 Ebenda.

72 Romito, Matilde, *La Ceramica Vietrese Nel Periodo Tedesco,* Katalog 1996, S. 29 ff.

73 *Ruf,* S. 228/29.

74 Ebenda, S. 246.

75 »Bloch hat mir erzählt, daß Meyrink beim Schreiben fortwährend onaniert. Mit der einen Hand schreibt er, mit der anderen onaniert er. Das schien mir vor 2 Tagen noch grotesk, aber jetzt verstehe ich es. Wenn das Schreiben keine Wollust ist, taugt der ganze Bettel nichts. Das Schreiben ist eine erotische Angelegenheit. Man vögelt mit allen Heiligen: Unio mystica.« Während Ball sich in diesem Brief aus Bern im April 1918 Emmy gegenüber offen zur Onanie bekennt, hat sich seine Einstellung mit der Rückwendung zur Kirche 1925 offensichtlich gewandelt. Susanne Dölker berichtet, daß ihr Vater im Zusammenhang mit Balls Religiosität auch von dessen Sexualpraktiken erzählt habe, die er damals vor Emmy zu verbergen bestrebt war. Dölker, der als junger Mann in Klöstern gelebt und aus dieser Zeit homosexuelle Erfahrungen hatte, hat sowohl von Balls homoerotischen Neigungen als auch von der Onanie und den damit verbundenen Zwangshandlungen und Schuldgefühlen gewußt, die sich in immer stärkerem Streben nach Reinheit und Askese äußerten. Auch Balls temporäre Alkoholabstinenz als Meiden eines Stimulanz, das zur Onanie motivieren kann, findet in diesem Zusammenhang eine Erklärung. Der Psychoanalytiker Wilhelm Stekel stellt Nietzsches trotzige Frage: »Leben – ist das nicht gerade ein Andersseinwollen, als diese Natur ist?« seinen Untersuchungen zu »Onanie und Homosexualität« in *Störungen des Trieb- und Affektlebens* Bd. II, Berlin/Wien 1923 voran.

Bei Nietzsche, dem Vorbild des jungen Hugo Ball, zeigt sich viel Verbindendes: Die Ähnlichkeit der »mönchischen« Schrift. Die Phantasie vom beflügelnden Arbeiten in der Höhe, die Nietzsche nach Sils-Maria, Hugo Ball sowohl auf die Alp Brussada als auch von Vietri Marina auf den Berg nach Albori treibt. Ihr Führungs- und Sendungsbewußtsein. Die homoerotische Komponente im Verhältnis von Hugo Ball zu Hermann Hesse schließlich erinnert an die Beziehung Friedrich Nietzsches zu Richard Wagner, auch wenn bei Ball keine Frau, wie in Nietzsches Beziehung zu dem Komponisten, zwischengeschaltet ist. Wilhelm Stekel hat bereits 1917 darauf verwiesen, daß Nietzsches Schwärmerei für Cosima ein Überspringen der Liebe zu Wagner auf das von diesem geliebte Wesen bedeutet; vgl. »Nietzsche und Wagner, Eine sexual-psychologische Studie zur Psychogenese des Freundschaftsgefühls und des Freundschaftsverrates« in: *Zeit-*

schrift für Sexualwissenschaft, IV, 1917, S. 22-28, 58-65. Auch als Nietzsche nach seiner heftigen Abkehr von Wagner die junge Russin Lou Salomé verehrt, gilt seine Zuneigung eigentlich dem gemeinsamen Freund Paul Rée. Wie schon Cosima, so ist auch Lou für Nietzsche ein Schutz davor, sich nicht zu seiner Homosexualität bekennen zu müssen. Lou Salomé hat während ihres Aufenthalts bei Nietzsche in Tautenburg sowohl diese homoerotische als auch die sadomasochistische Seite des Freundes erkannt. Zur Zeit ihrer Ausbildung bei Freud in Wien erinnert sie die Tautenburger Beobachtungen: »Insofern als grausame Menschen immer auch Masochisten sind, hängt das Ganze mit einer gewissen Bisexualität zusammen. Und es hat einen tiefen Sinn – Als ich zum ersten Mal im Leben mit jemandem dies Thema besprach, war es Nietzsche (dieser Sadomasochist an sich selber ...). Und ich weiß, daß wir hinterher nicht wagten, uns anzusehn«; vgl. Andreas-Salomé, Lou, *In der Schule bei Freud, Tagebuch eines Jahres*, Zürich 1958, S. 155f. Zu Nietzsches Homoerotik vgl. auch Safranski, Rüdiger, *Nietzsche, Biographie seines Denkens*, München, Wien 2000, S. 253ff.

Hugo Balls homoerotische Neigungen, die schon in seinem Verhältnis zu Hans Leybold offenkundig sind, ist Emmy Hennings vorgeschaltet. Insofern wäre ein Verlust der Freundin, wie 1917 in der Beziehung zu Alvarez del Vayo, eine existentielle Bedrohung. Balls sadomasochistische Tendenzen zeigen sich schon früh. So erinnert Huelsenbeck: »Er vertiefte sich mit masochistischer Wollust in die Selbstbestrafung mittelalterlicher Männer und Frauen ...« (vgl. Kapitel »*Die Berge meiner Schwermut wollen wandern*«, Anm. 38). Und 1925 wählt er sein düsteres, nach Abwässern stinkendes alboreser Arbeitszimmer in Erinnerung an einen Heiligen, der seine Hymnen in einer Kloake geschrieben habe. Um seinen Weg der Sublimierung vom anarchistisch-dadaistischen Libertin und Revolutionär zum asketisch-zurückgezogenen Seelsorger gehen zu können, braucht Ball Emmy an seiner Seite, die nicht sexuelle Erfüllung, sondern priesterliches Vorbild von ihm erwartet.

76 Ball-Hennings, Emmy, *Tagebuch*, Vietri, März 1925, Nachlaß.

77 Ebenda.

78 Ebenda, April 1925.

79 Ball, Hugo, *Briefe 1911-1927*, S. 213.

80 Ball-Hennings, Emmy, *Tagebuch*, 3. Mai 1925, Nachlaß.

81 – *Briefe an Hermann Hesse*, S. 213.

82 Hermann Hesse an Emmy Ball-Hennings, Zürich 1928, Nachlaß.

83 Ball-Hennings, Emmy, *Tagebuch*, September 1925, Nachlaß.

84 Ball, Hugo, *Briefe 1911-1927*, S. 209.
85 Ebenda, S. 215.
86 Ball-Hennings, Emmy, *Tagebuch*, o. D., Nachlaß.
87 Ball, Hugo, *Briefe 1911-1927*, S. 212.
88 Ball-Hennings, *Tagebuch*, o. D., Nachlaß.
89 *Ruf*, S. 238.
90 Ball, Hugo, *Briefe 1911-1927*, S. 217.
91 Ebenda, S. 234.
92 Ball-Hennings, Emmy, *Briefe an Hermann Hesse*, S. 64.
93 Ball, Hugo, *Briefe 1911-1927*, S. 237.
94 Ebenda, S. 229.
95 Ebenda, S. 227.
96 Ebenda, S. 238f.
97 Ebenda, S. 247.
98 Ebenda, S. 246.
99 Ebenda, S. 251.
100 Ebenda, S. 253.
101 Ebenda, S. 262.
102 Ebenda, S. 195.
103 Ball-Hennings, Emmy, *Briefe an Hermann Hesse*, S. 94.
104 Ebenda, S. 95.
105 Ebenda.
106 Ebenda, S. 93.
107 Ebenda, S. 95.
108 Ebenda, S. 96.
109 Ebenda, S. 173.
110 Emmy Ball-Hennings an Ninon Dolbin, Agnuzzo, 27.2.1929, Nachlaß.

Die Witwe

1 Ball-Hennings, Emmy, »Die Witwe 2«, in: *Hugo Ball Almanach* 1994, S. 39f.
2 – Telegramm an Hermann Hesse, ›Deutsches Literaturarchiv‹, Marbach.
3 Hesse, Hermann, *Briefe*, Bd. II, S. 186.
4 Ebenda.
5 Ebenda.
6 Ball-Hennings, Emmy, *Briefe an Hermann Hesse*, S. 84.
7 Huelsenbeck, Richard, *Reise bis ans Ende der Freiheit*, S. 164.
8 Ball, Hugo, *Briefe 1911-1927*, S. 286.
9 Ebenda, S. 285.
10 Ebenda, S. 267.
11 Ebenda, S. 269.

12 Ebenda, S. 270.
13 Ebenda.
14 Ebenda.
15 Ebenda, S. 282.
16 Ebenda, S. 283.
17 Ebenda, S. 277f.
18 Ball-Hennings, Emmy, *Briefe an Hermann Hesse,* S. 71.
19 Ball, Hugo, *Briefe 1911-1927,* S. 289.
20 Ebenda, S. 288.
21 Ebenda, S. 297.
22 Ebenda, S. 296.
23 Ebenda, S. 298.
24 Ebenda, S. 300f.
25 Hesse, Hermann, *Briefe,* Bd. II, S. 183.
26 Huelsenbeck, Richard, *Reise bis ans Ende der Freiheit,* S. 164f.
27 Ebenda, S. 165.
28 Ebenda.
29 *Ruf,* S. 277f.
30 Ebenda, S. 193f.
31 Hesse, Hermann, *Briefe,* Bd. II, S. 186.
32 Freedman, Ralph, *Hermann Hesse,* S. 412.
33 Hesse, Hermann, *Briefe,* Bd. II, S. 186f.
34 Emmy Ball-Hennings an Ninon Dolbin, Vietri sul Mare, 18.4.1931, Nachlaß.
35 Annemarie Schütt-Hennings an Anna-Louise Schetty, o. D., ›Ball-Sammlung‹, Pirmasens.
36 Ball-Hennings, Emmy, *Tagebuch,* Berlin, Dezember 1927, Nachlaß.
37 Ebenda.
38 Ebenda.
39 Emmy Ball-Hennings an Ninon Hesse, Cassina, 17.1.1932, Nachlaß.
40 Emmy Ball-Hennings an Ninon Dolbin, Agnuzzo, September 1928, Nachlaß.
41 Gass, René, *Emmy Ball-Hennings. Wege und Umwege zum Paradies,* Zürich 1998.
42 Huelsenbeck, Richard, *Reise bis ans Ende der Freiheit,* S. 101.
43 Ebenda.
44 Ebenda; Hugo Balls unbearbeitete Aufzeichnungen, das sog. »Zweite Tagebuch«, werden im Nachlaß verwahrt, sind mir jedoch nicht zugänglich gewesen.
45 Ball-Hennings, Emmy, *Tagebuch,* Berlin, Dezember 1927, Nachlaß.
46 Ebenda, Cassina, Januar 1931, Nachlaß.

47 Ebenda, Berlin, Januar 1928, Nachlaß.
48 Ebenda.
49 Ebenda.
50 Emmy Ball-Hennings an Hermann Hesse, Italien 1925, Nachlaß.
51 – *Tagebuch*, o. D., Nachlaß.
52 *Ruf*, S. 196.
53 Emmy Ball-Hennings an Ninon Dolbin, Cassina, September 1928, Nachlaß.
54 Ebenda.
55 Ebenda.
56 Ebenda.
57 Ball-Hennings, Emmy, *Briefe an Hermann Hesse*, S. 91.
58 Emmy Ball-Hennings an Ninon Dolbin, Positano, 18.1.1929, Nachlaß.
59 Ebenda, Positano, 15. 12. 1928.
60 Ebenda, Neapel, 5. 2. 1929.
61 Ebenda, o. D. (Paris, Herbst 1929).
62 Ball-Hennings, Emmy, *Tagebuch*, Paris 1929.
63 Ebenda.
64 Ebenda.
65 Freedman, Ralph, *Hermann Hesse*, S. 387.
66 Ebenda, S. 416.
67 Emmy Ball-Hennings an Ninon Dolbin, Cassina, 30.1.1930. Nachlaß.
68 Emmy Ball-Hennings an Elisabeth Bergner, Cassina, im Juli 1931, ›Schleswig-Holsteinische Landesbibliothek‹, Kiel, Zg. Nr. 14/1989. Mit dem »Erinnerungsbuch« ist *Hugo Balls Weg zu Gott* gemeint, das 1931 im Verlag Kösel & Pustet in München erschienen ist.
69 Ebenda.
70 Annemarie Schütt-Hennings an Anna-Louise Schetty, o. D., ›Ball-Sammlung‹, Pirmasens.
71 Hesse, Hermann, *Briefe*, Bd. II, S. 269.
72 Ebenda, S. 269f.
73 Seelig, Carl, »Nachruf auf Emmy Ball-Hennings«, nicht lokalisierter Zeitungsausschnitt, Nachlaß.
74 Emmy Ball-Hennings an Ninon Hesse, Cassina, 30.5.1936, Nachlaß.
75 Ebenda, Cassina, 10.5.1936.
76 Ebenda, Paris, 28.9.1929.
77 Kleine, Gisela, *Zwischen Welt und Zaubergarten, Ninon und Hermann Hesse: Ein Leben im Dialog*, Frankfurt 1998. Die folgenden Ausführungen stützen sich wesentlich auf das 1. Kapitel

»Zwänge und Freiheiten, Kindheit und Jugend in Czernowitz«, sowie das 2. Kapitel »Versuche mit der Wirklichkeit, Medizinstudium in Wien«, S. 17-99.

78 Ebenda, S. 97.

79 Ebenda, S. 215.

80 Hesse, Ninon, *Lieber, lieber Vogel. Briefe an Hermann Hesse,* ausgewählt und kommentiert von Gisela Kleine, Frankfurt am Main 2000.

81 Emmy Ball-Hennings an Ninon Hesse, Cassina, 22.1.1935, Nachlaß.

82 Kleine, Gisela, *Zwischen Welt und Zaubergarten,* S. 244f.

83 Ebenda, S. 329.

84 Emmy Ball-Hennings an Ninon Hesse, Cassina, 4.12.1933, Nachlaß.

85 Emmy Ball-Hennings an Gunter Böhmer, o. D., Nachlaß.

86 Maria Geroe-Tobler an Emmy Ball-Hennings, o. D. (verm. 1945), Nachlaß.

87 Ebenda, 23. 2. 1945.

88 Ebenda.

89 Emmy Ball-Hennings an Ninon Hesse, 21.1.1932, Nachlaß.

90 Emmy Ball-Hennings an Ninon Dolbin, Agnuzzo, 8.3.1929.

91 Emmy Ball-Hennings an Ninon Hesse, Cassina, 30.5.1936.

92 Emmy Ball-Hennings an Ninon Dolbin, Agnuzzo, 2.12.1929.

93 Hesse, Ninon, *Lieber, lieber Vogel,* S. 282.

94 Emmy Ball-Hennings an Hermann Hesse, o. D., Nachlaß.

95 Böhmer, Gunter, »Unsere Emmy Ball-Hennings«, in: *Hugo-Ball-Almanach* 1984, S. 37.

96 Kleine, Gisela, *Zwischen Welt und Zaubergarten,* S. 283.

97 Ninon Hesse an Emmy Ball-Hennings, Montagnola, 21.7.1941, Nachlaß.

98 Ebenda, Montagnola, 3. 4. 1941.

99 Hesse, Ninon, *Lieber, lieber Vogel,* S. 198.

100 Ebenda, S. 245f.

101 Emmy Ball-Hennings an Ninon Dolbin, Cassina, 5.9.1931, Nachlaß.

102 Ball-Hennings, Emmy, *Geliebtes Tessin,* Zürich 1976.

103 Emmy Ball-Hennings an Ninon Hesse, Magliaso, 18.3.1943, Nachlaß.

104 Böhmer, Gunter, »Unsere Emmy Ball-Hennings«, in: *Hugo-Ball-Almanach* 1984, S. 35.

105 Emmy Ball-Hennings an Ninon Hesse, Magliaso, 18.3.1943, Nachlaß.

106 Ebenda, Cassina, 9.7.1936.

107 Ebenda, Magliaso, 8.11.1944.

108 Emmy Ball-Hennings an Ninon Dolbin, Cassina, 25.12.1929.
109 Emmy Ball-Hennings an Ninon Hesse, Magliaso, 18.3.1944.
110 Ball-Hennings, Emmy, *Tagebuch*, 12. 4. 1944.
111 Ebenda.
112 Ebenda.
113 Im Tagebuch nennt Emmy den jungen Soldaten, der mit seiner Truppe in ihrem Haus einquartiert war, D. B., Doris und D. Brünimann. Ich bin diesem Namenshinweis aus Diskretionsgründen nicht nachgegangen. Nicht die reale Person war mir wichtig, sondern Emmys Verhältnis mit D. B. als Zeichen ihrer ungebrochenen Liebesfähigkeit bis ins Alter.
114 Fragment im Nachlaß.
115 Ebenda, »Robert« ist Johannes R.(obert) Becher.
116 Ball-Hennings, Emmy, *Briefe an Hermann Hesse*, S. 143.
117 Ebenda, S. 435.
118 Die zitierten Briefstellen sind ausnahmslos Emmys Briefen an Ninon Dolbin (ab Nov. 1931 Ninon Hesse) aus dem Nachlaß entnommen.
119 Marcel Janco an Annemarie Schütt-Hennings, Tel Aviv, 1.5. 1957, ›Ball-Sammlung‹, Pirmasens: »... die große Persönlichkeit Hugo Balls, meines Freundes ... P. S. Ich bedauere, daß es mir in meiner Einführung aus Platzmangel nicht möglich war, auch über Ihre Mutter zu schreiben, die ich ebenfalls sehr geschätzt habe.«
120 Emmy Ball-Hennings an Ninon Hesse, Magliaso, 12.5.1943, Nachlaß.
121 Emmy Ball-Hennings an Hermann Hesse, Cassina, 14.11.1933, Nachlaß.
122 Ebenda.
123 Ebenda.
124 Emmy Ball-Hennings an Ninon Hesse, Cassina, 14.11.1933, Nachlaß.
125 Ebenda, 4. 12. 1933.
126 Ferdinand Hardekopf an Emmy Ball-Hennings, Zürich, 18.3. 1947, Nachlaß.
127 Ferdinand Hardekopf an Annemarie Schütt-Hennings, Zürich, 11. 8. 1948, Nachlaß.
128 Emmy Ball-Hennings an Ninon Hesse, Magliaso, 24.11.1944, Nachlaß.
129 Emmy Ball-Hennings an Ferdinand Hardekopf, Magliaso, 4.2. 1946, Nachlaß.
130 Ninon Hesse an Annemarie Schütt-Hennings, 11.8.1948, Nachlaß.
131 Hesse, Hermann, *Briefe*, Bd. II, S. 268.

1 Hesse, Hermann, »Brief an eine Dichterin«, in: *Kölnische Zeitung*, 22. 12. 1928, Nachlaß.
2-8 Ebenda.
9 – *Briefe*, Bd.II, S. 207.
10 Ebenda, S. 77.
11 Ebenda, S. 314.
12 – »Brief an eine Dichterin«.
13 Hennings, Emmy, »Nach dem Cabaret«, in: *Die letzte Freude*, Leipzig 1913, S. 13.
14 Hesse, Hermann, »Brief an eine Dichterin«.
15 Emmy Ball-Hennings an Ninon Dolbin, o. D. (verm. Herbst 1928), Nachlaß.
16 Hesse, Hermann, »Brief an eine Dichterin«.
17 Ebenda.
18 Emmy Ball-Hennings an Annemarie Schütt-Hennings, o. D., Nachlaß.
19 Emmy Ball-Hennings an Ninon Hesse, Zürich, Anfang November 1935, Nachlaß.
20 Emmy Ball-Hennings an Ninon Dolbin, Agnuzzo, 8.3.1929, Nachlaß.
21 Emmy Ball-Hennings an Ninon Hesse, Magliaso, 3.4.1945, Nachlaß.
22 Emmy Ball-Hennings an Gunter Böhmer, Magliaso, 1.5.1943, Nachlaß.
23 vgl. Kapitel 4, *Junge Frau vor 1914*, Anm. 60.
24 Herweg, Franz, »Emmy Hennings«, in: *Hochland*, undatierter Ausschnitt, Nachlaß.
25 Hatvani, Paul, in: *Die Waage*, undatierter Ausschnitt, Nachlaß.
26 – »Gefängnis«, in: *Die Bunte Stadt*, Heft 6/7, Jahrgang 1920, Nachlaß.
27 S. Fischer Verlag an Emmy Hennings, Berlin, 18.9.1924, Nachlaß.
28 Emmy Ball Hennings an Ninon Dolbin, Cassina, 2.2.1930, Nachlaß.
29 Ebenda, 10. 2. 1930.
30 Emmy Ball-Hennings an Hermann Hesse, Cassina, 13.6.1932, Nachlaß.
31 Emmy Ball-Hennings an Ninon Dolbin, Cassina, 10.2.1930, Nachlaß.
32 Emmy Ball-Hennings an Alice und Fritz Leuthold, Zürich, o. D., Nachlaß.
33 *Spiel*, S. 257f.

34 *Ruf*, S. 47.
35 Hesse, Hermann, »Brief an eine Dichterin«.
36 Herweg, Franz, »Emmy Hennings«.
37 Hesse, Hermann, Rezension »Das Brandmal«, in: *Vivos Voco,* Januar 1922, Nachlaß.
38 *Tagebuch einer Verlorenen, Von einer Toten,* hg. v. Margarete Böhme, Witzwort 1988.
39 Ball-Hennings, Emmy, *Tagebuch* 1921, Nachlaß.
40 Ebenda.
41 Wolff, Rudolf, »Die Dichterin Emmy Hennings«, in: *Neue Rundschau*, Berlin, o. D., Nachlaß.
42 Emmy Ball-Hennings an Hermann Hesse, Florenz, Ende Dezember 1923.
43 Huelsenbeck, Richard, »Die Dichterin Emmy Hennings«, in: *Neue Rundschau,* Berlin, o. D., Nachlaß.
44 Klabund, »Emmy Hennings«, 23.1.1923, nicht lokalisierter Zeitungsausschnitt, Nachlaß.
45 »Die Mehrzahl der Gedichte zeigen ein dichterisch-sprachliches Konzept, von dem man sagen könnte, daß es zwischen Poesie und Musik angesiedelt ist.« Aus einer Rezension der *Revue Germanique* mit dem Abdruck von »Ich bin so vielfach«, undatierter Ausschnitt, Nachlaß.
46 vgl. Anm. 41.
47 Hesse, Hermann, *Briefe,* Bd. II, S. 40f.
48 Verlags-Vertrag zwischen S.-A. Schnegg, Lausanne, und Emmy Hennings, Lugano, vom 14. 9. 1926, Nachlaß.
49 Klappentext, in: Ball-Hennings, Emmy, *Geliebtes Tessin,* Zürich 1976.
50 Hesse, Hermann, in: *Ludwigshafener Anzeiger,* 28. Juli 1930, Nachlaß.
51 – *Briefe*, Bd. II, S. 160.
52 Emmy Hennings an Hermann Hesse, o. D. (verm. Januar 1927), Nachlaß.
53 Hermann Hesse an Emmy Ball-Hennings, Zürich, 19.1.1927, ›Hesse-Depositum‹, Marbach.
54 Bing, Siegmund, in: *Frankfurter Zeitung,* Beilage Literaturblatt, 27. 2. 1927. Maschinenabschrift, Nachlaß.
55 Ball-Hennings, Emmy, *Tagebuch* Juli 1944, Nachlaß.
56 Emmy Ball-Hennings an Maria Hildebrandt, Köln, 5.5.1930, Nachlaß.
57 Emmy Ball-Hennings an Hermann Hesse, Köln, April 1930, Nachlaß.
58 Emmy Ball-Hennings an Maria Hildebrandt, Cassina, 31.8. 1928, Nachlaß.

59 Ebenda, Januar 1931, Nachlaß.
60 Emmy Ball-Hennings an Hans Bolliger, Magliaso, 17.3.1947, ›Ball-Sammlung‹, Pirmasens.
61 Ebenda.
62 Emmy Ball-Hennings an Maria Hildebrandt, Cassina, 27.1. 1930, Nachlaß.
63 Emmy Ball-Hennings an Hermann Hesse, Cassina, 14.9.1928, Nachlaß.
64 Emmy Ball-Hennings an Maria Hildebrandt, Cassina, 31.8. 1928, Nachlaß.
65 Ball-Hennings, Emmy, »Die Entstehung eines Werkes« (Hugo Balls Weg zu Gott), Masch.-Ms., Nachlaß.
66 Hesse, Hermann, in: *Vossische Zeitung*, 19.7.1931, Nachlaß.
67 Emmy Ball-Hennings an Hermann Hesse, Cassina, 2.8.1931, Nachlaß.
68 Emmy Ball-Hennings an Anna-Louise Schetty, Berlin, 23.3. 1934, ›Ball-Sammlung‹, Pirmasens.
69 Ebenda, Agnuzzo, 22.6.1938.
70 Ebenda.
71 Ebenda, 15. 6. 1938.
72 Emmy Ball-Hennings an Ninon Hesse, Agnuzzo, 15.6.1938. Guttmanns Besuch hat bei Emmy offensichtlich eine alte Liebe neu belebt. Während ihrer Zeit in der Berliner Boheme war auch Simon Guttmann einer von Emmys Liebhabern gewesen. Mitteilungen an David Baumgardt in dessen Nachlaß im ›Leo Baeck-Archiv‹, New York, lassen, so Bernhard Echte und Irene Stratenwerth, darauf schließen.
73 Emmy Ball-Hennings an Anna-Louise Schetty, Agnuzzo, Mitte Oktober 1938, Nachlaß.
74 Michaelis, Karin, *Der kleine Kobold,* Wien 1948, S. 45f.
75 Ebenda, S. 21f.
76 Emmy Ball-Hennings an Ninon Hesse, Magliaso, 11.3.1943, Nachlaß.
77 Hennings, Emmy, »Der Brunnen«, Manuskript im Nachlaß. Ich zitiere die leicht veränderte Version aus *Ruf und Echo*, S. 211: »Hier schmiegt ein Reim sich in den andern und von den römischen Brunnen kann jeder nur dasselbe Lied sagen, das mit kleinen Varianten immer wieder gleich klingen wird:

Ich möchte immer am Brunnen stehn,
Sehn, wie die Wasser rinnen
Und wie sie gekommen und vergehn.
Hier möcht ich mich besinnen.

Von oben steigt's in hellem Strahle
Aus dem geheimnisvollen Grund,
Ergießt sich in die Marmorschale
In eines schönen Beckens Rund.

Das füllt sich und muß überfließen,
Und dann wie träumerisch verweht
Mag's in ein zweites sich ergießen
Das wartend tiefer unten steht.

Auch sie wird voll, die zweite Schale,
Und gibt von ihrem Überfluß,
Was einmal kam vom großen Strahle,
Der ewig sich verschwenden muß.

O, welch ein Bild vom reichen Leben.
Ich muß es anschaun immerdar.
Es ist ein Nehmen und ein Geben
Und Strom und Ruhe, wunderbar.«

Die Nähe zu Conrad Ferdinand Meyers »Der römische Brunnen« und Rainer Maria Rilkes »Römische Fontäne« ist unüberhörbar, auch wenn Emmy Hesse gegenüber heftig bestreitet, diese Gedichte gekannt zu haben, was unwahrscheinlich sein dürfte. Zumindest Rilkes Text mit dem Untertitel »Borghese« muß ihr vertraut gewesen sein, denn sie versichert, daß für ihr Gedicht der Brunnen auf der Piazza Navona Vorbild gewesen sei.

78 Emmy Ball-Hennings an Anna-Louise Schetty, Magliaso, 2.11. 1945, ›Ball-Sammlung‹, Pirmasens.

79 Emmy Ball-Hennings an Maria Hildebrandt, 2. Juli (ohne Jahresangabe), Nachlaß.

80 Emmy Ball-Hennings an Annemarie Schütt-Hennings, 2. Juli 1938, Nachlaß.

81 Ebenda, Magliaso, o. D. (verm. September 1938).

82 Ebenda, Magliaso, 19.5.1943.

83 Emmy Ball-Hennings an Ninon Hesse, Agnuzzo, 23.4.1941, Nachlaß.

84 Ebenda, Magliaso, 3.10.1941.

85 Ebenda, Magliaso, 5.7.1943.

86 Emmy Ball-Hennings an Sonja Burghard, o. D. (verm. Dezember 1947), Nachlaß.

87 Ball-Hennings, Emmy, *Märchen am Kamin*, Einsiedeln 1943, S. 217.

88 – *Tagebuch*, 12. 4. 1944, Nachlaß.

89 Ebenda, 10.12.1944.
90 Ebenda, 25.7.1944.
91 Ebenda, 30.5.1946.
92 Ebenda, 20.12.1947.
93 Ebenda, Dez. 1947.
94 Ebenda, Juni 1948.
95 Ebenda, 3.7.1948.
96 Süllwold, Erika, *Das gezeichnete und ausgezeichnete Subjekt, Kritik der Moderne bei Emmy Hennings und Hugo Ball,* Stuttgart/Weimar 1999, S. 306.
97 Ebenda, S. 307.
98 Ebenda, S. 308f.
99 Hennings, Emmy, *Helle Nacht,* Berlin 1922, S.39.

Literatur

I Texte von Emmy (Ball-)Hennings

Das Gesamtwerk von Emmy Hennings ist bis heute noch nicht überblickbar, da ein großer Teil ihrer Texte verstreut in Zeitungen und Zeitschriften erschienen und im Nachlaß nur teilweise vorhanden ist. Hier sind noch weitere Nachforschungen nötig; eine Auswahlbibliographie wurde gesammelt, bearbeitet und ausgewählt von Ernst Teubner in: *Hugo-Ball-Almanach*, Pirmasens 1984, S. 169-224, sowie ein Nachtrag zur Bibliographie in: *Hugo-Ball-Almanach*, Pirmasens 1994, S. 157-183.

Buchpublikationen

- *Die letzte Freude*, Gedichte, Leipzig 1913.
- *Gefängnis*, Berlin 1919, Neuauflagen: Wetzlar 1981, Berlin 1985.
- *Das Brandmal, Ein Tagebuch,* Berlin 1920, Neuauflage: Frankfurt am Main: Suhrkamp Taschenbuch Verlag 1999.
- *Helle Nacht,* Gedichte, Berlin 1922.
- *Das ewige Lied,* Prosa, Berlin 1923.
- *Der Gang zur Liebe, Ein Buch von Städten, Kirchen und Heiligen,* München 1926.
- *Hugo Ball. Sein Leben in Briefen und Gedichten,* Berlin 1929.
- *Hugo Balls Weg zu Gott, Ein Buch der Erinnerung,* München 1931.
- *Die Geburt Jesu, Für Kinder erzählt,* Nürnberg 1932.
- *Blume und Flamme, Geschichte einer Jugend,* Einsiedeln/Köln 1938, Neuauflage: Frankfurt am Main 1987.
- *Der Kranz,* Gedichte, Einsiedeln/Köln 1939.
- *Das flüchtige Spiel, Wege und Umwege einer Frau,* mit Illustrationen von Gunter Böhmer, Einsiedeln/Köln 1940, Neuauflage: Frankfurt am Main: Suhrkamp Taschenbuch Verlag 1988, Übersetzung ins Niederländische: *Helga speelt het Leven,* 1946.
- *Märchen am Kamin,* Einsiedeln/Köln 1943.
- *Das irdische Paradies und andere Legenden,* Luzern 1945.
- *Ruf und Echo, Mein Leben mit Hugo Ball,* Einsiedeln/Köln 1953, Neuauflage: Frankfurt am Main 1990.
- *Briefe an Hermann Hesse,* hg. v. Annemarie Schütt-Hennings, Frankfurt am Main 1956, Neuauflage: Frankfurt am Main 1985.
- *Geliebtes Tessin,* mit Illustrationen von Liz Boehner, Zürich 1976.
- *Weihnachtsfreuden*, mit Illustrationen von Robert Wyss, Zürich 1976.
- *Rebellen und Bekenner*, Pirmasens: Hugo Ball Almanach 1984,

1991, 1992, 1993, 1994.
- *Betrunken taumeln alle Litfaßsäulen,* Frühe Texte und autobiographische Schriften 1913-1922, hg. und mit einem Nachwort v. Bernhard Merkelbach, Hannover 1990.
- Ball, Hugo und Hennings, Emmy, *Damals in Zürich. Briefe aus den Jahren 1915-1917,* Zürich 1978.

Unpublizierte Werkmanuskripte im Nachlaß

- *Vers und Prosa,* Masch.-Ms., 65 S., Ascona 1917.
- *Das graue Haus,* Masch.-Ms., 127 S., Cassina d'Agno 1924.
- *Das Haus im Schatten, Eine Erzählung aus dem Gefängnis,* Masch.-Ms., 129 S., 1930.
- *Malheureuse oder Der Liebesschlafsaal,* verstreute Fragmente, Masch.-Ms., o. D. (nach 1944).

Tagebücher 1919-1947.

II Texte von Hugo Ball

Eine umfassende Bibliographie des Werkes ist in der ›Hugo Ball-Sammlung‹ Pirmasens erstellt. Im Folgenden sind ausschließlich im Text erwähnte Werke aufgelistet.

- *Die Nase des Michelangelo,* Leipzig 1911.
- *Flametti oder vom Dandysmus der Armen,* Berlin 1918, Neuauflage: Frankfurt am Main 1989
- *Zur Kritik der deutschen Intelligenz,* Bern 1919, Neuauflage: München 1970.
- *Die Folgen der Reformation,* München/Leipzig 1924.
- *Byzantinisches Christentum,* München/Leipzig 1923.
- *Die Flucht aus der Zeit,* München 1925, Neuauflagen: u.a. Luzern 1945 und Zürich 1992.
- *Hermann Hesse. Sein Leben und Werk,* Berlin 1927, Neuauflage: Frankfurt am Main 1977.
- *Briefe, 1911-1927,* hg. v. Annemarie Schütt-Hennings, Einsiedeln, Zürich, Köln 1957.
- *Gesammelte Gedichte,* hg. v. Annemarie Schütt-Hennings, Zürich 1963.
- *Tenderenda der Phantast,* Zürich 1967.
- *Der Künstler und die Zeitkrankheit, Ausgewählte Schriften,* hg. und mit einem Nachwort versehen v. Hans Burghard Schlichting, Frankfurt am Main 1984.

– *Simultan Krippenspiel*, Siegen 1986.
– *Die nichtgesammelten Gedichte*, hg. und kommentiert v. Fritz Pelgen, Leipzig 1996.
– und Hennings, Emmy, *Damals in Zürich. Briefe aus den Jahren 1915-1917*, Zürich 1978.

III Sekundärliteratur

Mit zahlreichen Aufsätzen zu Leben und Werk Hugo Balls sowie zu Emmy Ball-Hennings standen mir die von der Stadt Pirmasens herausgegebenen und von Ernst Teubner bearbeiteten Bände 1977-2000 des *Hugo-Ball-Almanachs* zur Verfügung. Sie sind in der nachfolgenden Auflistung nicht enthalten.

– Alvarez del Vayo, Julio, *Give me Combat, The Memories of Julio Alvarez del Vayo,* Foreword by Barbara W. Tuchman, Translated from the Spanish by Donald D. Walsh, Boston-Toronto 1973.
– Anna Amalia von Sachsen-Weimar-Eisenach, *Briefe über Italien,* nach den Handschriften und mit einem Nachwort hg. v. Heide Hollmer, St. Ingbert 1999.
– Andreas-Salomé, Lou, *In der Schule bei Freud, Tagebuch eines Jahres 1912/13,* hg. v. Ernst Pfeiffer, Zürich 1958.
– Arp, Hans, *Unsern täglichen Traum, Erinnerungen, Dichtungen und Betrachtungen aus den Jahren 1914-1954*, Zürich 1995.
– Bammé, Arnold, Jastram, Gerhard, Reschenberg, Ingrid, Tadsen, Christina (Hg.), *Zu früh zum Aufbruch? Schriftstellerinnen im Nordfriesland der Jahrhundertwende,* Bräist/Bredstedt, NF 1996.
– Bauer, Helmut, Tworek, Elisabeth (Hg.), *Schwabing – Kunst und Leben um 1900,* München 1998.
– Becher, Johannes R., *Auf andere Art so große Hoffnung, Tagebuch 1950*, Berlin 1951.
  – *Abschied,* München 1987.
  – *Verbrüderung,* Leipzig 1916.
  – *Verfall und Triumph,* Berlin 1914.
  – *Briefwechsel mit Heinrich F. S. Bachmair 1914-1920,* Frankfurt am Main/Bern/New York 1987.
  – *Wiedergeburt, Buch der Sonette*, Leipzig 1947.
  – *Ein Mensch unserer Zeit in seinen Gedichten 1911-1951,* Berlin 1951.
  – Benjamin, Walter, *Gesammelte Schriften,* Bd. IV, hg. v. Tillman Rexroth, Frankfurt am Main 1972.
  – *Gesammelte Briefe,* Bd. II, 1919-1924, Frankfurt am Main 1996.
– Bloch, Ernst, *Tendenz – Latenz – Utopie,* Frankfurt am Main 1978.

– Böhme, Margarete, *Tagebuch einer Verlorenen, Von einer Toten,* Witzwort 1988.
– Bremer, Fritz, *In allen Lüften hallt es wie Geschrei, Jakob van Hoddis, Fragmente einer Biographie,* Bonn 1996.
– *DADA Zürich, Dichtungen, Bilder, Texte,* Zürich/Hamburg 1998.
– Detering, Heinrich, *Das offene Geheimnis, Zur literarischen Produktivität eines Tabus von Winckelmann bis zu Thomas Mann,* Göttingen 1994.
– Echte, Bernhard (Hg.), *»ich bin so vielfach …« – Emmy Ball-Hennings,* Frankfurt am Main/Basel 1999.
– Flake, Otto, *Es wird Abend, Bericht aus einem langen Leben,* Frankfurt am Main 1980.
– *Nein und ja,* München 1982.
– Freedman, Ralph, *Hermann Hesse – Autor der Krisis,* Frankfurt am Main 1999.
– Freud, Sigmund, *Psychologische Schriften,* Studienausgabe Bd.IV, Frankfurt am Main 1982.
– Galvosaïte, Akvile, *Emmy Ball-Hennings, Leben in Briefen,* Magisterarbeit, Institut für Germanistik, Universität Leipzig 1999.
– Glauser, Friedrich, *Briefe 1 (1911-1935),* hg. v. Bernhard Echte und Manfred Papst, Zürich 1988.
– *Briefe 2 (1935-1938),* hg. v. Bernhard Echte, Zürich 1991.
– »Dada«, in: *Der alte Zauberer,* Zürich 1992.
– Gisel-Pfankuch, Susanne, *Die Pfeffermühle in der Schweiz 1933 bis 1936 – Zwischen Frontismus und geistiger Landesverteidigung,* Lizentiatsarbeit, Hist. Seminar der Universität Basel 1987.
– Goch, Klaus (Hg), *Nietzsche über die Frauen,* Frankfurt am Main/ Leipzig 1992.
– Goll, Claire, *Ich verzeihe keinem. Eine literarische Chronique scandaleuse unserer Zeit,* Bern 1978.
– Hardekopf, Ferdinand, *Der Abend, Ein kleines Gespräch,* Leipzig 1913.
– *Gesammelte Dichtungen,* Zürich 1963.
– Heidrich, Christian, »Geistiges Entzücken, Über Konversion und Konvertiten« in: *Sinn und Form,* 1/2000, S. 5-31.
– Hesse, Hermann, *Gesammelte Briefe,* Bd. II, 1922-1935, hg. v. Ursula und Volker Michels, Frankfurt am Main 1979.
– *Gesammelte Briefe,* Bd. III, 1936-1948, hg. v. Ursula und Volker Michels, Frankfurt am Main 1982.
– Hesse, Ninon, *Lieber, lieber Vogel, Briefe an Hermann Hesse,* hg. und erläutert v. Gisela Kleine, Frankfurt am Main 2000.
– Hessing, Jakob, *Else Lasker-Schüler,* München 1987.
– Hoddis, Jakob van, *Dichtungen und Briefe,* hg. v. Regina Nörtemann, Zürich 1987.

– Huelsenbeck, Richard, *Reise bis ans Ende der Freiheit*, Heidelberg 1984.
  – *Mit Witz, Licht und Grütze, Auf den Spuren des Dadaismus*, Hamburg 1992.
  – (Hg.), *DADA*, Reinbek 1984.
– Isler, Alan, *Der Prinz der West End Avenue*, München 1998.
– Jansen, Wolfgang, *Das Varieté: die glanzvolle Geschichte einer unterhaltenden Kunst*, Berlin 1990.
– Kapfer, Herbert und Exner, Lisbeth (Hg.), *Weltdada Huelsenbeck*, Innsbruck 1996.
– Kleine, Gisela, *Zwischen Welt und Zaubergarten, Ninon und Hermann Hesse: Ein Leben im Dialog*, Frankfurt am Main 1998.
– Klotz, Volker, *Bürgerliches Lachtheater, Komödie, Posse, Schwank, Operette*, München 1980.
– Korol, Martin, *Deutsches Präexil in der Schweiz 1916-1918, Hugo Balls Dadaismus und Ernst Blochs Opposition von außen gegen die deutsche Politik in der Schweiz während des Ersten Weltkriegs*, Diss., Bremen/Tartu 1999.
– Korte, Hermann, *Die Dadaisten*, Reinbek 1994.
– Krauß, Anja, *Die Erinnerung (...) ist eine rührende Dichterin, Emmy Ball-Hennings' autobiographische Schriften zwischen Wirklichkeitsaussage und Fiktion*, Magisterarbeit, Literaturwissenschaft, Universität Oldenburg 1995.
– Kühn, Volker, *Donnerwetter tadellos; Kabarett zur Kaiserzeit 1900-1918*, Weinheim 1987.
  – *Hoppla, wir beben: Kabarett einer gewissen Republik; 1918-33*, Weinheim 1988.
– Kürtz, Jutta, *Das Kochbuch aus Schleswig-Holstein*, Münster 1998.
– Lasker-Schüler, Else, *Gesammelte Werke*, Bd. II, hg. v. Friedhelm Kemp, München 1962.
– Meidner, Ludwig, *Dichter, Maler und Cafés*, hg. v. Ludwig Kunz, Zürich 1973.
– Mehring, Walter, *Die verlorene Bibliothek*, München 1964.
– Miller, Alice, *Der gemiedene Schlüssel*, Frankfurt am Main 1988.
– Michaelis, Karin, *Das Mädchen mit den Scherben, Gunhilds Kindheit*, Potsdam 1925.
  – *Die kleine Lügnerin, Gunhilds Mädchenjahre*, Potsdam 1926.
  – *Das Geheimnis, Gunhilds Wanderjahre*, Potsdam 1927.
  – *Sünden, Sorgen und Gefahren, Gunhild heiratet*, Berlin 1929.
  – *Eine Frau setzt sich durch, Gunhilds Reise*, Berlin 1931.
  – *Der kleine Kobold, Die Lebenserinnerungen der Dichterin*, Wien 1948.
– Möhrmann, Renate (Hg.), *Die Schauspielerin: Zur Kulturgeschichte weiblicher Bühnenkunst*, Frankfurt am Main 1989.

– Mühsam, Erich, *Tagebücher 1910-1924*, hg. v. Chris Hirte, München 1994.
– »Unpolitische Erinnerungen«, in: *Ausgewählte Werke*, Bd. 2, Berlin 1978.
– Müller, Christa, *Emmy Ball-Hennings. Bürgerliche Weiblichkeitsnormen und der Versuch, anders zu leben*, Diplomarbeit, Sozialwissenschaft, Universität Bremen 1986.
– Noguez, Dominique, *Lenin dada*, Zürich 1990.
– Perrottet, Suzanne, *Ein bewegtes Leben*, Berlin 1995.
– Pust, Dieter, »Emmy tingelte einst durch Angeln«, in: *Flensburger Tageblatt* 12.12.1998, S. 18.
– »Emmy Ball-Hennings als Schauspielerin in Tondern (1906-1908)«, in: *Grenzfriedenshefte* 3/1999, S. 171-181.
– Raabe, Paul (Hg.), *Expressionismus, Aufzeichnungen und Erinnerungen der Zeitgenossen*, Freiburg i. Br. 1965.
– Reich, Wilhelm, *Leidenschaft der Jugend, eine Autobiographie*, hg. v. Mary Boyd-Higgins u. Chester M. Raphael, Köln 1994.
– Reventlow, Franziska Gräfin zu, *Tagebücher 1895-1910*, hg. v. Else Reventlow, Hamburg/Zürich 1992.
– »Viragines oder Hetären«, in: *Autobiographisches*, München/Wien 1980.
– Romito, Matilde, *La Ceramica Vietrese nel periodo Tedesco*, Salerno 1996.
– Safranski, Rüdiger, *Nietzsche, Biographie seines Denkens*, München/Wien 2000.
– Schad, Christian, *Relative Realitäten, Erinnerungen an Walter Serner*, Augsburg 1999.
– Schifferli, Peter (Hg.), *Das war DADA, Dichtungen und Dokumente*, München 1963.
– Schmidt, Dietmar (Hg.), *Gebuchte Lust, Texte zur Prostitution*, Leipzig 1996.
– Schrott, Raoul, *DADA 21/22*, Innsbruck 1988.
– *DADA 15/25*, Innsbruck 1992.
– und Dankl, Günther (Hg.), *DADAutriche 1907-1970, Hundert Jahre Dada in Österreich*, Innsbruck 1993.
– Seume, Johann Gottfried, *Spaziergang nach Syrakus*, hg. v. Albert Meier, München 1998.
– Süllwold, Erika, *Das gezeichnete und ausgezeichnete Subjekt, Kritik der Moderne bei Emmy Hennings und Hugo Ball*, Stuttgart/Weimar 1999.
– Stekel, Wilhelm, »Nietzsche u. Wagner: Eine sozial-psychologische Studie zur Psychogenese des Freundschaftsgefühls und des Freundschaftsverrates«, in: *Zeitschrift für Sexualwissenschaft*, IV/1917, S. 22-28 und 58-65.

– *Störungen des Trieb- und Affektlebens,* Bd. II: *Onanie und Homosexualität,* Berlin/Wien 1923.
- Stoppard, Tom, *Travesties,* Theaterstück, Hamburg 1976.
- Stratenwerth, Irene u. Alex, Michael (Hg.), *Himmel und Hölle, Unerhörte Ansichten über verbotene Süchte,* Neumünster: Paranus Verlag 1998.
- Teubner, Ernst (Hg.), *Hugo Ball, Leben und Werk,* Berlin 1986.
- Utzinger, Rudolf, *Ein Kopf ist immerhin ein Risiko in dieser Welt,* Ausgewählte Prosa, hg. v. Bernhard Echte, Köln/Basel 1996.
- Voelker, Klaus, *Elisabeth Bergner: das Leben einer Schauspielerin; ganz und doch immer unvollendet,* Berlin 1990.
- Wacker, Bernd (Hg), *Dionysius Dada Areopagita, Hugo Ball und die Kritik der Moderne,* Paderborn 1996.
- Weigel, Sigrid, *Topographien der Geschlechter, Kulturgeschichtliche Studien zur Literatur,* Reinbek 1990.
- Weiss, Peter, *Trotzki im Exil,* Frankfurt am Main 1970.
- Wenzel White, Erdmute, *The Magic Bishop: Hugo Ball, Dada Poet,* Columbia, SC 1998.
- Werner-Birkenbach, Sabine, *Hugo Ball und Hermann Hesse – eine Freundschaft, die zu Literatur wird, Kommentare und Analysen zum Briefwechsel, zu autobiographischen Schriften und zu Balls Hesse-Biographie,* Stuttgart 1995.
- Zuckmayer, Carl, *Als wär's ein Stück von mir,* Frankfurt am Main 1972.

Bildnachweis

Deutsches Institut für Filmkunde, Frankfurt: 18
Deutsches Literaturarchiv, Marbach: 7, 28
Carl Seelig-Stiftung, Nachlass Hugo Ball/Emmy Ball-Hennings, Zürich: 1, 2, 3, 4, 5, 6, 9, 10, 11, 12, 13, 14, 15, 16, 17, 19, 20, 21, 22, 24, 25, 26, 27, 30, 31, 32, 33, 35, 36
Suhrkamp Verlag, Frankfurt: 8, 23, 29, 34

Dank

Ich danke Francesca Schütt-Hauswirth (Bern/Viry, Frankreich), die mir stellvertretend für die Erben den Zugang zum Nachlaß von Emmy Ball-Hennings und Hugo Ball gestattete und mich in persönlichen Gesprächen in Flensburg und Bern an den Erinnerungen an ihre Großmutter teilhaben ließ;

ferner habe ich zu danken:

– Bernhard Echte, ›Robert Walser-Archiv‹ der ›Carl Seelig-Stiftung‹ (Zürich), der mich von 1998 bis 2000 geduldig und sachkundig bei meiner Aufarbeitung des Nachlasses unterstützte und mit wichtigen Anregungen (auch außerhalb der Archiv-Öffnungszeiten) half;

– Viktoria Fuchs und den Mitarbeiterinnen und Mitarbeitern der Handschriftenabteilung des ›Deutschen Literaturarchivs‹ (Marbach/Neckar) für ihre Bereitschaft, mir während meiner knapp bemessenen Zeit im Archiv alle Quellen schnell zugänglich zu machen;

– Ernst Teubner (Pirmasens), der meine Arbeit in der ›Hugo Ball-Sammlung‹ mit gutem Rat begleitet hat;

– Dr. Bourgeois vom ›Schweizer Bundesarchiv‹ (Bern), der mir den Einblick in die Polizeiakten und Spitzelberichte über Emmy Hennings, Hugo Ball und die Dadaisten ermöglichte;

– Bernhard von Waldkirch vom ›Kunsthaus‹ (Zürich) für die Unterlagen aus dem Dada-Archiv;

– Lars Boeholt vom ›Dänischen Literatur-Informationszentrum‹ (Kopenhagen), dessen Recherchen im ›Danish Record Office‹ und der dänischen Botschaft in Bern weder Emmys temporäre dänische Staatsbürgerschaft noch das Kong-Christian-Papier nachweisbar werden ließen;

– Susanne Dölker (Gaildorf-Winzenweiler), die mir von ihren und ihres Vaters Erinnerungen an die Balls erzählte und mir Informationen zu Leben und Werk Richard Dölkers gab;

– Susanne Gisel-Pfankuch (Zürich), deren Arbeit zur politischen Situation der Exilanten ab 1933 in der Schweiz unter besonderer Berücksichtigung des politischen Kabaretts ›Die Pfeffermühle‹ von Erika Mann und Therese Giehse ich wichtige Hinweise entnehmen konnte;

– Dr. Göhre vom ›Evangelischen Kirchenarchiv‹ (Kiel), die mir Informationen zum evangelischen Kirchenrecht in Preußen überließ;

– Dr. Wolfgang Griep, dem Leiter der ›Forschungsstelle zur historischen Reisekultur der Landesbibliothek Eutin‹, für seine Hinweise zur deutschsprachigen Reiseliteratur von Frauen;

– Dr. Herbert Kapfer (München) für das Manuskript seiner Sendung vom 13.5.1999 »Abrechnungen in Mexiko City, Franz Pfemfert im Exil« (Bayerischer Rundfunk);

– Dr. Peter Keckeis (Küsnacht), der Emmy Ball-Hennings als Verlagsleiter 1948 betreute und mir über seine Begegnungen mit ihr und ihre Beziehung zum Benziger Verlag lebhaft Auskunft gab;

– Dr. Martin Korol (Bremen/Tartu, Estland) für die Einsicht in seine Dissertation und die anregenden Gespräche zum komplizierten Verhältnis der Paare Emmy und Hugo Ball/Elsa und Ernst Bloch;

– Dr. Matilde Romito (Salerno), die mir Unterlagen zur Geschichte der vietreser Keramikproduktion und den deutschen Einflüssen seit 1925 zur Verfügung stellte;

– Matthias Rühle (Oberlangenhard/Rikon), der mir Emmys Briefe aus dem Nachlaß Gunter Böhmers anvertraute;

– Dr. Ulrich Schulte-Wülwer (Flensburg) und seinen Mitarbeitern, die im Vorfeld der Ausstellung zu Emmy Ball-Hennings die Flensburger Kindheit und Jugend detailliert recherchiert haben;

– Irene Stratenwerth (Hamburg) und Fritz Bremer (Neumünster) für Gespräche und Hinweise zu Leben und Werk von Jakob van Hoddis;

– Dr. Sabine Werner-Birkenbach (Marbach) für wertvolle Informationen über Hintergründe und Entstehung von Hugo Balls Hermann-Hesse-Biographie.

Ich danke der Stiftung ›Pro Helvetia‹, die meinen Aufenthalt am ›Robert Walser-Archiv‹, Zürich, im Oktober 1999 mit einem großzügigen Stipendium gefördert, und dem ›Ministerium für Bildung, Wissenschaft, Forschung und Kultur‹ des Landes Schleswig-Holstein, das mir im Januar 1999 einen Reisekostenzuschuß zur Verfügung gestellt hat.

Stellvertretend für die Freunde, die an meiner Arbeit Anteil genommen und mich unterstützt haben, danke ich Dr. Heide Hollmer (Kiel/München) für nimmermüdes Diskutieren und Korrekturlesen sowie Raoul Schrott (Innsbruck/Irland) für Dada-Rat und Zürich-WG – und meinem Mann Ingo Reetz, der schon weiß, wofür!

Personenregister

Personen, die nur einmal im Text Erwähnung finden, keine zeit- oder kulturgeschichtliche Bedeutung haben und deren Stellung aus dem Kontext klar ersichtlich ist, sind nicht ins Personenregister aufgenommen worden.

Inhalt